eninos, que sempre
reditaram em mim.
e, que me ajudou a
em mim outra vez.

Capítulo 0

SE VOCÊ NÃO ESTÁ VIVENDO NO LIMITE, ENTÃO ESTÁ OCUPANDO ESPAÇO DEMAIS

Estou sob o vão do portão do terminal do aeroporto, olhando para o avião em que vou embarcar, me esforçando ao máximo para não entrar em pânico.

Mas falar é fácil. Difícil é agir assim.

Não somente porque estou a ponto de abandonar tudo o que conheço, embora, até dois minutos atrás, essa fosse a minha principal preocupação. Agora, entretanto, enquanto olho para o avião que não sei ao certo se merece a dignidade de ser chamado de avião, um pânico ainda mais intenso está começando a tomar conta de mim.

— Então, Grace... — O homem que meu tio Finn mandou para me buscar me olha com um sorriso paciente. Philip. Acho que foi assim que ele se apresentou, mas não tenho certeza. É difícil ouvi-lo em meio às batidas alucinadas do meu coração. — Está pronta para uma aventura?

Não. Não, não estou *nem um pouco* pronta — nem para uma aventura, nem para qualquer outra coisa que estiver no meu caminho.

Se há um mês alguém tivesse me falado que eu estaria nos arredores de um aeroporto em Fairbanks, no Alasca, teria dito que essa pessoa estava mal informada. E se ela tivesse me dito que a razão principal de eu estar em Fairbanks era embarcar no menor teco-teco que existe, rumo ao que parece ser o próprio fim do mundo — ou, no caso a uma cidade nos arredores do monte Denali, a montanha mais alta na América do Norte — diria que essa pessoa estava definitivamente viajando na maionese.

Mas muita coisa pode mudar em trinta dias. E ainda mais coisas podem ser arrancadas.

Na verdade, a única coisa que não mudou nessas últimas semanas foi o fato de que, não importa o quanto a situação esteja ruim, ela sempre pode piorar.

Capítulo 1

ATERRISSAR É SIMPLESMENTE SE JOGAR NO
CHÃO E TORCER PARA NÃO ERRAR O ALVO

— Chegamos — disse Philip quando passamos pelos picos de várias montanhas, tirando uma das mãos do manche e apontando para um pequeno amontoado de casas ao longe. — Healy, Alasca. Finalmente, lar, doce lar.

— Ah... uau. Parece...

Pequena. Parece ser uma cidade muito pequena, menor do que o bairro onde eu morava em San Diego. Para não comparar com a cidade inteira.

Mesmo assim, é difícil ver qualquer coisa daqui de cima. Não por causa das montanhas que se erguem feito monstros há muito esquecidos, mas porque estamos no meio de uma névoa seca estranha a que Philip se refere como o "crepúsculo civil", embora mal tenha passado das cinco horas. Mesmo assim, consigo enxergar bem o bastante para perceber que a dita cidade para que ele aponta está cheia de prédios que não combinam uns com os outros e estão agrupados de maneira meio aleatória.

Eu finalmente decido qual palavra vou usar.

— Interessante. Parece... interessante.

Não é a primeira descrição que pipocou na minha cabeça, de maneira alguma; foi o velho clichê de ser o lugar onde Judas perdeu as botas. Mesmo assim, foi a mais educada, conforme Philip se aproxima ainda mais da terra firme, preparando-se para o que tenho quase certeza de que vai ser outro incidente infeliz na lista de incidentes infelizes que me assolam desde que embarquei no primeiro de três aviões, dez horas atrás.

Minhas suspeitas se confirmam quando me deparo com o que se passa por aeroporto nessa cidade de mil habitantes (valeu, Google), momento em que Philip diz:

— Segure, Grace. A pista de pouso é curta, pois é difícil manter uma pista longa sem neve durante muito tempo aqui. Vai ser um pouso rápido.

Não faço ideia do que significa "pouso rápido", mas não me parece algo bom. Assim, eu me agarro à barra que está na porta do avião, que tenho quase certeza de existir exatamente por essa razão, e seguro firme conforme descemos cada vez mais.

— Muito bem, garota. Vamos ver o que consigo fazer — diz Philip. O que, inclusive, é algo que definitivamente está entre as cinco principais coisas que você *jamais* quer ouvir seu piloto dizer durante um voo.

O chão cresce branco e inclemente abaixo de nós, e eu fecho os olhos.

Segundos depois, sinto as rodas tocarem o chão. E Philip aciona os freios com tanta força que sou jogada para a frente rapidamente; o cinto de segurança é o único obstáculo a impedir que a minha cabeça arrebente o painel de controle. O avião geme — não sei exatamente qual parte está soltando esse choro agoniado, ou se são todas as peças em um mesmo coral fúnebre; por isso, me esforço para não me concentrar nisso.

Em especial quando começamos a derrapar para a esquerda.

Mordo o lábio e mantenho os olhos firmemente fechados, mesmo quando o coração ameaça explodir meu peito. Se isso é o fim, não preciso vê-lo chegando.

O pensamento me distrai, me faz imaginar o que exatamente meu pai e minha mãe avistaram chegando e, quando consigo sufocar aquela linha de pensamento, Philip já está fazendo o avião deslizar com delicadeza até parar por completo.

Sei exatamente qual é a sensação. Neste momento, até os dedos dos meus pés tremem.

Abro os olhos devagar, resistindo ao impulso de apalpar o próprio corpo para ter certeza de que ainda estou inteira. Mas Philip apenas ri e diz:

— Aterrissagem perfeita.

Talvez seja a aterrissagem perfeita para um livro de terror. Um livro que ele esteja lendo de cabeça para baixo e de trás para a frente.

Mas eu não digo nada. Simplesmente abro o melhor sorriso que consigo e pego a minha mochila, que está embaixo dos meus pés. Tiro o par de luvas que o tio Finn me enviou e as calço. Em seguida, abro a porta do avião e desembarco — e, durante o tempo todo, rezo para que os meus joelhos não cedam quando eu pisar no chão.

Eles não cedem. Por pouco.

Depois de ficar parada por alguns segundos para ter certeza de que não vou desabar — e para fechar o meu casaco novo em folha com mais força em torno do corpo, porque está fazendo literalmente treze graus abaixo de zero aqui —, vou até a traseira do avião para pegar as três malas que são tudo o que resta da minha vida.

Sinto uma pontada de dor quando olho para elas, mas não me permito passar muito tempo pensando em tudo o que tive de deixar para trás, assim como não me permito passar muito tempo pensando que agora há estranhos morando na casa em que cresci. Afinal de contas, quem se importa com uma casa, com materiais artísticos ou com uma bateria completa, considerando que perdi muito mais do que isso?

Em vez disso, agarro uma bolsa, retirando-a do espaço que se passa por compartimento de carga naquele avião minúsculo, e a puxo com força para tirá-la dali. Antes que eu possa estender as mãos para pegar a segunda, Philip já está ali, erguendo minhas duas outras malas como se estivessem cheias de travesseiros em vez de tudo o que tenho no mundo.

— Vamos lá, Grace. É melhor irmos andando antes que você comece a ficar azul neste frio. — Ele indica um estacionamento com a cabeça; não é nem mesmo um *prédio*, apenas um estacionamento a uns duzentos metros de distância, e sinto vontade de resmungar. Faz tanto frio neste lugar que, agora, estou tremendo por uma razão completamente diferente. Como alguém consegue viver aqui? Não pode ser real, em especial considerando que a temperatura era de vinte e um graus quando acordei hoje de manhã.

Mesmo assim, não há nada a fazer além de concordar com um aceno de cabeça, e é isso que eu faço. Na sequência, seguro na alça da minha mala e começo a puxá-la até uma pequena plataforma de concreto que, tenho certeza, em Healy é o que chamam de aeroporto. Muito diferente dos terminais abarrotados de San Diego.

Philip me alcança facilmente, com uma mala grande dependurada em cada mão. Tento dizer que ele pode estender as alças e usar as rodinhas, mas, no momento que passo da pista de pouso para o chão coberto de neve, percebo por que as carrega. É praticamente impossível puxar uma mala com rodinhas no meio da neve.

Já estou praticamente congelada quando chegamos à metade do caminho (que, graças a Deus, ainda não está totalmente coberto de neve) que leva até o estacionamento, apesar da minha jaqueta pesada e das luvas forradas com lã. Não sei o que eu deveria fazer daqui em diante, como fazer para chegar até o colégio interno de que meu tio é diretor e, assim, me viro para perguntar a Philip se existe Uber neste lugar. Mas, antes que eu consiga dizer uma palavra sequer, alguém sai de trás de uma das caminhonetes no estacionamento e vem correndo até mim.

Acho que é minha prima Macy, não tenho certeza, já que está coberta da cabeça aos pés com roupas de frio.

— Você chegou! — diz aquela pilha de chapéus, cachecóis e casacos, e eu tinha razão, definitivamente é Macy.

— Cheguei — confirmo sem muito entusiasmo, imaginando se é tarde demais para reconsiderar a ideia de pedir uma família adotiva. Ou emancipação. Qualquer tipo de vida em San Diego deve ser melhor do que morar em uma cidade cujo aeroporto consiste apenas em uma pista de pouso de um estacionamento minúsculo. Heather vai querer morrer quando eu mandar uma mensagem para ela contando sobre o lugar.

— Finalmente! — diz Macy, aproximando-se para me dar um abraço. É meio desajeitado, em parte por causa de todas as roupas que ela está usando, e também porque, apesar de ser um ano mais jovem do que os meus dezessete anos, ela é uns vinte centímetros mais alta do que eu.

— Estou esperando há mais de uma hora.

Retribuo o abraço, mas me afasto rapidamente enquanto respondo.

— Desculpe, o voo de Seattle acabou atrasando. Uma tempestade forte atrasou as decolagens.

— Ah, sim, ouvimos falar muito dessas coisas — diz, fazendo uma careta. — Tenho certeza de que o tempo lá é pior do que o que faz aqui.

Sinto vontade de discutir a questão — os quilômetros de neve e as roupas de proteção tão pesadas quanto chumbo (que nem os astronautas conseguiriam usar) me deixam extremamente desconfortável. Mas não conheço Macy tão bem, apesar do fato de sermos primas, e a última coisa que quero é ofendê-la. Além do tio Finn, e agora Philip, ela é a única outra pessoa que conheço neste lugar. E são também a única família que me resta. E é por isso que, no fim, simplesmente dou de ombros.

Mas deve ser uma resposta suficientemente boa, porque ela sorri para mim antes de se virar para Philip, que ainda está levando as minhas malas.

— Obrigada por ir buscá-la, tio Philip. Meu pai mandou dizer que está te devendo um engradado de cerveja.

— Nada com que se preocupar, Macy. Eu tinha que cuidar de umas questões em Fairbanks, de qualquer maneira. — Ele diz aquilo de um jeito muito casual; quase como se pegar um avião para uma jornada de trezentos quilômetros de ida e volta não seja nada de especial. Mesmo assim, considerando que neste lugar não há nada além de neve e montanhas em todas as direções, talvez não seja mesmo. Afinal de contas, de acordo com a Wikipédia, Healy só tem uma estrada que passa pela cidade, e no inverno até mesmo essa estrada fica bloqueada para o trânsito.

Passei o último mês tentando imaginar como seria a vida neste lugar. Como é a vida neste lugar.

Acho que não vai demorar muito para eu descobrir.

— Mesmo assim, ele diz que vai chegar na sexta com as cervejas para vocês poderem assistir ao jogo no melhor estilo *best friends*. — Ela olha para mim. — Meu pai ficou chateado por não poder buscá-la pessoalmente, Grace. Houve uma emergência na escola e só ele podia cuidar daquilo. Mas ele me disse para avisá-lo assim que chegarmos lá.

— Não tem problema — digo. Afinal de contas, o que eu poderia dizer? E, além disso, se aprendi algo, desde que meus pais morreram, há pouco mais de um mês, é que as pequenas coisas são as que mais importam.

Quem se importa com quem vem me buscar, desde que eu chegue à escola?

Quem se importa com quem eu vou morar, se não for com a minha mãe e com o meu pai?

Philip nos acompanha até a beirada do estacionamento antes de finalmente soltar as minhas malas. Macy se despede dele com um rápido abraço e aperto sua mão, murmurando:

— Obrigada por me buscar.

— Sem problema nenhum. Sempre que precisar voar, é só falar comigo. — Ele pisca e depois volta para a pista a fim de cuidar do avião.

Nós o observamos por alguns segundos, até que Macy segura nas alças das duas malas e começa a arrastá-las pelo piso do estacionamento minúsculo. Ela gesticula, pedindo que eu faça o mesmo com a minha mala, e eu obedeço, embora parte de mim queira mesmo correr de volta até a pista de pouso onde Philip está, entrar naquele aviãozinho e exigir que ele me leve de volta a Fairbanks. Ou, melhor ainda, de volta para a minha casa, em San Diego.

É um sentimento que só piora quando Macy diz:

— Precisa fazer xixi? Leva uma hora e meia daqui até a escola.

Uma hora e meia? Impossível de imaginar quando a cidade inteira dá a impressão de que pode ser atravessada em quinze minutos, vinte, no máximo. Por outro lado, enquanto o avião se aproximava, não vi nenhum prédio com tamanho suficiente para ser um colégio interno para quase quatrocentos adolescentes. Logo, talvez a escola não fique de fato em Healy.

Não consigo evitar pensar nas montanhas e rios que cercam esta cidade em todas as direções e me pergunto em que lugar da Terra vou acabar me enfiando antes de o dia terminar. E onde, exatamente, ela espera que eu faça xixi por aqui, também.

— Estou bem — respondo depois de um minuto, mesmo sentindo que meu estômago está dando cambalhotas e se retorcendo de nervoso.

Todo esse dia se resumiu a chegar até aqui, e isso já foi ruim o bastante. Mas, enquanto levamos as minhas malas em meio àquela semiescuridão, o ar gelado e muito abaixo de zero me estapeando a cada passo, percebo que tudo fica muito real, e muito rápido. Em particular quando Macy atravessa todo o estacionamento para chegar até o *trenó motorizado* que está estacionado logo na beira do asfalto.

No começo, tenho a impressão de que ela está brincando, mas só quando começou a colocar as minhas malas no reboque conectado ao veículo é que me dei conta de que isso realmente está acontecendo. Estou prestes a viajar num trenó motorizado, em plena escuridão, cruzando o *Alasca* a menos de *dez graus abaixo de zero*, de acordo com meu aplicativo.

Só falta a gargalhada da bruxa má, dizendo que está vindo me pegar e pegar o meu cachorro também. Mesmo assim, a esta altura, isso provavelmente seria redundante.

Observo com uma espécie de fascinação horrorizada, enquanto Macy prende as minhas malas no reboque do trenó. Eu provavelmente deveria me oferecer para ajudar, mas nem saberia por onde começar. E, como a última coisa que quero é que os poucos pertences que ainda me restam no mundo despenquem pela encosta de alguma montanha, decido que, se há um momento em que é melhor deixar que os especialistas cuidem daquilo que sabem fazer, o momento é agora.

— Você vai precisar disso aqui — sugere Macy, abrindo a pequena bolsa que já estava presa ao trenó quando chegamos. Ela revira o conteúdo por um segundo antes de tirar um par de calças pesadas para neve e um cachecol de lã grossa. Ambos são rosa-choque, a minha cor favorita quando eu era criança, mas nem tanto hoje em dia. Mesmo assim, é óbvio que Macy se lembrava disso desde a última vez que nos vimos, e não consigo evitar um sentimento de emoção quando ela estende os trajes para mim.

— Obrigada. — Esboço o mais próximo que consigo de um sorriso.

Depois de algumas tentativas, consigo colocar aquelas calças por cima da roupa íntima térmica e das calças de pijama de flanela estampada com emojis (o único tipo de calça de flanela que tenho) que vesti, seguindo instruções do meu tio, antes de embarcar no avião, em Seattle. Em seguida, olho por um longo momento para o cachecol nas cores do arco-íris ao redor do pescoço e do rosto de Macy e prendo o meu do mesmo jeito.

É mais difícil do que parece, especialmente quando tento posicioná-lo para impedir que escorregue pelo meu nariz toda vez que me mexo.

Leva algum tempo, mas consigo me preparar. E é aí que Macy pega um dos capacetes pendurados no guidão do trenó motorizado.

— O capacete tem forro térmico e vai manter você aquecida, além de proteger sua cabeça no caso de um acidente — instrui ela. — Além disso, tem uma viseira para proteger os olhos do ar gelado.

— Os meus olhos podem congelar? — pergunto, já me sentindo traumatizada, enquanto pego o capacete das mãos dela e tento ignorar a dificuldade de respirar com o cachecol por cima do nariz.

— Olhos não congelam — responde Macy com uma risadinha, como se não conseguisse se conter. — Mas a viseira vai impedir que eles lacrimejem e você vai ficar mais confortável.

— Ah, é claro. — Eu baixo a cabeça, enquanto sinto as bochechas queimando. — Sou mesmo uma idiota.

— Não é, não. — Macy passa o braço ao redor dos meus ombros e me aperta. — O Alasca é um lugar complicado. Todo mundo que vem para cá precisa aprender alguns macetes. Você vai entender tudo bem rápido.

Não estou tão ansiosa para isso. Não consigo imaginar que este lugar tão estranho e frio algum dia venha a parecer familiar para mim, mas não digo nada. Não quando Macy já cuidou tanto para que eu me sentisse acolhida.

— Lamento muito por você ter que vir para cá, Grace — prossegue ela depois de um segundo. — É que... bem, eu estou bem animada por você estar aqui. Eu só não queria que fosse por causa... — A voz dela morre no ar antes de terminar a frase. Mas já estou acostumada agora. Depois de passar semanas vendo meus amigos e professores pisando em ovos quando estão perto de mim, aprendi que ninguém quer dizer aquelas palavras.

Mesmo assim, estou exausta demais para completar a frase. Em vez disso, enfio a cabeça no capacete e prendo a alça do jeito que Macy me mostrou.

— Tudo pronto? — pergunta ela, quando termino de proteger o meu rosto e a cabeça da melhor maneira possível.

A resposta não mudou desde que Philip me fez aquela mesma pergunta em Fairbanks. *Nem um pouco.*

— Claro. Vamos lá.

Espero Macy subir no trenó motorizado antes de me colocar atrás dela.

— Segure na minha cintura! — ela grita quando liga o motor, e eu a obedeço. Segundos depois, estamos disparando por entre a escuridão que se estende infinitamente à nossa frente.

Nunca me senti tão aterrorizada em toda a minha vida.

Capítulo 2

O FATO DE MORAR EM UMA TORRE NÃO
FAZ DE VOCÊ UM PRÍNCIPE

O trajeto não é tão ruim quanto imaginei que seria.

Digo, não é bom, mas isso se deve mais ao fato de que passei o dia inteiro viajando e só quero chegar a algum lugar, *qualquer lugar*, onde possa ficar mais tempo do que o necessário para trocar de avião. Ou do que uma viagem bem longa num trenó motorizado.

E, se por acaso esse local também for quente e livre dos animais selvagens cujos uivos ouço ao longe, então vou adorar. Especialmente porque, da cintura para baixo, parece que tudo ficou adormecido.

Tento descobrir como acordar o meu bumbum que está totalmente entorpecido quando subitamente desviamos da trilha (quando digo "trilha", uso essa palavra de um jeito bem generoso) que estávamos seguindo, e assim chegamos a uma espécie de platô na encosta da montanha. Quando passamos por entre mais um aglomerado de árvores, finalmente consigo ver luzes adiante.

— Essa é a Academia Katmere? — grito.

— É, sim. — Macy desacelera um pouco, contornando as árvores como se estivéssemos em uma gigantesca pista em zigue-zague. — Vamos chegar em uns cinco minutos.

Graças a Deus. Se eu tiver de passar mais tempo aqui, tenho certeza de que vou perder uns dois ou três dedos do pé para o frio, mesmo com as duas meias de lã em cada um. Todo mundo sabe que o Alasca é frio, mas posso dizer que é frio *demais*, e eu não estava preparada.

Ouço outro rugido ao longe, mas quando finalmente deixamos aquele grupo de árvores para trás, é difícil prestar atenção a qualquer outra coisa a não ser o prédio gigantesco que se ergue à nossa frente, ficando mais próximo a cada segundo que passa.

Ou, melhor dizendo, o gigantesco *castelo* que se ergue à nossa frente, porque a estrutura para a qual estou olhando não se parece em nada com um prédio moderno. E nem um pouco com *qualquer outra* escola que eu já tenha visto. Tentei pesquisar no Google antes de chegar aqui, mas aparentemente a Academia Katmere é uma escola tão exclusiva que nem mesmo o Google a conhece.

Primeiramente, o lugar é grande. Tipo... bem grande... E amplo. Daqui, parece que o muro de tijolos na frente do castelo se estende por um bom pedaço ao redor da montanha.

Além disso, é elegante. M*uito* elegante, com uma arquitetura que só ouvi ser descrita nas minhas aulas de artes. Arcos com o pé-direito alto, arcobotantes e janelas gigantes e ornamentadas dominam a estrutura.

Enfim, à medida que nos aproximamos, não consigo evitar imaginar se meus olhos estão me enganando ou se realmente há gárgulas — *gárgulas de verdade* —, que se projetam do alto das muralhas do castelo. Sei que é apenas a minha imaginação, mas eu estaria mentindo se dissesse que não esperava ver Quasimodo diante da porta quando finalmente chegássemos.

Macy se aproxima do enorme portão na frente da escola e digita um código. Segundos depois, o portão se abre. E avançamos mais uma vez.

Quanto mais nos aproximamos, mais surreal a situação fica. Como se eu estivesse presa em um filme de terror ou num quadro de Salvador Dalí. *A Academia Katmere pode ser um castelo gótico, mas pelo menos não tem um fosso ao redor*, eu digo a mim mesma quando passamos pelo último aglomerado de árvores. *Nem um dragão cuspidor de fogo vigiando a entrada.* Só uma via de acesso longa e sinuosa que se parece com as vias de acesso de todas as outras escolas de gente rica que eu vi na TV — exceto pelo fato de estar coberta de neve. É chocante. E ela conduz até as portas da escola, gigantescas e incrivelmente ornamentadas.

Portas antigas. Portas de castelo.

Eu balanço a cabeça para desanuviá-la. Afinal, a minha vida se transformou em quê?

— Eu falei que não seria ruim — diz Macy, aproximando-se da entrada e levantando uma nuvem de flocos de neve. — Não chegamos nem a ver um caribu, muito menos um lobo.

Ela tem razão. Assim, simplesmente concordo com um aceno de cabeça e finjo que não estou completamente embasbacada.

Finjo como se o meu estômago não estivesse todo retorcido e como se o meu mundo não tivesse virado totalmente de cabeça para baixo pela segunda vez em um mês.

Finjo que estou bem.

— Vamos levar as suas malas até o seu quarto e guardar suas coisas. Isso vai te ajudar a relaxar.

Macy desce do trenó motorizado e tira o capacete e o chapéu. É a primeira vez que a vejo sem toda aquela roupa para o tempo frio e não consigo evitar um sorriso quando percebo que seu cabelo tem as cores do arco-íris. Ela tem um corte curto e repicado que deveria estar bagunçado e achatado depois de passar três horas enfiada em um capacete, mas, em vez disso, ela parece ter acabado de sair do cabeleireiro.

E isso combina com o restante dela, quando paro para pensar na situação, considerando todo o conjunto formado pela jaqueta, botas e calças para neve, todas as peças combinando entre si, um *look* que praticamente grita "modelo da capa de alguma revista sobre a vida selvagem no Alasca".

Por outro lado, tenho quase certeza de que o meu *look* é o de alguém que disputou alguns *rounds* de luta livre com um caribu irritado. E perdeu. Feio. O que até me parece justo, já que é mais ou menos assim que estou me sentindo.

Macy não demora para descarregar as minhas malas do reboque; desta vez, eu pego duas delas. Mas só consigo dar alguns passos na direção daquelas portas imponentes antes de começar a sentir dificuldade para respirar.

— É por causa da altitude — explica Macy, tirando uma das malas da minha mão. — Nós subimos bem rápido e, como você vem de um lugar que fica ao nível do mar, vai levar alguns dias até se acostumar com o ar mais rarefeito daqui.

A simples ideia de não poder respirar começa a desencadear o início de um ataque de pânico que eu vinha conseguindo, com muita dificuldade, evitar durante todo o dia. Fechando os olhos, respiro fundo — ou tão fundo quanto possível, neste lugar — e tento me livrar dessa terrível sensação.

Inspiro, seguro o ar por cinco segundos, expiro. Inspiro, seguro o ar por dez segundos, expiro. Inspiro, seguro o ar por cinco segundos, expiro. Assim como a mãe de Heather me ensinou. A dra. Blake era terapeuta e vinha me dando dicas sobre como enfrentar a ansiedade que passei a sentir desde que meus pais morreram. Mas não tenho certeza de que as dicas que ela me deu conseguem combater tudo isso mais do que eu mesma consigo.

Mesmo assim, não posso ficar paralisada aqui para sempre, como uma das gárgulas que me encaram lá do alto. Em especial quando posso praticamente sentir a preocupação de Macy, mesmo de olhos fechados.

Respiro fundo outra vez e abro meus olhos de novo, dando um sorriso para a minha prima, que está muito mais distante do que eu realmente sinto. — Fingir até conseguir ainda é algo que as pessoas fazem, não é?

— Vai ficar tudo bem — diz, com os olhos cheios de empatia. — Fique aqui até recuperar o fôlego. Deixe que levo as suas malas até a porta.

— Eu consigo.

— Estou falando sério, não tem problema. Basta relaxar por um minuto. — Ela ergue a mão espalmada, naquele gesto universal que diz *pare*. — Não temos pressa.

Seu tom de voz sugere que não é hora de discutir; por isso, não discuto. Até porque o ataque de pânico que estou me esforçando para rechaçar só serve para tornar a respiração ainda mais difícil. Em vez disso, concordo com um aceno de cabeça e a observo, enquanto ela leva as minhas malas — uma de cada vez — até a porta da escola.

É quando faço isso que um lampejo acima de nós atrai minha atenção.

Ele aparece e desaparece tão rápido que, mesmo enquanto olho ao redor, não consigo nem ter certeza de que realmente existiu. Exceto por... Lá está ele outra vez. Um lampejo vermelho na janela iluminada da torre mais alta.

Não sei quem é nem por que isso importa, mas paro onde estou. Observando. Esperando. Imaginando se, quem quer que seja essa pessoa, ela vai aparecer outra vez.

E não demora muito até aparecer.

Não consigo ver com muita clareza; a distância, a escuridão e o vidro distorcido das janelas escondem muita coisa. Mas tenho a impressão de ter visto um queixo forte, cabelos crespos e escuros e uma jaqueta vermelha contra um fundo iluminado.

Não é muito, e não há razão para ter atraído a minha atenção; certamente, não há motivo para ter *prendido* a minha atenção, mesmo assim, eu me pego olhando para aquela janela por tanto tempo que, quando dou por mim, Macy já levou as minhas três malas até o alto da escada.

— Pronta para tentar outra vez? — chama lá de cima, perto da porta da escola.

— É claro. — Começo a trilhar os últimos trinta e poucos passos, ignorando a maneira como a minha cabeça gira. Enjoo por causa da altitude: mais uma coisa com que nunca tive de me preocupar em San Diego.

Fantástico.

Ergo o rosto e olho para a janela uma última vez, sem me surpreender ao perceber que, quem quer que fosse a pessoa que estava olhando para mim, já desapareceu há tempos. Ainda assim, um arrepio inexplicável de decepção corre por mim. Não faz nenhum sentido, então simplesmente tento ignorar aquilo. Tenho problemas maiores com que me preocupar neste momento.

— Esse lugar é inacreditável — comento com minha prima quando ela abre uma das portas e nós entramos.

E, Deus do céu... Achei que toda aquela imagem do castelo, com seus arcos pontiagudos e pedras cuidadosamente talhadas já eram imponentes do lado de fora. Agora que vi o interior, tenho certeza de que deveria estar fazendo uma mesura neste momento. Ou, pelo menos, me curvando até quase encostar a testa no chão. Afinal... Uau. Simplesmente uau!

Não sei para onde devo olhar primeiro: para o teto alto com um candelabro elaborado de cristal negro ou para a enorme lareira que domina toda a parede direita do saguão.

No fim das contas, eu vou até a lareira, afinal... *calor*. E porque ela é maravilhosa; a cornija que serve de moldura ao redor da estrutura é entalhada com padrões bem intrincados de pedra e vitral que reflete a luz das chamas por toda a sala.

— Incrível, não é? — diz Macy com um sorriso quando chega logo atrás de mim.

— Totalmente incrível — concordo. — Este lugar é...

— Mágico. Eu sei. — Ela olha para mim, agitando as sobrancelhas. — Quer ver mais alguns detalhes?

Eu quero muito. Ainda estou meio cética sobre esse papo todo de colégio interno no interior do Alasca, mas isso não significa que não queira dar uma olhada no castelo. Afinal de contas, é um *castelo*, completo com suas paredes de pedra e tapeçarias elaboradas, e não consigo evitar o desejo de parar e olhar quando passamos pelo saguão de entrada até uma espécie de sala de convívio.

O único problema é que, quanto mais avançamos pela escola, mais alunos vemos. Alguns estão reunidos em grupos esparsos, conversando e rindo, enquanto outros estão sentados às várias mesas desgastadas de madeira que há na sala, debruçados sobre livros, celulares ou telas de notebooks. No canto de uma das salas, largados sobre vários sofás de aparência antiga em vários tons de vermelho e dourado, está um grupo de seis rapazes jogando Xbox em uma TV enorme, enquanto outros alunos se agrupam ao redor para assistir.

Mas, quando nos aproximamos, percebo que não estão prestando atenção à partida de videogame. Ou aos seus livros. Ou mesmo aos celulares. Em vez disso, estão todos olhando para mim, enquanto Macy me leva — embora talvez eu devesse dizer que ela desfila comigo — pelo centro da sala.

Meu estômago se retorce e eu baixo a cabeça para esconder o desconforto, que já está bem óbvio. Entendo que todo mundo esteja curioso sobre a garota nova — especialmente quando ela é a sobrinha do diretor —, mas entender isso não faz com que seja mais fácil suportar o escrutínio de um bando de estranhos. Em particular, porque tenho certeza de que os meus cabelos ainda estão todos bagunçados e amassados depois de passar tanto tempo enfiados num capacete.

Estou ocupada demais evitando que meu olhar cruze com os de outras pessoas e regulando a minha respiração para conversar conforme atravessamos o salão, mas, quando passamos para um corredor longo e sinuoso, enfim digo a Macy:

— Não consigo acreditar que você estuda aqui.

— Nós duas estudamos aqui — lembra ela, com um rápido sorriso.

— Sim, mas...

Acabei de chegar. E nunca me senti tão deslocada em toda a minha vida.

— Mas? — Macy repete, com as sobrancelhas erguidas.

— É muita coisa. — Eu olho para aquelas janelas maravilhosas de vitral colorido que se estendem pela parede externa e as molduras entalhadas que decoram o teto em arco.

— É, sim. — Ela diminui o passo até que eu consiga alcançá-la. — Mas é um lar.

— O seu lar — sussurro, esforçando-me ao máximo para não pensar na casa que deixei para trás, onde os mensageiros dos ventos e os cataventos que a minha mãe tinha na varanda eram os objetos mais maluco que tínhamos.

— Nosso lar — responde, enquanto pega o celular e manda uma rápida mensagem de texto. — Você vai ver. Por falar nisso, meu pai quer que eu deixe você escolher o tipo de acomodação que prefere.

— Tipo de acomodação? — repito, olhando de um lado para outro do castelo; enquanto imagens de fantasmas e armaduras animadas passam pela minha cabeça.

— Bem, todos os quartos individuais já foram distribuídos para este semestre. Meu pai disse que podemos mudar algumas pessoas de quarto para conseguir um desses para você, mas eu realmente adoraria se você aceitasse ficar no meu quarto.

Ela sorri, esperançosa por um momento, mas a expressão rapidamente se desfaz quando ela prossegue.

— Tipo, entendo totalmente que você pode precisar de um pouco de privacidade agora, depois que...

E ali está aquela pausa de novo, aquela frase que morre no ar. Ela me atinge do mesmo jeito toda vez. Em geral tento não dar bola para isso, mas desta vez não consigo me impedir de perguntar:

— Depois que o quê?

Pelo menos desta vez eu queria que alguém dissesse. Talvez, desta vez, eu consiga sentir que isso é real e não somente um pesadelo.

Mas, quando Macy solta um gemido mudo e fica da cor da neve que está caindo lá fora, percebo que ela não vai verbalizar. E que é injusto da minha parte eu esperar que ela o faça.

— Desculpe — sussurra ela, e agora parece que ela está prestes a chorar, o que... não. Não, simplesmente não. Não vamos chegar a esse ponto. Não quando a única coisa que me mantém inteira é uma atitude rebelde e a minha capacidade de compartimentalizar os sentimentos.

Não vou perder o controle sobre ambos de jeito nenhum. Não aqui, na frente da minha prima e de qualquer um que acabe passando por nós. E mais ainda agora, quando ficou óbvio, com todos aqueles olhares, que sou a nova atração do "zoológico".

Assim, em vez de desabar nos braços de Macy para ganhar o abraço de que preciso desesperadamente, em vez de me permitir pensar no quanto sinto saudade da minha casa, dos meus pais e da minha vida, recuo e abro o melhor sorriso que consigo.

— Por que não me mostra o *nosso* quarto, então?

A preocupação no olhar dela não diminui, mas a luminosidade definitivamente aparece outra vez.

— O *nosso* quarto? Está falando sério?

Suspiro profundamente por dentro e me despeço do sonho de ter um pouco de paz e solidão. Não é tão difícil quanto deveria, mas eu já perdi muito mais nesse último mês do que o meu próprio espaço.

— Estou, sim. Dividir o quarto com você vai ser perfeito.

Já a irritei uma vez, o que não é bem o que gosto de fazer. E também não quero que alguém seja expulso do quarto por minha causa. Além de ser deselegante e cheirar a nepotismo, tenho quase certeza de que seria uma excelente maneira de irritar as pessoas — algo que definitivamente não está na minha lista de tarefas no momento.

— Da hora! — Macy sorri e joga os braços ao redor de mim e me dá um abraço rápido, mas forte. Em seguida, ela confere o celular e revira os olhos. — Meu pai ainda não respondeu a minha mensagem. Ele nunca olha o celular. Por que você não espera um pouco aqui, enquanto eu vou buscá-lo? Ele queria conversar com você assim que a gente chegasse.

— Eu posso ir com você...

— Por favor, sente-se um pouco, Grace. — Ela aponta para as poltronas ornamentadas em estilo francês provinciano que ladeiam uma pequena mesa de xadrez em uma alcova ao lado da escadaria. Tenho certeza de que está exausta e eu posso cuidar disso. Relaxe por um minuto, enquanto vou buscar o meu pai.

Como ela tem razão — minha cabeça está doendo e meu peito ainda parece apertado —, simplesmente faço que sim com a cabeça e largo o corpo na cadeira mais próxima. Estou incrivelmente cansada e não quero fazer nada além de repousar a cabeça no encosto da poltrona e fechar os olhos por um minuto. Mas tenho medo de acabar dormindo se fizer isso. E não há a menor possibilidade de me arriscar ser a garota que foi pega babando nas próprias roupas em pleno corredor, logo no seu primeiro dia... ou em qualquer outro.

Mais para me impedir de dormir do que por real interesse, pego uma das peças de xadrez à minha frente. Ela é cuidadosamente entalhada em pedra, e meus olhos se arregalam quando percebo o que estou vendo. A representação perfeita de um vampiro, incluindo a capa preta, a expressão ameaçadora e as presas salientes. Ela combina tão bem com o ambiente gótico do castelo que não consigo evitar achar aquilo incrível. Além disso, a peça foi entalhada com muito talento.

Intrigada, agora, estendo a mão para pegar uma peça do outro lado. E quase solto uma gargalhada quando percebo que é um dragão — feroz, altivo e com asas gigantes. É absolutamente lindo.

Todo o conjunto de peças é lindo.

Posiciono a peça de volta em seu lugar e pego outro dragão. Este é menos feroz, mas, com seus olhos sonolentos e asas recolhidas, é ainda mais intrincado. Observo a peça minuciosamente, fascinada com o nível de detalhamento — tudo, desde as pontas perfeitas das asas até a curva perfeita de cada garra, reflete quanto cuidado o artista teve ao produzir a obra. Nunca fui muito fã de xadrez, mas este conjunto pode me fazer mudar de ideia sobre o jogo.

Quando coloco a peça do dragão de volta, vou até o outro lado do tabuleiro e pego a rainha vampira. Ela é bonita, com cabelos longos e cascateantes e uma capa cuidadosamente decorada.

— Eu tomaria cuidado com essa aí, se fosse você. Ela tem uma mordida bem dolorida. — As palavras são graves, ressonantes e tão próximas que quase caio da cadeira. Em vez disso, eu me levanto em um salto, largando a peça sobre o tabuleiro com um ruído alto, me viro para trás, com o coração aos pulos, e percebo que estou cara a cara com o rapaz mais intimidante que já vi. E não somente porque ele é lindo, embora definitivamente seja.

Ainda assim, há algo a mais nele, algo diferente, poderoso e esmagador, embora eu não faça a menor ideia do que seja. Bem, claro. Ele tem o tipo de rosto sobre o qual os poetas do século dezenove adoravam escrever: intenso demais para ser bonito e impressionante demais para receber qualquer outra definição.

Maçãs do rosto incrivelmente salientes.

Lábios vermelhos e carnudos.

Um queixo com contornos tão agudos e definidos que poderiam cortar carne.

Pele clara e lisa como mármore.

E aqueles olhos... Poços sem fundo de obsidiana que veem tudo e não demonstram nada, cercados pelos cílios mais longos e mais obscenos que eu já vi.

Pior ainda: aqueles olhos oniscientes estão apontados diretamente para mim como dois lasers, e subitamente fico aterrorizada com a possibilidade de que ele consiga enxergar todas as nuances que venho me esforçando tanto, e há tanto tempo, para esconder. Tento baixar a cabeça, tento desviar o meu olhar, mas não consigo. Fico presa naquele olhar fixo, hipnotizada pelo magnetismo intenso que emana dele em ondas.

Engulo em seco para conseguir recobrar o fôlego.

Não funciona.

Agora ele está sorrindo, um canto da boca se erguendo em um sorrisinho torto que sinto em cada célula do meu corpo. O que só serve para piorar as circunstâncias, porque esse sorriso torto indica que ele sabe com exatidão o efeito que está causando em mim. E, pior ainda, ele está nitidamente gostando da situação.

Sinto a irritação correr pelo meu corpo quando me dou conta daquilo, derretendo o torpor que me cerca desde a morte dos meus pais. Acordando-me do estupor que é a única coisa que me impede de passar o dia inteiro gritando, todos os dias, por tudo isso ser tão injusto. Gritar por causa da dor, do horror e da sensação de impotência que tomaram conta de toda a minha vida.

Não é uma sensação agradável. E o fato de ser esse cara — com o sorriso torto, o rosto e os olhos frios que insistem em prender a minha atenção, ao mesmo tempo que exigem que eu não olhe tão de perto — simplesmente me irrita ainda mais.

É essa raiva que por fim me dá forças para me libertar daquele olhar. Desvio os olhos com brusquidão e, em seguida, procuro desesperadamente alguma outra coisa — qualquer coisa — para me concentrar.

Infelizmente, ele está em pé bem diante de mim, tão perto que bloqueia a minha linha de visão e não consigo enxergar mais nada.

Determinada a evitar seus olhos, eu me concentro em qualquer outro lugar. E me detenho no corpo alto e esguio que ele tem. E é aí que realmente desejo não ter feito isso, porque o jeans preto e a camiseta em seu corpo servem apenas para valorizar sua barriga chapada e os bíceps duros e definidos. Isso tudo sem mencionar os ombros largos que são totalmente responsáveis por bloquear a minha linha de visão, para início de conversa.

Acrescente-se a isso o cabelo volumoso e escuro que está um pouco longo demais, os fios caem sobre o rosto e tocam suas maçãs do rosto insanas. Não há nada a fazer além de ceder. Nada a fazer além de admitir que, independentemente daquele sorriso torto e indecente, o cara é sexy pra caramba.

Um pouco maldoso, bem selvagem e *totalmente* perigoso.

O pouco oxigênio que consegui puxar para dentro dos pulmões nessa altitude desaparece por completo quando me dou conta daquilo. E isso me deixa ainda mais irritada. Porque... Fala sério. Quando, exatamente, eu me tornei a heroína de um romance para jovens adultos? A garota recém-chegada que está babando por causa do garoto mais atraente e inalcançável da escola?

Que nojo. Isso não vai acontecer. Nem morta.

Determinada a cortar pela raiz o que quer que esteja acontecendo, eu me forço a olhar para a cara dele de novo. Desta vez, quando nossos olhares se cruzam e se enfrentam, percebo que não importa nem um pouco se estiver agindo feito a protagonista de um enorme clichê romântico.

Porque ele não está.

Uma olhada e eu sei que esse garoto de cabelos escuros com o olhar impenetrável e a atitude de "foda-se" não é o herói da história de ninguém. E menos ainda da minha.

Capítulo 3

RAINHAS VAMPIRAS NÃO SÃO AS ÚNICAS QUE TÊM UMA MORDIDA DOLORIDA

Determinada a não deixar que essa competição de olhares, que mais parece uma demonstração de dominância, avance muito mais, procuro à minha volta por algo capaz de quebrar a tensão. E decido responder a única frase que ele realmente disse para mim até agora.

— Quem tem uma mordida dolorida?

Ele estende a mão para um ponto atrás de onde estou e pega a peça que deixei cair, segurando-a para que eu a veja.

— Ela não é muito legal.

Eu o encaro.

— Ela é uma peça de xadrez.

Os olhos de obsidiana dele reluzem.

— E isso significa o quê?

— Significa que ela é uma peça de xadrez. É feita de mármore. Não pode morder ninguém.

Ele inclina a cabeça num gesto de *nunca se sabe*.

— "Há mais coisas entre o céu e o inferno, Horácio, do que sonha a nossa vã filosofia."

— Terra — eu o corrijo, antes que consiga me conter.

De maneira inquisitiva, ele ergue uma sobrancelha negra como a meia-noite, e então eu prossigo:

— A frase é "Há mais coisas entre o céu e a *Terra*, Horácio".

— É mesmo? — O rosto dele não muda, mas há um tom zombeteiro em sua voz que não estava ali antes, como se eu tivesse cometido o erro, não ele. Mas sei que estou certa. Na matéria de língua e literatura inglesa, terminamos de ler *Hamlet* mês passado e a professora passou uma eternidade falando dessa citação. — Gosto mais da minha versão.

— Mesmo que esteja errada?

— Especialmente porque ela está errada.

Não faço a menor ideia do que isso deveria significar, então simplesmente balanço a cabeça. E fico me perguntando o quanto vou ficar perdida se sair para procurar Macy e o tio Finn agora. É provável que bastante, considerando o tamanho deste lugar, mas estou começando a pensar que eu devia arriscar. Porque, quanto mais tempo passo aqui, mais percebo que esse rapaz é tão aterrorizante quanto intrigante.

Não sei qual das duas opções é pior. E, a cada segundo que passa, tenho menos certeza de que quero descobrir.

— Preciso ir. — Forço as palavras a saírem, e nem me dou conta que estava com a musculatura da boca retesada.

— É, precisa mesmo. — Ele dá um passo curto para trás, indicando a sala de convívio pela qual Macy e eu passamos há pouco. — A porta fica daquele lado.

Não é a resposta que eu esperava, e isso me deixa desconcertada.

— E preciso tomar cuidado para que ela não bata em mim quando eu passar?

Ele dá de ombros.

— Desde que você saia desta escola, não dou a mínima se a porta bater em você ou não. Avisei ao seu tio que não estaria segura aqui, mas, obviamente, ele não gosta muito de você.

A raiva começa a tomar conta de mim ao ouvir aquelas palavras, incendiando os restos do torpor que vinha me assolando.

— E quem exatamente você deveria ser, hein? O chefe do comitê da má recepção de Katmere?

— Comitê de *má* recepção? — O tom de voz dele é tão antipático quanto o seu rosto. — Pode acreditar no que eu digo: essa vai ser a saudação mais gentil que você vai receber por aqui.

— Ah, então é assim? — Ergo as sobrancelhas, abrindo bem os braços. — As boas-vindas ao Alasca?

— Está mais para as boas-vindas ao inferno. Agora, cai fora daqui.

A última frase é dita com um rosnado que faz meu coração subir pela garganta. Mas ela também faz a minha raiva decolar e subir direto para a estratosfera.

— Por acaso você fez curso para ser babaca? — pergunto, irritada. — Ou essa sua personalidade encantadora sempre foi assim?

As palavras saem velozes e furiosas, antes mesmo que eu saiba que vou dizê-las. Mas, quando saem, não me arrependo delas. Como eu poderia me arrepender quando vejo uma expressão de choque se formar no rosto dele, finalmente apagando aquele sorriso torto e irritante?

Pelo menos por um minuto. Mas então ele retruca:

— Olhe, preciso dizer que, se isso é o melhor que você pode fazer, antes que aconteça o pior, te dou mais ou menos uma hora.

Sei que não deveria perguntar, mas ele está com uma expressão tão arrogante que não consigo evitar.

— Antes que aconteça o quê?

— Antes que alguma coisa a devore. — Ele não chega a dizer, mas a palavra obviamente fica implícita. E só serve para me deixar ainda mais brava.

— É sério? Acha que vou cair nessa? — Reviro os olhos. — Fico mordida com quem se acha o dono da verdade.

— Ah, nem estou a fim. — Ele me olha de cima a baixo. — Tenho certeza de que você não serve nem para virar aperitivo.

Mas em seguida ele começa a se aproximar, inclinando-se para baixo até quase sussurrar na minha orelha.

— Talvez um lanchinho rápido, quem sabe? — Os dentes dele se fecham com um estalo alto e estridente que me assusta e me faz estremecer ao mesmo tempo.

E eu odeio isso... demais. Muito mesmo.

Olho ao nosso redor, curiosa para saber se mais alguém está assistindo a esse fiasco. Mas, embora todo mundo só tivesse olhos para mim até há pouco, as pessoas agora parecem se esforçar para não olhar na minha direção. Um garoto magro com uma enorme cabeleira ruiva passa pela sala com o rosto virado desajeitadamente para o lado e quase tromba com outro aluno.

E isso me diz tudo o que preciso saber sobre esse rapaz que está diante de mim.

Determinada a recuperar o controle da situação — e o controle de mim mesma —, dou um longo passo para trás. Em seguida, ignorando as batidas aflitas do meu coração e os pterodátilos que voam no meu estômago, esbravejo:

— Cara, o que você tem na cabeça?

É sério. Ele age como se fosse um urso-polar raivoso.

— Uns dois ou três séculos? — O sorriso torto voltou ao rosto dele; obviamente, ele está orgulhoso por poder me irritar. E, por um momento, apenas por um momento, penso na satisfação que seria acertar um soco bem no meio daquela boca irritante.

— Sabe de uma coisa? Você não precisa ser um...

— Não me diga o que eu tenho que ser. Não quando você não faz a menor ideia de onde veio parar.

— Oh, não! — digo, fingindo que estou chocada, com uma expressão exagerada. — É essa a parte da história em que você me conta sobre os monstros malvados que existem aqui no meio das florestas perdidas do Alasca?

— Não, esta é a parte da história em que eu te mostro os monstros malvados bem aqui neste castelo. — Ele avança um passo, encurtando a pouca distância que consegui abrir entre nós.

Lá vai o meu coração outra vez, batendo como um pássaro engaiolado e desesperado para escapar.

Como eu odeio isso.

Odeio o fato de ele ter levado a melhor sobre mim e odeio o fato de que estar tão perto dele me faz sentir um monte de coisas que eu não deveria sentir por um cara que está sendo um verdadeiro babaca. E odeio ainda mais o fato de que a expressão em seus olhos demonstram que ele sabe exatamente o que estou sentindo.

É humilhante o fato de minhas reações a esse rapaz serem tão intensas quando tudo o que ele parece sentir por mim é desprezo. Assim, dou um passo vacilante para trás. Em seguida, recuo mais um passo. E mais um.

Mas ele não se afasta, avançando um passo para cada passo que recuo, até que fico prensada entre ele e a mesa de xadrez, que pressiona a parte de trás das minhas coxas. Embora não haja lugar algum para onde escapar, e, embora eu esteja presa aqui diante dele, ainda assim ele se inclina por sobre mim, se aproxima a ponto de eu conseguir sentir o hálito morno na minha bochecha e aqueles cabelos negros e sedosos roçando na minha pele.

— O que você...? — O pouco ar que eu consegui inalar fica preso na minha garganta. — O que você está fazendo? — pergunto quando ele estende a mão por trás de mim.

Ele não responde logo. Mas, quando se afasta, está com uma das peças em forma de dragão na mão. Ele a estende para que eu a veja, com aquela sobrancelha arqueada de um jeito bem provocante, e responde:

— Foi você que quis ver os monstros.

Ele é feroz, os olhos estreitados, garras erguidas, boca aberta para mostrar dentes serrilhados e pontiagudos. Mas ainda é somente uma peça de xadrez.

— Não tenho medo de um dragão de sete centímetros.

— Ah, não? Pois deveria ter.

— Bem, não tenho. — As palavras saem mais estranguladas do que eu gostaria. Ele pode ter recuado um passo, mas ainda está perto demais. Tão perto que consigo sentir seu hálito na minha bochecha e o calor que emana do seu corpo. Tão perto que uma respiração mais profunda faria com que meu peito encostasse no dele.

O pensamento abre um caleidoscópio inteiro de borboletas dentro de mim. Não consigo recuar mais, mas posso me inclinar um pouco para trás, por sobre a mesa de xadrez. E é o que faço — enquanto aqueles olhos escuros e profundos observam cada movimento meu.

O silêncio se estende entre nós por um, dez, vinte e cinco segundos até que ele finalmente pergunta:

— Então, se não tem medo de seres que rastejam pela escuridão da noite, do que você tem medo?

Imagens do carro estraçalhado dos meus pais me vêm à mente, seguidas de retratos dos corpos feridos. Eu era a única pessoa da família que eles tinham em San Diego — ou em qualquer lugar, com exceção de Finn e Macy — e, por isso, fui eu que tive de ir ao necrotério. Fui eu que precisei identificar os corpos. Quem teve de vê-los ensanguentados, esquartejados e cheios de hematomas antes que a funerária juntasse as partes outra vez.

A angústia familiar vem subindo por dentro de mim, mas faço o que já venho fazendo há várias semanas. Empurro tudo de volta para baixo. Finjo que a dor não existe. — Poucas coisas — respondo a ele, do jeito mais petulante que consigo.

— Não há muita coisa a temer quando já se perdeu tudo o que importava.

Ele fica paralisado ante minhas palavras; todo o seu corpo se retesa a tal ponto de aparentar que vai explodir. Os olhos dele mudam — a selvageria desaparece entre um piscar e outro até que resta apenas o silêncio.

Silêncio e uma agonia tão profunda que mal consigo enxergá-la por trás das camadas e mais camadas de defesas que ele construiu.

Mas eu *consigo* enxergá-la. E mais: consigo *senti-la*, tentando chamar a minha própria dor.

É uma sensação horrível, mas inspiradora. Tão horrível que eu quase não consigo suportá-la. Tão inspiradora que não consigo impedi-la.

Assim, não a impeço. E ele também não o faz.

Em vez disso, ficamos os dois ali, paralisados. Devastados. Conectados de uma maneira que consigo sentir, mas não compreender, por meio de nossos próprios e distintos horrores.

Não sei dizer quanto tempo passamos assim, com os olhos fixos um no outro. Um reconhecendo a dor do outro, porque nenhum de nós consegue reconhecer a própria dor.

Por tempo suficiente até que a animosidade se esvaia de mim.

Por tempo suficiente até que eu consiga ver as pequenas manchas prateadas no breu dos olhos dele — estrelas distantes que brilham na escuridão que ele não tenta esconder.

Tempo mais do que suficiente para que eu consiga colocar meu coração alucinado sob controle. Pelo menos até que ele estenda a mão e toque gentilmente um dentre os meus milhões de cachos.

E assim, muito facilmente, eu me esqueço novamente de como se respira.

Uma onda de calor percorre o meu corpo quando ele distende o cacho, pela primeira vez sinto que estou aquecida, desde o momento em que abri a porta do avião de Philip em Healy. É confuso e espantoso, e não faço a menor ideia de como reagir.

Cinco minutos atrás, esse garoto estava agindo como um perfeito babaca comigo. E agora... Agora não sei mais nada. Apenas que preciso de espaço. E dormir. E de uma chance para simplesmente respirar por alguns minutos.

Com isso em mente, ergo as mãos e empurro seus ombros. Um esforço para fazer com que ele me dê um pouco de espaço. Mas é como empurrar um muro de granito. O garoto não recua.

Pelo menos não até que eu sussurre:

— Por favor.

Ele espera mais um segundo, talvez dois ou três — até a mente ficar confusa e as mãos trêmulas — antes de finalmente dar um passo para trás e soltar a mecha do meu cabelo.

E, quando faz isso, ele passa a mão pelos próprios cabelos escuros. Sua franja longa se abre apenas o bastante para revelar uma cicatriz irregular que vai do centro da sobrancelha esquerda até o canto da boca. É fina e branca, quase impossível de notar em meio à palidez daquela pele, mas ainda assim está lá — em particular quando olho para o *V* ferino que se forma na ponta da sobrancelha negra.

É algo que devia torná-lo menos atraente, que devia fazer alguma coisa — qualquer coisa — para negar o poder incrível da sua aparência. Mas, de algum modo, a cicatriz apenas enfatiza o perigo, transformando aquele que devia ser só mais um garoto bonito com aparência angelical em alguém um milhão de vezes mais bonito. Um anjo caído com ar de *bad boy* que se espalha por vários quilômetros... E um milhão de histórias para justificar essa atitude.

Combinada com a angústia que acabei de sentir dentro dele, isso o torna mais... humano. Mais compreensível e mais devastador, apesar da escuridão que emana dele em ondas. Uma cicatriz como aquela só pode ter sido causada por um ferimento inimaginável. Centenas de pontos, múltiplas cirurgias, meses — talvez até mesmo anos — de recuperação. Detesto pensar que ele sofreu desse jeito; é algo que eu não desejaria a ninguém, muito menos a esse cara que me frustra, me aterroriza e me empolga, tudo ao mesmo tempo.

Ele sabe que vi a cicatriz; percebo isso na maneira que semicerra os olhos. Na maneira que enrijece os ombros e cerra os punhos. Na maneira que abaixa a cabeça, fazendo os cabelos caírem por sobre a bochecha.

É algo que eu odeio; odeio o fato de ele pensar que precisa esconder algo que devia exibir como um distintivo de honra. É preciso muita força para passar por algo assim, muita força para atravessar e chegar do outro lado desse abismo, e ele devia sentir orgulho dessa força. E não vergonha da marca que ela deixou.

Estendo a mão antes de pensar em fazer aquilo e toco a bochecha marcada pela cicatriz.

Seus olhos escuros se incendeiam, e tenho a impressão de que ele vai me empurrar para longe. Mas isso não acontece. Ele apenas fica ali e deixa que eu acaricie a sua face com o polegar, para cima e para baixo, passando pela cicatriz, por um bom tempo.

— Lamento — sussurro, quando finalmente consigo fazer a minha voz passar pelo nó doloroso de empatia que tenho na garganta. — Isso deve ter doído muito.

Ele não responde. Em vez disso, fecha os olhos, repousa o rosto na palma da minha mão e inala o ar, com a respiração entrecortada.

Logo depois ele se desvencilha, afastando-se, abrindo uma distância de verdade entre nós pela primeira vez desde que se aproximou de mim, o que subitamente parece ter acontecido há uma eternidade.

— Eu não entendo você — diz ele de repente, com a voz mística tão baixa que preciso me esforçar para ouvi-lo.

— "Há mais coisas entre o céu e o inferno, Horácio, do que sonha a nossa vã filosofia" — respondo, repetindo deliberadamente a citação errada que ele disse antes.

Ele balança a cabeça, como se tentasse desanuviá-la. Respira profundamente e depois exala o ar devagar.

— Se você não vai embora...

— Eu não posso ir embora — interrompo. — Não tenho para onde ir. Meus pais...

— Morreram. Eu sei. — Ele abre um sorriso amargurado. — Tudo bem. Se você não vai embora, então vai ter que me escutar com muita, muita atenção.

— O que você...?

— Mantenha a cabeça baixa. Não olhe por muito tempo para nada, nem para ninguém. — Ele se inclina para a frente, com a voz baixando até virar um murmúrio grave. — E sempre, *sempre* tome muito cuidado.

Capítulo 4

ARMADURAS RELUZENTES SÃO
COISAS DO SÉCULO PASSADO

— Grace! — a voz do meu tio Finn ribomba pelo corredor, e eu me viro instintivamente na direção dele. Sorrio e faço um aceno discreto, mesmo que parte de mim se sinta paralisada depois de ter recebido algo que se parece muito com um aviso.

Eu me viro outra vez para confrontar o sr. Alto, Grosseiro e Trevoso, para tentar entender exatamente o que ele tanto acha que preciso temer — mas ele desapareceu.

Olho ao redor, determinada a descobrir para onde ele foi, mas, antes que eu consiga avistá-lo, tio Finn já está me dando um abraço de urso e me levantando do chão. Seguro-me nele para não cair, deixando que o aroma reconfortante do meu tio — a mesma fragrância amadeirada que o meu pai usava — tome conta de mim.

— Peço mil desculpas por não ter ido recebê-la no aeroporto. Dois garotos se machucaram e tive que cuidar das coisas por aqui.

— Não se preocupe com isso. Eles estão bem?

— Estão, sim. — Ele balança negativamente a cabeça. — Dois idiotas agindo como idiotas. Você sabe como são os garotos.

Começo a dizer que não faço a menor ideia de como os garotos são — este meu último encontro é uma prova disso — mas algum instinto esquisito que não consigo compreender me diz para não mencionar o rapaz com quem eu estava falando agora há pouco. Assim, não menciono. Simplesmente rio e concordo com um aceno de cabeça.

— Mas chega de falar sobre as tarefas de um diretor de escola — diz ele, puxando-me para outro abraço rápido antes de se aproximar para observar o meu rosto. — Como foi de viagem? E, mais importante: como você está?

— A viagem foi longa — conto a ele. — Mas correu tudo bem. E eu estou bem. — A frase do dia.

— Tenho certeza de que "bem" é um pouco de exagero. — Ele suspira. — Mal consigo imaginar como essas últimas semanas foram difíceis para você. Eu queria poder ter ficado por lá um pouco mais depois do enterro.

— Não tem problema. A imobiliária que você contratou cuidou de quase tudo. E Heather e a mãe dela cuidaram do resto. Sério mesmo.

Fica óbvio que ele quer dizer mais, mas que também não quer entrar em nenhum assunto mais profundo no meio do corredor. Assim, no fim das contas, ele simplesmente confirma com um aceno de cabeça e diz:

— Tudo bem, então. Vou deixar você com Macy para que se acomode. Mas venha falar comigo amanhã de manhã para discutirmos o seu cronograma. Além disso, vou apresentá-la à sua orientadora, a drª Wainwright. Acho que você vai gostar dela.

Ah, certo. A drª Wainwright. A orientadora da escola que também é terapeuta, de acordo com a mãe de Heather. E não é uma terapeuta qualquer; ela é a *minha* terapeuta, aparentemente, já que tanto ela quanto o meu tio acham que preciso de uma. Não estou a fim de fazer terapia, mas, como tive de me esforçar para não chorar durante o banho todas as manhãs desse último mês, imagino que talvez eles possam ter razão.

— Certo, eu vou sim.

— Está com fome? Vou mandar levarem o jantar para o seu quarto, já que chegaram depois que ele foi servido. E há uma questão que realmente precisamos discutir. — Ele me encara com os olhos estreitados, olhando-me de cima a baixo. — Embora... Sentiu muito a diferença de altitude?

— Estou bem. Não digo ótima, mas bem.

— Ah, sim. — Ele me olha novamente dos pés à cabeça. Em seguida, pigarreia e sorri antes de olhar para Macy. — Dê um analgésico a ela quando chegarem ao quarto. E diga para beber bastante água. Vou mandar levarem sopa e refrigerante. Vamos pegar leve agora à noite e amanhã de manhã veremos como estão.

"Leve" é uma palavra perfeita para o momento, porque só de pensar em comida de verdade agora me dá vontade de vomitar.

— Está bem.

— Fico muito feliz por você estar aqui, Grace. E garanto que tudo vai ficar mais fácil.

Faço que sim com a cabeça, porque, afinal de contas, o que mais posso fazer? Não estou exatamente feliz por estar aqui — o Alasca me dá a sensação de estar na lua neste momento. Mas gosto da ideia de que as coisas vão ficar mais fáceis. Tudo que eu quero é poder passar um dia sem me sentir péssima.

Eu esperava que esse dia fosse amanhã, mas desde que conversei com o Alto, Grosseiro e Trevoso, tudo em que consigo pensar é na expressão dele quando me disse para ir embora de Katmere. E em como ficou irritado quando recusei. Por isso, provavelmente amanhã não vai ser o dia que eu espero que seja.

Imaginando que o assunto esteja concluído, estendo a mão para pegar a alça de uma das minhas malas. Mas o meu tio diz:

— Não se preocupe com a bagagem. Vou pedir a um dos rapazes... — Ele interrompe a frase no meio e chama alguém que está do outro lado do corredor. — Ei, Flint! Venha aqui me dar uma mão.

Macy solta um ruído que parece algo entre um resmungo e um gemido de morte quando seu pai sai pelo corredor, provavelmente tentando alcançar essa pessoa chamada Flint.

— Vamos andando antes que o meu pai o alcance. — Ela pega duas das minhas malas e praticamente corre até as escadas.

— Qual é o problema com Flint? — pergunto, enquanto pego minha última mala e tento acompanhar o passo de Macy.

— Nada! Ele é ótimo. Incrível. E também é um gostosão. Mas não precisa ver a gente assim.

Eu compreendo a razão pela qual ela pensa que Flint não precisa me ver deste jeito, porque tenho quase certeza de que estou parecendo um zumbi. Mas...

— Você está ótima.

— Ah... não. Não, não estou não. Vamos lá. É melhor a gente sair...

— Oi, Macy. Não se preocupe com essas malas. Eu as levo para você. — Uma voz grave ecoa vários degraus mais para baixo, e eu me viro bem a tempo de ver um rapaz vestido com um jeans rasgado e uma camiseta branca vindo rapidamente em minha direção. Ele é alto — quase tão alto quanto o sr. Alto, Grosseiro e Trevoso — e tão musculoso quanto. Mas as semelhanças acabam por aí, porque, enquanto o outro garoto era todo sombrio e frio, este aqui é todo luz e fogo.

Olhos luminosos da cor de âmbar e que parecem queimar com uma chama interior. Pele negra e bonita. Um cabelo *black power* incrível que lhe cai muito bem.

E talvez o mais interessante de tudo: há um sorriso em seus olhos, que é tão diferente do gelo do outro cara quanto as estrelas do lado de fora da janela são diferentes do azul escuro do céu.

— Pode deixar com a gente — diz Macy, mas ele a ignora, subindo três degraus de cada vez.

Ele para ao meu lado primeiro e solta gentilmente a alça da mala que estou segurando com toda a firmeza do mundo.

— Oi, novata. Tudo bem com você?

— Estou bem, só um pouco...

— Ela está enjoada, Flint — diz o meu tio, no pé da escadaria. — É o efeito da altitude.

— Ah. É mesmo, tem isso. — Os olhos dele brilham com empatia. — Isso é um saco.

— Sim, é.

— Bem, não se preocupe com isso, novata. Suba aqui nas minhas costas. Te dou uma carona até o topo da escada.

O simples ato de pensar naquilo faz meu estômago embrulhar ainda mais.

— Ah... como assim? Não, não, está tudo bem. — Eu me afasto um pouco dele. — Eu posso ir andando...

— Vamos lá. — Ele flexiona os joelhos para que eu possa agarrar mais facilmente aqueles ombros superlargos. — Tem três lances de escada bem longos à sua frente.

Realmente são três lances de escada bem longos, mas ainda assim eu prefiro morrer a subir nas costas de um cara que acabei de conhecer.

— Tenho certeza de que vão ser ainda mais longos se você me carregar.

— Ah, que nada. Você é tão pequena que eu não vou nem perceber. Anda, vai subir nas minhas costas ou vou ter que te pegar pela cintura e colocar no ombro?

— Você não vai fazer isso.

— Quer apostar? — provoca ele, abrindo um sorriso que me faz rir.

Mas, mesmo assim, não vou montar nas costas dele. Não vou deixar que um dos caras mais bonitos da escola me carregue pelas escadas — nem pendurada em suas costas, nem jogada por cima do ombro.

De...

Jeito...

Nenhum.

E não quero nem saber se a altitude está me incomodando.

— Obrigada pela oferta. De verdade. — Abro o melhor sorriso que consigo expressar no momento. — Mas acho que vou simplesmente andar devagar. Vou ficar bem.

Flint balança a cabeça negativamente.

— Você é teimosa, hein? — Mas ele não insiste no assunto como eu achei que faria. Em vez disso, ele pergunta: — Posso pelo menos ajudar você a subir? Seria horrível ver você despencar e rolar escada abaixo logo no seu primeiro dia aqui.

— Ajudar como? — A desconfiança faz com que eu o encare, estreitando os olhos.

— Assim. — Ele passa o braço ao redor da minha cintura.

Eu me sinto enrijecer com aquele toque inesperado.

— O que você está...?

— Desse jeito você pode pelo menos se apoiar em mim se a subida for demais para você. Pode ser?

Eu começo a dizer *não pode ser absolutamente nada*, mas o riso naqueles olhos de âmbar e o jeito que ele olha para mim — esperando que eu faça exatamente aquilo — fazem com que eu mude de ideia. Bem, isso e também o fato de que tio Finn e Macy parecem não ter nenhuma objeção ao que está acontecendo.

— Está bem, está bem. Pode ser — concordo com um suspiro, quando a sala começa a girar ao meu redor. — Ah, meu nome é Grace.

— Eu sei. Foster disse que você vinha para cá. — Ele vai na direção da escada, ajudando-me a subir com o braço direito ao redor das minhas costas. — E o meu é Flint.

Ele para diante da escada por um momento, estendendo as mãos para pegar a minha bagagem.

— Oh, não se preocupe com as malas — diz Macy, com a voz umas três oitavas acima do tom normal. — Eu cuido delas.

— Não duvido, Macy — responde Flint, piscando o olho. — Mas você pode me usar, já que estou me oferecendo como voluntário. — Em seguida, ele pega duas das malas com a mão esquerda e começa a subir.

Graças aos céus, começamos a subir devagar. Mas não demora muito até começarmos a ir mais rápido — não porque eu tenha me acostumado com a altitude, mas porque Flint está levando a maior parte do meu peso, praticamente me carregando escada acima com um braço ao redor de mim.

Eu sei que ele é forte — todos aqueles músculos embaixo da sua camiseta não são meramente decorativos —, mas não consigo acreditar que seja *tão* forte. Afinal, ele está carregando duas malas pesadas e também *me carregando* pela escadaria, e nem sequer respira com dificuldade.

Chegamos ao topo da escada antes de Macy, que está bufando e resfolegando pelos últimos degraus com a minha última mala.

— Já pode me soltar — digo, enquanto começo a me contorcer para me desvencilhar dele. — Já que você praticamente me carregou até aqui.

— Estava só tentando ajudar — diz ele, agitando as sobrancelhas e me fazendo rir, apesar do constrangimento que sinto.

Ele me coloca de volta no chão e eu espero que ele se afaste quando meus pés finalmente pisam em uma superfície firme. Em vez disso, ele continua com o braço ao redor da minha cintura e vai me levando pelo corredor.

— Já pode me soltar — digo de novo. — Estou bem, agora. — Mas meus joelhos fraquejam quando digo aquilo, sentindo outra onda de tontura tomar conta de mim.

Tento esconder aquilo, mas provavelmente não consigo fazê-lo muito bem, porque o sorriso de Flint se transforma num olhar de preocupação em menos de dois segundos. Em seguida, ele balança a cabeça.

— Ah, claro. Para você desmaiar e despencar por cima do corrimão. Nada disso. O diretor Foster me mandou levá-la até o quarto e é isso que eu vou fazer.

Começo a debater a questão, mas sinto as pernas tão bambas e decido que aceitar a oferta pode ser algo bem vantajoso. Assim, simplesmente concordo com um meneio de cabeça, enquanto ele se vira para trás a fim de chamar minha prima.

— Tudo bem por aí, Macy?

— Tudo ótimo — replica ela, arfando e praticamente arrastando a minha mala quando vence o último degrau.

— Falei que podia trazer essa outra mala também — diz Flint a ela.

— Não foi por causa do peso da mala — retruca Macy. — E sim porque tive que subir essa escada quase correndo.

— Minhas pernas são mais longas. — Ele olha ao redor. — E, então, para que lado tenho que levá-la?

— Estamos na ala Norte — diz Macy, apontando para o corredor que fica à nossa esquerda. — Venha comigo.

Apesar de todo o cansaço e de estar ofegante, ela entra às pressas no corredor, seguida por mim e por Flint, que a acompanha a passos rápidos. Enquanto corremos pelo pavimento, é inevitável sentir um alívio por continuar amparada por um braço forte. Eu sempre achei que estava em forma, mas a vida no Alasca obviamente considera que "em forma" é algo muito acima do padrão geral da população.

Há quatro conjuntos de portas duplas naquele lugar, todas feitas de madeira grossa e entalhada. Macy para diante da porta com a inscrição

"Norte". Mas, antes que ela consiga tocar na maçaneta, a porta se abre com tanta rapidez que ela mal consegue se esquivar antes de ser atingida.

— Ei, o que está acont... — Ela para de falar quando quatro rapazes passam pela porta como se Macy nem estivesse ali. Os quatro são morenos, carrancudos e incrivelmente sexy, mas só tenho olhos para um deles.

Aquele que estava no térreo.

Mas ele não tem olhos para mim. Em vez disso, passa sem dizer nada, com uma expressão vazia no rosto e um olhar gelado — como se eu nem estivesse aqui.

Como se nem conseguisse me ver, mesmo que tenha de desviar do caminho para não esbarrar em mim.

Como se não tivesse passado quinze minutos conversando comigo agora há pouco.

Só que... só que, quando ele passa, seu ombro roça de leve a lateral do meu braço. Mesmo depois de tudo o que dissemos um ao outro, sinto uma onda de calor ferver pelo meu corpo ante o contato. E mesmo que a lógica me diga que o toque foi acidental, não consigo afastar a ideia de que ele fez isso de propósito. Não mais do que consigo me impedir de virar o rosto para acompanhá-lo com os olhos quando ele se afasta.

É só porque estou irritada, digo a mim mesma. Só porque eu quero ter a oportunidade de lhe dar uma bronca por ter sumido daquele jeito.

Macy não diz nada para ele, nem para os outros garotos, e Flint também não. Em vez disso, esperam até que os quatro saiam do caminho e depois seguem pelo corredor como se nada tivesse acontecido. Como se não tivéssemos sido escandalosamente esnobados.

Flint segura com ainda mais força a minha cintura, e eu não consigo evitar pensar comigo mesma por que o garoto com gelo nas veias faz minha pele formigar e aquele que está literalmente compartilhando o calor do seu corpo comigo me deixa gelada por dentro. Parece que a minha vida tumultuada está tumultuando completamente o meu cérebro também.

Sinto vontade de perguntar quem são eles; vontade de perguntar quem é *ele* para que eu finalmente consiga associar um nome àquele corpo incrível, e àquele rosto *ainda mais* incrível. Mas não parece ser o momento certo. Assim, fico de boca fechada e me concentro em olhar ao redor em vez de fazer perguntas obsessivas sobre um cara de que eu nem sequer gosto.

O corredor norte tem portas pesadas de madeira dos dois lados, e a maioria exibe alguma decoração. Rosas secas no formato de um *X* em uma delas, o que parece um conjunto elaborado de mensageiros dos ventos em outra e uma tonelada de adesivos em forma de morcego numa terceira. Não consigo decidir se a pessoa que mora ali sonha em ser quiropterologista ou se é simplesmente fã do Batman.

De qualquer maneira, fico absurdamente fascinada com todas aquelas decorações — em particular com os mensageiros dos ventos, já que não consigo imaginar que vente tanto num corredor interno. E não fico nem um pouco surpresa quando Macy para diante da porta mais adornada de todas elas. Uma guirlanda de flores frescas contorna todo o batente, e fios com cristais trançados e multicoloridos caem do alto da porta até o chão como uma versão elegante de uma cortina de miçangas.

— Aqui estamos — saúda Macy, abrindo a porta com um floreio. — Lar, doce lar.

Antes que eu ultrapasse a soleira, outro rapaz bonito que se veste todo de preto passa por nós. E embora ele não nos dê mais atenção do que aqueles com quem cruzamos na porta do corredor norte, sinto que os pelos da minha nuca se arrepiam. Porque, mesmo com a certeza de que estou imaginando coisas, subitamente tenho uma sensação horrível de estar sendo observada.

Capítulo 5

COISAS QUE ROSA-CHOQUE E
HARRY STYLES TÊM EM COMUM

— Qual é a cama dela? — pergunta Flint quando me leva pela porta.

— A da direita — responde Macy. Sua voz está com aquele som engraçado outra vez, e por isso eu olho para trás, por sobre o ombro, para ter certeza de que ela está bem.

Parece que sim, mas os olhos dela estão enormes e se movem o tempo todo, apontando para Flint e depois para o restante do quarto, várias e várias vezes. Eu a encaro e faço uma cara de *o que está acontecendo*, mas ela só faz um gesto negativo com a cabeça, um sinal universal que indica *não diga NADA*. Assim, decido ficar quieta.

Em vez disso, eu dou uma conferida no quarto que vou dividir com a minha prima durante os próximos meses. Só preciso de alguns segundos para me dar conta de que, independentemente do que tivesse dito sobre entender se eu quisesse ter um quarto só para mim, ela já vinha planejando dividir o quarto comigo há um bom tempo.

Para começar, todas as coisas dela estão organizadas cuidadosamente no lado do quarto que está decorado com todas as cores do arco-íris. Além disso, a outra cama já está toda arrumada com — é claro — lençóis rosa-choque e um edredom rosa-choque estampado com enormes figuras de hibiscos brancos.

— Sei que você gosta de surfar — diz, percebendo que eu observo aquele edredom ofuscante. — Achei que você gostaria de algo que a fizesse se lembrar de casa.

Aquele tom de rosa me faz lembrar mais da Barbie surfista do que da casa onde eu morava, mas jamais vou dizer isso a Macy. Não quando é óbvio todo o cuidado e esforço que ela teve para fazer com que eu me sentisse confortável. E sou grata por tudo isso.

— Obrigada. É muito bonito.

— É sem sombra de dúvida algo bem alegre — diz Flint, levando-me até a cama. O jeito com que ele me olha é totalmente irônico, mas isso só faz com que eu goste ainda mais dele. O fato de ele saber que as escolhas de Macy em termos de decoração são absurdas e, ao mesmo tempo, ser gentil demais para dizer qualquer coisa que possa magoá-la, é uma atitude que me apetece. Com sorte, talvez eu tenha acabado de fazer uma nova amizade.

Ele larga as minhas malas ao pé da cama e, em seguida, se afasta enquanto eu desabo no colchão, com a cabeça ainda girando um pouco.

— Vocês precisam de mais alguma coisa antes de eu ir? — pergunta Flint, depois que estamos completamente desvencilhados.

— Estou bem — respondo a ele. — Obrigada pela ajuda.

— Sempre que precisar, novata. — Ele abre outro daqueles sorrisos de dez mil quilowatts de potência. — Sempre que precisar.

Tenho certeza de que Macy fica um pouco entristecida ao ver aquele sorriso, mas ela não diz nada. Simplesmente vai até a porta e abre um sorriso fraco, enquanto espera ele sair. Flint esboça um aceno breve para mim e toca o punho dela com o próprio punho.

No instante que a porta é fechada e trancada depois que ele passa, eu digo:

— Flint é o seu crush.

— Não é! — responde ela, olhando desesperada para a porta, como se ele pudesse nos ouvir do outro lado daquela madeira grossa.

— Ah, não? Então o que foi tudo isso?

— Tudo isso, o quê? — A voz de Macy está três oitavas acima do tom normal.

— Você sabe. — Junto as mãos, entrelaçando os dedos, abro e fecho os olhos várias vezes e faço uma imitação caricata de todos os sons que ela vinha fazendo desde que o seu pai chamou Flint para nos ajudar.

— Eu não falo desse jeito!

— Você fala *exatamente* desse jeito — digo a ela. — Mas não entendo... Se você gosta de Flint, por que não tenta conversar mais com ele? Tipo, era a oportunidade perfeita.

— Eu não gosto dele desse jeito. Não gosto! — Macy insiste com uma risada quando eu a encaro. — Digo... ele é lindo, legal e superinteligente, mas eu já tenho um namorado de quem gosto muito. Mas Flint é tão... *Flint*, sabe? E ele estava no *nosso quarto*. Do lado da *sua cama*. — Ela suspira. — Esse tipo de coisa deixa a gente maluca.

— Achei que você fosse desmaiar — digo, provocando.

— Nada a ver. — Ela revira os olhos. — Não é um crush de verdade. É uma coisa meio...

— Uma coisa meio como a aura que cerca o garoto mais popular da escola?

— Sim, é isso! Exatamente assim. Só que Flint não está exatamente no topo da lista. Jaxon e sua turma praticamente já ocuparam todas as vagas da primeira posição.

— Jaxon? — pergunto, tentando falar de maneira casual, mesmo enquanto todo o meu corpo entra em estado de alerta máximo. Não sei como, mas sei que ela está falando *dele.* — Quem é Jaxon?

— Jaxon Vega. — Ela finge que está desmaiando de um jeito caricato. — Não faço a menor ideia sobre como falar do Jaxon, mas... Ah, espere. Você o viu.

— Vi? — Tento ignorar os dinossauros voadores que invadiram de novo o meu estômago.

— Sim, quando estávamos vindo para cá. Era um dos caras que quase me acertou com a porta na cara. O gostosão que estava na frente dos outros.

Eu me faço de boba, embora meu coração já esteja subitamente batendo rápido demais.

— Aqueles que fingiram que não viram a gente?

— Sim. — Ela ri. — Mas não leve para o lado pessoal. Jaxon é assim mesmo. Ele é meio... angustiado.

Ele é muito mais do que "meio angustiado", se a nossa conversa que aconteceu mais cedo é sinal de alguma coisa. Mas não estou disposta a contar a Macy sobre o ocorrido se nem tenho certeza do que sinto a respeito, ainda.

Assim, faço a única coisa que posso: mudo de assunto.

— Obrigada por preparar o quarto para mim. Foi legal da sua parte.

— Ah, não esquenta — responde ela, despreocupada. — Não foi nada.

— Tenho certeza de que você passou um bom tempo cuidando de tudo. Eu não sabia que tantas empresas faziam entregas num lugar que fica a noventa minutos de Healy, no meio das montanhas do Alasca.

Ela enrubesce um pouco e desvia o olhar, como se não quisesse que eu percebesse todo o trabalho que ela teve para fazer com que me sentisse em casa. Mas em seguida Macy dá de ombros e diz:

— Bem, o meu pai conhece todas as empresas que fazem essas entregas. Não tivemos problemas.

— Mesmo assim, você é definitivamente a minha prima preferida.

Ela revira os olhos.

— Sou a sua única prima.

— Não significa que não possa ser a minha favorita.

— Meu pai é quem fala assim.

— Ele diz que você é a prima favorita dele, também? — comento, brincando.

— Sabe do que eu estou falando. — Ela solta um suspiro exasperado. — Você é uma pateta. E sabe disso, não é?

— Ah, sei sim. Absolutamente.

Ela ri, enquanto vai até o frigobar ao lado da escrivaninha.

— Ei, beba isso aqui — diz ela quando pega uma enorme garrafa de água e a joga para mim. — E eu vou lhe mostrar o restante.

— O restante?

— Sim. Tem mais. — Ela vai até um dos armários e abre as portas. — Imaginei que o seu guarda-roupa não estivesse muito bem equipado para o Alasca, então decidi complementar um pouco.

— "Um pouco". Você está sendo meio modesta, não acha?

Dentro do armário tem várias saias e calças pretas, junto de blusas pretas e brancas, um monte de camisas polo, pretas ou roxas, dois blazers pretos de tecido grosso e dois cachecóis no padrão quadriculado vermelho e preto dos kilts escoceses. Há também vários moletons forrados com capuzes, alguns blusões bem grossos, uma jaqueta pesada e outras duas calças grossas para a neve — e nenhuma daquelas peças é rosa-choque, graças a Deus. No piso há alguns pares de sapatos novos e botas para a neve, junto de uma caixa grande do que parecem ser materiais escolares.

— Tem também meias, segunda pele térmica, camisas e calças forradas nas gavetas da sua cômoda. Eu acho que mudar para cá já é difícil o bastante. Não queria que você tivesse que se preocupar com mais nada.

E, dizendo isso, ela consegue derrubar a primeira linha das minhas defesas. Lágrimas brotam dos meus olhos e desvio o olhar, piscando rapidamente para tentar esconder o desastre em que me encontro.

Obviamente, a tática não funciona. Macy solta uma exclamação curta de susto. Em um piscar de olhos, atravessa o quarto e me puxa para um abraço com aroma de coco que parece não combinar em nada com este lugar no meio do Alasca. E, estranhamente, é muito reconfortante.

— É uma droga, Grace. Tudo isso é horrível, e eu queria poder fazer as circunstâncias melhorarem. Eu queria simplesmente poder pegar uma varinha mágica e fazer as coisas voltarem a ser do jeito que eram.

Eu concordo com um aceno de cabeça porque sinto um nó na garganta. E porque não há mais nada a dizer. Exceto pelo fato de que eu desejo a mesma coisa.

Queria que as últimas palavras que meus pais e eu trocamos não tivessem sido arremessadas feito farpa numa briga que agora me parece ter sido bem estúpida.

Eu queria que meu pai não tivesse perdido o controle do carro duas horas mais tarde e caído, junto à minha mãe, de um penhasco, afundando dezenas de metros mar adentro.

E, acima de tudo, eu queria poder sentir o perfume da minha mãe ou ouvir a voz grave e estrondosa do meu pai pelo menos mais uma vez.

Deixo que Macy me abrace por tanto tempo quanto consigo aguentar — um tempo que não é muito maior do que uns cinco segundos — e em seguida me afasto. Nunca gostei muito de ser tocada, e isso só piorou depois que meus pais morreram.

— Obrigada por... — Indico a cama e o armário com um gesto. — Por tudo isso.

— Claro. E quero que você saiba que, se precisar conversar, ou se precisar de qualquer coisa, estou aqui. Sei que não é a mesma coisa, porque a minha mãe foi embora; ela não morreu. — Ela engole em seco e respira profundamente antes de continuar. — Mas sei como é se sentir sozinha. E sou boa ouvinte.

Esta é a primeira vez que ela usou a palavra "morrer". A primeira vez que ela reconheceu de verdade o que aconteceu com os meus pais, usando o termo certo. E, por ter feito isso, sinto que é muito mais fácil dizer:

— Obrigada.

E digo isso com sinceridade, mesmo quando lembro que Jaxon não se esquivou da palavra, também. Ele pode ter sido um babaca comigo, mas chamou a morte dos meus pais pelo nome correto. E não me tratou como se eu fosse desmoronar sob o peso de uma única palavra dura.

Talvez seja por isso que eu ainda esteja pensando nele, quando deveria estar sentindo asco por ser um cafajeste.

Ela faz um aceno afirmativo com a cabeça, me observando com um olhar preocupado que só faz com que eu me sinta pior.

— Acho que é melhor eu guardar as minhas coisas. — Fito as malas com uma expressão de desgosto. Tenho a impressão de que acabei de fechá-las. A última coisa que quero fazer agora é abri-las e esvaziá-las. Em especial quando a minha cama rosa-choque está me chamando como se fosse um farol na escuridão.

— Posso ajudar com isso. — Ela aponta para uma porta que fica do outro lado do quarto. — Por que não vai tomar um banho e vestir um pijama? Vou ver como está a sopa que o meu pai disse que mandaria para cá. Depois pode jantar, tomar um analgésico e descansar. Com sorte, quando acordar, vai estar um pouco mais acostumada com a altitude.

— Parece uma ideia... — Eu realmente estou me sentindo acabada, e um banho parece ser a melhor coisa a fazer. Assim como dormir, considerando que estava tão nervosa durante esta última semana que não consegui dormir muito também.

— Perfeita, não é? — Ela termina a frase que deixei no ar.

— Com certeza.

— Ótimo. — Ela vai até o armário e tira algumas toalhas. — Se quiser entrar no chuveiro, vou buscar a tigela de sopa e, se tudo der certo, daqui a meia hora, todo esse dia vai parecer bem melhor do que está agora.

— Obrigada, Macy. — Eu olho para ela. — De verdade.

Um sorriso se espalha pelo rosto dela e ilumina seus olhos.

— Por nada.

Quinze minutos depois, já saí do chuveiro e estou vestida com meu pijama favorito — uma camiseta da primeira turnê solo de Harry Styles e uma calça de flanela azul com margaridas brancas e amarelas estampadas, e vejo que Macy está dançando pelo quarto ao som de *Watermelon Sugar*.

Coincidências do destino?

Macy fica empolgada com a camiseta da turnê — como eu esperava que acontecesse —, mas, tirando isso, ela me deixa sozinha. Exceto para ter certeza de que bebi toda a água que havia na garrafa de um litro e que tomei os comprimidos que ela deixou na minha mesinha de cabeceira.

Há uma tigela de sopa de galinha com macarrão na mesinha também, mas neste momento eu não tenho energia suficiente para comer. Em vez disso, deito na cama e puxo as cobertas rosa-choque até cobrir a cabeça.

A última coisa em que penso antes de pegar no sono é que, apesar de tudo, desde que meus pais morreram, hoje foi a primeira vez que tomei um banho sem me esforçar para não chorar.

Capítulo 6

NÃO, EU NÃO QUERO
BRINCAR NA NEVE

Acordo devagar, com a cabeça meio confusa e sentindo o corpo pesado como pedra. Levo um segundo para me lembrar onde estou — Alasca — e que o ronco discreto que enche o quarto é obra de Macy e não de Heather, em cujo quarto eu dormi durante as últimas três semanas.

Ergo o corpo até estar sentada, tentando ignorar os rugidos e uivos que não são familiares — e até mesmo um grito animalesco ocasional — ao longe. É o bastante para matar qualquer pessoa de susto, ainda mais uma garota que foi nascida e criada na cidade grande, mas eu me conforto me lembrando de que há uma gigantesca muralha de castelo entre mim e todos os animais que emitem aqueles ruídos.

Mesmo assim, se eu for realmente honesta, não é a completa estranheza deste lugar que faz meu cérebro trabalhar acelerado o tempo todo. Sim, estar no Alasca é bizarro, de todas as maneiras possíveis. Mas, quando consigo expulsar os pensamentos referentes à minha vida antiga, percebo que não foi o Alasca que me acordou, e olho para o relógio: 3h23 da madrugada. E não é o Alasca que me impede de voltar a dormir.

É ele.

Jaxon Vega.

Não sei mais nada a respeito dele e do que sabia quando fui deixada sozinha no corredor, irritada, confusa e mais magoada do que quero admitir — além do fato de ser o garoto mais popular da Academia Katmere. E que ele é angustiado, o que... sem brincadeira. Não preciso exatamente de uma bola de cristal para saber disso.

Mas, falando sério, nada que Macy me disse importa, porque eu decidi que não quero saber mais nada sobre ele.

E mais: não quero *nem saber dele*.

Mas, quando fecho os olhos, ainda consigo vê-lo perfeitamente. O queixo retesado. A cicatriz fina que marca o rosto. O gelo negro daqueles olhos que Jaxon me mostrou por um segundo, apenas um segundo, que conhece tanto sobre a dor quanto eu. Talvez mais.

É nessa dor que eu penso enquanto fico aqui sentada no escuro. A dor que faz com que me preocupe com ele quando não deveria me importar nem um pouco.

Fico me perguntando onde ele arranjou aquela cicatriz. Independentemente de como tenha acontecido, deve ter sido horrível. Aterrorizante. Traumático. Devastador.

Imagino que seja por isso que ele agiu daquele jeito tão frio comigo. Por que ele tentou me fazer ir embora e, quando percebeu que eu não iria, rebateu com aquele aviso ridículo sobre ter que tomar cuidado e, devo admitir, um pouco desconcertante.

Macy disse que ele era o tipo angustiado... Será que isso significa que ele trata todo mundo do mesmo jeito que tratou a mim? E, se for assim, por quê? Seria porque não passa de um babaca? Ou porque sua dor é tão grande que a única maneira de lidar com ela é fazer com que todo mundo sinta medo dele e impedir qualquer aproximação? Ou as pessoas veem a sua cicatriz e aquele rosto carrancudo e decidem ficar longe?

Era horrível pensar naquilo, mas eu sabia bem como era aquela situação. Não a parte de as pessoas terem medo de mim, mas definitivamente a parte em que as pessoas não se aproximam. Com exceção de Heather, a maioria dos meus amigos foi se afastando depois que meus pais morreram. A mãe de Heather me disse que isso aconteceu porque a morte dos meus pais os fazia lembrar da própria mortalidade, que seus pais poderiam morrer a qualquer momento. E eles também.

Logicamente, eu sabia que ela tinha razão, que eles estavam só tentando se proteger da única maneira que sabiam. Mas isso não tornava a distância menos dolorosa. E com certeza não tornava a solidão mais fácil de suportar.

Esticando a mão a fim de pegar o telefone, mando algumas mensagens rápidas para Heather — algo que eu devia ter feito assim que cheguei aqui, ontem à noite —, dizendo que estou bem e explicando sobre o enjoo e a tontura por causa da altitude.

Em seguida, volto a me deitar e tento me forçar a dormir de novo. Mas estou totalmente desperta; pensamentos sobre o Alasca, a escola e Jaxon se mesclam na minha cabeça, e tudo que quero é que eles apenas parem e se aquietem.

Mas eles não param, e subitamente sinto o coração pular e a pele eriçar. Levo a mão ao peito e respiro fundo uma, duas vezes, tentando descobrir o que me deixou tão alarmada a ponto de quase não conseguir respirar.

E, de repente, está tudo ali. Todos os pensamentos que eu empurrei para longe nas últimas quarenta e oito horas na tentativa de conseguir partir. O suficiente para chegar até aqui. Meus pais, deixar San Diego e os meus amigos, aquela viagem ridícula de avião até Healy... As expectativas de Macy em relação à nossa amizade, o jeito que Jaxon olhou para mim e depois, quando *não* olhou para mim, as coisas que ele me disse... A quantidade ridícula de roupas que sou obrigada a usar para me manter aquecida. O fato de estar essencialmente presa neste castelo pelo frio...

Tudo isso acaba se misturando em um grande carrossel de medo e arrependimento, girando pelo meu cérebro. Nenhum pensamento é claro, nenhuma imagem se destaca das outras — somente uma sensação esmagadora de desastres iminentes.

Da última vez que surtei desse jeito, a mãe de Heather me disse que sentir emoções poderosas demais é completamente normal depois de uma perda gigantesca. O peso esmagador no meu peito, os pensamentos que giram sem controle, as mãos trêmulas, a sensação de que o mundo vai desabar sobre mim... Tudo é completamente normal. Ela é terapeuta, então deve saber bem o que fala. Mas nada disso me parece normal agora.

A sensação é aterrorizante.

Sei que deveria ficar onde estou — este castelo é gigantesco e não faço a menor ideia do que há aqui dentro — mas sou inteligente o bastante para saber que, se eu ficar aqui olhando para o teto, vou ter um ataque de pânico bem forte. Assim, respiro fundo e me levanto da cama. Enfio os pés nos sapatos e pego o meu moletom a caminho da porta.

Quando eu ainda morava na minha casa, se não conseguisse dormir, saía para correr, mesmo que fossem três horas da manhã. Mas, aqui, isso está completamente fora de cogitação. Não apenas porque o lugar é frio como a morte, mas porque só Deus sabe que tipo de animal selvagem está à minha espera no meio da noite. Não passei a última meia hora deitada na cama escutando uivos e rugidos a troco de nada.

Mas este é um castelo enorme, com corredores longos. Talvez eu não consiga correr por todos eles, mas posso pelo menos sair para explorar. Ver o que posso encontrar.

Fecho cuidadosamente a porta depois de sair; a última coisa que quero é acordar Macy depois de ela ter sido tão gentil comigo. Em seguida, sigo pelo corredor até a escadaria.

O lugar é mais assustador do que eu esperava que fosse. Pensava que as luzes dos corredores ficavam acesas no meio da noite por conta de protocolos de segurança e coisas do tipo, mas elas estão bem fracas. Do tipo *só há luz suficiente para enxergar as sombras imaginárias passando pelos corredores.*

Por um segundo, cogito retornar ao quarto e esquecer todo esse papo de caminhar/explorar o castelo. Mas o simples fato de pensar naquilo faz com que o carrossel comece a girar novamente em minha cabeça, e isso é a última coisa que quero enfrentar agora.

Pego o meu celular e aponto a lanterna para o corredor. Logo as sombras desaparecem e o lugar começa a se parecer com qualquer outro corredor. Isso se eu descontar as paredes de pedra talhada e as tapeçarias antigas, claro.

Não faço ideia do rumo que estou tomando, apenas quero sair do andar dos alojamentos. Mal consigo suportar a ideia de ter que conversar com *Macy* neste momento; lidar com qualquer outra pessoa parece ser absolutamente impossível.

Chego até a escada longa e circular sem nenhum problema e desço os degraus, dois de cada vez, até chegar ao térreo. Depois do banho que tomei ontem à noite, Macy falou que ali fica a cantina, junto à biblioteca e a algumas das salas de aula. Há outras salas de aulas em prédios na área externa, mas a maioria das aulas principais acontece aqui, dentro do castelo, algo que fico muito feliz em saber. Quanto menos eu precisar ficar ao ar livre nesse tempo, melhor.

Aqui embaixo os corredores são decorados com mais tapeçarias, já desgastadas e desbotadas pelo tempo. A minha favorita se estende por vários metros e tem cores vivas. Tons de roxo e rosa, verde e amarelo, todos entrelaçados sem nenhuma lógica ou motivo aparentes — mas, quando dou um passo para atrás e aponto a lanterna para um trecho maior, percebo que existe um padrão ali. É uma representação artística da aurora boreal, as luzes do céu do norte.

Eu sempre quis ver a aurora boreal. Por algum motivo, em meio a toda dor e preocupação com a mudança para o Alasca, eu me esqueci completamente de que poderia observá-la praticamente de camarote neste lugar.

É esse pensamento que me dá forças e me faz voltar até a entrada e para as enormes portas duplas que levam até o pátio externo. Não sou boba para sair zanzando no meio da neve vestida apenas com um moletom com capuz e as calças do pijama, mas talvez eu possa colocar a cabeça para fora e tentar ver alguma luz no céu.

Provavelmente é uma péssima ideia — eu devia simplesmente subir, voltar para a cama e deixar a aurora boreal para outra noite. Mas agora encasquetei com isso e não consigo me livrar da ideia. Meu pai costumava me contar histórias sobre a aurora boreal e isso sempre esteve naquela lista de desejos a se realizar algum dia na vida. Agora que estou tão perto, simplesmente não posso deixar de dar uma olhada.

Uso a lanterna para voltar pelo corredor. Chegando lá, ergo o aparelho visando destrancar as portas, mas, antes que consiga encontrar a primeira maçaneta, as portas duplas se abrem. E entram dois garotos que não vestem nada além de camisetas de turnês de bandas, jeans e botas de trilha. Nada de jaquetas, blusões, nem mesmo moletons com capuz. Somente jeans rasgados, Mötley Crüe e Timberland. É a cena mais ridícula que eu já vi e, por um segundo, não consigo evitar de imaginar se este castelo — assim como Hogwarts — vem equipado com os próprios fantasmas. Fantasmas que morreram em um show de rock dos anos 1980.

— Ora, ora, ora. Então, parece que voltamos bem a tempo — comenta o mais alto dos dois rapazes. Ele tem uma pele da cor de cobre, cabelos escuros presos num rabo de cavalo e um piercing em forma de anel bem no meio do septo nasal. — Pode me dizer o que está fazendo fora do seu quarto, Grace?

Alguma nuance na voz dele me deixa nervosa a ponto de fazer a minha pele encher de brotoejas.

— Como sabe o meu nome?

Ele ri.

— Você é a garota nova, não é? Todo mundo aqui já sabe o seu nome. *Grace.* — Ele dá um passo adiante, chegando mais perto, e eu posso jurar que está me cheirando... O que é completamente bizarro. E também não parece ser uma atitude muito fantasmagórica. — Agora, que tal você responder a minha pergunta? Me diz, Grace, o que está fazendo fora do seu quarto?

Eu não falo sobre a aurora boreal — especialmente porque consigo visualizar um pedaço do céu antes de ele fechar a porta, e a cor é só o preto de sempre, salpicado de estrelas, que podemos ver em quase qualquer lugar do mundo. Apenas mais uma decepção em uma longa sequência delas, nos últimos tempos.

— Eu estava com sede — tento mentir, muito mal, apertando os braços ao redor da minha cintura em um esforço para combater a rajada gelada de vento que entrou com eles e que continua no ar à nossa volta. — Só queria pegar um pouco de água.

— E achou? — questionou o outro rapaz. Ele é mais baixo do que o primeiro e um pouco mais corpulento, também. O cabelo loiro é cortado bem rente à pele da cabeça.

A pergunta parece inocente o bastante, exceto pelo fato de que ele vem andando na minha direção enquanto fala, entrando no meu espaço pessoal até eu precisar decidir se vou bater o pé ou se vou recuar.

Decido recuar, em especial porque não gosto do jeito com que ele me olha. E porque a cada passo fico mais perto da escada e, espero, do meu quarto.

— Achei sim, obrigada — minto outra vez, tentando dar a impressão de que estou despreocupada. — Vou voltar para a minha cama agora.

— Antes que a gente tenha a chance de conhecê-la melhor? Isso não parece muito educado, não é, Marc? — pergunta o rapaz de cabelos curtos.

— Não parece mesmo — responde Marc, e agora ele está bem perto, também. — Especialmente porque já faz semanas que Foster está torrando a nossa paciência por sua causa.

— Como assim? — pergunto, esquecendo-me por um segundo do medo que sinto.

— Significa que já tivemos três reuniões diferentes por sua causa, e em todas elas ele avisou que devemos nos comportar. Uma encheção de saco. Não é mesmo, Quinn?

— Com certeza. Se ele está tão preocupado por causa da sua presença aqui, não sei por que ele não a deixou no lugar de onde veio. — Ele estende a mão e puxa um dos meus cachos... com força. Quero me esquivar, empurrá-lo para longe e gritar com ele, mandar que me deixe em paz.

Mas há algum problema aqui. Consigo sentir isso no ar, assim como consigo sentir, em ondas, a violência prestes a brotar desses dois garotos. É como se estivessem loucos para machucar alguém, loucos para partir alguém ao meio. E não quero que esse alguém seja eu.

— O que acha, Grace? — diz Marc, com uma expressão de desprezo. — Acha que dá conta de viver no Alasca? Porque tenho certeza de que a ordem natural das coisas vai dar conta de você bem rápido.

— Estou só tentando me virar até a formatura. Não estou procurando encrenca — digo, e mal consigo forçar as palavras a passar pelo nó que atravessa a minha garganta.

— Encrenca? — ri Quinn, mas é um riso dissimulado, que não esboça graça alguma. — Por acaso, a gente parece gostar de encrenca?

Eles parecem exatamente a definição de encrenca.

Imagino que, se eu procurasse "encrenca" no dicionário, as fotos dos dois estariam bem ali, no meio da página, junto a um selo gigante de advertência. Mas eu não digo isso. Não digo nada, inclusive, enquanto meu cérebro trabalha a toda velocidade para descobrir uma maneira de sair dessa situação aterrorizante. Uma parte de mim acha que eu devo estar sonhando porque isso parece uma cena comum em todos os filmes adolescentes, em que os valentões da escola decidem cercar a recém-chegada só para mostrar quem manda no pedaço.

Mas isto é a vida real, não um filme, e eu não tenho nenhuma ilusão sobre ser a dona do pedaço aqui ou em qualquer lugar. Sinto vontade de lhes dizer isso, mas neste momento o ato de responder parece equiparável a aceitar o que eles dizem, e essa é a última coisa que você deve fazer quando estiver encarando um valentão. Quanto mais der a eles, mais vão tentar tomar.

— Então me diga uma coisa, Grace. Você já deu uma olhada na neve? — pergunta Marc, e subitamente ele está perto demais para que eu me sinta confortável. — Aposto que nunca viu neve antes.

— Vi bastante neve no caminho até aqui.

— Na garupa de um trenó? Isso não conta, não é mesmo, Quinn?

— Não. — Quinn faz um sinal negativo com a cabeça, com a boca retorcida e rosnando de um jeito que dá pra ver uma arcada e tanto de dentes. — Você definitivamente precisa chegar mais perto. Mostrar o que é capaz de fazer.

— O que eu posso fazer? — Não faço a menor ideia do que eles estão falando.

— Olhe, é óbvio que você tem alguma coisa especial. — Desta vez, quando ele inala o ar, tenho certeza de que Marc está me cheirando. — Mas ainda não consegui descobrir o que é.

— Não é mesmo? — concorda Quinn. — Eu também não, mas definitivamente tem algo no ar. Vamos ver o que você é capaz de fazer então, *Grace*.

Ele se vira, retesa os músculos e é nesse momento que percebo o que está acontecendo. O que eles planejam fazer. E o perigo real que corro.

Capítulo 7

ALGUMA COISA MUITO, MUITO
MALIGNA SE APROXIMA

Giro sobre os calcanhares, sentindo a adrenalina correr pelas veias, e disparo na direção da escada. Mas Marc estende o braço e me agarra antes que eu consiga dar mais do que alguns passos. Ele me puxa com força para junto de si — encostando as minhas costas contra o peito dele — e prende os braços ao redor do meu corpo, quando eu começo a me debater para tentar me soltar.

— Me solte! — grito, erguendo o calcanhar para acertá-lo nos joelhos. Mas não tenho um ponto de apoio firme, e ele nem chega a gemer.

Penso em pisar no pé dele com força, mas o meu All Star não vai causar um estrago muito grande nos coturnos dele, e menos ainda nos pés que os calçam. — Me solte ou eu vou gritar! — digo a ele, tentando não soar assustada (mas sem conseguir).

— Pode gritar — diz ele, enquanto vai me arrastando para a porta da escola, que Quinn convenientemente segura aberta. — Ninguém vai se importar.

Jogo a cabeça para trás, acertando-o no queixo, e ele solta um palavrão; levanta um dos braços e tenta segurar a minha cabeça no lugar. E isso me deixa furiosa, ao mesmo tempo em que me apavora. Curvando-me para baixo, mordo o braço dele com toda a força.

Ele grita e se debate, o seu antebraço me acerta com força na boca. Dói, e tem também o gosto metálico de sangue se acumulando na minha boca, o que só me deixa ainda mais irritada.

— Pare! — grito, agitando-me e esperneando contra ele com toda a força que tenho. Não posso deixar que me levem porta afora; simplesmente não posso. Estou com um moletom e uma calça de flanela, e faz uns doze graus negativos lá fora, no máximo. Com o meu sangue ralo da Califórnia, não vou durar mais de quinze minutos até meus dedos começarem a necrosar ou sofrer uma hipotermia — isso se eu tiver sorte.

Mas ele não me solta; os braços ao redor de mim são firmes como aço.

— Tire essas mãos de cima de mim! — grito, desta vez sem me importar com quem eu possa acordar. Inclusive, espero mesmo conseguir acordar alguém. Qualquer pessoa. Ou todo mundo. Ao mesmo tempo, jogo a cabeça para trás com toda a força, tentando quebrar o nariz dele.

Devo ter acertado alguma coisa, porque ele me solta, com um xingamento. Caio no chão com um impacto forte e minhas pernas cedem; fico de joelhos, bem a tempo de ver Marc voar pelo vão da porta, com os olhos arregalados quando bate na parede oposta.

Mas nem tenho tempo de pensar em como isso aconteceu, porque demora apenas um segundo para ele se recuperar. Em seguida, ele começa a correr pelo saguão outra vez, vindo na minha direção. Eu me viro para fugir, com os punhos erguidos na tentativa de afastar Quinn caso ele se aproxime, mas, de repente, ele está voando pelo saguão também. Ele bate em uma estante de livros em vez de em uma parede, e um vaso cai da prateleira mais alta e arrebenta ao atingir a cabeça dele.

Dou meia-volta, procurando por uma saída, mas Marc se move rápido — muito rápido — e de repente ele está bem ali, entre a escada e eu. Viro para a direita, à procura de decidir qual é a melhor rota de fuga, e trombo em uma muralha sólida de músculos.

Merda. Tem três deles aqui? O pânico toma conta de mim e estendo os braços, tentando empurrar essa pessoa para trás. Mas, assim como Marc, o cara não se move. Pelo menos, não até passar o braço ao redor da minha cintura e me puxar para a frente com força o bastante para me levantar do chão.

É quando ele está me puxando para junto de si que eu consigo dar a primeira boa olhada em seu rosto e percebo que é Jaxon.

Não sei se devo sentir alívio ou mais medo ainda.

Pelo menos até ele me jogar para trás de si, se posicionando entre mim e os outros dois enquanto os encara.

Marc e Quinn param de avançar, e a expressão de desconforto deles se transforma em medo.

— Algum problema aqui? — pergunta Jaxon. Sua voz está mais baixa do que antes, mais áspera. E também é ainda mais fria do que o vento gelado que sopra pela porta.

— Nenhum problema — responde Marc, com uma risada forçada. — Estávamos só conhecendo a novata.

— É assim que vocês chamam uma tentativa de homicídio hoje em dia? "Conhecer" alguém? — Ele não ergue a voz, não toma nenhuma atitude minimamente ameaçadora. E, ainda assim, nós três gememos à espera de que ele prossiga.

— A gente não ia machucar a Grace, cara — diz Quinn pela primeira vez. Ele fala com uma voz bem mais melodiosa do que há uns minutos, quando eu estava sozinha com os dois. Mas ele não está embolando as palavras nem nada; assim, imagino que o vaso talvez não tenha causado muito estrago. — Só íamos jogá-la para fora da escola um pouquinho.

— Isso mesmo — emenda Marc. — Era só uma brincadeira. Nada mais.

— É assim que vocês estão chamando essa bagunça toda? — A voz de Jaxon fica ainda mais fria. — Vocês conhecem as regras.

Não faço ideia sobre a que regras ele se refere, nem por que ele fala como se fosse o responsável por garantir seu cumprimento. Mas suas palavras fazem Quinn e Marc se encolherem ainda mais, sem falar que ambos parecem nervosos, contrariados.

— Desculpe, Jaxon. A gente se empolgou um pouco e a situação saiu do controle.

— Não é para mim que vocês devem pedir desculpas. — Ele se vira um pouco e estende a mão para mim.

Eu não deveria aceitá-la. Cada grama do treinamento de defesa pessoal que fiz alerta que eu deveria sair correndo. Que deveria aproveitar o espaço que ele está oferecendo e correr feito uma louca para o meu quarto.

Mas há uma expressão de fúria muito intensa borbulhando sob aqueles olhos de obsidiana, e eu instintivamente percebo que ele se virou para me estender a mão e evitar que os outros dois a percebessem. Não sei por quê; só sei que Jaxon não quer que Marc e Quinn percebam o quanto ele está irritado. Ou talvez ele não queira que os dois percebam o quanto ficou irritado pelo que aconteceu comigo.

De qualquer maneira, Jaxon me salvou esta noite e devo isso a ele. Eu o encaro, dizendo com o olhar que vou guardar seu segredo.

E em seguida faço o que ele está pedindo silenciosamente, avançando um passo. Não seguro a mão dele, isso já seria demais, considerando o que Jaxon disse e fez horas antes. Mas dou alguns passos à frente, ciente de que ele não permitiria que Marc e Quinn fizessem algo comigo.

Devo ter chegado perto demais, entretanto, porque ele se agita um pouco diante de mim outra vez, mesmo enquanto encara Quinn e Marc com um olhar fuzilante que os avisa para se comportarem. O aviso talvez não seja necessário, porque os dois já estampam uma cara bem constrangida.

— Desculpe, Grace. — Marc é o primeiro a falar. — Não foi legal da nossa parte. Não quisemos assustar você.

Não me pronuncio, porque, com certeza, não vou dizer que "não tem problema nenhum" quanto ao que fizeram comigo. E não tenho coragem o bastante para mandar os dois para o inferno, mesmo tendo Jaxon como escudo. Assim, faço a única coisa que posso. Encaro feio os dois e espero que o pedido fajuto de desculpas termine para poder finalmente voltar para o quarto.

— Bom... você sabe. A lua está daquele jeito, então...

Isso é o melhor que eles conseguem dizer? *A lua está daquele jeito?* Não faço a menor ideia do que isso significa — e, sinceramente, não me importa nem um pouco. Já estou de saco cheio deste lugar e de todo mundo ali dentro. Com exceção de Macy e do tio Finn. E talvez... *talvez...* de Jaxon também.

— Vou para o meu quarto. — Eu me viro para ir embora, mas sinto a mão de Jaxon no meu pulso.

— Espere. — Esta é a primeira palavra que ele me dirigiu desde toda aquela situação que aconteceu mais cedo, e isso me faz parar com muito mais eficácia do que a mão de Jaxon no meu pulso.

— Por quê? — pergunto.

Ele não responde. Em vez disso, vira-se de novo para Marc e Quinn e diz:

— Ainda não acabou.

Eles confirmam com um aceno de cabeça, mas não dizem mais nada. As palavras de Jaxon servem como dispensa mas também como ameaça, porque eles saem a toda velocidade pelo corredor, movendo-se com mais rapidez do que qualquer pessoa que eu já tenha visto.

Ambos ficamos ali assistindo, enquanto os dois vão embora, e em seguida Jaxon olha para mim. Por um bom tempo, ele não diz nada; simplesmente me mede de cima a baixo, com os olhos escuros, catalogando cada milímetro do meu corpo. Não vou mentir. Isso me deixa um pouco desconfortável. Não do mesmo jeito que aconteceu com Quinn e Marc, como se estivessem procurando uma fraqueza para explorar. É mais como... nossa, é impressão minha ou este lugar ficou quente de repente? E... ah, por que, por que estou vestindo a minha calça de pijama mais velha e esfarrapada? Tudo isso faz com que a sensação de desconforto seja realmente presente.

E é uma pena eu não fazer a menor ideia de como me sinto por sentir tudo isso.

— Você está bem? — pergunta com a voz baixa e seus dedos enfim afrouxam ao redor do meu braço.

— Estou, sim. — É o que eu respondo, mesmo sem ter certeza. Que tipo de lugar é este onde as pessoas tentam jogar você porta afora para morrer? Que tipo de pegadinha é essa?

— Você não parece bem.

Dói um pouco ouvi-lo dizer isso, mesmo sabendo que ele tem razão.

— Bem, preciso admitir que os últimos dias não foram dos melhores.

— Imagino. — Os olhos de Jaxon estão sérios quando ele me encara com uma expressão grave. — Você não precisa se preocupar com Marc e Quinn. Eles não vão incomodá-la de novo. — A parte em que ele diria "Vou cuidar disso pessoalmente" fica implícita, mas eu a ouço mesmo assim.

— Obrigada. Por me ajudar. Eu agradeço muito.

Ele ergue as sobrancelhas e, se é que isso é possível, seus olhos ficam ainda mais negros em meio à pouca luz.

— É isso que você acha que fiz?

— Não foi?

Ele balança a cabeça e solta uma risada curta que faz meu coração engasgar dentro do peito.

— Você não faz a menor ideia, não é?

— Não faço ideia do quê?

— Que eu acabei de transformar você na peça de um jogo que não é capaz de compreender.

— Você acha que isso é um jogo? — pergunto, incrédula.

— Sei exatamente o que é. Você não sabe?

Espero que ele diga alguma outra coisa que explique esses comentários misteriosos, mas ele não explica nada. Em vez disso, fica apenas me olhando até o ponto em que não consigo mais me conter e me contorço um pouco. Ninguém nunca me olhou do jeito que ele olha agora, como se não conseguisse decidir se cometeu um erro ao me resgatar da morte certa.

Ou talvez ele simplesmente não consiga decidir o que vai dizer a seguir. Nesse caso, seja bem-vindo à porra do clube, Jaxon.

No fim das contas, entretanto, todo aquele silêncio não resulta em nada, porque ele simplesmente diz:

— Você está sangrando.

— Estou? — Eu levo a mão até a bochecha, que dói por causa do choque contra o ombro de Marc quando eu estava tentando me livrar dele.

— Não aí. — Ele ergue a mão até a minha boca e, gentilmente, com um toque tão suave que quase não consigo sentir, desliza o polegar sobre o meu lábio inferior. — Aqui. — Ele ergue o polegar e, mesmo com a pouca luz, consigo ver a mancha de sangue na pele dele.

— Ah, que horror! — Estendo a mão para limpar o sangue. — Deixe que eu...

Ele ri, interrompendo-me. Em seguida, leva o polegar até os lábios e, me encarando fixamente nos olhos, enfia o polegar na boca e suga lentamente o sangue.

É a cena mais sensual que já presenciei, e eu nem mesmo sei por quê. Afinal de contas isso não devia me assustar?

Talvez tenha a ver com o modo como o olhar de Jaxon se aquece no instante em que ele prova o meu sangue.

Talvez seja o ruído que ele faz quando engole.

Ou talvez seja o fato de que o toque e o deslizar do polegar dele nos meus lábios, seguido pelo movimento de levar o dedo até os próprios lábios, pareça ser mais íntimo do que qualquer beijo que eu tenha dado em outro garoto.

— É melhor você ir. — As palavras parecem estar sendo arrancadas dele.

— Agora?

— Sim... Agora. — A expressão dele parece ser intencionalmente vaga. Como se estivesse se esforçando muito para não dividir comigo o que de fato está pensando. Ou sentindo. — E sugiro que, depois da meia-noite, você fique no seu quarto, que é o seu lugar.

— Ficar no meu... — Sinto a raiva queimar com o que ele deixa no ar. — Por acaso você está dizendo que sou responsável pelo que aconteceu esta noite?

— Deixe de besteira. É claro que não. Aqueles dois deveriam se controlar melhor.

É uma maneira esquisita de dizer que eles não deviam andar por aí tentando assassinar pessoas, e eu começo a conjecturar sobre o motivo. Mas ele continua antes que eu consiga descobrir uma maneira de formar aquela frase. — Mas avisei que você precisava tomar cuidado. Este lugar não é como a sua antiga escola.

— E por acaso você sabe como era a minha antiga escola?

— Não sei — diz ele, com um sorriso malandro. — Mas garanto que não era nem um pouco parecida com a Academia Katmere.

Jaxon tem razão, é claro que ele tem razão. Mas não estou disposta a recuar agora.

— Você não sabe do que está falando.

Ele se inclina para a frente, como se não conseguisse evitar, até que o rosto, e também os lábios, estejam a poucos centímetros de mim. E, assim como aconteceu antes, sei que aquilo devia me causar desconforto. Mas não causa. Só serve para me fazer queimar. E, desta vez, quando meus joelhos estremecem, é uma sensação que não tem nada a ver com medo.

Meus lábios se entreabrem, minha respiração fica engasgada no peito, meu coração bate mais rápido. Ele sente. Noto em suas pupilas dilatadas, em como ele fica alerta e desconfiado. Jaxon ouve aquilo na aspereza súbita da própria respiração, pressente no ligeiro tremor do seu corpo contra o meu. Por um segundo, apenas um segundo, tenho a impressão de que ele vai me beijar. Mas ele se inclina ainda mais, passando pela minha boca, até que os lábios quase tocam a minha orelha. Sou acometida pela estranha sensação de que ele está me cheirando, assim como Marc e Quinn, embora isso cause um efeito inteiramente diferente em mim.

— Você não faz ideia do que eu sei — diz ele suavemente.

O calor do hálito dele me faz suspirar, derreter. Meu corpo todo se encosta no dele, como se tivesse vontade própria.

Ele deixa aquilo se prolongar por um segundo, dois, com as mãos na minha cintura, os ombros curvados para baixo, sobre mim. E, então, de maneira tão repentina quanto antes, ele já se foi, recuando tão rápido que quase caio sem o apoio do corpo dele.

— Você precisa ir — repete ele, com a voz ainda mais baixa e áspera do que antes.

— Agora? — pergunto incrédula.

— Neste exato momento. — Ele indica a escada com um movimento de cabeça e, de algum modo, eu percebo que estou indo na direção dela, embora não tenha tomado conscientemente a decisão de fazer isso. — Vá direto para o seu quarto e tranque a porta.

— Achei que você tivesse dito que eu não precisava mais me preocupar com Marc ou Quinn — digo, olhando para trás por sobre o ombro.

— Não precisa.

— Bem, então com o que eu tenho que me... — Deixo a frase morrer no ar quando percebo que estou falando comigo mesma. Porque, novamente, Jaxon desapareceu.

E fico ali me perguntando quando vou vê-lo outra vez. E por que isso importa tanto.

Capítulo 8

VIVA E DEIXE MORRER

Não vou mentir. Sinto que estou numa espécie de estado de choque quando finalmente consigo voltar para o meu quarto. São quase cinco horas da manhã e a última coisa que quero fazer é deitar na cama e ficar olhando para o teto até Macy acordar. Mas não me sinto segura em perambular pela escola, considerando que, a esta altura, eu poderia estar morta se Jaxon não tivesse aparecido naquele momento.

E como a última coisa que posso fazer — e a última coisa que eu quero — é depender dele para me salvar se eu me meter em outra situação bizarra como essa, acho que o melhor a fazer é ficar no meu quarto até Macy acordar para pedir sua opinião sobre os últimos acontecimentos. E mesmo assim, se a opinião dela for qualquer coisa além de "Meu Deus, que diabo foi isso?", vou pegar as malas que ainda nem abri e voltar para San Diego. Morar de favor com a família de Heather pelos próximos oito meses é melhor do que morrer. Pelo menos, essa é a minha versão da história e não abro mão de contá-la do meu jeito.

E também porque em San Diego não sinto enjoos devido à altitude.

A náusea toma conta de mim quando estou andando pelo quarto na ponta dos pés. Consigo chegar à cama antes de cair no chão, e deito com um resmungo leve.

Macy deve ter me ouvido, porque ela diz:

— Esse enjoo por causa da altitude não vai durar para sempre.

— Não é só o enjoo por causa da altitude. É por causa de tudo.

— Imagino.

É tudo que ela diz e o silêncio paira entre nós. Tenho certeza de que isso acontece porque ela está dando espaço para eu pensar e decidir se quero compartilhar alguma coisa.

Permaneço mirando o céu de pedra cinzenta sobre a minha cama, descendo e me esmagando. Em seguida, respiro fundo. — É que... o Alasca é como se fosse outro planeta, sabe? Tudo neste lugar é tão diferente de casa que é difícil eu conseguir me acostumar.

Não tenho o hábito de despejar meus problemas em pessoas que não conheço muito bem. É mais fácil simplesmente manter tudo guardado, mas Macy é a amiga mais próxima que tenho aqui. E há uma parte de mim me dizendo que vou explodir se eu não conversar com alguém.

— Entendo perfeitamente. Passei a vida inteira aqui, e em alguns dias tudo me parece muito bizarro também. Mas faz só umas doze horas que chegou e passou mal durante quase todas elas. Por que não espera alguns dias, até o enjoo por causa da altitude passar e assiste a umas duas ou três aulas? Talvez as coisas não pareçam tão estranhas depois que se acostumar com a rotina.

— Sei que você tem razão. E eu não estava me sentindo tão mal em relação às coisas, até que acordei, até que...

Interrompo a frase no meio, tentando pensar em qual seria a melhor maneira de contar a ela o que acabou de acontecer.

— Até o quê? — Ela afasta as cobertas e salta da cama.

— Acho que essa é uma escola bem grande, mas você conhece dois caras chamados Marc e Quinn? — eu pergunto.

— Depende. Um deles tem um piercing de argola no nariz?

— Sim. Uma argola grande e preta. — Eu levo os dedos até o nariz para demonstrar.

— Então, sim, conheço. Estão no primeiro ano, como eu. São legais, bem engraçados. Inclusive, teve uma vez que... — Eu acho que não tenho a cara impassível dos jogadores de pôquer, porque ela para de falar abruptamente. Semicerra os olhos. — Bem, na verdade, estou achando que a pergunta que eu deveria estar fazendo é: como *você* conhece esses dois?

— Talvez eles estivessem só aprontando alguma coisa, mas tenho quase certeza de que tentaram me matar esta noite. Ou, pelo menos, me matar de susto.

— Eles tentaram fazer *o quê?* — pergunta ela, com a voz esganiçada, quase deixando cair a garrafa de água que tirou da geladeira para me dar. — Me conte agora tudo que aconteceu. E não deixe nada de fora.

Ela parece determinada, então finalmente conto tudo o que aconteceu até chegar ao ponto em que Jaxon me salvou. Não sei ao certo o que sinto em relação a isso — ou o que sinto em relação a ele — e não me sinto preparada para falar a respeito. E, com certeza, não estou pronta para ouvir Macy falar a respeito. Além disso, meio que concordei silenciosamente em manter em segredo aquilo que aconteceu, embora precise admitir, agora que voltei para o meu quarto, fico ponderando se aquele acordo silencioso surgiu na minha imaginação ou não.

— E então? O que aconteceu? — pergunta quando paro de falar. — Como você escapou deles?

— Alguém ouviu a briga e veio ver o que estava acontecendo. Quando os dois perceberam que havia uma testemunha, ficaram mansinhos.

— Aposto que ficaram mesmo, aqueles babacas. A última coisa que querem é que alguém os mande para o escritório do meu pai. Mas eles deviam ter pensado nisso antes de colocarem as mãos em você. Eu juro que vou matar aqueles dois.

Ela parece estar suficientemente brava para cumprir sua promessa, e percebo essa intenção na sua voz também.

— O que deu na cabeça deles? Eles nem te conhecem. Por que resolveram fazer isso? — Macy se levanta e começa a andar pelo quarto. — Você podia ter sofrido uma hipotermia se te deixassem lá fora por muito tempo. Ou algo ainda pior podia ter acontecido se tivesse ficado lá fora por mais de dez minutos. Você podia ter morrido! E isso não faz nenhum sentido. Eles são meio pirados, elétricos. Mas nunca os vi agindo com maldade.

— Nada disso faz sentido. Estou começando a achar que eles deviam estar chapados ou coisa parecida, porque não há nenhuma outra explicação para o fato de estarem fora da escola usando só jeans e camisetas. Quer dizer... como foi que eles conseguiram evitar uma hipotermia?

— Não sei — diz Macy. Mas ela parece estar desconfortável, como se talvez soubesse que os dois realmente usam drogas. Ou como se achasse que estou imaginando coisas por sugerir que eles estavam ao ar livre sem roupas de frio. Mas eu tenho certeza do que vi. Aqueles caras não estavam vestidos para encarar o frio.

— Talvez tenham saído por um minuto ou dois — sugere após algum tempo, entregando-me dois comprimidos de analgésico. — De qualquer maneira, seja lá o que tenha dado na cabeça deles, tenho certeza de que o meu pai vai dar um jeito.

Há uma parte de mim que quer pedir a ela para não contar ao tio Finn, porque já é difícil o bastante ser a garota nova na escola sem ser uma dedo-duro ao mesmo tempo. Mas toda vez que penso no que poderia ter acontecido — no que *teria* acontecido se Jaxon não aparecesse —, sei que o tio Finn precisa ser informado. Caso contrário, o que vai impedir aqueles dois de fazerem o mesmo com outra pessoa?

— Nesse meio-tempo, talvez seja melhor você dormir um pouco mais. A menos que esteja com fome.

Como o simples ato de pensar em comida faz meu estômago rodopiar em protesto, eu digo a ela:

— Acho que vou recusar a oferta. Mas acho que não vou conseguir dormir, também. Talvez seja melhor eu desfazer as malas e cuidar dos preparativos para amanhã.

— Não se preocupe com as suas malas. Eu já guardei tudo.

— Já? Quando?

— Depois que você dormiu ontem à noite. Se não gostar de onde guardei suas coisas, é só mudar tudo de lugar. Mas, pelo menos do jeito que deixei, tudo fica ao alcance da mão.

— Você não precisava ter feito isso, Macy.

— Sei que não. Mas você não está passando muito bem, então imaginei que ajudar um pouco não faria mal. Além disso, temos uma festa hoje à noite e não quero que tenha dificuldade de encontrar sua maquiagem e as coisas para o cabelo.

Não sei o que me deixa mais animada: o fato de Macy ter dito que espera que eu vá a uma festa com ela hoje à noite ou o fato de ela realmente esperar que eu me maquie para a ocasião, sendo que tudo tenho é rímel e uns dois tubos de *gloss*.

Considerando que ela estava totalmente maquiada ontem, enquanto apenas pilotava um trenó motorizado pela vastidão do Alasca, só me resta tentar imaginar como vai ser essa festa.

— E que tipo de festa é essa, exatamente? — pergunto, enquanto me encolho debaixo do edredom rosa-choque, ao qual me afeiçoo cada vez mais. Talvez porque seja o mais macio e confortável que eu já tive.

— É uma festa de boas-vindas da Academia Katmere. Para você.

— O quê? — Eu me ergo na cama com tanta rapidez que a minha cabeça começa a latejar outra vez. — Uma festa de boas-vindas? Para mim? Isso é sério?

— Bem, para ser sincera, a escola faz uma espécie de coquetel uma vez por mês para incentivar a união entre os alunos. Nós decidimos que o coquetel de hoje seja um pouco mais festivo em sua homenagem.

— Ah, é claro. Porque os alunos foram super-receptivos até o momento. — Enfio a cabeça no travesseiro e solto um resmungo.

— Juro que nem todos aqui são ruins. Veja o Flint. Ele é legal, não é?

— Ele é gente boa, sim. — Não consigo evitar um sorriso quando penso na maneira que ele me tratou, me chamando de novata.

— A maioria das pessoas que você vai conhecer aqui é como ele, não têm nada a ver com Marc e Quinn. Pode confiar. — Ela solta um suspiro e continua: — Mas posso cancelar a festa se quiser. Posso dizer a todo mundo que o enjoo por causa da altitude está muito forte. Pelo jeito que as coisas caminham, talvez isso nem seja mentira.

Ela está se esforçando bastante para não demonstrar sua decepção, mas consigo percebê-la, mesmo com um travesseiro na cara.

— Não, não cancele — digo a ela. — Desde que não esteja vomitando, pretendo estar na festa.

Eu vou ter que enfrentar esse povo do colégio mais cedo ou mais tarde. Talvez seja melhor fazer isso hoje mesmo, quando todos estarão sob supervisão de adultos e bem-comportados. A chance de me atirarem na neve ou por alguma janela vai ser menor assim...

Estremeço. É cedo demais para uma piada do gênero.

— Maravilha! — Ela se senta na cama ao meu lado, estendendo a garrafa de água que havia me dado ontem à noite. — Não esqueça, a água é a sua melhor amiga agora — aconselha Macy, piscando o olho.

— Eu não quero... — digo em tom de brincadeira, com a voz manhosa.

— Bem, mesmo assim, é melhor você tomar tudo. O enjoo causado pela altitude exige muita hidratação. Então, beba água, se não quiser ter um edema pulmonar ou cerebral, claro. Que podem matá-la quase tão rápido quanto uma hipotermia.

— É mesmo? — Reviro os olhos ante a informação, mas pego a garrafa de água e bebo metade dela em um único impulso. — Alguém já disse que você é bem mais durona do que parece?

— Sim, o meu namorado. Mas eu acho que ele gosta disso.

— Que bom para ele. — Bebo outro longo gole de água. — Você tem Netflix?

— Você está me zoando, né? — Ela me encara. — Eu moro em uma montanha no meio do Alasca. Morreria se não tivesse Netflix.

— Com certeza. Você viu *Legacies*? A minha best Heather e eu tínhamos começado a assistir na semana passada.

Os olhos de Macy se arregalam, ficando enormes.

— *Legacies*?

— Sim. É uma série muito legal sobre um grupo de vampiros, bruxas e lobisomens adolescentes que vivem juntos em um colégio interno. Sei que parece meio bobo, mas é bem divertido de imaginar.

— Não me parece nada bobo — diz Macy, tossindo. — Pode me chamar para assistir. Afinal, quem resiste a um vampiro gostosão?

— É exatamente assim que penso.

Começamos a série pelo primeiro episódio para que Macy consiga acompanhar a história. E enquanto assistimos ao irmão adotivo do protagonista se transformar em lobisomem, não consigo evitar a lembrança do que Marc e Quinn disseram sobre a lua. Tipo, eu sei que eles só precisavam que a claridade da lua iluminasse as florestas escuras deste lugar.

É claro que sei disso.

Mesmo assim, depois de sobreviver a dois encontros com Jaxon (que terminaram com um alerta), é difícil não me perguntar que lugar é este onde me meti.

Capítulo 9

ATÉ O INFERNO TEM
SUAS FACÇÕES

— Você está me deixando louca com esse seu nervosismo! — diz Macy algumas horas depois, estapeando as minhas mãos enquanto nos aprontamos para ir à festa. — Você está linda.

— Tem certeza? — Eu abro a porta do meu armário, olhando-me no espelho de corpo inteiro pela décima vez, no mínimo, desde que me vesti.

— Absoluta. Esse vestido ficou maravilhoso. A cor é perfeita.

Reviro os olhos.

— Não é a cor dele que me preocupa.

— O que é, então?

— Ah, não sei. — Puxo o decote um pouco, tentando fazer com que ele suba alguns centímetros. — A possibilidade de os meus peitos pularem para fora dele, talvez? Definitivamente não é a primeira impressão que eu gostaria de causar.

Ela ri.

— Ah, meu Deus. O vestido é lindo. E você está linda nele.

— O vestido *realmente* é lindo — concordo, porque de fato é. E provavelmente ficaria bem respeitável na silhueta alta e esguia de Macy. Mas os meus peitos grandes complicam um pouco a situação. — Talvez, se eu passar a noite inteira sem respirar fundo, as coisas acabem ficando bem.

— Talvez seja melhor usar o jeans que havia planejado. — Macy vem até a minha cama e pega a calça. — Não quero que fique desconfortável.

É tentador. Muito tentador. Mas...

— Alguma das outras meninas vai estar de jeans?

— Quem se importa com o que as outras meninas vão usar?

— Imagino que isso signifique "não". — Dou mais uma puxada no decote. Em seguida, desisto de me preocupar com o assunto e fecho a porta do armário. — Vamos logo, antes que eu decida ficar no quarto e passar a noite maratonando alguma série na Netflix.

Macy me dá um abraço.

— Você está muito bonita. Vamos nos divertir.

Reviro os olhos pela segunda vez, porque "bonita" é mais do que um simples exagero. Com o meu cabelo castanho-avermelhado cacheado, olhos castanhos comuns e um amontoado aleatório de sardas no nariz e nas bochechas, sou exatamente o oposto do que alguém chamaria de "bonita".

Em um dia legal, sou no máximo "fofa". Se eu estiver ao lado de Macy, que é realmente maravilhosa, sou o papel de parede. Do tipo que passa despercebido.

— Vamos lá — continua ela, pegando no meu antebraço e me puxando para a porta. — Se demorarmos demais, não vai nem dar pra dizer que estamos elegantemente atrasadas para a sua festa de boas-vindas.

— Podíamos só esquecer essa festa — digo, enquanto deixo ela me puxar pela porta. — Podemos ficar elegantemente ausentes.

— Tarde demais — responde ela com um sorriso deliberadamente ferino. — Todo mundo está esperando a gente.

— Ah, que maravilha. — Apesar da ironia, saio do quarto. Quanto mais cedo chegarmos, mais cedo consigo me livrar da parte difícil.

Mas, quando começo a passar pelas contas de cristal que ficam diante da nossa porta, Macy diz:

— Espere, deixe que eu as seguro para você. Não quero que leve um choque. Desculpe por não ter feito isso ontem.

— *Choque*? Como assim?

— Todo mundo leva um choque quando passa por elas. — Ela inclina a cabeça para o lado e me encara com uma expressão engraçada. — Você não sentiu isso ontem quando desceu para o térreo?

— Hmmm... não. — Estendo o braço e fecho a mão em torno de vários cordões de contas, tentando entender sobre o que ela está falando.

— Você realmente não está sentindo nada? — pergunta Macy depois de um segundo.

— Absolutamente nada. — Encaro o meu par favorito de All Star com estampa de rosas. — Talvez seja por causa dos meus tênis.

— Talvez. — Ela não parece estar muito convencida. — Anda, vamos logo.

Ela fecha a porta e depois passa as mãos suavemente pelas miçangas, como se estivesse *tentando* levar um choque. Sei que isso não faz sentido algum, mas definitivamente é o que parece estar acontecendo.

— Então... — pergunto quando ela por fim desiste de fazer aquilo. — Por que instalou uma cortina de miçangas que acumula eletricidade estática e dá choques em todo mundo que encosta nela?

— Não acontece com todo mundo — explica ela, lançando-me de um olhar sério. — E porque ela é bonita, obviamente.

— *Obviamente.*

Conforme descemos até o salão, uma coisa chama a minha atenção: as molduras que decoram os cantos onde as paredes se unem ao teto. Decoradas em preto e entremeadas por flores e espinheiros dourados, também são um detalhe elaborado, elegante e meio assustador. Não tão assustador quanto os lustres do teto, entretanto, que se parecem muito com trios de rosas negras conectadas por caules retorcidos e cheios de espinhos. Do meio de cada uma das flores pende uma lâmpada dourada, parcialmente oculta pelas pétalas que apontam para baixo.

O efeito desse conjunto é inquietante, mas também é bonito. E embora eu jamais decidisse decorar o meu quarto desse jeito, tenho de admitir que é uma combinação incrível.

Tão incrível que quase não percebo que, quando chegamos ao segundo andar, meu estômago já se acalmou. É como se os pterodáctilos tivessem se transformado em borboletas. Mas não vou reclamar, isso é um bom progresso. Ainda sinto uma dor de cabeça sutil por causa da altitude, mas por enquanto o analgésico a está mantendo sob controle.

Só espero que as coisas continuem assim.

Sei que Macy disse que esta é uma festa de boas-vindas, mas estou esperando que o coquetel aconteça da maneira de sempre. Meu objetivo é ser tão invisível quanto possível este ano, e uma festa onde eu sou a atração principal meio que estraga esse plano. Pensando bem, isso destrói completamente o meu plano.

Quando chegamos perto da porta, seguro o pulso de Macy.

— Não vai me fazer falar em público para toda essa gente, não é? Vamos só curtir a festa e andar pelo salão, certo?

— Ah, fique tranquila. Bom, acho que o meu pai vai querer fazer um pequeno discurso de boas-vindas, mas nada demais.

É claro que isso ia acontecer. Afinal, por que não? E, obviamente, quem não acharia que pintar um alvo nas costas da garota recém-chegada é uma boa ideia? PQP.

— Ei, pra que se preocupar tanto? — Macy para diante de portas duplas que estão cuidadosamente entalhadas e me abraça. — Tudo vai ficar bem. Prometo.

— Estou disposta a aceitar algo como "não vai acontecer nenhuma catástrofe" — comento, mas, mesmo dizendo isso, não estou tão confiante. Não quando tenho a impressão de que há um peso sobre mim. Me tornando menor. Me transformando em nada.

Não é culpa da escola. Já faz um mês que estou me sentindo desse jeito. Mesmo assim, estar aqui, neste lugar, no meio do Alasca, de algum modo, piora a sensação.

— Esteja disposta a aceitar que vai essa noite vai ser *incrível* — corrige Macy, enquanto pega o meu braço e o enlaça com o seu. Em seguida, ela avança, abrindo as portas duplas e entrando no salão como se fosse a dona do lugar.

E talvez ela seja. A julgar pelo jeito que todo mundo se vira para contemplá-la, eu acredito nisso. Pelo menos até perceber que os meus piores pesadelos acabaram de virar realidade e todos estão olhando para mim.

Assim, decido me concentrar na decoração, que é impressionante. Não sei para onde devo olhar primeiro, então olho para todos os lugares — admirando o papel de parede aveludado carmim e preto em estilo barroco, os candelabros de ferro fundido de três andares com cristais negros pendendo de cada um dos braços finamente entalhados, as poltronas vermelhas elegantes e as mesas com toalhas negras que ocupam a metade oposta daquele enorme salão.

A cada metro e meio, mais ou menos, há arandelas instaladas nas paredes, abrigando o que parecem ser velas de verdade em seus suportes. Eu me aproximo para examiná-las mais de perto e fico completamente encantada quando percebo que cada arandela é entalhada na forma de um dragão diferente. Um com as asas abertas diante de uma bela cruz celta, outro enrolado no alto de um castelo e um terceiro que parece estar voando. Em todos os dragões, a chama da vela está posicionada de modo a tremeluzir dentro das bocarras abertas e, quando me aproximo ainda mais, percebo que, sim, as chamas são reais.

Não consigo nem imaginar como o meu tio consegue fazer com que isso aconteça; nenhum bombeiro no país aprovaria uma escola que deixa velas acesas ao alcance de alunos. Por outro lado, este lugar fica entre o nada e lugar nenhum, e não consigo imaginar que algum bombeiro se disponha a fazer uma inspeção surpresa aqui em Katmere.

Macy toca o meu braço e eu, relutante, deixo que ela me puxe para longe dos dragões e mais para o centro do salão. É quando direciono a atenção para cima e percebo que o teto também é pintado de vermelho, com mais daquelas molduras pretas adornando o alto das paredes.

— Você vai passar a noite inteira admirando a decoração? — alfineta Macy aos sussurros.

— Talvez. — Relutantemente, eu tiro os olhos do teto e os aponto para as longas mesas que se estendem ao longo da parede, cheias de bandejas com queijos, salgadinhos, canapés e bebidas.

Não há ninguém nas mesas do buffet, entretanto, e quase ninguém está sentado ao redor das outras mesas. Em vez disso, os alunos estão reunidos em vários grupos espalhados em diversas áreas do salão. Esse isolamento autoimposto talvez seja a única característica daqui que parece familiar. Aposto que não faz diferença frequentar uma escola comum do ensino médio em San Diego ou um colégio interno chique como este no Alasca; as panelinhas existem em todos os lugares.

E, aparentemente, se você estiver num colégio interno chique, essas panelinhas são mil vezes mais esnobes e excludentes do que o normal.

Que sorte eu tenho, não?

Conforme Macy e eu vamos andando pelo salão, eu me pego olhando com atenção para as diferentes, digamos... facções, na falta de palavra melhor.

A energia — e o desdém — permeiam o ar entre os alunos que estão perto da janela quando eles olham para mim, me medindo da cabeça aos pés. Há uns trinta e cinco deles ali, e estão todos juntos em um grupo grande, como uma equipe esportiva que repassa as jogadas logo antes de entrar em campo. Os caras usam jeans e todas as meninas estão com vestidinhos curtos; ambos os grupos têm corpos fortes e poderosos com músculos muito bem definidos.

A curiosidade e uma boa dose de desprezo cobre o rosto dos meus novos colegas de classe no fundo do salão. Trajados com vestidos longos e rodados ou camisas sociais com tecidos e bordados que combinam perfeitamente com o salão, parecem ser bem mais delicados do que o grupo que está perto das janelas. E antes mesmo de Macy acenar para eles, empolgada, eu já sei que esse é o grupo com o qual ela anda.

Ela caminha para perto deles e eu a sigo, disfarçando meu nervosismo súbito com um sorriso longe de ser sincero.

Enquanto andamos, passamos por outro aglomerado enorme de alunos e eu juro que consigo sentir as ondas de calor que eles emanam. Cada pessoa nesse grupo é bem alta; até as garotas têm quase um metro e oitenta. E o fato de me fitarem com escárnio e desconfiança, uns mais outros menos, faz com que passar por eles seja particularmente desconfortável. Será que alguém ali joga basquete?

A sensação de desconforto só ameniza quando vejo Flint no meio daquele grupo, sorrindo e agitando as sobrancelhas para mim de um jeito tão exagerado que não consigo reprimir uma risadinha. Assim como todos os outros caras do próprio grupo, ele está de jeans e com uma camiseta justa que valoriza o peitoral e os bíceps. Ele é bonito. Muito bonito. Assim como a maioria dos seus amigos. Ele mostra a língua para mim antes deu eu desviar o olhar, e desta vez reajo com uma gargalhada.

— O que é tão engraçado? — pergunta Macy, mas em seguida ela percebe Flint e se limita a revirar os olhos. — Você tem noção de quanto tempo passei tentando chamar a atenção dele e sendo completamente ignorada, antes de desistir? Se não fôssemos primas destinadas a serem também grandes amigas, eu ficaria chateada com você agora.

— Tenho certeza de que Flint e eu estamos destinados a sermos amigos, também — respondo, enquanto me apresso para acompanhar os passos largos dela. — Duvido que os garotos fazem careta como aquela para garotas em que estão interessados.

— Ah, sim. Bem, nunca se sabe. É drá... — Ela é interrompida por uma tosse violenta, como se tivesse engasgado com a própria saliva ou coisa parecida.

— Está tudo bem? — indago, dando palmadinhas em suas costas.

— Estou bem. — Ela tosse outra vez, parecendo um pouco nervosa quando puxa uma das mangas folgadas. — Drástico.

— Drástico? — repito, um pouco mais confusa a esta altura.

— Caso você esteja se perguntando... — Ela dá uma olhada atenta ao redor. — Eu ia dizer que é drástico. Por exemplo, às vezes os rapazes tomam medidas drásticas para fazer com que as garotas os percebam. É isso que eu ia dizer. *Drástico.*

— Ahhhhh, certo. — Não digo mais nada, porque agora estou simplesmente confusa. Não tanto pelo que ela está dizendo, mas pela ênfase que dá àquela palavra. Por outro lado, ela estava agindo de um jeito estranho quando estávamos com Flint ontem à noite também. Talvez a presença dele mexa com ela.

Macy não diz mais nada, quando finalmente chegamos ao centro daquele salão enorme e com uma decoração toda ornamentada. E eu não a culpo, porque o grupo pelo qual estamos passando agora está cheio das pessoas mais intimidadoras de todo este lugar — de longe. E digo isso especialmente porque quase todo mundo neste salão é enervante pra cacete.

Mas essas pessoas conseguem levar essa sensação a um patamar completamente novo. Vestidos com tons monocromáticos de preto ou branco

— camisas, vestidos, calças, sapatos, joias, tudo de grifes caras ou feitos sob medida, essas pessoas praticamente emanam dinheiro... Junto a uma espécie descuidada de poder que é quase impossível deixar passar. Embora sejam obviamente uma panelinha como qualquer outra na sala, há uma espécie de ritualismo entre eles que os outros grupinhos não têm, uma sensação de que um está pronto para defender o outro contra qualquer outra pessoa que esteja na sala, mas a aliança acaba aí.

Quando passamos por eles, percebo que há outra diferença enorme entre os outros grupos e este. Praticamente nenhum deles olhou para mim.

Não consigo evitar uma sensação de alívio por isso, considerando que meus joelhos vacilam um pouco mais a cada passo dado em direção aos amigos de Macy. Estou completamente embasbacada, não somente pela quantidade de pessoas que me observa na festa, mas pelo quanto as pessoas na maior parte dos grupos se identificam entre si. É sério, não existe meio-termo; nenhum cara vestido todo de preto junto a uma garota com um vestido longo e rodado. Nenhuma das garotas altas espiando um dos caras ou uma das garotas saradas perto da janela.

Não; todo mundo na Academia Katmere parece estar andando na própria faixa. E, a julgar pela cara que fazem, não agem assim por medo, mas por desdenhar dos outros convidados.

Que divertido. Sério mesmo. Bem, eu sempre soube que escolas de gente rica são exclusivas e esnobes. Quem não sabe disso? Mas não esperava que as coisas estivessem neste nível. Quanto dinheiro, *status* e postura um grupo de pessoas pode ter, afinal de contas?

Acho que o fato de eu ser parente do diretor me favorece. Caso contrário, jamais conseguiria entrar neste lugar. Vitória do nepotismo ou derrota, dependendo de como essa pequena *soirée* se desenrolar.

Não consigo imaginar por que eu estava nervosa para vir pra cá...

O único fator que me impede de sair correndo quando nos aproximamos dos amigos de Macy é o meu orgulho. Bem, isso e o fato de que agir como presa, neste momento, me parece uma ideia particularmente ruim. Em especial se eu não quiser passar o restante do meu último ano na escola me esquivando de cada garota maldosa que estuda neste lugar.

— Estou louca para apresentá-la aos meus amigos — diz Macy, quando finalmente chegamos ao grupo que está mais ao fundo. De perto, eles são ainda mais espetaculares, com pedras preciosas diferentes iluminando os cabelos e adornando a pele. Brincos, pingentes, presilhas de cabelo, piercings nas sobrancelhas, lábios e nariz, todos enfeitados com pedras coloridas.

Nunca me senti tão desbotada em toda a minha vida, e preciso reunir todo o meu autocontrole para não puxar para cima o decote do meu vestido.

— Ei, galera! Esta é a minha prima Gr... —

— Grace! — Uma ruiva bonita com um enorme pingente de ametista interrompe. — Bem-vinda a Katmere! Ouvimos falar *muito* sobre você. — A voz dela reúne tanto entusiasmo que quase dá a impressão de estar zoando, mas não consigo discernir quem seria o alvo da zoeira — Macy ou eu. Pelo menos até eu olhar nos olhos dela, que são cruelmente frios e que estão apontando diretamente para mim.

Que surpresa, não?

Não sei como eu deveria responder. Ser educada é uma coisa. Aceitar que ela tire sarro da minha cara é algo completamente diferente. Por sorte, antes que eu consiga decidir o que fazer, uma garota com uma cabeleira negra e volumosa, cheia de cachos, e lábios com o formato perfeito de um arco do cupido faz isso por mim.

— Deixe disso, Simone — diz ela antes de olhar para mim com o que parece ser (eu espero) um sorriso sincero. — Oi, Grace. Sou a Lily. — Os olhos castanhos suaves parecem amistosos e os cabelos negros são cacheados, entremeados por fitas reluzentes que emolduram lindamente a sua pele negra. — E esta aqui é Gwen.

Ela indica uma garota de descendência oriental que usa um vestido roxo e elegante. Ela sorri e diz:

— É ótimo conhecer você.

— Ah... é legal conhecer vocês também. — Estou tentando, de verdade. Mas o tom da minha voz provavelmente soou tão hesitante quanto o restante de mim, porque os olhos dela perdem o viço.

— Não ligue para a Simone — sugere ela, praticamente pronunciando o nome da ruiva por entre os dentes. — Ela está brava porque todos os garotos estão olhando para você. Ela não gosta de competição.

— Oh, mas eu não... — Paro de falar quando Simone exala o ar ruidosamente, torcendo o nariz.

— Sim, é exatamente por isso que estou brava. Estou preocupada com a competição. Não tem nada a ver com o fato de Foster ter trazido uma...

— Por que não pegamos algo para beber? — Macy a interrompe, erguendo a voz.

Começo a dizer que não estou com sede — aquela náusea sutil, mas persistente, está de volta —, mas ela não espera pela minha resposta, pega a minha mão e me leva pela sala até as mesas do buffet.

Em uma das cabeceiras há duas chaleiras gigantes e um arranjo de xícaras de chá, junto a duas caixas térmicas abertas e cheias de gelo, garrafas de água e latas de refrigerante.

Estendo a mão para pegar uma xícara. Desde que pousei neste estado, sinto que estou congelando. Mas, em seguida, percebo vários galões térmicos esportivos, listrados em laranja e branco, que estão colocados em outra mesa.

— O que tem naqueles galões? — pergunto, porque estou curiosa. E porque parece haver uma quantidade exagerada de bebidas para o número de pessoas que está no lugar. Eu *realmente* espero que isso não signifique que mais um monte de alunos esteja prestes a chegar para a festa. O número de pessoas neste salão já passou do suportável para mim.

— Ah, é só água — responde Macy, despreocupadamente. — Sempre temos uma reserva grande, caso a temperatura caia de repente e a água dos encanamentos congele. Melhor prevenir do que remediar.

Eu tenho a impressão de que em lugares como o Alasca haveria um encanamento especial e camadas mais grossas de isolamento térmico para garantir que isso não aconteça. Mas o que eu conheço sobre o inverno? Ainda estamos em novembro e a temperatura do lado de fora já está abaixo de zero. E isso é normal. Faz sentido pensar que um inverno particularmente severo possa complicar a situação aqui.

Antes que eu consiga perguntar qualquer outra coisa, Macy se abaixa, pega uma lata de Dr. Pepper da caixa térmica e a estende para mim. — Fiz questão de pedir ao meu pai que encomendasse Dr. Pepper para a festa e também para a cantina. Ainda é o seu refrigerante favorito, não é?

É mesmo o meu favorito. Achei que estivesse mais a fim de tomar chá, mas há alguma coisa naquela lata vermelho-escura que me atrai. Ela lembra a minha casa, meus pais e a vida que eu tinha. A saudade cresce dentro do meu peito e eu pego a lata, desesperada por alguma coisa — qualquer coisa — que seja familiar.

Macy sorri para mim, faz um gesto positivo com a cabeça e percebo que ela sabe o que estou sentindo. A gratidão ajuda a afastar a saudade que sinto de casa.

— Obrigada. Você pensou em tudo.

— Não foi nada. — Ela cutuca meu ombro com o seu. — E, então, quem você vai querer conhecer agora? — Ela indica dois garotos sentados nas poltronas de veludo vermelho perto do fundo da sala. Eles vestem camisas elegantes e cheias de estampas que os identificam como membros do grupo de Macy. — Aquele ali é Cam, junto ao melhor amigo dele.

— Cam? — Ela diz o nome do rapaz como se eu devesse reconhecê-lo, mas isso não acontece.

— Meu namorado. Ele está louco para conhecer você. Vamos lá.

É difícil dizer não a um convite como esse, então nem me esforço. Mas sei que Cam e qualquer outra pessoa que esteja "louco para conhecer" a garota recém-chegada está destinado a se decepcionar. Eu simplesmente não sou tão interessante.

— Cam! Esta é a minha prima. Falei dela para você! — diz Macy com um gritinho bem antes de chegarmos perto do namorado dela.

Ele se levanta e estende a mão.

— Grace, não é?

— Sim. — Eu o cumprimento com um aperto de mão e, ao fazer isso, não consigo deixar de perceber o quanto a pele dele é pálida. — Prazer em conhecê-lo.

— O prazer é meu. Já faz umas semanas que a Macy comentou que você ia chegar. Espero que goste de neve, garota surfista — saúda ele, sorrindo para mim.

Nem me incomodo em dizer a ele que não sou muito fã de surfar. Deus sabe que tenho o hábito de estereotipar coisas e pessoas, também. Antes de chegar aqui, por exemplo, tinha quase certeza de que iria morar em um iglu.

— Ainda não sei se vou curtir ou não — digo a ele. — Ontem foi a primeira vez na vida que eu vi neve.

Isso atrai a atenção dele e a do amigo que está ao seu lado.

— Você *nunca* tinha visto neve? — pergunta o outro cara, incrédulo. — Nunca mesmo?

— Nunca.

— Ela veio de San Diego, James. — Macy está com uma expressão exasperada no rosto, e o tom de voz combina. — É tão difícil assim de acreditar?

— Acho que não. — Ele dá de ombros e abre um sorriso que deveria ser encantador, pelo que percebo, mas que acaba passando bem longe disso. Sempre detestei os caras que olham para as mulheres como se elas fossem um prato de comida prestes a ser devorado. — Oi, Grace.

Ele não estende a mão, e eu definitivamente não estendo a minha.

— Oi.

— E, então, o que você acha do Alasca? — pergunta Cam, enlaçando a cintura de Macy com o braço. Ele não espera uma resposta antes de sentar outra vez, puxando a minha prima para o seu colo enquanto isso.

Antes que eu consiga responder, ele já enfiou o rosto no pescoço de Macy e ela dá umas risadinhas, passando as mãos pelos cabelos castanhos e lisos de Cam enquanto se aconchega junto dele.

Percebo que é a deixa para eu sair dali, pois de súbito as coisas começam a ficar bastante constrangedoras. Em particular, porque James continua me olhando fixamente, como se à espera de ver se eu vou me sentar no colo *dele* — e, só para deixar bem claro, isso é algo que eu com certeza não vou fazer.

— Eu... ah... vou pegar outra bebida — informo a ele, erguendo desajeitadamente a minha lata de Dr. Pepper que ainda está quase cheia.

— Posso ir buscar para você — oferece ele, começando a se levantar, mas dou um passo enorme para trás.

— Não precisa!

— Está tudo bem com você, Grace? — Macy interrompe as risadinhas apenas o suficiente para perguntar, completamente séria.

— Sim, claro. Estou bem. Eu só... — Mais uma vez, eu ergo a lata de Dr. Pepper. — Já volto.

Cam deve ter feito alguma coisa bem sexy com ela, porque o riso de Macy muda, fica um pouco mais baixo, mais ou menos ao mesmo tempo que ela deixa de prestar atenção em mim totalmente.

Não espero James se oferecer outra vez — ou pior, que ele insista. Em vez disso, disparo pela sala como uma bala. Mas mal consigo chegar junto da mesa antes que duas mãos muito grandes e muito quentes toquem os meus ombros.

Capítulo 10

E EU DESCOBRI QUE O DIABO
VESTE GUCCI

Fico paralisada, com o coração acelerado, enquanto minha cabeça repete *Não seja James, não seja James, não seja James* sem parar em um mantra alucinado. É sério, cara. Será que já não tenho problemas o suficiente? Será que realmente preciso de um otário tentando me transformar em lanche da tarde também?

Entretanto, antes que eu consiga encontrar algo para dizer, o cara se inclina para a frente e, com uma voz baixa e grave, pergunta:

— Quer dar um passeio na minha garupa?

E, com uma única frase, a tensão se dissolve, deixando somente uma alegria cautelosa em seu lugar.

— Flint! — Giro sobre os calcanhares e noto que ele sorri para mim, com os olhos cor de âmbar dançando de um jeito malandro.

— E aí, novata? — diz ele, arrastando as palavras. — Está curtindo a festa?

— Totalmente. — Eu ergo a minha lata de Dr. Pepper. — Não parece que estou curtindo?

— Parece que alguém não consegue entender uma indireta, então achei que seria melhor dar uma mãozinha. — Ao mesmo tempo, nós dois viramos para observar James (que realmente me seguiu até a mesa das bebidas) voltar, emburrado, para junto de Cam e Macy, que ainda estão enroscados um no outro.

— Obrigada por aparecer. De verdade.

— Gratidão é uma coisa tão antiquada — comenta ele com uma voz afetada e estridente que parece muito com a de qualquer garota má por aí.

A voz, somada ao gesto ridículo que ele faz com uma das mãos para compor a cena, me faz rir com tanta força que quase cuspo o refrigerante pelas narinas. E é nesse momento que percebo que metade da sala ainda está olhando para mim, enquanto a outra metade faz um esforço deliberado para *não* olhar para mim. Essa arrogância seria um alívio se eu não soubesse que estão fazendo isso para que eu entenda o quanto sou insignificante.

Como se fizesse alguma diferença.

— E então? Quer ir pegar alguma coisa para comer? — pergunta Flint, indicando a mesa atrás de nós com um meneio de cabeça.

Antes que eu consiga responder, as duas portas pesadas de madeira que dão acesso ao salão se abrem com força. Elas batem nas paredes com um baque que assusta todo mundo na sala. E, em seguida, todos se viram para olhar.

O lado bom disso é que ninguém está mais prestando atenção em mim. Porque todos estão olhando para ele. Para *Jaxon*. E, realmente, quem poderia culpá-los por fazer isso quando ele entra como se fosse o dono do lugar — e de todas as pessoas que estão aqui?

Vestido da cabeça aos pés com roupa preta da Gucci — um blusão de seda com gola em V, calças de lã risca-de-giz, sapatos sociais brilhantes — com a sobrancelha marcada pela cicatriz franzida e o olhar sombrio tão frio quanto a neve que cobre o chão do lado externo da escola, ele não deveria parecer nem um pouco sexy. Mas parece. E não há como negar.

O lado ruim da situação é que tamanha frieza e tamanha escuridão estão focadas diretamente em mim. E em Flint, que já deu um jeito de colocar um braço ao redor dos meus ombros.

Tento desviar o olhar, mas é impossível. Tento não olhar nos olhos de Jaxon. Mas ele está tão cativante — e tão hipnótico — agora quanto estava na noite passada. Tudo isso antes que ele comece a andar, com um ar gracioso, passos lânguidos, ombros e quadris que se movem de um jeito suave e pernas longas que se estendem quase infinitamente.

É arrebatador.

Ele é arrebatador.

Ele é só um garoto, eu faço questão de lembrar, mesmo quando sinto a boca ficar mais seca do que um deserto. *Só um cara comum como qualquer outro aqui.* Mas, mesmo quando digo isso a mim mesma, eu sei que estou mentindo. Jaxon pode ser qualquer coisa, menos *um cara comum*. Um rapaz fora do comum, mesmo aqui entre aqueles que são totalmente extraordinários.

Ao meu lado, Flint dá uma risadinha, e sinto vontade de perguntar o que é tão engraçado quando percebo que Jaxon está vindo em nossa direção, com um vazio nos olhos e um semblante gélido que provoca um calafrio em mim. Mas eu não consigo pronunciar as palavras, não consigo expressar nada por uma garganta que se fechou por completo.

Respiro fundo, mesmo me sentindo estrangulada, esperando que isso me acalme um pouco. Não funciona, mas, para ser honesta, não achei que fosse funcionar.

Especialmente quando a única coisa que consigo ver é a imagem dele ontem à noite, chupando o próprio polegar que continha meu sangue.

Especialmente quando a única coisa que consigo ouvir é a voz dele — baixa, cruel, selvagem — me avisando para trancar a porta do quarto.

Especialmente quando a única coisa em que consigo pensar é beijar aquela boca, deslizando a minha língua pelo arco perfeito do seu lábio de cima, roçando e prendendo o lábio dele entre meus dentes e mordendo bem de leve.

Não sei de onde vêm esses pensamentos. Eu não costumo agir assim. Nunca pensei num rapaz desse jeito antes, nem mesmo no garoto que namorei quando era mais nova. Mesmo antes de sairmos, eu nunca ficava imaginando como seria beijá-lo.

Envolvê-lo com meus braços.

Pressionar meu corpo com força contra o dele.

Porque eu quase consigo senti-lo; consigo quase sentir o gosto dele. Tento me forçar a pensar em alguma outra coisa. Como a neve. As aulas de amanhã. Ou o meu tio, que deveria estar aqui, mas está sumido.

Nada disso funciona, porque a única coisa que consigo ver é *ele*.

Minha pele se aquece sob aquele olhar; meu rosto queima de vergonha por causa das cenas que passam pela minha cabeça. E pela maneira com que ele olha dentro dos meus olhos, como se fosse capaz de ler cada um desses pensamentos.

É impossível; eu sei que é. Mas a ideia me assusta tanto que eu desvio bruscamente o olhar, trazendo a lata de Dr. Pepper até a boca e me esforçando para parecer despreocupada.

Tudo isso faz com que a bebida gaseificada desça direto pelo buraco errado.

Meus pulmões castigados se revoltam quando cubro a boca e tusso com força, sentindo os olhos lacrimejarem e a humilhação arder na minha barriga. Finjo que ele não está me observando, finjo que Flint não está batendo nas minhas costas, finjo até mesmo que não percebo o peso de todos os olhares congelantes dos meus novos colegas que observam, enquanto tento encher de ar os pulmões que não querem cooperar.

Preciso me afastar da ajuda exagerada de Flint, do olhar ameaçador e esmagador de Jaxon. Pelo menos, se eu encontrar o banheiro mais próximo, posso morrer em paz.

Eu começo a andar. Acho que vi um banheiro no corredor, duas ou três portas adiante — mas dou apenas alguns passos e percebo que Jaxon subitamente aparece ao meu lado. Ele não reconhece a minha presença, nem mesmo olha para mim quando nos cruzamos, mas, assim como aconteceu no alto da escada ontem, nossos ombros se roçam quando ele passa por mim.

O meu acesso de tosse desaparece com a mesma rapidez com que começou. O ar fresco invade os meus pulmões.

Se eu não soubesse que é impossível, pensaria que ele teve algo a ver com isso. Não só em relação ao acesso de tosse, mas também com o fato de ter acabado com ele.

Mas ele não tem nada com isso. É claro que não. Que ideia completamente absurda.

Saber disso não impede que eu me vire e o veja se afastando, embora seja a pior coisa que faço — pela minha sanidade e a minha reputação — considerando as risadinhas e os comentários sarcásticos que ouço atrás de mim.

Ele não olha para trás. Na verdade, ele não olha para ninguém, enquanto anda diante das mesas do buffet, observando o que está servido. Mal chega a erguer os olhos quando, após certo tempo, pega um morango grande e perfeito de uma vasilha.

Fico esperando que ele o coloque na boca ali mesmo, mas isso não acontece.

Em vez disso, ele vai até o centro da sala — e até a enorme poltrona *bergère* colocada sob o candelabro como um trono, com várias outras poltronas em semicírculo à volta. Chegando lá, ele recosta e larga o corpo sobre a poltrona, com as pernas abertas diante de si, enquanto diz alguma coisa para os cinco rapazes — todos com cabelos escuros, todos lindos, todos deslumbrantes — que estão sentados nas demais cadeiras.

É a primeira vez que percebo que há pessoas sentadas naquelas poltronas.

A essa altura, quase todo mundo na sala está olhando para Jaxon, tentando chamar sua atenção. Mas ele ignora todo mundo, concentrando-se propositalmente no morango entre o polegar e o indicador.

Após algum tempo, ele ergue o rosto e olha diretamente para mim. Em seguida, leva o morango até os lábios e o morde, cortando-o perfeitamente ao meio.

Aquilo se parece muito com um aviso, e bem violento, especialmente quando uma gota vermelha de suco fica dependurada por um instante em seu lábio inferior.

Eu sei que deveria ficar aqui, sei que devo encará-lo. Mas quando sua língua sai da boca e lambe o suco do morango de um jeito que diz claramente "*Danem-se*" para Flint, para mim e para todo mundo que está no salão, faço a única coisa que consigo.

Viro-me para Flint e digo, atabalhoada:

— Desculpe. Preciso ir embora.

E então me desloco para a porta tão rápido quanto consigo, tentando não parecer ainda mais patética e desesperada para fugir antes que eu arrebente sob o peso do desprezo óbvio de Jaxon.

Porque uma coisa é certa: a função desse pequeno espetáculo foi enfatizar o quanto sou realmente insignificante para cada pessoa naquele salão. Eu só gostaria de entender o motivo.

Capítulo 11

NA BIBLIOTECA, NINGUÉM CONSEGUE
OUVIR VOCÊ GRITAR

Quando saio do salão, começo a correr. Estou desesperada para ficar o mais longe possível de Jaxon. Não faço ideia da direção para onde estou correndo, e acho que não importaria mesmo se eu soubesse. Especialmente, quando não faço ideia de onde as coisas ficam neste lugar.

Viro à esquerda no fim do corredor, andando puramente por instinto. Tudo por causa do meu completo desespero para estar em qualquer lugar que não seja naquela festa.

Nem imagino o que eu possa ter feito para deixar Jaxon tão irritado. Não faço ideia do motivo pelo qual ele age de maneira tão inconstante comigo. Já esbarrei nele quatro vezes desde que cheguei a este inferno congelado, e cada vez foi uma experiência diferente. Na primeira ele agiu feito um babaca; na segunda, me ignorou por completo. Foi intenso na terceira e furioso na quarta. O humor dele muda mais rápido do que o *feed* do Instagram da minha melhor amiga.

Chego a outro corredor sem saída; desta vez, viro à direita. Segundos depois, chego a uma escadaria — tão simples e despojada quanto a escadaria no saguão principal é rebuscada e grandiosa. Subo um lance correndo e depois outro, e mais outro, até chegar ao segundo andar. Lá, viro à direita mais uma vez e não paro de correr até o corredor terminar.

Sinto também que estou sem fôlego e um pouco enjoada, graças a essa maldita altitude com que aparentemente não vou me acostumar nunca. Paro um pouco para respirar. Então, o constrangimento enfim arrefece o suficiente para que o meu lado racional retome o controle.

De repente, eu me sinto uma pateta por entrar em pânico, e ainda mais por fugir de Jaxon, tudo por causa de uma mordida bizarra que ele deu num morango enquanto olhava para mim.

No fundo, sei que é mais do que isso. Foi o olhar no rosto dele, a indolência daquela linguagem corporal, o *foda-se* tão óbvio em seus olhos, enquanto ele me encarava diretamente. Mas, mesmo assim, fugir desse jeito agora me parece uma atitude absurda.

Não é absurda o bastante para me fazer voltar até aquela festa incrivelmente desconfortável, mas é absurda o suficiente para fazer com que eu me sinta envergonhada pelas minhas ações.

Quando me endireito e tento pensar no que vou fazer (voltar para o meu quarto para tomar mais um analgésico e depois dormir um pouco estão no topo da lista), percebo que estou diante da biblioteca da escola. Como nunca encontrei uma biblioteca de que não gostasse, não consigo resistir à tentação de abrir a porta e entrar.

No momento em que faço isso, sou atingida por uma sensação muito estranha. Um pavor começa a se formar no meu estômago e tudo o que existe dentro de mim começa a me dizer para dar meia-volta, para sair por onde entrei. É a sensação mais estranha que já senti na vida, e por um segundo eu penso em ceder. Mas já corri mais do que o suficiente para um único dia; assim, ignoro a pressão nos meus pulmões e o jeito inquieto com o qual meu estômago se revira e continuo andando até chegar ao balcão de registros.

Ali, passo alguns minutos simplesmente parada, olhando o que há na biblioteca. Basta um segundo para que a sensação de pavor se dissipe e seja substituída por deslumbramento. Porque, seja lá quem for que cuide desta biblioteca, com certeza é o meu tipo de pessoa. Em parte, por causa da enorme quantidade de livros — dezenas de milhares, pelo menos, enfileirados estante após estante. Mas há outras coisas, também.

Gárgulas empoleiradas em prateleiras aqui e ali, olhando para baixo como se estivessem vigiando os livros.

Algumas dúzias de cristais cintilantes entremeados por fitas reluzentes, penduradas no teto em intervalos aparentemente irregulares.

Todos os espaços abertos da sala foram transformados em alcovas de estudo, cheias de pufes e poltronas almofadadas e até mesmo alguns sofás de couro já desgastado, deixados ali justamente como um cantinho de leitura.

Mas a atração principal, a coisa que me deixa ansiosa para conhecer o bibliotecário, são os adesivos colados por toda a parte. Nas paredes, nas estantes dos livros, nas mesas de trabalho, nas cadeiras e nos computadores. Em todo lugar. Adesivos grandes, adesivos pequenos, adesivos engraçados, adesivos de incentivo, adesivos de marcas famosas, adesivos com emojis, adesivos sarcásticos... A lista fica cada vez maior, e um pedaço de mim quer circular por toda a biblioteca até poder ler ou ver cada um deles.

Mas há adesivos demais para uma única visita — demais até mesmo para uma dúzia de visitas, para ser honesta. Assim, decido começar examinando os adesivos que encontro quando sigo as gárgulas.

Porque, depois de ver o restante da biblioteca, não acredito nem por um segundo que essas estátuas tenham sido colocadas ao acaso. E isso significa que eu quero muito saber o que o bibliotecário quer me mostrar.

A primeira gárgula — uma escultura de aparência feroz com asas de morcego e um rosnado furioso no rosto — está montando guarda sobre uma estante de livros de terror. A estante em si é toda decorada com adesivos dos Caça-Fantasmas e não consigo evitar uma risada quando passo os dedos pelas lombadas de todo tipo de livro — de John Webster a Mary Shelley, de Edgar Allan Poe a Joe Hill. O fato de haver uma homenagem especial a Victor Hugo deixa tudo ainda melhor, especialmente na colocação irônica de três exemplares de *O Corcunda de Notre-Dame* bem diante da linha de visão da gárgula.

A segunda gárgula — uma criaturinha atarracada com os calcanhares apoiados sobre uma pilha de caveiras — preside uma estante cheia de livros sobre anatomia humana.

A estante de fantasia, repleta de livros com capas bonitas sobre dragões e bruxas, é o lar da terceira estátua de gárgula, com asas e garras grandes verdadeiramente fantásticas que se fecham ao redor do livro em miniatura que está lendo. Diferente das outras duas, que têm expressões ferozes, essa gárgula tem feições femininas e um ar de travessa, como se soubesse que vai ter problemas por continuar acordada mesmo passada a hora de ir dormir, mas simplesmente não consegue deixar a história de lado.

Decido naquele momento que ela é a minha gárgula favorita e pego um livro da prateleira para ler esta noite, caso não consiga dormir. E quase solto uma gargalhada ruidosa quando passo os dedos em um adesivo que diz: "Não sou uma donzela em perigo. Sou um dragão de vestido".

Continuo indo de estátua em estátua, de uma estante baixa sobre arquitetura gótica até um enorme conjunto de prateleiras dedicadas a histórias de fantasmas. A biblioteca se estende cada vez mais e, quanto mais tempo passo por aqui, mais me convenço de que o bibliotecário-chefe deste lugar é a pessoa mais legal do mundo. E que tem um gosto incrível para livros.

Chego até o fim do corredor e dou a volta na última estante em busca da última gárgula. Eu a encontro e percebo que ela aponta diretamente para uma porta entreaberta. Há uma placa enorme pendurada nela que diz que os alunos só podem acessar essa sala se tiverem autorização, e isso — é claro — só serve para me deixar ainda mais curiosa. Principalmente porque a luz está acesa e há uma música esquisita no ar.

Tento identificá-la, mas, conforme me aproximo, percebo que não é somente música; é um cântico que está sendo entoado em uma língua que eu não reconheço e que com certeza não sou capaz de entender. No mesmo instante, minha curiosidade se transforma em empolgação.

Quando eu estava pesquisando o Alasca, aprendi que há vinte línguas diferentes faladas pelos povos indígenas do estado. Começo a pensar se é isso que estou ouvindo. Espero que seja. Já faz algum tempo que venho querendo ouvir uma das línguas nativas. Em especial porque muitas delas estão ameaçadas de extinção, incluindo duas ou três que têm menos de quatrocentos falantes no mundo todo. O fato de essas línguas indígenas estarem morrendo é uma das coisas mais tristes que já ouvi.

Talvez, com sorte, eu possa resolver dois problemas de uma só vez aqui. Posso conhecer a bibliotecária fascinante que é responsável por este lugar e também lhe pedir informações (já que a voz, definitivamente, é feminina) sobre alguma das línguas indígenas. Mesmo que eu consiga só uma dessas duas coisas, a noite será bem melhor do que ficar em uma festa e ser o alvo dos olhares, festa essa que, supostamente, devia ter sido oferecida para me dar as boas-vindas.

Mas, quando me aproximo da porta, pronta para me apresentar, percebo que a pessoa que entoa aqueles cânticos não é a bibliotecária. É uma garota da minha idade, com cabelos longos, escuros e sedosos e um dos rostos mais bonitos que eu já vi. Talvez o mais bonito de todos.

Ela está segurando um livro aberto, lendo, o que explica os cânticos que ouvi. Sinto vontade de perguntar que língua é essa, já que não consigo enxergar a capa, mas o jeito com que sua cabeça se ergue bruscamente quando passo pela porta deixa a minha garganta seca.

Quem quer que essa garota seja, exibe uma expressão feroz. As boche-chas estão enrubescidas e a boca está aberta para entoar os sons caracte-rísticos da linguagem em que fala. Ela se interrompe no meio de uma palavra, com um sentimento que parece ser pura fúria ardendo naqueles olhos negros e tempestuosos.

Capítulo 12

TUDO É BRINCADEIRA E DIVERSÃO
ATÉ ALGUÉM MORRER

Tento pedir desculpas — ou, pelo menos, encontrar uma justificativa —, mas, antes que consiga dizer alguma coisa, a fúria no olhar dela desaparece. Inclusive, o sentimento se dissipa com tanta agilidade que eu não consigo ter certeza de que não imaginei aquilo. Especialmente porque a raiva, ou seja o que for, se transforma em receptividade quando a garota vem em minha direção.

— Você deve ser Grace. — Ela fala com um sotaque sutil e para a menos de meio metro de onde estou. — Eu estava mesmo querendo conhecê-la. — Ela estende a mão e eu a cumprimento, embasbacada, enquanto ela prossegue. — Meu nome é Lia e eu tenho a impressão de que seremos ótimas amigas.

Não é a saudação mais estranha que já recebi; essa honraria ainda pertence a Brant Hayward, cuja versão de *prazer em conhecê-la* foi esfregar as mãos cheias de catarro no vestido que usei no meu primeiro dia de aula, no jardim de infância. Mesmo assim, Lia conquista o segundo lugar. Além disso, seu sorriso tem algo de contagiante que me faz sorrir de volta.

— Eu sou Grace — concordo. — Prazer em conhecê-la.

— Ah, não seja tão formal — diz ela, acompanhando-me gentilmente para fora da sala antes que eu lhe peça para dar uma olhada ali dentro. Segundos depois, ela já apagou as luzes e fechou a porta, tudo da maneira mais eficiente possível.

— Que língua era aquela que você estava falando? Era algum idioma indígena do Alasca? Achei muito bonita — falo quando começamos a voltar para o centro da biblioteca.

— Ah, não. — Ela ri, um som leve e tilintante que combina perfeitamente com o restante de Lia. — É uma língua que eu descobri em minhas pesquisas. Nunca a ouvi antes, então nem tenho certeza se estava pronunciando as palavras de maneira correta.

— Bem, parecia incrível. Em que tipo de livro você a descobriu? — Agora, mais do que nunca, sinto o desejo de ter espiado a capa.

— O tipo que é bem chato — responde com um gesto. — Eu juro que esse projeto de pesquisa ainda vai acabar me matando. Agora, venha comigo. Vamos tomar um chá e você pode me contar tudo a seu respeito. Teremos muito tempo para falar sobre as aulas quando você estiver frequentando alguma.

Decido não verbalizar que começar a assistir aulas é provavelmente a única coisa que eu espero que aconteça com essa mudança para o Alasca. Afinal de contas, a escola pública onde eu estudava definitivamente não cobria assuntos como Caça às Bruxas no Mundo Atlântico durante as aulas de história. Além disso, tomar chá parece uma ótima ideia, especialmente considerando o que aconteceu há pouco, enquanto eu tomava um Dr. Pepper. Assim como não é nada má a ideia de fazer uma nova amizade neste lugar onde todo mundo me olha como se eu tivesse três cabeças ou como se eu não fosse absolutamente nada.

— Tem certeza de que não está ocupada? Eu não queria interromper. Só queria explorar um pouco a biblioteca. Adorei as gárgulas. Criam um ambiente bem gótico.

— Criam mesmo, não é? A sra. Royce é desse jeito.

— É mesmo? Deixe-me ver se adivinho. Camisas de flanela e um ar meio *hipster*? Esse tipo de coisa?

— É o que a maioria das pessoas imagina a princípio. Mas, na verdade, o estilo dela é mais focado em saias hippies e coroas floridas.

— Agora eu quero *mesmo* conhecê-la. — Estamos do lado oposto da biblioteca em relação àquele por onde entrei e passamos por uma área de estar com vários sofás pretos, cada um deles com pilhas de almofadas roxas com diferentes citações de filmes clássicos de terror. A minha favorita é a frase famosa de Norman Bates em *Psicose*: "Todos nós enlouquecemos um pouco de vez em quando". Mas também gosto da almofada que está logo ao lado: "Tenha medo. Tenha muito medo", uma das falas de *A Mosca*.

— A sra. Royce adora o Halloween — conta Lia, rindo. — Acho que ela ainda não guardou todas as decorações.

Ah, é verdade. O Halloween aconteceu há três dias. Eu estava tão concentrada em todas as outras coisas que esqueci completamente da festa deste ano, mesmo depois de Heather ter passado meses montando sua fantasia, toda feita à mão.

Eu deixo o livro que peguei anteriormente na mesa mais próxima; vou voltar para pegá-lo quando a bibliotecária estiver aqui. Lia abre a porta principal e faz um gesto para eu passar antes dela. Espero, enquanto ela apaga as luzes e depois tranca a porta.

— A biblioteca geralmente fica fechada nas noites de domingo, mas estou fazendo algumas pesquisas independentes neste semestre. É por isso que a sra. Royce me deixa trabalhar até mais tarde às vezes.

— Desculpe. Eu não sabia que...

— Não precisa se desculpar, Grace. — Ela me encara com um olhar vagamente exasperado. — Como você ia saber? Eu só estou lhe dizendo por que preciso trancar o lugar de novo.

— Tem razão — admito, um pouco surpresa com a gentileza dela.

Ela vai andando pelo corredor.

— Bem, eu imagino, como você não está na festa que Macy organizou, que o seu primeiro dia na nossa ilustre escola não foi tão tranquilo quanto sua prima esperava.

Ela está certa, mas eu não vou admitir isso. Vai parecer que estou sendo cruel com Macy. Especialmente porque Macy não é o problema. O problema é este lugar todo, não ela.

— A festa estava legal. Mas eu tive um dia bem cansativo e precisava de um pouco de silêncio.

— Ah, entendo. A menos que você tenha saído de Vancouver, chegar até aqui nunca é fácil.

— Ah, eu definitivamente não saí de Vancouver. — Sinto um leve calafrio quando uma lufada de vento inesperada sopra pelo corredor em que estamos.

Eu olho ao redor, procurando de onde esse vento pode ter vindo, mas em seguida me distraio quando Lia ergue as sobrancelhas e diz:

— O Alasca fica bem longe da Califórnia.

— Como sabe que vim da Califórnia?

Talvez seja por isso que todo mundo vive me encarando. Eu devo estar ostentando aquele ar de "não sou daqui" como se fosse um outdoor.

— Foster deve ter mencionado isso quando nos disse que você vinha. E, olhe, San Diego provavelmente é o pior lugar para uma pessoa viver antes de se mudar para cá.

— É o pior lugar para viver antes de se mudar para qualquer lugar — concordo. — Mas especialmente para cá.

— Não duvido. — Ela me analisa da cabeça aos pés e, em seguida, abre um sorriso torto. — Já está congelando com esse vestidinho?

— Você está me zoando? Eu estou congelando desde que pousei em Anchorage. Não importa a roupa que eu use. Já estava congelando mesmo antes de Macy me convencer a vestir essa coisa.

— Acho que é melhor buscarmos logo aquele chá, então. — Ela indica a escadaria que acabou de aparecer. — O meu quarto fica no quarto andar, está bem?

— Ah, o nosso também fica. O que eu divido com Macy.

— Ótimo.

Lia continua a falar conforme andamos rumo à escada, apontando para salas diferentes que ela acha que preciso saber onde ficam: o laboratório de química, a sala de estudos, a cafeteria. Alguma coisa dentro de mim quer puxar o celular e começar a fazer anotações — ou, melhor ainda, desenhar um mapa, já que não tenho o menor talento para me localizar. Talvez, se eu conseguir entender algo simples como a disposição dos cômodos do castelo, outras coisas comecem a se encaixar em seus devidos lugares também. E aí eu posso começar a me sentir segura outra vez; uma sensação que não tenho há muito tempo.

Nós finalmente chegamos ao quarto de Lia. Ela mora no que eu presumo ser o corredor oeste, a julgar pela localização em relação ao meu. Fico um pouco surpresa quando ela para diante da única porta naquele corredor, e provavelmente em todo o andar, que não tem algum tipo de decoração pendurada.

Ela deve ter percebido que fiquei surpresa, porque diz:

— Este ano foi difícil. Eu simplesmente não senti vontade de mexer com a decoração quando voltei para cá.

— Sei bem como é. Digo, a parte sobre o ano ter sido difícil. Não sobre decorar.

— Entendi, tranquilo. — Ela abre um sorriso triste. — Meu namorado morreu há um tempo e todo mundo acha que eu já devia ter superado. Mas nós estávamos juntos há muito tempo. Não é tão fácil simplesmente se desapegar. Tenho certeza de que sabe como é.

Já faz um mês desde que meus pais morreram, mas ainda me sinto como se o choque não tivesse passado por completo.

— Não é fácil mesmo.

É o que acontece todas as manhãs. Eu acordo e, durante um minuto, apenas um minuto, não me lembro do motivo pelo qual tenho aquela sensação de peso no estômago.

Não lembro que eles se foram e que nunca mais vou vê-los de novo.

Não lembro que estou sozinha.

Até que a lembrança volta com toda a força, assim como a tristeza.

Entrar naquele avião, ontem pela manhã, foi a segunda coisa mais difícil que eu já fiz na vida (a primeira foi identificar os corpos no necrotério). E acho que isso aconteceu porque a viagem fez com que a morte deles se entranhasse um pouco mais em mim.

Lia e eu simplesmente ficamos em silêncio no meio do quarto dela por um segundo. Duas pessoas que parecem muito bem por fora, mas que estão completamente destroçadas por dentro. Não conversamos. Não dissemos absolutamente nada. Apenas ficamos onde estamos e absorvemos o fato de que alguém tem uma dor tão grande quanto a nossa.

É uma sensação bizarra. E, ao mesmo tempo, estranhamente reconfortante.

Após determinado tempo, Lia vai até a escrivaninha dela, onde há uma chaleira elétrica plugada na tomada. Ela a enche com uma jarra de água, que também está na mesa, e aciona o aparelho antes de abrir um pote do que parece ser um pot-pourri e encher dois infusores de chá.

— Posso ajudar com alguma coisa? — pergunto, embora tudo pareça sob controle. É legal vê-la seguir o ritual da preparação do chá com folhas caseiras. Me faz lembrar da minha mãe e de todas as horas que passamos na cozinha, montando várias combinações diferentes.

— Já estou cuidando de tudo. — Com um aceno de cabeça, ela indica a segunda cama do quarto, que preparou como uma espécie de sofá ou divã com um edredom vermelho e várias almofadas em tons de pedras preciosas. — Sente-se, pode ficar à vontade.

Eu me sento, e como eu queria estar com uma *legging* ou com moletom em vez deste vestido, para poder me sentar como se eu fosse uma pessoa normal. Lia não conversa muito enquanto prepara o chá, e eu também não. É meio difícil saber qual é o rumo da conversa agora que falamos de línguas em extinção e de entes queridos mortos.

O silêncio se arrasta e eu começo a me sentir desconfortável. Mas, felizmente, não demora muito para a chaleira ferver, e Lia coloca uma xícara de chá bem diante de mim.

— É a minha receita especial — conta ela, levando a xícara até a boca e soprando-a devagar. — Espero que goste.

— Tenho certeza de que está uma delícia. — Eu envolvo a xícara com as mãos e quase estremeço de alívio por finalmente poder aquecer os dedos. Mesmo se o gosto for horrível, vale a pena a oportunidade de não sentir frio.

— Essas xícaras são bonitas — comento, depois de tomar um gole. — São japonesas?

— Sim — diz Lia, com um sorriso. — Da minha loja favorita em Tóquio. Minha mãe manda um conjunto novo todo semestre. Ajuda a matar a saudade de casa.

— Que legal. — Penso na minha própria mãe e em como ela sempre me comprava uma nova caneca de chá todo Natal. Parece que Lia e eu de fato temos muita coisa em comum.

— E, então, como foi a festa? Imagino que não tenha sido das melhores, considerando que acabou indo parar na biblioteca. Mas conseguiu conhecer algumas pessoas, pelo menos?

— Conheci, sim. Até que pareciam legais.

Ela ri.

— Você mente muito mal, sabia?

— Ah... eu sei. Tentei ser gentil, pelo menos. — Tomo um gole do chá, cujo sabor é um floral bem intenso, do qual não sei se realmente gosto. Mas está quente e isso é o bastante para fazer com que eu tome outro gole. — Já me disseram isso antes. Sobre eu mentir mal.

— Então, acho que é melhor refinar um pouco essa habilidade. Em Katmere, saber mentir é praticamente a primeira lição que se aprende para conseguir sobreviver.

Agora é a minha vez de rir.

— Acho que estou bem encrencada, então.

— É, acho que está mesmo. — Não percebo nenhum tom de brincadeira na resposta dela desta vez, e me dou conta de que também não havia na afirmação anterior.

— Espere aí... — digo, sentindo-me estranhamente desconcertada. — O que há de tão importante que precisam esconder?

É nesse momento que Lia olha bem nos meus olhos e responde:

— Tudo.

Capítulo 13

SIMPLESMENTE ME MORDA

Não faço ideia de como devo responder àquilo. Afinal de contas, o que eu deveria dizer? O que eu deveria pensar?

— Não faça essa cara de quem está escandalizada — completa ela, após alguns segundos de silêncio constrangedor. — Estou brincando, Grace.

— Ah, certo. — Rio junto a ela. O que mais posso fazer? Ainda assim, as coisas não parecem estar muito certas. Talvez por causa da expressão tão séria com que ela me encarou quando disse que mente sobre tudo. Ou talvez porque eu não consiga evitar a ideia de que, se for verdade e o resto for apenas mentiras... De qualquer maneira, não há muito que eu possa fazer a não ser dar de ombros e opinar: — Achei mesmo que você estava só me zoando.

— Com certeza, eu estava. Você devia ter visto a sua cara.

— Imagino — respondo com uma risada.

Ela não diz nada por alguns segundos, e eu também não... Até que o silêncio começa a ficar meio constrangedor. Em minha defesa, eu finalmente consigo dizer:

— Qual era a língua em que você estava lendo na biblioteca? Achei que tinha uma sonoridade maravilhosa.

Lia me encara por um segundo, e parece num dilema, sem saber se responde ou não. Até que por fim responde:

— Acádio. É a língua que evoluiu do sumério antigo.

— Sério? Então, é uma língua que tem mais de três mil anos?

Ela demonstra surpresa.

— Mais ou menos por aí.

— Que incrível. Eu sempre fico impressionada com linguistas e antropólogos que fazem isso, sabia? Como eles tentam compreender o que as diferentes letras significam e as palavras que elas compõem. — Balanço a cabeça, maravilhada. — Mas descobrir o som dessas palavras? Acho que meu cérebro fundiria.

— É incrível, não é? — Os olhos dela brilham pela empolgação. — O alicerce dos idiomas é tão...

O meu celular vibra com várias mensagens de texto que chegam uma após a outra, interrompendo a fala de Lia. Pego o aparelho, imaginando que Macy finalmente cansou de esperar até eu voltar. Na tela, há uma série de mensagens de texto da minha prima, cada uma mais frenética do que a anterior. Parece que ela já está me mandando mensagens há algum tempo, mas eu estava com o celular no modo silencioso.

Macy: Ei, para onde você foi?

Macy: Estou esperando você voltar.

Macy: Ei, onde você está???

Macy: Estou indo buscar você.

Macy: Responda!!!

Macy: O que está acontecendo?

Macy: Você está bem???

Digito uma resposta rápida: *estou bem*, e meu celular imediatamente vibra outra vez. Uma conferida na mensagem toda em maiúsculas da minha prima — *ONDE VOCÊ SE METEU?* — é o suficiente para eu perceber que é melhor ir encontrá-la antes que ela enlouqueça de vez.

— Desculpe, Lia, mas tenho que ir embora. Macy está em pânico.

— Por quê? Só porque você saiu da festa? Ela vai superar isso.

— Sim, mas eu acho que ela está preocupada de verdade. — Não conto a Lia o que aconteceu com os outros rapazes na noite passada, não digo que provavelmente é por isso que Macy está tão nervosa por não conseguir me encontrar. Em vez disso, concentro-me no meu celular e digito *No quarto da Lia* antes de me levantar. — Obrigada pelo chá.

— Só mais uns minutinhos, termine seu chá. — Parece que ela está se divertindo com a situação, mas ao mesmo tempo um pouco decepcionada. — Não quer que sua prima ache que pode mandar em você, né?

Levo a minha xícara até a pia do banheiro.

— Ela não manda em mim. Imagino que ela deve estar achando que estou irritada. — Parece mais fácil dar essa explicação do que descrever tudo o que aconteceu com Marc e Quinn. — Além disso, se eu a conheço, ela deve estar a caminho do seu quarto neste exato momento.

— Você deve ter razão. Macy às vezes é meio histérica mesmo.

— Eu não disse que... — Uma batida na porta me interrompe.

Lia simplesmente sorri para mim com uma expressão que significa *O que foi que eu acabei de dizer?*

— Deixe que eu lavo a xícara — diz ela, tirando-a das minhas mãos.

— Mostre para Macy que você não passou a última hora chorando pelos cantos. E que eu não te matei.

— Ela não pensaria uma coisa dessas. Está apenas preocupada comigo.

— Mesmo assim, eu vou direto para a porta. Quando abro, vejo que a minha prima (como já prevíramos) está do outro lado.

— Estou bem aqui — digo a ela, sorrindo.

— Ah, graças a Deus! — Ela me abraça com força. — Achei que tinha acontecido alguma coisa!

— O que poderia ter acontecido comigo se quase todo mundo estava naquela festa, Macy? Só saí para caminhar um pouco — digo em tom de piada.

— Não sei... — De repente, ela parece vacilar um pouco. — Muita coisa...

— Acho que Macy pensou que você podia ter saído do prédio — interrompe Lia. — Se tivesse ido lá para fora com esse vestidinho, já estaria quase morta a essa altura.

— Sim, exatamente! — Macy parece ter gostado daquela desculpa. — Eu não queria que você morresse de frio antes que esse seu primeiro dia no Alasca terminasse.

Aquela é uma resposta estranha, em especial se considerarmos que ela sabe o que quase aconteceu comigo na noite passada e que eu estava aterrorizada com a possibilidade de ser jogada pela porta da escola exatamente por essa razão. Mas agora não é bem o melhor momento para falar disso tudo. Assim, eu viro para trás e olho para Lia, dizendo:

— Obrigada por tudo.

— Não foi nada. Volte mais vezes. Vamos cuidar das unhas e da pele também, ou algo do tipo.

— Vai ser legal. E eu vou querer saber mais sobre as suas pesquisas.

— Cuidar das unhas? — repete Macy, parecendo surpresa. — Pesquisas?

Lia revira os olhos.

— Claro, você também está convidada. — Em seguida, ela fecha a porta na nossa cara.

E, sejamos honestas, parece bem esquisito, considerando a gentileza que ela demonstrou durante a noite toda. Por outro lado, no instante em que Macy apareceu, o comportamento de Lia ficou mais ríspido. Talvez a despedida abrupta tenha mais a ver com a minha prima do que comigo.

Em seguida, Macy sussurra:

— Não consigo acreditar que você foi convidada para fazer as unhas com Lia Tanaka. *Depois* de ter sido convidada para ir ao quarto dela.

Ela não parece estar com inveja, apenas confusa. Como se o fato de eu e Lia termos algo em comum fosse a situação mais estranha do mundo.

— Não foi tão difícil. Ela parece ser legal.

— "Legal" não é o adjetivo que eu usaria normalmente para descrevê-la — responde Macy, enquanto andamos pelo corredor. — Lia é a menina mais popular da escola e costuma se esforçar ao máximo para lembrar as pessoas disso. Mas, ultimamente, até que anda bem reclusa.

— Ah, sim. Acho que a pessoa tem o direito de fazer isso depois de perder o namorado.

Os olhos de Macy ficam enormes.

— Ela te contou?

— Sim. — Um pensamento nauseante me ocorre. — Era segredo?

— Não. É que... Ouvi dizer que ela não fala sobre Hudson. — A voz de Macy fica estranha quando diz isso, e subitamente ela está olhando para todos os lugares do corredor, exceto para mim. Tenho certeza de que faz isso porque se sente desconfortável, não porque a tapeçaria de mil anos que ela está encarando, e que provavelmente já viu um milhão de vezes, é mais interessante do que a nossa conversa. Eu só gostaria de saber o porquê.

— Isso não chega a ser surpreendente, não acha? E ela não falou muito sobre o namorado. Só me disse que ele morreu.

— Sim. Já faz quase um ano. Abalou a escola inteira. — Ela ainda não está olhando para mim, o que vai deixando as coisas mais esquisitas.

— Ele estudava aqui?

— Sim, mas ele se formou no ano anterior àquele em que morreu. Mesmo assim, isso assustou um monte de gente aqui.

— Imagino. — Sinto vontade de perguntar o que aconteceu, mas ela parece tão desconfortável que seria uma indelicadeza insistir no assunto. Assim, eu deixo isso para outra hora.

Caminhamos em silêncio por alguns minutos, dando tempo para que o assunto se dissipe. Quando isso acontece, Macy volta a exibir sua personalidade de sempre.

— Está com fome? Não comeu nada na festa.

Cogito responder que sim. Não como nada desde que Macy preparou uma tigela de sucrilhos para mim, do seu estoque pessoal. Mas a náusea causada pela altitude deve ter voltado, porque a simples menção à comida já faz meu estômago roncar de um jeito não muito agradável.

— Sabe de uma coisa? Acho que vou direto pra cama. Não estou me sentindo muito bem.

Pela primeira vez, Macy parece preocupada.

— Se você não estiver se sentindo melhor amanhã de manhã, seria bom ir à enfermaria. Já está aqui há mais de vinte e quatro horas. Já deveria estar começando a se acostumar com a altitude.

— Vi no Google que leva entre vinte e quatro e quarenta e oito horas. Se eu não estiver melhor amanhã, vou até o consultório dela, está bem?

— Se você não estiver se sentindo melhor depois das aulas de amanhã, tenho certeza de que o meu pai vai arrastá-la pessoalmente até lá. Ele anda muito preocupado desde que você pediu que te deixassem em San Diego para terminar o bimestre.

Outro silêncio constrangedor começa a se formar e, sinceramente, não estou em condições de lidar com isso agora. Então, sinto que é a minha vez de mudar de assunto:

— Não consigo acreditar no quanto estou cansada. Que horas são, por falar nisso?

Macy ri.

— São oito da noite, arroz de festa.

— Vou começar a ir às festas na semana que vem. Depois que eu finalmente conseguir dormir um pouco e depois que esse maldito enjoo passar. — Eu levo a mão até a barriga quando a náusea de antes retorna com toda a força.

— Sou uma idiota mesmo. — Macy revira os olhos, pensando no que fez. — Planejar uma festa logo nos primeiros dias que você está aqui foi uma péssima ideia. Me desculpe.

— Você não é idiota. Só estava tentando me ajudar a conhecer pessoas.

— Eu estava tentando ostentar a minha fabulosa prima mais velha...

— Super mais velha. Um ano, mais ou menos.

— Ainda é mais velha, não é? — Ela sorri para mim. — Enfim, eu estava tentando exibir você para as pessoas daqui e ajudá-la a se ambientar. Não pensei que precisaria de uns dias apenas para conseguir respirar.

Chegamos até o nosso quarto e Macy destranca a porta com um floreio. E bem a tempo, porque o meu estômago decide se rebelar dois segundos depois que eu passo pela porta. Mal consigo chegar até o banheiro antes de vomitar uma combinação repugnante de chá e Dr. Pepper.

Afinal de contas, parece que o Alasca está definitivamente tentando me matar.

Capítulo 14

TOC, TOC, TOC, BATENDO NA
PORTA DA MORTE

Passo os quinze minutos seguintes tentando vomitar e botar os bofes para fora e à espera de que, se este maldito lugar estiver *mesmo* tentando me matar, que pelo menos faça isso de uma vez.

Quando a náusea finalmente passa, cerca de meia hora depois, estou exausta e a dor de cabeça volta com força total.

— Quer que eu chame a enfermeira? — pergunta Macy, andando atrás de mim com os braços estendidos para me segurar, enquanto volto para a cama. — Acho que vou chamar a enfermeira.

Eu resmungo qualquer coisa enquanto me enfio por baixo dos lençóis.

— Vamos esperar só mais um pouco.

— Eu acho que isso não é...

— Ordens da prima mais velha. — Eu abro um sorriso que não reflete nem de longe o que estou sentindo e afundo a cabeça no travesseiro. — Se eu não estiver melhor amanhã de manhã, nós chamamos a enfermeira.

— Tem certeza? — Macy apoia o peso do corpo em um pé e depois no outro, como se não tivesse certeza do que fazer.

— Considerando que eu recebi atenção mais do que suficiente desde que cheguei a esta escola? Tenho, sim. Certeza absoluta.

Ela não parece muito feliz com a minha recusa, mas acaba aceitando com um aceno de cabeça.

Eu sinto o sono ir e voltar enquanto minha prima lava o rosto e troca de roupa, vestindo o seu pijama. Mas quando ela apaga a luz e se deita, outra onda de náusea começa a tomar conta de mim. Eu resisto, na tentativa de ignorar o quanto gostaria que a minha mãe estivesse aqui para cuidar de mim, até que caio num sono agitado. Um sono de que não acordo até um despertador apitar, às seis e meia da manhã seguinte. Ele silencia tão abruptamente quanto começou quando alguém aperta o botão da soneca.

Acordo desorientada, em busca de me lembrar onde estou e de quem era aquele alarme desgraçado que estava apitando na minha orelha. Até que tudo volta de uma vez. Depois de mais uma ida ao banheiro por volta das três da manhã para tentar vomitar coisas que eu nem tinha mais no estômago, a náusea cedeu, o que foi um grande alívio. E todo o restante parece ter melhorado agora. Minha cabeça parou de girar e, embora eu sinta a garganta seca, ela não está mais doendo.

Ei, parece que a internet tinha razão sobre aquele papo de durar entre vinte e quatro e quarenta e oito horas. Estou nova em folha.

Pelo menos até erguer o tronco, sentar na cama e perceber que o restante do meu corpo é outra história. Praticamente todos os músculos que tenho doem como se eu tivesse acabado de escalar o monte Denali... depois de correr uma maratona. Tenho certeza de que é só a desidratação combinada com a tensão que senti ontem, mas, de qualquer maneira, não estou nem um pouco a fim de me levantar. E, com certeza, não estou com um pingo de vontade de abrir um sorriso no meu primeiro dia de aula.

Volto a deitar e puxo as cobertas por cima da cabeça, tentando decidir o que fazer. Dez minutos depois, continuo deitada aqui quando Macy acorda, resmungando.

A primeira coisa que ela faz é dar um tabefe no despertador até ele parar de apitar — algo pelo qual me sinto eternamente grata, considerando que ela escolheu o toque mais irritante e enervante já inventado para acordar alguém. Mas ela só demora um segundo para sair da cama e vir até a minha.

— Grace? — sussurra em voz baixa, como se quisesse verificar como estou, mas ao mesmo tempo sem a intenção de me acordar.

— Estou bem — eu a tranquilizo. — Só meio dolorida.

— Eca. Provavelmente é por causa da desidratação. — Ela vai até o frigobar no canto do quarto e pega uma jarra de água. Enche dois copos e me entrega um deles antes de sentar na própria cama. Passa um minuto trocando mensagens de texto (com Cam, imagino) antes de jogar o celular para o lado e retornar sua atenção para mim. — Tenho que ir para a aula. Tenho prova de três matérias diferentes. Mas vou voltar para ver como você está, assim que puder.

Adoro o jeito que ela presume que eu não vou assistir a nenhuma aula hoje, então não discuto. Digo apenas:

— Não precisa vir até aqui só para ver como eu estou. Já estou melhor.

— Que bom. Então, considere este como o dia de saúde mental. Alguma coisa do tipo "Puta que pariu, acabei de me mudar para o Alasca!", entre as muitas opções que o Alasca oferece.

— Como assim, existe isso? Um Dia da Saúde Mental, é sério? — brinco, fingindo que acredito ser verdade, e me viro na cama até estar de costas para a parede.

Macy bufa.

— Um dia só não, meses inteiros da saúde mental. O Alasca não é fácil.

Agora é a minha vez de bufar.

— Tem razão. Eu estou aqui há menos de quarenta e oito horas e já me dei conta disso.

— Isso é porque você tem medo de lobos — provoca ela.

— E de ursos — admito, um pouco envergonhada. — Como qualquer pessoa normal teria.

— Até que você tem razão — diz ela com um sorriso. — É melhor você tirar o dia de folga e fazer o que quiser. Leia um livro, assista a alguma porcaria na TV, pode até comer os doces e salgadinhos que eu tenho aqui no quarto se o seu estômago aguentar. Meu pai vai avisar os professores que você vai começar as aulas amanhã, não hoje.

Eu não havia nem pensado no tio Finn.

— Seu pai não vai achar ruim se eu faltar hoje?

— Foi ele quem deu essa sugestão.

— Como ele sabe que...? — Paro de falar quando ouço alguém bater na porta. — Quem...?

— Meu pai — responde Macy quando atravessa o quarto e abre a porta com um gesto elaborado. — Quem mais?

Só que não é o tio Finn que está na porta. É Flint, que dá uma olhada em Macy, que está com uma camisola curta, e em mim, que ainda estou com o vestido da noite passada e a maquiagem toda borrada. Ele começa a sorrir feito um bobo.

— Vocês estão lindas, senhoritas. — Ele solta um assobio grave. — Parece que se empolgaram com a festa de ontem, hein?

— Você ia achar ótimo, não? — provoca Macy enquanto corre para o banheiro e para a privacidade que o cômodo permite. Não me dou ao trabalho de responder, simplesmente mostro a língua para ele. Flint ri e ergue as sobrancelhas em resposta.

— Ah, eu ia achar ótimo mesmo — comenta Flint quando entra no quarto e se senta na ponta da minha cama. — Mas o que eu quero saber é outra coisa. Onde foi que você se enfiou ontem quando foi embora da festa? E por quê?

Como contar toda a história a Flint envolve tentar explicar a minha reação bizarra à presença de Jaxon, assim como tudo que aconteceu depois, eu decido contar apenas uma parte da verdade.

— A altitude estava me fazendo muito mal. Eu senti que ia vomitar, então voltei para o quarto.

Isso serve para apagar o sorriso que ele tem na cara.

— Como está agora? Essa náusea por causa da altitude não é coisa com que se pode brincar. Está conseguindo respirar?

— Estou conseguindo respirar bem. Pode confiar — Emendo quando percebo que ele não parece muito convencido. — Estou me sentindo quase normal hoje. Só precisava me acostumar com as montanhas.

— Por falar em montanhas... — O sorriso atraente de Finn volta. — Foi por isso que vim até aqui. Eu e um pessoal vamos disputar uma guerra de bolas de neve hoje à noite, depois do jantar. Achei que talvez você quisesse participar, se estiver se sentindo bem, claro.

— Uma guerra de bolas de neve? — Faço um movimento negativo com a cabeça. — Acho que vai ser melhor se eu não participar.

— Por que não?

— Porque eu nem sei como se faz uma bola de neve, e menos ainda como se joga uma dessas.

Ele me encara como se eu estivesse fazendo papel de boba.

— Você pega um punhado de neve, aperta até virar uma bola e depois joga na pessoa que estiver mais perto. — Ele faz mímica com as mãos para acompanhar as palavras. — Não é tão difícil.

Fico olhando para ele. Ainda não estou convencida.

— Vamos lá, novata. Experimente. Garanto que vai ser divertido.

— Cuidado, Grace — alerta Macy, saindo do banheiro com os cabelos enrolados em uma toalha. — Nunca confie num... — Ela deixa a frase incompleta e no ar, quando Flint olha para ela com as sobrancelhas erguidas.

— Vão fazer uma guerra de bola de neve depois das aulas de hoje — repasso-lhe a informação. — Ele quer que a gente participe. — Flint não havia convidado Macy com todas aquelas palavras, mas não estou disposta a entrar nessa se ela não estiver junto. E, a julgar pelo sorriso súbito que emerge no rosto dela, imagino que fiz a escolha certa.

— Está falando sério? Temos que entrar nessa guerra, Grace. As guerras de bola de neve de Flint fazem sucesso aqui na escola.

— Isso não aumenta muito o meu nível de confiança, considerando que não tenho a mínima ideia do que devo fazer.

— Vai dar tudo certo — dizem os dois ao mesmo tempo.

Agora é a minha vez de erguer as sobrancelhas enquanto olho para um deles e depois para o outro.

— Não confie nele — diz Macy. — Coloque uma bola de neve na mão de Flint e ele vira um capeta. Mas isso não significa que não vai ser divertido.

Ainda penso se tratar de uma má ideia, mas Flint e Macy são meus dois únicos amigos em Katmere. Quem sabe o que vai acontecer com Lia? E no caso de Jaxon... Jaxon é muitas coisas, mas eu definitivamente não diria que ele é meu amigo. Nem que é alguém amistoso.

— Tudo bem, tudo bem — digo, cedendo graciosamente. — Mas, se eu morrer no meio dessa guerra, vou assombrar vocês dois para sempre.

— Tenho certeza de que você vai sobreviver — garante Macy.

Flint, por sua vez, apenas pisca o olho.

— Mas, se isso não acontecer, eu conheço maneiras piores de passar a eternidade.

Antes que eu consiga formular uma resposta para esse comentário, ele se aproxima e dá um beijo na minha bochecha.

— A gente se vê mais tarde, novata.

E em seguida ele vai embora, passando pela porta sem olhar para trás.

Fico ali com Macy, que está boquiaberta e com os olhos arregalados, quase batendo palmas por causa de um beijinho. E um pensamento triste de que, não importa o quanto Flint seja adorável, as sensações que ele me causa não chegam nem perto do efeito que Jaxon provoca em mim.

Capítulo 15

ENTÃO, O INFERNO PODE
MESMO SER CONGELANTE

— Por acaso ele... — pergunta Macy com um suspiro exasperado depois que ele passa pela porta e a fecha.

— Não foi nada de mais — garanto a ela.

— Flint te deu um... — Aparentemente, a palavra ainda não consegue chegar aos lábios de Macy, porque ela toca a própria bochecha no mesmo lugar onde Flint beijou a minha.

— Não foi *nada* de mais — repito. — Não foi nada forçado. Ele só estava sendo amistoso.

— Ele nunca foi amistoso desse jeito comigo. Ou com qualquer outra pessoa que eu tenha visto.

— Bem, você já tem um namorado. Provavelmente ele tem medo de levar uma surra de Cam.

Macy ri. Ela ri de verdade, o que... Bem, sem problemas. A ideia de que o seu namorado alto e magricela possa dar uma surra em Flint realmente parece meio absurda. Mas, mesmo assim, será que ela não devia pelo menos *fingir* defendê-lo?

— Você quer que eu converse com ele? — digo, em tom provocador. — Para ver se ele beija *você* da próxima vez?

— É claro que não! Estou muito feliz com Cam e os beijos que ele me dá, obrigada, de nada. Estou só dizendo que Flint gosta de você. — Ela pega uma escova e começa a pentear o cabelo.

Apesar daquelas palavras, há alguma entonação em sua voz que faz com que me atente mais a ela, estreitando os olhos.

— Espere aí. Não vai me dizer que Flint é mesmo o seu crush?!

— É claro que não. Eu amo Cam. — Ela evita me encarar enquanto pega o pote de algum produto.

— Ah, certo, certo. Bastante convincente. —Reviro os olhos. — Olhe, se quer ficar com Flint, não seria melhor terminar o namoro com Cam?

— Eu não quero ficar com Flint.

— Macy...

— É sério, Grace. Talvez ele tenha sido o meu crush antigamente, quando eu estava lá pelo no nono ano. Mas foi há muito tempo e não importa mais.

— Por causa de Cam. — Observo o rosto dela atentamente pelo espelho enquanto ela começa a esculpir os cabelos curtos e coloridos.

— Porque eu amo Cam, isso mesmo — retruca ela enquanto puxa algumas mechas, deixando-as espetadas. — E também porque as coisas não funcionam desse jeito por aqui.

— Não funcionam de que jeito?

— Os grupos diferentes. Eles não se misturam muito.

— Ah, eu percebi isso na festa. Mas só porque eles *não* se misturam, não quer dizer que não possam se misturar, certo? Por exemplo, se você gosta de Flint e se ele gosta de você?

— Eu não gosto de Flint — reforça ela com um resmungo. — E ele definitivamente não gosta de mim. E, se eu gostasse dele, não teria importância, porque...

— Porque... o quê? Porque ele é popular?

Ela suspira e balança a cabeça.

— É mais do que isso.

— Mais do que o quê? Estou começando a me sentir como se tivesse caído na versão Alasca daquele filme *Meninas Malvadas.* Ou algo do tipo.

Alguém bate à porta antes de ela responder.

— Quantas pessoas vêm bater na sua porta antes das sete e meia da manhã, hein? — digo, brincando, enquanto vou até a porta. Macy não responde, apenas dá de ombros e abre um sorriso enquanto começa a aplicar a maquiagem.

Abro a porta e me deparo com meu tio olhando para mim, preocupado.

— Como está se sentindo? Macy disse que você estava vomitando ontem à noite.

— Estou melhor, tio Finn. A náusea sumiu e a dor de cabeça também.

— Tem certeza? — Ele faz um gesto na direção da cama, e eu volto até lá com uma boa dose de gratidão, sendo bem sincera. Dormi tão pouco nas últimas duas noites que sinto como se estivesse no meio de uma neblina, mesmo que o enjoo causado tenha finalmente desaparecido.

— Ótimo. — Ele coloca a mão na minha testa, como se estivesse verificando se eu estou com febre.

Faço alguma piadinha sobre a náusea causada pela altitude não ser um vírus, mas, quando ele dá um beijo no alto da minha cabeça após tocá-la, sinto as palavras ficando embargadas na minha garganta. Porque, neste exato momento, com as sobrancelhas franzidas e a boca retorcida em uma expressão séria que deixa suas covinhas nas bochechas ainda mais aparentes, o tio Finn se parece tanto com o meu pai que preciso usar toda a minha força de vontade para não chorar.

— Eu ainda acho que Macy tem razão — continua ele, sem perceber o quanto estou abalada. — Vai ser melhor se você passar o dia descansando e começar as aulas amanhã. A morte dos seus pais, a mudança, a Academia Katmere, o Alasca... São muitas coisas para se acostumar de uma vez só, mesmo sem essa náusea.

Eu faço um gesto afirmativo com a cabeça, mas viro o rosto antes que ele consiga notar a emoção nos meus olhos.

Ele deve reconhecer o meu esforço, porque não diz mais nada. Apenas faz um carinho na minha mão antes de voltar até a penteadeira embutida na parede onde Macy ainda está se arrumando.

Eles conversam, mas falam em uma voz tão baixa que não consigo ouvir nada, então deixo de prestar atenção. Volto a deitar na cama e puxo as cobertas até o queixo. E espero passar a dor da saudade dos meus pais.

Não quero voltar a dormir, mas o sono é mais forte do que eu. Da próxima vez que acordo, já passa de uma hora da tarde e o meu estômago ronca praticamente sem parar. Desta vez, entretanto, o desconforto acontece porque já faz mais de vinte e quatro horas que coloquei qualquer coisa remotamente parecida com comida na boca.

Há um pote de manteiga de amendoim e um pacote de biscoitos de água e sal em cima do frigobar, e eu ataco os dois. Uma tonelada de manteiga de amendoim e um pacote inteiro de biscoitos mais tarde e eu finalmente começo a me sentir humana outra vez.

Na verdade, também me sinto presa — dentro deste quarto e dentro desta escola.

Tento ignorar a inquietação que toma conta de mim, tento assistir alguma das minhas séries favoritas na Netflix ou ler a revista que não terminei de ler quando estava no avião. Chego até a mandar uma mensagem para Heather, mesmo sabendo que ela está na escola, na esperança de que possa trocar umas mensagens comigo por algum tempo. Só que, de acordo com a única mensagem que consegue mandar como resposta, ela está a ponto de começar uma prova de cálculo. Por isso, nada de distrações por enquanto.

Nenhuma outra atividade que eu tente fazer dá resultado, então eu por fim decido só dar uma volta. Talvez uma caminhada pelas terras selvagens do Alasca seja exatamente o que eu preciso para clarear as ideias.

Mas decidir sair para um passeio e me preparar para ele são duas coisas bem diferentes aqui. Tomo um banho rápido e em seguida — já que sou uma completa inexperiente — pesquiso no Google como devo me vestir para encarar o inverno deste lugar. E descubro que a resposta é *com muito cuidado*, mesmo quando ainda estivermos em novembro.

Quando encontro um site que parece confiável, as roupas que Macy separou para mim começam a fazer muito mais sentido. Começo com a *legging* de lã que ela comprou para mim e uma das minhas blusinhas. Em seguida, acrescento uma camada de segunda pele — calça e camisa. Depois delas, visto uma calça rosa-choque (é claro) forrada com lã e um casaco cinza forrado com o mesmo material. O site me dá a opção de vestir outro casaco ainda mais pesado por cima deste, mas não está tão frio quanto vai ficar daqui a uns dois meses. Assim, decido pular esta parte e ir direto para a touca, o cachecol, as luvas e os dois pares de meias. Finalmente, termino com a minha parca com forro de plumas e o par de botas indicadas para escaladas no monte Denali, que estão no chão do armário.

Uma rápida conferida no espelho mostra que estou tão ridícula quanto me sinto.

Mas imagino que vou ficar ainda mais ridícula se eu morrer congelada no meu segundo dia no Alasca. Assim, ignoro a sensação. Além disso, se eu perceber que estou sentindo muito calor durante a caminhada, posso tirar a camada com o forro de lã de carneiro. Pelo menos é o que o guia sugere, já que o suor é um grande inimigo neste lugar. Aparentemente, andar por aí com roupas molhadas pode resultar em hipotermia. Assim como tudo mais neste estado.

Em vez de mandar uma mensagem para Macy e interromper uma das suas provas, deixo um bilhete avisando que vou sair para explorar a área da escola. Não sou idiota o bastante para passar dos limites do muro e me embrenhar na floresta, onde há lobos, ursos e sabe lá Deus o que mais.

Em seguida, saio. Quando desço as escadas, ignoro quase todas as pessoas com quem cruzo — pouca gente, na verdade, já que a maioria da escola está em aula. Talvez eu devesse me sentir culpada por não estar fazendo o mesmo, mas, para ser honesta, me sinto aliviada.

Quando chego ao térreo, saio pela primeira porta que leva para o lado de fora que consigo encontrar e quase mudo de ideia quando o vento e o frio praticamente me estapeiam o rosto.

Talvez eu devesse ter vestido uma camada extra de roupas, afinal...

Mas é tarde demais agora. Assim, puxo o capuz para cobrir a cabeça e enfio a cara protegida pelo cachecol dentro da gola alta da parca. Em seguida, começo a caminhar pelo jardim, mesmo que todos os meus instintos estejam gritando para que eu volte para dentro do prédio.

Mas sempre ouvi dizer que é preciso terminar algo do jeito que planejamos, e eu me recuso a viver como prisioneira dentro desta escola durante todo o próximo ano. Nem morta.

Enfio as mãos nos bolsos e começo a andar.

No começo, eu me sinto tão mal que a única coisa em que consigo pensar é no frio e na sensação da minha pele, embora basicamente cada milímetro do meu corpo esteja coberto por múltiplas camadas de roupa.

Mas, quanto mais eu ando, mais sinto que fico aquecida. Assim, acelero o passo e enfim consigo aproveitar a oportunidade de dar uma olhada no lugar. O sol nasceu há umas quatro horas, pouco antes das dez da manhã. Assim, esta é a primeira vez que consigo olhar para a floresta sob a luz do dia.

Fico encantada com o quanto tudo é bonito neste lugar, mesmo sem sair da área onde a escola está instalada. Estamos na encosta de uma montanha, então tudo por aqui é inclinado — o que significa que estou com frequência subindo por uma colina ou descendo por outra. Não é fácil, considerando a altitude, mas pelo menos estou respirando com bem menos dificuldade do que há dois dias.

Não há muitas plantas diferentes aqui no momento, mas há várias árvores perenes ladeando as várias passarelas, agrupadas em diferentes lugares do campus. Elas dão um tom verde e bonito contrastante com o fundo de neve branca que cobre quase tudo neste lugar.

Curiosa para saber qual é a sensação — mas não suficientemente imprudente para tirar as luvas —, me abaixo e apanho um punhado de neve do chão, deixando que ela escorra pelos meus dedos só para ver como ela cai. Quando minha mão está vazia, me abaixo e pego mais um punhado. Tento fazer o que Flint disse mais cedo, formando uma bola com a neve.

É mais fácil do que imaginei, e leva uns poucos segundos até que eu esteja arremessando a neve com toda a minha força contra a árvore, à esquerda do lado esquerdo de onde a trilha se divide em duas. Eu observo com satisfação quando ela acerta o tronco e explode antes de caminhar rumo à trilha que está logo além daquele ponto.

Mas, conforme me aproximo da árvore, percebo que nunca vi algo parecido com as suas raízes escuras e retorcidas. Enormes, cinzentas e nodosas, formando um emaranhado caótico que parece ter saído de algum pesadelo muito ruim, elas praticamente gritam para os andarilhos por ali tomarem cuidado. Considerando também os galhos quebrados e os pedaços da casca arrancados do tronco, a estrutura toda parece característica de um filme de terror em vez de um campus imaculado de Katmere.

Não vou mentir. Essa árvore me faz parar para pensar. Sei que é ridículo sentir repulsa por uma árvore. Mas, quanto mais eu me aproximo, mais feia ela parece — e pior ainda é a sensação que tenho sobre a trilha que ela guarda. Imaginando que já abusei demais da minha zona de conforto num único dia, simplesmente por estar aqui fora, decido seguir pela trilha à direita, iluminada pelos raios do sol.

Percebo que fiz uma boa escolha, porque assim que contorno a primeira curva, avisto um conjunto de prédios. Paro a fim de observar a maioria deles a uma distância segura, porque sei que as aulas ainda estão acontecendo, e a última coisa que eu quero que aconteça é ser pega fazendo alguma esquisitice, como tentar espiar pelas janelas.

Além disso, cada um daqueles chalés — pois as estruturas se parecem mesmo com chalés — exibe uma placa na frente que dá nome ao lugar e informa para que fim ele é usado.

Eu paro diante de um dos maiores. A placa diz "Chinook: Artes", e sinto meu coração acelerar só de olhar para ela. Eu pinto e desenho desde que entendi que giz de cera pode fazer mais do que simplesmente pintar figuras em livros de colorir. E um pedaço de mim quer subir correndo pelo caminho coberto de neve e abrir a porta apenas para descobrir que tipo de estúdio artístico eles têm, e o que posso fazer por aqui.

Eu me contento em pegar o celular e tirar uma foto rápida da placa. Mais tarde, pretendo pesquisar o que significa a palavra "chinook". Sei que significa "vento" em pelo menos uma das línguas indígenas do Alasca, mas vai ser legal descobrir em qual delas, exatamente.

Sinto vontade de saber o que *todas* as palavras significam. Assim, à medida que continuo caminhando por entre os prédios adjacentes à escola — alguns maiores do que outros —, tiro fotos de cada uma das placas para poder pesquisar as palavras depois. Além disso, imagino que isso possa me ajudar a lembrar onde tudo fica, pois ainda não faço a menor ideia de quais são as salas onde as minhas aulas vão acontecer.

Inclusive, fico até um pouco preocupada com a possibilidade de que posso ter muitas aulas nesta parte da escola. Afinal, o que eu devo fazer? Voltar correndo para o meu quarto e vestir todas essas roupas pesadas entre uma aula e outra? Se for o caso, quanto tempo duram os intervalos entre as aulas aqui em Katmere? Porque os seis minutos que eram a norma na minha escola antiga não vão ser o bastante por aqui.

Quando chego ao fim do agrupamento esparso de prédios, encontro uma trilha ladeada por pedras que parece dar a volta no terreno e ir até o outro lado do castelo. Uma sensação estranha de que eu deveria dar meia-volta pesa sobre os meus ombros — mais ou menos como o que senti na biblioteca ontem à noite — e eu paro por um segundo.

Mas eu sei quando estou deixando a imaginação tomar conta das minhas decisões. Aquela árvore que vi há pouco me assustou de verdade; assim, procuro ignorar a sensação e sigo pela trilha.

No entanto, quanto mais me afasto do prédio principal, mais forte o vento sopra e acelero o passo para tentar me manter aquecida. Logo agora, quando eu estava pensando que ia acabar sentindo calor demais e precisaria tirar uma das camadas de roupa, como sugeriu aquele site. Tenho certeza de que a ameaça de me transformar num picolé sabor Grace se torna mais real a cada segundo.

Mesmo assim, sigo adiante. A esta altura, sinto que já dei a volta em mais da metade do terreno, o que significa que vou chegar mais perto do castelo principal se continuar em frente em vez de voltar pelo caminho por onde vim. Assim, deixo o cachecol um pouco mais justo ao redor do rosto, enfio as mãos no fundo dos bolsos do casaco e sigo andando.

Passo por mais alguns arvoredos, uma pequena lagoa congelada e em que eu adoraria poder patinar se conseguisse me equilibrar com todas essas roupas. Passo também por dois prédios pequenos: um deles é identificado como "Shila: Oficina", e o outro tem uma placa na porta que diz "Tanana: Estúdio de Dança".

Os nomes dos chalés são legais, mas as aulas que acontecem ali me surpreendem um pouco. Não sei o que eu esperava da Academia Katmere, mas imagino que não fosse o fato de ter tudo que uma escola normal tem, e muito mais.

Preciso admitir que o meu conhecimento sobre colégios internos para pessoas ricas tem como base o velho DVD que a minha mãe tinha com o filme *Sociedade dos poetas mortos*, e que me fazia assistir com ela uma vez por ano. Mas, naquele filme, a Academia Welton era super-restritiva, supersevera e superesnobe. Até o momento, a Academia Katmere parece ter somente uma dessas três características.

O vento está piorando, então acelero o passo mais uma vez, seguindo a trilha e cruzando com um grupo de árvores maiores. Mas essas não são perenes; as folhas caíram há muito tempo e os galhos estão cobertos por uma fina camada congelada, com várias estalactites de gelo. Paro a fim de observar algumas delas porque são bonitas, e porque a luz refratada pelo gelo esboça vários arcos-íris dançantes no chão, bem debaixo dos meus pés.

Fico tão encantada por esse fragmento de beleza que até deixo de me importar com o vento por alguns instantes, porque é ele que está fazendo os arcos-íris dançarem. Mesmo assim, após certo tempo, eu me sinto gelada demais para ficar parada ali e saio de perto daquelas árvores, até chegar a outra lagoa congelada. Esse é obviamente um lugar feito para as pessoas se reunirem, porque há vários bancos e assentos ao redor, junto a um gazebo coberto de neve que fica vários metros mais adiante.

Dou alguns passos na direção do gazebo, pensando que talvez eu possa me sentar e descansar por uns minutos. Até que percebo que o lugar já está ocupado por Lia... e *Jaxon*.

Capítulo 16

ÀS VEZES, MANTER OS INIMIGOS POR PERTO É O ÚNICO MEIO DE PREVENIR A HIPOTERMIA

Droga.

Eu jurei para mim mesma que não sairia correndo como um coelho assustado da próxima vez que visse Jaxon, mas este não parece ser exatamente o melhor momento para socializar. Não. A conversa entre os dois pode ser descrita assim: *intensa*. E, mais importante ainda: *particular.*

O ângulo em que os corpos de Jaxon e Lia estão posicionados, um em relação ao outro, mas sem exatamente se tocar...

A rigidez dos ombros dos dois...

Como cada um deles está completamente absorto pelo que o outro está dizendo...

Há um pedaço de mim que gostaria de estar mais próximo, que deseja poder ouvir sobre o que eles estão falando, mesmo que isso *absolutamente não seja da minha conta*. Mesmo assim, qualquer pessoa que pareça tão taciturna e irritada quanto esses dois, obviamente está com algum problema, e eu estaria mentindo se dissesse que não quero saber do que se trata.

Não sei ao certo por que isso me importa tanto, exceto pelo fato de haver uma certa intimidade naquela briga que faz o meu estômago doer. O que é absurdo, considerando que eu mal conheço Jaxon. E considerando também que, em duas das quatro vezes em que nos cruzamos, ele passou por mim como se eu nem existisse.

Isso, por si só, é uma indicação bem marcante de que ele não quer nada comigo.

Exceto pelo fato de que lembro o tempo inteiro da expressão que ele estampava no rosto quando espantou aqueles dois caras que estavam me cercando na primeira noite. E o quanto suas pupilas se dilataram quando ele tocou o meu rosto e enxugou a gota de sangue que estava nos meus lábios.

O jeito com que o seu corpo roçou no meu e a sensação que me causou, como se tudo que existe dentro de mim prendesse a respiração, apenas à espera de uma chance de ganhar vida.

Não pareceu que éramos estranhos naquele momento.

E provavelmente é por isso que eu continuo olhando para ele e para Lia, contrariando meu próprio bom senso.

Eles estão discutindo ferozmente agora, a tal ponto que consigo ouvir as vozes exaltadas dos dois, mesmo à distância em que estou. Não estou perto o bastante para ser capaz de discernir as palavras, mas não preciso saber o que eles estão dizendo para perceber o quanto estão furiosos.

E isso acontece antes de Lia avançar sobre ele, com a palma aberta estalando na face marcada pela cicatriz com força suficiente para fazer a cabeça de Jaxon voar para trás. Ele não retribui a agressão. Não faz absolutamente nada, até que a mão de Lia voa na direção do seu rosto outra vez.

Desta vez, ele agarra o pulso de Lia antes que ela o acerte e a segura com força enquanto ela tenta se desvencilhar. Ela está gritando a plenos pulmões agora, sons ríspidos de fúria e agonia que me rasgam por dentro e deixam meus olhos marejados.

Eu conheço esses sons. Conheço a agonia que os causa e a fúria que torna impossível contê-los. Sei como eles vêm de um lugar profundo e como deixam a garganta — e também a alma — destroçados depois que passam.

Como se por instinto, dou um passo na direção dela — na direção deles, galvanizada pela dor de Lia e pela violência explosiva que paira no ar entre ambos. Mas o vento fica mais forte quando dou o primeiro passo e, de repente, os dois estão se virando e olhando para mim com olhos negros e vazios que me fazem arrepiar. Um arrepio que não tem nada a ver com o frio e tudo a ver com Jaxon e Lia e com a maneira com que ambos olham para mim.

Como se fossem predadores e eu fosse a presa em que mal podem esperar para enfiar os dentes.

Eu digo a mim mesma que estou apenas me deixando impressionar, mas isso não ajuda a afastar a sensação estranha, mesmo quando aceno discretamente para os dois. Ontem, achei que Lia e eu pudéssemos ser amigas — especialmente quando ela sugeriu que fizéssemos as unhas juntas —, mas é óbvio que essa amizade não se estende ao que está acontecendo aqui. Tudo bem, não tenho nenhum problema com isso. A última coisa que quero fazer é me enfiar numa briga entre duas pessoas que obviamente têm algum tipo de história juntas. Mas também não quero deixá-los sozinhos ali, agora que a briga ficou séria a ponto de Lia bater em Jaxon, que a agarrou pelo pulso para se defender.

Tudo isso me deixa sem saber ao certo o que devo fazer, quase paralisada, uma vigilante envergonhada que tenta impedir que alguma coisa aconteça, seja o que for, enquanto eles ficam me encarando.

Mas quando Jaxon solta o pulso de Lia e dá uns dois ou três passos na minha direção, o mesmo pânico que senti na festa de ontem me atinge com força total outra vez. Assim como a mesma estranha fascinação que venho sentindo desde o início. Não sei o que acontece com ele, mas toda vez que o vejo, sinto algo me puxar para ele, algo que não consigo identificar, algo que não tenho a capacidade de explicar.

Ele avança mais alguns passos e meu coração acelera loucamente. Ainda assim, permaneço onde estou. Já fugi de Jaxon uma vez. Não vou fazer isso de novo.

Mas, naquele momento, Lia estende o braço e agarra Jaxon, puxando-o para trás, puxando-o para junto de si. A tensão desaparece do rosto de Lia (mas não do olhar de Jaxon), e quase parece como se ele nunca houvesse estado ali. E ela acena para mim com entusiasmo.

— Oi, Grace! Venha aqui com a gente!

Ah... não, obrigada. Nem morta. Não quando todos os meus instintos estão berrando para que eu fuja dali, mesmo sem saber por quê.

Assim, em vez de ir até onde eles estão, aceno de volta e digo:

— Ah, tenho que voltar para o meu quarto antes que Macy comece a revirar a escola à minha procura de novo. Só queria dar uma volta e conhecer um pouco o lugar antes de começar as aulas amanhã. Boa tarde para vocês!

Essa última frase parece bem exagerada, considerando a fúria que eu percebo haver entre eles, mas tenho a tendência de ficar calada ou então tagarelar coisas sem sentido quando estou nervosa. Assim, considerando a situação, até que o meu argumento é bom. Ou pelo menos é isso eu digo a mim mesma quando me viro e começo a me afastar dali o mais rápido que consigo, sem correr.

Cada passo é uma lição de autocontrole, pois tenho de me forçar a não olhar para trás por sobre o ombro a fim de verificar se Jaxon ainda está olhando para mim. O formigamento na minha nuca diz que isso é exatamente o que ele está fazendo, mas eu não quero ceder.

E tento ignorar também a sensação estranha dentro de mim que apareceu toda vez que o vi. Digo a mim mesma que não é nada, que não tem importância. Porque não quero um cara tão complicado como Jaxon como um crush.

Mesmo assim, o impulso de virar para trás persiste — até que Jaxon aparece bem ao meu lado, com os olhos cintilando e o cabelo incrivelmente sexy agitado pelo vento.

— Por que a pressa? — pergunta ele, parando diante de mim, posicionando-se bem no meio do meu caminho e andando de costas, de modo que ficamos cara a cara e sou forçada a diminuir o passo ou trombar com ele.

— Por nada. — Eu baixo o rosto para não ter de olhar nos olhos dele. — Estou com frio.

— Qual dos dois? Nada? — Ele para de andar, o que me força a fazer o mesmo. Em seguida, coloca o dedo no meu queixo e o segura, até não me restar opção a não ser erguer o rosto. Ele abre um sorriso malandro que causa efeitos indescritíveis no meu peito, a razão pela qual venho tentando não olhar para ele. Em especial considerando a cena que acabei de presenciar entre ele e Lia. — Ou o frio?

Se eu olhar do perto, ainda consigo ver a marca do tapa na bochecha marcada pela cicatriz. É uma coisa que me irrita bem mais do que deveria, considerando que mal conheço esse rapaz. E é por isso que faço questão de dar um passo para o lado e de responder:

— O frio. Por isso, se me der licença...

— Você está usando um monte de roupas — diz ele confirmando que pareço tão ridícula quanto me sinto, enquanto se move para o lado até estar novamente diante de mim. — Tem certeza de que o frio não é só uma desculpa?

— Não preciso de nenhuma desculpa. — E, mesmo assim, é o que estou fazendo: dando desculpas e tentando fugir dele e do que acabei de ver. Tentando fugir de todas as coisas que ele me faz sentir, quando tudo o que quero é agarrá-lo e segurá-lo com força. É um pensamento absurdo, uma sensação absurda, mas nada disso torna menos real o que está acontecendo.

Ele inclina a cabeça, ergue uma das sobrancelhas e, de algum modo, faz meu coração bater ainda mais rápido.

— Ah, não precisa?

Este é o momento em que eu deveria sair andando. O momento em que eu deveria fazer um monte de coisas, *qualquer* coisa, que não envolva me jogar sobre Jaxon Vega como se eu estivesse tentando vencer a final do campeonato mundial de luta livre. Mas não é o que eu faço.

Em vez disso, fico parada onde estou. Não porque Jaxon está bloqueando a minha passagem — como de fato está —, mas porque tudo o que há dentro de mim responde a tudo o que há dentro dele. Até mesmo ao perigo. Especialmente o perigo, embora eu nunca tenha sido esse tipo de garota antes, aquela que se arrisca apenas para saber qual é a sensação.

Talvez seja por isso que, em vez de desviar dele e voltar para o castelo, como eu deveria fazer, eu olho bem nos olhos dele e digo:

— Não. Eu não te devo satisfações.

Ele ri. Ele ri de verdade, e essa é a coisa mais arrogante que já ouvi.

— Todo mundo me deve satisfações... mais cedo ou mais tarde.

Deus do céu. Que *cuzão*.

Reviro os olhos e passo ao lado dele, andando pelo caminho com as costas rígidas e o passo tão acelerado que só falta gritar para que ele não me siga. Porque, quando Jaxon diz coisas como essa, não importa o quanto me sinto atraída por ele... Tenho coisas melhores para fazer do que desperdiçar meu tempo com um cara que acha que é o presente de Deus para a humanidade.

O problema é que Jaxon não deve ter muito talento para entender a linguagem corporal como eu esperava que tivesse — ou simplesmente não se importa com isso. Qualquer que seja o caso, ele não me deixa ir. Em vez disso, começa a caminhar ao meu lado de novo, acompanhando o meu ritmo independentemente do quanto tento acelerar o passo.

É muito irritante, mesmo sem aquele sorriso malandro que ele não tenta esconder. Ou as várias espiadas de canto de olho que antecedem suas palavras:

— Quem anda com Flint Montgomery não tem como bancar a discreta.

Eu finjo que ele não existe, fazendo a melhor imitação de Dory em *Procurando Nemo*. *Continue a andar, continue a andar*.

Ele continua a falar quando percebe que eu não respondo.

— Só estou dizendo que fazer amizade com um drª... — Ele corta a frase no meio antes de tentar outra vez. — Fazer amizade com um cara como Flint é...

— O quê? — Eu me viro para encará-lo, sentindo a frustração tomar conta de mim. — Fazer amizade com Flint é *o quê*, exatamente?

— É como pintar um alvo nas suas costas — responde ele, parecendo um pouco chocado pela minha ira. — É praticamente o oposto de ser discreta.

— Ah, é mesmo? E o que significa andar com *você,* então?

A expressão no rosto dele se desfaz, e acho que ele não vai responder. Mas, após algum tempo, ele diz:

— Uma estupidez completa.

Não era a resposta que eu estava esperando, principalmente de alguém tão arrogante e irritante quanto ele. Mas essa honestidade nua e crua atravessa as minhas defesas. Faz com que eu responda quando achei que não houvesse mais nada a dizer.

— E, ainda assim, você continua aqui.

— Sim. — Os olhos escuros e confusos de Jaxon passeiam pelo meu rosto. — Eu continuo aqui.

O silêncio ecoa entre nós; sombrio, carregado, indecifrável, mesmo conforme a tensão aumenta a ponto de ficar tão rígida quanto um cabo de aço.

É melhor eu ir embora.

É melhor *ele* ir embora.

Nenhum de nós se move. Não tenho certeza nem mesmo de que estou respirando.

Finalmente, Jaxon rompe aquela imobilidade (mas não a tensão) dando um passo na minha direção. Depois outro, e mais outro, até que as únicas coisas que nos separam são o peso e o volume do meu casaco, além de um espaço ínfimo preenchido pelo ar.

Tremores que não têm qualquer relação com o frio e tudo a ver com a proximidade de Jaxon sobem e descem, dançando pela minha coluna.

Meu coração bate acelerado.

Minha cabeça gira.

Minha boca fica tão seca quanto um deserto.

E o restante de mim não está muito melhor especialmente quando Jaxon pega minha mão enluvada e esfrega o polegar de um lado para outro, deslizando sobre a palma.

— Sobre o que você e Flint estavam conversando? — pergunta ele depois de um segundo. — Na festa?

— Eu sinceramente não me lembro. — O que parece uma resposta evasiva, mas é apenas a verdade. Com Jaxon me tocando daquele jeito, sorte a minha se eu conseguir lembrar do meu próprio nome.

Ele não me questiona. Mas os cantos dos seus lábios se erguem em um sorriso muito satisfeito consigo mesmo quando ele murmura:

— Que bom.

Aquele sorriso torto faz o meu cérebro voltar a funcionar — finalmente — e então chega a minha vez de perguntar.

— Por que você e Lia estavam brigando?

Não sei o que devo esperar. Que o olhar de Jaxon fique vazio de novo, provavelmente, ou que ele me diga que isso não é da minha conta. Em vez disso, ele responde, com uma voz que pede para não sentir pena dele e avisa que não vai permitir que isso aconteça:

— Por causa do meu irmão.

Não é a resposta que eu estava esperando, mas como as poucas peças que tenho começam a se encaixar na minha cabeça, eu sinto o meu coração afundar no peito.

— O... o seu irmão era o Hudson?

Pela primeira vez eu percebo uma expressão de surpresa nos olhos dele.

— Quem falou para você sobre o Hudson?

— Lia. Ontem à noite, enquanto tomávamos chá. Ela disse que... — Eu paro de falar quando percebo o gelo glacial no olhar de Jaxon.

— O que ela te contou? — As palavras são baixas, mas isso só faz com que elas me acertem com mais força. Assim como o jeito com que ele larga a minha mão.

Engulo em seco e termino a frase apressadamente.

— Só que o namorado dela morreu. Lia não me disse nada sobre você. Só deduzi que o namorado dela também poderia ser...

— O meu irmão? Sim, Hudson era meu irmão. — As palavras parecem respingar feito gelo que derrete, em um esforço que, creio, ele faz para não transparecer o quanto elas doem. Mas eu sei como é. Passei semanas fazendo a mesma coisa, e ele não me engana.

— Lamento. — Desta vez sou eu que estendo a mão para ele. São os meus dedos que sussurram pelo pulso dele e pelas costas da sua mão. — Sei que não significa nada, que não chega nem a tocar a dor que você está sentindo. Mas lamento de verdade por você estar sofrendo.

Por longos segundos, ele se mantém em silêncio. Apenas me observa com aqueles olhos escuros que enxergam tanta coisa, mas que demonstram tão pouco. Finalmente, enquanto reviro o meu cérebro em busca de algo para dizer, ele pergunta:

— O que faz você pensar que estou sofrendo?

— E não está?

Mais silêncio. E, em seguida:

— Não sei.

Balanço a cabeça negativamente.

— Não sei o que isso significa.

Ele também balança a cabeça, e em seguida se afasta alguns metros. Minha mão se fecha, sentindo a falta de tê-lo sob meus dedos.

— Preciso ir.

— Espere. — Eu sei que estou fazendo algo errado, mas me aproximo para segurar a mão dele outra vez. Não consigo me conter. — Você vai embora, assim?

Ele me deixa segurar sua mão por um segundo, dois. Em seguida, vira de costas e começa a seguir rápido pela trilha até a lagoa, praticamente correndo.

Nem tento ir atrás dele. Se há uma coisa que aprendi nos últimos dias é que, quando Jaxon Vega quer desaparecer, ele desaparece. E não há nada que eu possa fazer a respeito. Em vez disso, viro na outra direção e volto para o castelo.

Agora que tenho um destino em mente, a caminhada parece bem mais rápida do que o meu passeio original. Mas ainda não consigo me livrar da sensação desconfortável de que estou sendo observada. O que é absurdo, considerando que Jaxon foi para o outro lado e Lia desapareceu logo depois de discutir com ele.

A sensação permanece comigo durante todo o tempo em que estou ao ar livre. E tem outra questão que me incomoda, também, algo que eu não consigo decifrar por completo. Pelo menos até que eu alcance o calor e a segurança do castelo — e do meu quarto. É quando estou tirando todas as camadas de roupa que eu finalmente me dou conta.

Nem Lia nem Jaxon estavam vestindo casaco.

Capítulo 17

A MELHOR AMIGA DE UMA MULHER É A
DISCRIÇÃO, NÃO OS DIAMANTES

— Tem certeza de que quer fazer isso? — pergunta Macy várias horas mais tarde, quando pego um moletom do meu guarda-roupa.

Será que ela está brincando comigo?

— Nem um pouco.

— Foi o que imaginei. — Ela suspira profundamente. — Podemos cancelar, se quiser. Vamos dizer a todo mundo que ainda não se adaptou à altitude.

— E deixar Flint pensar que sou covarde? Nem pensar. — Na verdade, não me importo com o fato de Flint pensar que estou com medo. Mas Macy está tão empolgada por causa dessa guerra de bola de neve que eu jamais me perdoaria se ela perdesse o evento por minha causa. O fato de ela ter se oferecido para cancelar a guerra porque sabe que não gosto tanto da ideia só me deixa ainda mais empolgada para ir. — Vamos entrar nessa guerra de bola de neve e...

— ... Destruir os nossos inimigos?

— Eu estava pensando em algo mais parecido com "tentar não fazer papel de idiota", mas gostei da ideia de pensar pelo lado positivo.

Ela ri, como eu queria que acontecesse, e em seguida salta da cama e começa a vestir várias peças de roupa, uma camada sobre a outra. Finalmente alguém nesta escola tem bom senso. Considerando os idiotas que conheci na primeira noite, e depois Jaxon e Lia, eu já estava começando a achar que todo mundo neste lugar tem alguma espécie bizarra de imunidade ao frio. Como se fossem alienígenas e eu fosse a humana frágil e ignorante que vive entre eles.

Depois que nós duas terminamos de nos vestir com (desta vez eu contei) seis camadas de roupa, ela me leva para a porta.

— Vamos, não podemos nos atrasar, senão vamos ser emboscadas.

— Emboscadas. Com bolas de neve. Que incrível. — San Diego nunca me pareceu ser um lugar tão legal assim.

— Espera pra ver. Você vai adorar. Além disso, vai poder conhecer todos os amigos de Flint. — Ela confere a maquiagem mais uma vez no espelho ao lado da porta, e em seguida quase me empurra para o corredor.

— *Todos* os amigos de Flint? — pergunto enquanto andamos pelos corredores. — Quantas pessoas exatamente vão participar disso?

— Não sei. Umas cinquenta, pelo menos.

— Cinquenta pessoas? Em uma guerra de bolas de neve?

— Talvez mais. Provavelmente mais.

— Como isso vai funcionar? — pergunto.

— E que diferença faz? — responde ela, com as sobrancelhas erguidas.

— Ah, muita. Afinal, como você consegue contar tantas pessoas tentando jogar coisas em você?

— Acho que o importante não é contar as pessoas, mas sim tentar acertar quem cruzar o seu caminho, sem deixar que acertem você.

— Sabe, talvez você tenha razão. Talvez aqueles enjoos por causa da altitude estejam voltando.

— Tarde demais. — Ela enlaça o braço no meu e sorri. — Estamos quase lá.

— Será que você pode ser um pouco mais específica sobre quem vai estar lá? Alguém que eu já conheci? Assim... além de Flint?

— Não sei se Lia vai estar lá. Cam não vai. Ele e Flint não se dão muito bem. É meio... complicado.

Penso em perguntar exatamente que tipo de coisa complicada é essa a que ela se refere, mas a verdade é que não me importo se Lia aparecer ou não. Ou Cam. Há só uma pessoa sobre quem estou curiosa, e como Macy não está tocando no assunto, acho que vou ter que perguntar.

— E Jaxon? — pergunto com a voz despreocupada, embora, depois do nosso encontro mais cedo, o meu coração comece a bater acelerado com a simples menção daquele nome. — Ele vai estar lá?

— Jaxon Vega? — No momento em que ela chega à segunda sílaba do nome de Jaxon, sua voz já se transformou quase num gemidinho.

— Foi ele que vimos no corredor naquele primeiro dia, não foi?

— Ah. Hmm... foi, sim. — Macy desiste de fingir indiferença, e também de caminhar, pelo que percebo. Em vez disso, ela se vira para mim com as mãos nos quadris e pergunta: — Por que está perguntando sobre Jaxon?

— Não sei. Nós conversamos umas duas vezes, e eu estava aqui pensando se ele se interessa por guerras de bolas de neve.

— Você conversou com *Jaxon Vega* umas duas vezes? E como, exatamente, vocês conversaram, considerando que nós estivemos juntas quase o tempo todo desde que você chegou aqui?

— Não sei direito. Encontrei com ele enquanto andava pela escola. Foram só algumas vezes.

— Algumas vezes? — Os olhos dela quase saltam da cabeça. — Isso é mais do que *uma ou duas*. Onde? Quando? *Como*?

— Por que você quer tanto saber? — Estou seriamente começando a me arrepender de ter tocado no nome de Jaxon. Ela ficou alvoroçada por causa de Flint, mas foi divertido. Desta vez, por outro lado, parece que está prestes a explodir. — Ele estava no corredor. Eu estava no corredor. Simplesmente aconteceu.

— As coisas não *simplesmente acontecem* com Jaxon. Ele não é conhecido por conversar com ninguém de fora do... — Ela para de falar abruptamente.

— De fora do quê? — pergunto.

— Não sei. Só que...

— Só que...? — insisto. Ela abre um sorriso meio forçado, mas não fala mais nada e isso me incomoda. Sério, isso me incomoda *muito*. — Por que você vive fazendo isso?

— Fazendo o quê?

— Você começa a dizer coisas e nunca completa. Ou começa a dizer alguma coisa e, no meio do caminho, muda o rumo da conversa para algo completamente diferente.

— Eu não...

— Ah, faz sim. O tempo todo. E, para ser bem sincera, está começando a ficar meio esquisito. Como se houvesse alguma espécie de segredo que não posso saber. O que está acontecendo?

— Ah, nada a ver, Grace. — Ela olha para mim como se faltasse algum parafuso na minha cabeça. — Katmere é só... você sabe, cheia de todo tipo de grupinhos e panelinhas estranhos e de suas regras sociais. Não quis incomodá-la com todos os detalhes.

— Porque você prefere que eu cometa uma espécie de suicídio social? — Ergo uma sobrancelha.

Ela revira os olhos.

— Não precisa se preocupar com suicídio social por aqui.

Essa é a primeira coisa real que ela diz desde que começamos essa conversa, e não quero deixar isso passar.

— Então, com o que eu tenho que me preocupar?

Macy solta um suspiro longo e baixo, e um pouco entristecido. Mas, em seguida, ela olha nos meus olhos e diz:

— Tudo o que eu ia dizer é que Jaxon não costuma ser muito amistoso com pessoas que não fazem parte da Ordem.

— Da *Ordem*? O que é isso?

— Não é nada, não se preocupe. — Ao perceber que continuo olhando para ela, estimulando-a silenciosamente a prosseguir com a explicação, Macy suspira outra vez e emenda: — É só um apelido que demos para os garotos mais populares da escola porque eles sempre andam juntos.

Penso nos rapazes com quem Jaxon chegou à festa e naqueles que estavam com ele no corredor quando Flint me levou para o meu quarto. Naquele momento, eu me lembro de que Jaxon parecia ser o líder daquele bando, mas não achei que fosse algo sério. Eu estava ocupada demais tentando não olhar para ele.

De acordo com o que me lembro, a explicação de Macy até que é razoável. Mesmo assim, tem alguma coisa no jeito dela de falar — e também em como ela está olhando para todos os lugares, exceto nos meus olhos — que me faz pensar que há algum detalhe que ainda me esconde sobre essa história.

Mesmo assim, ficar parada no meio do corredor não parece ser o melhor lugar para continuar fazendo pressão, especialmente porque, se não andarmos logo, vamos chegar bem atrasadas.

Com tal ideia em mente, começo a andar e Macy me acompanha, mas fica perto de mim. Eu a encaro com uma expressão estranha, perguntando a mim mesma o que ela tem em mente, até que minha prima pergunta num sussurro não muito baixo:

— Você conheceu os outros, também?

— Os outros rapazes da Ordem? — Eu me sinto um pouco ridícula quando verbalizo aquele nome em voz alta. Afinal de contas, eles são alunos do ensino médio em um colégio interno, não integrantes de algum monastério do Tibet. — Não. Só Jaxon.

— *Só*? Quer dizer, então, que ele estava sozinho? — Agora ela não parece estar só preocupada. Parece completamente exasperada.

— Sim. Por quê?

— Meu Deus! O que ele fez? Você está bem? Ele a machucou?

— Jaxon? — Não consigo afastar a surpresa da voz.

— Jaxon, é claro! É dele que estamos falando, não é?

— Não, ele não me machucou. Por que imaginou uma coisa dessas?

Ela joga as mãos para o ar; a frustração e o medo estão evidentes em cada linha do seu corpo.

— Porque ele é Jaxon. É uma equipe de demolição de um homem só. Isso é o que ele faz!

— Ele foi... — Balanço a cabeça, tentando pensar na palavra certa para descrever nossas interações. E então, decido usar um termo genérico, porque imagino que Macy não vai entender o que houve. — Na maior parte do tempo, ele até que foi... interessante.

— Interessante? — Desta vez ela me encara como se eu tivesse acabado de dizer que quero pular sem roupa em um lago gelado no meio da tundra do Alasca. — Espere um pouco, estou confusa. Tem certeza de que nós estamos falando do mesmo Jaxon? — Ela me puxa até a alcova mais próxima, e em seguida segura as minhas mãos e as aperta com força. — Aquele que é incrivelmente alto, lindo e *assustador*? Roupas, cabelos e olhos negros e um corpo incrivelmente gostoso? E também com uma arrogância digna de um astro do rock ou de um ditador autoproclamado de algum país?

Tenho de admitir que é uma bela descrição, em especial a parte sobre ser arrogante. E a parte do incrivelmente lindo também, mesmo que não leve em conta muitas das características que o tornam tão atraente. Como aqueles olhos que enxergam demais e aquela voz que fica toda sombria e animalesca quando espera que as coisas aconteçam do jeito que ele quer. Para não mencionar a cicatriz discreta que faz com que, em vez de meramente bonito, ele seja incrivelmente sexy. E também incrivelmente assustador.

— Sim, ele mesmo.

— Sabe que não precisa mentir, não é? Você pode me contar o que aconteceu. Juro que não conto a ninguém se você me pedir.

— Não vai contar o que a ninguém? — Estou completamente confusa agora. Porque, embora tenha sido um certo eufemismo chamar Jaxon de interessante, não consigo imaginar por qual motivo o fato de ter conversado com ele causou esse tipo de reação na minha prima.

— O que ele fez com você? — Ela começa a me analisar da cabeça aos pés, como se estivesse à procura de alguma prova de que sobrevivi a um ataque raivoso provocado por Jaxon.

— Ele não fez *nada*, Macy. — Sentindo-me um pouco impaciente agora, puxo as mãos de volta para junto do meu corpo. — Tipo, ele não foi nenhum Gandhi. Mas Jaxon me ajudou quando precisei, e com certeza não me machucou. Por que é tão difícil acreditar nisso?

— Porque Jaxon Vega não ajuda ninguém. Nunca.

— Não acredito nisso.

— Bem, é melhor começar a acreditar. — Ela pronuncia cada palavra com uma tentativa óbvia de fazer com que eu escute e entenda o que ela está dizendo. — Porque ele é perigoso, Grace. *Muito* perigoso, e vai ser melhor se você ficar o mais longe dele que puder.

Sinto o ímpeto de explicar que não é Jaxon que é perigoso, mas nesse momento lembro como Marc e Quinn começaram a se comportar no instante em que ele apareceu. Foi impossível não perceber o medo que sentiam, e não só porque Jaxon os fez voar de um lado para outro no saguão. Havia algum outro motivo.

Agora, pensando no que aconteceu, eles realmente estavam com medo de Jaxon. Tipo... com *muito* medo.

— Estou falando sério. Você precisa tomar cuidado com ele. Se Jaxon de fato a ajudou de alguma forma, foi apenas porque quer algo em troca. E, mesmo assim, a situação continua estranha, porque Jaxon sempre pega aquilo que quer. Sempre foi assim e sempre será.

Estou aqui há três dias e já percebi que isso não é verdade. E essa provavelmente é a razão pela qual eu digo:

— Foi Jaxon que impediu que Marc e Quinn me jogassem na neve, Macy. Não acho que ele tenha feito isso porque quisesse algo de mim.

— Espere aí. Foi ele?

— Sim, foi ele. Por que ele faria isso se fosse um cara ruim?

— Não sei. — Macy parece atordoada. — Mas só porque ele a ajudou uma vez, não significa que vá acontecer de novo. Por isso, tome cuidado com ele, está bem?

— Não foi ele quem tentou me matar.

Ela bufa.

— Sim, sim. Mas você só está aqui há alguns dias. Espere para ver.

— Isso é...

Por longos segundos fico com a língua enroscada dentro da boca enquanto tento pensar em uma resposta que mostre a Macy o quanto aquele comentário é absurdo. Mas, no fim, não consigo superar a irritação que as suas palavras me causam e digo exatamente estou pensando.

— Isso é uma coisa horrível de se dizer.

— Pode até ser horrível. Mas nem por isso deixa de ser verdade. — Ela me encara com uma expressão severa que parece não combinar com sua personalidade que costuma ser é efervescente. — Você vai ter que confiar em mim.

— Macy...

— Estou falando sério. Não se preocupe se eu for dura demais. — Ela aperta os olhos quando me encara, como se me avisasse de algo sério. — E não se preocupe com Jaxon Vega. A menos que esteja tentando descobrir como ficar o mais longe possível dele.

Atrás dela, alguma coisa chama a minha atenção e sinto a boca ficar seca.

— Bom, acho que não vai ser fácil. — Mal consigo empurrar aquelas palavras para fora da minha garganta.

— E por que você está dizendo isso?

— Porque estou bem aqui. — A voz baixa e zombeteira de Jaxon atravessa a seriedade da minha prima, e a deixa de olhos arregalados, empalidecida. — E Grace também.

Capítulo 18

QUANTOS GAROTOS BONITOS SÃO
NECESSÁRIOS PARA VENCER UMA GUERRA
DE BOLAS DE NEVE?

Macy solta um gritinho — um gritinho bem estridente — mas Jaxon ergue as sobrancelhas enquanto olha para mim. A expressão que ele tem no rosto é de alguém que se diverte com a situação, mas é muito cruel ao mesmo tempo, e o meu coração começa a bater como um metrônomo em alta velocidade.

Pelo menos até que Macy diga por entre os dentes:

— É sério? Você não podia ter dito que ele estava ali?

— Eu não...

— Ela não sabia. — Jaxon me analisa da cabeça aos pés e, por um segundo, apenas por um segundo, um sorriso toca as profundezas daqueles olhos de obsidiana que só ele tem. — Enfrentando a neve duas vezes no mesmo dia? Preciso admitir que estou impressionado.

— Não se engane. Ainda tenho que sobreviver à guerra de bolas de neve.

O sorriso se desfaz, tanto do seu rosto quanto dos seus olhos, tão rápido quanto se formou.

— Você vai participar do jogo de Flint?

Parece mais uma acusação do que uma pergunta, embora eu não saiba exatamente por quê.

— Não é por isso que você está aqui?

— Participar de uma guerra de bolas de neve? — Ele balança a cabeça e solta um ruído de repugnância que vem do fundo da garganta. — Acho que não.

— Ah, sim... — De repente, tudo está bem constrangedor. — Bem. É melhor a gente...

— Ir andando — completa Macy.

Jaxon finge que não escuta o que Macy diz quando encosta a mão na parede atrás de mim. Em seguida, ele se aproxima e murmura, numa voz tão baixa que preciso me esforçar para ouvi-lo:

— Você está determinada a não prestar atenção no que digo, não é?

— Não sei do que você está falando — sussurro em resposta, mas não consigo encará-lo quando falo isso. Não quando estou mentindo. Sei exatamente do que ele está falando. E não quando o hálito de Jaxon é tão quente e macio junto da minha orelha que sou capaz de senti-lo em todos os lugares, inclusive nos lugares mais escondidos do meu corpo.

— Estou realmente falando para o seu próprio bem — diz ele, ainda perto demais. O calor toma conta de mim, por causa das palavras dele, da sua proximidade e da fragrância de laranja que emana de Jaxon e me envolve.

— O que...? — A minha voz hesita. Minha garganta está tão seca e apertada que mal consigo forçar as palavras a passarem por ela. — O quê?

— Você não devia participar daquela guerra de bolas de neve com Flint. — Ele se afasta, mas continua me olhando e me atraindo com os olhos feito um imã. — E mais: você não devia sair andando sozinha pelo resto da escola. *Não* está segura aqui.

Não é a primeira vez que ele insinua que Katmere é um lugar perigoso para mim. E eu entendo. Entendo mesmo. O Alasca não é para principiantes. Mas estou com Macy e estou dentro da área da escola. Ela não vai deixar que nada me aconteça.

— Vou ficar bem. — É mais fácil respirar agora que a boca de Jaxon não está a poucos centímetros da minha orelha, mas encontrar palavras é ainda mais difícil do que deveria ser sob aquele olhar intenso. — Não estou planejando nenhum passeio esta noite. Vou ficar com o grupo o tempo inteiro.

— Ah. — Ele não parece impressionado. — É isso que me preocupa.

— Como assim? Achei que ficaria aliviado por eu não estar planejando sair para caçar animais selvagens com as minhas próprias mãos.

— Não é com os animais selvagens que eu me preocupo.

Antes que eu consiga perguntar o que isso significa, Macy interfere outra vez.

— É melhor a gente ir andando. Não vai ser legal atrasar.

— Bem, qualquer que seja o motivo da sua preocupação, não precisa se sentir assim — asseguro a ele, recusando-me a ceder. — Já sou bem grandinha. Sou capaz de cuidar de mim mesma. Mas, se quiser, você pode vir com a gente.

— Ir com vocês... — Ele fala como se eu tivesse acabado de sugerir viajar para Marte pedalando.

Mas eu me recuso a dar o braço a torcer. Não quando Jaxon está tão perto de mim, ao invés de fazer o seu habitual truque de desaparecer. — Vai ser divertido. E eu tenho certeza de que Flint não vai ligar.

— Você tem certeza de que Flint não vai ligar? — Ele repete as minhas palavras, e mais uma vez aquilo não é uma pergunta. Ele parece estar se divertindo de novo, desde que ninguém o encare muito. O olhar dele está diferente, completamente vazio, de um jeito que eu não via desde aquela vez, na festa. — Porque eu tenho quase certeza de que ele vai se importar sim, se eu aparecer.

— E por que ele se importaria? Flint convidou um monte de gente. — Eu me viro para olhar para Macy, que está pálida feito um lençol.

Eu reviro os olhos, incomodada por ela sentir tanto medo da ideia de andar com Jaxon. Mas, antes que eu consiga dizer qualquer coisa, Flint chega por trás de mim e põe as mãos nos meus ombros.

— Oi, Grace. Parece que você está pronta para fazer umas bolas de neve voarem.

— Estou mesmo. — Eu me viro e sorrio para Flint, porque é impossível não fazer isso. Ele é muito divertido e também encantador. Sem mencionar o fato de que está usando uma touca para neve no formato de um dragão que cospe fogo, uma peça completamente ridícula. — Inclusive, eu estava tentando convencer Jaxon a participar.

— É? — Os olhos cor de âmbar de Flint se incendeiam quando ele se vira para encarar Jaxon. — O que você me diz, Vega? Quer entrar na guerra?

Flint está sorrindo, mas até mesmo eu percebo que aquele não é um convite amistoso, e isso acontece logo antes de três outros garotos, todos vestidos de preto, chegarem e se colocarem num semicírculo logo atrás de Jaxon. Pela primeira vez, a frase "a união faz a força" faz sentido para mim, porque é bem óbvio o motivo pelo qual esses caras estão aqui. Para defender Jaxon. Só não entendo por que ele precisa disso.

Eles devem ser membros da tal Ordem sobre a qual Macy me contou. E percebo por que eles têm esse apelido. Há uma espécie de proximidade entre eles que nem eu consigo deixar passar. Uma ligação que parece ser muito maior que um mero laço de amizade.

Flint sente o mesmo. Eu percebo pela maneira que ele enrijece o corpo e como ele apoia o peso do corpo na ponta dos pés, como se estivesse esperando que Jaxon desse o primeiro soco. E mais: eu diria até que ele está ansiando por isso.

E isso... não. Simplesmente, não. Não me importo que, de repente, a nossa pequena alcova tenha testosterona suficiente para dar início à próxima guerra mundial; não vai rolar. Pelo menos não enquanto Macy e eu estivermos bem no meio dela.

— Vamos. — Eu seguro no braço da minha prima. — Vamos dar um jeito de descobrir como vencer essa tal guerra.

Minha fala chama a atenção de Jaxon e Flint.

— São palavras bem corajosas para alguém que nunca tinha visto neve até três dias atrás — provoca Flint. E, embora a tensão não tenha desaparecido, está bem menor do que antes. Exatamente como eu queria.

— Ah, pois é. Mas você sabe como eu sou. Adoro contar vantagem. — Continuo segurando o braço de Macy com firmeza, enquanto passo por entre Jaxon e seus amigos.

— Ah, então é assim que você explica as coisas? — murmura Jaxon na minha orelha quando passo por ele. Mais uma vez, sinto aquele hálito quente junto do meu pescoço e um calafrio, que não tem nada a ver com o frio, descer pela minha coluna.

Nossos olhares se cruzam. E por um segundo, apenas um segundo, o mundo inteiro parece se desfazer. Macy, Flint, os outros alunos que estão rindo e conversando quando passam por nós a caminho da porta... todos desaparecem até restar apenas Jaxon, eu e as faíscas elétricas que pulsam entre nós.

Sinto a respiração presa na garganta e meu corpo inteiro começando a esquentar. E preciso fazer força, muita força, para me conter e não tocar em Jaxon.

Acho que ele deve estar tendo o mesmo problema, porque sua mão se ergue, paira no ar entre nós por um longo, infinito momento.

— Grace. — Mal chega a ser um sussurro, mas ainda o sinto no fundo de mim. Eu espero, prendendo a respiração, que ele diga alguma coisa. Qualquer coisa. Mas, antes que ele faça isso, a porta principal se abre, deixando entrar uma rajada de ar gelado.

Isso quebra o encantamento e, de repente, somos apenas duas pessoas comuns em um corredor cheio de gente outra vez. A decepção cresce dentro de mim, especialmente quando Jaxon dá um passo atrás, com o rosto fechado e traços mais uma vez indecifráveis.

Eu espero que ele diga alguma coisa, mas ele não diz nada. Em vez disso, simplesmente observa enquanto Flint leva Macy e eu até a porta aberta. Quando passamos pelo batente, ergo a mão para fazer um discreto aceno de despedida.

Não espero que ele retribua o gesto, e ele não retribui. Mas, assim que viro para dar o primeiro passo fora do castelo, ele diz:

— Não se esqueça de construir um arsenal.

Eu diria que essa é a última coisa que eu esperava ouvir de Jaxon... ou de qualquer outra pessoa.

— Um arsenal?

— É a estratégia mais importante para vencer uma guerra de bolas de neve. Encontre uma base que consiga proteger e concentre-se em construir o seu arsenal. Ataque somente quando tiver certeza de que tem munição suficiente para vencer.

Bolas de neve. Eu estava convencida de que tivemos um momento de sintonia, mas ele estava pensando em bolas de neve. Inacreditável.

— Hmmm... obrigada pelo conselho? — Eu o encaro com uma expressão que diz: "Está maluco?"

Jaxon responde com sua expressão vazia e irritante de sempre, mas juro que percebo certo brilho no olhar dele.

— É um bom conselho. Você devia segui-lo.

— Por que você mesmo não o segue? Entre para o meu time e nós dois podemos construir um arsenal maior.

Ele ergue uma sobrancelha.

— E eu estava aqui pensando que é exatamente isso que venho fazendo.

— O que você quer dizer com isso? — pergunto, irritada.

Mas ele já está virando as costas para mim, já está indo embora, e eu assisto enquanto ele se vai.

Como sempre.

Droga.

Alguma coisa me diz que esse cara e o seu incrível truque de desaparecer ainda vão acabar me matando.

Capítulo 19

VIEMOS, GUERREAMOS
E EU CONGELEI

— Jaxon Vega, hein? — pergunta Flint quando o frio acerta a minha cara como um tapa, pela segunda vez hoje.

— Nem comece — digo, olhando-o de lado.

— Não vou começar nada — responde ele, erguendo as duas mãos espalmadas em sinal de rendição. — Eu juro. — Ele permanece em silêncio por cerca de um minuto enquanto nós três nos concentramos em avançar por entre a neve até onde os outros estão. E posso dizer que tenho certeza de que Macy fez uma estimativa modesta quando disse que haveria umas cinquenta pessoas. Mesmo naquele crepúsculo estranho que nos cerca, parece que tem pelo menos umas cem pessoas ali. Talvez a escola inteira — com exceção de Jaxon e seus amigos, é claro.

O lado bom da coisa é que todos estão usando toucas, cachecóis e casacos... e imagino que isso significa que nem todo mundo neste lugar é um alienígena de verdade. Pelo menos isso.

— Eu só não sabia que "atormentado e presunçoso" fazia o seu tipo de garoto.

Eu o encaro com um olhar raivoso.

— Eu achei que você não fosse começar com isso.

— E não vou. Estou só preocupado com você. Jaxon é...

— Ele não é atormentado.

Ele ri.

— Mesmo assim, reparei que você nem tentou dizer que ele não é presunçoso, hein? Olhe, não me leve a mal, Grace, mas você é nova aqui. Não faz ideia do quanto aquele cara é sórdido.

— E você sabe?

— Sei, sim. E Macy também sabe. Certo, Macy?

Macy não responde. Simplesmente continua andando e fingindo que não o ouve. E eu estou começando a sentir vontade de fazer o mesmo.

— Tudo bem, tudo bem, já entendi. — Flint faz um gesto negativo com a cabeça. — Não vou dizer mais nada sobre *O Escolhido*. Só vou recomendar que tome cuidado.

— Nós somos amigos, Flint.

— Ah, é claro. Bom, escute um conselho de quem sabe do que está falando. Jaxon não tem amigos.

Quero perguntar o que Flint quer dizer com isso, considerando que Jaxon tem a Ordem e eles parecem ser bem próximos, pelo que percebi. Mas chegamos à primeira fileira de árvores, onde os outros já estão reunidos. Além disso, fui eu quem acabou de dizer que não queria falar sobre Jaxon. Se eu começar a fazer perguntas, isso dá carta branca para Flint dizer o que bem quiser, e isso não me parece muito justo, já que Jaxon não está aqui para se defender.

Flint vai até o centro do grupo como se fosse o dono do lugar. Mesmo assim, a julgar pela maneira que os outros reagem à sua presença, talvez ele seja. Não que todos parem imediatamente o que estão fazendo quando ele se aproxima. É simplesmente óbvio que todos querem que ele os note e querem ouvir o que ele tem a dizer.

Não consigo evitar imaginar como é ter esse tipo de popularidade. Não é algo que eu queira. Eu provavelmente não aguentaria essa pressão e derreteria em menos de vinte e quatro horas. Mas fico imaginando como seria ser assim. E o que Flint acha disso.

Não tenho muito tempo para explorar meus pensamentos, porque Flint começa a repassar rapidamente as regras — começando com uma que se parece muito com *não existem regras*, exceto pelo fato de ser seguida por outra que diz que, se alguém levar cinco boladas, está eliminado. Em seguida, ele manda o grupo se dispersar. Quando a contagem regressiva de cinco minutos começa, ele pega na mão de Macy e na minha e corre conosco rumo a um enorme aglomerado de pinheiros e álamos que fica a algumas centenas de metros.

— Temos dois minutos para encontrar um bom esconderijo — diz ele. — Outros dois e meio para nos preparar. Depois, é cada um por si.

— Mas se todo mundo encontrar um esconderijo, em quem nós vamos jogar as...

— Eles não vão encontrar. — Flint e Macy me interrompem.

— Não se preocupe — diz Flint quando finalmente alcançamos as árvores. — Não vai faltar gente com quem guerrear.

Guerrear? Mal consigo respirar. É uma combinação de altitude e ar frio, eu sei, mas não consigo evitar o constrangimento por estar bufando e ofegando. Em especial porque tanto Flint quanto Macy parecem ter acabado de terminar um passeio tranquilo por um jardim.

— E agora, o que fazemos? — pergunto, mesmo que seja óbvio, considerando que Flint já está juntando neve do chão e compactando-a em bolas.

— Construímos o nosso arsenal. — Ele abre um sorriso cruel. — Só porque eu acho que Jaxon é um cuzão, isso não significa que ele não entenda de estratégia.

Passamos os próximos dois minutos moldando o máximo de bolas de neve que conseguimos. Quase espero que Macy e Flint me superem nesse quesito também, mas fico impressionada com o fato de que contribuem para a tarefa todos os anos que passei com minha mãe fazendo bolas de massa que virariam salgadinhos. Descubro que sou uma excelente fazedora de bolas de neve. Totalmente imbatível. E eu as faço duas vezes mais rápido do que eles.

— Chegamos em cinco minutos — diz Macy quando seu celular toca um alerta, indicando que faltam só quinze segundos.

— Vai, vai, vai logo! — avisa Flint, mesmo enquanto me empurra para trás da árvore mais próxima.

E isso acontece bem a tempo, porque, assim que o celular de Macy apita, indicando o fim dos cinco minutos, o lugar se transforma num verdadeiro inferno.

As pessoas saltam do alto de árvores ao nosso redor, com bolas de neve voando furiosamente em todas as direções. Outros passam correndo a toda velocidade, lançando-as numa estratégia *kamikaze* contra qualquer pessoa que esteja ao alcance.

Uma bola de neve passa zunindo ao lado da minha orelha e eu suspiro aliviada, até que outra bate na lateral do meu corpo — mesmo tendo a árvore e Flint junto a mim para servir de barreira.

— Levei uma bolada — digo por entre os dentes, esquivando-me com um salto para direita para evitar outra bola de neve que vem voando na minha direção. Ela atinge Flint bem no ombro, e ele solta um palavrão baixo.

— Vamos ficar escondidos aqui a noite inteira? — pergunta Macy de onde está protegida, agachada na base de uma árvore próxima. — Ou vamos entrar na jogada?

— Fique à vontade! — sugere Flint, fazendo um gesto para que ela vá na frente.

Ela revira os olhos, mas leva poucos segundos para recolher alguns punhados de neve e fazer duas bolas de neve gigantes. Em seguida, ela sai jogando suas bolas de neve com um enorme grito de guerra que praticamente arranca a neve dos galhos mais próximos antes de correr para perto do nosso arsenal e recarregar.

Eu a sigo para o meio do combate, segurando uma bola de neve com as mãos enluvadas enquanto espero pela oportunidade perfeita para usá-la.

A oportunidade surge quando um dos grandalhões do grupo de Flint vem correndo na minha direção, com bolas de neve escondidas na barra do casaco que ele transformou numa bolsa de munição. Ele as arremessa contra mim, uma depois da outra, mas eu consigo me esquivar de todas. Em seguida, jogo a minha bola de neve com toda a força que consigo reunir diretamente contra ele. E consigo acertá-lo bem no meio do rosto. Ele fica chocado.

Nós fizemos umas cem bolas de neve para o nosso arsenal, e usamos todas conforme mais e mais pessoas entram pela floresta procurando um lugar para se esconder, recuperar o fôlego e produzir mais algumas bolas de neve para continuar o combate.

Fico um pouco surpresa com o quanto os grupos e panelinhas são unidos — e como as alianças transcendem os times de lançadores de bolas de neve e parecem representar as facções que percebi na festa de ontem. Embora os membros da turma de Flint estejam divididos em duplas e trios, todos parecem agir para cuidar uns dos outros quando alguém de uma das outras facções — seja o grupo de pessoas esguias que se veste com cores vivas, cobertos de joias e pedras preciosas ou o grupo de pessoas mais musculosas que tem Marc e Quinn como membros — ameaça um deles.

Também percebo que um dos grupos está ausente — o de Jaxon. Não somente a Ordem, que definitivamente não está por aqui, mas toda a facção que se veste com roupas pretas de grife e que observava a festa com aquele desdém tão óbvio. Acho que Jaxon tinha razão quando disse que Flint não o queria aqui. Um pedaço de mim tenta entender qual seria o motivo disso, mas neste momento estou ocupada demais me esquivando de saraivadas de bolas de neve para pensar melhor no assunto.

O lugar praticamente se transformou num campo de batalha de guerrilheiros — rápido, brutal e onde só pode haver um vencedor. E também é a coisa mais divertida que já fiz desde que os meus pais morreram, e provavelmente desde antes disso.

Não demora muito até esgotarmos nosso estoque de bolas de neve, e então começamos a agir como todos os outros — correndo por entre as árvores, tentando encontrar cobertura, enquanto arremessamos neve contra qualquer pessoa que esteja ao alcance.

Eu rio feito uma hiena durante o tempo inteiro. Macy e Flint ficam um pouco confusos a princípio, mas logo estão rindo comigo — especialmente quando um de nós é atingido.

Logo depois de uma emboscada que faz Macy ser atingida pela quarta bola de neve, e eu e Flint pela terceira, decidimos que chegou a hora de jogar sério. Encontramos as duas maiores árvores atrás das quais podemos nos esconder e ficamos de joelhos, fazendo bolas de neve o mais rápido possível. Depois que conseguimos fazer umas trinta, Flint tira a touca da cabeça e começa a enfiá-las ali dentro.

— O que você está fazendo? — pergunto. — Vai morrer congelado nesse frio!

— Está tudo bem — diz ele enquanto transforma o cachecol em uma espécie de bolsa de carga. — Esta é a nossa chance de vencer.

— Mas como? — pergunto. O caos reina ao nosso redor, e embora os outros ainda não tenham encontrado o nosso esconderijo, é só uma questão de tempo, provavelmente um minuto ou dois, para isso acontecer. E embora tenhamos munição, estamos também em menor número.

— Subindo nas árvores — diz Macy.

Antes que eu consiga expressar a minha completa incredulidade em relação à ideia de subir num daqueles álamos gigantescos e completamente desfolhados — os galhos mais baixos estão a mais de cinco metros do chão — Macy vem correndo na direção da árvore mais próxima, firma os pés e salta com força suficiente para decolar, erguendo e estendendo os braços para segurar no galho de outra árvore que está ao lado. Ela fica pendurada ali por alguns segundos, balançando-se para frente e para trás para ganhar impulso, e em seguida se joga para cima, subindo em um galho mais alto.

Tudo isso leva uns dez segundos.

— Por acaso ela acabou de subir essa árvore fazendo *parkour*? — pergunto a Flint antes de olhar para Macy. — Você subiu nessa árvore fazendo *parkour*?

— Isso mesmo! — responde ela com uma risada, e em seguida estende a mão para baixo em busca da touca cheia de bolas de neve que Flint joga para ela.

— Foi incrível. Mas se esperam que eu faça o mesmo, podem tirar o cavalinho da chuva.

— Não se preocupe, Grace — diz Flint enquanto coloca o cachecol cheio de bolas de neve nos meus braços. — Só preciso que segure isso para mim, pode ser?

— Claro que sim. O que você vai...? — Eu solto um berro quando ele me agarra e me joga sobre o ombro.

— Fique quieta ou você vai revelar o nosso esconderijo — pede ele quando começa a subir a árvore como se fosse uma versão alasquense do Homem-Aranha, com as mãos e os pés praticamente grudados no tronco da árvore enquanto sobe pelo tronco gigantesco comigo. — E não deixe as bolas de neve caírem!

— Você devia ter pensado nisso antes de me segurar de cabeça pra baixo — retruco. Mas seguro o cachecol com mais força.

Não sei como ele consegue fazer isso e não acreditaria se não estivesse testemunhando — ou, melhor dizendo, tendo a experiência — tudo em primeira mão. Mas, trinta segundos mais tarde, estou escarranchada no galho de uma árvore, com as bolas de neve em punho enquanto espero para emboscar o primeiro que passar por ali.

Flint está num galho bem acima do meu. Fica tão longe do chão que me faz ter vertigem só de olhar para lá, mas ele sorri de orelha a orelha, como se ficar em pé sobre um galho coberto de neve fosse a coisa mais fácil do mundo.

O que, só para ser clara, definitivamente não é. E eu sei disso porque estou *sentada* em um galho desses e ainda tenho a sensação de que posso escorregar a qualquer segundo.

— Tem alguém chegando! — sibila Macy, na árvore ao lado.

Eu olho para baixo e percebo que ela tem razão; Quinn, Marc e dois outros garotos estão vindo na nossa direção. Estão se movendo furtivamente em vez de virem a toda velocidade, quase como se soubessem que estamos aqui. E talvez eles saibam mesmo. Digamos que não fiquei calada enquanto Flint me trazia para o alto desta árvore.

Mesmo assim, isso não tem importância. Tudo o que precisamos é que eles deem mais alguns passos e...

Bam. Flint manda uma bolada bem no peito do líder do grupo. Macy completa com um disparo duplo contra o cara que estava na retaguarda. Restam apenas Marc e Quinn. E essa é uma oportunidade que eu não pretendo perder. Arremesso uma saraivada de bolas de neve diretamente contra eles, uma depois da outra. Acerto Marc duas vezes e Quinn pelo menos quatro, o que — a julgar pelos palavrões dos dois — os elimina completamente do jogo. Algo sobre o qual não pretendo me queixar.

Flint está praticamente gritando em triunfo enquanto elimina outro grupo que cometeu o erro de vir para onde estamos, e Macy cuida de uma dupla de combatentes solitários que tentava chegar pela retaguarda. Eu recarrego meu arsenal usando a neve grossa que cobre os galhos e espero pelos próximos que vão aparecer.

Percebo que são duas garotas vestidas com roupas de inverno em tons de azul-petróleo e marinho que parecem estar se divertindo tanto quanto eu em dia de consulta no dentista.

Penso em pegar leve com elas, não há motivos para deixá-las ainda mais chateadas. Mas percebo que isso só vai servir para atrasar o inevitável. Quanto mais rápido eu eliminá-las do jogo, mais rápido elas podem voltar ao castelo. E mais rápido nós podemos vencer essa guerra.

Pego as minhas últimas três bolas de neve e estou só esperando chegarem um pouco mais perto quando um vento forte começa a soprar e me faz perder o equilíbrio. Eu estendo os braços para me segurar no tronco enquanto o vento balança a árvore inteira.

Flint solta um palavrão e se agarra no tronco, também. Em seguida, ele chama o meu nome:

— Segure firme, Grace! Já estou indo aí.

— Fique onde está — respondo. — Eu estou bem!

Em seguida, viro-me para olhar para Macy, preocupada com o fato de a minha prima estar numa situação pior do que a minha. Mas, quando viro a cabeça para olhar para trás, outra lufada de vento atinge a árvore com força. É um som assustador, e conforme o tronco começa a balançar sob o ataque do vento, fico ainda mais nervosa. Especialmente quando outra rajada se forma e me atinge com força suficiente para eu ter de soltar a árvore.

Acima de onde estou, Flint pragueja de novo e Macy grita:

— Segure firme, Grace! Flint, vá pegá-la!

— Esperem! — grito, esperando que me ouçam em meio à ventania. — Não venha!

Mas em seguida Macy grita, e giro o corpo, aterrorizada com a ideia de que vou vê-la caindo para a morte. E é nesse momento que a pior rajada de vento me atinge e perco completamente o ponto de apoio na árvore.

Eu me agito para tentar agarrar alguma coisa. Qualquer coisa. Mas o vento é forte demais. O galho onde estou sentada estala e se parte.

Começo a cair.

Capítulo 20

QUANTO MAIS PRECISAMOS DE UM PARAQUEDAS, MAIS DIFÍCIL É ENCONTRÁ-LO

Por um segundo, percebo tudo com perfeita clareza. Consigo ouvir Macy gritando, Flint chamando o meu nome, o vento rugindo como um trem de carga... E em seguida tudo acaba se misturando nas batidas apavoradas do meu coração, conforme o terror toma conta de mim.

Fecho os olhos para o impacto que vai quebrar todos os meus ossos, mas antes de bater no chão, Flint me segura, me puxa para junto de si e nos faz girar no ar. Ele bate com as costas no chão e caio sobre ele, apertando o rosto na curva do seu pescoço.

O impacto é forte o bastante para impedir o ar de circular nos pulmões. Por um, dois, três segundos, não consigo fazer nada além de ficar deitada em cima dele, tentando desesperadamente fazer os meus pulmões castigados funcionarem.

Flint também não está se movendo. O pânico é um animal selvagem dentro de mim enquanto me esforço para tirar o peso de cima dele. Seus olhos estão fechados e eu fico aterrorizada, pensando que ele pode estar machucado... ou coisa pior. Ele absorveu a maior parte do choque da queda, deliberadamente girando comigo no ar até bater no chão coberto de neve, enquanto a única coisa em que bati foi nele.

É quando apoio as mãos para erguer o tronco até ficar sentada, com os joelhos ao lado das coxas dele, que enfim consigo inalar uma enorme golfada de ar. E é também nesse momento que uma confusão generalizada se forma.

Macy está gritando o meu nome enquanto se apressa para descer da árvore, e pessoas chegam de todas as direções. Estou ocupada demais sacudindo Flint e estapeando suas bochechas, tentando fazê-lo reagir, para prestar atenção às ações de qualquer outra pessoa.

Pelo menos até ele abrir os olhos e dizer com a voz arrastada:

— Estou começando a achar que eu devia ter deixado você cair.

— Oh, meu Deus! Você está bem! — Eu me afasto dele. — Mas está bem *mesmo?*

— Acho que sim. — Ele ergue o tronco, sentando-se na neve, e solta um gemido. — Você é mais pesada do que parece.

— Você não pode se mexer! — Eu tento empurrá-lo para que se deite outra vez, mas Flint apenas ri.

— A neve amorteceu a minha queda, Grace. Estou bem. — Para provar, ele se levanta com um salto, caindo em pé com um movimento elegante.

É quando Flint se levanta que eu percebo que ele está dizendo a verdade. Percebo um contorno na neve com o formato de sua silhueta, bem onde ele caiu. Pela primeira vez desde que me mudei para este estado, sinto-me agradecida pelo clima ridículo deste lugar. Afinal, quando você cai de uma altura de quase sete metros, a neve é muito mais macia do que o solo.

Mesmo assim, se esse for o caso...

— Por que pulou para me pegar? Podia ter se machucado.

Ele não responde. Apenas fica onde está, olhando para mim, com uma expressão estranha nos olhos. Não é preocupação, irritação, orgulho nem nenhuma das outras expressões que eu esperava ver no seu rosto agora. Em vez disso, parece muito com... vergonha.

Mas isso não faz sentido. Ele acabou de me salvar de uma concussão ou de alguns ossos quebrados — para dizer o mínimo. Por que ele precisa sentir vergonha disso?

— Qual era a alternativa? — pergunta Macy, com a voz trêmula, como se tivesse acabado de recuperar o dom da fala. — Deixar você se machucar?

— Você quer dizer que é melhor deixar que Flint se machuque? — pergunto, embasbacada.

— Mas ele não se machucou, não é? E você também não. — Ela olha para Flint com uma expressão agradecida. — Muito obrigada, Flint.

As palavras de Macy me fazem perceber que eu estava preocupada demais com Flint — e também gritando com ele — para fazer o que devia ter feito imediatamente.

— Obrigada. Não sei o que teria acontecido se você não tivesse pulado para me pegar.

As palavras soam meio desajeitadas depois de todas as broncas que dei nele, mas não são nada em comparação com a expressão no rosto de Flint enquanto ele encara, por cima dos meus ombros, a multidão que se formou atrás de mim. É um olhar que se alterna entre a impressão de que ele está prestes a socar alguém e como se estivesse ansioso para sair correndo.

Imagino que isso aconteça porque ele não é muito bom com demonstrações de gratidão. Eu mesma sou terrível com isso, então entendo, mas, conforme o murmúrio das pessoas vai sumindo e elas começam a se separar como uma versão humana do Mar Vermelho, eu viro para trás.

E quase me sinto murchar por completo com a frieza nos olhos de Jaxon. É somente o fato de o olhar dele estar fixo em Flint, e não em mim, que impede os meus joelhos de cederem por completo. Porque eu só pensei que ele tivesse usado esse tipo de intimidação na festa.

Neste momento, o olhar dele é absolutamente aterrador. E os cinco rapazes enigmáticos que estão com ele — tenho a impressão de que estou vendo todo o notório grupo da Ordem pela primeira vez — só reforçam o fato de que há um problema aqui.

Um problema sério.

Eu só gostaria de saber por quê.

Até mesmo Flint, que nunca reagiu à presença de Jaxon no passado, parece um pouco abalado. E isso logo antes de Jaxon, com a voz mais fria e racional que se possa imaginar, pergunta a ele:

— Que diabos acha que está fazendo?

É o tom de voz, mais do que a expressão nos olhos, que faz com que eu me mova, com um frisson de medo correndo pela minha coluna enquanto me coloco entre ele e Flint antes que uma batalha campal possa começar. Talvez eu não entenda todas as nuances do que está acontecendo aqui, mas é óbvio que Jaxon está lívido — e mais do que pronto para descontar sua raiva em Flint. O que faz sentido.

— Eu caí, Jaxon. Flint me salvou.

Pela primeira vez, ele aponta aqueles olhos gelados para mim.

— Ah, salvou?

— Sim! O vento ficou forte e eu perdi o equilíbrio. Eu caí da árvore e Flint pulou para me pegar. — Olho para Flint, pedindo para que confirme a história, mas ele não está olhando para mim.

E também não está olhando para Jaxon. Em vez disso, está com o olhar perdido em algum ponto distante, com a musculatura do queixo e dos punhos tensionada.

— O que foi? — pergunto, estendendo a mão para tocá-lo no ombro. — Você se machucou?

Um tremor sutil corre pela terra, um singelo terremoto que agita um pouco os galhos das árvores, mas não faz nada além disso. Ouvi dizer que isso é comum no Alasca, então não fico surpresa quando ninguém reage. Nem mesmo eu dou importância. Em San Diego, esses microtremores acontecem uma ou duas vezes por mês. Flint nem percebe. Está ocupado demais se desvencilhando da minha mão.

— Estou bem, Grace.

— Então o que há de errado? — Eu olho para ele, em seguida para Jaxon e depois para Flint novamente. — Não estou entendendo.

Nenhum dos dois me responde, então eu olho para Macy em busca de uma explicação que vá além da minha hipótese de que o Alasca faz aflorar o que há de pior nas pessoas. Mas ela parece tão confusa quanto eu, e com um medo que talvez seja cem vezes maior que o meu.

Em relação às outras pessoas... elas estão petrificadas pela situação dramática, com os olhos fixos em Jaxon enquanto ele continua a encarar Flint, que continua se recusando obviamente a olhar nos olhos de Jaxon. Não é a primeira vez que associo Jaxon à imagem de um caçador, mas esta é a primeira vez que vejo Flint como presa. Outros membros do grupo dele devem estar pensando a mesma coisa, porque em segundos eles se apresentam, tanto os rapazes quanto as garotas, agrupando-se junto dele.

O apoio explícito a Flint só aumenta a tensão que existe entre ele e Jaxon, cujo rosto começou a exibir um sorriso cruel.

Estou tentando desesperadamente entender como acabar com aquela situação sem derramamento de sangue, quando Macy acorda do estupor em que estava e diz:

— É melhor a gente voltar para o quarto, Grace. Para ter certeza de que você está bem.

— Eu estou bem. — Não vou deixar Jaxon aqui sozinho quando ele parece pronto para pular no pescoço de Flint a qualquer instante. — Não vou sair daqui.

— Para dizer a verdade, essa é a melhor ideia que ouvi a tarde toda. — Jaxon vem se aproximando até estar logo atrás de mim. Ele não me toca, nem mesmo roça em mim, mas está tão perto que não tem a menor importância. Eu consigo senti-lo. — Vou levá-la de volta ao seu quarto.

Aquelas palavras causam um efeito imediato na multidão. Vejo que as pessoas realmente recuam, com os olhos arregalados, boquiabertas, chocadas. Não consigo entender o que está acontecendo aqui. Tudo o que sei é que Jaxon está pondo fim a um duelo entre os dois rapazes mais populares da escola antes mesmo deste duelo começar. E nem é um duelo de verdade, considerando a maneira com que Flint se eximiu da situação, recusando-se a reconhecer a existência de Jaxon.

É esse comportamento pouco característico, mais do que qualquer outra coisa, que faz eu me afastar de Jaxon e dizer:

— Preciso ficar com Flint. Para ter certeza de que ele está...

— Estou ótimo, Grace — rebate Flint por entre os dentes. — Pode ir.

— Tem certeza? — Estendo a mão para tocar o ombro dele outra vez, mas de repente Jaxon está entre nós, impedindo que minha mão encoste em Flint. Logo depois, ele dá um passo adiante, levando-me lenta e inexoravelmente para longe de Flint e de volta à escola.

Essa é a coisa mais estranha que eu já vi. E, definitivamente, a mais estranha de que já participei.

E, ainda assim, deixo acontecer. Porque Jaxon está comigo e eu não consigo evitar.

— Vamos, Macy — digo em voz baixa à minha prima, pegando na mão dela. — Hora de ir embora.

Ela faz um sinal positivo com a cabeça, e em seguida estamos voltando para o castelo — Macy, Jaxon e eu. Eu até espero que os outros membros da Ordem nos acompanhem, mas uma rápida olhada para trás mostra que eles não se moveram.

Ninguém se moveu.

E posso dizer que estou começando a me sentir como se fosse Alice no País das Maravilhas aqui. As situações vão ficando "cada vez mais intrigantes". Talvez aquele último voo com Philip, na verdade, tenha sido um mergulho em um enorme buraco de coelho.

Nós caminhamos em silêncio por poucos minutos e, a cada passo, percebo que talvez não tenha escapado da queda sem sequelas. Agora que a adrenalina baixou, meu tornozelo direito começa a doer. Muito.

Para afastar a minha cabeça da dor, e também para não deixar Jaxon e Macy perceberem que estou mancando, pergunto:

— O que veio fazer aqui, afinal de contas? Achei que você não ia participar da guerra de bolas de neve.

— Que que eu *estou* fazendo aqui, considerando essa idiotice em que Flint colocou você. — Jaxon nem olha para mim.

— Não foi tão ruim assim — retruco, mesmo sentindo a dor no tornozelo passar de "incômoda" para "insuportável" bem rapidamente. — Flint me salvou. Ele...

— Flint *não* salvou você — esbraveja Jaxon, com a voz tão dura e cortante quanto o gelo à nossa volta quando se vira para me encarar pela primeira vez. — Inclusive... — Ele para de falar, estreitando os olhos. — O que houve?

— Além de não conseguir entender por que você está tão bravo?

Ele se esquiva da pergunta enquanto me olha da cabeça aos pés.

— Tem alguma coisa que a machucou?

— Está tudo bem.

— Você se machucou, Grace? — Macy entra na conversa pela primeira vez. É uma covarde mesmo.

— Não foi nada. — Já tínhamos uma certa dianteira, mas, se pararmos, os outros não vão demorar para alcançar a gente. E a última coisa que eu preciso agora é me transformar num espetáculo ainda maior para essas pessoas. Bem quando eu estava tentando me encaixar... ou pelo menos me *enturmar*. Depois desta noite, sinto como se estivesse pintada de laranja fosforescente. Algo que acho particularmente irônico, pois não foi Jaxon quem me falou sobre discrição?

Mas... falando sério. É como se San Diego voltasse. Lá, eu era a menina cujos pais morreram. Aqui, sou a que caiu de uma árvore e quase causou a Terceira Guerra Mundial entre os dois rapazes mais bonitos da escola.

PQP.

Determinada a voltar para a escola e para o meu quarto antes que os outros venham para cá, começo a caminhar outra vez. Ou, melhor dizendo, tento começar a andar de novo, mas não chego muito longe e lá está Jaxon, bloqueando o meu caminho.

— O que está doendo? — pergunta ele de novo, e a expressão em seus olhos me diz que ele não vai permitir que eu me esquive da pergunta.

E já que discutir com ele só serve para desperdiçar segundos preciosos, eu finalmente cedo.

— O meu tornozelo. Devo ter torcido o pé quando caímos no chão.

Jaxon está ajoelhado aos meus pés antes que eu termine de falar, tocando gentilmente o meu pé e o tornozelo, por cima da bota.

— Não posso tirar a sua bota aqui fora, senão o frio vai causar uma ulceração. Mas... dói quando eu faço isso?

O meu gemido é a única resposta de que ele precisa.

— Quer que eu vá buscar o trenó motorizado? — pergunta Macy. — Posso ir e voltar bem rápido.

Ah, meu Deus, por favor, não. Bem quando não preciso transformar a minha vida num espetáculo público.

— Eu consigo andar. Sério mesmo. Estou bem.

Jaxon nos encara com um olhar incrédulo enquanto me ajuda a levantar. Em seguida, sem dizer uma palavra, ele me pega nos braços.

Capítulo 21

GOSTO DE CAMINHAR COM OS MEUS PRÓPRIOS PÉS, MAS SER CARREGADA NOS BRAÇOS TAMBÉM É UMA SENSAÇÃO SURPREENDENTEMENTE AGRADÁVEL

Durante vários segundos, eu não consigo me mover. Não consigo pensar. Só consigo olhar para ele, numa espécie de transe, enquanto meu cérebro está em curto-circuito. Porque eu realmente não estou nos braços de Jaxon, não é? Tipo... não posso estar.

Só que estou. E a sensação de tê-los ao redor do meu corpo é muito boa. *Muito* boa. Além disso, estar nos braços dele, como uma noiva sendo carregada, me dá uma visão próxima e íntima daquele rosto. E será que posso dizer o quanto é injusto o fato de que ele parece ainda mais lindo a poucos centímetros de distância? E preciso confessar que o aroma dele é delicioso, também.

O cheiro dele — com um toque de neve e laranja — é o que me tira do sério, o que faz com que eu me debata em seus braços como se fosse louca, tentando fazer com que ele me ponha de volta no chão. Porque, se ele me levar até a escola, lindo, cheiroso e aconchegante desse jeito, vou acabar enlouquecendo.

— Será que você pode parar de se debater tanto? — pergunta ele enquanto tento me desvencilhar.

— Me ponha no chão, então! — Olho para Macy, pedindo que me ajude com isso, mas ela olha para a gente como se estivesse no meio de alguma pegadinha de televisão. E como ela claramente não vai me ajudar em nada, volto minha atenção para Jaxon. — Me coloque no chão. Você não pode me carregar até a escola!

Ele não diminui o passo.

— Quer apostar?

— Jaxon, é sério. É muito longe.

— E daí?

Eu me contorço um pouco mais, na tentativa de forçá-lo a me colocar no chão, mas isso só faz com que ele me segure ainda com mais força nos braços.

— E daí que eu sou muito pesada.

Novamente, aquele olhar incrédulo.

— Estou falando sério! — Eu coloco as mãos no peito dele e empurro com força. Seus braços não se afastam nem um pouco de mim. Para ser sincera, não quero de verdade que ele me ponha no chão. O meu tornozelo está latejando sem parar agora, e andar com ele desse jeito vai ser um pesadelo. Mas não significa que devo deixar Jaxon se machucar ao tentar me ajudar.

— Me ponha no chão antes que acabe se machucando.

— Antes que eu me machuque? — Aquela sobrancelha erguida em que pensei tanto na noite passada está de volta. — Você está tentando me ofender?

— Estou tentando fazer com que me solte. Você não pode me carregar até a porta do...

— Grace? — interrompe ele.

Espero ele dizer alguma coisa, mas quando percebo seu silêncio, eu mesma respondo no que talvez pudesse ser descrito como um tom que não é dos mais agradáveis.

— O quê?

— Cale a boca.

Uma parte de mim fica superinsultada pelas palavras dele e pela maneira despreocupada com que ele fala. Mas a outra parte de mim, precisamente a que tem o controle da minha língua, faz exatamente o que ele pede e cala a boca. Afinal, creio que haja coisas piores do mundo do que ser carregada nos braços por um cara supersexy em vez de ficar me debatendo ao longo do caminho e sentindo uma dor horrível. Talvez.

Comigo nos braços de Jaxon, nós avançamos três vezes mais rápido do que se eu estivesse mancando. Antes que eu perceba, passamos pelas portas do castelo e lá estamos subindo as escadas, a passos largos.

Quando chegamos ao quarto, Macy destranca a porta e a afasta a cortina de contas esquisitas enquanto diz a Jaxon:

— Pode entrar.

Segundos depois, ele me coloca na minha cama e tenho a impressão de que esse vai ser o fim da história. Mas, logo depois disso, ele se aproxima e puxa a minha bota até tirá-la do meu pé.

— Já posso cuidar disso, agora — aviso a ele. — Obrigada pela ajuda.

Ele me encara com um olhar como quem diz para eu calar a boca de novo, desta vez sem nem sequer verbalizar as palavras. É algo que me constrange tanto que tento afastar meu pé dele e começar a tirar a meia por conta própria.

— Eu torci o tornozelo — retruco. — Não estou morrendo de tuberculose.

— Ah, sim. Mas a noite ainda é uma criança.

— Ei! O que você quer dizer com isso? — Eu o encaro, irritada.

— Significa que você está aqui há três dias e esta é a segunda vez que tenho que livrar você de alguma encrenca.

— É sério? Vai dizer que aquele *vendaval* é responsabilidade minha, agora?

— Vou, sim. — Ele envolve a minha panturrilha com a mão, um toque calmo e gentil, mas ainda assim firme, e apoia a minha perna sobre a beirada da cama a fim de examinar o meu tornozelo. — Você não viu Macy cair da árvore em que *ela* estava, não é?

— Não foi... — Macy começa a argumentar, mas eu não vou deixar que ele saia impune e me culpe pelo que aconteceu.

— O galho em que *ela* estava não quebrou! — eu interrompo. — Foi o *meu* que quebrou. O que eu devia ter feito? Segurar no tronco e... aiii! — Tento puxar o pé para longe de Jaxon enquanto ele toca num ponto particularmente dolorido.

Ele finge que não percebe, mas o seu toque — que já é bem suave — fica ainda mais gentil.

— Não inchou, e só formou um hematoma bem sutil. Acho que não quebrou nada.

— Eu já disse que foi só uma torção. — Recolho a perna, mas com muito menos força desta vez. Alguma coisa na sensação das mãos dele em minha perna, na pele de Jaxon contra a minha, me deixa especialmente enervada. — Já pode ir embora.

Desta vez, o olhar com que ele me encara mostra que Jaxon está se divertindo com a situação, mas também transparece certo tipo de aviso, algo como *não abuse da sorte*. E, apesar disso, também é supersexy. O que é completamente absurdo, mas nem por isso deixa de ser verdade. Heather sentiria vontade de morrer se me visse agora — a dois passos curtos de choramingar e suspirar por causa de um cara que insiste em querer me dar ordens ridículas. É uma atitude nojenta e normalmente eu o colocaria em seu devido lugar. Mas o fato de ele agir feito um animal pronto para o ataque não é indício de sua preocupação comigo e de querer se assegurar de que eu estou bem? Não sei. De algum modo, isso faz a diferença.

— Quer que eu vá buscar gelo? — Macy pergunta pela primeira vez desde que Jaxon passou por cima da sua objeção. O mesmo cara sobre o qual ela passou dez minutos falando mal *antes* da guerra de bolas de neve.

— Até tu, Brutus? — digo, revirando os olhos.

Ela dá de ombros, um pouco encabulada, enquanto Jaxon responde.

— Seria ótimo. — Em seguida, ela praticamente corre para a porta pelo menos, até Jaxon agradecer com um sorriso. Em seguida, ela fica paralisada. Tipo... fica paralisada *de verdade* enquanto está andando, com um dos pés ainda no ar. — Ah, e você teria uma daquelas ataduras elásticas, por acaso? Posso fazer o curativo no pé de Grace antes de ir embora.

Ela não responde.

— Macy?

Ela continua sem responder.

Jaxon olha para mim com as duas sobrancelhas erguidas, mas eu simplesmente reviro os olhos. Em seguida, bato palmas com força para atrair a atenção da minha prima.

— Macy?

— Ah, sim. Gelo. Deixe comigo.

— E a atadura?

— E uma atadura. Ah, sim. Com certeza. Eu tenho algumas aqui, inclusive.

De repente, ela está tropeçando nas próprias palavras e nos pés enquanto corre até a escrivaninha e começa a abrir as gavetas com movimentos bruscos.

Ela finalmente encontra o que está procurando na gaveta mais baixa e dá meia-volta, com um pacote da atadura rosa-choque na mão.

— É essa aqui, Jaxon?

— É perfeita, obrigado.

Ela abre um sorriso enorme com aquele elogio, e eu preciso me esforçar para não fazer um comentário irônico. Mas, falando sério, se Macy não tomar cuidado, vai acabar se transformando em um dos "minions" de Jaxon. Logo Macy, que disse *você pode me contar caso ele tenha te machucado*. Traidora.

Eu estendo a mão para pegar a atadura, mas Jaxon é mais rápido do que eu.

— Eu mesma posso cuidar disso, sabia? — digo a ele.

— Talvez eu queira fazer isso por você.

Enquanto vai para a porta, Macy avisa que o gelo está começando a derreter e, tenho de admitir, a frase não poderia ser mais propícia. Mas me convencer a gostar de Jaxon nunca foi difícil. Sinto-me atraída por ele desde o começo, mesmo quando fiquei superirritada com a nossa conversa.

— Quê? Não vai reclamar? — ele pergunta com um toque de ironia.

— Você vai colocar a atadura ou não? — rebato, ignorando a pergunta, porque respondê-la seria constrangedor demais.

Ele baixa a cabeça e começa a cuidar da lesão, não antes de eu perceber o sorriso discreto que ele esboça. A cicatriz repuxa os cantos dos seus lábios, o que só transforma aquele sorriso numa expressão meio malandra que é um milhão de vezes mais sexy do que deveria ser.

Seus dedos estão gelados quando ele envolve o meu tornozelo, mas o toque da mão dele é muito, muito gentil. Sinto que estou ficando menos tensa apesar da situação. Meus músculos relaxam conforme ele desliza um dedo para cima e para baixo pela minha panturrilha.

E quando eu digo o nome dele desta vez, até consigo ouvir o desejo ardente que queima dentro de mim. A cabeça de Jaxon se ergue com um movimento brusco. Ele fixa o olhar sombrio e profundo no meu.

A mão dele na minha perna fica mais firme, mais insistente quando ele se inclina um pouco, se aproximando. O cheiro selvagem e atraente parece ainda mais forte agora do que quando ele me carregava nos braços; preenche os meus sentidos, faz minha boca salivar e as minhas mãos arderem de vontade de tocá-lo. Desperta a minha vontade de encostar o rosto no pescoço dele e inalar aquele cheiro.

Já estou no limite com a proximidade dele, e esses novos desejos que ele desperta em mim deixam a minha respiração presa. Sinto meu coração bater acelerado e, quando ele se aproxima um pouco mais, meu corpo inteiro se ilumina como a aurora boreal que ainda quero tanto ver.

— Grace. — Ele diz o meu nome como se fosse uma promessa.

É a gota d'água, e eu solto um gemido, sentindo que começo a derreter por dentro. Respondo com o nome dele, mas perdi o controle das minhas cordas vocais. E de praticamente todo o restante do meu corpo também.

A mão de Jaxon sobe para tocar o meu rosto e eu fecho os olhos, rendendo-me àquela carícia. E em seguida quase morro de susto quando a porta se abre repentinamente e ele puxa a mão de volta.

— Eu trouxe o gelo — diz Macy. — Até o esmaguei e... — Ela fica imóvel, arregalando os olhos ao sentir a tensão no ar. Pelo jeito que Jaxon estava debruçado sobre mim, não é preciso ser nenhum gênio para deduzir o que ela interrompeu. Por um segundo parece que ela vai dar meia-volta e sair do quarto.

Mas o momento desaparece e Jaxon já está se levantando, indo ele mesmo na direção da porta.

— Coloque gelo no tornozelo por vinte minutos e veja como se sente. Se não estiver melhor, faça mais uma compressa de gelo depois de uma hora. Entendeu?

— Certo, entendi — consigo forçar as palavras pela minha garganta que ainda está estrangulada.

— Excelente. — Ele arrisca outro sorriso para Macy, mas em seguida balança a cabeça enquanto ela soluça um pouco. Jaxon não diz mais nada e dali a pouco está prestes a sair do quarto. Em seguida ele vira para trás, com a mão na maçaneta, e aconselha: — Fique longe de Flint, Grace. Ele não é o que você pensa.

As palavras desfazem o que resta da minha paralisia vocal — e também da minha boa-vontade.

— Flint e eu somos amigos. E você não vai me dizer o que eu devo fazer.

Consigo me controlar e não completo a frase, dizendo *não importa o quanto você me intriga.*

Espero que ele rebata com alguma resposta ácida. Deus sabe o quanto ele é arrogante, o suficiente para achar que deve ser obedecido instantaneamente, mas, em vez disso, ele só inclina um pouco a cabeça e me observa por vários e longos segundos. Em seguida, diz:

— Tudo bem.

— Tudo bem? — Estreito os olhos quando percebo aquela aceitação rápida. — Só isso?

— Só isso. — Ele se vira para ir embora.

— Não achei que seria tão fácil.

Ele me encara com aquele olhar indecifrável, aquele olhar que já estou começando a detestar.

— Isso vai dar em muita coisa, Grace. Mas pode ter certeza de que nenhuma delas será fácil.

E em seguida ele desaparece. Como sempre.

Droga.

Capítulo 22

BABY, ESTÁ QUENTE AQUI...

Durante vários segundos depois que Jaxon sai, espero Macy dizer alguma coisa... ou que comece uma tempestade com todas as cores do arco-íris formando uma Macy, exigindo saber o que estava acontecendo entre nós. O que já percebo que vai ser uma encrenca e tanto, e o pior é que eu *não faço a menor ideia do que está acontecendo entre nós*. Se é que tem alguma coisa acontecendo.

Sim, Jaxon veio falar comigo duas vezes hoje, mas eu não faço ideia do que isso significa. Ou mesmo se significa alguma coisa.

E que raios foi aquele último comentário? *Isso vai dar em muita coisa, Grace. Mas pode ter certeza de que nenhuma delas será fácil.* Quem fala desse jeito? Será que ele estava dizendo que está interessado em mim? Ou que não está?

Aff. Por que os homens têm que ser tão complicados?

Talvez ele só esteja fazendo algum joguinho comigo porque se sente entediado ou coisa parecida. Talvez porque eu seja a carne fresca aqui, no meio de lugar nenhum. Mas ele não parecia entediado depois da guerra de bolas de neve; na verdade, parecia muito bravo com Flint. O que é ridículo, considerando que Flint me salvou de uma concussão, de uma perna quebrada ou de algo ainda pior.

Mas um garoto que não está interessado não age como Jaxon agiu, certo? Não é do tipo que surta — e ele realmente surtou, mesmo que tenha sido algo bem frio — no meio da floresta porque pensou que Flint tinha colocado a minha vida em risco.

Ou será que surta?

Eu acho que não... mas, por outro lado, será que sei do que estou falando? Eu só tive um único namorado até hoje, e o que eu sentia por

Gabe não era nada parecido com isso. Até que foi um relacionamento decente. Já éramos amigos há anos e uma coisa se transformou em outra com o tempo. Saíamos para alguns lugares juntos, dávamos uns beijos de vez em quando, fazíamos todas as coisas de sempre. Mas, com Gabe, era fácil. Ele nunca fez com que eu me sentisse como Jaxon me faz sentir, nunca me fez perder o fôlego, minhas mãos incharem ou o meu estômago se revirar apenas com uma olhada. Nunca passei horas pensando obsessivamente em cada palavra que ele disse, nunca me peguei desejando sentir o toque de um rapaz como desejo sentir o de Jaxon.

Eu só queria saber o que *Jaxon* sente.

— Ah, meu Deus.

Aparentemente, Macy enfim acordara do transe induzido por Jaxon em que estivera durante os últimos cinco minutos. Eu a encaro com uma expressão bem séria.

— Não comece.

— Ah... meu Deus. MeudeusMeudeusMeudeusdocéu. O que foi que acabou de acontecer aqui?

— Eu caí de uma árvore. Flint me salvou da morte. Jaxon me carregou de volta para o quarto porque eu torci o tornozelo. — Digo tudo aquilo de maneira bem irreverente, esperando que, se eu mantiver o assunto num tom casual, se não deixar Macy perceber o quanto a minha cabeça está atarantada, ela decida falar sobre outra coisa.

— Esses são só os detalhes. — Ela deita na minha cama, com cuidado para não agitar o meu tornozelo.

— Tenho certeza de que os detalhes são bem importantes aqui.

— Não neste momento, nada disso! O que importa é a situação geral.

— E qual é a situação geral, exatamente? — pergunto.

— Os dois garotos mais populares da escola estão obcecados por você.

Quase me enforco com o próprio moletom quando tento olhar para o rosto dela e saber se ela está brincando ou não.

— Eu não diria que estão obcecados. — Eu finalmente consigo dizer quando desato os cordões do capuz do meu moletom e deixo de me estrangular no meio do processo. — E não era você que estava me avisando para me afastar de Jaxon o máximo possível?

— Sim, mas isso foi antes.

— Antes de quê?

— Antes de ver a maneira com que ele olha pra você. — Ela fecha os olhos e faz um som muito próximo daquele que fez quando Jaxon sorriu para ela. — Eu queria que Cam me olhasse daquele jeito.

— Você quer que o seu namorado olhe pra você como um babaca arrogante que sabe que tudo vai acontecer do jeito que ele quer?

— Ele já faz isso — diz Macy revirando os olhos. — Quero que ele olhe para mim como se doesse fisicamente o fato de não poder me tocar.

— Jaxon não olha para mim desse jeito. — Estou começando a pensar que é assim que eu olho para ele, no entanto.

Macy torce o nariz.

— Amiga, se aquele garoto te desejasse *mais*, ele entraria em combustão humana espontânea.

As palavras dela me aquecem e me fazem ter a impressão de que *eu* é que vou entrar em combustão espontânea, especialmente se passar mais tempo pensando em Jaxon. Aquele garoto é bonito demais para o seu próprio bem... e para a minha própria paz também. E, se Macy estiver certa, se ele estiver pensando em um quarto das coisas que eu penso sobre ele...

— Está ficando quente aqui? — Começo a me despir das milhares de camadas de roupa que estou usando.

— Depois de passar três dias te vendo sofrer com o frio, jamais achei que fosse ouvir você dizer isso — brinca Macy enquanto segura minhas calças para a neve e começa a puxá-las com força suficiente para me trazer até metade da cama. — Acho que a única coisa necessária para te esquentar é ficar bem perto do garoto mais perigoso da Academia Katmere.

Dou um tapa nas mãos dela.

— O que você está fazendo?

— Tentando ajudar. É difícil tirar essa coisa se você não consegue ficar em pé. — Ela puxa e puxa um pouco mais, e mesmo assim não consegue fazer muito progresso.

— Deixe que eu mesma tiro. — Afasto as mãos dela e me levanto, equilibrando o peso do corpo todo na outra perna, enquanto tiro primeiro as calças para neve e depois a calça forrada de lã. O que me deixa somente com a roupa de baixo térmica e as meias de lã. As duas peças são um milhão de vezes mais confortáveis do que as roupas para o inverno que eu estava usando.

Macy tira as roupas para a neve também, e não diz mais nada até nos acomodarmos na minha cama outra vez. Em seguida, ela olha bem nos meus olhos e diz:

— Você passou tempo demais procrastinando. Agora, desembuche.

— Não há nada para desembuchar. — Eu me enfio embaixo das cobertas e apoio as costas na parede. — Foi você que disse que as panelinhas aqui da escola nunca se misturam.

— Ah, sim. Mas você ainda não está em nenhuma *panelinha* ainda, então as regras aparentemente não se aplicam a você. Você diz que não tem nada para desembuchar, mas eu duvido. Você está aqui há exatamente setenta e duas horas, e eu estou junto de você na maior parte dessas horas, só para constar. Não todas, é claro, porque eu não fazia ideia de que os garotos mais lindos da escola iam começar uma competição para ver quem vai ficar com você bem diante de metade da turma do último ano. — Ela me encara com uma expressão incrédula. — Quando foi que isso aconteceu? E *como* isso aconteceu?

— Nada aconteceu, eu juro. Flint e eu somos só amigos.

— Ah, é claro. Acredito.

— Estou falando sério. Ele é muito legal, mas nunca fez nada que fosse nem remotamente diferente do que um amigo faria.

Macy revira os olhos.

— Que tal se eu citar o fato de que ele carregou você pela escada ou que veio até aqui para convidá-la para uma guerra de bolas de neve?

— Foi você que pediu para ele me carregar escada acima. Lembra do enjoo por causa da altitude?

— Sim, mas eu por acaso pedi para ele pular do alto de uma árvore para salvar a sua vida?

— Tenho certeza de que ele pensou que você teria pedido se houvesse tempo.

— Ah, fala sério! Você é um saco. — Ela larga o corpo sobre a cama de novo. — Não consigo entender se está mentindo para você mesma ou se é só ingênua.

— Não estou mentindo. E não sou ingênua. — Olho para ela com a minha expressão mais sincera. — Eu juro, Macy. Não há nada acontecendo entre Flint e eu.

Ela me observa por um segundo, e em seguida assente.

— Tudo bem, tudo bem. Mas estou percebendo que não disse o mesmo sobre você e Jaxon.

— Jaxon e eu... Jaxon é... digo, nós... eu não... — Não consigo terminar nenhuma frase. Minhas bochechas estão ardendo, porque até percebo o quanto estou falando de um jeito incoerente e ridículo. — Uggh.

— Uau! — Os olhos de Macy estão enormes. — A coisa está séria, hein?

Não sei o que dizer, então não digo praticamente nada. A diferença é que Macy estuda aqui há muito mais tempo do que eu, o que significa que sabe muito mais a respeito de Jaxon do que eu. E eu realmente gostaria de poder desfrutar um pouco mais desse conhecimento.

— É meio complicado. — Espero que ela pergunte o que há de complicado nisso tudo, mas isso não acontece. Em vez disso, ela simplesmente confirma com um aceno de cabeça, como se dissesse *claro que é.* — Ele não é perigoso de verdade, como você disse... ou é?

Nem termino de fazer a pergunta, e já sei qual é a resposta... *é claro que é. E você deveria ficar longe dele o máximo possível.*

Lembro que ele foi bem gentil quando me tocou, mas o fato de Jaxon não ser como os outros garotos que conheci é tão perceptível quanto a cicatriz em seu rosto. Cada parte dele grita *perigo* — do tipo mais sombrio e brutal. Vejo nos olhos, na voz dele, no jeito que se porta e com que se move.

Reconheço aquilo, até aceito. Mas quando estou perto dele, não tem importância. Quando estou perto dele, *nada* importa a não ser ficar ainda mais perto, embora seja óbvio que ele foi magoado antes. E também é óbvio que ele está determinado a se proteger. Foi a morte do irmão que causou tudo isso? Ou Hudson é só uma peça de um quebra-cabeças muito maior?

Meu instinto diz que é a segunda opção, mas eu não o conheço há tanto tempo para ter certeza.

O silêncio se estende entre nós por vários e longos segundos. Eu observo Macy, que tem o que eu poderia chamar de uma cara de jogadora de pôquer ao contrário, enquanto ela tenta encontrar algo para dizer. Leva algum tempo, mas ela finalmente abre a boca.

— Ele não é perigoso no estilo *O Silêncio dos Inocentes*. Não vai jogá-la num buraco para matá-la de fome e fazer um vestido com a pele dela, nem nada do tipo.

Solto uma gargalhada bem alta.

— Está falando sério? Isso é o melhor que consegue dizer? Que ele não vai fazer um vestido com a minha pele?

Ela dá de ombros.

— Eu também disse que ele não vai jogar você num poço para matá-la de fome.

— Estamos no Alasca. Ele precisaria de uma perfuratriz de petróleo profissional para cavar um poço no chão congelado.

— Exatamente. — Ela ergue as mãos num gesto bem óbvio. — Viu? Eu disse que ele não faria uma coisa dessas.

— Está tentando fazer com que eu me sinta melhor ou está querendo me assustar ainda mais?

— Isso mesmo. — Ela pisca os olhos várias vezes, olhando para mim. — Está dando certo?

— Não faço a menor ideia.

Ouço o som de uma mensagem que chegou no meu celular e quase a ignoro. Mas deve ser Heather. Macy é a única pessoa em Katmere que tem o meu número — e, neste exato momento, seria ótimo contar com um pouco da sanidade da minha *best*.

Heather: Como foi o primeiro dia de aula?

Heather: Tem algum gato na sua turma de inglês?

Heather: Ou alguma menina bonita? Uma amiga quer saber...

Ela inclui o emoji de duas pessoas se beijando na última frase, e eu rio, apesar de tudo que passei esta noite. Em seguida, tiro uma foto de Macy, que veste só uma blusinha e a roupa de baixo longa, e faz uma pose sensual com a ponta do dedo entre os lábios quando digo que a foto é para a minha melhor amiga em San Diego, e respondo:

Eu: TODAS as meninas são lindas.

Heather: Uggh. Que inveja.

Heather: Como foi a sua aula?

Eu: Fiquei de cama por causa do enjoo... da altitude. Mas vou começar amanhã.

E, em seguida, sabendo que Heather é capaz de conversar por uma eternidade e que eu quero terminar essa conversa sobre Jaxon não ser um serial killer de cinema, eu digito:

Eu: Tô meio ocupada agora

Eu: Té + tarde.

Em seguida, deixo o meu celular de lado e volto a olhar para a minha prima, que está rolando a tela do seu celular também. Ela para assim que percebe que parei de trocar mensagens com Heather e diz:

— Me diga a verdade, Grace. Você gosta de Jaxon?

"Gostar" é uma palavra insípida demais para as emoções que Jaxon causa em mim. Há alguma coisa nele que me chama num nível muito profundo, uma conexão de almas, algo que está quebrado nele e que, de algum modo, se encaixa com aquilo que está quebrado em mim.

Sei que Macy não percebe. Ela está ocupada demais sentindo medo da escuridão de Jaxon e do seu status social para perceber o que há sob a superfície. Mas eu percebo. Todo o sofrimento, a dor e o medo girando ao redor de Jaxon num redemoinho, bem abaixo daquela expressão vaga e do olhar vazio. Eu o vejo de uma maneira que, imagino, ninguém mais nesta escola vê.

Mas não digo nada disso a ela; não tenho o direito de falar às pessoas sobre o sofrimento de Jaxon. Em vez disso, respondo:

— E o que importa se eu gostar dele ou não?

— Isso não é uma resposta.

— Porque eu não tenho uma resposta! — resmungo. — Estou aqui faz três dias, Macy. Três dias! Tenho a sensação de que tudo está de cabeça para baixo e de trás para frente, e não faço a menor ideia do que pensar sobre qualquer coisa... ou qualquer pessoa. Olhe, como posso saber o que sinto por um cara que mal conheço? Especialmente quando em um minuto ele me ignora e, no minuto seguinte, me carrega nos braços até meu quarto. Ele é diferente de qualquer pessoa que já conheci e...

A bufada de Macy interrompe o meu monólogo.

— O que foi? — pergunto. — Por que tenho a impressão de que você sabe de alguma coisa que não quer me contar?

— Não faço a menor ideia. Vá em frente.

Aperto os olhos e a encaro.

— Tenho a impressão de que você sabe de alguma coisa.

— Desculpe. — Ela ergue as mãos num sinal óbvio de rendição. — Eu só... concordo. Jaxon definitivamente não é como alguém que você já tenha conhecido antes.

— Você fala como se isso fosse uma coisa ruim. Entendo que não quer que eu goste dele, mas...

— Ei, eu te disse para ficar longe dele porque ele não é uma pessoa fácil de se conviver. Ou, pelo menos, nunca foi. Mas com você...

— O quê?

— Não sei. — Ela dá de ombros. — Sei que vai soar bem clichê o que vou dizer, mas ele é diferente quando está com você. Sei lá, ele é tipo menos intenso, mas, ao mesmo tempo *mais* intenso, se é que isso faz sentido.

— Não faz. Não faz sentido *nenhum*.

Macy força uma risada.

— Eu sei. Mas foi você que perguntou. O que eu estou dizendo é que fico ressabiada com o que você e Jaxon estão fazendo, seja o que for, mas não sou totalmente contra. Não como eu seria se não o tivesse visto com você hoje.

Quero pressioná-la a falar mais sobre aquilo, perguntar exatamente o que ela quer dizer. Mas há um pedaço de mim que tem certeza de que já tem uma boa ideia a respeito. Ela está falando sobre o Jaxon que vi no corredor naquele primeiro dia, depois que Flint me carregou até o nosso andar. Ou o Jaxon que vi na festa, aquele que parecia tão frio, tão cruel, que me fez sair correndo na direção oposta. Literalmente. Se esse é o único

Jaxon que ela já viu, não é de se espantar que tenha sentido a necessidade de me avisar a respeito dele.

— Ainda não sei o que estamos fazendo — admito, afundando nos meus travesseiros. — Ou mesmo se estamos fazendo alguma coisa. Eu só queria saber o que ele pensa sobre mim, entende? Tipo... ele está brincando comigo ou pensa como eu em relação a certas coisas?

— E que tipo de pensamentos você vem tendo? — ela pergunta isso de um jeito tão casual que eu respondo sem pensar.

— Eu me sinto como se estivesse obcecada por ele. Penso em Jaxon quase o tempo... — Eu paro de falar quando percebo o que estou dizendo.

— Ah, você me induziu.

A aparência dela é de uma inocência totalmente fajuta.

— Só te fiz uma pergunta. Você não era obrigada a responder.

— Você sabia que eu estava com outras questões na cabeça e não estava pensando em medir as palavras.

— Que bom. Fico feliz por não estar censurando as próprias palavras. Você não precisa fazer isso comigo. Ela estende o braço e segura na minha mão. — Estou falando sério, Grace. As coisas vão ser meio esquisitas aqui para você durante um tempo. Mas entre a *gente* não vai ter nenhum clima esquisito, nada disso. — Ela indica o espaço que há entre nós. — Mesmo se não puder confiar em ninguém, pode confiar em mim para protegê-la. Mesmo com Jaxon. Nós somos da mesma família.

Do nada, sinto um nó do tamanho do monte Denali na minha garganta, e engulo em seco uma ou duas vezes, tentando me livrar dele. Eu não sabia o quanto precisava ouvir essas palavras da boca dela. Não percebia a falta que faz ter alguém com quem se possa simplesmente contar, alguém que não me faça perguntas incômodas, alguém para estar ao meu lado.

— Você sabe que isso funciona para nós duas, certo, Macy? Você pode confiar em mim também.

Ela sorri.

— Eu já confio. Só quero ter certeza de que você se lembra do que eu disse. E que eu estou aqui, não importa o que aconteça. Estou sempre ao seu lado.

Há algo intenso na maneira que ela diz aquilo, e também na maneira com que ela me olha em seguida. Como se tentasse me advertir e me reconfortar ao mesmo tempo. É tão bizarro que um frisson incômodo percorre a minha coluna, arrancando o calor que eu sentia deitada debaixo do edredom e trocando-o por um calafrio que não tem nada a ver com o Alasca, e tudo a ver com a sensação de que estou mergulhada em uma situação muito maior do que imaginava a princípio, mesmo que não saiba exatamente do que se trata ainda.

Tento ignorar a sensação, dizer a mim mesma que provavelmente é pura paranoia minha. Sou inteligente — e honesta — o bastante para reconhecer que, ultimamente, tenho tido uma inclinação a esperar que o pior aconteça em qualquer situação.

Mas, em vez de me deixar abalar pelo desconforto, simplesmente concordo com um aceno de cabeça e falo:

— Que bom. Fico feliz.

Macy sorri.

— Agora que já resolvemos esse assunto, tem outra coisa sobre a qual a gente precisa conversar. — Ela se levanta e vai até o frigobar. — Mas eu tenho certeza de que você não vai gostar.

Capítulo 23

NUNCA ENTRE NUM TIROTEIO ARMADA
COM UMA CONCHA DE SORVETE

Observo Macy, desconfiada, quando ela abre o frigobar à procura de algo.

— O quanto eu não vou gostar do que temos para conversar?

Ela empunha um pote de Cherry Garcia com um som triunfante.

Eu sinto o meu estômago queimar.

— É tão ruim que a gente precisa de um pote de Ben & Jerry's?

— Para ser sincera, eu sempre preciso de Ben & Jerry's. Ela abre a tampa do sorvete e pega duas colheres do pote de talheres roxo que está no alto do frigobar. — Esta me parece ser uma ótima ocasião.

Pego a colher que ela me oferece.

— Eu nem sabia que tinha Ben & Jerry's para vender aqui.

— Custa dez dólares por pote no mercado mais próximo, mas dá para encontrar. — Ela sorri com a minha expressão de horror.

— Nossa senhora. Isso é...

Ela sorri.

— Bem-vinda ao Alasca.

— Acho que o que você tem para falar é muito sério, já que vamos tomar um sorvete de dez dólares.

Ela não diz nada sobre a minha tentativa escancarada de saber do que se trata, apenas empunha o pote aberto para que eu pegue uma colherada. E eu faço isso mesmo. Ela também pega e nós fazemos um brinde com sorvete — especialmente porque brindar com o primeiro bocado de sorvete é um ritual que criamos no verão que passamos juntas, quando tínhamos cinco anos — antes de enfiar a colher na boca.

Espero até que Macy me diga o que tem em mente, mas ela simplesmente pega outra colherada de sorvete. Em seguida, uma terceira e uma quarta, até que desisto de esperar e faço o mesmo.

Já estamos na metade do pote quando ela finalmente diz.

— Tem uma coisa sobre a qual eu preciso te avisar.

Ceeeeeeerto.

— Já não me avisou sobre Jaxon? Eu estava achando que tínhamos acabado de fazer isso.

— Não estou falando dele. Bom, na verdade, acho que é, mas não do jeito que está pensando. — Devo estar com uma expressão tão confusa quanto me sinto, porque ela respira fundo e fala de uma vez. — Se você gosta de Jaxon não tenho nenhum problema com isso, sério mesmo. Mas, se gosta dele, Grace, você não pode continuar andando com Flint também. Não vai dar certo.

Isso está tão longe do que eu esperava que levo um segundo inteiro para conseguir assimilar as palavras. E mesmo depois de decidir que entendo, elas ainda não fazem sentido.

— Como assim? O que você quer dizer com "não vai dar certo"? Não estou namorando com nenhum deles no momento e, mesmo se estivesse, tenho certeza de que poderia ser amiga do outro. Ou não posso?

— Não. — Ela balança a cabeça enfaticamente. — Não pode. É isso que estou tentando dizer a você.

Estou me convencendo de que ela está tentando me engrupir. Afinal, como poderia ser outra coisa? Mas ela fala aquilo com uma cara tão séria que preciso perguntar:

— E por que eu "não posso"? O que é isso? *O Clube dos Cinco?*

— É pior. Muito pior.

— Óbvio que é, porque até em *O Clube dos Cinco* eles descobriram que não faz diferença pertencer a esse ou aquele grupo.

— Não é em *O Clube dos Cinco* que Judd Nelson comete assédio sexual contra Molly Ringwald, colocando a mão por baixo da saia dela quando Molly está escondida embaixo da mesa?

Agora que ela tocou no assunto...

— Certo, talvez esse filme não seja o melhor exemplo.

Ela revira os olhos.

— Você acha?

— Mesmo assim, essa coisa de que *Jaxon e Flint não se dão bem porque cada um é o líder do próprio grupo* é ridícula. Você sabe quantas pessoas foram gentis comigo desde que cheguei aqui? — Ergo quatro dedos e vou citando os nomes. — Você, Jaxon, Flint e Lia. E só. Quatro pessoas. E é por isso que dizer que não posso conversar com uma das quatro pessoas que não me tratam como se eu estivesse com a peste negra.

— Ah, Grace — diz ela, parecendo magoada. — Foi tão ruim assim?

— Bom, não foi nenhum piquenique. Mesmo sem contar as vezes em que eu quase morri. — Ainda assim, Macy parece ter ficado tão abalada com as minhas palavras que me sinto obrigada a atenuar um pouco as coisas. — Não se preocupe com isso, Macy. Ainda nem comecei a assistir às aulas. Tenho certeza de que as pessoas vão se acostumar comigo e parar de me encarar pelos corredores quando tiverem a oportunidade de me conhecer.

Ela parece ter ficado um pouco mais aliviada.

— Eles vão fazer isso, Grace. Eu juro. Só precisam te conhecer melhor, conviver mais com você. Não costumamos receber muita gente nova por aqui, e a maior parte de nós convive há muito tempo, desde antes de vir para Katmere.

— Eu não sabia.

— Ah, sim. Há outra escola que a maioria de nós frequentou antes de vir para cá, a partir do quinto ano. Então, se parecemos meio distantes, é parte do processo, entendeu?

— Sim, mas será que o fato de se conhecerem não deveria facilitar o entendimento de vocês, em vez de dificultar?

— Deveria. E, durante algum tempo, foi assim que aconteceu. Não sei como explicar por que as coisas começaram a ir mal, mas algumas situações bem ruins aconteceram há mais ou menos um ano e tudo começou a sair completamente do controle. Bem, à primeira vista, parece que tudo está bem, mas quando você começa a olhar mais de perto, o estrago está bem ali. E uma parte do que aconteceu faz com que seja quase impossível que Jaxon e Flint estejam do mesmo lado de... qualquer coisa.

Deve ser a explicação mais vaga que alguém já me deu sobre qualquer assunto. E ainda assim aquilo me faz pensar, me faz tentar encaixar as poucas lições que aprendi desde que cheguei aqui.

— Isso tem a ver com o que aconteceu com Hudson Vega?

Eu faço a pergunta sem pensar duas vezes. E a julgar pela expressão no rosto de Macy, eu definitivamente deveria ter pensado duas vezes.

— O que você sabe sobre Hudson? — sussurra ela, com a voz tão baixa que parece estar com medo de proferir esse nome em voz alta.

— Lia me contou que o namorado morreu, lembra? Depois, Jaxon falou do irmão dele, e eu somei dois mais dois depois que os vi discutindo

— Jaxon disse para você que Hudson morreu? — Acho que ela não ficaria tão chocada se eu dissesse que iria voltar para San Diego a pé e, de repente, todo tipo de dúvida começa a tomar conta de mim.

— Ele não morreu? — Se Jaxon mentiu para mim sobre uma coisa dessas, eu não sei o que vou fazer. Afinal de contas, que tipo de pessoa...?

— Morreu. Sim. É que ele não fala muito sobre o assunto. Todo esse episódio quase o destruiu por dentro, e eu simplesmente não conseguia imaginar que Jaxon falaria sobre o assunto com alguém que... — Ela deixa a frase morrer no ar.

— Com alguém que ele nem conhece?

— É. — Ela parece se sentir um pouco culpada ao admitir aquilo. — Não estou dizendo que vocês não se conhecem. Mas é que...

— Às vezes é mais fácil assim — interrompo. — Conversar com o seu melhor amigo sobre o pior acontecimento da sua vida é muito doloroso. Conversar com um estranho que não tem nenhum tipo de interesse na questão... às vezes não dói tanto. — Parece estranho, mas é verdade. É uma das coisas que eu aprendi durante este último mês.

— Isso até que faz sentido, embora seja estranho. — Ela coloca o pote de sorvete em cima da cama e se aproxima para me abraçar.

Retribuo o abraço por alguns segundos, até sentir as lágrimas que nunca estão muito longe da superfície começarem a encher os meus olhos. Em seguida, eu me afasto e abro um sorriso que diz que estou muito bem, mesmo sem estar.

— Talvez seja por isso que parece que Jaxon age de um jeito diferente comigo. Porque ele sabe que perdi alguém também.

— Talvez. — Ela parece não ter muita certeza. — Mas se o motivo da atração entre vocês dois é o fato de terem perdido alguém, tenha cuidado, está bem, Grace? A última coisa que você vai querer é virar a corda no jogo de cabo de guerra entre ele e Flint. Porque, no final, é você quem vai acabar sendo despedaçada.

Tento não deixar aquelas palavras me afetarem — e consigo fazer isso sem problemas pelo restante da noite. Mas, depois que estou na cama, com as luzes apagadas, não consigo deixar de pensar no que Macy disse... e como aquilo parece mais uma premonição do que um aviso.

Um peso parece tomar conta dos meus ossos quando penso na conversa, pressionando-me contra a cama, empurrando-me para baixo até o simples ato de virar de lado e me encolher pareça algo impossível. Decido apenas envolver a cintura com os braços e dizer a mim mesma que Macy está errada. Mesmo quando lá no fundo uma voz sutil me diz que ela não está.

Capítulo 24

WAFFLES SÃO O SEGREDO PARA CONSEGUIR
QUALQUER COISA DE UMA GAROTA

Acordo lentamente quando ouço o som da mensagem que chegou no meu celular. Resmungo um pouco enquanto penso em ignorá-la, em continuar enrolada nas minhas cobertas onde tudo é quente, confortável e perfeito. Mas ando demorando demais para responder às mensagens de Heather desde que cheguei no Alasca, e isso não é nem um pouco legal.

Só que, quando me viro e pego o celular, percebo duas coisas. A primeira é que já passam das dez da manhã, o que significa que dormi demais e perdi a primeira aula. E a segunda é que não foi Heather que mandou a mensagem.

E não foi Macy, também. Em vez disso, vejo um número que não reconheço.

Desconhecido: Como está o tornozelo?

Flint? Eu me pergunto enquanto afasto os cabelos que cobrem os meus olhos e me sento na cama. Ou é outra pessoa?

Por um momento, os olhos de Jaxon — profundos, escuros, impenetráveis — surgem na minha mente, mas não consigo acreditar que seja ele. Não pode ser, levando em conta a oscilação de humor nesse tempo em que estivemos juntos. E definitivamente não depois que ele me disse na noite passada que íamos fazer as coisas do jeito mais difícil — seja lá o que isso signifique.

Decido não arriscar e respondo:

Eu: Quem é?

Há uma longa pausa. Em seguida:

Desconhecido: Jaxon.

É só uma palavra, e mesmo assim ela chega praticamente soltando faíscas de indignação. Como se ele não pudesse imaginar que eu ainda não adicionei o seu contato na agenda do meu celular, só esperando que ele finalmente me mandasse uma mensagem. Eu devia ficar irritada com essa presunção, mas até que estou curtindo a situação. Estou curtindo tanto que não consigo evitar a seguinte resposta:

Eu: Jaxon? Que Jaxon?

Jaxon: Não sei como responder.

Eu: Responder o quê?

Jaxon: Essa piada de "toc-toc" que está inventando.

Gargalho porque ele é engraçado nas mensagens, algo que não parece ser pessoalmente.

Eu: Minhas piadas de "toc-toc" são horríveis.

Jaxon: Finalmente uma boa notícia.

Eu: Ei!

Eu: O que o polvo falou para a namorada dele?

Ele demora para responder, e nesse momento consigo imaginar em detalhes o rosto dele. E logo depois:

Jaxon: Eu nem sabia que polvos falavam.

Bem, é exatamente o tipo de resposta que eu esperava.

Eu: (emoji revirando os olhos)

Eu: Vamos lá, entre na brincadeira.

Jaxon: Eu só queria saber como está o seu tornozelo.

Eu: Adivinha.

Outra longa pausa.

Jaxon: Nada.

Eu: Nada??????

Jaxon: Bem, polvo não fala. Ele nada.

Jaxon: Não faço a menor ideia, então por que não responder com "nada"?

Eu: (dois emojis revirando os olhos)

Eu: Vamos tentar de novo.

Eu: O que o polvo falou para a namorada dele?

A pausa é tão longa que eu já estou quase convencida de que estraguei tudo e que ele não vai responder. Até que...

Jaxon: O que ele falou?

Fico tão empolgada que quase deixo o celular cair no chão, e estou com um sorriso tão grande que as minhas bochechas chegam a doer. O que é ridículo, mas estou aprendendo que, quando se trata desse cara, a coisa ridícula aqui sou eu.

Eu: Quero pedir a sua mão, sua mão, sua mão, sua mão, sua mão, sua mão, sua mão e a sua outra mão em casamento.

Jaxon: Até que é... boa.

Eu: Uau. Valeu pelo elogio.

Jaxon: Não deixe a vaidade subir à cabeça.

Eu: Não vou deixar, não.

Eu: (três emojis revirando os olhos)

Jaxon: O que acontece quando você cruza um vampiro com um boneco de neve?

O quê? Uma piada? Do eternamente sério Jaxon Vega? Eu não consigo responder tão rápido quanto gostaria.

Eu: Não faço a menor ideia.

Jaxon: Um frio mordente.

Gargalho ao ler isso. Afinal, quem é este Jaxon? E como faço para mantê-lo por perto?

Eu: O Halloween e o Alasca, finalmente juntos, hein?

Eu: Estou impressionada.

Ficamos mais um bom tempo em silêncio, mas desta vez alguma coisa me diz que ainda não é hora de desistir. Que ele não está respondendo não por ter deixado o celular de lado, mas porque está pensando sobre o que falar. O que é, digamos... surpreendente? Não consigo imaginar Jaxon confuso, sem saber o que fazer ou o que dizer, não importa a situação.

Finalmente ouço o toque de mensagem no meu celular.

Jaxon: Você prometeu que ia me falar do tornozelo.

A mudança de assunto não cai bem, considerando a conversa engraçada de agora há pouco, mas vou em frente, porque posso escolher não responder e não é isso que quero. Pelo menos, não por enquanto.

Eu: Não sei. Acabei de acordar. Meu tio deve ter decidido que eu não preciso assistir às aulas de hoje também.

Jaxon: Eu diria que sorte, mas...

Eu: Como assim? Cair de uma árvore não basta?

Jaxon: Você SABE o que significa sorte?

Minha risada sai de um jeito tão inesperado que quase engasgo. Em seguida, cubro a boca com a mão espalmada, divertindo-me com a situação ao mesmo tempo que fico horrorizada, mesmo sem ter alguém por perto para escutar.

Eu: Mas eu consegui sair dali, não foi?

Jaxon: (emoji revirando os olhos)

Jaxon: Pelo que me lembro, fui eu que te trouxe de volta.

Eu: Ah, é mesmo. Obrigada de novo.

Jaxon: (vários emojis revirando os olhos)

Agora que ele tocou no assunto, fico curiosa para saber como está o meu tornozelo. Assim, afasto as cobertas e tento levantar da cama — basta isso para eu começar a gemer de dor bem quando tento apoiar o pé direito no chão. Bem, não preciso de outra resposta. Além de uma resposta tenho agora mais um problema, porque estou precisando muito fazer xixi.

Jaxon: O que você vai fazer hoje?

Eu: Acho que vou ficar de cama, reclamando da vida.

Jaxon: Que beleza, hein?

Eu: Pois é. Percebi também que o meu tornozelo está doendo um pouco.

Jaxon: Está tudo bem?

Eu: É claro.

Eu: Já volto.

O analgésico que está no banheiro é o meu estímulo para caminhar até lá. Depois de alguns minutos, lavo as mãos e pego dois comprimidos e uma garrafa de água antes de voltar mancando para a cama. Forço-me a tomar os comprimidos antes de pegar o celular outra vez, mas é difícil. Estou louca para saber se Jaxon respondeu às minhas mensagens.

Não respondeu. Mas tudo bem. Afinal... fui eu quem cortou a conversa de repente.

Eu: Voltei.

Sem resposta.

Eu: Desculpe pela demora.

Ainda sem resposta.

Aff. Estraguei tudo.

Fico irritada comigo mesma por interromper a conversa. E ainda mais irritada por ficar irritada. Jaxon se revelou mais nos últimos quinze minutos do que havia mostrado desde que cheguei aqui. E por que tenho que ficar brava só porque ele parou de me mandar mensagens?

Por absolutamente motivo nenhum. Afinal, ele tem que assistir aulas.

Por algum motivo, essa conclusão só serve para piorar as coisas. Bem, isso e o fato de estar morrendo de fome, mas a manteiga de amendoim está do outro lado do quarto. É claro.

Volto a me recostar nos travesseiros e mando duas ou três mensagens para Heather. Em seguida, dou uma olhada no Snapchat e no Instagram e até jogo duas fases de Pac-Man — tudo isso enquanto repito a mim mesma que absolutamente, definitivamente, não estou esperando que Jaxon responda às minhas mensagens.

Mas não demora muito até o meu estômago começar a roncar e eu deixo o celular de lado. Nem só de manteiga de amendoim vive uma pessoa, mesmo que neste momento eu esteja com tanta fome a ponto de pensar nessa possibilidade.

Levanto e vou mancando até o frigobar, mas me distraio na metade do caminho por uma batida à minha porta. Por um segundo, apenas um segundo, fico pensando se pode ser Jaxon. Em seguida, o bom senso entra em ação. Provavelmente é o tio Finn que veio ver como eu estou.

Só que, quando atendo à porta, não é o tio Finn. E também não é Jaxon. Em vez disso, é uma mulher trazendo uma bandeja carregada de comida.

— Grace? — pergunta quando eu me afasto para que ela consiga passar pela porta.

Eu sorrio para ela.

— Sim, sou eu. Muito obrigada. Eu estava morrendo de fome.

— Por nada. Onde você quer que eu deixe a bandeja? — diz ela, retribuindo o sorriso.

— Pode deixar que eu cuido disso. — Eu estendo a mão para pegá-la, mas a mulher me encara com um olhar que diz que é melhor deixá-la executar o próprio trabalho. — Hmmm, pode deixar na cama, eu acho. — Aponto para o meu lado do quarto.

Ela caminha e coloca a bandeja perto dos pés da minha cama. Em seguida, pergunta:

— Tem mais alguma coisa que eu posso trazer para você?

Não imagino se haveria algo, considerando que a comida está embaixo de duas daquelas tampas prateadas para mantê-la quente. Mas, como estou com fome suficiente para comer praticamente qualquer coisa, e também por não estar acostumada a ter pessoas para me servir, respondo:

— Não, está ótimo assim. Obrigada.

Que bom que Macy sempre pensa em mim, mesmo estando em aula. Minha prima é um anjo.

Só que, quando volto a me sentar na cama, percebo que há um pequeno envelope preto na bandeja. Nele, o meu nome está escrito com uma caligrafia masculina que definitivamente não é a letra de Macy.

Tio Finn, digo a mim mesma, mesmo sentindo meu coração começar a bater três vezes mais rápido.

Porque não pode ser Jaxon, penso enquanto pego o envelope com os dedos trêmulos.

Não pode ser Jaxon, penso novamente enquanto tiro o cartão preto e simples dali de dentro.

Mas *foi* Jaxon que mandou tudo aquilo, e o meu coração ameaça arrebentar o meu peito.

Ainda não sei do que você gosta, mas imaginei que estivesse com fome. Não apoie o peso no tornozelo.

— Jaxon

Oh, meu Deus.

MeudeusMeudeusMeudeusdocéu.

Meu...

Deus...

Do céu.

Bem, não é o bilhete mais romântico do mundo, mas não importa, porque Jaxon me mandou o café da manhã. Foi por isso que ele não respondeu a minha mensagem. Estava ocupado preparando isso aqui.

Pego o celular e rapidamente mando uma mensagem para ele.

Eu: Obrigada!!!! Salvou a minha vida.

Ele não responde imediatamente. Assim, começo a examinar a bandeja para ver o que ele mandou a cantina me trazer. A resposta é: tudo.

Há uma xícara de café e uma de chá. Uma garrafa de água mineral com gás e um copo de suco de laranja. E até mesmo uma bolsa de gelo para o tornozelo.

Eu ergo as tampas e vejo um prato cheio de ovos mexidos com salsicha e uma rosca de canela que tem um cheiro delicioso. A outra tem um waffle belga com uma compota de morangos e o que parece ser chantilly fresco... bem no meio do Alasca. Em pleno mês de novembro.

Fico tão emocionada que acho até que vou chorar. Ou choraria, se não estivesse com tanta fome.

Mesmo assim, não vou dar conta de comer tudo isso sozinha, e deveria me sentir mal por desperdiçar comida. Mas, neste momento, estou ocupada demais sorrindo para me preocupar com qualquer outra coisa.

Meu estômago ronca de novo, mais alto desta vez, e eu ataco a comida, começando pelo waffle. Porque chantilly com calda e morango é igual ao nirvana.

Estou na metade das delícias cobertas com chantily quando o meu celular finalmente toca outra vez, e quase derrubo toda a bandeja no chão quando tento pegá-lo.

Jaxon: Desculpe, estava fazendo prova.

Jaxon: Waffle ou ovos?

Eu: Waffle, sempre.

Jaxon: Imaginei.

Jaxon: Use o gelo.

Eu: Você gosta de mandar, hein?

Eu: Estou usando. Consigo cuidar de mim mesma, sabia?

Jaxon: Quem está sendo mandona agora?

Não sei se eu deveria ficar ofendida com essa última resposta. Provavelmente sim, mas o cara merece um pouco de crédito depois de um waffle tão delicioso quanto este. Além disso, provavelmente eu mereci ler isso.

Eu: E você? Waffle ou ovos?

Jaxon: Nenhum dos dois.

Eu: O que você gosta de comer, então?

Assim que eu clico em "enviar", percebo que essa última mensagem de texto realmente foi uma péssima ideia e começo a me desesperar. Porque... meu Deus, isso foi bem mais sugestivo do que deveria. Droga. Ele vai pensar que sou alguma maluca ou vai responder algo bem impróprio, e não quero que nenhuma dessas duas possibilidades aconteça.

Faz muito tempo que conversei com um cara por mensagem de texto, e acho que não estou pronta para que isso acabe.

E, certamente, não estou pronta para deixar de conversar com Jaxon, que é inteligente, sexy e faz com que eu sinta coisas que ninguém nunca me fez sentir. Além disso, é muito mais fácil conversar com ele assim do que pessoalmente, porque por aqui ele não age daquele jeito sinistro e introvertido.

Vários segundos se passam sem resposta e começo a considerar a ideia de tacar o meu celular do outro lado da parede, ou me afogar no que resta do xarope de bordo.

No fim das contas, não faço uma coisa nem outra. Fico apenas esperando impacientemente até ele responder. Quando isso enfim acontece, prendo a respiração ao ativar a tela. Em seguida, solto uma risada alta, porque:

Jaxon: Acho que ainda não chegamos lá, mas tenho certeza de que você vai me dizer quando for o momento certo.

Resposta perfeita.

Capítulo 25

VERDADEIRAMENTE, LOUCAMENTE, PROFUNDAMENTE MORDIDA

Passo o restante da manhã deitada, esperando Jaxon responder às minhas mensagens. O que não é, de jeito nenhum, uma atitude totalmente feminista, mas parei de tentar controlar o meu cérebro quando estou interagindo com esse cara. Além disso, não tenho mais nada para fazer. Já li tudo que tinha no meu Kindle e não posso assistir mais episódios de *Legacies* sem Macy. Acrescente-se a isso o meu tornozelo machucado e o fato de não poder ir a lugar algum, portanto, só me resta...

Jaxon: Qual é o seu filme favorito?

Eu: Agora? Para todos os garotos que já amei.

Eu: De todos os tempos? Alguém muito especial.

Eu: E o seu?

Jaxon: Duro de matar.

Eu: Sério?

Jaxon: Tem algum problema com Duro de matar?

Eu: Não, nenhum.

Jaxon: Brincadeira. É Rogue One.

Eu: Aquele filme de Star Wars em que todo mundo morre no final?

Jaxon: O filme de Star Wars onde as pessoas se sacrificam para salvar a galáxia.

Jaxon: Há maneiras piores de morrer.

Não é a resposta que eu estava esperando, mas, agora que ele disse, eu percebo claramente por que esse filme é o favorito de um cara que fez de tudo para me salvar, várias vezes. Até mesmo *Duro de matar* começa a fazer sentido quando penso sob essa perspectiva. Um personagem principal que está disposto a morrer, se isso significa que pode manter outras pessoas a salvo.

Há muito mais coisas em Jaxon do que a pessoa que conheci no pé da escada no dia em que cheguei aqui. Bem, ele ainda é o babaca que disse para eu não deixar a porta bater em mim quando passasse por ela. E não vou esquecer disso tão cedo. Mas ele também é o cara que me salvou de Marc e Quinn. E também é o cara que me carregou nos braços até o meu quarto na noite passada. Isso deve contar para alguma coisa, não é?

Além disso, eu mal consigo acreditar no quanto ele age de maneira diferente quando não há ninguém por perto. Quando somos só nós dois trocando mensagens de texto e ele não está tão ocupado tentando me convencer de que não quer nada comigo... E, além disso, que eu não deveria querer nada com ele.

Eu gostaria de poder pedir que o verdadeiro Jaxon Vega se apresentasse, mas a verdade é que eu meio que espero que seja o mesmo cara que vem me mandando mensagens nessas últimas duas horas. E, se não for... bem, acho que eu simplesmente não quero essa resposta ainda.

Eu: E qual o seu sabor preferido de sorvete?

Jaxon: Nenhum.

Eu: Ah, é porque gosta de todos???

Eu: Essa é a única resposta aceitável...

Jaxon: Acho que nós dois sabemos que há um milhão de razões diferentes para eu ser inaceitável, e o sabor de sorvete preferido não chega nem perto de entrar na lista.

Essa mensagem não deveria me dar vontade de desmaiar. Não deveria, especialmente quando está na cara que é algum tipo de aviso. Mas como pode não ser quando foi digitada pelo mesmo cara que disse que *Rogue One* é o seu filme favorito?

É bem óbvio que Jaxon é o vilão da própria história. Eu só gostaria de saber o porquê.

Jaxon: Música favorita?

Eu: OMG, não consigo escolher.

Jaxon: E se eu dissesse para escolher?

Eu: Não dá, são muitas.

Eu: E a sua?

Jaxon: Perguntei primeiro.

Eu: Affe. Você não sabe brincar.

Jaxon: Você nem faz ideia.

Eu: Tudo bem.

Eu: No momento, "Put a Little Love on Me", de Niall Horan, e qualquer uma de Maggie Rogers.

Eu: De todos os tempos, "Take Me to the Church", de Hozier ou "Umbrella", da Rihanna.

Eu: E você?

Jaxon: "Truly, Madly, Deeply", do Savage Garden.

Jaxon: Qualquer uma de Childish Gambino ou Beethoven.

Jaxon: Mas "Brown-Eyed Girl", de Van Morrison, é a minha favorita mais recente.

Eu largo o celular por que... o que devo dizer? Como não desmaiar por esse garoto? É sério. Como eu não vou desmaiar? Impossível.

Recolho o celular com as mãos trêmulas. Ele não mandou mais nenhuma mensagem, mas, para ser honesta, não espero que faça isso por algum tempo. Isso foi... demais.

Em vez disso, eu toco no ícone do Spotify. E coloco "Brown-Eyed Girl" para tocar. No modo repeat.

Ainda estou escutando a música quando Macy vem até o quarto, ao meio-dia, para ver como estou.

— O que está escutando aí? — pergunta, torcendo o nariz.

— É uma longa história.

Ela me olha especulativamente.

— Aposto que é. Porque não me conta sobre... — Macy para de falar quando vê o que restou do meu farto café da manhã. — Onde você conseguiu esse *waffle*? — pergunta ela, atravessando o quarto para pegar um pouco do que sobrou do chantilly, com o dedo. — Hoje não é quinta-feira.

Fico olhando para ela, embasbacada.

— Nem sei do que você está falando.

— Estou dizendo que a cantina só faz *waffle* às quintas. E só ganhamos chantilly em ocasiões especiais. — Ela mergulha o dedo outra vez na tigela de chantily e o ergue, todo coberto com o creme doce e fofo. — Hoje *não* é uma ocasião especial.

— Aparentemente, é sim — respondo, dando de ombros, enquanto tento ignorar o fato de as palavras dela provocarem um calor, que toma conta de mim. — Pelo menos para mim.

Não vou mentir, porque *realmente* parece ser uma ocasião especial. Como não poderia ser quando tenho mensagens de texto no meu celular, enviadas por Jaxon, dizendo-me que essa é a sua música favorita?

— Não acredito que meu pai mandou fazer *waffle* para... — A expressão no meu rosto deve ter dito algo que não devia, porque Macy para de falar no meio da frase. — Não foi o meu pai que te mandou este café da manhã, não é?

Não sei como responder. Afinal, se eu tentar fingir que é obra do tio Finn, ela vai perguntar para ele e descobrir a verdade. Se eu disser que foi outra pessoa que mandou, Macy vai querer saber quem foi, e eu não tenho certeza de que estou pronta para contar a ela. Até que gosto da ideia de que este Jaxon — o cara que me manda piadas de vampiros e *waffles* com chantilly fresco — seja um segredo meu. Pelo menos por enquanto.

Mas o olhar no rosto de Macy diz que ela não vai me dar trégua. E minha prima tem uma noção muito boa da origem daquela comida, mesmo que eu ainda não tenha respondido.

O que me deixa com apenas uma opção, sem dúvidas. Uma versão suavizada da verdade.

— Não é nada tão especial, está bem? O meu tornozelo está me incomodando e ele estava só tentando ajudar.

— Flint? — pergunta ela, com os olhos arregalados. — Ou Jaxon? — Ela diz o segundo nome aos sussurros.

— Faz diferença? — pergunto.

— Meu Deus! Foi Jaxon! Ele convenceu Janie, a chefe da cozinha, a fazer o seu *waffle*. Eu nem sabia que isso era possível. Ela é durona. Mas, se existe alguém capaz de fazer isso, com certeza é Jaxon. O garoto é extremamente eficiente. E sempre consegue o que quer. — Macy sorri. — E tenho certeza de que o que ele mais quer no momento é você, Grace.

Alguém bate na porta atrás dela, e nunca me senti tão aliviada por ouvir uma batida à porta em toda a minha vida.

— Você pode atender? Meu tornozelo ainda dói.

— É claro! Quero ser a primeira a interrogar Jaxon sobre tudo o que aconteceu.

— Duvido que seja Jaxon — digo, mas a simples ideia de que poderia ser ele faz as palmas da minha mão começarem a suar. Eu me endireito na cama e tento desesperadamente arrumar o desastre que os meus cabelos se tornaram enquanto Macy abre a porta.

Parece que entrei em pânico por nada, porque não é Jaxon. É uma mulher que traz um envelope amarelo e grande.

Digo a mim mesma para não ficar decepcionada, mesmo quando as borboletas que surgiram no meu estômago despenquem com um baque. Até que a mulher, a quem Macy chama de Roni, entrega o pacote a ela.

— Tenho que entregar isso a Grace.

Macy vira a cabeça para olhar para mim quando recebe o envelope grande. Ela arregala os olhos, mas não posso julgá-la. Tenho certeza de que os meus estão tão abertos quanto os dela.

Não sei o que mais Macy diz a Roni para tirá-la do nosso quarto, porque cada grama da minha atenção está concentrado no envelope que ela tem nas mãos. E no meu nome escrito na frente dele, com a mesma caligrafia forte que vi no bilhete anterior.

— Me dê isso! — quase imploro quando me levanto da cama. O meu tornozelo ainda dói, mas nem estou me importando com isso.

Só que Macy ainda está age como se fosse minha cuidadora, aparentemente.

— Sente aí! — diz ela enquanto faz um gesto para eu voltar para a cama.

— Me dê esse envelope! — Continuo tentando pegá-lo, abrindo e fechando as mãos.

— Vou te entregar assim que você voltar para a cama e colocar o pé em cima daquela almofada.

Em seguida, Macy me encara com uma expressão dura, até eu resolver fazer o que ela quer.

Mas, no instante que estou bem acomodada, a expressão severa desaparece e as estrelas voltam a brilhar em seus olhos. Ela coloca o envelope no meu colo e praticamente grita:

— Abre, abre, abre!

— É o que eu estou fazendo! — digo, enquanto rasgo o lacre. É um daqueles envelopes forrados com plástico-bolha, então demora mais do que deveria. Mas, após algum tempo, consigo abri-lo.

E, de dentro dele, tiro um livro de capa preta da biblioteca.

— O que é? — Macy se senta na cama ao meu lado para conseguir enxergar melhor.

— Não sei — respondo. Mas viro para ver a capa e... é definitivamente o último livro que eu esperava que ele me mandasse.

— *Crepúsculo*? Ele me mandou um exemplar de *Crepúsculo*? — Olho para Macy, confusa.

Macy solta um gemido exasperado quando olha para o livro e depois para mim. E em seguida ela começa a rir. E ri. Ri sem parar.

E eu até acho engraçada a ideia de que um rapaz como Jaxon possa enviar um livro sobre um romance paranormal para uma mulher, mas não acho que seja tão engraçado quanto Macy parece achar. Além disso, eu sempre quis ler esse livro para saber o que as pessoas tanto adoravam nele na época que foi lançado.

— Eu gostei — falo em tom de desafio. Porque é verdade. Quase tanto quanto gostei do fato de Jaxon ter dedicado seu tempo para escolher esse livro para mim.

— Eu também — diz Macy, em meio a um dos seus ataques de riso. — Juro. É muito... encantador, inclusive.

— Concordo. — Abro a capa e sinto o meu coração parar por um instante quando vejo o pequeno *post-it* colado na primeira página. Nos garranchos que estou rapidamente começando a reconhecer como a letra de Jaxon, há uma citação do livro: *"Eu disse que seria melhor se não fôssemos amigos. Não que eu não queria ser".*

— Aahh! — Macy leva as mãos ao peito e finge que vai desmaiar. — Se você não beijar ele logo, vou deserdá-la. Ou eu mesma vou beijá-lo.

— Tenho certeza de que Cam adoraria isso. — Deslizo o dedo por cima de cada uma das letras que ele escreveu, uma após a outra, mesmo sabendo que isso faz com que eu pareça estar com a cabeça ainda mais nas nuvens do que estou.

— Bom, Cam sempre fala sobre fazer as coisas pensando no bem maior. Aqui está uma oportunidade de ver se ele realmente está falando sério.

— Você e Jaxon se beijando, isso é o bem maior? — Abro o livro na primeira página.

— Eu beijando Jaxon no seu lugar é definitivamente o bem maior. Para acabar com a agonia de vocês dois. — Ela pisca rapidamente várias vezes. — Embora isso definitivamente não seja nenhum sacrifício.

— E se fizermos um pacto? Você deixa seus lábios longe de Jaxon e eu deixo os meus longe de Cam?

— Ahhhh! — Macy grita tão alto que eu até me assusto. — Percebi, ontem à noite, que você gostava dele, com você tropeçando nas próprias palavras e o jeito que dizia eu-nós-ele.

— Eu não disse que gostava dele. — Mas é difícil não se sentir apaixonada, pelo menos um pouco, depois de uma manhã como esta.

— Você também não disse que não gostava.

Reviro os olhos.

— Você não tem aula?

— Está tentando se livrar de mim? — Mas ela desce da minha cama e começa a ajeitar o cabelo de frente para o espelho em cima da cômoda.

— Estou, sim. — Pego o livro e o ergo. — Quero começar a ler.

— Ah, aposto que quer, sim. — Ela começa a mandar beijinhos para mim. — Oh, Edward, eu te amo tanto! Opa, quer dizer, Jaxon.

Arremesso um travesseiro nela, mas Macy ri e pega a sua mochila. Em seguida, dá um tchauzinho e sai pela porta.

No instante que ela fecha a porta, eu me deito outra vez na cama e seguro o exemplar do *Crepúsculo* com força contra o peito. Jaxon me mandou uma história de amor. Sim, eu sei que é sobre um vampiro, mas ainda assim é uma história de amor. E aquele trecho no *post-it*... Eu não queria deixar isso transparecer na frente da minha prima mas... *oh*! Acho que vou *desmaiaaaaaar*.

Pego o meu celular e mando uma mensagem para Jaxon.

Eu: (emoji com coraçõezinhos nos olhos)

Jaxon: Não se empolgue demais.

Jaxon: Na verdade, é um aviso.

Jaxon: (emoji piscando o olho, emoji mandando beijo)

Eu: Aviso sobre o quê?

Jaxon: Sobre criaturas da noite.

Jaxon: Cuidado nunca é demais.

Eu: Mas eu gosto de histórias assustadoras.

Jaxon: Mas você gosta dos monstros dessas histórias?

Eu: Acho que depende do monstro.

Jaxon: Pelo jeito, vamos ter que ver o que acontece, não é?

Eu: Não entendi.

Começo a mandar mais mensagens. O humor dele está muito diferente de antes e quero descobrir o motivo da mudança, mas ouço mais uma batida à porta.

Eu: Ei, você me mandou mais alguma coisa????

Jaxon: Por que não abre a porta para saber?

Eu: Acho que você está querendo dizer que sim.

Eu: Você não precisa fazer isso.

Eu: Agradeço muito, demais mesmo.

Eu: Mas não precisa se preocupar tanto.

Jaxon: Grace.

Jaxon: Abra a porta.

Atravesso o quarto para ir até a porta, empolgada porque, desde que o analgésico começou a fazer efeito, caminhar não dói tanto quanto antes, e estou mancando bem menos. Em seguida, logo antes de abrir a porta, mando mais uma mensagem:

Eu: Como sabe que eu ainda não abri a porta?

— Porque acho que teria percebido — responde de onde está esperando, do outro lado da cortina de contas.

— Jaxon! — exclamo o nome com um gritinho e a minha mão livre vai até os meus cabelos para tentar ajeitar os fios bagunçados. — Você está aqui.

Ele ergue uma sobrancelha.

— Quer que eu vá embora?

— Não, claro que não! Pode entrar. — Seguro a porta aberta enquanto abro espaço.

— Obrigado. — Ele estremece um pouco quando passa pelo vão da porta e as contas da cortina de Macy encostam nele.

— Não sei por que Macy insiste em deixar essas coisas aí, dando choques nas pessoas — digo, afastando aquelas coisas irritantes para poder fechar a porta. — Você está bem?

— Não faço ideia. — Os olhos dele cruzam com os meus pela primeira vez, e a felicidade que borbulhava dentro de mim murcha quando percebo que aquele vazio sinistro voltou.

— Ah, sim. — Baixo a cabeça, subitamente muito mais acanhada quando estou perto do cara com que passei a manhã inteira conversando sem nenhum problema. — Obrigada pelo livro.

Ele balança a cabeça, mas pelo menos sorri quando responde.

— Achei que você gostaria de ter alguma coisa para ler enquanto deixa esse tornozelo em repouso. — Ele me encara com uma expressão bem incisiva.

— Ei, eu estava na cama. Foi você quem bateu à minha porta.

Os olhos dele se arregalam um pouco quando falo que estava na cama, e aí nós dois fazemos a única coisa que podemos nessa situação — olhamos constrangidos para os meus lençóis e o edredom rosa-choque que estão na cama.

— Você, hmmm... — Pigarreio para limpar a minha garganta que, de repente, ficou embargada. — Quer sentar?

Ele faz uma careta, e em seguida balança a cabeça em uma negativa, mas segundos depois faz o oposto e se senta na ponta do meu colchão. Bem no canto, como se tivesse medo de que eu o morda — ou que pule em cima dele.

É algo que não tem nada a ver com Jaxon e, por um segundo, tudo que faço é olhar para ele. E em seguida decido que... ah, que se dane. Não vou passar a próxima hora inteira me sentindo constrangida. De jeito nenhum. Assim, eu me sento na cama ao lado dele e pergunto:

— Por que o esqueleto foi à barbearia?

Ele me encara, desconfiado, mas percebo que os ombros dele relaxam — assim como todo o restante dele.

— Acho que eu não quero saber.

Nem dou bola para aquele comentário.

— Porque ele queria fazer as costeletas.

Ele solta uma mistura de gemido e resmungo.

— Que piada mais...

— Fabulosa? — brinco.

Ele faz que não com a cabeça.

— Muito, muito ruim. — Mas ele exibe um sorriso torto nos lábios, e finalmente consigo ver algo nas profundezas dos seus olhos, algo real em vez daquele vazio terrível.

Determinada a fazer com que aquilo continue ali, eu digo a ele:

— É uma das minhas especialidades.

— Piadas ruins?

— Piadas terríveis. Herdei o talento da minha mãe.

Ele ergue uma sobrancelha.

— Então, piadas terríveis estão no seu DNA?

— Oh, definitivamente tenho um gene para isso. Junto dos genes para cabelos cacheados e cílios longos. — Eu olho para ele e pisco várias vezes, do mesmo jeito que Macy fez comigo agora há pouco.

— Tem certeza de que isso não veio dos dois lados? — pergunta, com o rosto totalmente inocente.

Eu o encaro, estreitando os olhos.

— O que você quer dizer com isso?

— Nada. — Ele ergue as mãos, como se estivesse se rendendo. — Apenas que as suas piadas são *realmente* terríveis.

— Ei! Você disse que tinha gostado da minha piada do polvo.

— Eu não quis te magoar. — Ele leva a mão até a minha perna e a levanta, apoiando o meu pé e o tornozelo no colo dele. — Me pareceu meio grosseiro zoar com a sua cara porque você estava se divertindo.

— Ei! Eu estava me divertindo mesmo e queria que você se divertisse também. — Tento recolher o meu pé, mas Jaxon me segura onde estou. Seus dedos longos e elegantes encontram instantaneamente os lugares que mais doem e os massageiam.

Eu solto um gemidinho porque essa massagem é *muito* boa. Assim como sentir as mãos dele em mim.

— Como pode ser tão bom nisso? — pergunto quando finalmente consigo falar de novo.

Ele dá de ombros e me encara com um sorrisinho torto.

— Talvez eu tenha herdado esse talento.

É a primeira vez que ele menciona uma família, com exceção daquele comentário enigmático sobre o irmão ontem, e eu aproveito a deixa.

— Herdou mesmo?

Ele se detém por um segundo — a mão, a respiração, tudo — e simplesmente me encara com aqueles olhos que me esforço tanto para decifrar. Depois, ele diz:

— Não.

Seus dedos voltam a se dedicar à massagem como se nunca tivessem parado.

Aquilo me frustra, mas não o bastante para pressioná-lo porque ele parece envolto em um monte de placas de "entrada proibida", com letras escuras e enormes, algo que diz muito mais sobre ele do que o próprio Jaxon poderia imaginar.

Passamos alguns minutos em silêncio enquanto ele massageia o meu pé, e a dor quase desaparece. É somente nesse momento, quando os dedos de Jaxon finalmente param de se mexer, que ele diz:

— Os meus olhos.

Meu olhar aponta para o dele.

— Como assim?

— É o que herdei da minha mãe. Os olhos.

— Ah. — Eu me aproximo até conseguir novamente ver os pequenos salpicos prateados entre a escuridão daquelas íris. — São olhos bonitos. — Em particular quando estão olhando para mim como agora: um pouco confusos, um pouco intrigados e bastante surpresos. — Você herdou algo mais da sua mãe? — pergunto, com a voz baixa.

— Espero que não. — As palavras deles são proferidas em um tom baixo e espontâneo, e esta é a primeira vez que ele se abre tanto comigo.

Procuro uma resposta que não quebre o clima, mas é tarde demais. No instante que ele percebe o que disse, se fecha por inteiro.

— Preciso ir. — Com delicadeza, ele apoia meu pé sobre a cama antes de se levantar.

— Por favor, fique. — É pouco mais do que um sussurro, mas o sentimento vem de algum lugar bem profundo. Sinto-me como se estivesse vendo o verdadeiro Jaxon pela primeira vez, de perto e intimamente, e não quero perder isso.

Ele para e, por um momento, tenho a impressão de que talvez tenha prestado atenção ao que eu disse. Mas ele leva a mão até o bolso da jaqueta de grife e tira um papel enrolado e preso por uma tira de cetim preto.

Ele o estende para mim.

Preciso me esforçar para evitar que as mãos tremam.

— Isso aqui me fez pensar em você. — Ele estende a mão e segura gentilmente em um dos cachos do meu cabelo, como já se tornou um hábito. Mas, desta vez, ele não o estica para vê-lo voltar ao seu lugar original. Em vez disso, Jaxon apenas o acaricia por entre os dedos.

Nossos olhares se encontram e, de repente, o quarto parece ter ficado uns vinte graus mais quente. Sinto a respiração ficar presa na garganta e mordo o meu lábio para não dizer — nem fazer — algo para que ainda não estamos prontos.

Só que Jaxon parece preparado para qualquer tipo de coisa, com o olhar fixo na minha boca e o corpo se aproximando um pouco do meu.

E em seguida ele estende a mão, pressionando o polegar sobre o meu lábio até que eu perceba a deixa e pare de mordê-lo.

— Jaxon... — Tento me aproximar, mas ele já está do outro lado do quarto, com a mão na maçaneta.

— Deixe esse tornozelo em repouso — pede ele ao abrir a porta. — Se estiver melhor amanhã, eu a levo para conhecer o meu lugar favorito.

— E qual é?

Ele ergue a sobrancelha e inclina a cabeça. E não diz mais nada quando sai para o corredor e fecha a porta.

Fico olhando para a porta, com o papel enrolado que ele me deu ainda na mão. E me pergunto o que vou fazer para que esse cara lindo e triste não despedace o meu coração, que já sofreu bastante.

Capítulo 26

O UNIFORME NÃO FAZ A MULHER, MAS COM CERTEZA EXPÕE INSEGURANÇAS

Calça ou saia?

Fico olhando para o meu guarda-roupa e para todas as roupas cuidadosamente alinhadas nele, por cortesia da minha prima. Sei que devia ter feito isso ontem à noite, mas depois de um prato gigante de *nachos* seguido de três episódios de *Legacies* e uma maratona de fofocas e comentários sobre o dia agitado que tive, eu simplesmente não tinha energia para fazer nada além de ficar deitada na cama pensando em Jaxon.

Dou uma espiada em minha escrivaninha — e no papel que Jaxon me trouxe ontem, que está bem embaixo do exemplar de *Crepúsculo* que ele mandou me entregar. Não porque não gosto dele, mas porque gosto demais daquele bilhete e não quero dividir isso com mais ninguém. Nem mesmo com Macy ou Heather.

É uma página arrancada diretamente de um exemplar dos diários de Anaïs Nin; não sei exatamente de qual deles, porque o cabeçalho não diz. Quase entrei no Google para pesquisar e descobrir qual era, mas há algo especial em não saber; algo íntimo em ter apenas uma página do diário dela como lembrança. Em ter somente essas palavras que Jaxon queria que eu visse.

No fundo, não sou diferente de você. Vi você em meus sonhos, desejei a sua existência.

A página tem muito mais do que aquela simples frase, mas eu a li e reli umas cem vezes ontem, mas essas foram as palavras que saltaram aos meus olhos toda vez. Em parte, porque são dignas de um desmaio e, em outra parte, porque estou começando a sentir o mesmo em relação a ele. Em relação a Jaxon, cujos pensamentos mais profundos, cuja dor e cujo coração parecem espelhar tão de perto os meus.

É muita coisa para assimilar de uma vez só, em especial no meu primeiro dia de aula, quando sinto a boca seca e o estômago revirando de nervoso. Porque, obviamente, estou preocupada com as coisas erradas no primeiro dia...

As garotas usam calça ou saia com o uniforme aqui? Ou isso não importa? Tento me lembrar do que Macy usou nos últimos dias, mas a única coisa que consigo lembrar é da calça para neve com estampa de oncinha que ela usou na guerra de bolas de neve.

— Saia — responde Macy quando sai do banheiro com uma toalha enrolada na cabeça. — Tem *legging* de lã para você usar junto à saia na gaveta de baixo da sua cômoda.

Eu fecho os olhos, aliviada. Obrigada, Deus, por ter me dado uma prima assim.

— Ótimo, obrigada. — Pego uma das saias pretas do cabide e a visto. Em seguida, pego uma camisa branca e um blazer preto antes de ir até a cômoda buscar uma *legging* preta.

— Se você usar essa blusa, tem que colocar a gravata também — explica Macy enquanto abre uma das gavetas da minha cômoda e tira uma gravata preta estampada com faixas roxas e prateadas.

— É sério? — pergunto, olhando para ela e depois de novo para a gravata.

— É sério. — Ela a coloca ao redor do meu pescoço. — Sabe dar nó em gravata?

— Não faço a menor ideia. — Volto para o armário. — Talvez eu devesse usar uma camisa polo.

— Não se preocupe, eu mostro como se faz. É bem mais fácil do que parece.

— Se você diz...

Ela sorri.

— É sério.

Ela começa passando a gravata ao redor do meu pescoço e deixando uma ponta mais longa do que a outra; em seguida, passa a ponta mais longa por cima da outra. Mais alguns volteios e um puxão para ajustar — a minha prima narra cada uma das etapas — e termino com uma gravata perfeitamente atada ao redor do pescoço... mesmo que esteja um pouco apertada.

— Ficou legal — elogia Macy quando dá um passo atrás para admirar o próprio trabalho. — Bem, o nó não ficou tão elegante quanto o que alguns dos garotos usam, mas dá para o gasto.

— Obrigada. Vou ver uns vídeos hoje à tarde para ter certeza de que estou fazendo a coisa certa quando tiver que dar esse nó amanhã.

— É bem fácil. Você logo vai aprender. Inclusive... — Ela para de falar quando ouve uma batida alta à porta.

— Está esperando alguém? — pergunto enquanto vou até a porta, fazendo um gesto para ela voltar ao banheiro, já que ainda está enrolada na toalha depois de sair do banho.

— Não. Geralmente encontro meus amigos na cantina. — Os olhos dela se arregalam. — Você acha que é Jaxon? — Ela sussurra o nome como se receasse que ele conseguisse ouvir do outro lado da porta.

— Acho que não. — Mas agora que ela plantou a ideia na minha cabeça... Uggh. Meu estômago, que já anda bem nervoso, dá piruetas. — O que faço? — Minha própria voz se transforma em um sussurro sem que eu tenha decidido fazer isso de modo consciente. Jaxon me mandou uma mensagem ontem à noite antes de dormir, mas não o vejo desde que ele apareceu no meu quarto ontem, na hora do almoço. E depois de ter passado metade da noite acordada pensando nele, estou me sentindo bem sem graça.

Ela me encara como se eu estivesse esquecendo de algo óbvio.

— Não vai abrir a porta?

— Ah, é verdade. — Limpo as palmas suadas no tecido da saia e estendo a mão para abrir. Nem imagino o que fazer, o que dizer... embora, a julgar pelo quanto essa gravata ridícula parece ter ficado apertada de repente, talvez eu não consiga dizer nada antes que ela me enforque de vez.

Olho de novo para Macy, que faz um sinal encorajador com os polegares erguidos uma última vez. Depois, respiro fundo e abro a porta.

Todo o meu nervosismo se dissipa no espaço entre uma respiração estrangulada e seguinte, especialmente porque a pessoa que está diante da nossa porta definitivamente *não é* Jaxon Vega.

— Oi, tio Finn! Como está?

— Oi, mocinha. — Ele se abaixa e dá um beijo no alto da minha cabeça. — Vim só para ver como está esse tornozelo e também para trazer a sua grade de horários. — Ele estende um papel azul para mim. — E para desejar boa sorte no primeiro dia de aula. Você vai se sair muito bem!

Não tenho tanta certeza disso, mas estou disposta a pensar de uma maneira positiva hoje, então sorrio e digo:

— Obrigada. Estou bem empolgada. E o meu tornozelo está dolorido, mas melhorando.

— Ótimo. Eu a coloquei naquela turma de artes que você queria e fiz questão de que estivesse na aula do nosso melhor professor de história, já que essa é a sua matéria favorita. Mas dê uma olhada na sua grade de horários para ter certeza de que não está com nenhuma aula repetida.

Ele aperta a minha bochecha como se eu fosse uma menina de cinco anos. É uma atitude tão típica do meu pai que até chego a sentir um aperto no coração.

— Tenho certeza de que está perfeita — asseguro a ele.

Macy bufa.

— Não conte com isso. Se o meu pai montou essa grade por conta própria em vez de deixar a srª Haversham cuidar disso, não há como saber em quais aulas ele colocou você.

— Foi a srª Haversham que montou a grade — responde ele, piscando o olho. — Eu só supervisionei, sua pilantrinha. — Tio Finn vai até ela e passa um braço ao redor do seu ombro, dando-lhe o mesmo beijo no topo da cabeça que deu em mim.

— Está pronta para aquela prova de matemática? — pergunta ele.

— Já faz uma semana que estou pronta. — Ela revira os olhos.

— Ótimo. E como está indo aquele projeto da aula de inglês?

— Isto aqui é um colégio interno — interrompe Macy, dando um leve tabefe no braço do pai. — Significa que os pais não precisam ficar interrogando os filhos sobre cada trabalho que os professores pedem.

— Isso acontece porque os pais não sabem de todos os trabalhos que os professores passam. Mas eu sei. O que significa que eu posso vir confirmar o que você está fazendo a hora que quiser.

— Que sorte eu tenho, não? — rebate ela.

Ele apenas sorri.

— Exatamente.

— Você vai sair daqui para que eu poder me vestir? Grace e eu ainda precisamos ir à cantina antes da aula. O café da manhã é a refeição mais importante do dia, não é?

— Não se você se entupir com aqueles biscoitos de cereja.

— Biscoitos de cereja são um grupo alimentar completo. — Ela olha para mim. — Me ajude aqui, Grace.

— Talvez sejam dois grupos alimentares, se você contar o glacê — concordo. — Assim como os de açúcar mascavo.

— Exatamente o que eu estava pensando!

Agora é a vez de o tio Finn revirar os olhos. Mas ele dá outro beijo na cabeça de Macy antes de ir para a porta.

— Faça um favor ao seu velho aqui e coma alguma fruta com aqueles biscoitos, está bem?

— Cereja é fruta — cutuco.

— Não quando vira um sabor de biscoito. Assim, não vale. — Ele aperta o meu ombro de um jeito bem reconfortante. — Não se esqueça de passar na minha sala mais tarde. Agora que está se sentindo melhor, quero conversar com você sobre algumas questões e saber como foi o seu primeiro dia.

— Vai ficar tudo bem, tio Finn.

— Espero que fique melhor do que simplesmente "bem". Mas, bom ou ruim, venha me contar a respeito. Está bem?

— Certo, eu vou, sim.

— Ótimo. Até mais, meninas. — Ele sorri para nós e desaparece pela porta.

Macy faz um gesto negativo com a cabeça enquanto tira o próprio uniforme do armário.

— Deixe ele pra lá. Meu pai é um babaca.

— Os pais costumam ser assim, meio babacas, não? — pergunto, indo até o espelho que há na porta do meu armário para dar um jeito no cabelo. — Além disso, ele me lembra um pouco o meu pai. Até que é legal.

Ela não diz nada em resposta e quando olho para ela, vejo que Macy está me encarando com uma expressão triste, o que, definitivamente, é o segundo pior aspecto da perda dos meus pais. Eu detesto esse pesar, detesto a maneira como todo mundo sente pena de mim e ninguém sabe o que dizer.

— Era para ser um comentário feliz — digo a ela. — Você não precisa se sentir mal.

— Eu sei. Mas é que estou muito feliz por você estar aqui e por essa oportunidade de a gente se conhecer melhor. E aí penso no que aconteceu e me sinto horrível por estar feliz. — Ela suspira. — Sei que parece meio egoísta, mas não é. Eu só...

— Ei, ei — interrompo o que estou aprendendo que pode acabar se tornando um solilóquio muito, *muito* longo. — Eu entendo. E embora o motivo que me trouxe para cá seja horrível, eu também estou feliz por essa oportunidade. Está bem?

Um sorriso se abre lentamente e toma o lugar da expressão preocupada que ela estampa no rosto.

— Ah, entendi.

— Ótimo. Agora, vista esse uniforme. Estou morrendo de fome.

— É para já! — exclama ela, desaparecendo no banheiro para fazer exatamente isso.

Vinte minutos depois, nós enfim descemos pela escada dos fundos ("tem muito menos gente desse lado", jura Macy) até a cantina, depois de passarmos por nada menos do que *sete* armaduras, quatro lareiras gigantes e uma quantidade maior de colunas do que todas as que existiam na Grécia Antiga.

Certo, talvez essa última parte seja meio exagerada, mas só um pouco. Além disso, o fato de serem pretas em vez de brancas é um ponto positivo na minha caderneta. E isso sem contar as filigranas douradas ao redor do topo e da base das colunas.

Afinal de contas, tudo isso é uma verdadeira viagem. De verdade. Se estudar em uma escola no Alasca já é loucura o suficiente, imagine só frequentar uma escola que é um castelo de verdade, com corredores cujo teto vermelho-sangue é ladeado por arcos ogivais em estilo gótico. Definitivamente um arraso.

Isso se eu descontar todas as pessoas que ficam me observando enquanto avançamos pelos corredores. Macy diz que não devo me preocupar, que é só uma curiosidade em relação à nova garota na escola e que devo simplesmente ignorar os outros alunos. Mas é difícil fazer isso quando as pessoase estão literalmente se virando para me encarar enquanto passo. Sei que Macy comentou que todos ali estão juntos há muito tempo, mas, para mim, as reações estão passando um pouco dos limites. Não é possível que eu seja a primeira pessoa nova a chegar aqui, não é? O simples fato de pensar nisso já é absurdo, afinal, escolas recebem novos alunos o tempo todo e não seria diferente no Alasca.

Macy interrompe meus pensamentos com um "Chegamos" empolgado quando paramos diante de três portas pretas com detalhes dourados. A madeira é entalhada e tento perscrutar os detalhes mais de perto, mas minha prima está apressada demais para me mostrar a cantina. Só que... quem viu uma, já viu todas, eu imagino.

Mas, quando ela abre uma das portas com toda a pompa e elegância de uma verdadeira apresentadora de *game-show,* mostrando-me um carro zero quilômetro atrás da cortina número um, fica bem óbvio que eu estava errada. De novo. Porque esta "cantina" — e me parece errado usar um nome tão mundano para me referir a este lugar — não se parece com nada que eu já tenha visto antes. Nada mesmo.

E tenho quase certeza de que este lugar faz a biblioteca corar de vergonha.

Para começar, o salão é imenso, com longas paredes cobertas com murais de lobos e dragões e mais um monte de criaturas. Há molduras pretas e douradas que se estendem pelas junções entre o teto e as paredes e também pelos cantos, emoldurando cada mural como se fosse um quadro. A artista que existe em mim fica fascinada e quer passar horas estudando cada um deles, mas a minha primeira aula começa daqui a meia hora; assim, isso vai ter que esperar. Além disso, há tantas outras coisas para ver aqui que nem sei para onde devo olhar primeiro.

O teto é abaulado e pintado com um tom completamente despudorado de vermelho-sangue, ornamentado com figuras geométricas pretas em alto-relevo. Um enorme candelabro de cristal está pendurado no meio de cada uma delas, iluminando o salão inteiro com um brilho suave que só serve para deixar a grandiosidade ainda mais explícita.

Não há mesas de piquenique aqui, nada de bandejas utilitárias ou talheres de plástico. Três longas mesas cobertas com toalhas em tons de preto, creme e dourado se estendem por todo o comprimento do salão. E estão cercadas por cadeiras estofadas de espaldar alto; as mesas estão postas com porcelana chinesa legítima e talheres de prata.

O som de música clássica ecoa pelo salão, sombrio e inquietante. Não sei muito sobre esse tipo de música, mas sei identificar algo assustador quando escuto e isso definitivamente se encaixa na descrição.

Tanto que não consigo resistir e comento com Macy:

— Essa música é bem... interessante.

— É *Danse macabre*, de Camille Saint-Saëns. É meio exagerado, eu sei, mas meu pai coloca isso para tocar todo Halloween. Junto ao tema de *Tubarão* e alguns outros clássicos. Acho que ainda não trocaram a *playlist*.

Penso em Lia e em como ela disse a mesma coisa sobre as almofadas na biblioteca. Na minha antiga escola, o espírito do Halloween acabava depois de lermos alguma história de fantasmas na aula de inglês e de um concurso de fantasias no gramado na hora do almoço. Mas na Academia Katmere a coisa funciona num outro nível.

— Achei legal — digo enquanto andamos ao longo de uma das mesas até encontrar um grupo de cadeiras vazias.

— É meio exagerado, mas o Halloween sempre foi a festa preferida do meu pai — explica ela.

— É mesmo? Para mim é estranho, considerando que o meu pai detestava essa data. Acho que foi por causa de alguma coisa que aconteceu quando era criança, mas, pelo jeito, não foi, já que o seu pai se empolga tanto com a festa.

Certa vez, há muitos anos, perguntei ao meu pai por que ele não gostava do Halloween e ele respondeu que me contaria quando eu fosse mais velha.

Mas, pelo jeito, o universo tinha outros planos.

— É mesmo? Coisa estranha — diz Macy, olhando ao redor. — Mas este lugar não é incrível? Eu estava louca para mostrar a você.

— Completamente incrível. Quero passar algumas horas só olhando para os murais.

— Bem, temos o ano inteiro, então... — Ela faz um gesto para eu me sentar. — O que vai querer comer? Além dos biscoitos de cereja?

— Posso ir com você.

— Da próxima vez, quem sabe. Mas, agora, você precisa dar uma folga para esse tornozelo machucado. Além disso, tenho quase certeza de que hoje vai ser um dia cheio para você. Deixe-me ajudar com o que posso.

— É difícil recusar uma oferta dessas — respondo, porque Macy tem razão. Já estou me sentindo sobrecarregada e o dia mal começou. E também fico emocionada pelo esforço que Macy vem fazendo para que as coisas sejam mais fáceis para mim. Sorrio para ela em agradecimento.

— Então, não diga "não". — Ela me empurra de leve para uma cadeira. — É só dizer o que quer comer. Caso contrário, vou trazer um filé de carne de foca e ovos.

O horror deve ter se estampado na minha cara, porque ela começa a rir.

— Que tal um pacote de biscoitos de cereja e uma tigela de iogurte com amoras em conserva?

— Amoras em conserva? — pergunto, em dúvida.

— Sim. Fiona, a nossa chefe de cozinha, prepara pessoalmente as conservas quando é época das frutas. É difícil conseguir frutas frescas por aqui quando chega o fim do outono. O que serviram na festa há uns dias foi uma oferta especial.

— Ah, sim. — Eu me sinto meio boba. É claro que não há amoras frescas no Alasca em novembro. Se um pote de Ben & Jerry's custa dez dólares, não consigo imaginar quanto custaria um pote de morangos do mesmo tamanho. — Gostei da sugestão.

— Deixe comigo. — Ela sorri. — Sente-se aí e não se preocupe. Já volto.

Eu a obedeço e escolho uma cadeira de frente para a parede — em parte porque realmente quero estudar o mural mais próximo, mas também porque estou de saco cheio de fingir que não vejo os olhares fixos com que as outras pessoas me encaram. Pelo menos, de costas para a maior parte do salão, finjo que não estou vendo e eles não vão conseguir ver meu rosto.

O lado ruim é que também não vou poder ver se Jaxon está na cantina, e eu esperava mesmo vê-lo hoje de manhã. Sei que isso parece uma coisa meio desesperada, mas não consigo parar de pensar em tudo o que aconteceu entre nós ontem. Eu até esperava que ele fosse me mandar uma mensagem, mas, até o momento, isso não aconteceu.

Quero saber o que ele quis dizer com aquela página de livro, quero saber se significa que sente todas as mesmas coisas malucas que sinto. É impossível imaginar que sim. Logo no primeiro dia que conversamos, eu soube que ele era muito além do que eu jamais poderia desejar. Mas isso, tanto quanto os avisos de Macy, não me impede de querê-lo. Nem o ar de sombras e escuridão que ele ostenta como se fosse um troféu... ou como se fossem algemas. Ainda não consegui decidir qual das duas opções é a correta.

Há um pedaço de mim que quer espiar disfarçadamente para trás, só para ver se consigo um rápido vislumbre dele. Mas parece ser óbvio demais, pelo menos com metade da cantina olhando para mim. E eles *estão* me olhando. Consigo sentir sua atenção mesmo estando de costas. Sei que Macy diz para eu não me preocupar, que é apenas curiosidade pela garota recém-chegada, mas sinto que é mais do que isso.

Não tenho tempo para pensar demais a respeito, porque Macy está vindo na minha direção com uma bandeja bem carregada.

— Parece ser bem mais do que biscoitos e iogurte — digo quando a ajudo a colocá-la sobre a mesa sem derrubar nada.

— Até que eu fui bem com a comida, mas, quando cheguei na parte das bebidas, não sabia se você queria café, chá, suco, água ou leite. Assim, trouxe um copo de cada.

— Ah, nossa. Hmmm... acho que vou ficar com o suco.

— Graças a Deus. — Ela estende um copo com um líquido vermelho. — Eu estava achando que você ia dizer que queria o café e aí sim eu ia *morrer*. Em especial porque Cam toma chá, então não posso roubar o dele quando chegar aqui.

Ela se senta dramaticamente na cadeira diante de mim.

— Prometo que o café vai ser todo seu — digo, com uma risada. — E você escolheu o suco certo. Este de frutas vermelhas é o meu favorito.

— Ótimo. — Ela toma um longo gole da bebida quente apenas para mostrar que está falando sério. — Achei que todas as garotas da Califórnia eram viciadas em Starbucks.

— Acho que Cam e eu temos algo em comum. Sempre tomamos mais chá na minha casa. Minha mãe era uma herbalista incrível. Fazia suas próprias combinações de chás e eram todos fantásticos.

Já faz um mês, mas ainda consigo sentir o gosto do chá de limão, tomilho e verbena que ela fazia. Eu trouxe alguns saquinhos na bagagem, mas não quero tomá-los. E, verdade seja dita, tenho medo até de cheirá-los e começar a chorar sem parar.

— Posso imaginar.

Há algo no jeito que Macy diz aquilo que chama a minha atenção, que me faz pensar na conotação de suas palavras. Espero ela dizer mais, mas em seguida ela arregala os olhos e começa a se engasgar com o café.

Antes que eu consiga virar para trás a fim de verificar o que a deixou tão desconcertada, alguém pergunta:

— Tem alguém nesta cadeira?

E percebo que nem preciso virar para trás. Porque eu reconheceria essa voz em qualquer lugar.

Jaxon Vega acabou de pedir para se sentar ao meu lado. Na frente de todo mundo.

É realmente um admirável mundo novo.

Capítulo 27

FAZ FRIO LÁ FORA, MAS O CLIMA NESTA
MESA ESTÁ FERVENDO

— Ah, sim. Claro. Claro que sim. — Quando eu viro para olhar para ele, as palavras saem desordenadas pela boca, contra a minha vontade, e parece que estou agindo (e me sentindo) como uma esnobe.

Jaxon inclina a cabeça e ergue uma sobrancelha.

— Então *tem* alguém aqui?

Esqueçam o que eu disse sobre agir como uma esnobe. Eu *sou* esnobe.

— Não! Digo, sim. Digo... — Paro de falar, respiro fundo e solto o ar devagar. — Não tem ninguém sentado aqui. Você pode se sentar, se quiser.

— Ah, eu *quero*. — Ele pega a cadeira e a vira para trás de modo que, quando se senta, está de frente para o encosto, com o cotovelo apoiado de maneira despreocupada sobre o espaldar.

É um jeito completamente ridículo de sentar, em particular em uma cadeira tão elegante mas também é supersensual. E isso sempre foi a minha criptonita, desde que Moisés de la Cruz fez isso em uma festa à beira da piscina quando estávamos no sétimo ano da escola.

Ah, que culpa tenho? Tem coisas que me tiram do sério.

Mas acho que não sou a única que tem suas fraquezas, porque Macy solta outro som engasgado quando olha para alguma coisa que está atrás de mim — e, desta vez, é ainda pior do que o ruído anterior. Desvio o olhar de Jaxon por tempo o bastante até ter certeza de que aquele gole de café não vai *matá-la*. Não é o caso, mas o fato de os outros membros da Ordem estarem se sentando com a gente talvez seja a explicação.

— Como está o seu tornozelo? — pergunta Jaxon, correndo o olhar sombrio por mim, e sei que isso é uma demonstração de preocupação, mas dá a impressão de ser quase uma carícia.

— Melhor. Obrigada por... ontem.

— Qual parte? — O sorriso torto voltou e desta vez, quando ele me contempla, a sensação de ser uma carícia é *bem* mais forte.

Mas o simples fato de eu estar intrigada não significa que vou fazer ou dizer tudo o que ele quer.

— O *waffle*, obviamente.

Um dos membros da Ordem solta uma risadinha quando ouve a minha resposta e em seguida olha rapidamente para Jaxon enquanto tenta disfarçar. Jaxon apenas revira os olhos e faz um leve aceno com a cabeça na direção dele. Com isso, o rapaz ri de novo, além de fazer os outros meninos relaxarem também.

— Obviamente. — Ele balança a cabeça e mira o outro lado. Mas seu sorriso não se desfaz. — Então você está planejando assistir às aulas hoje.

Não é uma pergunta, mas respondo assim mesmo.

— Sim. Já estava na hora.

Ele confirma com um aceno de cabeça, como se soubesse do que eu estou falando.

— Qual é a sua primeira aula?

— Não me lembro. — Tiro do bolso da jaqueta a grade de horários azul que o tio Finn me deu. — Parece que é literatura britânica com a professora Maclean.

— Eu estou nessa turma — diz um dos outros membros da ordem. É um rapaz negro com olhos amistosos e os cachos mais incríveis que eu já vi. — Você vai gostar. Ela é legal. Ah, meu nome é Mekhi e, se quiser, posso ir para sala com você para mostrar a você onde é.

Macy faz outro ruído engasgado e começo a achar que a morte dela é uma real possibilidade, ao mesmo tempo que Jaxon responde:

— Sim, é isso que vai acontecer.

Os outros rapazes riem, mas não entendo a piada. Assim, eu simplesmente sorrio e digo:

— Obrigada, Mekhi. Agradeço, se não se importar...

A minha resposta provoca ainda mais risadas.

Confusa, olho para Jaxon, mas ele está só balançando a cabeça negativamente para eles. Em seguida, ele se aproxima e diz:

— Eu a acompanho até a sua aula, Grace.

Ele está tão próximo que o seu hálito faz cócegas na minha orelha, disparando calafrios pela minha coluna arrepios que não têm nada a ver com o Alasca e tudo a ver com o fato de que eu quero esse cara. E, apesar de todos os avisos e do mau comportamento, tenho a impressão de que estou de fato me apaixonando por Jaxon Vega.

— Isso seria... — A minha voz vacila e preciso limpar a garganta duas ou três vezes antes de continuar. — Isso seria ótimo, também.

— *Seria* ótimo. — Há um toque de humor na voz dele, mas quando nossos olhos se cruzam, não vejo nenhum tom de brincadeira. Também não há aquele indício da frieza típico dele, tanto quanto os cabelos escuros e o corpo alto e esguio. Em vez disso, há um calor, uma intensidade, que faz minhas mãos tremerem e meus joelhos fraquejarem.

— Vamos agora? — A pergunta parece estar sendo arrancada da minha garganta seca.

Ele faz questão de olhar para a minha bandeja.

— É melhor você comer, agora.

— Você deveria comer também. — Eu pego o pacote prateado na minha bandeja e o estendo em direção a ele.

Ele olha para mim, depois para os salgados e de novo para mim.

— Não estou a fim de biscoitos agora.

Desta vez, escuto uma tossidela, mas não é de Macy que há pouco parecia estar engasgando. Ergo o rosto na tentativa de descobrir do que se trata. O único membro da Ordem que parece ser descendente dos povos indígenas do Alasca, um rapaz com a pele cor de bronze e cabelos longos e escuros presos num rabo de cavalo.

— Posso saber qual é o motivo da graça, Rafael? — pergunta Jaxon, com os olhos estreitados e a voz suave feito seda.

— Nenhum! — responde ele, mas olha para mim quando diz aquilo, com os olhos cheios de jovialidade e um toque de malandragem. — Acho que vou gostar de você, Grace.

— Logo hoje que as coisas estavam indo tão bem.

Ele sorri.

— Sim, definitivamente vou gostar de você.

— Não fique lisonjeada. Bom gosto não é o forte do Rafael — diz um dos outros, um cara de olhos azuis brilhantes e brincos dourados de argola.

— Como se fosse o seu, Liam — retruca Rafael. — A última garota que você namorou era uma barracuda.

— Tenho certeza de que isso é um insulto a todas as barracudas do mundo — diz outro dos amigos de Jaxon, com seu sotaque espanhol sexy que faz o "R" vibrar na língua a cada palavra.

— Luca sabe do que estou falando — diz Rafael.

— Porque o histórico de relacionamentos de Luca é tão impressionante assim? — infere Jaxon com a voz arrastada, entrando na conversa pela primeira vez.

A cutucada é tão inesperada — muito parecida com o que estou acostumada a ler nas suas mensagens de texto, mas não pessoalmente — que não consigo evitar olhar fixamente para ele. Por outro lado, quase tudo que aconteceu nesta manhã foi inesperado, especialmente a dinâmica entre os membros da Ordem. Toda vez que os vi, eles pareceram frios e inacessíveis. E bem insensíveis.

Mas, sentados aqui, uns com os outros — e sem ninguém além de Macy e de mim para testemunhar, já que Cam e seu grupo deram uma olhada em quem estava sentado com a gente e foram na direção oposta —, eles agem como qualquer outro grupo de amigos. Só que são mais engraçados. E muito, mas *muito* mais bonitos. Saber que ele tem amigos assim e que pode *ser* um amigo assim faz com que eu goste ainda mais de Jaxon.

Jaxon percebe que eu o estou observando e ergue uma sobrancelha questionadora para mim.

Eu apenas dou de ombros, como se aquilo não fosse nada demais e estendo a mão para pegar o meu copo. Em seguida, quase engasgo enquanto Jaxon me observa. Porque há um desejo ali, um desespero sombrio e devastador que faz minha respiração ficar presa no peito e uma onda de calor tomar conta de mim.

Ele prende o meu olhar por um segundo, dois. E não consigo desviar os olhos. Porque há algo tão bonito — e tão devastador — no vazio deles quanto no calor que emanam. Após certo tempo, no entanto, eu me forço a baixar os olhos. Principalmente porque, se eu não fizer isso, receio que vou acabar fazendo alguma coisa idiota, como me jogar em cima de Jaxon na frente da escola inteira.

Afastando os olhos dele, eu me forço a prestar atenção à conversa que está acontecendo ali por perto, bem a tempo de ouvir Luca dizer:

— Ei, como eu ia saber que Angie era um demônio sugador de almas?

— Hmmm... porque eu disse pra você que era? — responde Mekhi.

— Sim, mas achei que fosse só a sua opinião. Você nunca gostou dela.

— Porque ela era um demônio sugador de almas — repete Liam. — Que parte você não entendeu?

— O que eu posso dizer? — diz Luca, dando de ombros. — O coração quer aquilo que o coração quer.

— Até que aquilo que o coração quer tente matá-lo — provoca Rafael.

— Às vezes, até mesmo nesse caso. — As palavras soam baixas, ditas pelo rapaz de aparência assustada que está sentado à direita de Macy.

— É sério, Byron? — diz Mekhi, frustrado. — Por que você sempre tem que acabar com o clima da conversa?

— Eu estava só fazendo uma observação.

— Sim, uma observação deprimente. Você precisa ser mais positivo, cara.

Byron simplesmente olha para ele, com os lábios retorcidos em um pequeno sorriso que faz ele parecer a encarnação moderna do poeta que tinha seu nome.

Louco, mau e perigoso de se conhecer.

A famosa citação de Lady Caroline Lamb passa pela minha cabeça. Mas eu não estou concentrada nos cabelos negros e ondulados de Byron e nas covinhas em seu rosto quando penso naquelas palavras. Não. Na minha cabeça, aquilo é tudo sobre Jaxon, com o rosto marcado pela cicatriz, os olhos frios e o sorriso que beira a crueldade pelo menos metade do tempo.

Definitivamente mau. Definitivamente perigoso. Já no caso de louco... não sei ainda, mas alguma coisa me diz que vou descobrir.

Quando penso nele dessa maneira, fico imaginando que diabos estou fazendo, contemplando como me sinto. Afinal de contas, em San Diego, um cara sombrio e perigoso nunca foi o meu tipo. Por outro lado, talvez isso acontecesse porque nunca esbarrei com um de verdade quando estava na Califórnia. Já aqui no Alasca... bem, só estou dizendo que há um motivo pelo qual metade das garotas nesta escola se joga aos pés de Jaxon.

Além disso, há muito mais nele do que se vê na superfície. Não importa o quanto esteja irritado, ele sempre foi gentil comigo. Mesmo naquele primeiro dia, quando agiu como um babaca, ainda assim nenhuma das suas ações fez com que eu me sentisse desconfortável. E ele certamente nunca me machucou. Para todo mundo, ele pode ser tão perigoso quanto Macy me preveniu. Mas, para mim, ele parece mais um cara incompreendido do que malicioso, que está mais ferido do que parece ser maldoso.

Além disso, foi Byron que disse isso quando insinuou que o coração quer aquilo que quer. E não importa quantos avisos eu receba sobre Jaxon, tenho quase certeza de que é ele que o meu coração quer.

De repente, um som estridente interrompe *A bruxa do meio-dia* (se não estou enganada), de Dvořák, que está tocando nos alto-falantes da cantina. *O que é isso?*, me pergunto, analisando ao redor para ver se fomos subitamente invadidos por algum grupo estranho de guerrilheiros tocadores de triângulo.

— É o sinal — explica Macy. São as primeiras duas palavras que ela conseguiu dizer desde que a Ordem se reuniu ao nosso redor, e nós sete olhamos para ela, surpresos. E isso só faz com que ela abra um pequeno sorriso antes de enfiar metade de um biscoito na boca.

— Você ainda não comeu nada — diz Jaxon. E em seguida, pega um biscoito e o entrega para mim.

— Está falando sério? — Pego o doce, porque sei que ele vai ficar ali parado até eu aceitar. Mas ainda vou retrucar. Porque sou inteligente o bastante para saber que, se eu deixá-lo agir desse jeito com as pequenas coisas, ele vai fazer de tudo para passar por cima de mim como um rolo compressor em relação às outras coisas também. — Tenho certeza de que posso decidir por mim mesma se estou com fome ou não.

Ele dá de ombros.

— Uma garota precisa comer.

— Uma *garota* pode decidir isso sozinha. Em especial quando o rapaz sentado ao lado dela também não comeu nada.

Mekhi solta uma exclamação baixa.

— É isso aí, Grace. Não deixe que ele diga o que você tem que fazer.

Jaxon o encara com um olhar que me causa calafrios, mas Mekhi simplesmente revira os olhos… Percebo que é a primeira vez que ele se cala desde que sentou à mesa. Mas não o culpo por isso. Se Jaxon me olhasse daquele jeito, acho que fugiria para as colinas.

— Para qual sala você vai? — pergunta Jaxon quando estamos manobrando para sair da cantina que, de repente, está abarrotada. É mais fácil do que deveria, considerando a debandada rumo às portas que está acontecendo no momento. Mas, enquanto Jaxon está na dianteira, o mar de alunos faz mais do que simplesmente abrir caminho. Eles simplesmente saltam para longe.

Busco a minha grade de horários outra vez, mas antes que eu consiga tirá-la do bolso, Mekhi responde: "A246", e logo depois desaparece entre a multidão.

— Aparentemente, A246 — repito, num tom irônico.

— Aparentemente. — Ele vai um pouco à minha frente para abrir a porta. Enquanto a segura para mim, nenhuma outra pessoa passa por ela. Em vez disso, todos esperam pacientemente até eu atravessar, e eu tenho a ligeira sensação de que isso é mais do que mera popularidade, mais do que puro medo.

Deve ser assim que a realeza vive.

Parece absurdo pensar em algo tão bizarro, mas passo pela porta e sigo pelo corredor sem que qualquer outra pessoa — além de Jaxon — esteja a menos de um metro e meio de mim. E não me importo com o fato de estar num colégio interno de elite no Alasca ou numa escola pública superlotada em San Diego. Isso *não é* normal.

Também percebo que a mesma coisa aconteceu ontem antes da guerra de bolas de neve. Não importava o quanto o salão ficava abarrotado ou o quanto as pessoas se empurravam, ninguém chegava nem perto de Jaxon (ou de Macy e de mim), desde que ele estivesse conosco.

— E então, o que você fez para merecer tudo isso? — pergunto quando nos dirigimos para a escadaria.

— Para merecer o quê?

Eu o encaro e reviro os olhos, imaginando que ele esteja zoando com a minha cara. Mas a expressão de dúvida que ele devolve para mim demonstra que ele não está.

— Fala sério, Jaxon. Como não percebe o que está acontecendo aqui?

Ele olha ao redor, claramente confuso.

— O que está acontecendo?

Como não consigo decidir se ele está brincando comigo ou se realmente é tão obtuso, apenas balanço a cabeça e digo:

— Ah, deixa para lá. — Em seguida, vou em frente e finjo não perceber que todo mundo está olhando para mim, mesmo quando se apressam para sair do meu caminho.

Eu tinha feito planos, ainda em San Diego, de me misturar rapidamente com a multidão aqui na escola, não foi?

Pois o plano está oficialmente cancelado.

Capítulo 28

"SER OU NÃO SER" É UMA PERGUNTA, NÃO UMA CANTADA

Jaxon me leva diretamente até a porta da minha sala de aula — onde chegamos no que imagino ser um tempo recorde, considerando que não há mais ninguém na sala, nem mesmo a professora.

— Tem certeza de que estamos no lugar certo? — pergunto quando entramos.

— Tenho.

— Como você sabe? — Consulto o relógio na parede. A aula deve começar em menos de três minutos e ainda não há ninguém na sala. — Talvez eu devesse dar uma olhada se a aula foi...

— Eles estão esperando até que eu me sente ou saia da sala, Grace. Quando uma dessas coisas acontecer, eles vão entrar.

— Sentar ou... — Eu o encaro com os olhos arregalados. — Então você *estava* tirando sarro da minha cara quando estávamos no corredor. Você percebe como as pessoas o tratam?

— Não sou cego. E, mesmo se fosse, ainda assim seria difícil não perceber.

— Que loucura!

Ele concorda com um aceno de cabeça.

— É.

— Como assim? Se sabe o quanto isso é bizarro, por que não faz alguma coisa para dar um fim nisso?

— E o que posso fazer? — Ele me encara com aquele sorriso torto irritante do primeiro dia, aquele que me dá vontade de acertar um soco nele. Ou de beijá-lo. Só de pensar nisso o meu estômago começa a rodopiar e isso me faz dar um passo atrás.

Ele não gosta do aumento da distância, pelo modo como me olha. E pelos dois passos que ele dá em minha direção antes de prosseguir.

— Pedir a palavra no início do semestre e prometer a todo mundo que não vou devorá-los caso se aproximem? Tenho a impressão de que não acreditariam em mim.

— Pessoalmente, acho que estão mais preocupados em serem jogados na cadeia da escola do que em serem devorados...

O sorriso torto está de volta ao rosto dele.

— Você ficaria surpresa se soubesse.

— Bem, então você *deveria* prometer isso a eles. Seja legal. Sabe como é. Mostre a todo mundo que é inofensivo.

Eu me sinto ridícula bem antes que a sobrancelha esquerda dele se erga.

— É isso que você pensa? Que sou *inofensivo?*

Jaxon não parece ofendido, mas sim espantado. E não posso culpá-lo por isso. Porque nunca conheci alguém que fosse *menos* inofensivo em toda a minha vida. O simples fato de olhar para ele já transmite uma sensação de perigo. Estar perto dele me dá a sensação de estar andando em uma corda estendida a trinta metros do chão, sem rede de segurança. E querê-lo do jeito que eu quero... Querê-lo é como abrir uma veia só para ver o sangue escorrendo.

— Acho que você é tão perigoso quanto todo mundo diz. E também acho que...

— Ei, Jaxon. Essa aula precisa começar em algum momento — interrompe Mekhi, entrando na sala. — Você vai cair fora ou vai deixar todo mundo olhando enquanto tenta conquistar essa garota?

Jaxon vira rapidamente a cabeça com um olhar duro e encara Mekhi, que ergue os braços numa postura defensiva e recua um passo. E isso é antes que a voz de Jaxon baixe uma oitava inteira ao rosnar:

— Vou sair quando eu quiser.

— Acho que é melhor você ir agora — digo a ele, mesmo que esteja tão relutante em vê-lo ir embora quanto ele está para sair da sala. — A professora precisa começar a aula. Além disso, não foi você que me disse para manter a cabeça baixa e não atrair atenção para mim?

— Esse era o plano antigo.

— O plano antigo? — Eu olho para ele, confusa. — E quando foi que fizemos um plano novo?

Ele sorri para mim.

— Duas noites atrás. Eu disse que não ia ser fácil.

— Espere aí... — Sinto um peso no estômago. — Você está me dizendo que a cantina, o caminho até a sala... Tudo isso foi por causa de *Flint?*

O simples ato de lembrar daquilo faz com que eu me sinta horrível.

— Flint? Quem é Flint? — indaga ele, sem alterar o tom de voz.

— Jaxon...

— Foi tudo por sua causa.

Não tenho certeza se acredito nele, mas antes que possa perguntar mais alguma coisa, ele estende a mão e toca em um dos meus cachos do jeito de sempre. Esfrega os fios do cabelo entre os dedos por alguns segundos enquanto me observa com aqueles olhos tão profundos.

— Amo o cheiro do seu cabelo. — Em seguida, ele estica o cacho antes de soltá-lo, para que ele volte ao lugar como uma mola.

— Você precisa ir embora — digo a ele outra vez, embora as palavras sejam muito mais ofegantes desta vez.

Ele não parece ficar muito feliz, mas eu o encaro sem desviar o olhar.

Leva alguns segundos, mas, depois de determinado tempo, Jaxon faz um sinal positivo com a cabeça. Ele recua com um olhar contrariado e é somente quando Jaxon se afasta que percebo que meu coração está batendo feito o de um baterista de *heavy metal*.

— Me mande uma foto da sua grade de horários — pede ele, indo na direção da porta.

— Por quê?

— Para eu saber onde encontrá-la mais tarde. — O rosto dele se abre num sorriso e as borboletas que sempre sinto quando ele está por perto decolam no meu estômago.

— Tenho aula de física agora, então vou ficar no laboratório e não consigo voltar antes de começar a sua segunda aula. Mas eu a encontro depois. Se eu não puder, peço a um dos outros que a acompanhe até a sua sala.

Ah, é claro. Isso vai fazer com que eu me misture sem problemas, não é mesmo?

— Você não precisa fazer isso.

— Não é nenhum incômodo, Grace.

Suspiro.

— O que eu quero dizer é que não quero que você faça isso. Só quero ir para as minhas aulas como todo mundo. Sozinha.

— Entendo. Entendo mesmo — continua ele, quando o encaro com um olhar de descrença. — Mas eu estava falando sério quando disse que você não está segura por aqui. Deixe que eu cuide de você pelo menos por alguns dias. Até você sacar como as coisas funcionam por aqui.

— Jaxon...

— Por favor, Grace.

É o "por favor" que me faz ceder, considerando que tenho certeza de que Jaxon não é o tipo de cara que pede alguma coisa quando pode simplesmente exigir. E, embora eu ache tudo isso um exagero, ele parece de fato preocupado; e se isso servir para deixá-lo mais tranquilo, acho que posso lidar com essa situação por alguns dias.

Alguns poucos dias.

— Tudo bem — concordo, cedendo da maneira mais graciosa que consigo. — Mas só esta semana, está bem? Depois disso, eu sigo sozinha.

— Que tal se renegociarmos no fim desta semana e...

— Jaxon!

— Está bem! — Ele ergue as mãos. — Você é quem manda, Grace.

— Ah, sim. Isso é um monte de... — Paro de falar porque ele sumiu de novo. Porque é claro que ele sumiu. Porque essa é a história das nossas vidas. Ele desaparece e eu fico a ver navios.

Um dia desses, ainda viro o jogo.

Mas ele tem razão. Assim que Jaxon vai embora, a sala se enche de alunos. Tento ficar de lado, esperando para ver onde há uma cadeira vazia, mas Mekhi indica a carteira ao lado da sua com um meneio de cabeça.

Eu vou até lá, mesmo sem saber se alguém na sala costuma se sentar ali, porque é legal ter alguém com quem eu possa conversar nesta aula. Especialmente porque ele está sorrindo para mim enquanto todo mundo continua a me olhar com cara feia.

A professora, a srª Maclean, entra depois que todo mundo já está sentado. Ela usa um *caftan* roxo longo, típico do Oriente Médio, com os cabelos revoltos presos no alto da cabeça em um coque feito às pressas que parece que vai se desmanchar a qualquer momento. Não é uma mulher jovem, mas também não é velha; talvez tenha uns quarenta e poucos anos. E está com um enorme sorriso no rosto quando pede que todo mundo abra seus exemplares de *Hamlet* no Ato II.

Metade da sala tem o livro físico e a outra metade está com seus *notebooks* ligados, então pego o meu celular e começo a procurar por um arquivo que esteja em domínio público, já que deixei o meu exemplar na Califórnia. Mas eu mal termino de digitar *Hamlet* na barra de buscas e a srª Maclean coloca na minha mesa um exemplar com as orelhas das páginas dobradas.

— Olá, Grace — murmura ela em voz baixa. — Você pode usar um dos meus até encontrar seu próprio livro na internet. E, como parece ser mais tímida, apesar da sua associação com o aluno mais notório de Katmere, não vou pedir que se levante para apresentá-la à sala. Mas saiba que você é bem-vinda aqui, e, se precisar de alguma coisa, pode vir até o meu escritório. Os horários estão ao lado da porta.

— Obrigada. — Baixo a cabeça quando sinto o meu rosto ficar quente. — Agradeço mesmo.

— Não se preocupe. — Ela aperta o meu ombro de maneira reconfortante enquanto volta para a frente da sala. — Estamos empolgados por contar com você aqui.

Mekhi chega mais perto quando eu pego o livro e diz:

— Ato dois, cena dois.

Obrigada; eu formo a palavra com os lábios bem quando a sra. Maclean bate palmas.

Em seguida, num estilo bem canastrão, ela abre os braços e faz uma declamação perfeita dos pentâmeros iâmbicos:

É certo que ouvistes algo
sobre a transformação de Hamlet; assim a chamo,
que o exterior dele e o seu íntimo
não mais são agora os mesmos.

Passamos o resto da aula discutindo a mudança de Hamlet, de um príncipe perfeito para um camarada totalmente deprimente. Com a sr^a Maclean fazendo seu dramalhão diante da sala e Mekhi sussurrando comentários irônicos a cada dois minutos, a coisa toda fica mais divertida. Mekhi parece ser um daqueles caras que intimidam, mas é muito mais tranquilo do que Jaxon — e também é muito engraçado. É agradável estar com ele e eu percebo que gosto da aula bem mais do que esperava, especialmente considerando que eu já li a peça uma vez este ano.

Na verdade, gosto tanto da aula que fico um pouco decepcionada quando o sinal toca, até lembrar que a minha próxima aula é a de artes. É a minha matéria preferida desde o jardim de infância e estou animada para saber como as coisas vão ser aqui. Mas isso significa ir até o estúdio de artes, que por sua vez significa passar no meu quarto, onde posso vestir pelo menos mais duas camadas de roupa para me proteger do frio.

A caminhada até o estúdio leva somente dez minutos, então eu não preciso colocar todas as roupas que usei das duas últimas vezes que saí do castelo. Mas preciso de um blusão grosso e um sobretudo, somados a um par de luvas e uma touca — se não quiser perder alguns dedos do pé para o frio. E eu definitivamente não quero.

Só espero que dê tempo de chegar até o meu quarto e de lá até o estúdio de artes antes que ao sinal da próxima aula toque. Em todo caso, acelero um pouco o passo na esperança de chegar à escadaria principal antes das massas.

— Ei! Que pressa é essa, novata?

Olho para Flint com um sorriso quando ele chega junto à minha esquerda.

— Eu tenho um nome, sabia?

— Ah, é verdade. — Ele finge que está pensando. — Qual é mesmo?

— *Aff*, larga do meu pé! Às vezes dá vontade de ser engolida pela terra aqui.

— Esse é um nome interessante e, quanto a esse papo de engolir, é melhor evitar dizer essas coisas por aqui.

— E por que você diz isso, hein? — Ergo uma sobrancelha enquanto avançamos pelos corredores. À diferença do que aconteceu antes, com Jaxon, toda aquela situação em que as pessoas *abriam caminho nos corredores* não está acontecendo. Inclusive, atravessar a escola com Flint é parecido com um velho jogo de videogame que meu pai gostava, em que é preciso levar uma rã de um lado da rua a outro antes que um dos oito milhões de carros que estão cruzando a estrada a esmague no asfalto.

Em outras palavras, é um corredor típico de uma escola de ensino médio. Consigo sentir que relaxo um pouco mais a cada vez que evito trombar com alguém.

— Você vai mesmo fingir que não sabe?

— Que não sei o quê?

Flint me observa e em seguida balança a cabeça quando eu o encaro, com as sobrancelhas erguidas numa expressão que não pode ser outra além de "o que você tem na cabeça?".

— Ah, deixa para lá.

Algo na fala dele me causa uma sensação incômoda. É a mesma coisa que eu senti ontem, quando vi Jaxon e Lia fora da escola e sem casaco.

A mesma coisa que senti quando Flint caiu daquela árvore e saiu andando com apenas alguns hematomas.

A mesma coisa que senti quando Lia estava entoando um cântico naquela língua estranha na biblioteca, mesmo que não fizesse ideia do que eu estava falando quando mencionei várias das línguas indígenas do Alasca.

— Eu não sou boba, sabia? Sei que tem alguma coisa muito estranha aqui, mesmo sem noção exata do que é.

É a primeira vez que reconheço as minhas suspeitas, até para mim mesma, e é ótimo poder dar voz a tudo isso em vez de deixar que os pensamentos fiquem borbulhando sob a superfície.

— Ah, sabe? — De repente, Flint está bem diante do meu rosto, com todo aquele corpanzil a poucos centímetros do meu. — Sabe mesmo?

Não recuo, apesar da aflição súbita na voz dele.

— Sei, sim. Vai me dizer o que é?

Leva um minuto, mas, quando ele volta a falar, o desespero desapareceu da sua voz. Assim como todo o restante, exceto o toque arrastado e brincalhão que é parte dele tanto quanto os olhos cor de âmbar e os músculos. É como se o aviso nunca tivesse acontecido, mesmo antes que ele diga:

— E qual vai ser a graça se eu te contar?

— Você tem uma definição bem esquisita do que significa se divertir.

— Ah, você não faz a menor ideia. E então, o que está aprontando? — pergunta ele, agitando as sobrancelhas.

Eu o encaro.

— Você consegue terminar alguma conversa sem começar outra?

— Nunca. Faz parte do meu show.

— Ah, sim. Continue dizendo isso, quem sabe as pessoas começam a acreditar?

— Deixe comigo. — Ele me acompanha por mais alguns metros, saltitando alegremente ao som de uma música que está apenas em sua cabeça. — Aonde você vai? As salas de aula ficam para o outro lado.

— Tenho que ir até o meu quarto pegar umas roupas mais quentes. Minha próxima aula é a de artes e vou congelar se tiver que andar na neve vestida deste jeito.

— Espere aí — diz ele, parando de andar. — Ninguém te falou sobre os túneis?

— Que túneis? Está me zoando de novo? — Eu o encaro, desconfiada.

— Não, juro que não. Há uma galeria enorme de túneis que passam por baixo da escola e vão até os prédios externos.

— Está falando sério? Nós estamos no Alasca. Como foi que conseguiram cavar túneis no chão congelado?

— Não sei. Como se escava o chão congelado? Além disso, o verão também chega aqui. — Ele me encara com a expressão mais sincera do seu repertório, típica de um escoteiro. — É sério. Os túneis existem. Não acredito que o onipotente Jaxon Vega se esqueceu de contar isso a você.

— Está falando sério? Jura que vai começar a falar de Jaxon justo agora?

— É claro que não. Mas não esqueça que fui eu quem te falou sobre os túneis e impediu que as partes importantes da sua anatomia congelassem. Ele podia ter te contado e te poupado de enfrentar esse inverno muito, muito cruel.

— Estamos no outono — rebato revirando os olhos. — É sério que a conversa vai ser sempre assim, toda vez que falarmos sobre Jaxon?

Ele ergue as mãos, fingindo inocência.

— Por mim, a gente *nunca* precisaria tocar no nome dele.

— É engraçado ouvir isso de alguém que vive falando nele.

— É porque estou preocupado com você. Juro. — Ele leva a mão ao peito, sobre o coração. — Jaxon é um cara complicado, Grace. Seria melhor ficar longe dele.

— Sabe o que eu acho engraçado? Ele diz exatamente a mesma coisa sobre você.

— Ah, sim. E quem disse que deve dar ouvidos a ele? — Flint faz uma cara de nojo.

— E quem disse que devo ouvir você? Percebe o meu dilema? — digo, com uma expressão de quem não está muito satisfeita com a situação.

— Ahhh, veja, até que a novata tem garras. Estou gostando de ver.

Reviro os olhos.

— Você é esquisito. Aposto que sabe disso, hein?

— Se eu sei? Nasci assim, *baby*.

Não consigo evitar uma risada quando ele faz uma careta ridícula para mim, envesgando os olhos e mostrando a língua.

— E então, vai me mostrar esses túneis ainda este ano ou vou ter que fazer a minha imitação de Abominável Mulher das Neves?

— Ah, os túneis. Estou indo para lá, inclusive. Vamos.

Ele pega na minha mão e faz uma curva abrupta para a esquerda, puxando-me por um corredor estreito que eu acho que nem chegaria a notar se ele não tivesse me arrastado para lá.

O corredor é longo, serpenteante e vai descendo num declive tão suave que levo um minuto para perceber que é de fato uma descida. Flint segura na minha mão com força enquanto passamos por dois ou três alunos vindos da direção contrária.

O corredor é tão estreito que nós quatro precisamos apoiar as costas na parede para não trombarmos uns nos outros à medida que passamos.

— Falta muito para chegar? — pergunto quando voltamos a caminhar normalmente. Ou, pelo menos, tão normalmente quanto possível, conforme o teto começa a ficar mais baixo também. Se as coisas continuarem do jeito que estão, logo vamos ter que engatinhar pelos túneis como faziam as pessoas que entraram nas pirâmides.

— Mais um minuto até a entrada do túnel e depois mais uns cinco até o estúdio de artes.

— Ah, legal. — Pego o meu celular para verificar quanto tempo falta até a aula começar (sete minutos) e vejo que Jaxon me mandou duas mensagens de texto. A primeira é só uma linha cheia de pontos de interrogação, que eu presumo ser um lembrete sobre a grade de horários. E a segunda é o começo de uma piada:

Jaxon: O que o pirata disse quando fez 80 anos?

Ah, Jesus amado. Criei um monstro. E estou adorando.

Respondo com um emoji dando risada, junto a uma linha cheia de pontos de interrogação. Mando também uma cópia da minha grade de horários — não porque ele pediu, mas porque quero ver se ele vai cumprir o que prometeu e vir me encontrar de novo. Quando vejo o sinal de que as mensagens foram entregues, guardo de novo o celular no bolso e tento me convencer de que tanto faz se ele aparecer ou não. Mas trata-se de uma mentira e sei bem disso.

A luz vai ficando cada vez mais fraca conforme avançamos pelo corredor, e se eu estivesse aqui com qualquer pessoa que não fosse Flint (ou Jaxon, ou Macy), já estaria ficando nervosa. Não porque acho que há alguma coisa errada, necessariamente, mas porque não consigo parar de me perguntar: se a passarela de acesso já é assustadora desse jeito, como serão os túneis em si?

— Bem, agora é a hora da verdade — anuncia Flint por fim quando chegamos a uma velha porta de madeira. Ela é protegida por um teclado eletrônico que faz as minhas sobrancelhas se erguerem até o topo da testa. Nunca vi nada em minha vida que parecesse tão deslocado quanto aquele teclado no meio de um corredor embolorado e empoeirado, com uma porta que parece ter pelo menos cem anos.

Ele tecla um código de cinco dígitos com tanta rapidez que eu não consigo identificar nenhum dos números além dos três primeiros. Leva um segundo, mas uma luz verde se acende sobre a porta ao mesmo tempo que a fechadura abre.

Flint me olha por cima do ombro enquanto se prepara para abrir a porta.

— Preparada?

— É claro. — Outra olhada rápida no meu celular diz que é melhor acelerarmos o passo, ou vamos nos atrasar.

Flint segura a porta para eu passar e dou um sorriso para agradecer. Mas, assim que passo pelo batente, uma voz no fundo da minha cabeça começa a berrar, dizendo para não ir em frente.

Dizendo para eu correr.

Dizendo que devo dar meia-volta e sair correndo desses túneis e jamais olhar para trás.

Mas Flint está esperando que eu vá em frente. Além disso, se eu ficar aqui parada, vou me atrasar muito para a aula de artes. E, definitivamente, não é a primeira impressão que quero causar no professor da minha matéria favorita.

Além disso, estou com Flint. O cara que pulou do alto de uma árvore e recebeu a maior parte do impacto de uma queda muito feia só para me salvar. É ridículo pensar que tenho que fugir logo *dele*, independentemente do que Jaxon diga.

E é por isso que devolvo para o seu devido lugar todos os pressentimentos novos e bizarros que surgem de repente. E passo pela porta.

Capítulo 29

COM AMIGOS COMO ESSES, TODO MUNDO
PRECISA USAR CAPACETE DE OBRA

Flint passa logo depois de mim e fecha a porta atrás de nós com um sólido *bam*.

A sala é mal iluminada, ainda mais escura do que a passagem que traz até aqui. Demora um minuto para a minha visão se adaptar.

— Que lugar é este? — pergunto quando consigo enxergar direito. — Não parece um túnel.

Parece mais com uma prisão. Ou, pelo menos, a antessala de uma prisão. Há várias celas na parede diante de mim, cada uma delas equipadas com uma cama e, mais importante ainda, dois conjuntos de grilhões. Castelo ou não, Alasca ou não, não estou gostando nem um pouco do que estou vendo. Não mesmo.

— Acho que é melhor a gente voltar — sugiro a ele, puxando a maçaneta da porta, mas sem resultado. — Como abro esta porta?

Não há nenhum teclado deste lado, nada à vista que seja capaz de nos tirar daqui.

— Você tem que abrir a porta pelo outro lado — explica Flint, com uma expressão de quem está se divertindo. — Não se preocupe. A gente vai passar por aqui em um segundo.

— Achei que íamos para os túneis. Tenho que assistir à aula de artes, Flint.

— *Este* é o caminho para os túneis. Relaxe, Grace.

— Que túneis? Isto aqui é uma masmorra! — Uma sensação alarmante percorre meu corpo neste momento; meu cérebro me avisa que não conheço este cara tão bem. Que qualquer coisa pode acontecer aqui embaixo. Que... Respiro fundo, em busca de conter o pânico que tenta me consumir e me rasgar em duas.

— Confie em mim. — Ele coloca a mão na altura da minha cintura e começa a me guiar para a frente. Não quero ir, mas, a esta altura, não é como se eu tivesse uma dúzia de alternativas à disposição. Posso esmurrar a porta, esperando que alguém me ouça, ou posso confiar que Flint vai fazer o que está dizendo e me levar até o túnel onde preciso ir. Considerando que ele sempre foi gentil comigo desde que cheguei aqui, deixo que ele me conduza adiante e em silêncio rezo para que eu não esteja cometendo um erro.

Nós vamos até o outro lado daquele salão, passando por quatro celas diferentes, e não dou vazão a uma única palavra. Mas, quando Flint para diante da quinta cela e tenta fazer com que eu entre, minha confiança e paciência chegam abruptamente ao fim.

— O que está fazendo? — pergunto. Ou grito, dependendo do ponto de vista. — Não vou entrar aí.

Ele olha para mim como se eu estivesse agindo de um jeito totalmente irracional.

— É onde fica a entrada dos túneis.

— Não estou vendo entrada nenhuma — retruco. — Tudo que vejo são barras. E grilhões.

— Não é o que parece, eu juro. São túneis secretos. Quando o castelo foi construído, cem anos atrás, eles fizeram um ótimo trabalho para esconder a entrada.

— Um trabalho bom demais, na minha opinião. Quero voltar lá para cima, Flint. Vou inventar alguma desculpa para ter chegado atrasada na aula de artes, mas...

— Está tudo bem. — Pela primeira vez, ele parece estar preocupado de verdade. — Nós usamos esses túneis o tempo todo. Eu prometo que não vou deixar nada acontecer com você.

— Sim, mas... — Paro de falar quando a porta do outro lado da sala se abre. E Lia passa por ela.

— Ei, segure a porta! — digo a ela, afastando-me das mãos de Flint e correndo loucamente até a única saída óbvia dessa sala infernal.

Mas ela obviamente não me escuta. A porta bate e se fecha depois que ela passa. Droga.

— Grace! — Ela parece surpresa ao me ver, enquanto tira os fones das orelhas. — O que está fazendo aqui?

— Eu ia levá-la para os túneis. — Flint me olha com uma expressão exasperada quando se aproxima. — Ela tem aula de artes.

— Ah, é mesmo? Com Kaufman? — Lia parece interessada.

— Isso.

— Legal. Eu também tenho. — Ela encara Flint com uma expressão tranquila. — Pode deixar que eu a levo.

— Não precisa — responde ele. — Estou indo para aquele lado, também.

— Não se incomode com isso.

— Não é nenhum incômodo. Certo, Grace? — Ele sorri para mim, mas, desta vez, parece mostrar exageradamente os dentes.

Mesmo assim, quem pode culpá-lo? Ele estava tentando me ajudar e eu entrei em pânico sem motivo.

— Se você tem certeza...

— Ah, certeza absoluta. Eu adoraria acompanhar as duas damas até a sua sala de aula — diz ele, enlaçando o braço no meu.

— Sorte a nossa. — O sorriso de Lia é doce como sacarina quando ela enlaça o meu outro braço e começa a nos conduzir de volta para o fundo da sala. Enquanto andamos, com os dois me levando, não consigo evitar a sensação de que sou como uma bola de pingue-pongue presa entre eles.

Lia não me solta até chegarmos à última cela. Ela marcha para dentro do cômodo e segura em um dos grilhões para os braços, exatamente como Flint estava prestes a fazer quando entrei em pânico. Ela puxa o grilhão com força.

A parte de pedras onde os grilhões estão presos se abre. Ela nos encara com as sobrancelhas erguidas.

— Está pronta?

Flint olha para mim e inclina a cabeça com um olhar questionador.

Sinto que estou ficando vermelha de novo, mas desta vez é de vergonha.

— Desculpe. Entrei em pânico quando não devia.

Ele dá de ombros.

— Sem problemas. Acho que venho tantas vezes aqui embaixo que esqueço o quanto este lugar é assustador.

— Assustador *demais* — digo a ele quando entramos na cela. — E quando você pegou aquele grilhão...

Ele ri.

— Não achou que eu ia acorrentar você aqui embaixo, não é?

— É claro que ela achou — diz Lia quando passamos pela porta secreta, fechando-a depois que passamos. — Eu também não confiaria em você. Você parece ser exatamente o tipo de tarado com quem ela nunca deveria ficar a sós.

— E que tipo de tarado é esse, exatamente? — pergunta ele, olhando para nós duas.

De repente, eu me lembro do que Macy disse sobre Jaxon quando estava tentando me avisar para ficar longe dele, e não consigo resistir, então, faço uma piada.

— Você sabe. O tipo que prende uma garota até ela morrer de fome, para depois fazer um vestido com a pele dela.

Os dois me encaram como se eu tivesse enlouquecido. Lia parece chocada, ao mesmo tempo que se diverte com a situação, mas Flint... Flint parece estar mais ofendido do que *qualquer* pessoa que já vi. Sei que o momento é completamente inapropriado, mas não consigo segurar a risada. Porque, convenhamos quem nunca viu esse filme? Ou pelo menos ouviu falar dele?

— Como é? — diz ele depois de um segundo, com mais gelo na voz do que em toda a área externa da escola.

— *O silêncio dos inocentes*? É isso que o assassino em série que Jodie Foster está tentando prender faz com suas vítimas. É por isso que ela precisa de Hannibal Lecter.

— Nunca vi esse filme.

— Ah. Bem, ele sequestra mulheres e...

— Sim, já entendi. — Ele solta o meu braço pela primeira vez desde que Lia apareceu. — Só para constar: não curto muito roupas feitas de pele.

— É óbvio que não. Foi por isso que fiz a piada. — Quando percebo que ele não responde, encosto o meu ombro no dele. — Ah, relaxa, Flint. Não fique bravo. Eu estava só zoando você.

— Não gaste saliva à toa — diz Lia enquanto prosseguimos pelos túneis. — Ele é mesmo um drag...

— Ah, não enche o saco — rosna Flint.

Ela encara Flint com um olhar de escárnio.

— Claro, só porque você quer.

— Bem que você poderia tentar. — Ele retribui o olhar, com juros.

Uau, as coisas evoluíram bem rápido.

— A gente não quer ir para a aula? — pergunto, determinada a interromper o que está acontecendo antes que as coisas piorem. — O sinal vai tocar em um minuto.

— Não se preocupe com isso — tranquiliza Lia. — Kaufman sabe que nem sempre é fácil chegar à sala dela, então ela não liga para pequenos atrasos.

Mesmo assim, ela começa a andar mais rápido, depois de olhar para Flint com uma expressão que fica entre um rosnado e um sorriso zombeteiro.

Eu a sigo, deixando Flint na retaguarda, imaginando que vai ser melhor se eu estiver no meio para evitar que os dois decidam resolver suas diferenças ali mesmo. Pela primeira vez desde a noite passada, quando Macy explicou que eu não poderia ser amiga de Jaxon e de Flint ao mesmo tempo, eu começo a acreditar nela. Lia, obviamente, está no time de Jaxon, apesar do que vi acontecer entre os dois no outro dia. Basta ver no que essa pequena excursão se transformou.

Estamos andando depressa pelos túneis agora, então não consigo examiná-los do jeito que gostaria. Mesmo assim, as luzes nos recessos, por mais que sejam fracas, servem pelo menos para mostrar por onde estou andando. E preciso admitir que, apesar de a entrada ser aterrorizante, o restante desse lugar é *incrível*.

As paredes são feitas inteiramente de pedras de cores diferentes — pretas e brancas em sua maioria, mas há algumas coloridas também. Elas refletem tons de vermelho, azul e verde mesmo sob a pouca luz, e não consigo evitar o impulso de tocar em uma das maiores, só para saber qual é a sensação. Fria, obviamente, mas também lisa e polida como uma pedra preciosa. Por um segundo, fico me perguntando se são isso mesmo. Mas logo afasto aquela ideia ridícula. Afinal, que escola (mesmo uma escola de gente rica como a Academia Katmere) tem dinheiro para incrustar pedras preciosas nas paredes?

O piso é feito de tijolos brancos, assim como várias das colunas pelas quais passamos no trajeto. Mas o que realmente atrai a minha atenção é a arte exposta aqui embaixo — esculturas que parecem ter sido feitas de ossos, incrustadas nas paredes, ou até mesmo repousando em pedestais colocados em várias alcovas ao longo do caminho.

É uma homenagem óbvia às catacumbas de Paris, onde sete milhões de esqueletos foram colocados para repousar — ou usados para criar decorações macabras em toda a sua extensão. E é inevitável conjecturar se as aulas de artes da escola acrescentaram as esculturas de "ossos" aqui embaixo. E também quero saber qual material foi usado para criar os ossos.

Mas terei de esperar se quiser descobrir a resposta, especialmente se eu quiser chegar à aula de artes antes de ela começar.

Conforme seguimos o túnel, chegamos a uma sala redonda que faz meus olhos praticamente saltarem das órbitas. Fica bem claro que é uma sala central, porque outros onze túneis desembocam nela também. Mas não é isso que me faz arregalar os olhos, mesmo que eu não faça ideia de por qual dos outros túneis devemos seguir.

Não, o que me deixa boquiaberta é o candelabro gigante que está pendurado no centro da sala, com velas cujos pavios estão apagados no fim de cada um dos braços. Mas não é o tamanho do candelabro ou o fato de haver velas de verdade nele que atrai a minha atenção (afinal de contas, este lugar não precisa de algum alvará dos bombeiros?). É o fato de que o candelabro, assim como todas as outras decorações deste lugar, parece feito inteiramente de ossos humanos.

Sei que é só arte e que os ossos são feitos de plástico ou algo parecido, mas parecem bem realistas pendurados no candelabro — tanto que sinto um calafrio percorrer a minha coluna. Isso é mais do que uma homenagem às catacumbas. É como se alguém tivesse tentado recriá-las.

— Por que você parou? — pergunta Flint, seguindo o meu olhar.

— Isso é bizarro. Você sabe, não é?

Ele sorri.

— É um pouco, sim. Mas também é legal, não é?

— Demais. — Dou mais alguns passos para poder admirar melhor. — Fico imaginando quanto tempo levou para terminar. Provavelmente foi um projeto artístico de uma turma inteira, certo? Não foi o trabalho de um aluno só.

— Projeto artístico? — Flint parece confuso.

— Não sabemos — intervém Lia. — Foi feito muitos anos antes de chegarmos aqui. Anos antes que o seu tio ou qualquer outro dos professores chegasse aqui, também. Mas... sim, deve ter sido o projeto de uma turma inteira. Duvido que um único artista possa ter feito tudo isso em um semestre, ou mesmo em um ano.

— É incrível. Bem elaborado e realista. Você sabe do que estou falando.

Ela confirma com um aceno de cabeça.

— Aham.

Há mais ossos sobre a entrada de cada um dos túneis, junto a placas com inscrições em uma língua que não reconheço. Uma das línguas do Alasca, tenho certeza, mas quero saber qual delas. Assim, pego o meu celular e tiro uma foto da placa mais próxima para poder pesquisar no Google mais tarde, junto aos nomes dos outros prédios.

— Precisamos ir — lembra Flint quando faço menção de tirar uma segunda foto. — A aula vai começar.

— Ah, é mesmo. Desculpe. — Olho ao redor e guardo o celular de volta no bolso. — Qual dos túneis nós vamos pegar?

— O terceiro à esquerda — diz Lia.

Nós seguimos para lá, mas, quando estamos prestes a alcançá-lo, um pequeno tremor sacode a sala. No começo acho que é só a minha imaginação, porém quando os ossos do candelabro começam a tilintar com o som mais assustador possível, percebo que não existe nada de imaginário naquilo.

Estamos no meio de um túnel velho e bolorento que já está caindo aos pedaços quando... a terra começa a tremer de verdade.

Capítulo 30

VOCÊ FAZ A TERRA TREMER SOB MEUS PÉS... E EM TODOS OS OUTROS LUGARES TAMBÉM

Os olhos de Lia se arregalam quando o candelabro balança sobre a nossa cabeça.

— Precisamos sair desta sala.

— Precisamos é sair destes túneis! — digo. — Você acha que eles vão resistir?

— Eles não vão desabar — garante Lia, já se apressando na direção do túnel que leva ao estúdio de artes.

Não que eu a culpe por isso. Flint e eu também estamos andando a passos rápidos.

Não é um terremoto dos grandes. Pelo menos, não do tipo pelo qual o Alasca é famoso. Mas não é como os pequenos tremores que senti desde que vim para cá, também. Com base nas experiências que tive em San Diego, este deve alcançar tranquilamente o nível sete da escala Richter.

Lia e Flint devem perceber isso ao mesmo tempo que eu, porque, quando chegamos ao novo túnel, nossa caminhada a passos rápidos se transforma em uma corrida.

— Falta muito para chegar à saída? — pergunto. Meu celular está fritando no meu bolso, vibrando com uma série de mensagens de texto que chegam velozes e furiosas. Eu as ignoro enquanto o chão continua a tremer.

— Mais uns duzentos metros — diz Flint.

— Vamos conseguir?

— Pode ter certeza. Nós... — Ele para de falar quando um som estrondoso brota do chão, sucedido por uma mudança violenta que converte a vibração do terremoto num tremor de verdade.

Sinto que minhas pernas se transformam em gelatina e começo a tropeçar. Flint agarra meu braço acima do cotovelo para que eu possa me equilibrar e, em seguida, usa a sua força para me levar pelo túnel tão depressa que nem tenho certeza se meus pés continuam tocando o chão. Diferentemente do que aconteceu na escada há alguns dias, desta vez não estou reclamando.

Lia está mais adiante, correndo ainda mais rápido, embora eu não saiba como isso pode ser possível, considerando a velocidade com que Flint e eu estamos avançando.

Finalmente, o piso começa a se inclinar para cima e sinto uma onda de alívio tomar conta de mim. Estamos quase lá, quase saindo deste lugar, e até agora os túneis aguentaram os tremores. Mais vinte segundos e uma porta surge à nossa frente. Diferente daquela por onde entramos, ela está coberta por desenhos de dragões, lobos, bruxas e a imagem do que tenho quase certeza de ser um vampiro fazendo *snowboarding*.

A arte parece uma grafitagem, usando todas as cores imagináveis. E é totalmente radical. Qualquer dia desses — quando a terra não estiver literalmente tremendo sob os meus pés —, vou parar e admirar essa obra de arte. Por enquanto, espero Lia digitar o código 59678 (que observo com cuidado desta vez). Nós três saímos pela porta e chegamos ao que é claramente um depósito imenso de suprimentos artísticos.

O terremoto para assim que a porta se fecha depois de a atravessarmos. Solto um suspiro de alívio quando Flint larga o meu braço; em seguida me curvo e tento recuperar o fôlego. Talvez ele tenha feito a maior parte do esforço para nos trazer até aqui, mas andei o mais depressa que consegui.

Vários segundos se passam antes que eu consiga respirar sem a sensação de que os pulmões vão explodir. Quando consigo, volto a me endireitar e percebo algumas coisas, todas ao mesmo tempo. Uma delas é que este depósito tem uma bela quantidade de materiais. A segunda é que a porta para a sala de artes está escancarada. E a terceira é que Jaxon está sob o vão da porta, totalmente inexpressivo.

Sinto uma fisgada aguda no estômago ao primeiro vislumbre dos punhos fechados e da fúria insana que arde nas profundezas dos olhos dele — não porque eu esteja com medo, mas porque é óbvio que ele estava.

Durante alguns longos segundos, ninguém diz ou faz nada — com exceção de Lia, que olha para Jaxon e depois para mim com uma expressão matreira. Em seguida ela diz:

— Não se preocupe, Jaxon, querido; *eu* estou bem. — Ela o acaricia na bochecha desprovida de cicatriz enquanto passa por ele, entra na sala de artes e fecha a porta atrás de si.

Ele nem dá atenção a Lia. Seus olhos, opacos e negros, estão pregados em Flint, que revira os próprios olhos quando diz:

— As duas estão bem. Não precisa agradecer.

Por vários segundos, Jaxon não responde. Fica totalmente calado. Pelo que percebo, eu *achava* que Jaxon estava irritado, mas, depois desse comentário de Flint, parece que ele está à beira de um aneurisma. Ou de cometer um assassinato em massa.

— Cai fora — ordena ele por entre os dentes.

— Não estava planejando ficar. — Mesmo assim, Flint não se move. Em vez disso, ele fica na minha frente, encarando Jaxon.

E é isso. Só isso.

— Saia da frente — mando e, como Flint não sai, abro caminho por conta própria.

Por um segundo, parece que ele vai me segurar, mas um rosnado baixo de Jaxon o faz recuar. — O que só me irrita ainda mais. Entendo que ele tenha temido pela minha segurança, mas isso não lhe dá o direito de agir como um psicopata.

— Você está bem mesmo? — pergunta Jaxon quando eu dou um passo à frente.

— Estou ótima. — Tento afastá-lo também, mas, à diferença de Flint, Jaxon não se move. Ele apenas fica ali, bloqueando a minha passagem, com os olhos sombrios e ainda cheios de fúria... e de algo que não consigo identificar quando ele me encara. Seja o que for, é algo que me faz sentir como se estivesse borbulhando por dentro, feito um refrigerante que foi agitado demais. Ou seria assim, se eu permitisse. Neste exato momento, estou concentrada demais na raiva para me distrair com o restante.

— Avisei para que ficasse longe de Flint e você decide andar pelos *túneis* com ele? — pergunta Jaxon.

É a coisa errada para me dizer neste momento, quando a adrenalina ainda está circulando pelas minhas veias depois do terremoto. E depois daquela corrida. E da sensação de terror. Mas só porque eu estava quase enlouquecendo de tanto medo há alguns minutos não significa que eu tenha de aguentar as cobranças de Jaxon. Não vou mais tolerar essas tentativas de me dizer o que devo fazer ou não.

— Não vou falar sobre isso com você agora — respondo. — Estou atrasada para uma aula e a última coisa para a qual tenho tempo agora é essa disputa bizarra entre vocês dois. — Incluo Flint na minha raiva.

— Não existe disputa nenhuma, Grace. — Jaxon estende a mão para mim, mas recolho o braço antes de ele me tocar.

— Chame do que quiser. É uma chatice, é irritante e já estou de saco cheio. Por isso, saia da minha frente e me deixe ir para a aula antes que eu esqueça que sou uma pacifista e acerte um soco na sua cara.

Não sei qual das palavras o deixa mais chocado: "soco" ou "pacifista". Antes que um de nós dois decida, Flint entra no meio da conversa e diz:

— É isso aí, Grace. Fale para esse idiota sair da frente.

Desta vez, o rosnado de Jaxon é de fato amedrontador. E também é alto o bastante para silenciar toda a sala de aula do outro lado da porta, inclusive a professora. Inacreditável. Completamente inacreditável.

Giro sobre os calcanhares e me dirijo a Flint:

— E você, cale a boca. Ou então vou pensar em algo realmente terrível para fazer com você também. — Volto a encarar Jaxon. — E no seu caso... saia *agora* da minha frente, ou nunca mais converso com você.

A princípio, Jaxon não se move. Mas acho que isso tem mais a ver com o sentimento de choque e espanto (se a expressão de seu rosto for um indicativo) do que uma tentativa deliberada de reagir ao que eu disse.

No fim, ele ergue as mãos e sai do meu caminho, exatamente como eu mandei.

— Obrigada — digo a ele com a voz bem mais baixa. — E agradeço pela sua preocupação. De verdade. Mas este é o meu primeiro dia na escola e só quero ir para a minha sala.

E, então, sem esperar que Jaxon responda, passo por ele e entro em uma sala de aula onde todo mundo (todo mundo mesmo, até Lia e a professora) estão olhando fixamente para mim.

E nem sei por que isso ainda me surpreende.

Capítulo 31

GAROTAS CRESCIDAS NÃO CHORAM
(A MENOS QUE QUEIRAM)

— Grace! Cuidado!

Viro na direção da voz da minha prima — a primeira a conversar comigo desde que soltei os cachorros em Jaxon e Flint, cinco horas atrás — bem a tempo de ver uma bola de basquete que vem voando na minha direção. Eu a rebato e em seguida comprimo os lábios para não começar a chorar quando a dor se irradia pelo braço.

É ridículo que o ato de impedir uma bola de basquete de me acertar possa doer tanto, mas quem a atirou o fez com muita força. Sinto o braço doer por conta do impacto, sem fazer ideia de que podia doer tanto assim.

— Mas que diabos foi isso? — pergunta Macy ao ginásio inteiro quando vem correndo até mim. — Quem atirou essa bola?

Ninguém responde.

— É sério? — Minha prima apoia as mãos nos quadris e olha, irritada, para um grupo de meninas que está ao lado da porta do vestiário. — Foram vocês que fizeram isso?

— Não se preocupe, Macy — tento confortá-la. — Eu não ligo.

— Como assim? Ouvi o barulho que a bola fez quando bateu na sua mão. Se tivesse acertado a cabeça, causaria uma concussão.

— Mas não acertou. E eu estou bem. — É um certo exagero, considerando que ainda estou dolorida, mas já me transformei num espetáculo enorme hoje cedo. Não vou começar a choramingar por causa de meia dúzia de meninas más. De jeito nenhum.

Ou de muitas garotas más, considerando a situação. Porque alguém entre elas, aparentemente, vai ter uma bela carreira no basquete.

Bem, não vou negar que esse dia está sendo bem esquisito. Não vi Jaxon ou Flint desde que me estressei com eles hoje de manhã. Mas, embora

Jaxon não tenha aparecido em nenhuma das minhas outras aulas, Byron estava esperando do lado de fora da sala de artes com uma parca extra quando a aula terminou, para eu não ter que passar de novo por aqueles túneis assustadores, graças a Deus. Rafael sentou-se comigo e com Macy na hora do almoço e nos acompanhou até a sala da aula de espanhol, a única matéria que fazemos juntas. E Liam me acompanhou da aula de espanhol para a de educação física.

Nada disso passou despercebido pelos outros alunos e nada disso agiu exatamente a meu favor. Sei que não estava buscando fazer muitos amigos aqui, mas também não quero passar o dia inteiro me esquivando de bolas de basquete.

— Tem certeza de que está bem? — pergunta Macy, com as sobrancelhas franzidas ao perceber como estou agitando os dedos e balançando a mão.

Paro imediatamente.

— Tenho, sim. Estou bem. — A última coisa que quero é Macy criando uma cena por causa de algo que poderia ter sido bem pior.

Ela balança a cabeça, mas não menciona nada sobre a bola de basquete. E, se eu perceber que ela está encarando algumas das minhas colegas, não vou chamar sua atenção. Eu ficaria muito irritada se alguém resolvesse implicar com ela também.

Mesmo assim, é hora de mudarmos de assunto. Logo, eu pergunto:

— O que significa tudo isso? — E indico o colã preto, a *legging* e a saia de lantejoulas que ela está usando.

— É para a equipe de dança — responde ela com um sorriso orgulhoso. — Vou fazer um dos solos na apresentação desta sexta.

— Sério? Que maravilhoso! — parabenizo com um gritinho. Embora eu nunca tenha sido muito fã da equipe de dança, Macy obviamente a adora e isso é o bastante para mim.

— Sim. Vou dançar um... — Ela para de falar quando ouve um apito.

— O que foi isso? — pergunto.

— É um sinal avisando sobre o término da aula. E como esta é a última, também significa que você está livre — diz ela, sorrindo. — Tenho duas horas de treino depois da escola, mas vou procurá-la quando terminar e podemos jantar juntas. Isso se não houver *outro* terremoto.

— Né?! — Houve vários outros tremores na tarde de hoje. Nada muito grave, pouco perceptível. Mas os alunos definitivamente ficaram em alerta, inclusive eu. — Quem imaginaria que eu veria mais terremotos em quatro dias no centro do Alasca do que durante todos os anos em que morei no litoral da Califórnia?

— É esquisito — concorda Macy, parecendo bem intrigada. — Alguns tremores acontecem por aqui de vez em quando, mas faz muito tempo que não temos tantos e com tanta frequência. Acho que nunca tivemos. Vai ver você trouxe esses terremotos com você.

— Ah, desculpa aí! — digo, em tom de piada. — Vou tentar pegar leve.

— Faça isso mesmo — responde ela, sorrindo. — A gente se vê depois do meu treino.

— Tchau.

Eu me despeço com um aceno curto antes de ir para o vestiário. Ninguém me incomoda enquanto me visto, mas ninguém vem conversar comigo também. E desisti de tentar conversar com as pessoas por volta na hora do almoço. Depois que uma boa quantidade de pessoas faz o possível para me ignorar, por fim entendo a mensagem.

Troco de roupa em tempo recorde, pego a minha mochila e saio dali. Eu provavelmente deveria voltar para o meu quarto e começar a fazer as lições de casa, mas não estou acostumada a passar o tempo inteiro enfurnada em um quarto.

Quando morava em San Diego, passava boa parte do tempo fora de casa — na piscina, na praia, correndo no parque... Eu até fazia as tarefas da escola no balanço da varanda, observando o sol se pôr na linha do horizonte.

Deixar isso para trás e ficar enfiada dentro de um prédio o tempo todo é algo bem difícil.

Penso em ir para o meu quarto, vestir todas aquelas roupas para a neve e sair para uma caminhada. Mas não há nada dentro de mim que esteja empolgado com a ideia de vestir metade do que há no armário só para enfrentar a temperatura negativa. Assim, no fim das contas, decido por um meio-termo. Vou dar uma volta pelo interior do castelo, conhecer melhor o lugar, pois há várias salas em que ainda não coloquei os pés, mesmo depois de fazer aulas em várias partes diferentes da escola.

Por um segundo, o aviso de Jaxon passa pela minha cabeça, mas foi em relação a algo que aconteceu tarde da noite. O fato de o sol já ter se posto há umas duas horas não significa que os corredores não sejam seguros agora, enquanto todos estão acordados e se deslocando de uma atividade a outra. Além disso, não posso passar o próximo ano e meio com medo das pessoas com quem estudo. Aqueles dois caras na primeira noite eram dois cuzões, sem dúvida, mas eles me pegaram desprevenida. Não vou deixar isso se repetir. E não vou me tornar uma prisioneira na minha própria escola, de jeito nenhum.

Toda vez que penso em Jaxon, pego o meu celular e abro o aplicativo de mensagens. Jaxon me mandou seis durante o terremoto e elas continuam à minha espera. Anda não as li porque, no começo, estava brava demais para querer saber o que ele tinha a dizer. Depois, porque não queria estar perto de ninguém quando as abrisse. Não sei disfarçar muito bem as minhas emoções e a última coisa que quero é deixar transparecer o que sinto por Jaxon — principalmente quando eu mesma não faço a menor ideia do que vai acontecer entre nós. Se é que algo vai acontecer.

A primeira mensagem veio depois que a aula de literatura britânica terminou.

Jaxon: Ei, achei que ia te encontrar na aula de artes, mas você não está aqui. Está perdida? ;)

A segunda mensagem só chegou alguns minutos depois.

Jaxon: Quer que eu mande uma equipe de resgate? o_O

A terceira veio bem rápido depois da segunda, assim como as três seguintes.

Jaxon: Desculpe incomodar, mas eu só queria ter certeza de que está tudo bem. Quinn e Marc não estão te incomodando, estão?

Jaxon: Ei, está tudo bem?

Jaxon: Estou ficando preocupado. Só queria saber se aqueles palhaços encontraram você de novo. Está tudo bem por aí?

Jaxon: Grace?

Eu me lembro das mensagens chegando sem parar durante o terremoto e também de não ter dado atenção a nenhuma delas. Mas, agora que as leio, me sinto ridícula. Não por não ter respondido imediatamente. Afinal de contas, eu estava no meio de um terremoto!

E também, convenhamos, não sou obrigada a responder apenas porque ele quer. Mas me sinto culpada por ter sido estúpida com Jaxon no estúdio de artes quando ele estava apenas preocupado comigo. E por passar tanto tempo sem responder, ainda mais porque ele pediu desculpas nas mensagens (coisa que, convenhamos, tenho certeza de que o grande Jaxon Vega raramente faz).

A única coisa em que pensei naquele estúdio foi o quanto eu estava constrangida por ele estar ali, discutindo com Flint e transformando a minha presença em um espetáculo. Não pensei que Jaxon estivesse preocupado comigo e que a briga com Flint aconteceu porque ele estava com os nervos à flor da pele.

Na minha antiga escola, seria absurdo e até meio bizarro perceber que um cara estava tão preocupado comigo. Mas não posso culpar Jaxon por se importar com a minha segurança, especialmente depois de ele ter me salvado duas vezes. E ainda mais quando suas últimas mensagens de texto chegaram no meio de um maldito terremoto que deixou as pessoas tão assustadas a ponto de cada professor com quem tive aulas pelo restante do dia tirar dez minutos da aula para repassar os procedimentos de segurança no caso de acontecer um terremoto.

Se todo mundo entrou em pânico por causa do terremoto, é difícil ficar irritada com Jaxon por sentir o mesmo.

Como eu me sinto mal por deixá-lo tanto tempo sem resposta, disparo algumas mensagens rapidamente.

Eu: Desculpe, estava ocupada e não olhei o celular.

Eu: Está ocupado? Quer dar uma volta pelo castelo comigo?

Eu: Ah, você não me disse a resposta daquela charada.

Quando percebo que ele não responde de imediato, guardo o celular no bolso do casaco e entro em um dos corredores sem nenhum destino específico em mente para explorar.

Passo por uma sala onde duas pessoas estão praticando esgrima com todos os equipamentos, inclusive as roupas brancas e as máscaras, e fico observando por algum tempo. Depois, vou até o salão de música, onde um rapaz de cabelo cacheado está tocando saxofone. Reconheço a canção: é *Autumn Leaves*, e o som quase me deixa de joelhos.

Cannonball Adderley gravou um álbum em 1958 chamado *Something' Else*. Miles Davis e Art Blakey tocaram nele e era o favorito do meu pai — especialmente a música *Autumn Leaves*. Ele costumava colocar a música para tocar várias vezes enquanto cuidava da casa e me fez escutá-la com ele algumas vezes, explicando em cada uma dessas ocasiões como e por que Adderley era tão genial.

O último mês, desde que meus pais morreram, provavelmente foi o tempo mais longo que passei sem ouvir essa música em toda a minha vida. E dar de cara com ela agora, neste lugar, parece um sinal. E também um soco no estômago.

Meus olhos se enchem de lágrimas e a única coisa em que consigo pensar é em sair correndo. Dou meia-volta e me ponho em movimento, sem me importar para onde estou indo, ciente apenas de que preciso escapar.

Vou até a escadaria dos fundos e subo, sem parar, até chegar na torre mais alta. A maior parte do lugar é tomada pela sala que fica atrás da porta fechada, mas há uma pequena alcova ao lado da escada com uma janela enorme — a primeira do castelo que vi com as cortinas abertas —, que tem vista para a entrada principal da escola. Está escuro lá fora, mas a vista ainda é maravilhosa: a neve iluminada pelos postes de luz e o céu azul-escuro pontilhado de estrelas até onde a vista alcança.

A própria sala tem estantes de livros embutidas que dão a volta em toda a sua extensão e duas poltronas estofadas bem confortáveis onde as pessoas podem se recostar. É claramente um canto de leitura; há um pouco de tudo, desde títulos clássicos até obras modernas de Stephen King nas estantes, mas não estou aqui para ler. Por mais que adore fazer isso.

Em vez disso, eu me afundo em uma das poltronas e finalmente, finalmente, deixo as lágrimas virem.

E elas vêm com força. Não chorei, não de verdade, desde o funeral, e agora que comecei, não tenho certeza se vou conseguir parar. O luto me corrói por dentro, feito um animal raivoso que rasga as minhas entranhas e faz tudo doer.

Estou tentando ser discreta. A última coisa que quero é atrair ainda mais olhares, mas é difícil quando dói tanto. Num movimento de autodefesa, abraço meu próprio corpo e começo a balançar, desesperada para aliviar a dor. E ainda mais desesperada para encontrar uma maneira de passar por isso quando tudo dentro de mim parece a ponto de desmoronar.

Não funciona. Nada funciona e as lágrimas continuam brotando, assim como os soluços ásperos e doloridos que rasgam o meu peito.

Não sei quanto tempo passo ali, lutando contra a dor e a solidão que surgiu depois de perder os meus pais em um piscar de olhos, e tudo que havia de familiar na minha vida, menos de um mês depois. Mas é tempo o bastante para que o céu passe do azul-escuro do crepúsculo para um preto intenso.

Tempo o bastante para sentir o meu peito doendo.

Mais do que tempo o bastante para chorar todas as lágrimas que eu tinha.

E, de algum modo, esgotar as lágrimas que havia dentro de mim torna a dor ainda pior.

Mas ficar sentada aqui não vai mudar isso. Nada vai mudar isso, então é melhor eu me levantar de uma vez. Macy logo vai terminar seu treino de dança e a última coisa que eu quero é que ela venha me procurar.

Permitir que ela me veja assim, ou que qualquer pessoa me veja assim é a ameaça que finalmente me dá forças para levantar. Só que, quando eu fico em pé e dou meia-volta, percebo que alguém já viu.

Jaxon.

Capítulo 32

NEGAR O QUE SINTO É TÃO DIFÍCIL
QUANTO ESCALAR O MONTE DENALI

Jaxon está em pé diante da escada, inexpressivo, mas com um olhar curioso enquanto me encara.

A vergonha toma conta de mim, deixando o meu rosto quente e a respiração entrecortada. Quero perguntar há quanto tempo ele está ali, mas não faz muita diferença. Ele está ali há tempo suficiente.

Espero que ele diga alguma coisa, que pergunte se estou bem novamente ou que me diga que pare de choramingar pelos cantos. Ou que diga uma dentre as milhões de coisas que existem entre esses dois extremos.

Mas ele não diz.

Em vez disso, Jaxon permanece onde está, me encarando com aquele olhar negro e mágico, até eu perder o ar de novo... mas, desta vez, por uma razão bem diferente.

— D-Desculpe — eu enfim consigo balbuciar. — Preciso sair daqui.

Ele não responde e vou até a escada, mas Jaxon continua bloqueando o meu caminho. E continua me observando, com a cabeça ligeiramente inclinada, como se tentasse compreender alguma coisa enquanto rezo silenciosamente para o chão se abrir e me engolir.

Agora seria um momento perfeito para outro terremoto. É a única coisa em que penso.

Quando ele finalmente decide abrir a boca, sua voz parece um pouco enferrujada.

— Por quê?

— Por que preciso ir embora? Ou por que eu estava chorando?

— Nenhum dos dois.

— Eu... não faço ideia do que você quer saber. — Respiro fundo e solto o ar num suspiro profundo. — Olhe, me desculpe por ameaçar bater em você no estúdio de artes, hoje cedo. Às vezes você é... mais do que eu posso aguentar.

Ele ergue uma sobrancelha, mas, com exceção disso, continua com uma expressão indecifrável.

— Você também é.

— Acho que sim. — Solto uma risada aguada e aponto para o meu rosto, ainda úmido pelas lágrimas. — Sei por que você deve achar isso.

Estou apenas a uns poucos passos de Jaxon, mas ele encurta a distância, aproximando-se até ficar a poucos centímetros de mim. Minha boca se torna tão seca quanto o deserto.

Espero ele se manifestar, mas ele continua em silêncio. Espero ele me tocar, mas ele também não faz isso. Jaxon simplesmente fica ali, tão perto que consigo sentir seu hálito na minha face. Tão perto que tenho certeza de que ele também consegue sentir o meu hálito.

E ainda assim seus olhos estão escuros, vazios, opacos.

Passam-se mais alguns segundos que parecem minutos, até que finalmente, *finalmente*, ele murmura:

— Qual é a sensação?

— Qual é a sensação de quê? — Estou confusa e até um pouco receosa de que essa pergunta seja a preparação de alguma pegadinha.

— Como é poder se desapegar desse jeito?

— De que jeito? Chorando? — O sentimento de vergonha me engole outra vez e enxugo as bochechas, tentando fazer com que até mesmo os resquícios das minhas lágrimas desapareçam. — Desculpe. Eu não queria que ninguém me visse. Eu...

— Não é só isso. O que eu quis dizer é... como é poder mostrar o que você sente e como se sente, sempre que quer, sem ter que se preocupar com... — Ele deixa a frase morrer no ar.

— O quê? — pergunto. — Sem ter que me preocupar com o quê?

Por vários segundos, ele se limita a me fitar. Em seguida, balança um pouco a cabeça e diz:

— Nada. Deixa para lá. — Jaxon passa por mim, abre a porta que fica logo depois da alcova e entra no cômodo.

Fico olhando para ele, sem saber direito o que fazer. A impressão é que a conversa terminou, como se ele tivesse acabado de me dispensar. Mas Jaxon deixou a porta aberta, gesto que parece um convite.

Continuo ali por mais um minuto, indecisa, até que ele finalmente coloca a cabeça pelo vão da porta.

— Você vai entrar? — pergunta ele.

Eu o sigo para dentro daquele quarto — é claro que sigo. Mas estou completamente despreparada para o que encontro quando entro ali: um quarto que se parece com a minha própria terra das maravilhas particular. É impossível não comparar: há livros por toda parte, empilhados sem qualquer ordem ou critério, sobre praticamente todas as superfícies. Há três guitarras no canto, junto a uma bateria que faz meus dedos coçarem de vontade de encostar nela. E de tocá-la, como eu costumava fazer na minha própria bateria quando ainda tinha uma.

Quando eu ainda tinha muitas coisas.

No centro do quarto há um gigantesco sofá de couro preto coberto com pilhas de almofadas grossas e macias que praticamente imploram para alguém dormir sobre elas.

Sinto vontade de tocar em tudo, deslizar as mãos pela bateria para poder sentir a alma do instrumento. O que resta do meu autocontrole é o bastante para não ceder aos meus impulsos, mas é difícil. Tão difícil que preciso enfiar as mãos nos bolsos do meu paletó, só para garantir.

Porque só percebi agora que este é o quarto de Jaxon. E dizer que isso era uma coisa inesperada talvez seja a ironia do século.

Jaxon parece completamente desinteressado pelas coisas que o cercam. Isso me parece bem bizarro, mesmo sabendo que essas são as coisas dele. Ele as vê, toca e usa todos os dias. Mas há um pedaço de mim que ainda quer saber como ele consegue só ignorar a pilha de livros de arte que estão ao lado do sofá ou o enorme cristal roxo na escrivaninha. É a mesma parte de mim que está praticamente gritando que, não importa o que Jaxon pense, não estou nem perto de ser descolada o suficiente para estar aqui com ele.

Como ele não diz nada, começo a olhar para as obras de arte nas paredes: quadros grandes e ousados, com cores fortes e pinceladas que agitam todo tipo de ideia dentro de mim. E, pendurada na parede ao lado da escrivaninha, de um jeito ainda mais inacreditável, há um pequeno desenho, feito a lápis, de uma mulher com cabelos esvoaçantes e um olhar matreiro que veste um quimono volumoso.

Eu o reconheço — ou, pelo menos, acho que reconheço. Assim, me aproximo, tentando ver mais de perto. E, com certeza...

— Isto aqui é Klimt! — digo a ele.

— Sim — confirma Jaxon.

— Não foi uma pergunta. — O desenho está sob um vidro, então estendo a mão e toco na assinatura do artista, no canto direito. — É um Klimt original, não uma réplica.

Desta vez ele não diz nada, nem mesmo *sim*.

— E você vai simplesmente ficar aí com as mãos nos bolsos? — pergunto. — Não vai dizer nada?

— Você acabou de pontuar que não era uma pergunta.

— E não é. Mas não significa que eu não queira saber da história.

Ele dá de ombros.

— Não tem história nenhuma.

— Você tem um Klimt original ao lado da sua mesa. Pode apostar, tem alguma história por trás disso. — Minhas mãos tremem quando sigo as linhas pelo vidro outra vez. Nunca estive tão perto de uma obra dele antes.

— Gostei da obra. Fez com que eu me lembrasse de uma pessoa. Por isso a comprei.

— Só isso? Essa é a sua história? — Olho para ele, incrédula.

— Eu disse que não tinha história nenhuma. Foi você que insistiu que havia. — Jaxon inclina um pouco a cabeça e me observa com os olhos estreitados. — Ou prefere que eu minta?

— Eu quero que você... — Balanço a cabeça e solto a respiração longamente outra vez. — Não sei o que quero que você faça.

Com isso, ele dá uma risada curta — o primeiro sinal de emoção que demonstrou desde aquele "você está bem?" na sala de artes.

— Sei bem como é isso.

Ele está no meio do quarto e há um pedaço de mim que deseja estar mais perto dele. Que deseja que possamos nos tocar agora.

Claro, há outro pedaço de mim que ainda tem muito medo de tocá-lo e ainda mais medo de sentir o toque dele. Estar no quarto dele já é demais. Olhar para ele e perceber, no gesto que faz com o lábio inferior, uma preocupação, que é ao mesmo tempo a primeira demonstração de nervosismo que Jaxon demonstra, é demais para mim.

Ser tocada por ele, abraçada por ele, beijada por ele seria algo tão, mas *tão* intenso que tenho medo de implodir assim que aqueles lábios tocarem os meus. Medo de simplesmente incendiar aqui mesmo. Sem aviso, sem qualquer possibilidade de impedir a situação. Basta um leve roçar da mão dele na minha e *puff*, já era. Juro que isso quase aconteceu quando ele me carregou de volta ao meu quarto naquela noite, e isso foi antes de ele me mandar um *waffle*, de me acompanhar até a minha aula e de me encantar com suas mensagens. Muito antes de eu vir até aqui.

Fico me perguntando se ele tem medo das mesmas coisas, porque, em vez de responder, ele se vira e entra em outra porta, que dá acesso ao que presumo ser o dormitório. Mas logo ele percebe que ainda estou contemplando o Klimt e todos os outros elementos fabulosos que há neste cômodo, em vez de segui-lo.

— Vem. Quero te mostrar uma coisa.

Eu o sigo sem questionar. Com Flint, mais cedo, tive momentos de hesitação, preocupada por talvez ser arriscado ficar sozinha com ele. Tudo dentro de mim me avisa que Jaxon é um milhão de vezes mais perigoso do que Flint e mesmo assim não tenho nem um grama de trepidação em relação a estar sozinha neste quarto, ou na companhia dele. Ou em relação a estar em qualquer lugar, ou fazendo qualquer coisa com ele.

Não sei se isso faz de mim uma pessoa ingênua ou hábil em julgar o caráter dos outros. Não que isso tenha muita importância. As coisas simplesmente são o que são.

Jaxon para perto da beira da cama e pega o cobertor vermelho e pesado que está dobrado ali. Em seguida, abre a primeira gaveta da cômoda e tira um par de luvas forradas com pelúcia e as joga para mim.

— Põe essas luvas e vem comigo.

— Ir para onde? — pergunto, confusa. Mas faço o que ele pede e coloco as luvas.

Ele abre a janela e sinto o ar gelado entrar no quarto.

— Você não pode estar falando sério. Não vou lá fora. Vou congelar.

Ele olha para trás, por cima do ombro e pisca. Ele... *pisca.*

— O que foi isso? — pergunto. — Desde quando você pisca?

Ele não responde, com exceção de um rápido retorcer dos lábios. E em seguida, passa pela janela e larga o corpo, caindo quase um metro até o parapeito que fica logo abaixo da torre.

Eu devia ignorá-lo, devia só dar meia-volta e sair deste quarto, me afastar de qualquer cara que acha que sou idiota para andar com ele em um telhado no Alasca, em pleno mês de novembro, sem nada além do casaco do uniforme para me manter aquecida. É isso que eu *deveria* fazer.

Claro, o simples fato de ser algo que eu deveria fazer não quer dizer que seja algo que *vou* fazer.

Porque, ao que parece quando estou com esse garoto, perco toda a noção de bom senso. E perder esse bom senso significa, em partes, fazer exatamente o que não devia — neste caso, seguir Jaxon, pular pela janela e cair no parapeito da torre.

Capítulo 33

MADONNA NÃO É A ÚNICA QUE TEM
UMA ESTRELA DA SORTE[1]

No instante que caio ao lado dele — ou, melhor dizendo, no instante que ele me ajuda a descer, tomando bastante cuidado com o meu tornozelo ainda um pouco dolorido —, Jaxon me envolve com um cobertor até a cabeça, e só os meus olhos ficam para fora. E preciso dizer uma coisa: não sei do que esse cobertor é feito, mas, quando me vejo enrolada nele, paro de tremer. Não estou me sentindo exatamente quente, mas com toda a certeza não vou morrer de hipotermia tão cedo.

— E você? — pergunto quando me dou conta de que Jaxon está vestindo apenas um moletom com capuz. É uma blusa grossa, a mesma que ele estava vestindo quando o vi com Lia perto do lago, mas, mesmo assim, não chega nem perto de ser uma roupa adequada para este clima. — Podemos dividir o cobertor.

Paro de falar quando ele ri.

— Estou bem. Não precisa se preocupar comigo.

— É claro que me preocupo. Está parecendo uma geladeira aqui fora.

Ele dá de ombros.

— Estou acostumado.

— Nesse caso, tenho uma pergunta a fazer.

Ele assume uma postura totalmente ressabiada.

— Qual?

— Você é um alienígena?

As duas sobrancelhas de Jaxon se erguem desta vez, chegando até o alto da testa.

---

1 Referência à música "Lucky Star" ["Estrela da sorte"], da cantora Madonna.

— Como é?

— Você... é... um *alienígena*? Não consigo acreditar que essa pergunta seja tão chocante. Tipo... olhe só para você. — Agito um braço para cima e para baixo sob o cobertor. É o meu jeito de me referir a Jaxon por inteiro com um único gesto.

— Não consigo olhar para mim. — Pela primeira vez, ele parece estar se divertindo.

— Sabe do que estou falando.

— O pior é que não sei. — Ele se inclina para a frente e apenas poucos centímetros separam nossos rostos. — Vai ter que me explicar.

— Como se você não soubesse que é praticamente a pessoa mais atraente do mundo.

Jaxon recua como se eu tivesse dado um soco nele, e acho que ele nem percebe que toca a cicatriz quando diz:

— Ah, é claro.

E isso... Ah, ele só pode estar brincando.

— Você sabe que essa cicatriz o deixa incrivelmente sexy, não?

— Não. — É uma resposta curta. Simples. Sucinta, inclusive. E mesmo assim ela revela muito mais do que gostaria que qualquer pessoa visse.

— Bem, mas é verdade. *Incrivelmente...* sexy — repito. — Além disso, tem essa coisa de todo mundo lamber o chão por onde você passa.

— Nem todo mundo. — Ele me encara com uma expressão marcante.

— *Quase* todo mundo. E você nunca sente frio.

— Eu sinto frio. — Ele coloca a mão por baixo do cobertor e encosta os dedos no meu braço. E ele tem razão, está gelado. Mas também não está nem perto de necrosar devido ao frio; isso com certeza aconteceria comigo se eu ficasse aqui fora por tanto tempo com um simples moletom.

Olho para Jaxon e tento fingir que, apesar do toque gelado, sua mão não incendeia cada célula do meu corpo.

— Sabe do que estou falando.

— Deixe-me ver se entendi direito. Já que eu... um: sou a pessoa mais atraente do mundo — diz ele, com um sorriso torto. — Dois: faço todo mundo se curvar aos meus pés; e três: não sinto frio com tanta frequência, você decidiu que eu sou um alienígena.

— Você tem uma explicação melhor?

Ele para e considera a questão.

— Tenho, sim.

— E *qual* é essa explicação, exatamente?

— Poderia te dizer...

— Mas aí você teria que me matar? — Reviro os olhos. — É sério? Voltamos a usar aquelas falas batidas de *Top Gun*?

— Não era isso que eu ia dizer.

— Ah, é mesmo? — Agora é a minha vez de inclinar a cabeça para o lado. — Então, o que ia dizer?

— Eu *ia* dizer... Você não vai aguentar a verdade.

Ele fala aquilo de um jeito completamente impassível, mas começo a gargalhar mesmo assim. Como deixar de rir quando ele cita uma das falas do filme *Questão de honra?* — Quer dizer que você curte filmes antigos? Ou só os filmes antigos do Tom Cruise?

— Uggh. — Ele faz uma careta. — Definitivamente não é a segunda opção. Agora, quanto aos filmes antigos, já vi alguns.

— Então, se eu falasse sobre obrigar mulheres a passar fome até morrerem e fazer um vestido com a pele delas, você saberia que estou falando de...

— Buffalo Bill de *O silêncio dos inocentes?* Sim.

Sorrio para ele.

— Então talvez você não seja um alienígena.

— *Definitivamente* não sou um alienígena.

O silêncio se estende entre nós por algum tempo. Não é uma daquelas situações constrangedoras. Na verdade, até que é legal simplesmente *ser* por algum tempo. Mas, depois de um período, o frio consegue penetrar o cobertor mágico de Jaxon. Eu o puxo para ficar mais apertado ao redor do meu corpo e pergunto:

— Vai me contar o que estamos fazendo aqui?

— Eu disse que ia te mostrar o meu lugar favorito hoje.

— *Este* é o seu lugar favorito? — Eu observo o que há ao redor com um olhar renovado, a fim de descobrir o que chama tanto a atenção dele aqui.

— Daqui de cima consigo enxergar o que há a quilômetros de distância, sem ninguém me enchendo o saco. Além disso... — Ele olha para o celular e em seguida, deliberadamente contempla o céu. — Você vai descobrir daqui a uns três minutos.

— É a aurora boreal? — pergunto, com a trepidação sendo substituída imediatamente pela empolgação. — Estou louca para vê-la.

— Desculpe. Você precisa acordar no meio da madrugada para ver as luzes do norte.

— Então, o que... — Paro de falar quando o que parece ser uma bola de fogo gigante risca o céu. Segundos depois, outra bola de fogo faz o mesmo.

— O que está acontecendo? — pergunto em voz alta.

— É uma chuva de meteoros. Não vemos muitas dessas por aqui porque elas geralmente acontecem no verão, quando a luz do sol prevalece praticamente o tempo inteiro e não podemos vê-las. Mas quando uma dessas acontece no inverno, é espetacular.

Solto um suspiro exasperado quando outros três meteoros passam por ali, deixando caudas longas e incandescentes para trás.

— Você está sendo modesto. Isso é inacreditável.

— Achei que você ia gostar.

— Gostei. E muito. — Olho para ele, sentindo-me acanhada de repente, embora não saiba com exatidão o porquê. — Obrigada.

Jaxon não diz nada, mas não espero que ele faça isso.

Ficamos ali no parapeito por mais de meia hora, sem conversar, sem sequer trocar olhares; apenas observamos o espetáculo mais brilhante que já vi iluminar os céus. E adoro cada segundo.

É estranho, mas há alguma coisa no ato de estar aqui fora, admirando o vasto céu noturno sobre as montanhas vastas e nevadas... Tudo isso coloca as coisas em perspectiva. Isso me lembra do quanto sou pequena em meio à grandiosidade de todas as coisas, no quanto os meus problemas e a minha dor são efêmeros, por mais dolorosos e incapacitantes que sejam agora.

Talvez fosse isso que Jaxon tivesse em mente quando me chamou para vir aqui.

Quando a chuva de meteoros termina, ela vem com uma explosão de sete ou oito cometas em sequência. Não consigo evitar gemidos e suspiros de admiração enquanto eles riscam o céu com suas chamas. Quando termina, espero me decepcionar — como o que acontece no fim de um filme muito bom ou de uma queima de fogos de artifício. Aquela pequena pontada de decepção por um evento tão maravilhoso ter terminado para sempre.

Mas, com a chuva de meteoros, eu me sinto... em paz, ou algo bem perto disso. Como não me sinto há muito tempo.

— É melhor a gente entrar — sugere Jaxon após algum tempo. — Está esfriando.

— Estou bem. Quero só mais um minuto ou dois, se pudermos.

Ele inclina a cabeça num gesto que significa *é claro*.

Há muitas coisas que eu quero dizer a ele, muitas coisas que ele fez por mim no pouco tempo em que nos conhecemos. Mas sempre que tento encontrar as palavras, elas parecem desordenadas na minha cabeça. Assim, decido apenas dizer:

— Obrigada.

Ele ri, mas parece não haver graça nenhuma no gesto. Não entendo o porquê até observar seus olhos e perceber que estão completamente vazios outra vez. E não gosto nem um pouco disso.

— Por que você ri quando digo "obrigada"?

— Porque não precisa me agradecer, Grace.

— Por que não? Você fez algo muito bom para mim...

— Não fiz.

— Ah... fez, sim. — Por baixo do cobertor estendo os braços, fazendo o gesto universal que indica *olhe tudo isso aqui.* — Por que simplesmente não admite? Aceite o elogio e siga em frente.

— Porque não mereço o elogio. — As palavras parecem sair aos borbotões, sem sua permissão e agora que elas pairam no ar, Jaxon parece meio de saco cheio. — Estou só fazendo o meu...

— O seu... o quê? O seu trabalho? — pergunto, sentindo o meu estômago retorcer quando pensoa respeito. — O meu tio pediu pra você me tratar bem ou algo do tipo?

Ele ri, mas ainda assim por puro protocolo. Nenhuma alegria. Apenas um cinismo profundo que faz meus olhos lacrimejarem outra vez, mas por razões bem diferentes.

— Sou a última pessoa a quem Foster pediria para ser seu amigo.

Se eu fosse mais cordial e estivesse menos preocupada com ele, provavelmente encerraria o assunto por ali mesmo. Mas a cordialidade nunca foi uma das minhas virtudes. Sou curiosa demais para isso. Assim, em vez disso, decido insistir na questão.

— E por que diz isso?

— Porque não sou uma boa pessoa. Não pratico boas ações. Nunca. Logo, é ridículo você me elogiar por causa de uma simples impressão sobre as minhas atitudes..

— É mesmo? — Eu o encaro com um olhar cético. — Olhe, detesto ser a pessoa a comunicar isso a você, mas alegrar uma menina triste é uma boa ação. Assim como levá-la nos braços de volta para o quarto do alojamento quando ela está com o tornozelo machucado e espantar rapazes que acham que brincadeiras de mau gosto são engraçadas. Ah, e convencer a cozinheira a fazer *waffle* para uma menina machucada também entra na lista. Todas essas são coisas boas, Jaxon.

Pela primeira vez ele parece desconfortável, mas continua se recusando a dar o braço a torcer.

— Não fiz essas coisas por você.

— Ah, não? Então, por quem você fez?

Ele não tem uma resposta. É claro que não.

— Foi o que pensei. — Sorrio para ele, toda arrogante e insensível, porque, neste caso específico, posso agir assim. — Tenho a impressão de que você simplesmente vai ter que aceitar que fez algo meigo. Não vai ser jogado na fogueira por isso, prometo.

— Só as bruxas é que queimam na fogueira.

Ele fala de um jeito tão sério que não consigo conter uma risada.

— Bem, acho que estamos seguros, então.

— Não tenha tanta certeza disso.

Estou para perguntar o que ele quer dizer, mas um calafrio violento me agita por inteiro. Com ou sem cobertor, faz frio demais aqui fora e Jaxon decide encerrar a questão.

— Vamos lá, é hora de você entrar.

É difícil discutir quando meus dentes não vão demorar para começar a bater. Mas quando olho para a janela por onde viemos, não consigo evitar a pergunta:

— E como exatamente a gente vai voltar lá para cima? E quando digo "a gente", estou me referindo a mim mesma. — Descer de uma janela a quase um metro de altura é uma coisa. Subir até ela é outra coisa completamente diferente.

Mas Jaxon simplesmente faz um gesto negativo com a cabeça.

— Não se preocupe. Deixe tudo comigo, Grace.

Antes que eu consiga entender por que aquelas palavras me dão a sensação de estar faiscando por dentro como um relâmpago, ele já está apoiado no beiral da janela e saltando para dentro outra vez. É um movimento que leva menos de um segundo e meio e preciso admitir que estou impressionada. Mas, pensando bem, quase tudo que Jaxon faz me impressiona, seja essa a sua intenção ou não. *Ele* me impressiona.

E mais: ele faz com que eu me sinta menos sozinha em uma época em que nunca me senti tão solitária.

Ele reaparece depois de alguns momentos, colocando a parte de cima do corpo pelo vão da janela.

— Me dê as suas mãos.

Ergo os braços sem pensar duas vezes; ele segura nos meus antebraços, logo abaixo dos cotovelos e me puxa para cima. Segundos depois, passei pela janela e estou a dois ou três centímetros de Jaxon.

E, pelo menos uma vez, seus olhos não parecem mortos. Pelo contrário. Estão ardendo em fogo.

E concentrados diretamente... em mim.

Capítulo 34

NO AMOR E NOS
TERREMOTOS, VALE TUDO

Fico olhando para ele, sem saber o que esperar... ou o que fazer. Um pedaço de mim acha que ele vai recuar e outro pedaço espera que isso não aconteça. Um pedaço de mim imagina como seria a sensação de beijá-lo e outro pedaço acha que eu deveria fugir para as colinas. Jaxon pode não ser um alienígena, mas não é como os outros caras que já conheci também. E sou sincera o bastante para admitir que, por mais que eu o queira, não tenho condições de lidar com ele, de verdade.

No fim das contas, ele não me beija. Mas, por outro lado, não se afasta. E eu também não. Assim, ficamos os dois ali por, não sei quanto tempo. Ele olhando para baixo, eu olhando para cima, o ar entre nós carregado, pesado, elétrico.

Estou presa agora, cativada por tudo o que Jaxon é e não é, apesar das minhas impressões. Espero que ele tome a iniciativa, mas ele não o faz. Fica só me observando com aqueles olhos tão negros quanto à meia-noite, com emoções, que raramente demonstra, borbulhando sob a superfície. E isso faz com que o meu desejo por ele chegue a doer. Faz com que eu me sinta fisicamente machucada quando lembro da pergunta que ele fez antes, aquela que deu início a toda a situação.

Enfim encontro as palavras — ou, melhor, a palavra — para responder.

— Devastador — comento quando ele começa a tirar o cobertor de cima dos meus ombros.

Ele fica paralisado; o cobertor, suas mãos, pairando em algum lugar sobre o meio das minhas costas.

— Do que está falando?

— Você me perguntou como era simplesmente me desapegar e extravasar as emoções como eu fiz. A sensação é devastadora às vezes, até um pouco aterrorizante. Mas o que você acabou de fazer por mim fez com que eu me sentisse segura de um jeito que há um bom tempo não me sinto. Por isso, obrigada. Sério mesmo.

— Grace...

Dou um passo à frente, até que meus seios quase chegam a tocar o peito dele. Não sei o que estou fazendo aqui. Nunca tomei a iniciativa com nenhum homem na minha vida. Estou voando às cegas, mas isso não importa agora. Nada importa, a não ser conseguir tocá-lo de algum modo.

Quero sentir a força dos meus braços ao redor dele, a maciez do meu corpo junto ao dele. E quero sentir o calor do poder que ele emana junto do meu.

Só que não há nenhum calor e aquele moletom obviamente não oferece nenhuma proteção contra o frio, apesar do que Jaxon alega.

— Jaxon, você está gelado! — Arranco o cobertor das mãos dele e o jogo por cima dos seus ombros, antes de envolvê-lo completamente com a peça. Em seguida, esfrego os braços dele, por cima do cobertor, tentando insuflar um pouco de calor de volta nele.

— Estou bem — diz ele, tentando se desvencilhar.

— Você não está nem um pouco bem. Nunca senti ninguém tão gelado quanto você está agora.

— Estou bem — insiste ele de novo e, desta vez, dá um passo atrás. Vários passos, na verdade.

Tudo dentro de mim para.

— Desculpe. Não tive a intenção de invadir o seu espaço... — Deixo a frase morrer no ar, porque não sei o que mais posso dizer. Não sei o que fiz que pode ser tão errado.

— Grace... — A voz dele morre no ar também. E, nesse momento, ele parece diferente de todas as outras vezes. Não está autoconfiante, não parece estar se divertindo, não está nem mesmo fazendo aquele silêncio estoico como aconteceu quando gritei com ele no estúdio de artes.

Não. Neste momento, ele parece apenas... vulnerável.

Há um desejo em seu olhar, um anseio que não tem nada a ver com me querer e tudo a ver com precisar de mim. Precisar que eu o conforte. Precisar do meu toque.

Não posso mais negar isso a ele, tanto quanto não posso pular do alto desta torre e voar por conta própria.

Assim, avanço pelo espaço que ele abriu, cobrindo os passos que deixam novamente o meu corpo em contato com a dureza do corpo dele. Em seguida, seguro o rosto de Jaxon suavemente com as duas mãos, deslizando os polegares sobre aquelas maçãs salientes e os outros dedos pelo contorno da sua cicatriz.

Ele prende a respiração. Ouço isso em seu peito, sinto no meu próprio corpo. E, embora meu coração esteja batendo três vezes mais rápido do que deveria, não me afasto. Não consigo. Estou deslumbrada, arrebatada, encantada.

Só consigo pensar em Jaxon. Só consigo ver Jaxon.

Só consigo ouvir, sentir o cheiro e o gosto de Jaxon.

E nunca senti algo que parecia tão certo.

— Posso fazer uma pergunta? — Eu me aproximo ainda mais dele, sem conseguir me conter. Sem *querer* me conter.

Por um segundo, tenho a impressão de que ele vai recuar mais um passo, mas isso não acontece. Em vez disso, ele abre o cobertor e o envolve ao redor do meu corpo também, de modo que seus braços enlacem a minha cintura e nós dois fiquemos abrigados ali dentro.

— É claro.

— De quem o desenho de Klimt o fez lembrar quando você o comprou?

— De você. — A resposta vem rápida e honesta. — Eu só não sabia ainda.

E é nesse ponto que me derreto. Exatamente assim, esse garoto — esse garoto sombrio, ferido, avassalador — toca uma parte de mim que eu nem sabia que ainda existia. Uma parte de mim que quer acreditar. Que quer ter esperança. Que quer amar.

Quero estender as mãos, quero agarrar, quero segurar nele, mas não posso. Estou paralisada, aterrorizada pela ideia de estar querendo demais. De precisar demais, em um mundo onde as coisas podem simplesmente desaparecer de um momento para outro.

— Grace — Jaxon pronuncia meu nome de um jeito suave, num tom que soa em partes como um sussurro e em partes como uma oração, enquanto espera pacientemente que eu olhe para ele.

Mas não posso fazer isso. Não agora. Ainda não.

— Você já... — A minha voz vacila e eu respiro fundo, soltando o ar devagar. Respiro mais uma vez e solto o ar de novo. Em seguida, volto a tentar. — Você já quis tanto uma coisa que sentiu medo de pegá-la?

— Sim — responde ele, com um aceno de cabeça.

— Como se a coisa estivesse bem ali, só esperando você estender a mão e pegá-la... mas você tem tanto medo do que vai acontecer quando perdê-la que não tenta alcançá-la?

— Sim — repete ele, com a voz baixa, grave e reconfortante de um jeito que se aninha dentro de mim.

Ergo a cabeça até que nossos olhares se cruzam.

E então sussurro:

— E o que você fez?

Por vários e longos segundos, Jaxon não diz nada. Não faz nada. Simplesmente fica me olhando com uma expressão que é tão marcada e machucada quanto todo o restante do corpo dele. Até que diz:

— Decidi pegá-la mesmo assim.

E é então que ele se aproxima e pressiona os lábios contra os meus.

Não é um beijo apaixonado, não é um beijo dado com força e definitivamente não é um beijo selvagem. É apenas o roçar de uma boca contra a outra, suave como um floco de neve, delicado como o solo eternamente congelado que se estende em todas as direções.

Mas, para mim, pelo menos, é tão poderoso quanto. Talvez mais.

Até que, de súbito, as mãos de Jaxon estão nos meus braços, um pouco abaixo dos ombros, segurando-me onde estou. Seus dedos me apertam com força, puxando-me para junto de si, conforme sua boca enlouquece junto da minha.

Lábios, língua, dentes, uma cacofonia de sensações, um tumulto de prazer, desespero, carência, tudo misturado em uma coisa só quando ele toma tudo isso de mim. Ele toma, toma e toma... e retribui com muito mais.

O fato de ele estar me segurando é bom, porque a minha cabeça gira e meus joelhos fraquejam assim que a língua de Jaxon passa pela minha — exatamente como uma daquelas heroínas dos romances. Já fui beijada antes. Mas nenhum beijo fez com que eu me sentisse assim. Faço força contra ele, tento enlaçar seu pescoço com meus braços, mas as mãos dele são como duas morsas em meus bíceps, segurando-me bem onde estou. Deixando-me imóvel para tudo que eu possa fazer, ainda que seja receber o que ele me dá.

E ele me dá muito, inclinando a cabeça e movendo a boca junto da minha. Minha cabeça fica mais zonza, meus joelhos ficam ainda mais fracos e eu juro que consigo sentir o chão sob meus pés tremer. E mesmo assim o beijo continua.

Os tremores ficam mais fortes e percebo isso um segundo antes dos meus joelhos cederem de vez. Não é somente o nosso beijo. A terra está tremendo outra vez.

— Terremoto! — consigo balbuciar, afastando meus lábios da boca de Jaxon.

Jaxon não me escuta a princípio. Apenas segue tocando os meus lábios com os seus como se quisesse continuar me beijando para sempre. E quase permito que isso aconteça, quase me deixo derreter de novo nos braços dele — afinal de contas, sou uma garota da Califórnia e conheço terremotos. Se este fosse um dos piores, os objetos já estariam despencando das paredes.

Mas Jaxon provavelmente percebe o que está acontecendo ao mesmo tempo que estou prestes a me esquecer daquilo, porque ele não apenas me solta como já está na metade do quarto entre uma respiração e a seguinte.

Fico observando, enquanto ele fecha os punhos com força ao lado do corpo, quando respira fundo, inspirando lentamente... e faz isso de novo e de novo, enquanto a terra continua a tremer.

— Está tudo bem — asseguro a ele. — É só um pequeno tremor. Não chega nem perto do terremoto de hoje de manhã. Vai passar em um segundo.

— Você tem que ir embora.

— O quê? — Devo ter ouvido errado. Ele não pode ter me beijado como se quisesse me devorar alguns segundos atrás e, agora, me mandar embora do quarto numa voz tão fria quanto o ar gelado lá fora. — Está tudo bem.

— Não está tudo bem — retruca ele, mas com o rosto e os olhos inexpressivos outra vez. — Você precisa... ir embora. *Agora!*

— Jaxon. — Não consigo me conter e estendo a mão para ele. — Por favor...

De repente, a janela do quarto se estilhaça, com cacos de vidro voando em todas as direções. O som é o de uma explosão, e solto um grito estrangulado quando os estilhaços da janela me acertam na testa e no pescoço, na bochecha e no ombro.

— Vá! — grita Jaxon, e desta vez não há como desafiá-lo. Não quando ele parece ter perdido todo o controle.

Ele avança sobre mim, flexionando os dedos feito garras, e com os olhos ardendo como brasas negras em um rosto tomado pela fúria.

Eu me viro e corro o mais rápido que meus joelhos fracos conseguem me levar, determinada a chegar à escada, à liberdade, antes que essa versão estranha e monstruosa de Jaxon me alcance.

Não consigo.

Capítulo 35

O ALASCA NÃO É UM POTE
GIGANTE DE SORVETE

Acordo no meu quarto com curativos no pescoço, no rosto e no ombro — e absolutamente nenhuma lembrança de como vim parar aqui.

Macy está sentada na ponta da minha cama, com as pernas cruzadas. Meu tio está ao lado da porta e uma mulher que imagino ser a enfermeira da escola está debruçada sobre mim.

Com cabelos negros que chegam até a cintura, unhas pintadas de vermelho-sangue e rosto severo, ela não se parece com nenhuma enfermeira que eu já tenha visto. Mas ela está com um estetoscópio no pescoço e um rolo de ataduras na mão.

— Veja, Finn, ela acordou. Eu avisei a você que o sedativo não a deixaria apagada por muito tempo. — A enfermeira sorri para mim e, embora seja um sorriso franco e convidativo, ainda assim a presença dela é extremamente intimidante. Acho que é por causa do nariz longo, em forma de bico, mas também pode ser por causa do efeito do remédio que ela mencionou ter me dado. Estou acordada, mas ainda me sinto um pouco zonza, como se nada fosse realmente do jeito que parece ser.

— Como está se sentindo, Grace? — pergunta ela.

— Estou bem — respondo, porque não sinto dor. Na verdade, tudo parece morno e leve no momento, como se eu estivesse flutuando.

— É mesmo? — Ela se aproxima um pouco mais. — Quantos dedos eu estou mostrando?

— Três.

— Que dia é hoje?

— Terça.

— Onde você está?

— No Alasca.

— Até que não está mal. — Ela se vira para o meu tio. — Está vendo? Eu disse que ela ia ficar bem. Perdeu um pouco de sangue, mas...

— Jaxon! — A sensação de calor e leveza se desfaz quando tento erguer o tronco para ficar sentada na cama. Não sei como fui me esquecer disso. — Ele está bem? Ele estava...

Paro de falar quando percebo que não faço a menor ideia de como continuar a frase. Porque não faço a menor ideia do que aconteceu no alto daquela torre.

Lembro que Jaxon estava me beijando e provavelmente vou me lembrar disso até o fim da vida.

Eu me lembro do terremoto.

Eu me lembro de correr, embora não do motivo pelo qual fiz isso.

E me lembro do sangue. Lembro que havia sangue, mas não consigo descobrir por quê.

— Não se esforce demais — recomenda a enfermeira, com palmadinhas amistosas no dorso da minha mão. — Vai acabar se lembrando de tudo, desde que não force a memória.

Mas não parece que vou me lembrar. Sinto como se tudo fosse um borrão, como se as minhas sinapses não estivessem se conectando como deveriam.

Que tipo de sedativo exatamente essa enfermeira me deu?

— Macy? — Relanceio para a minha prima. — Eu...

— Jaxon está bem — garante ela.

— Ele a salvou — informa o meu tio. — Ele a levou até Marise, a enfermeira, antes de você sangrar até morrer.

— Sangrar... até morrer?

É Marise quem responde.

— Quando a janela se estilhaçou, um estilhaço de vidro atingiu uma artéria do seu pescoço. Você perdeu muito sangue.

— Uma artéria? — Minha mão voa até o pescoço em meio ao terror que começo a sentir pela primeira vez. Foi assim que a minha mãe morreu. Uma hemorragia arterial antes de a ambulância conseguir chegar.

— Você está bem — reafirma o meu tio, com a voz baixa e tranquilizadora. Ele pega a minha mão e a acaricia algumas vezes. — Por sorte, Jaxon estava lá. Ele estancou o sangramento e levou você até a enfermaria antes...

— Antes que eu morresse — completo o que ele não quer dizer.

Meu tio empalidece.

— Não pense nisso agora, Grace. Você está bem.

Porque Jaxon me salvou. Mais uma vez.

— Quero falar com ele.

— É claro — concorda o tio Finn. — Assim que você estiver em condições de andar.

— Não, quero falar com ele agora. — Começo a me espernear a fim de afastar as cobertas, que parecem pesar uma tonelada. — Preciso ter certeza de que ele está bem. Preciso... — Não completo a frase. Não sei do que preciso além de ver Jaxon. Ver seu rosto, tocá-lo, senti-lo respirar e saber que ele está de fato bem.

E também porque vou ficar louca se não souber o que ele pensa do beijo que trocamos. E logo.

— Ei, calma aí. — Marise coloca uma mão firme no meu ombro e me força a deitar outra vez. — Você pode ver Jaxon amanhã. Por enquanto, precisa ficar aqui e descansar.

— Não quero descansar. Quero...

— Sei o que você quer, mas isso não é possível agora. Você está fraca. — A severidade voltou ao rosto dela e se multiplicou por dez. — Acho que você não tem noção do quanto esse ferimento é sério. Precisa se recuperar.

— Sei exatamente o quanto uma hemorragia arterial é séria — insisto, com o rosto da minha mãe flutuando atrás dos meus olhos por alguns segundos antes que eu consiga piscar para afastá-lo. — Não estou planejando sair para praticar *snowboarding* na encosta do Denali. Só quero ver o meu...

Paro de falar porque quase disse que Jaxon era meu namorado e... não, simplesmente não. Um beijo não torna ninguém namorado de ninguém, mesmo que tenha sido o melhor beijo da minha vida. Talvez até mesmo o melhor beijo na história do mundo. Pelo menos até os cacos de vidro começarem a voar.

Tento disfarçar, mexendo no meu edredom, mas os olhos arregalados de Macy me dizem que não estou conseguindo fazer um trabalho muito bom.

De repente, Marise e o tio Finn estão me estudando bem mais de perto também, embora nenhum deles teça comentários sobre o meu ato falho. Em vez disso, Marise se limita a me cobrir de novo com o edredom e diz:

— Comporte-se, senão vou dar outro sedativo a você. E, desta vez, vou aplicar uma dose que vai deixá-la apagada por várias horas.

A ameaça é real, percebo isso nos olhos dela. Assim, paro de insistir para ver Jaxon. E me acomodo outra vez no travesseiro, fingindo ser uma boa paciente.

— Vou me comportar — prometo. — Não precisa me dar outro sedativo.

— Veremos — responde ela, pigarreando. — Você precisa descansar e o meu trabalho é garantir que você faça isso. De que modo vai acontecer depende só de você.

— Ele está bem — garante Macy quando percebe que não digo mais nada. — Pode ficar tranquila, Grace. Ele só está um pouco ocupado agora, limpando a torre depois do que aconteceu.

Ah, é mesmo. Hemorragias arteriais costumam fazer um estrago.

— Foi tão ruim assim? — Sei que é uma pergunta ridícula, mas fico envergonhada de ter sangrado por toda a torre de Jaxon, por ter causado toda essa preocupação em tanta gente. — Ele precisa de ajuda?

— Já cuidei de tudo — responde o tio Finn, seco. — Por sorte, o terremoto não causou muitos estragos no restante do castelo. Assim, pude mandar todos os funcionários para o quarto de Jaxon.

— Tem certeza? — É uma pergunta para Macy, não para o tio Finn. Não sei por que estou sendo tão insistente, exceto por sentir, lá no fundo, que alguma coisa não está certa. Que, de algum modo, Jaxon está com problemas. Provavelmente é o remédio que está mexendo com a minha cabeça, mas não consigo me livrar dessa sensação. Preciso ter certeza de que ele está bem.

— Eu juro, Grace. — Ela estende o braço e aperta a minha mão com carinho. — Tudo está sob controle com Jaxon. Ele está bem, o quarto dele vai ficar em ordem logo e ninguém mais se machucou no terremoto. Você pode relaxar.

É difícil imaginar que posso relaxar quando ainda sinto o medo como uma mola encolhida no fundo do meu estômago. Mas parece que não tenho escolha, com todas essas pessoas ao meu redor.

Embora seja a última coisa que eu quero fazer agora, eu me recosto nos travesseiros. Talvez, se eu começar a demonstrar um pouco de boa vontade, Marise e o tio Finn me deixem em paz por um tempo.

— Está com sede, Grace? Quer um copo de suco? — pergunta Marise após alguns momentos.

Pela primeira vez percebo que estou com sede. Com muita, *muita* sede. Com tanta sede que não consigo lembrar quando foi a última vez que precisei tanto beber alguma coisa.

— Ah, sim, por favor. Preciso de água. Ou qualquer outra coisa.

— Vamos começar com um pouco de suco de frutas vermelhas e maçã. O açúcar vai te fazer bem e depois vemos o que mais podemos fazer por você.

— Por que preciso de açúcar? — pergunto, enquanto pego a garrafa que ela me estende. Bebo tudo em um único gole e finjo não ver o olhar que ela troca com o tio Finn.

— Posso tomar outro?

— É claro. — Uma segunda garrafa aparece na mão de Marise, embora eu possa jurar que ela nem chegou a virar para trás. Mas estou com tanta sede que nem dou importância a isso, apenas murmuro um "obrigada" quando pego a garrafa. Tento beber mais devagar desta vez, mas acabo praticamente engolindo essa aqui também.

Quando termino, o tio Finn pega a garrafa da minha mão. Em seguida, passa a mão no meu cabelo de um jeito que sempre me faz lembrar do meu pai e diz:

— Lamento, Grace.

— Por quê? — pergunto, confusa pelas palavras e pela expressão sofrida no rosto dele.

— Primeiro, os enjoos por causa altitude. E, agora, um terremoto. Eu trouxe você para o Alasca porque queria que se sentisse segura, queria ajudá-la a encontrar um novo lar. Em vez disso, desde que chegou aqui, você só passou por maus bocados.

— Até que não foram tão ruins assim — digo a ele. Quando percebo que meu tio não acredita em mim, seguro mão dele. — Sei que o Alasca é bem diferente de San Diego, mas não significa que eu deteste este lugar. Achei que isso iria acontecer, mas não foi assim.

Começo a dizer aquilo apenas para reconfortá-lo, mas, quanto mais eu falo, mais percebo que cada palavra é sincera. O Alasca é um lugar bem estranho, mas, se não tivesse vindo para cá, não teria conhecido Jaxon. E não teria trocado aquele beijo incrível. E não teria vindo morar com a minha prima, construindo uma amizade que tenho certeza de que vai durar pelo resto das nossas vidas.

— Além disso, aquele enjoo por causa da altitude já passou. E nós tínhamos terremotos em San Diego também, você sabe. Acho que é a única característica que o sul da Califórnia e o Alasca têm em comum — digo, sorrindo.

— Sim, mas eu devia ter te falado um pouco mais sobre a Academia Katmere. Achei que a ignorância seria o bastante para mantê-la segura.

— Acho que um *tour* pela escola não seria o bastante para impedir que eu me machucasse durante um terremoto, tio Finn.

Ele abre um sorriso entristecido.

— Não é disso que estou falando.

Meu radar, por mais que ainda esteja confuso, começa a apitar outra vez.

— Do que está falando, então?

— Ele quer dizer que, como em qualquer escola, demora algum tempo para aprender como as coisas funcionam aqui — interrompe Marise, e o olhar com o qual encara o meu tio informa que agora não é hora de discutir esse assunto. — Tenho certeza de que Macy vai ajudá-la com a adaptação. Além disso, você é uma garota inteligente. Acho que vai conseguir se encaixar aqui em pouco tempo.

Não tenho tanta certeza, mas não estou a fim de discutir a questão com ela. Não sei se isso significa que ela e o meu tio vão ficar muito mais tempo por aqui.

Em vez disso, mudo o rumo da conversa, esperando que falar sobre outros assuntos médicos encerre a visita.

— E os meus outros cortes? Foram muito feios? — pergunto, levando a mão até o curativo na minha bochecha.

— Não, até que não. Todos vão sarar em pouco tempo e nenhum foi profundo o bastante para deixar cicatrizes.

— Exceto esse do pescoço.

— Sim. — Ela parece relutar em admitir. — Você vai ficar com uma pequena cicatriz no pescoço.

— Bom, antes isso do que a alternativa, eu acho. Bem, obrigada por cuidar de mim. Muito obrigada mesmo. — Sorrio.

— Não há do que agradecer, Grace. Você é uma paciente exemplar.

Veremos se ela ainda vai achar isso depois que eu escapar do meu quarto hoje à noite para ir até o de Jaxon. Quero vê-lo, quero me assegurar de que ele também não se machucou. E quero saber o que ele sente sobre o nosso beijo, se ainda está pensando no que aconteceu... ou se decidiu que sou apenas uma pessoa que causa problemas demais.

Também quero saber o que aconteceu no tempo entre a quebra do vidro da janela e a minha chegada à enfermaria, e Jaxon é o único que pode me contar. Detesto não conseguir me lembrar de nada. Faz com que eu me sinta completamente fora de controle e essa é uma sensação que não suporto.

Ela aumenta a minha ansiedade, tanto que tenho certeza de que estaria à beira de um ataque de pânico se não fosse pelo sedativo.

— É normal eu ainda estar tão sonolenta? — pergunto, não porque quero tirar uma soneca de verdade, mas porque quero que toda essa gente saia de perto de mim. Especialmente o meu tio.

— É claro que sim — replica Marise. — Provavelmente vai levar até amanhã de manhã para que o efeito do sedativo passe. — Ela relanceia para o meu tio. — Por que não deixamos Grace descansar um pouco, Finn? Vou voltar para dar uma olhada nela mais tarde e, nesse meio-tempo, tenho certeza de que Macy vai nos chamar se houver algum problema.

— É claro que vou — garante Macy ao seu pai com a expressão mais virtuosa que já vi em seu rosto ou em qualquer outro. Se eu não estivesse tão impressionada, além de estar desesperada para que o tio Finn vá embora, provavelmente teria um ataque de risos.

— E você? — pergunta o meu tio, passando a mão no topo da minha cabeça. — Se importa se sairmos para que possa dormir um pouco?

— É claro que não. Sinto que seria uma grosseria dormir enquanto vocês estão aqui, mas estou muito cansada, tio Finn. — Parece que Macy não é a única por aqui que sabe dissimular.

— Tudo bem, então. Macy, que tal vir comigo? Você pode pegar algo na sala de jantar e trazer de volta para cá antes que Marise vá embora. — Ele volta a atenção para mim. — Você deve estar com fome.

E estou mesmo, principalmente agora que ele toca no assunto. Faminta, inclusive.

— Seria ótimo poder comer alguma coisa.

— Nada muito pesado — adverte Marise. — Sopa e talvez um pudim para começar. Se ela não botar isso para fora, aí podemos pensar em alguma coisa um pouco mais substancial.

— É claro. — Macy me encara com uma expressão reconfortante e em seguida enlaça o braço do pai com o seu. — Vamos, papai. Vamos buscar o jantar de Grace antes que ela durma.

Meu tio sai logo depois dela e eu digo a mim mesma que vou ter de lembrar de fazer algo especial por Macy para retribuir a ajuda que ela está me dando. Talvez eu possa lavar as roupas dela por um mês inteiro, ou limpar o banheiro durante as próximas semanas.

Depois que eles saem, fico um pouco nervosa por estar sozinha com a enfermeira, mas ela parece contente em me deixar "dormir" e estou preparada para aproveitar isso ao máximo. Agora que parte do efeito do sedativo passou, tenho a sensação de que fui atropelada por uma daquelas máquinas que limpam a neve das estradas... duas vezes. Tenho certeza de que isso acontece por causa da perda de sangue, então não estou tão preocupada. Mesmo assim, me sinto péssima.

Minutos se passam em silêncio, mas Marise provavelmente percebe que eu não peguei no sono.

— Tem mais perguntas sobre a sua situação, Grace?

— Não, acho que não — respondo. Mas uma coisa me ocorre logo em seguida. — Ah, sim. Daqui a quanto tempo vamos tirar os pontos?

— Pontos? — Ela parece estar totalmente confusa com a minha pergunta, o que não faz nenhum sentido.

— Por causa do corte na artéria? Você me deu pontos, não foi? Ou isso só acontece em *Grey's Anatomy*?

— Ah, sim, é claro. — Agora, ela parece simplesmente desconfortável. — Os pontos que usei na artéria vão se desfazer com o tempo, então não há com o que se preocupar.

— E os do lado de fora? Para fechar o ferimento?

— Eles vão se dissolver também — diz ela.

É uma resposta bem estranha, mas, como não sou enfermeira, estou disposta a aceitá-la. Pelo menos até ela continuar.

— Mantenha o corte coberto, está bem? Venha até a enfermaria amanhã e eu troco o curativo para você, mas não o tire por conta própria pelo menos por uma semana.

— Uma semana? E quando eu precisar tomar banho?

— Vou te dar um filme plástico à prova d'água para cobri-lo. Vai servir para manter o local seco, mesmo quando você lavar o cabelo.

Parece ser muito trabalho para um machucado que vai se curar normalmente, mas não vou insistir na questão. Pelo menos, ainda não. Em vez disso, simplesmente digo "obrigada". E, desta vez, quando fecho os olhos, tento dormir.

Mas não funciona. Não importa o quanto eu esteja sonolenta, alguma coisa parece não estar certa por aqui, incluindo o fato de que uma enfermeira da escola suturou a minha artéria e depois pareceu chocada quando perguntei sobre os pontos. No lugar de onde venho, dar pontos num ferimento é o trabalho de um médico.

Por outro lado, isso aqui é o Alasca e estamos a noventa minutos de qualquer assentamento que pode ser chamado de civilização. É razoável supor que a enfermeira da escola de Katmere consiga fazer muito mais do que uma enfermeira escolar de outro lugar. Talvez ela tenha feito outros cursos e tenha qualificação para prescrever sedativos e suturar artérias.

De qualquer maneira, fico agradecida quando Macy enfim retorna. Continuo fingindo dormir até Marise ir embora, mas assim que a porta se fecha, ergo o corpo com agilidade.

— O que você não está me dizendo? — exijo saber da minha prima, que reage com um grito e quase deixa cair a bandeja que tem nas mãos.

— Achei que você estava dormindo!

— Eu queria que Marise fosse embora. — Afasto as cobertas e giro as pernas, passando-as por cima da cama e encostando os pés no chão.

— Você precisa ficar deitada — diz Macy.

— Preciso descobrir o que *realmente* aconteceu comigo. Afinal, qual é a probabilidade de uma janela se quebrar daquele jeito durante um terremoto e um estilhaço rasgar uma artéria do meu pescoço? Parece bem improvável. E Marise me alertou para não olhar para o corte. Por que ela disse isso?

— Provavelmente porque não quer que você entre em pânico por causa de um corte feio.

Macy coloca a bandeja na escrivaninha dela, mas não se vira para me encarar. Em vez disso, fica mexendo com os pratos e talheres na bandeja até eu sentir vontade de gritar. Afinal de contas, não há tanta coisa a fazer para servir uma tigela de sopa que já está quente.

E é por isso que me levanto da cama, ignorando a minha tontura, e caminho na direção dela. O quarto começa a girar antes que eu dê dois ou três passos e eu coloco a mão na parede para conseguir me equilibrar.

Não pode ter sido só um pequeno corte. Estou bem pior do que me disseram.

Macy se vira para trás e dá outro berro quando percebe o quanto estou desequilibrada.

— Volte para a cama, Grace! — manda ela, segurando no meu braço e passando-o ao redor dos ombros. — Vamos, vou ajudar você a se deitar novamente!

— Diga a verdade. Eu sofri mesmo um corte na artéria, ou tem alguma informação que eles esconderam de mim? — pergunto, recusando-me a deixar que ela me leve de volta para a cama até conseguir algumas respostas.

— Tinha um corte na sua artéria. Eu mesma vi o sangue.

— Não foi isso que perguntei.

— Sim, mas isso é tudo o que eu sei. Eu não estava lá quando Jaxon levou você até a enfermaria. Estava no treino de dança.

— Ah, é mesmo. — Suspiro, lutando contra o impulso de arrancar um punhado ou dois dos meus cabelos. — Desculpe. Estou com essa sensação de que alguma coisa não está muito certa.

— Não sei, Grace. Para mim, até que faz sentido. Mesmo assim, tenho a impressão de que você é a pessoa mais azarada do mundo. Considerando aquele galho que se quebrou e agora a janela... É esquisito.

— É *muito* esquisito. Era nisso que eu estava pensando. Afinal, qual é a probabilidade de isso tudo acontecer? Eu simplesmente não sei o que pensar.

— Agora? Você não precisa pensar em nada que não envolva voltar para a sua cama e dormir. Marise vai me matar se souber que você está zanzando pelo quarto.

— Aliás, o que há com ela, hein? — pergunto, mesmo enquanto deixo que Macy me ajude a voltar para a cama. — Tipo... Ela é a enfermeira de escola mais assustadora neste ou em qualquer lugar do mundo.

— Não exagera. Ela é só... muito séria.

Pego o estojo que está na minha escrivaninha quando passo por ela. Tenho um espelho ali dentro e quero dar uma olhada no estrago.

— Sim, é uma boa maneira de descrevê-la.

— Qual sopa você quer? — pergunta Macy quando me coloca numa cama que parece bem mais arrumada do que quando me levantei dela. O que não faz nenhum sentido, considerando que Macy estava do outro lado do quarto o tempo todo.

— Ei, você arrumou os lençóis?

— O quê?

— Da minha cama. Estava toda bagunçada quando levantei.

— Ah, sim. Eu... — Ela faz um movimento horizontal com a mão, como se estivesse alisando os lençóis.

— Quando? — Devo estar pior do que imaginava. Nem percebi a vinda dela para este lado do quarto.

— Dei um jeito na cama quando você estava apoiada na parede. Você ficou com os olhos fechados por um minuto e não quis incomodar enquanto você se reorientava.

De novo, tem alguma coisa estranha. Eu tinha certeza de que ela veio direto para junto de mim quando percebeu que eu estava em pé. Mas, mesmo assim, sou eu que estou totalmente dopada enquanto Macy está em pleno domínio mental, como dizem por aí. E, também, que importância isso tem? A cama não pode ter simplesmente se arrumado sozinha.

— Bem, obrigada — agradeço, cobrindo-me com os lençóis.

— Por nada. — Ela parece um pouco pálida quando vai buscar a bandeja de comida. — Trouxe sopa de batata, uma de galinha com macarrão e um creme de milho. Não sabia qual você prefere.

— Para ser sincera, estou com tanta fome que posso comer qualquer coisa. Escolha a que quiser e me dê o que sobrar.

— Hmmm, não. É você que está doente.

248

— Exatamente. Estou tão dopada que não vai fazer diferença. Além disso, a única sopa de que não gosto é a de tomate. Pode me dar qualquer uma.

No fim das contas, ela me passa o creme de milho e uma tigela de frutas em calda; desta vez, são pêssegos.

Engulo metade da tigela em três minutos cravados. Macy come mais devagar, com colheradas mais compassadas e fazendo perguntas entre elas.

— Aliás, o que você estava fazendo no quarto de Jaxon? Pelo que eu sabia, ele estava evitando você, não?

A última coisa que quero agora é contar para Macy que eu estava chorando. Não quero que ela se preocupe comigo e sem dúvida não quero que se culpe por supostamente não ter me tratado com o devido cuidado desde que cheguei.

— Estávamos conversando e ele se ofereceu para me mostrar a chuva de meteoros.

— A chuva de meteoros? Essa é a melhor desculpa que você conseguiu inventar?

— É a verdade. E foi maravilhoso. Nunca vi uma chuva de meteoros tão luminosa antes.

Ela ainda parece desconfiada.

— E como, exatamente, você estava vendo a chuva de meteoros de dentro do quarto dele?

— A gente estava no parapeito, do lado de *fora* do quarto. Tínhamos acabado de voltar pela janela quando o terremoto começou.

— O terremoto.

— Sim, o terremoto. Você sabe, aquilo que aconteceu por volta das cinco e meia de hoje, quando *tudo* começou a tremer. Deve ter sido um tremor secundário depois daquele que aconteceu de manhã.

— Sim, todos nós sentimos o terremoto.

— Então por que está agindo como se eu estivesse ficando maluca?

— Não estou fazendo isso. Estava só pensando... bem, é provável que seja uma coisa meio boba. Mas o que, exatamente, você e Jaxon estavam fazendo quando o terremoto começou?

Fico paralisada quando ouço a pergunta. Meu olhar se fixa na parede, bem atrás da orelha de Macy. Mas não importa para onde eu olhe, as minhas bochechas insistem em esquentar.

— Oh, meu Deus. Você... — A voz de Macy vacila. — Você estava *na cama* com ele?

— O quê? Não! É claro que não! — Tenho certeza de que as minhas bochechas passaram de um tom rosado para um vermelho forte. — A gente estava...

— O quê?

— Se beijando. Ele estava me beijando, está bem?

— Só isso? Estavam só se beijando?

— É claro que é só isso! Faz menos de uma semana que conheço esse cara!

— Sim, mas tive a impressão de ter sido muito mais do que isso.

— Como assim? Nem sei se ele gosta mesmo de mim.

Macy dá a entender que vai dizer alguma coisa, mas acaba mudando de ideia. Porque, após um tempo, apenas balança a cabeça e encara a sua sopa como se, de repente, fosse a coisa mais interessante do planeta.

— É sério que vai fazer isso? — pergunto. — Não é justo. Respondi todas as suas perguntas. Precisa responder as minhas!

— Eu sei. É que... — Ela para de falar quando ouvimos alguém bater a nossa porta. — Provavelmente é o meu pai querendo ver como você está outra vez — comenta ela, levantando-se. — Ele não aguenta ficar esperando sem fazer nada, em especial quando uma pessoa de quem gosta está doente.

Deixo o que sobrou da minha sopa na mesinha de cabeceira e me enfio debaixo das cobertas. — Você vai se ofender se eu fingir que estou dormindo? Não estou a fim de conversar com ninguém agora.

— É claro que não. Pode fingir que está dormindo o quanto quiser. Vou deixar que ele dê uma boa olhada em você e depois o mando embora.

— Você é a melhor colega de quarto do mundo!

Fecho os olhos e viro de lado, ficando de frente para a parede, enquanto Macy vai atender à porta. Consigo ouvir a pessoa do outro lado da porta conversando num murmúrio grave, mas não dá para entender as palavras.

Mas deve ser o meu tio mesmo, porque Macy responde:

— Ela está bem. Tomou a sopa e agora está dormindo.

Mais murmúrios daquela voz grave e Macy oferece:

— Quer entrar e dar uma olhada? Marise aplicou uma dose forte de remédios. Ainda está dopada até a tampa.

Mais alguns murmúrios, não muito. E em seguida Macy fecha a porta.

— A barra está limpa — avisa ela, mas tem alguma nuance esquisita em sua voz.

— Olhe, desculpe por ter pedido para você mentir para o seu pai. Se quiser chamá-lo de volta...

250

— Não era o meu pai.

— Não? Quem era, então? Cam?

— Não. — Ela parece um tanto contrariada quando admite. — Era Jaxon. Eu salto da cama pela terceira vez esta noite.

— Jaxon? Ele estava aqui? Por que não mandou que ele entrasse? — Jogo as cobertas para o lado e levanto da cama, procurando o meu All Star pelo quarto, mas não consigo encontrar em lugar nenhum.

— Eu o convidei para entrar. Mas ele não quis.

— Porque você disse que eu estava dormindo. — Desisto de procurar meu tênis e vou até a porta.

— Aonde vai? — diz Macy, desesperada.

— Aonde você acha? — respondo, abrindo a porta. — Vou atrás do Jaxon.

Capítulo 36

ZERO MACHUCADO, MAS
ALGO CONTINUA ESTRANHO

Saio correndo do nosso quarto, imaginando que vou conseguir alcançar Jaxon algumas portas mais adiante. Mas o corredor está completamente vazio. Mesmo assim, ele não pode ter ido muito longe, então vou para a escadaria principal. Na pior das hipóteses, sei onde fica o quarto dele e vou até lá, mesmo se houver uma equipe de faxina limpando o lugar.

Enfim o encontro na escada, descendo três degraus de cada vez. Mas Jaxon não está sozinho. Liam e Rafael estão ao seu lado e os três parecem muito apressados.

Provavelmente seria melhor deixá-los ir embora, mas foi ele quem veio até o meu quarto, não o contrário. E isso significa que ele queria me ver.

É esse pensamento que me dá forças, que faz com que eu o chame quando paro no último degrau.

Ele para no mesmo instante. Os três param e em seguida estão olhando para mim, fixamente, com o mesmo olhar vazio. Tenho um segundo inteiro para tentar absorver o impacto direto de toda aquela beleza e intensidade masculinas — é bem avassalador — antes que Jaxon comece a subir as escadas outra vez.

Liam e Rafael ficam observando tudo por um segundo, com o rosto travado naquele olhar inexpressivo que estou começando a odiar. Mas em seguida os dois acenam para mim discretamente, e Rafael faz um sinal de joinha, antes de darem meia-volta e continuarem descendo a escada.

— O que está fazendo aqui? — pergunta Jaxon, e, em seguida, está bem diante de mim. Mas seu rosto não estampa aquela expressão vazia. Está lívido, com uma mistura de arrependimento e ódio de si mesmo, um olhar negro incandescente que me dá arrepios por todas as razões erradas.

— Macy disse que você veio me procurar.

— Não fui procurar você. Fui ver se estava bem.

— Ah. — Abro os braços e dou de ombros, como se aquilo não fosse importante. — Bem, como pode ver, estou bem.

Ele bufa.

— Tenho certeza de que há controvérsias.

— O que quer dizer com isso?

— Quero dizer que você parece a ponto de desmoronar a qualquer momento. Não sei o que deu na sua cabeça para vir correndo pelos corredores depois de sangrar até quase morrer. Volte para a sua cama.

— Não quero voltar para a cama. Quero conversar com você sobre o que aconteceu hoje à tarde.

"Vazio" não serve nem para começar a descrever o modo como ele me fita. Torna-se pior, mais do que simplesmente insípido, até não haver absolutamente nada ali. Nenhum sinal do Jaxon com quem acompanhei a chuva de meteoros. E, sem dúvida, nenhum sinal do garoto que me beijou até meus joelhos cederem e meu coração quase explodir.

Parece um estranho. Um estranho frio e sem emoções, alguém cuja única intenção é me ignorar. Mas ele finalmente responde:

— Você se machucou. Foi isso que aconteceu.

— Isso não foi tudo o que aconteceu. — Estendo a mão para encostar no braço dele. Tenho vontade de tocá-lo, senti-lo. Mas ele se afasta antes que os meus dedos consigam roçar sua camisa.

— É a única coisa que aconteceu que tem importância.

Nossa. Sinto o meu coração cair no chão enquanto luto com o fato de que ele colocou o nosso beijo no grupo de todas as coisas *irrelevantes*.

Durante longos segundos, não sei o que dizer. Mas decido fazer a única pergunta que arde dentro do meu cérebro desde que acordei.

— *Você* está bem?

— Não é comigo que você tem que se preocupar.

— Mas estou preocupada com você. — É muito difícil admitir isso, especialmente quando Jaxon se esforça tanto para esmagar tudo entre nós. Mas nem por isso deixa de ser verdade. — Você não parece...

Os olhos dele encontram os meus.

— O quê?

— Não sei. — Dou de ombros. — Não parece bem.

Ele desvia o olhar.

— Estou ótimo.

— Tudo bem. — É óbvio que ele não quer conversar comigo agora, então dou um passo atrás. — Acho que eu...

— Desculpe. — Parece que as palavras são arrancadas dele.

— Por quê? — O pedido de desculpas me deixa atônita.

— Não a protegi.

— De um *terremoto?*

O olhar dele volta a cruzar com o meu, e, por um segundo, apenas um segundo, consigo vislumbrar algum sinal naquela expressão. Algo poderoso, terrível, faminto. Mas que desaparece tão rápido quanto veio e, em seguida, ele volta a não demonstrar nada.

— De muitas coisas.

— Pelo que entendi, você salvou a minha vida.

Ele solta o ar, bufando.

— É disso que estou falando. Você não entende. Por isso é melhor voltar ao seu quarto e esquecer de tudo o que aconteceu mais cedo.

— Esquecer do terremoto? — pergunto. — Ou esquecer de você ter me beijado? — Não sei de onde tiro a coragem para tocar nesse assunto... mas, verdade seja dita, não é bem coragem, e sim desespero. Preciso saber o que Jaxon está pensando e por que ele está pensando nisso.

— Esqueça tudo.

— Você sabe que isso não vai acontecer. — Tento tocá-lo de novo e desta vez ele não se esquiva. Em vez disso, fica apenas me olhando enquanto coloco a mão em seu ombro, esperando que o contato o faça se lembrar da sensação de tocar em mim. À espera de que isso derrube as barreiras que ele ergueu entre nós.

— Bem, isso precisa acontecer. Você não imagina o que fizemos.

— Nós nos beijamos, Jaxon. Foi isso que fizemos. — Pareceu importante, memorável, e ainda sinto que foi assim. Mas, no grande plano geral das coisas, realmente foi só um beijo.

— Já te disse que não é assim que as coisas funcionam aqui. — Ele passa uma mão pelos cabelos, frustrado. — Será que não entende? Desde que chegou aqui, você se tornou uma peça em um jogo. Um peão num tabuleiro de xadrez para ser movimentada e atingir o resultado desejado. Mas agora... agora nós aumentamos a aposta. Não é mais um mero jogo.

Acho que isso é um aviso, mas para mim foi como um soco.

— Eu era só um jogo para você?

— Você não está prestando atenção. — Os olhos de Jaxon ficam incandescentes com o esforço que ele faz para represar emoções que nem consigo começar a decifrar, por mais que eu queira. — Desde o momento em que a beijei. A partir do momento em que você se machucou, tudo mudou. Você estava em perigo antes, mas agora... — Ele para de falar,

254

retesando o queixo, com os músculos da garganta agitados. Em seguida, continua: — Agora, praticamente pintei um alvo no meio das suas costas e desafiei alguém a dar um tiro.

— Não estou entendendo. Você não fez nada.

— Fiz tudo. — Neste momento ele avança, rápido como uma das estrelas cadentes que vimos na noite passada, e de repente seu rosto está bem diante do meu. — Você precisa ficar longe de mim. *Eu* preciso ficar longe de *você*.

Aquelas palavras fazem um calafrio correr pelo meu corpo, deixando a boca seca e as palmas das mãos molhadas de suor. E, ainda assim, simplesmente não consigo me afastar. Não quando ele está aqui, bem na minha frente. — Jaxon, por favor. Você não está dizendo coisa com coisa.

— Só porque você se recusa a entender. — Ele recua. — Tenho que ir.

Tais palavras pairam no ar entre nós, sombrias e macabras, mas ele não faz nada. Absolutamente nada, além de ficar onde está, me encarando com aquele olhar atormentado. Assim, *eu* decido tomar uma atitude. Começo a andar até nossos corpos quase encostarem um no outro.

Não é muito, mas é o suficiente para sentir um calor ganhando força no meu estômago e a eletricidade estalando sob a pele.

— Jaxon... — sussurro o nome dele porque as minhas cordas vocais se esqueceram de como devem funcionar. Ele não responde, mas também não se afasta.

Por um segundo, dois, ele simplesmente fica ali, me observando, com o olhar fixo no meu. Seu corpo se encosta no meu, pressionando.

Sussurro o nome dele outra vez e é quase o bastante. Percebo que ele vacila, sinto que ele se apoia mais em mim.

Mas Jaxon logo acaba com o momento, com uma voz que corta feito vidro quebrado quando diz:

— Fique longe de mim, Grace. — Ele vira de costas, desce três degraus de cada vez e não para até chegar à base daquela escada, três metros abaixo. Sem se virar, ele diz em voz alta: — É a única maneira de você sair viva desta escola.

— Isso é uma ameaça? — pergunto, mais abalada do que quero admitir. Para ele ou para mim mesma.

— Não faço ameaças. — A frase *eu nem preciso fazer isso* paira no ar.

Antes que eu consiga responder, ele apoia as duas mãos no corrimão de ferro e salta sobre ele. Dou um grito estrangulado e corro até a beira da escada, temendo ver um corpo desfigurado lá embaixo. Mas ele simplesmente não está deitado nem estraçalhado no chão. Não está em lugar nenhum. Jaxon desapareceu em pleno ar.

Capítulo 37

NÃO FAÇA PERGUNTAS SE NÃO CONSEGUE
SUPORTAR A RESPOSTA

Por vários segundos, fico ali, olhando para o lugar onde Jaxon deveria estar, mas não está. Ele não pode simplesmente ter desaparecido.

Começo a descer as escadas para ir atrás dele — da maneira racional — mas não desci nem quatro degraus quando ouço alguém me chamar.

— Ei, Grace! Aonde você está indo?

Viro para trás e vejo Lia chegando perto do topo da escada, vindo na minha direção. Está toda vestida de preto, como de costume, um look que mistura atitude e elegância de um jeito bem feminino. Como também já é o seu costume.

— Eu queria falar com Jaxon, mas ele é rápido demais.

— Zero pessoas surpreendidas. Quando Jaxon quer se esquivar, não há quem o alcance. — Ela coloca a mão no meu ombro, de leve. — Mas, Grace... você está bem, menina? Não está com uma cara muito boa.

Tenho certeza de que ela está tentando dizer isso da maneira mais gentil possível, então simplesmente faço que não com a cabeça.

— Este dia foi muito esquisito. E cansativo, também.

— Tudo o que envolve Jaxon é sempre assim — diz ela com uma risada. — O que você precisa é de um pouco mais de chá e uma boa conversa de meninas. Vamos combinar isso para mais tarde?

— Com certeza.

— Enquanto isso, talvez seja melhor você ir procurar Jaxon. Caso contrário, não sabemos por quanto tempo ele vai ficar andando pelos cantos, emburrado.

Penso em fazer isso. Penso mesmo. Mas não faço ideia do lugar para onde ele possa ter ido, ou mesmo se ainda está no castelo. E, se não estiver aqui dentro, não tenho condição de ir atrás dele vestindo só este pijama.

É por isso que, no fim, só suspiro e confesso:

— Acho que vou voltar para o meu quarto. Talvez eu tente mandar umas mensagens para ele.

— Ah, sim. Claro, você pode *tentar*. — Ela fala de um jeito meio condescendente, mas talvez eu tenha essa sensação porque estou frustrada. E é por isso que tento não dar a impressão errada quando ela me diz: — Ei, deixa eu te ajudar a voltar para o quarto. Do jeito que está, parece que vai desabar a qualquer instante.

Eu *sinto* que vou desabar a qualquer instante mesmo, mas imagino que isso não seja da conta de ninguém, a não ser da minha. Especialmente nesta escola onde qualquer fraqueza física parece uma falha de caráter.

É por essa razão que, em vez de responder, dou uma espiada no fundo da escadaria, na tentativa de enxergar Jaxon — malsucedida, é claro — antes de me virar para voltar pelo caminho de onde vim. Lia parece achar que vou cair no chão a qualquer momento, porque caminha bem ao meu lado. E isso é algo que me recuso terminantemente a deixar acontecer. Os problemas que causei esta semana valem para uma vida inteira.

— E então, o que houve? — pergunta enquanto voltamos devagar para o meu quarto. — Achei que ia te ver no jantar, mas você não apareceu.

— Ah, sim. Tive um pequeno... acidente.

— Estou vendo. — Ela dá uma olhada nos curativos que cobrem várias partes expostas da minha pele. — Foi sério? Porque parece que você entrou num ringue de vale-tudo para brigar com um urso-polar. E perdeu.

Eu balanço a cabeça, rindo.

— Uns cacos de vidro que voaram por causa do terremoto que houve mais cedo. Nada de muito especial.

— Ah, é mesmo. O terremoto. — Ela me estuda por alguns segundos. — Sabe... tivemos mais tremores desde que você chegou aqui do que em todo o ano passado. Estou começando a achar que você trouxe esses tremores da Califórnia quando veio para cá, menina.

Exalo o ar, enfastiada.

— Sim, já tive essa conversa hoje. Mas tem um detalhe: nunca me machuquei desse jeito por causa de um terremoto na Califórnia.

— É mesmo? Bem, você sabe o que dizem sobre o Alasca.

— Ao Norte para o Futuro? — respondo, citando o lema oficial que encontrei na internet enquanto pesquisava sobre o estado.

Ela ri.

— É algo mais parecido com... "tudo o que existe aqui foi criado para matar em dez segundos. Ou menos".

— Achei que isso é o que se diz sobre a Austrália.

— Tenho certeza de que é assim para qualquer lugar que comece e termine com a letra A. — Ela sorri, mas há uma acidez naquelas palavras que me lembra o quanto as coisas podem ficar ruins aqui. Posso ter caído de uma árvore e me cortado com vidro desde que cheguei, mas Lia perdeu o namorado. E Jaxon perdeu o irmão.

— Como você está? — pergunto quando chegamos perto do meu quarto.

— Eu? — Ela parece se assustar. — É você que está toda cortada.

— Não estou falando sobre condição física. Eu queria saber... — Respiro fundo e solto o ar devagar. — Sobre Hudson. Como se sente?

Por um segundo, apenas um segundo, a fúria brilha nos olhos de Lia. Enorme, absoluta, infinita. Mas ela pisca e aquele sentimento é substituído por uma expressão morna e agradável que, de algum modo, é um milhão de vezes pior do que o ódio sob a fachada.

— Estou bem — responde ela, com um sorriso estranho e curto que me provoca uma forte compaixão. — Ou melhor... não estou tão bem. Nunca vou ficar bem. Mas aprendi a dizer "não", e isso já é alguma coisa.

— A dizer "não"?

— Sim, nós já falamos sobre isso. Todo mundo me fala para eu seguir em frente, tocar a vida, mas não consigo. As pessoas me dizem que nada tem que mudar e que Jaxon é um substituto perfeito...

— Jaxon? — O meu corpo se enrijece por inteiro quando Lia menciona o nome de Jaxon ligado ao seu. Ela não pode estar falando sério... Será?

— Eu sei. É um absurdo. Ele e Hudson não têm nada em comum. E não me importo com política ou dinastias familiares, mesmo se isso for importante para ele. Tudo o que eu quero é ter Hudson de volta.

Ainda estou chocada com a notícia de que ela e Jaxon deviam estar juntos — e a insinuação de que *ele* está disposto a aceitar isso. Mas Lia parece tão frágil quando diz isso, tão exposta, que meu coração se retorce por ela.

De qualquer maneira, isso não faz sentido. Não se eu pensar na maneira que ele me abraçou hoje cedo. Não se eu pensar em como ele me beijou. Ele não fez nenhuma dessas coisas como um cara que tem outra pessoa na cabeça. Fez tudo como se estivesse tão desesperado por mim quanto eu estava por ele.

Sim, ele tentou apagar o que houve na escada há alguns minutos, mas não é possível simplesmente voltar atrás depois de tudo o que aconteceu. Não quando nunca senti nada que chegasse perto disso em toda a minha vida, e eu poderia jurar que ele também nunca sentiu.

Assim, de onde vem tudo isso? O que Lia está tentando dizer? E por que ela está dizendo isso logo para *mim*?

Não tenho respostas para essas perguntas e, muito provavelmente, não vou encontrá-las se ficar no meio do corredor do alojamento. E menos ainda quando a combinação de sedativo e perda de sangue ainda faz meu cérebro funcionar em marcha lenta, conferindo a sensação de que metade do meu corpo nem está aqui.

Pensando pelo lado positivo, enfim estamos de volta ao quarto que divido com Macy. Estou exausta e mais do que pronta para deitar novamente. E mais do que pronta para ficar longe de Lia também, pelo menos até decidir se estou sendo paranoica ou se ela está tentando me avisar sutilmente para eu me afastar de Jaxon, pois ele é território seu.

Se é isso que ela está fazendo, não vai funcionar. Não quando eu já sinto essa conexão com Jaxon. É estranho, eu sei, considerando que gastamos a mesma parcela de tempo trocando farpas e também conversando. Mas, quanto mais tempo eu passo com ele, mais tempo quero passar. Como se houvesse algo que me empurra para junto dele, que me faz querê-lo. Não há a menor chance de aquele discurso sutil sobre todo mundo querer que ela e Jaxon fiquem juntos por razões *familiares* mudar isso.

Ergo a mão para bater à porta — estava com tanta pressa para alcançar Jaxon antes de ele desaparecer de vez que esqueci de pegar a minha chave —, mas a porta se abre antes de o meu punho encostar na madeira.

— Aí está você! — exclama Macy. — Eu ia sair para procurar...

Macy para de falar quando vê Lia logo atrás de mim.

— Ah. Oi, Lia. Como você está? — Ela alisa o cabelo nervosamente.

— Bem — responde Lia, tentando encerrar uma conversa que mal começou antes de olhar para mim com uma cara preocupada. — Descanse um pouco, viu, Grace? Amanhã venho ver como você está. E vou trazer um chá especial que vai ajudá-la a se sentir melhor mais rápido.

— Não precisa. Mas agradeço por me acompanhar de volta. Obrigada — digo, passando pela cortina de contas que ficam sob o vão da porta do quarto.

— Ah, é claro. E o chá não é nenhum incômodo — diz ela, com um sorriso meigo. — Descanse.

— É o que pretendo fazer. Obrigada. — Nem tento sorrir.

— Obrigada por trazê-la de volta — diz Macy com um sorriso agradecido que me faz endireitar as costas.

Lia não dá atenção.

— Posso trazer o chá agora se você quiser, Grace.

— Estou bem. Acho que vou só dormir mesmo. — Aceno em despedida quando deixo o corpo cair na cama.

Para soar mais convincente, deito na cama recém-arrumada (outra vez) e viro de frente para a parede, com as costas para a porta — e para Lia. Sei que isso é meio grosseiro, mas, neste momento, não é algo com que me importo. Já estou farta dessa conversa e, por ora, estou farta de Lia, também. Não só por causa de Jaxon, mas porque realmente não gosto do jeito que ela trata Macy. Não consigo suportar a rispidez dela, como se a minha prima fosse um cachorrinho que vive roendo seus sapatos.

Ouço alguns murmúrios que vêm da direção da porta. Com certeza é a minha prima se desculpando com Lia por causa do meu comportamento arredio. E em seguida a porta se fecha discretamente.

Viro para o outro lado de imediato e, ao fazê-lo, fico cara a cara com o pacote de biscoitos e um copo recém-servido de suco que Macy deixou na minha mesinha de cabeceira.

— Você é mesmo a melhor prima do mundo — digo a ela quando ergo o corpo e me sento na cama. — Você sabe disso, não é?

— Sei, sim — concorda ela, acomodando-se na cama ao meu lado. — Como está se sentindo?

— Quer saber a verdade?

— Sempre.

— Horrível. Devia ter escutado o que você me disse. — Mas isso é ridículo. E detesto o que está acontecendo. Tudo o que fiz foi me apressar pelo corredor para alcançar Jaxon e agora o meu corpo parece fraco, exausto.

— Deve estar mesmo. — Ela pega o copo de suco e o estende para mim. — Beba tudo, querida.

Pela primeira vez, não consigo deixar de pensar em quanto sangue devo ter perdido.

É esse pensamento que me faz pegar o copo e engolir o suco em duas ou três goladas. E também é o que me faz comer um biscoito, mesmo que o meu estômago esteja se revirando e comer seja a última das minhas prioridades.

Macy me observa como um gavião encarando sua presa e sorri quando consigo colocar outro biscoito para dentro junto com um copo de água. É só aí que ela me pergunta:

— E então? Vai me dizer agora como saiu daqui para ir atrás de Jaxon e voltou com Lia?

— Não há muito o que dizer. Jaxon fez o que sempre faz.

— E o que seria isso?

— Ele desapareceu.

Macy confirma com um aceno de cabeça.

— Sei como é.

Penso no rosto de Jaxon quando eu estava tentando falar com ele no alto da escada. Em seguida, lembro do que Lia deixou "escapulir".

Penso em como Jaxon conseguiu me ajudar toda vez que alguma coisa ruim aconteceu comigo. E penso na facilidade que ele tem de ir embora, todas as vezes.

É o bastante para que o meu cérebro, já tão maltratado, peça arrego.

— É melhor a gente dormir — sugere Macy e, pela primeira vez, percebo que ela já está de pijama. — Já passa das duas da manhã.

— Já? Por quanto tempo fiquei inconsciente?

— Por bastante tempo. — Ela me dá um abraço antes de sair da minha cama. — Durma um pouco. Podemos falar mais sobre o que se passa na cabeça de Jaxon amanhã.

Faço que sim com a cabeça e tento fazer o que ela sugere. Mas não consigo parar de pensar no quanto já é tarde. E em quanto tempo perdi. Devo ter ficado desmaiada por muito mais tempo do que imaginei se já forem... — pego o meu celular para consultar o horário — 2h31 da madrugada.

Há um punhado de mensagens de Heather — sobre o quanto ela detesta as aulas de cálculo e como ela gostaria de conseguir criar coragem para conversar com Verônica (a crush dela no momento). Respondo com duas ou três mensagens. Não falo nada sobre a minha experiência entre a vida e a morte, apenas incentivo o lance com Verônica e digo uma ou outra coisa sobre a aula de cálculo. E também faço algumas queixas em relação a Jaxon.

Ela não responde. Provavelmente porque já é tarde. Assim, passo alguns minutos olhando o *feed* do meu Insta. Enquanto olho para as fotos sem dar muita atenção, não consigo tirar a tarde de hoje da cabeça. Não consigo parar de tentar imaginar o que aconteceu enquanto eu estava apagada.

O que foi mesmo que Marise disse? Que Jaxon me levou às pressas para a enfermaria e que ela me dopou para poder dar um jeito no "corte" na minha artéria? Ou há mais variáveis nessa história — algo que explique por que o meu tio estava tão nervoso e por que Jaxon está tão determinado a aumentar a distância que existe entre nós?

São esses pensamentos que me fazem ficar olhando para o teto até quase três horas da manhã.

Esses pensamentos que finalmente me fazem ir até o banheiro e fechar a porta entre Macy e eu.

E são esses mesmos pensamentos que me fazem levantar o curativo que prometi não tirar (pelo menos por alguns dias) e observar o corte no meu pescoço.

Ou, mais precisamente, para as duas marcas de perfuração perfeitamente redondas e perfeitamente espaçadas, cerca de dois dedos abaixo de um corte irregular.

Capítulo 38

NADA COMO UMA DENTADA NO
PESCOÇO PARA DEMONSTRAR QUE SE
GOSTA DE ALGUÉM

Nem preciso dizer que não há como voltar a dormir depois disso.

Não há nada a fazer além de examinar e reexaminar o meu pescoço mil vezes nas próximas duas horas enquanto espero o efeito do último dos remédios — e do que estou esperando ser algum tipo de alucinógeno bizarro — passar.

Porque, se isso não for uma alucinação induzida por algum remédio, então artérias lesionadas e alienígenas são a menor das minhas preocupações.

Um pedaço de mim quer se levantar e sair para dar uma volta, clarear as ideias, mas as lembranças do que aconteceu na outra noite ainda estão bem vívidas. Depois do dia que tive e do que acabei de ver no espelho, tenho certeza de que vou perder completamente as estribeiras se alguém tentar torrar a minha paciência esta noite. Em especial quando uma olhada pela janela revela que a lua ainda está alta no céu.

Isso não devia importar em um mundo normal, mas "normal" não é muito mais do que uma lembrança distante desde que coloquei os pés neste lugar. Só de pensar nisso, já sinto o impulso de passar os dedos pelo curativo no meu pescoço. Minha mente funciona em alta velocidade enquanto tento descobrir o que poderia ter causado essas marcas de perfuração.

Claro, se eu estivesse vivendo num livro de terror, haveria uma explicação óbvia para aqueles furos perfeitamente cravados e perfeitamente espaçados. Mas não sou Bram Stoker e este lugar não é a Transilvânia, então tem que haver outra razão.

Uma cobra? Dois tiros no meu pescoço? Uma pegadinha de muito mau gosto?

Há de ser alguma coisa assim. Simplesmente ainda não descobri o quê.

O fato de não conseguir esquecer o aviso de Jaxon sobre a lua cheia, e o seu comentário ácido sobre Marc e Quinn serem animais só dificulta a minha tentativa de encontrar a lógica em tudo isso. Nem os avisos de Macy sobre Flint e Jaxon virem de mundos muito diferentes, sobre serem diferentes demais para conseguirem se dar bem.

Deve ser alguma droga, não é? Só pode ser.

Porque o que está querendo surgir nos recônditos da minha cabeça é totalmente absurdo. Completamente pirado. Monstros não existem. Apenas pessoas que fazem coisas monstruosas.

Como isso aqui.

Se Marise não me deu duas injeções no pescoço, então *só pode* ser uma pegadinha. Jaxon só pode estar zoando com a minha cara. Só pode estar. Não existe outra explicação razoável.

Essa é a ideia a que me apego durante as próximas duas ou três horas, o mantra que repito para mim mesma sem parar, o tempo todo. E, mesmo assim, quando o relógio do meu celular chega às seis horas, já me levantei e estou no chuveiro — tomando cuidado, como me foi mandado, para não molhar o curativo no pescoço.

Afinal de contas, o que eu sei sobre mordidas de vampiros? A última coisa que preciso é deixar esta marca num estado pior do que já está.

Não que seja uma mordida de vampiro ou algo parecido. Estou só dizendo que, a essa altura, é melhor não presumir nada, nem achar que tenho certeza sobre qualquer coisa.

Depois que me visto com uma saia preta, uma *legging* preta e uma camisa polo roxa desta vez, arrumo o cabelo para cobrir tanto o curativo no pescoço quanto o corte na bochecha. Pego o moletom forrado e saio de fininho do quarto antes mesmo de o alarme do celular de Macy tocar. Há um pedaço de mim que tem vontade de acordá-la e fazer a pergunta que queima insistentemente no meu cérebro, mas não quero que ela minta para mim.

E também não tenho certeza se quero que ela me conte a verdade.

Jaxon, por outro lado, se ele mentir para mim, pode ter certeza de que vou socar uma estaca naquele coração trevoso e cheio de dentes. E sim, eu sei que isso não faz nenhum sentido. Simplesmente não estou me importando muito neste momento.

Marcho pela escola como uma mulher com uma missão a cumprir. O fato de ainda sentir um pouco de tontura — quanto sangue será que eu perdi nessa brincadeira, afinal de contas? — torna as coisas particularmente interessantes, mas não estou disposta a ficar largada na cama, esperando para conversar com ele, nem por mais um segundo.

Chego até a torre em cinco minutos, o que com certeza deve ser algum tipo de recorde mundial, já que o quarto de Jaxon fica do outro lado do castelo. Mas, quando atravesso a alcova e bato na porta, não há resposta.

Continuo esmurrando a porta e, quando percebo que não adianta, começo a mandar mensagens. E ligo para ele. E volto a bater na porta. Porque isso não pode estar acontecendo agora. Como ele pode se dar ao luxo de não estar aqui bem na hora em que preciso de respostas?

Só que, aparentemente, pode. Droga.

Frustrada, irritada e mais preocupada do que gostaria de admitir, deixo o corpo cair em uma das poltronas estofadas na alcova de leitura e fico olhando para a janela, agora coberta por um tapume, onde tudo isso começou. Só para não ter que olhar para o chão e perceber que o tapete que estava aqui, ontem, agora não está mais.

E assim me recosto e me preparo para esperar Jaxon Vega aparecer.

Quinze minutos depois, estou praticamente subindo pelas paredes. Meia hora mais tarde, já estou disparando várias mensagens bem malcriadas para aquele palhaço. E, quarenta e cinco minutos depois, já estou pensando seriamente em botar fogo em toda aquela maldita torre... até que Mekhi aparece, com uma cara de sono e um sorriso.

— Por que você está sorrindo? — pergunto, sem qualquer cortesia.

— Você fica uma fofura quando está brava.

— Eu *não estou* brava.

— Ah, claro. Você está furiosa, muito além do que alguém é capaz de compreender, e está pensando em arrancar o coração gordo e sombrio de Jaxon, jogá-lo no chão e sapatear em cima, não é? — Ele cita a mensagem mais furiosa dentre as que mandei, provavelmente para me constranger. Mas já estou num ponto em que o constrangimento nem me afeta mais. Estou com marcas de presas no meu pescoço. *Marcas de presas.*

— Exatamente — respondo, olhando feio para ele. — Para não parafrasear Sylvia Plath.

— Para não a parafrasear *mal*, né?

— Continue fazendo isso e vou ficar brava com você também — emendo.

Ele sorri, mas, antes que consiga dizer algo que me dê vontade de socar aquele rosto ridiculamente bonito, pergunto:

— Onde está Jaxon? E por que ele está se escondendo de mim? Ou mostrando as minhas mensagens para você?

— Ele não está se escondendo.

— Ah, não? — Eu me levanto e bato cerimoniosamente na porta do quarto. Novamente, nada de resposta. — Acho que está, sim.

— É mesmo? E por que ele teria que se esconder de você? — Mekhi cruza os braços diante do peito e sorri para mim, com as sobrancelhas erguidas e a cabeça inclinada.

— Por causa disso. — Ergo a mão e arranco o curativo do pescoço, virando a cabeça para que Mekhi possa ver o que eu vi.

Sinto uma satisfação perversa ao testemunhar o sorriso no rosto dele se desfazer. Ao notar os seus olhos se arregalarem e seu queixo cair com o choque.

— Mas o que é isso? Quem a mordeu?

Ah, céus. Meu estômago se revira e, por um segundo, tenho a impressão de que vou vomitar quando sinto a náusea me dominar. Ele não negou que alguém me mordeu. Só perguntou *quem* me mordeu, como se fosse perfeitamente normal ter duas marcas de perfuração no pescoço.

Como se fosse perfeitamente normal haver alguém ou, a julgar pela pergunta, *um monte* de alguéns nessa escola que anda por aí mordendo as pessoas.

O medo começa a subir pela minha coluna com as possíveis implicações e faz também os pelos dos meus braços e da minha nuca se eriçarem.

— Grace? — chama Mekhi quando estou me esforçando para não hiperventilar antes de responder. — Quem mordeu você?

— Como assim, "quem"? — Quase me engasgo com as palavras. — Foi Jaxon que me mordeu. É óbvio.

— Jaxon? — Ele nega com um aceno de cabeça e o olhar um pouco atarantado. — Não, aposto que não foi assim.

— Como assim? Claro que foi. Eu estava aqui em cima, o vidro me cortou e Jaxon me mordeu. Tenho certeza.

— Você se lembra disso? Exatamente assim? Você lembra de sentir que Jaxon a mordeu?

— Bem... não. — Tenho certeza de que devo estar tão atarantada quanto ele quando ouço a pergunta. — Mas, se não foi *ele*, quem foi, então?

— Não faço ideia. — Ele pega o celular e manda várias mensagens.

Minha cabeça está girando. Por causa de tudo o que ele disse e *também* do que não disse. Os únicas seres que mordem pessoas são animais e... não. Não estou pronta para aceitar isso ainda. Não estou pronta nem sequer para pensar na palavra. Meu cérebro pode acabar explodindo.

— Juro por Deus que, se você estiver me zoando, Mekhi... Se isso tudo for só uma grande pegadinha que você e os seus amigos inventaram, eu vou *matar* todos vocês. Com requintes de crueldade. Vou arrancar as tripas de vocês vivos e dá-las para o primeiro urso polar faminto que aparecer na minha frente. Fui clara?

— Claríssima. — O celular de Mekhi vibra com várias mensagens que recebe em resposta e ele fica ainda mais sério quando as lê. — Definitivamente não foi Jaxon.

O calafrio na minha coluna se transforma num tremor gelado e violento e chego a sentir dificuldade para pensar. E para respirar.

— Como você pode ter certeza de que ele não está falando isso só da boca para fora?

— Porque Jaxon não mente para mim. E porque, neste momento, ele está praticamente em pânico. — O celular de Mekhi vibra outra vez e ele lê as mensagens mais recentes antes de continuar a falar. — Ele quer que você fique quieta. Está voltando para cá. Vai chegar daqui a algumas horas.

— Está voltando? — A minha cabeça está definitivamente ameaçando estourar. Isso mesmo, é provável que ela exploda de verdade, aqui e agora. E aí não vai importar quem deixou essas marcas em mim nem por quê. — Para onde ele foi, exatamente?

— Para as montanhas.

— As montanhas? Monte Denali?

Mekhi não olha para mim quando responde.

— Mais longe.

— Mais longe... mais longe *quanto?*

Ele faz um gesto negativo com a cabeça.

— Não se preocupe com isso.

— Você não tem o direito de me dar ordens — digo enquanto o cutuco no ombro com força. — Sou eu que estou com marcas de mordida no pescoço porque algum idiota quis fazer uma pegadinha de mau gosto e Jaxon foi a última pessoa que me viu, antes da enfermeira. Então, eu vou me preocupar, sim, até ele voltar para cá e me explicar tudo. Está bem?

— Está bem, está bem! — Ele finge que está esfregando o ponto onde eu lhe dei o cutucão. — Que coisa, mulher. Você sabe mesmo o que quer.

— Ah, sei, sim. Pode dizer isso ao seu amigo que gosta de andar pelas montanhas. E por falar nisso, por que você não parece nem um pouco abalado com essas marcas de mordida no pescoço?

— Eu *estou* abalado, sim! E Jaxon também está. Todos estamos ficando malucos por causa disso.

— Sim, mas você está agindo assim porque não sabe *quem* me mordeu. E não porque... Ah, não sei, não é? *Alguém* me mordeu!

— Ah, sim — diz ele, enfiando as mãos nos bolsos e olhando para todos os lugares da alcova, exceto para mim. — Acho que vou deixar isso para Jaxon explicar.

— Porque ele é *supercomunicativo*, não é?

Estou completamente farta desses dois a esta altura do campeonato, para não falar de toda a situação. Então, dane-se. Eu me levanto da cadeira e vou até a porta.

Mas Mekhi chega lá antes de mim. O rapaz sabe andar rápido quando precisa e bloqueia o meu caminho.

— Ei, aonde você acha que vai?

— Vou voltar para o meu quarto e pegar as minhas coisas. Tenho aula agora. — E tenho também uma prima a quem estou totalmente disposta a torturar até ela me contar toda a verdade, se for preciso. Faço menção de passar ao redor dele, mas ele dá um passo para o lado e continua bloqueando a minha passagem.

— Eu disse que Jaxon não quer que você saia daqui. Pegue um livro e um cobertor e espere perto da lareira. — Ele aponta para a lareira vazia.

— Não tem fogo nenhum ali.

— Posso acendê-la. Vai levar cinco minutos, no máximo.

— Mekhi... — falo devagar e com o tom de voz mais razoável que consigo, mas percebo que isso só serve para deixá-lo mais desconfiado. Que garoto esperto.

— Sim, Grace?

— Se Jaxon quer que eu fique aqui, talvez ele devesse ter feito o mesmo. Pelo que você me disse, ele está em alguma montanha sabe-se lá onde, fazendo sabe-se lá o que e eu estou aqui com essas *marcas de presas* no pescoço, que apareceram enquanto eu estava *inconsciente*. — O terror está de volta, então tento me concentrar na raiva. É muito mais fácil lidar com ela. — Imagino que você já deve ter percebido que não estou nem aí para o que Jaxon quer agora.

— Ah... sim. Estou percebendo, sim. — Ele abre um sorriso que, tenho certeza, é o mesmo que normalmente o ajuda a ganhar tudo o que quer na vida e muito mais, mas recuso-me a ceder. Não agora e nem por esse motivo. — Tudo bem. Que tal se a gente fizer um acordo? Você volta para o seu quarto e fica quietinha até o Jaxon voltar para cá. Desse jeito você fica segura e mais tarde vocês dois podem descobrir juntos o que aconteceu.

— Você realmente acha que preciso me esconder de algum idiota com um extrator de grampos ou uma cobra de estimação?

— Não foi um extrator de grampos que deixou essas marcas, Grace. E também não foi uma cobra. Acho que você sabe disso, ou então não teria vindo até aqui socar a porta de Jaxon às seis da manhã.

O fato de ele enfim admitir que nesse mato tem cachorro, ou melhor dizendo, monstro, faz uma sensação de calma começar a tomar conta de mim, indo da cabeça até os pés. Talvez seja o remédio. Talvez eu esteja entrando em choque, ou talvez esteja aliviada simplesmente por alguém estar sendo franco comigo.

Seja o que for, respiro fundo e relembro da primeira de todas as conversas que tive com Jaxon, repassando-a na minha cabeça. *Há mais coisas entre o céu e o inferno, Horácio, do que sonha a nossa vã filosofia.*

— Então, o que foi que fez essas marcas?

Durante alguns longos segundos, ele não responde. Até que, quando já estou a ponto de desistir de esperar Mekhi abrir o bico, ele diz:

— Grace, a verdade é que, às vezes, a resposta mais óbvia é a correta.

Capítulo 39

NUNCA HÁ UM ALUCINÓGENO POR PERTO
QUANDO VOCÊ MAIS PRECISA DE UM

Mekhi e eu não temos muito mais para conversar depois daquela revelação, embora ele insista em me acompanhar no caminho de volta até o meu quarto. Não há muito a dizer, considerando que não consigo decidir se devo confiar nele ou não. Não o conheço. Bem, Jaxon confia nele, mas Jaxon está desaparecido e isso não é exatamente um bom sinal.

O fato de que Jaxon passou a bombardear o meu celular com mensagens nos últimos quinze minutos também não me importa tanto. Mandei mensagens para ele mais cedo e a única resposta que recebi foi ele ter mandado Mekhi falar comigo. Por isso, agora ele que trate de perguntar a *Mekhi* o que quer saber sobre mim, porque eu *não vou* responder.

Infantil? Talvez. Prudente? Absolutamente. Porque, com o humor que estou, tenho medo de dizer algo de que possa me arrepender depois. É melhor me acalmar e conversar pessoalmente quando ele voltar. E também, se ele tentar mentir para mim agora, vou fazer questão de tacar fogo no que está crescendo entre a gente até não sobrar nada.

Mekhi tenta puxar assunto várias vezes no caminho de volta ao meu quarto, mas estou chocada demais para conseguir interagir. Não estou tentando ignorá-lo, mas a minha cabeça gira. Isso só pode ser um pesadelo. É a única explicação razoável.

Após algum tempo Mekhi desiste de conversar. Deveria ser um alívio, mas isso só serve para fazer com que o silêncio se estenda entre nós.

Mesmo assim, deve ser o silêncio mais constrangedor da minha vida. Por isso, espero ele cair fora no instante em que chego à minha porta. Em vez disso, ele me espera destrancar a porta.

— Não vou convidar você para entrar — digo sem nem me incomodar em virar a cabeça para olhar para ele.

— Não espero que você faça isso. — Mas, no momento que abro a porta, ele bate a mão espalmada na madeira para impedir que eu a feche. Mesmo assim, não entra. Simplesmente fica o mais perto possível do vão da porta, sem passar por ele. O que parece estranho, considerando que a cortina de contas deve estar provocando choques homéricos... pelo menos até eu me lembrar de uma das primeiras regras sobre os vampiros.

Eles não podem entrar num lugar a menos que sejam convidados.

Tudo isso só me faz ficar ainda mais intrigada e amedrontada com esse comportamento, e fica óbvio que ele não vai me deixar fechar a porta até ter a certeza de que está tudo bem.

— Ei! O que você está fazendo? — Seguro no braço dele e tento tirá-lo da porta.

Ele nem toma conhecimento das minhas ações.

— Não se preocupe. Não vou entrar aí. — Em seguida, ele sorri para a minha prima. — Oi, Macy.

— Oi, Mekhi. — Ela ainda está com cara de sono e vestida com o pijama, o que provavelmente explica por que não percebeu o conflito que está havendo entre Mekhi e eu. A xícara de café nas mãos de minha prima indica que não a acordamos, mas mesmo assim estou feliz por ela não estar só de roupa íntima ou coisa parecida. — E aí, o que conta?

— Nada. Ele já estava de saída. — Eu o encaro com uma expressão de advertência.

Ele nem finge estar constrangido quando diz:

— Jaxon não quer que ela vá para a aula hoje.

— Tudo bem. — Macy nem se faz de rogada.

— "Tudo bem"? Jaxon não tem o direito de...

— Meu pai já disse aos professores que a Grace não vai assistir às aulas depois do que aconteceu ontem. Sabe, mentes geniais pensam parecido. — Ela me encara com uma expressão brava. — Você devia estar na cama.

— Você vai ficar aqui com ela? — pergunta Mekhi antes que eu possa me defender.

— Sim, é claro. Por quê? O que aconteceu?

— Não sei, ainda. Mas tenho certeza de que é isso que Jaxon está tentando descobrir.

O rosto de Macy se repuxa.

— Tem alguma coisa errada?

— Ainda não sei. Mas vou deixar que Grace te conte.

— Você sabe que estou bem aqui na sua frente, não é? Você pode falar *diretamente* comigo.

As sobrancelhas de Mekhi se erguem.

— Ah, posso mesmo? Porque tenho certeza de que já tentei fazer isso.

— Ah, vá se danar! Fico mordida com esse tipo de coisa! — Mas eu faço uma cara de quem acabou de dizer o que não devia. — Ah, é mesmo. Alguém já me mordeu.

Macy vira a cabeça na minha direção como se estivesse ligada na tomada.

— O que você disse?

— Ela sabe, Macy.

Minha prima fica ainda mais pálida, se é que isso é possível.

— O que exatamente ela sabe, Mekhi?

— Você já pode ir agora — digo a ele, segurando na beirada da porta e usando-a para empurrá-lo para longe do vão.

— Me desculpe, Grace. É sério — diz ele antes que eu feche a porta.

Eu paro por um momento.

— Foi você que me mordeu?

— O quê? Não! É claro que não.

— Então você não precisa me pedir desculpas. — Suspiro, sentindo que um pouco da raiva se desfaz. — Não estou brava com você, Mekhi. Estou só irritada... e assustada.

— Entendo — diz ele, com uma expressão hesitante. — Isso significa que você também não está brava com Jaxon?

— Aí, não. Tenho toda a raiva *do mundo* guardada para Jaxon. Nem se atreva a contar algo diferente disso para ele.

— Deixe comigo, não vou dizer nada. A última coisa que quero é entrar no meio dessa discussão — explica Mekhi, sorrindo. — Além disso, talvez seja uma boa hora para alguém ensinar um pouco de humildade ao meu mano.

— Mais do que só um pouco, talvez — respondo, irônica. — Agora, caia fora. Tenho mais o que fazer.

Digo isso e fecho a porta na cara dele. E agora que estamos só nós duas ali, tudo parece ficar bem mais real.

Levo um segundo para organizar as ideias, para tentar formular o que quero dizer. Mas Macy começa a falar antes que eu consiga ter um "momento PQP".

— Grace, não é o que...

Eu me viro de frente para ela.

— Vou te fazer *uma* pergunta, Macy. Só uma. E quero que você seja totalmente sincera comigo. Porque, se não for... se não me disser a verdade, vou fazer as malas e voltar para a Califórnia. Vou morar com Heather. Vou entrar com um pedido de emancipação. Vou fazer tudo o que for preciso. Mas juro que você nunca mais vai me ver nem ouvir falar de mim. Entendeu?

Não sei se isso é possível, mas ela empalidece ainda *mais*. Além disso, se os olhos dela se arregalassem mais, provavelmente ocupariam toda a área do rosto. Mas isso não a impede de confirmar com um aceno de cabeça e responder em voz baixa:

— Entendi.

— Você é uma vampira? — Eu nem consigo acreditar que estou fazendo essa pergunta.

— O quê? — Ela balança a cabeça com veemência. — Não.

Essa resposta me traz um alívio enorme... pelo menos até perceber que uma pergunta não vai ser o suficiente. Tenho *dúzias* delas.

— O seu pai é um vampiro?

— Não.

— O *meu* pai era um vampiro?

— Absolutamente não. — Ela estende a mão para mim. — Ah, Grace! É disso que você está com medo?

Respiro fundo e solto o ar num suspiro profundo quando o maior e mais apertado nó no meu estômago se desfaz.

— Neste exato momento, não sei do que tenho medo, Macy. Mas como você não está agindo como se eu estivesse ficando louca por fazer essas perguntas e também porque estou com uma bela marca de mordida no pescoço... imagino que isso signifique que vampiros são reais.

— São, sim.

— E eles estudam nesta escola.

Ela confirma com um aceno de cabeça.

— Sim.

— E Jaxon é um vampiro. — Eu prendo a respiração enquanto espero a resposta.

— Acho que seria melhor você conversar com ele sobre isso, Grace. Eu...

— Macy... — Controlo a raiva e deixo que ela perceba o medo e a frustração que me assolam. — Por favor.

Ela simplesmente olha para mim com uma expressão desamparada.

— Achei que fôssemos amigas, não apenas parentes.

— E somos. É claro que somos.

— Então me diga a verdade. Jaxon Vega... é um vampiro?

Macy suspira.

— Sim.

Era o que eu esperava ouvir. De verdade. Ainda assim, a resposta explode diante de mim como se fosse uma granada. Meus joelhos fraquejam e caio no chão com força.

— Grace! — Macy chega ao meu lado em menos de um segundo. — Você está bem?

— Não sei. — Fecho os olhos e encosto a cabeça na porta, que está convenientemente próxima de onde desabei. — É por isso que ele consegue ficar no frio sem precisar de um casaco.

— Sim.

— Então, isso significa que Lia...

— Sim.

Eu confirmo com um aceno de cabeça.

— E Flint?

— Não, não. Flint definitivamente não é da turma dos *vamps*.

Fecho os olhos quando o alívio chega a mim, até que ela continua.

— Ele é um...

— O quê? Ele é um o quê? — pergunto, abrindo um olho.

— Não sei se está pronta para saber.

— Será que algum dia vou estar pronta? Termine a frase, por favor. Ele é um...

— Dragão.

Agora eu abro os dois olhos.

— Como é?

Ela suspira.

— Ele é um dragão, Grace. Flint é um dragão.

— Ah, claro. E agora você vai me dizer que ele tem... — Elevo os braços e os agito para cima e para baixo.

— Sim, ele tem asas.

— E... fogo? — respondo à minha própria pergunta. — É claro que tem. Com um nome desses, não podia ser diferente.

Meu cérebro está implodindo. Sinto que ele está se transformando numa massa amorfa e dobrando-se sobre si mesmo, com o peso de todas essas informações novas. Afinal, quem precisa de LSD quando se estuda na Escola dos Monstros?

E o pior de tudo é que algo me diz que ainda não terminamos. E provavelmente é por isso que a minha próxima pergunta sai com um tom bem irônico.

— E você é o quê, então? Uma fada?

— Não sou uma fada. — Ela parece ofendida.

— Não é uma fada, não é uma vampira, nem... um dragão?

Macy suspira.

— Sou uma bruxa, Grace.

Eu repasso aquelas palavras na minha cabeça uma, duas, cinco vezes, mas ainda assim... são as que menos fazem sentido em tudo que ouvi hoje.

— Como é?

— Você ouviu o que eu disse. — Agora é a vez de ela sorrir para mim. — E quer saber de uma coisa?

— A essa altura, não. Não quero. Nem um pouco. Para mim, chega. A minha cabeça está...

— Você também devia ter sido.

Capítulo 40

NÃO ACREDITO EM BRUXAS MAS, MESMO
ASSIM, ELAS EXISTEM

As palavras de Macy explodem como uma bomba dentro de mim. Não posso ter ouvido isso. *Ela* não pode ter dito isso. Essa ideia é um absurdo.

— Desculpe, mas agora você foi longe demais. — Não é primeira vez nos últimos dez minutos que fico olhando para a minha prima como se ela estivesse com alguns parafusos a menos na cabeça. Ou, então, talvez fosse mais apropriado imaginá-la andando pelo quarto montada numa vassoura e com um chapéu preto e pontudo enfiado na cabeça.

— Qualquer que seja essa pegadinha, qualquer que seja essa alucinação em massa que está acontecendo por aqui, você passou dos limites com essa última frase. Porque posso ser um monte de coisas, mas não sou, nem nunca fui, uma bruxa.

Mexo a mão como se estivesse segurando uma varinha mágica.

— Viu? Nada acontece. Nenhum copo que se dissolve e faz você cair em um poço cheio de cobras. Nada de sapatinhos de rubi para bater os calcanhares e me levar de volta para casa. Nada de maçãs envenenadas ou espelhos mágicos. Por isso... definitivamente, nada de ser bruxa.

Macy ri. Ela ri, de verdade.

— Não estou dizendo que você *é* uma bruxa. O que aconteceu foi que, se o seu pai não tivesse se apaixonado pela sua mãe e perdido sua magia, você provavelmente seria.

— Espere aí. Você está dizendo que o meu *pai* era um bruxo?

— Um feiticeiro. Igual ao meu pai. E eu sou uma bruxa. É de família.

Tenho certeza de que a minha mente se esticou até o máximo que consegue antes de desabar sobre o próprio peso.

— Não estou entendendo. Como é possível, o meu pai era um bruxo e eu não sabia disso?

— Porque ele perdeu os poderes quando se apaixonou pela sua mãe. Bruxos não podem se casar com humanos comuns. Isso enfraquece as linhagens. Assim, geralmente, quando bruxos se apaixonam por pessoas normais, eles perdem seus poderes.

— Então, o meu pai era um feiticeiro e, de repente, não era mais. E é por isso que eu não sou uma bruxa? — Parece que eu estava errada. A minha mente pode, sim, ficar ainda mais confusa.

— De maneira geral, é isso mesmo.

— Você está me zoando, Macy? — Pergunto porque preciso saber. — Tipo... você só pode estar zoando com a minha cara. Não está?

— Tem certeza? Certeza mesmo?

Ela se aproxima e me abraça.

— Sim, certeza absoluta.

— É... era disso que eu tinha medo. — Permaneço sentada ali por um minuto, tentando assimilar o que ela está me dizendo. — E o meu pai aceitou isso sem problemas? Perder todos os seus poderes?

— Pelo que meu pai diz, o seu pai amava muito a sua mãe. Então... sim, aceitou.

— Ele a amava, sim. Os dois se amavam demais. — Não consigo evitar um sorriso quando me lembro. — Eles eram realmente aquele tipo de casal que não consegue desgrudar um do outro. Eu costumava dizer que aquela pegação em público era um nojo. Mas... sinceramente, até que era legal, sabe? Ver que duas pessoas conseguiam se amar tanto, mesmo depois de tantos anos.

— Aposto que sim — suspira Macy.

— Quer dizer, então, que eu tenho bruxas na família, hein? — digo, tentando agir como se tudo que acabei de aprender fosse a coisa mais normal do mundo.

— Sim. Bizarro, não acha?

— Um pouco. — Eu a olho, um pouco intrigada. — Tipo... você pode voar pelo quarto ou algo do tipo?

— Para provar que não estou zoando com a sua cara? — pergunta ela.

— Talvez. — É claro que sim.

— Não. Não dá para voar pelo quarto.

— Por que não? — pergunto, estranhamente decepcionada.

— Você sabe que isso é a vida real e não um livro, não é? Esse tipo de coisa não acontece de verdade.

— Bem, que tipo de bruxa é você se não consegue fazer algo que um garoto de onze anos consegue?

— O tipo que não vem da imaginação brilhante de J. K. Rowling. — Ela agita a mão na direção da chaleira elétrica que sempre fica em cima do frigobar. Ela começa a apitar e a soltar vapor instantaneamente.

Tento dizer a mim mesma que a chaleira estava ligada esse tempo todo, mas uma rápida olhada revela que a base nem está ligada na tomada. Claro que não está. Por que deveria estar?

Mas ela não para na chaleira. Macy agita a mão outra vez e murmura algo discretamente. Observo, fascinada, como ela prepara uma xícara de chá sem se levantar do lugar onde está sentada.

— Isso é uma xícara de chá de verdade? — pergunto quando a xícara flutua pelo quarto até chegar onde estamos.

— É claro que é. — Ela pega a xícara que está no ar e depois a estende para mim. — Quer um gole?

A essa altura, tenho certeza de que prefiro engolir veneno para rato.

— Acho que dessa vez vou deixar passar, obrigada.

Ela dá de ombros e leva a xícara até os lábios, soprando algumas vezes antes de tomar um gole.

— Por que você não me falou sobre isso quando cheguei aqui? E o seu pai? Por que ele também não disse nada?

Pela primeira vez, ela parece um pouco constrangida.

— Acho que ele estava planejando contar, mas você se machucava toda hora. Nunca parecia ser um bom momento.

— Não sei se existe um momento adequado para contar a alguém que monstros são reais. — Balanço a minha cabeça, tentando lembrar como se respira. — Não dá pra acreditar que isso está acontecendo. Simplesmente... não consigo acreditar.

— É claro que consegue — diz ela com um sorriso. — Caso contrário, você não estaria praticamente arrancando os cabelos.

— Não cheguei ao ponto de arrancar os cabelos. Bom, estou largada no chão e não consigo sentir as minhas pernas, mas, tirando isso, acho que estou até lidando bem com essas revelações.

— É claro que está — diz ela, sorrindo. — A única coisa importante a citar é o fato de que cada palavra que saiu da sua boca nesses últimos dez minutos veio na forma de algum gritinho estridente.

— Isso é... — Eu paro e limpo a garganta porque talvez, *talvez* a minha voz esteja mais aguda do que o normal. — O que você esperava? Você e Mekhi estão tentando me convencer de que eu moro no meio de uma versão menos sanguinária de *Game of Thrones*, não é? E, aqui, o inverno já chegou.

Macy ri e ergue uma sobrancelha.

— Você não acredita *mesmo* que o ensino médio seja uma versão *menos* sanguinária de *Game of Thrones*, não é? Afinal, quantas vezes você quase morreu desde que chegou aqui?

— Sim, mas essas vezes foram acidentes. Elas *foram* acidentes, né?

— Provavelmente. — Ela inclina a cabeça. — Sim, acho que foram. Só que Jaxon está desesperado, e ele nunca se desespera. Por isso...

— Ele está desesperado porque *alguém* me mordeu! Alguém que não é ele, só para esclarecer. — Retiro o curativo pela segunda vez e viro a cabeça para que ela possa ver as duas perfurações logo abaixo do corte.

— Ah! Então foi isso que causou essa confusão toda? — Ela fala de um jeito que parece até bem aliviado, considerando que acabei de contar que algum vampiro enfiou as presas em mim, sem a minha permissão.

Por outro lado... será que vampiros pedem permissão antes de morderem alguém? E, se pedirem, quem seria bobo o bastante para consentir? Mais uma pergunta para acrescentar à lista de cento e poucas que tenho comigo, só esperando que Jaxon chegue logo.

— Posso explicar tudo — emenda Macy, com um toque de arrogância.

— Ah, sim. Fique super à vontade. Pode explicar — digo, com um gesto exagerado, pedindo a ela para prosseguir.

— Foi Marise quem fez isso com você.

— A enfermeira da escola? — Não sei por que isso me choca tanto, mas é o que acontece. — Marise também é vampira?

— É, sim. E ela não teve escolha. Se ela não a mordesse, não teria como reparar a laceração na sua artéria.

Eu aperto os olhos, enquanto a encaro.

— Achei que fosse apenas um corte pequeno.

— Foi uma laceração enorme. E você quase morreu. Você teria morrido se Jaxon não estivesse ali e feito o que fez para salvá-la.

— Está falando sobre ele ter me levado para a enfermaria? — O tom de voz estridente voltou.

— Estou falando do fato de ele ter fechado a sua ferida para você não sangrar até morrer enquanto ele a levava até a enfermaria. — Macy deixa a xícara de lado e segura nas minhas mãos. Em seguida, enquanto as aperta, ela prossegue: — O veneno dos vampiros tem várias propriedades diferentes, dependendo da intenção deles. Jaxon não a mordeu, mas usou o seu veneno para fechar sua ferida. E, pelo que estou entendendo, ele fez isso bem demais. Marise não deve ter conseguido passar por ele para suturar a ferida.

— Então ela teve que me morder para fechar a minha artéria? — Tento não estremecer quando penso nos dentes dela afundando no meu pescoço. Quando eu achava que isso era obra de Jaxon, fiquei *assustada*, mas não tinha sentido *asco* até então. Não posso dizer o mesmo sobre a ideia de que fui mordida pelos dentes de outra pessoa.

— Ela mordeu você e injetou seu próprio veneno, usando as propriedades anticoagulantes, em vez das coagulantes. Foi o bastante para romper o remendo que Jaxon havia feito e permitir que ela a curasse.

— Então, os vampiros podem fazer isso? O veneno de um deles pode neutralizar o veneno do outro?

— Lembre-se de que eu não sou uma vampira, e...

— Ah, é verdade. Você é uma bruxa.

Ela nem toma conhecimento da minha interrupção.

— Acho que eles não conseguem fazer isso. Pelo menos, não normalmente. Mas ela é uma vampira mais velha e mais experiente, e também é curandeira, o que lhe dá mais habilidades em situações como essa. É por isso que Marise é a enfermeira da escola. Mas, pelo que meu pai disse, foi preciso muita perícia e veneno para desfazer o que Jaxon fez. O garoto estava determinado a salvar você.

Não vou mentir. Ouvir isso me faz muito bem. Mas ainda estou brava com ele, mesmo agora. Não sei exatamente por quê.

— Você está dizendo que eu tenho o veneno de dois vampiros correndo pelas minhas veias agora?

Macy se recosta, dando risada, e revira os olhos.

— Não me diga que foi só nessa parte que você prestou atenção.

— Desculpe, mas é bem difícil não me concentrar nisso quando todos os filmes de vampiros que já vi estão passando no fundo da minha cabeça. Tipo... eu não vou... você sabe. — Faço mímica, imitando duas presas nascendo na minha boca.

Ela dá uma risada alta. Uma gargalhada mesmo, de rolar pelo chão.

— Você não disse que não! — reclamo.

Ela se endireita, enxugando as lágrimas dos olhos enquanto ainda ri.

— Não, Grace. Você não vai criar presas e sair por aí sugando o sangue das pessoas. Você está bem. Na verdade, a única razão de você ainda estar viva é porque havia um vampiro com você. E não era qualquer vampiro, mas Jaxon. A maioria dos outros teria muita dificuldade em...

— Não beber todo o meu sangue? — termino a frase que ela obviamente não quis terminar.

Ela revira os olhos.

— Sim, mas eu não formularia dessa maneira.

— Não muda muito as coisas, não é?

Macy não responde. Simplesmente pega a sua xícara e se levanta.

Eu faço o mesmo, sem querer deixar que ela continue se esquivando, principalmente porque ainda tenho tantas perguntas. Sobre vampiros. Sobre bruxas. E sobre dragões também, por Deus. Como é possível que *dragões* existam e que o mundo não saiba?

E por falar nisso...

— Não existem outras criaturas por aqui que você esqueceu de mencionar, não é? Por exemplo, zumbis, unicórnios ou...

— Lobisomens.

— Exatamente. Lobisomens também não existem.

— Eu não estava negando. Estava respondendo à sua pergunta.

— Ah. — Engulo em seco. — Vampiros, dragões, bruxas e lobisomens.

— Bem, se você quer falar de um jeito mais técnico, eles são lobos metamorfos, em vez de lobisomens.

Ora, ora, nunca é tarde para falar de um jeito mais técnico.

— E a diferença é...

— Lobisomens precisam da lua cheia. Lobos metamorfos podem se transformar quando quiserem. Com os dragões, é a mesma coisa.

— Então, Flint pode virar um dragão na hora que quiser?

— Flint *é* um dragão, o tempo todo. Ele pode mudar entre a sua forma de dragão e a forma humana sempre que quiser.

— Ainda tenho tantas perguntas... — E a maioria delas começa com *como isso é possível?*

— Eu sei. — Ela se aproxima e me abraça de novo.

— Marc e Quinn? — Penso nos dois rapazes que tentaram me jogar na neve na primeira noite. — Lobos metamorfos?

— Sim. Que aparentemente ficam bem mais selvagens quando a lua está cheia. — Ela balança a cabeça num gesto negativo, ainda irritada. — Aqueles idiotas.

— Não vou discordar. Eles foram uns babacas mesmo. — Mas, quando termino esse comentário, algo me ocorre. — Mas eles fizeram o que Jaxon mandou, embora ele seja um vampiro.

Macy bufa.

— Ué, você não percebeu? *Todo mundo* faz o que Jaxon manda.

— Ah, sim. — A mesma coisa aconteceu ontem, quando ninguém queria entrar na sala onde eu ia ter aula de literatura britânica. — Por que isso acontece, exatamente?

— É uma história bem longa e complicada, mas posso te contar tudo. Só que, agora, estou morrendo de fome. Podemos continuar a conversar durante o café da manhã no salão de refeições?

— Ah, é claro. Mas eu achei que você tivesse dito a Mekhi que não sairíamos do quarto até Jaxon voltar.

— Eu disse a ele que não iríamos assistir à aula. E se a mordida no seu pescoço é o motivo de todo esse alvoroço, então não há problema. Vamos só tomar o café e voltamos ao quarto antes que Jaxon chegue aqui.

Ela tem razão. Sei que tem. Além disso, não sou do tipo que vai simplesmente baixar a cabeça toda vez que Jaxon me disser para fazer alguma coisa. Todo mundo nesta escola pode fazer o que ele manda, mas eu não sou nenhuma criatura sobrenatural. Sou humana e este é um ótimo momento para que Jaxon se dê conta de que não jogo de acordo com as mesmas regras esquisitas, confusas e *medonhas* que todo mundo parece seguir neste lugar.

— Boa ideia — digo a ela. — De repente, me bateu uma fome terrível.

— Aposto que sim. Uma perda de sangue tão grande quanto a que você teve causa esse efeito mesmo — diz Macy enquanto desaparece no banheiro, com uma calça de moletom do uniforme da escola e uma camiseta para a aula de educação física nas mãos.

Ela sai dois minutos depois e, além de estar toda vestida, seu cabelo também está penteado e alisado para trás, um look adorável. E a impressão é que ela passou meia hora no espelho, se maquiando.

— O que aconteceu ali dentro? — pergunto.

— Ah, só um pouco de glamour. — Ela agita os dedos diante do rosto. — E sabe de uma coisa? Fico muito feliz por você saber de tudo, agora. A minha vida vai ficar muito mais fácil.

— Estou vendo, mesmo. — Sentindo-me um pouco acanhada de repente, pego a minha bolsa que está na escrivaninha e tiro dela o *gloss* de pêssego que sempre deixo no bolso interno. Passo o *gloss* nos lábios enquanto saímos. — Mas... e então, me conta essa história do glamour.

— Ah, é só um truquezinho que todas as bruxas conhecem.

— Bem, eu ainda acho que voar é muito mais legal — digo, brincando com ela.

— Talvez. — Ela fecha a porta por trás de mim. — Mas há muitas coisas que posso fazer que você ainda não sabe.

— Como o quê, por exemplo? — pergunto, fascinada.

— Bem, isso é uma coisa que eu sei e que você vai ter que descobrir...

Capítulo 41

VAMPIROS, DRAGÕES E LOBISOMENS, MEU DEUS!

Os corredores estão abarrotados conforme vamos até o salão de refeições — faltam trinta e cinco minutos para a primeira aula começar e, ao que parece, todo mundo nesta escola tenta comer durante o mesmo intervalo de meia hora. E até que faz sentido. Se eu não tiver de me preocupar com estas marcas bizarras de presas, nem em tentar me encaixar no universo de uma nova escola, então também não vou querer acordar nem um segundo antes do necessário.

Mesmo assim, agora que sei o que se passa por aqui, tudo parece ainda mais bizarro do que o normal. As pessoas passam por nós, esbarrando em Macy, trombando comigo ou até mesmo desviando do caminho para não chegarem muito perto de nós, exatamente como fizeram ontem. Mas, hoje, a única coisa que consigo fazer é olhar para eles e fazer perguntas a mim mesma. Vampiro? Metamorfo? Bruxa? *Dragão?* É muito estranho. Quase como cair nas páginas de um livro de fantasia... ou um livro com histórias de terror, dependendo de como tudo isso vai se desenrolar.

Conforme caminhamos, vou rotulando as pessoas de acordo com o tipo de criatura que corresponde às suas características, mas não faço a menor ideia se estou certa ou não. Por exemplo, os alunos bem atléticos que passam pelo corredor, cheios de energia, devem ser os lobisomens. Mas Jaxon também se move bem rápido quando quer, por isso, posso estar completamente errada.

Quero perguntar a Macy só para ver se estou certa nas minhas tentativas de adivinhar. Mas parece uma grosseria sussurrar sobre as pessoas e sua... espécie? Identidade? Que nome será que eu devo dar para isso? Especialmente bem no meio do corredor, onde qualquer um pode nos ouvir. Ou, para ser mais exata, sussurrar.

Mas, ao mesmo tempo, será que isso não é algo que eu deva saber? Por exemplo, se eu cortar o dedo diante de um dragão, imagino que não vai ter muita importância. Mas e se isso acontecer diante de um vampiro? Será que preciso sair correndo ou tudo vai ficar bem?

E por que os vampiros estão no salão de refeições, se bebem sangue? Bem, vi Jaxon comer aquele morango na festa de boas-vindas, mas ele nem chegou perto da comida no café da manhã de ontem. E, agora que penso no caso, nenhum dos outros rapazes comeu também.

E se Jaxon bebe sangue regularmente, onde o consegue? Onde todos os vampiros da escola vão buscar isso? Afinal, a menos que roubem um caminhão cheio de bolsas de sangue todos os dias, o que me parece ser algo impossível em qualquer lugar, especialmente no meio da porra do Alasca — de onde é que eles tiram o sangue?

E o mais importante de tudo: será que eu realmente quero saber a resposta?

Além de tudo isso, há uns dois dias vi Jaxon e Lia ao ar livre, durante o dia. Bem, o dia não estava tão ensolarado, mas definitivamente não estava escuro também. Será que isso significa que histórias como a de que *os vampiros não podem sair sob a luz do sol* são um mito? Se forem, vários relatos no decorrer da história estavam errados também.

É muito confuso. Do tipo que é... *extremamente* confuso, em especial porque um pedaço de mim ainda acha que Macy e Mekhi estão só curtindo com a minha cara. Assisti ao que ela fez com aquela xícara de chá, mas mesmo assim... Bruxas? Dragões? Vampiros?

Será que posso dizer que estou *realmente* começando a ficar com saudades da minha teoria sobre alienígenas?

Principalmente quando entramos na cantina e — surpresa! — todo mundo está olhando para mim. Como de costume. Achei que o motivo era o fato de eu ser a novata. Agora, não consigo deixar de pensar que o motivo é o fato de eu ser *humana*. O que, por sua vez, leva a pensamentos sobre a hipótese de que alguém possa estar pensando em me devorar.

Será que lobos metamorfos comem seres humanos? Ou somente os vampiros? E os dragões? O que eles comem?

Espero com todas as forças que "pessoas" não esteja na lista de petiscos dessas criaturas. Mesmo assim, ter esperança não fez muito por mim neste último mês. Não posso esperar que funcione agora, também.

— Sabe de uma coisa? — pergunto a Macy enquanto vamos até a mesa do *buffet* na parte da frente do salão de refeições. — Talvez seja melhor eu voltar para o quarto.

— O que houve? — Ela observa o meu rosto com uma expressão preocupada. — Está sentindo tontura? Fraqueza?

— Estou me sentindo... deslocada.

Ela finalmente parece entender.

— Ah. São as mesmas pessoas com quem você assistiu à aula ontem. E as mesmas pessoas que estavam na guerra de bolas de neve anteontem.

— As mesmas pessoas que ficam me encarando desde que cheguei aqui. Achei que isso já teria passado a esta altura, que eles se acostumariam comigo. Mas eles *nunca* vão se acostumar a ter uma humana aqui.

— Olhe, detesto ser a pessoa a contar isso a você, Grace, mas os olhares têm muito mais a ver com Jaxon do que com você.

Nem tento esconder a minha confusão.

— Como assim?

— Ele é bem popular por aqui, obviamente. E se interessou por você. O que te transforma em uma figura bem popular. E também faz de você a pessoa que oitenta por cento das meninas quer matar.

— Porque elas estão com inveja, certo? E não porque...

— Sim, Grace — diz Macy, revirando os olhos. — Porque estão com inveja. Elas querem estar onde você está.

— Enfaixada e dolorida, com um tornozelo dolorido e uma mordida de vampiro no pescoço? — pergunto, brincando.

— Exatamente assim — ela devolve, sem se abalar. — Agora, será que podemos entrar na fila? Hoje é o dia em que servem *croissant* de chocolate, e costuma acabar rápido.

— É claro. — Faço um gesto para ela passar na minha frente. — Quem sou eu para ficar entre uma pessoa e o seu *croissant* de chocolate?

— Essa é uma pergunta que todos os homens neste lugar se fazem pelo menos uma vez, às quartas-feiras — observa uma voz familiar logo atrás de mim.

— Oi, Flint. — Eu me viro em sua direção com um sorriso meio forçado. Não porque o fato de ele ser um dragão faça com que eu goste menos dele, mas porque o fato de Flint ser um dragão me deixa em pânico.

— Oi, novata. — Ele me mede dos pés à cabeça. — Preciso dizer uma coisa a você. Não gostei muito desse seu look novo.

Eu toco os curativos, um pouco acanhada.

— É, também não gostei.

— Aposto que não. — Ele estende a mão e faz um carinho no meu outro braço, o que não está machucado. — Você não está com uma cara muito boa. Por que não vai sentar e eu faço o seu prato?

— Não precisa se incomodar.

— Sei que não *preciso*. Mas ainda me sinto mal por você ter caído da árvore. Isso vai me ajudar a compensar um pouco a situação. — O olhar dele me demonstra que falta pouco para ele pedir isso de joelhos.

— E por que se sentiria culpado? Você me salvou de uma queda pior. — Pela primeira vez, fico imaginando se a razão pela qual ele não se machucou se deve ao fato de ser um dragão. Se for assim, estou feliz por ele não ser humano e feliz por não ter se arriscado por minha causa.

Fico olhando para ele, para aquele rosto incrivelmente bonito, os olhos cor de âmbar luminosos, o sorriso encantador, e imagino se estou vendo o dragão ou o humano. Ou talvez esteja vendo os dois. Quem sabe?

Até que ele levanta as sobrancelhas para mim e me pergunto por que isso importa, já que Flint (seja o que for e quem for) é meu amigo.

— Obrigada de novo por ter feito aquilo. Foi legal da sua parte.

— Deixe disso, Grace. Você nem teria subido naquela árvore se não fosse por mim.

— Acho que não vamos conseguir concordar nisso — eu o informo.

— Tudo bem. Podemos discordar amigavelmente... assim que você me deixar levar o seu café da manhã. — Ele abre o seu sorriso mais encantador, aquele que provavelmente conquistaria o meu coração se eu não tivesse visto Jaxon antes.

Mas eu vi Jaxon e agora ele é tudo que *consigo* ver. Seja um vampiro ou não.

Continuo a conversa com Flint. Já estou de saco cheio de ser tratada como uma inválida pelas pessoas. Mas estamos segurando a fila. E, como a última coisa que quero é me tornar uma atração ainda mais notória, acabo cedendo.

— Tudo bem. Vou comer um *croissant* de chocolate se você conseguir encontrar um.

— Ah, eu vou encontrar — garante Flint.

— Não duvido. E frutas, se houver.

— Claro. E para beber?

Sorrio para ele.

— Surpreenda-me.

Os olhos de Flint ficam escuros e por um segundo alguma coisa reluz dentro deles. Mas antes que eu consiga entender o que aconteceu, aquilo já desapareceu e a luz voltou. E também o tom de brincadeira quando ele diz:

— Ah, é exatamente o que pretendo fazer.

Em seguida, ele segura nos meus ombros e me vira para trás.

— Estou sentado ali. — Ele aponta para a cabeceira da mesa central.

— Tem algumas cadeiras vagas. Por que não vai até lá e eu chego assim que montar nossos pratos?

— Legal. — Faço o que ele diz, parando apenas para informar a Macy onde vamos nos sentar.

Flint fica me observando o tempo todo, mas imagino que seja porque ele não acredita que vou me sentar lá. O que ele não percebe é que, quando a alternativa é ficar em pé por ali, com todo mundo olhando para mim enquanto espero por ele, preciso usar todo o meu autocontrole para não correr para uma cadeira. De preferência, no canto mais afastado do salão.

Especialmente quando vejo Mekhi e Luca vindo em minha direção, ambos com uma carranca em vez daquele rosto tranquilo de sempre. E não quero lhes explicar por que Macy e eu decidimos que seria uma boa ideia vir até o salão de refeições — pelo menos, não em frente de quase todos os outros alunos.

Assim, em vez de esperar que se aproximem, faço o que qualquer garota que não quer conversar com um cara faria — vou bem rápido para o território de outro garoto. Neste caso, a mesa onde Flint e seus amigos estão sentados.

Talvez não seja a atitude mais corajosa ou mais inteligente, mas com certeza é o caminho de menor resistência. Não me acanho de admitir que seria melhor ter um pouco menos de resistência e um pouco mais de tranquilidade na minha vida. Especialmente hoje.

Tenho certeza de que teria funcionado, também, já que a Ordem e Flint não se bicam nem um pouco... se não fosse pelo som terrível que faz o ar se rasgar logo acima de mim assim que me aproximo da parte da mesa onde está a turma de Flint.

Capítulo 42

QUE BOM QUE NÃO TEM PANQUECA
NO CARDÁPIO DE HOJE

O barulho é medonho e eu olho para cima, tentando entender de onde vem — bem a tempo de ver o maior candelabro de cristal se soltar da placa que o prende ao teto. Tenho cerca de meio segundo para pensar *que merda* e, neste mesmo instante, alguém aparece de repente ali, jogando o corpo sobre o meu.

O impacto arranca o ar dos meus pulmões, ou talvez seja a colisão seguinte que faça isso — de cara, em uma parede. De qualquer maneira, preciso lutar para recuperar o fôlego, em especial porque há um corpo masculino alto e esguio pressionando as minhas costas e com os braços ao redor de mim.

Percebo isso ao mesmo tempo que ouço um estrondo gigantesco. Por um segundo, o único ruído que consigo ouvir é o tilintar do vidro conforme os cacos se quebram e saem voando, acertando tudo o que há pela frente. O garoto atrás de mim grunhe e me envolve ainda com mais força e é aí que percebo. Posso não conseguir encher os pulmões da maneira que deveria no momento, mas há oxigênio suficiente no meu corpo para que o meu cérebro volte a funcionar. E o meu cérebro que recém-voltou a funcionar registra uma informação acima de todas — o rapaz que está enrolado ao redor do meu corpo é *Jaxon*.

— Você está bem? — ele pergunta assim que os cacos de vidro param de voar.

Não respondo. Não consigo. Meus pulmões ainda não estão funcionando por completo. Minha voz também não.

Tento confirmar com a cabeça, mas isso não é bom o suficiente para ele, porque Jaxon me vira para o outro lado, passando as mãos pelo meu corpo enquanto ordena:

— Responda, Grace! Você está bem?

— Estou — finalmente consigo dizer, por entre um fôlego e outro. Mas é só quando consigo dar uma boa olhada nele que percebo que, embora eu esteja bem, Jaxon não está. — Você está sangrando.

— Está tudo bem — diz ele, agindo como se não houvesse nada de errado. — Alguma coisa dói?

— Não sou eu que estou machucada. — Deslizo o dedo com leveza pelo lado direito de seu rosto, parando nas partes ensanguentadas. — O que está fazendo aqui? Achei que ainda ia levar umas duas horas para voltar.

Os olhos negros de Jaxon queimam quando ele me olha de um jeito não muito legal.

— É claro que achou.

Não sei o que dizer depois disso, então abro a minha bolsa (pontos para a vaidade) e pego um dos pequenos kits de primeiros socorros que deixo guardados ali dentro. É um hábito que adquiri depois que os meus pais morreram num acidente de carro. Sei que é ridículo, porque seria preciso mais do que um kit de primeiros socorros para salvá-los, considerando os ferimentos que sofreram. Mesmo assim, foi uma sugestão da mãe de Heather ao me ver desesperada, logo depois que eles morreram. Qualquer que seja a razão, isso me acalmou. E hoje é o primeiro dia em que esses kits vão ser úteis.

— Sente-se aí — digo a ele. E quando Jaxon não se move, coloco as mãos no seu peito e o empurro de leve.

Ele nem se mexe.

— Por favor — peço, erguendo a mão para tocar a face marcada pela cicatriz, mas que não sofreu nenhum machucado com a queda do candelabro. — Você está machucado. Me deixe cuidar de você.

Por vários segundos, ele continua imóvel e me fitando, sem piscar. É um olhar que me causa calafrios. Acho que nunca vi Jaxon tão furioso antes. O que... Bem, ele pode ficar tão furioso quanto quiser, desde que me deixe tratar das suas feridas.

— Por favor — falo de novo e, desta vez, acompanho o pedido com um leve empurrão em seu peito.

Ele ainda não se pronuncia, mas, lenta e relutantemente, permite que eu o leve até a cadeira mais próxima.

Macy chega até mim no instante que estou acomodando Jaxon. Lágrimas correm pelo seu rosto quando ela joga os braços ao redor do meu pescoço.

— Meu Deus, Grace! Você está bem?

— Estou, estou bem, sim — asseguro a ela quando tento me desvencilhar daquele abraço. O que deu na cabeça dela e de Jaxon? Será que não conseguem perceber que é ele que está machucado? Talvez não seja nada importante quando um vampiro sangra. Não sei. Mas, para mim, é bem sério.

Tiro um lenço antibacteriano da embalagem e o pressiono com gentileza na bochecha de Jaxon. Ele não geme. Na verdade, nem se move. Fica somente olhando para a frente, feito uma pedra. Ainda assim, limpo o ferimento com todo o cuidado, tendo a certeza de que não há nenhum caco de vidro ali, antes de passar um pouco de pomada na bochecha dele e finalizar com um curativo. Por um momento, fico em dúvida: será que ele precisa de pomada? Será que vampiros podem pegar infecções? Mas ele não me impede e Macy também não. Então, imagino que, mesmo que não seja necessário, não vai fazer mal.

Neste momento, os adultos estão invadindo o salão de refeições. Professores verificam quem se machucou e tentam tirar os alunos da sala o mais rápido possível. Tudo acontece em meio a um silêncio surpreendente, ao qual não presto muita atenção enquanto começo a cuidar do corte irregular no braço de Jaxon.

Tenho certeza de que parece pior do que de fato é, considerando que não sangrou muito e já está coagulando. Fico me perguntando se, talvez, o veneno dos vampiros não seja a única substância com um agente coagulante rápido na composição. Mesmo assim, eu o limpo com todo o cuidado, assim como fiz com o machucado na bochecha. Tenho de admitir que estou um pouco surpresa por nenhum professor ter se aproximado e levado Jaxon para a enfermaria, mas talvez haja pessoas com ferimentos mais feios e apenas não percebi.

Só quando termino de enfaixar o braço de Jaxon e dou um passo para trás, percebo que há uma ótima razão para ninguém ter tentado levar Jaxon para receber cuidados médicos. É a mesma razão pela qual a sala está tão silenciosa, apesar de tudo o que aconteceu.

Os cinco outros membros da Ordem nos cercaram.

Estão a vários metros de nós, mas formaram visivelmente um perímetro ao redor de Jaxon e de mim, uma barreira pela qual ninguém além de Macy conseguiu passar. Não que haja muita gente tentando fazer isso, é claro. Flint está batendo boca com Byron, que não se abala, mas, com exceção desses dois, todas as outras pessoas saíram de perto. Estão observando e obviamente esperando, embora eu não saiba exatamente o quê.

É uma sensação desconfortável saber que todo mundo está esperando alguma coisa que não compreendo direito, e isso me provoca uma sensação de peso no estômago e também faz os nervos da minha coluna começarem a estremecer. Imagino que isso seja porque tomei alguma atitude errada, mas o que eu devia fazer? Simplesmente permitir que ele sangrasse?

— Eu... olhe, me desculpe — digo. — Acho que não devia ter feito isso.

— Não se desculpe — rosna Jaxon enquanto se levanta. — E não baixe a cabeça desse jeito. Ninguém aqui tem o direito de dizer nada a você.

— Só quis ajudar. E agradecer por você ter me salvado.

— Eu não precisaria salvá-la se você tivesse ficado no seu quarto, onde devia estar agora. Onde mandei você ficar. — Ele diz essa última frase por entre os dentes cerrados.

Eu me sinto ofendida com essa última frase, *onde mandei você ficar*, mas, considerando que ele ainda está tremendo um pouco, decido não insistir na questão. Pelo menos por enquanto. Em vez disso, explico:

— Macy e eu estávamos com fome. Além disso, depois que descobrimos a solução para o mistério da mordida, achamos que não faria mal vir tomar o café da manhã. A gente deduziu que a enfermeira...

— Candelabros não caem sozinhos — diz ele. — Nem galhos de árvore.

— O galho não caiu, simplesmente. Estava ventando muito forte.

— Só neste salão, há pelo menos duzentas pessoas capazes de criar uma ventania como aquela. E quase a mesma quantidade capaz de fazer esse candelabro cair — Jaxon fala com a voz baixa agora, tão baixa que preciso me esforçar para ouvi-lo, mesmo que ele esteja bem na minha frente. — É o que venho tentando dizer, mas você não quer escutar. Alguém está tentando matar você, Grace.

Capítulo 43

O QUE NÃO MATA,
ASSUSTA BASTANTE

A princípio, aquelas palavras não entram direito na minha cabeça. E quando por fim entram, preciso de mais do que alguns segundos para lembrar como formar as minhas próprias palavras.

— Tentando... me *matar*? — Enfim, sussurro de volta para ele quando sinto o estômago afundar dentro da barriga e um calafrio percorrer a minha coluna. Ou, melhor dizendo, *tento* sussurrar, porque é difícil manter a voz baixa agora que aquele tom mais estridente voltou.

Eu ficaria constrangida, mas sinto que tenho muitos motivos para gritar. Esta foi uma manhã infernal e os golpes continuam incessantes.

— Isso é ridículo — complemento, mesmo enquanto enxugo as palmas suadas na minha saia. — Por quê?

— Ainda não sei.

Respiro fundo e tento controlar os batimentos cardíacos, enquanto luto para conseguir pensar direito em meio ao estado de pânico que toma conta de mim. Demora um minuto, mas finalmente consigo fazer a ansiedade diminuir o suficiente para responder.

— Isso não faz sentido. Eu sou inofensiva.

Especialmente numa escola como esta. Não estou em uma escola comum. E, com certeza, não sou uma ameaça em uma escola onde um quarto dos residentes é capaz de disparar bolas de fogo e voar.

— Há muitas palavras que eu poderia usar para descrever você, Grace. "Inofensiva" não é uma delas. — Ele olha ao redor do salão, com os olhos estreitados. Não sei se está imerso em pensamento ou advertindo os outros.

— E, se *eu* sei disso, eles também sabem.

— Jaxon... — Fecho os braços ao redor da minha cintura e balanço o corpo sobre os calcanhares, enquanto tento convencê-lo sobre o que é razoável. Enquanto tento convencer *a mim mesma* de que as palavras dele não fazem sentido.

— Não pode acreditar nisso. Está só abalado pelo que quase aconteceu aqui. Você não está pensando com clareza.

— Sempre penso com clareza. — Parece que Jaxon vai dizer mais alguma coisa, mas algo chama sua atenção e ele olha para trás, por sobre o ombro. Seus olhos se estreitam até se tornarem duas frestas que aceleram meus batimentos cardíacos outra vez.

Eu me viro para saber o que é, e percebo que ele está olhando para a corda que prende o candelabro ao teto, de modo que ele possa ser baixado quando é preciso limpá-lo. Ou, melhor, ele está olhando para o que sobrou da corda, porque, mesmo daqui, vejo que ela está partida em duas.

— A corda se rompeu — digo a ele, mas a incerteza fica clara na minha voz. Afinal de contas, é comum que uma corda dessas se rompa? — Às vezes as cordas...

Jaxon me interrompe.

— Seu tio está aqui — afasta ele, com um discreto balançar de cabeça.

— E daí? Quero conversar sobre isso.

— Depois.

Antes que eu consiga fazer outra objeção, o tio Finn se aproxima.

— Grace, meu bem, desculpe-me por demorar tanto. Eu estava na área externa. — Ele me puxa para um abraço e me segura com força.

Normalmente eu acharia isso reconfortante. O cheiro e a sensação causada pela proximidade do meu tio são muito parecidos com os do meu pai. Mas, neste momento, a única coisa em que consigo pensar é o olhar de Jaxon quando ele disse que alguém estava tentando me matar. Seu rosto estava completamente vazio, completamente indecifrável. Mas, ardendo nas profundezas dos seus olhos, olhos esses de que a maioria das pessoas não se aproxima tanto, estava a raiva mais pavorosa que já presenciei.

Não quero deixá-lo sozinho com essa raiva, não quero deixá-lo aprisionado dentro da própria cabeça. Mas não importa quantos tapinhas eu dê nas costas do tio Finn e garanta que estou bem, parece que ele está decidido a não me soltar tão cedo.

— Não sei nem por onde começar a dizer o quanto fiquei abalado por isso ter acontecido com você — diz ele quando finalmente se afasta. Seus olhos azuis, tão parecidos com os de Macy e os do meu pai, estão tristes e carregados. Uma vez já é inaceitável. Duas vezes em dois dias...

Acho que devo me considerar uma pessoa de sorte por ele não saber sobre a minha queda do alto da árvore há alguns dias. Três experiências entre a vida e a morte em uma semana seriam demais para uma pessoa.

Por outro lado, quando penso assim, Jaxon não parece tão paranoico. E talvez eu não esteja agindo de um jeito suficientemente paranoico.

— Bem, vamos tirar você daqui — avisa o meu tio. — O plano para hoje era que não assistisse a nenhuma aula, mas queria conversar um pouco com você antes que volte para o seu quarto.

— Ah, é claro. — Nem consigo imaginar sobre o que ele quer conversar comigo. Afinal, o que há para dizer além de "ufa, essa foi por pouco"? Mas, se isso vai fazer com que meu tio se sinta melhor, então aceito.

O problema é que o meu instinto está gritando para que eu não deixe Jaxon ali, gritando que essa não é a hora de me afastar dele, embora eu não saiba por quê.

— Mas será que posso ir até a sua sala daqui a pouco? Tem umas coisas que eu preciso fazer antes...

— Jaxon já foi embora. — Viro para trás e percebo que ele tem razão. Jaxon *sumiu*. — E quero conversar com você antes que o veja de novo.

Não sei o que a frase significa, mas não gosto dela. Assim como não gosto do fato de que, mais uma vez, Jaxon sumiu sem se despedir.

Como ele faz isso, pondero, enquanto sigo com relutância o meu tio. Como ele consegue simplesmente desaparecer sem que eu o ouça ou o veja se mover? Será que é algo típico dos vampiros? Ou é algo típico de Jaxon? Tenho quase certeza de que é uma característica típica de Jaxon, mas, enquanto caminho na direção das portas do salão de refeições, percebo que os demais membros da Ordem também desapareceram. Todos foram embora e eu nem percebi.

O que só serve para reforçar o que eu estava dizendo a Jaxon antes do meu tio aparecer. Sou apenas uma humana inofensiva. Que perigo posso oferecer a alguém a ponto de tentarem me matar?

Bem, Jaxon é uma das pessoas que acha que isso pode acontecer, com certeza. Fico surpresa por não haver um grupo de pessoas de tocaia ao redor do castelo para tentar atacá-lo. Tudo nesse cara parece gritar sobre um poder total, completo, *absoluto*. Tenho certeza de que a única coisa que o mantém seguro é que, além de tudo isso, ele também passa uma imagem de que é totalmente perigoso. Não consigo imaginar ninguém sendo idiota o bastante para desafiá-lo. Mesmo Flint acabou recuando depois da guerra de bolas de neve.

E é por isso que fazer um candelabro despencar sobre Jaxon faz sentido. Mas fazer isso comigo? Por quê? Basta um feitiço ruim, um ataque de lobos, ou até mesmo um *terremoto* e eu já era. Por que ter o trabalho de soltar um candelabro inteiro sobre a minha cabeça quando uma simples janela quebrada quase acabou comigo?

O tio Finn não fala nada enquanto caminhamos até o seu escritório e eu também não. Fico surpresa quando ele vira no que parece ser o corredor menos adornado em todo este lugar e de repente para diante da porta de aparência mais enfadonha. Não é exatamente a imagem que eu tinha da sala de um diretor, e especialmente do diretor de uma escola que assumiu a responsabilidade de educar alunos que vieram de uma ampla variedade de famílias com habilidades paranormais.

Essa impressão ganha mais força quando ele abre a porta e me faz entrar na sala mais enfadonha que existe. Carpete cinzento, paredes cinzentas e poltronas cinzentas. O único toque de cor na sala, se é que podemos chamar assim, é a escrivaninha pesada de cerejeira, abarrotada com pilhas de papéis, pastas e um notebook aberto.

Basicamente, o lugar se parece com todas as diretorias que já vi. A diferença é que as cortinas são mais grossas e o carpete cinza é mais fofo.

Ele percebe que eu estou reparando nessas coisas e sorri.

— Surpresa?

— Um pouco. Eu achei que seria mais...

— Mais...? — As sobrancelhas dele se erguem.

— Apenas... mais. Não se ofenda, tio Finn, mas estte deve ser o escritório mais funcional que já vi. Acho que eu esperava que um bruxo tivesse um pouco mais de requinte.

— Que bom que não sou um bruxo, hein?

— O quê? — Minha mente fica confusa. — Mas eu pensei... Macy disse que... eu não...

— Relaxe, Grace — diz o meu tio com uma risada. — Eu estava só tentando quebrar um pouco o gelo. Macy me disse que contou tudo a você.

— Olhe, sem querer ofender, mas é difícil não ficar meio maluca quando a gente descobre umas marcas de mordida no pescoço.

— *Touché*. — Ele inclina a cabeça e indica uma das poltronas cinzentas diante da escrivaninha, enquanto dá a volta para se sentar do outro lado. — Sente-se. Lamento por você ter descoberto a verdade dessa maneira — prossegue quando nós dois nos sentamos. — Não é o que eu queria para você.

Meu tio parece tão triste que sinto vontade de dizer que está tudo bem... só que não está.

— Por que você não me contou? Ou o meu pai? Por que ele nunca admitiu que era um... — Deixo a frase morrer no ar, ainda com dificuldade para colocar na cabeça que meu pai era um bruxo. Ou, pelo menos, que o era quando nasceu.

— Acredito que a palavra que você está procurando é feiticeiro — sugere o meu tio com um sorriso compassivo, sugerindo a palavra que eu tenho tanta dificuldade de verbalizar e acreditar. — E sim, seu pai era um feiticeiro. E chegou a ser muito poderoso em determinado momento.

— Antes de desistir de tudo por causa da minha mãe.

— A verdade é um pouco mais complicada do que isso. — Meu tio faz uma careta e balança um pouco a cabeça para a frente e para trás. — Nenhum feiticeiro abre mão dos seus poderes por vontade própria. Mas alguns, como o seu pai, estão dispostos a arriscar tudo por um bem maior.

Não foi assim que Macy descreveu a situação e começo a imaginar o que exatamente a minha prima não sabe sobre o meu pai. E o que o meu tio sabe.

— Como... como assim? — pergunto, quando sinto meu coração parar por um momento. — O que ele fez?

Por um segundo, meu tio parece observar algum lugar distante, mas seus olhos voltam ao foco quando faço a minha pergunta.

— É uma longa história. E talvez seja melhor contá-la outra hora, considerando que você já tem muito com que se preocupar na manhã de hoje.

— Tenho certeza de que é o bastante para eu me preocupar por várias manhãs — respondo. — Por *todas* as manhãs, talvez.

— É isso mesmo. — O tio Finn suspira. — Na verdade, é sobre isso que queria conversar. Você teve uma primeira semana bem movimentada.

Isso sim é um belo eufemismo. Espero ele continuar a falar, espero que o próximo golpe me acerte, mesmo imersa na sensação de já ter recebido uma centena deles, mas o tempo passa e meu tio não diz mais nada. Em vez disso, ele se limita a unir as mãos diante do queixo e me fitar. Não sei se ele está fazendo isso porque espera que eu me despedace ou se está só tentando descobrir a melhor maneira de verbalizar o que ele quer dizer. Fico conjecturando se é a segunda opção, porque eu não fiz nada de errado. Não tenho segredos a revelar, especialmente comparado ao homem que comanda uma escola para monstros.

Mesmo assim, o silêncio prolongado me dá tempo para pensar. Sobre todas as coisas erradas que aconteceram. Incluindo o fato de que, nesta última semana, o pouco controle que eu tinha sobre a minha vida desapareceu em sua totalidade.

Vamos falar sério. Morrer por causa de um candelabro que cai do teto deve ser um dos tipos de morte mais aleatórios e bizarros do planeta.

296

Tudo isso parece ser ridículo, independentemente do que Jaxon alegue. Mas perder meus pais, como aconteceu comigo, passar de felizes e vivos a mortos e frios no intervalo de um minuto, me ensinou o quanto a vida é mesmo um sopro.

Simples como um piscar de olhos, quanto estalar os dedos, quanto fazer uma curva para o lado errado no momento errado...

Fecho os olhos com força quando as lembranças chegam como um maremoto, desesperada para estancá-las antes que encham a minha cabeça. Antes que me dominem e me enterrem na tristeza da qual eu ainda estou começando a aprender a me afastar.

A dor deve ficar aparente no meu rosto, porque, de repente, meu tio quebra o silêncio e pergunta:

— Tem certeza de que está bem, Grace? Aquele candelabro foi uma coisa muito forte. E medonha.

Realmente *foi* forte e medonho. E não sei como a minha vida saiu tão completamente do controle. Há cinco semanas, Heather e eu saímos para comprar os vestidos para o baile da escola e reclamar das aulas de inglês. Agora sou uma órfã vivendo com metade de uma enciclopédia de criaturas sobrenaturais e me esquivando da morte todos os dias. Do jeito que as circunstâncias estão, a minha única esperança é que o universo não nutra um rancor típico da série *Premonição* por mim.

— Estou bem. — É a verdade, porque fisicamente, estou. Não tenho nenhum arranhão. Pelo menos, nenhum novo. — Só um pouco abalada.

— Ah, deixe disso, menina. *Eu* estou traumatizado e nem estava lá quando tudo aconteceu. Não acredito que você esteja só um pouco "abalada". — Minha mão está apoiada na mesa e ele a toca de maneira meio desajeitada. Sei que está tentando me reconfortar, mas noto a preocupação em seus olhos enquanto ele examina o meu rosto.

Faço o melhor que posso para que ele não veja nada transparecendo no meu rosto, e acho que consigo. Após certo tempo, ele balança a cabeça e se recosta em sua cadeira.

— Você é igual à sua mãe, sabia? Ela sempre enfrentou de cabeça erguida tudo o que a vida lhe pôs na frente. Nada de lágrimas, nada de histeria, apenas uma determinação firme e tranquila.

A menção casual à minha mãe agora, de quem sinto tanta, tanta saudade, me destrói por dentro. Fecho os punhos e cravo as unhas nas palmas das mãos para não desmoronar.

O que ajuda é o fato de o tio Finn não insistir no assunto, falando sobre a incrível capacidade da minha mãe de encarar os desafios sem se deixar abalar — algo que eu não herdei dela, não importa o que o tio pense. Em vez disso, ele abre algum arquivo no seu computador e imprime uma folha.

— Tem certeza de que você está bem? Não prefere que Marise a examine? — pergunta pelo que parece ser a milionésima vez.

De jeito nenhum. Sei que Macy disse que ela me mordeu para poder curar a laceração na minha artéria, mas não significa que eu esteja ansiosa para ela examinar meu pescoço de novo... nem qualquer outra parte do meu corpo.

— Juro que estou bem. É com Jaxon que você devia se preocupar. Ele me protegeu dos cacos de vidro.

— Já pedi a Marise que o examinasse. E vou chamá-lo mais tarde para agradecer por ter salvado a minha sobrinha favorita.

— Sua única sobrinha. — Eu o lembro, caindo na brincadeira que fazemos desde que me conheço por gente.

— Única e *também* a favorita — diz ele. — Uma coisa não exclui a outra.

— Tudo bem, tio favorito. Acho que não exclui mesmo.

— Exatamente! — O sorriso meio forçado se transforma numa expressão genuína. Mas não dura muito tempo, pois o silêncio novamente se forma entre nós.

Desta vez, não consigo deixar de me sentir inquieta. Não porque esteja nervosa, mas porque quero sair daqui e ir me encontrar com Jaxon. Ele parecia ansioso mais cedo e só quero ter certeza de que nada de mau vai acontecer. Nem a ele nem a ninguém.

Mas o tio Finn obviamente presume que a minha inquietação se deve a algo totalmente diferente, porque ele passa a mão pelos cabelos com um longo suspiro.

— Bem, agora que o gato subiu no telhado...

— Não seria o lobisomem? — pergunto, com a sobrancelha erguida. — Ou vocês têm gatos metamorfos por aqui, também?

Ele ri.

— Não, somente os lobos e dragões por enquanto.

— "Somente". — Minha voz está carregada de ironia.

— Você deve ter um monte de perguntas.

Um monte? Não, nada disso. Só umas duas ou três milhões. Começando com aquela que fiz no começo da conversa e que ele preferiu não responder.

— Por que não me disse? Podia ter me contado quando pediu que eu me mudasse para o Alasca, quando esteve no velório.

— Imaginei que você já estivesse bem sobrecarregada naquele momento.

E a última coisa que você precisava era que eu tentasse convencê-la de que vampiros e bruxas são reais.

Ele até que tem razão. Mas, mesmo assim...

— E depois que cheguei aqui?

Ele respira fundo e solta o ar, soprando longamente.

— Imaginei que poderia acostumá-la aos poucos ao ambiente. Na primeira noite, eu tinha planejado relatar que as coisas aqui são diferentes, mas você estava com aquela náusea horrível por causa da altitude. Depois, praticamente tudo aconteceu e pareceu mais fácil deixá-la no escuro por algum tempo. Especialmente quando a drª. Wainwright me disse, depois de conversar com a dra. Blake, que achava melhor deixar você se acostumar com o Alasca e com essa mudança gigantesca na sua vida antes de ter de encarar a realidade sobre tudo o que ouviu falar sobre o mundo sobrenatural.

— Tudo? — Agora é a minha vez de erguer as sobrancelhas.

— Talvez nem *tudo*. Mas, com certeza, muitas das coisas são.

O que ele diz até faz sentido, acho, mas ainda estou um pouco cética, especialmente porque não tive a oportunidade de conversar com a dra. Wainwright ainda. Mas como alguém pode pensar que pode esconder o fato de esta escola estar cheia de monstros que saem para assombrar as pessoas à noite?

Quando penso em Flint pulando do alto de uma árvore para me salvar, em Macy fazendo aquela magia do glamour bem diante de mim, nos lobisomens que andam por aí vestidos somente com jeans e camiseta e em Jaxon... fazendo aquilo que Jaxon faz, parece impossível imaginar que eu não descobriria o que se passa por aqui, cedo ou tarde. Admito que eu estava pensando em alienígenas em vez de vampiros, mas, mesmo assim, sentia que havia algo muito, muito errado.

Meu ceticismo deve ficar aparente no meu rosto, porque meu tio faz uma espécie de careta.

— É verdade. Pensando bem, foi uma ideia ruim desde o começo. Não é exatamente fácil esconder o fato de que vampiros e dragões são reais quando estamos no meio de uma guerra gigantesca por território.

— Guerra por território? — pergunto, porque Macy já falou alguma coisa parecida com isso. Pensei que ela estivesse falando sobre essa divisão dos grupinhos do ensino médio e outras besteiras parecidas, mas agora que sei que estamos falando sobre espécies sobrenaturais diferentes... o aviso dela faz muito mais sentido.

E parece bem mais assustador.

Ele balança a cabeça negativamente.

— Isso é assunto para outro dia. Tenho certeza de que esta manhã já foi mais difícil do que devia para você. Pelo menos, para mim foi. O que me leva ao verdadeiro motivo pelo qual a chamei aqui.

Provavelmente é a mudança de assunto mais desastrada de todos os tempos e quase comento isso em alto e bom som porque sei que há mais coisas que ele ainda não me contou. Muito mais coisas. E também tenho certeza de que há muitas outras histórias sobre as quais não sei de nada. Mas acho que bater boca com o meu tio não é a melhor maneira de fazê-lo falar.

Assim, em vez de exigir respostas para todas as minhas muitas e muitas perguntas, mordo a língua e espero para ouvir o que o tio Finn tem a dizer.

— Eu estava pensando... Muitas coisas horríveis aconteceram a você desde que chegou aqui.

— Eu não diria que essas coisas ruins chegaram a acontecer comigo, na verdade — faço questão de lembrá-lo —, Jaxon me salvou várias vezes.

— Eu sei, mas não podemos achar que Jaxon sempre vai estar por perto. Há situações que acontecem por aqui e que não acontecem em outras escolas, como você deve ter percebido nesses últimos dias. O que aconteceu por causa do terremoto foi um acidente horrível e tenho certeza de que com o candelabro não foi diferente. Mas isso me fez pensar. O que vai acontecer com você se alguém perder o controle dos seus poderes quando Jaxon, Flint ou Macy não estiverem por perto para protegê-la? O que vai acontecer se você se machucar seriamente? Acho que não aguentaria carregar isso na minha consciência — pontua ele, balançando a cabeça.

— Acha que foi isso que aconteceu? Alguém perdeu o controle dos próprios poderes?

— Não temos certeza, mas é a hipótese que estamos levando em conta agora. Algum dos bruxos estava tentando ver o que era capaz de fazer e *bam...* Embora nunca tenhamos perdido um candelabro antes, já aconteceu de haver cristais voando pela sala. Entre outras coisas.

Talvez essa seja a melhor notícia que recebi hoje, porque significa que Jaxon provavelmente estava preocupado por nada. Ninguém está tentando me matar. Alguém simplesmente fez algo que não devia com seus poderes e, por acaso, eu estava no caminho. O que faz muito mais sentido do que pensar que alguém esteja de verdade querendo acabar comigo.

— Enfim... — Meu tio está novamente com as mãos unidas diante do queixo. — É por isso que quero mandá-la de volta para San Diego.

Capítulo 44

ALASCA, DOCE ALASCA

— Me mandar de volta? — Sinto o horror deslizar por mim como um avião numa pista coberta de gelo: rápido, desesperado e dominando tudo o que aparece pela frente. — Como assim? Não sobrou nada que me interesse em San Diego.

— Eu sei — diz ele, balançando a cabeça com um ar entristecido. — Mas estou começando a achar que não há nada para você aqui, também. Pelo menos lá, vai estar segura.

— Ah, assim como os meus pais estavam seguros? — As palavras são arrancadas de mim, ásperas, dolorosas e amedrontadas. Voltar para San Diego significa me afastar de Jaxon... e não quero fazer isso. *Não posso* fazer isso. Não agora, principalmente quando é óbvio que há alguma coisa acontecendo entre nós. Não agora, quando ele é a primeira coisa em que penso quando acordo e a última antes de dormir.

— Aquilo foi uma fatalidade, Grace. Um acidente horrível...

— Acidentes podem acontecer em qualquer lugar. E se alguma coisa vai acontecer comigo, prefiro que aconteça aqui, quando estou com Macy, com você e com... — Eu não termino a frase. Não estou disposta a dar voz a algo que ainda estou só começando a entender. Ao fato de que, em pouco menos de uma semana, Jaxon Vega passou a significar alguma coisa para mim.

Mas, aparentemente, meu tio é mais perceptivo do que eu pensava, porque ele termina a frase para mim.

— Jaxon? — pergunta ele, de modo gentil.

Eu não respondo. Não posso. Seja lá o que estiver acontecendo entre nós, é algo que só diz respeito a nós dois. É impossível eu tentar explicar isso para o tio Finn.

Mesmo assim, o fato de eu não responder já é uma resposta.

— Sei que Jaxon pode ser... — Ele para por um momento, respira fundo e solta o ar antes de continuar. — Sedutor. Sei o que as garotas sentem por ele e entendo. Ele é...

— Tio Finn! Não! — Quase cubro as orelhas com as mãos para não ouvir o meu tio chamar o garoto por quem estou me apaixonando de "sedutor".

— Não? — pergunta ele, confuso. — Você não sente atração por...?

— Digo... não! Não mesmo! Não sei o que está acontecendo entre mim e Jaxon, nem se tem alguma coisa acontecendo. Mas *nós*... — digo isso gesticulando para frente e para trás, entre eu e o meu tio — ... não vamos falar sobre isso.

— Não vamos?

— Não. Não vamos. — Balanço a cabeça num gesto negativo, enfatizando a situação. — Nem agora, nem nunca.

— Olhe, juro que conversar com você sobre garotos é tão difícil quanto conversar com Macy sobre eles — diz o tio Finn, revirando os olhos. — Toda vez que pergunto sobre Cam, Macy age como se eu tivesse pedido a ela que engolisse um punhado de olhos de salamandra. Mas tudo bem. Não vamos falar sobre garotos. Só que preciso avisá-la de que Jaxon é...

— Perigoso. Eu sei. Macy já enfiou isso na minha cabeça. E talvez ele seja, mas sempre foi muito gentil comigo, então...

— Eu não ia dizer "perigoso". — Pela primeira vez, percebo um toque de irritação na sua voz. — E você saberia disso, se parasse de me interromper.

— Ah. Certo. — Sinto que estou ficando vermelha de novo. — Desculpe.
Ele simplesmente balança a cabeça.

— O que eu ia dizer é que Jaxon não é como nenhum outro garoto que você já conheceu antes.

— Ah, mas isso é óbvio. — Eu faço o mesmo gesto que fiz, imitando presas enquanto conversava com Macy, e ele solta uma gargalhada.

— Na verdade, eu disse isso por muitas outras razões além do fato de ser um vampiro, mas sim. Há essa questão de Jaxon ser um vampiro, também.

Ah. Aquelas palavras fazem com que as borboletas comecem a voar no meu estômago, embora eu não saiba exatamente o por quê.

— E o que mais há para saber? — pergunto, porque *não posso* deixar de perguntar. — Sei que o irmão dele...

— Ele te falou sobre Hudson? — Agora o meu tio parece chocado.

— Só que ele morreu.

— Ah, sim. — O jeito que o rosto do meu tio relaxa me diz que há muito mais nessa história do que eu sei. Bem, isso e o fato de que todo mundo tem a mesma reação quando sugiro que sei algo sobre Hudson. — A morte do irmão deixou Jaxon com muitas responsabilidades. Tanto as de Hudson quanto as que o próprio Jaxon já tinha.

— Imagino.

— Não, Grace. Você não imagina. — Ele parece mais taciturno do que eu jamais o vi antes. — Porque ser um vampiro não é como ser uma pessoa comum.

— Ah. É claro. Mas ele já foi comum, não? — Penso em todos os filmes de vampiros que já vi, todos os livros que já li. — Afinal...

— Não. E é exatamente por isso. Jaxon já nasceu vampiro.

Agora sou eu que estou chocada.

— Como assim? Achei que todos os vampiros...

— Não, nem todos. Uma pessoa pode ser transformada em vampiro. Na verdade, é o que acontece com a maioria. Mas eles também podem nascer assim. Jaxon nasceu como vampiro, assim como os outros membros da Ordem. E isso significa... muita coisa em nosso mundo.

Nem consigo imaginar o que isso significa, porque ainda estou atarantada com a revelação de que *pode-se nascer vampiro.*

— Mas... como? Eu achava que uma pessoa tinha que ser mordida para virar vampiro.

— Geralmente, sim. Mas isso acontece se o vampiro quiser transformar você. Se não quiserem, você só leva uma mordida. Como...

— Como o que Marise fez comigo, não é?

— Sim — concorda ele.

— Isso ainda não explica como é possível que vampiros já nasçam assim — insisto. Tenho a sensação de que um pedaço de mim vai se afogar em meio a todas essas novas informações, enquanto outro pedaço está agindo como se tudo estivesse bem. Nada que seja tão importante.

Acho que, depois de conseguir aceitar que todas essas criaturas existem, a *maneira* pela qual elas passaram a existir não é tão chocante assim.

— Assim como outras coisas, o vampirismo é uma mutação genética. Rara, excepcionalmente rara, mas ainda assim é uma mutação. Os primeiros casos documentados aconteceram há alguns milhares de anos, mas, desde então, muitos outros também aconteceram.

— Calma. Vocês têm casos *documentados* de vampiros que nasceram há milhares de anos? Como assim? E... como é que podem provar isso?

— Porque eles ainda estão vivos, Grace.

— Ah. Entendi. — Mais um detalhe do qual eu não tinha me dado conta, embora provavelmente devesse. — Porque vampiros não morrem.

— Eles morrem, sim. Só que muito mais lentamente do que o restante de nós, porque as suas células se desenvolvem de um jeito diferente.

É claro. Caso contrário, não haveria tantas pessoas cujo sangue é sugado e sabe-se lá mais o quê.

— E Jaxon é um desses vampiros? Um dos antigos? — Quando penso a respeito, as borboletas no meu estômago se transformam em urubus. E isso é estranho, porque estou completamente disposta a aceitar que vampiros existem. Então, por que esse papo sobre vampiros muito antigos me desconcerta tanto?

— Jaxon nasceu na família mais antiga de vampiros. Mas... não, ele não tem quatro mil anos de idade, se é isso que você está perguntando.

Oh, graças a Deus.

— Então, essas famílias são as únicas nas quais os vampiros podem nascer? Tipo... pessoas comuns não podem gerar filhos vampiros, certo?

— É uma mutação genética, então... sim, vampiros podem nascer para qualquer pessoa. Mas geralmente isso não acontece. Os vampiros natos vêm de uma das seis famílias ancestrais, mas às vezes algum outro vampiro nato aparece. E é sobre esses que você lê nas histórias, porque eles não sabem com exatidão quem ou o que são, e então...

— Eles saem por aí matando quem aparecer pela frente?

— Eu não diria exatamente isso — pontua ele, com uma expressão exasperada. — Mas, sim. São esses que têm a tendência de criar outros vampiros, porque não sabem com precisão o que estão fazendo. Ou porque se sentem sozinhos e querem criar uma família. Ou por várias outras razões. Mas as famílias mais velhas não são assim.

— Como assim? Eles não matam pessoas? — Tenho de admitir que isso é um grande alívio.

Pelo menos até que o meu tio ri e diz:

— Não vamos exagerar.

— Ah, sim. Então. Jaxon...

— Não tenho o hábito de falar sobre alunos com outros alunos. E essa conversa já se desviou demais do assunto que eu queria discutir.

É verdade, mas aprendi muito. Por isso, não vejo problema nenhum com o rumo da conversa. Apesar de a risada que acompanhou aquela frase *não vamos exagerar* ter sido meio inquietante.

— Não quero voltar para San Diego, tio Finn.

É a primeira vez que expresso isso em voz alta. A primeira vez que pensei e também que acreditei nisso. Mas, quando as palavras saem pela minha boca, sei que são verdadeiras. Não importa o quanto eu sinta saudade da praia, do calor e da vida que eu tinha com meus pais, voltar para lá não é o que eu quero. Meus pais se foram para sempre e não há nada em San Diego que me atraia tanto quanto Jaxon.

Nada.

— Grace, fico feliz por você gostar de morar aqui na Academia Katmere. E muito. Mas não sei se é seguro. Achei que tinha condições de protegê-la aqui, mas obviamente ser uma pessoa comum em uma escola para alunos paranormais é perigoso.

Considerando a semana que tive, parece um eufemismo. Mesmo assim...

— Será que essa decisão não deveria ser minha?

— É toda sua. Mas você não pode tomá-la por causa de um garoto.

— Não estou decidindo por causa de Jaxon. Ou, pelo menos, não *apenas* por causa de Jaxon. — Isso também é verdade. — Decidi isso por causa de Macy. E de você, tio. E até mesmo de Flint. Estou decidindo isso porque sinto falta de San Diego e da vida que eu tinha lá, mas essa vida acabou. Meus pais morreram e, se eu ficar lá, se voltar para a mesma escola e para a mesma vida que tinha, agora sem os meus pais, vai ser como um tapa na cara. Um lembrete, a cada dia, do que eu perdi. E acho que não vou conseguir fazer isso, tio Finn. Acho que não vou conseguir curar as minhas feridas lá, passando , todos os dias, para ir à escola, na frente da casa onde eu morava. Ir para todos os lugares aonde ia com os meus pais...

A minha voz fica embargada e desvio o olhar, constrangida pelas lágrimas nos meus olhos. Constrangida por me sentir tão fraca toda vez que penso na minha mãe e no meu pai.

— Está bem. — Desta vez, quando meu tio estende os braços sobre o tampo da mesa, ele segura as minhas duas mãos. — Tudo bem, Grace. Se é assim, sabe que pode ficar. Você é sempre bem-vinda onde quer que eu e Macy estivermos. Mas nós temos que fazer alguma coisa sobre esses incidentes, porque não gosto nada de pensar que alguma coisa pode te acontecer bem debaixo do meu nariz. No dia em que nasceu, prometi ao seu pai que cuidaria de você se algo acontecesse a ele. E não estou disposto a quebrar essa promessa.

— Isso me parece uma ideia perfeita, porque também não sou muito fã desses incidentes.

Ele ri.

— Ah, aposto que não. Então, o que...?

O sinal do intercomunicador em sua mesa o interrompe.

— *Diretor Foster, sua chamada das nove horas está na linha três.*

— Ah, sim. Obrigado, Gladys. — Ele olha para mim. — Infelizmente, preciso atender essa ligação. Por que não volta para o seu quarto e relaxa pelo restante do dia? Vou pensar sobre o que podemos fazer para zelar pela sua segurança e subo para conversar com você e com Macy por volta da hora do almoço. O que acha?

— Ótima ideia. — Pego a minha mochila, que está no chão, e vou para a porta. Ao abri-la, viro para trás e olho para o meu tio. — Obrigada.

— Não me agradeça ainda. Não tive nenhuma ideia.

— Não, estou agradecendo por ter ido a San Diego por minha causa. Obrigada por me aceitar aqui. Obrigada por...

— Ser da sua família? — Ele faz um gesto negativo com a cabeça. — Não precisa me agradecer por isso, Grace. Eu amo você. Macy também a ama. E você vai ter um lugar conosco sempre que quiser. Certo?

Engulo em seco o nó que se formou na minha garganta.

— Certo. — Em seguida, saio pela porta antes de começar a chorar descontroladamente pela segunda vez em alguns dias.

Mas basta eu fechar a porta e dar três passos pelo corredor para o chão começar a tremer. De novo.

Capítulo 45

SEMPRE SOUBE QUE HAVIA FOGO
ENTRE NÓS. SÓ NÃO SABIA QUE ERA
SUA RESPIRAÇÃO

Este não é dos piores. O chão simplesmente estremece um pouco. Mas é o suficiente para me deixar nervosa. Mais do que o suficiente para eu buscar abrigo sob o batente da porta mais próxima, como nos ensinaram na escola primária. Não estou nem um pouco a fim de sofrer mais lesões, nem qualquer outra experiência quase letal.

Quando o tremor termina, pego o meu celular e mando uma mensagem para Jaxon. Somente para dizer que estou bem e para ter certeza de que ele também está. Além disso, gostaria muito de poder ter uma conversa com ele num lugar onde nenhum de nós está machucado — e também onde metade da escola não esteja olhando fixamente para nós. Mando uma mensagem perguntando: *Onde você está? Vamos nos encontrar?* E fico esperando impacientemente pela resposta.

Mas ela não vem, o que só me deixa mais nervosa.

Seria ótimo se eu tivesse pegado o número do celular de Mekhi hoje cedo para poder mandar uma mensagem para ele também, mas não fiz isso. Assim, fico sem ter o que fazer, andando pelos corredores e esperando Jaxon responder minha mensagem.

Sem saber o que mais posso fazer, subo as escadas, indo para a torre de Jaxon. Mas a verdade é que não estou tão empolgada com a ideia de aparecer diante da porta dele sem ser convidada outra vez. Foi ele quem me largou na cantina e é ele quem não está respondendo às minhas mensagens. Quero vê-lo, quero conversar com ele, mas não vou mais ficar correndo atrás. Desta vez, é ele que vai ter de vir até mim.

O que significa que, provavelmente, não deveria voltar para o meu quarto, onde vou passar o tempo inteiro obcecada, pensando onde Jaxon está e o que está fazendo, em vez de me ocupar com algo produtivo. E eu já passei tempo suficiente pensando nesse cara hoje — provavelmente tempo demais, considerando o jeito com que ele me ignora.

É esse pensamento, mais do que qualquer outro, que me faz pegar o corredor que leva à biblioteca assim que chego ao segundo andar. Já faz algum tempo que quero ir até lá durante o horário normal a fim de conhecer melhor o lugar e, talvez, encontrar alguns livros para pegar emprestado. Além disso, imagino que meu tio e Macy não vão poder reclamar por eu não estar descansando se passar o dia jogada num monte de almofadas com citações de filmes de terror e um bom livro.

As turmas estão em aula, então a biblioteca está quase vazia quando chego. Por mim, é até melhor assim. Quanto menos pessoas passarem por mim, menor será a chance de haver mais "acidentes".

Penso em começar pela seção de mitologia para ver se há algum livro sobre as diferentes criaturas paranormais com quem vou à escola. É por onde eu começaria em uma biblioteca normal, mas, aqui em Katmere, os monstros são de verdade. Assim, será que encontraria livros sobre eles na seção de não ficção? Ou na de biologia?

Ainda vou ter de me acostumar com essa coisa de *monstros são reais*.

Decido parar diante do balcão e perguntar à bibliotecária por onde devo começar. E a verdade é que estou louca para conhecê-la desde que descobri este lugar. Só pelo bom gosto na escolha daquelas figurinhas adesivas e pelo jeito que as gárgulas foram colocadas, já a considero uma pessoa superlegal.

É uma impressão que ganha mais força quando a vejo pessoalmente.

Ela é alta e bonita, com uma pele reluzente cor de cobre. Seus cabelos longos e escuros estão entremeados com fios metálicos em tons de laranja e prata — sobras do Halloween, imagino. E ela está vestida como uma perfeita hippie, com um vestido *boho* estampado e esvoaçante, de mangas longas e botas. Além disso, ela exibe também um sorriso radiante no rosto quando me aproximo, algo que não vi com tanta frequência neste ambiente tão sombrio e gótico da Academia Katmere.

— Sra. Royce? — pergunto quando chego ao balcão.

— Pode me chamar de Amka. É assim que a maioria dos alunos me chama. — Não sei como é possível, mas o sorriso dela fica ainda mais amigável. — Você deve ser Grace, a nova aluna de que todo mundo fala.

Sinto meu rosto ficar quente.

— Não é assim que eu me descreveria, mas... acho que sou.

— É bom conhecê-la. Fico feliz em conversar com a garota que está dando uma mexida no *status quo* deste lugar. Faria bem para eles.

— Para... eles?

Ela dá uma risadinha e se inclina um pouco para frente. E, em seguida, num sussurro ruidoso e totalmente digno de peça de teatro, ela diz:

— Os monstros.

Meus olhos ficam arregalados com aquela descrição, e sinto um alívio enorme quando penso no que o meu tio disse.

— Então, você é humana também?

— A maioria de nós é humana, Grace. Nós simplesmente temos alguma coisa a mais, só isso.

— Ah, entendi. — Fico me sentindo uma idiota. — Desculpe, não quis ofender.

— Não ofendeu. — Ela estende a mão. Segundos depois, um leve vento sopra pela biblioteca, agitando os meus cabelos e agitando as páginas das revistas que estão na estante atrás de mim.

— Ah! Você é uma bruxa! — Viro o rosto para sentir a brisa.

— Sou, sim. Da tribo Inupiat — responde ela. — Com afinidade pelos elementos.

— Elementos? — repito, enfatizando o "s". — Então, não é só o vento que...?

— Não é só o vento — concorda ela. Amka fecha a mão e o vento para de soprar no mesmo instante. Momentos depois, quase sem mover os dedos, as velas nos archotes das paredes começam a queimar. — Fogo. E eu te mostraria a água também, mas talvez seja o bastante por hoje.

— Com certeza — concordo. — Mas, se não se importar, gostaria muito de ver.

Ela faz que sim com a cabeça e, pouco depois, flocos de neve começam a cair do teto, diretamente sobre as nossas cabeças.

Por instinto, coloco a língua para fora e sinto o gosto de um deles. E digo:

— Isso é a coisa mais legal que já vi.

— Fique de olhos abertos — responde ela. — Há muitas coisas legais para ver aqui em Katmere.

— Estou ansiosa — comento com sinceridade. Afinal, vê-la manipular os elementos é algo que me acalma e me convence de que talvez as contingências não sejam tão assustadoras quanto eu temia.

— Ótimo — diz ela, piscando o olho. — Agora, o que a traz até a minha biblioteca hoje?

— Só queria explorar um pouco mais. Estive aqui há uns dias e me apaixonei por este lugar. Você fez um trabalho incrível.

— Livros são fascinantes e divertidos. Imagino que as salas que os abrigam deveriam ser igual.

— Você definitivamente fez isso acontecer. — Eu me viro, olhando para trás. — Só essas figurinhas adesivas já são incríveis. Eu podia passar o dia inteiro lendo todas elas. E as gárgulas. E as almofadas com as falas dos filmes de terror? Adorei tudo.

— Eu fico pensando... Por que trabalhar num lugar como este se não posso me divertir um pouco?

— Exatamente! — concordo com uma risada. — E essa é a segunda razão pela qual estou aqui. Esperava encontrar alguns livros para aprender um pouco mais sobre os diferentes tipos de pessoas que estudam aqui.

Ela sorri com a minha tentativa de incorporar a primeira lição que me ensinou: de que a maioria das pessoas aqui é humana, apenas diferente.

— Eu admiro a sua mente aberta. E sua disposição em abraçar o que aprendeu.

— Estou tentando. Imagino que há muita coisa a aprender.

— Você tem tempo pela frente. — Ela estende os braços e segura as minhas mãos entre as suas.

Aquilo me surpreende, mas não é algo que me ofende e por isso não me esquivo. Mas fico pensando se não deveria ter me esquivado quando os olhos dela começam a se parecer estranhamente com dois redemoinhos.

Não é nada demais, digo a mim mesma. Macy fez aquele feitiço do glamour e não vi nenhum problema. Isso não é diferente.

Só que a sensação é diferente. Parece que Amka está olhando alguma parte bem profunda de mim, como se pudesse enxergar muito mais do que quero que ela — ou qualquer outra pessoa — veja.

Mas isso é ridículo. Só porque ela é uma bruxa, não quer dizer que seja capaz de ler mentes. E bem quando acabo de me convencer de que não há nada esquisito acontecendo, ela sussurra:

— Não tenha medo.

— Não estou com medo — respondo, porque, afinal, o que eu deveria dizer? Que essa coisa nos olhos dela está me assustando um pouco?

— Você é muito mais do que imagina — prossegue ela.

— Eu... não estou entendendo.

Ela sorri quando seus olhos voltam ao normal.

— Você vai entender quando precisar. É só isso que importa.

— Obrigada — agradeço, porque é o que se pode fazer em momentos como este. Acho que deveria começar a ensaiar algumas respostas, já que vou passar um bom tempo por aqui.

Amka arranca uma folha de papel do bloco que há em sua mesa e anota algo nele. Em seguida, dobra o papel e o estende para mim.

— Acho que você vai gostar de dar uma olhada nas estantes que estão duas fileiras mais adiante.

— E que seção é essa? — Sinto a empolgação tomar conta de mim, afastando a inquietação que havia há alguns momentos.

— Dragões. — Ela sorri, mostrando uma covinha no rosto. — É sempre um bom lugar para começar.

— Ah, com certeza. — Penso em Flint e em todas as questões que tenho sobre ele. — Obrigada!

— Por nada. Quando encontrar o que está procurando, vai saber o que fazer com isso. — Pego o papel e ela tira uma garrafa de água debaixo da mesa. — Ah, e fique com isso aqui também. E beba. Você precisa ficar hidratada nesta altitude.

— Ah, sim — digo, pegando a garrafa. — Obrigada.

Ela simplesmente faz um gesto indicando por qual caminho devo seguir.

Vou até o corredor que ela apontou, imaginando quais tipos de livros sobre dragões vou encontrar ali — especialmente considerando que parece que estou na seção de mistério. Mas, assim que alcanço o fim do corredor, o sorriso de Amka começa a fazer sentido, assim como as instruções para chegar até aqui. Porque, em uma das mesas redondas, há alguém com fones nas orelhas e um livro muito antigo aberto em uma seção com uma caligrafia esquisita. Flint.

Dragões, não é mesmo?

Ele ergue o rosto quando dou um passo na direção dele e um olhar que não consigo decifrar passa por seu rosto durante um segundo. Esse olhar é seguido rapidamente por um sorriso enorme quando ele tira um dos seus AirPods.

— Oi, novata! O que você está fazendo aqui?

É impossível não retribuir o sorriso.

— Pesquisando sobre dragões, aparentemente.

— Ah, é mesmo? — Ele dá uns tapinhas na cadeira ao seu lado. — Parece que veio ao lugar certo.

— Acho que sim. — Quando me aproximo para sentar ao lado dele, entrego o bilhete que Amka me deu. — Acho que isso é para você.

— É mesmo? — Sua testa se enruga quando ele estende a mão para pegar o papel. Enquanto Flint o lê, dou uma olhada no meu celular a fim de verificar se Jaxon mandou alguma mensagem.

Nada de mensagens.

— Bem, bem — diz Flint, deliberadamente sem olhar nos meus olhos enquanto larga o bilhete na mesa, ao lado do livro que está lendo. — O que você precisa saber sobre dragões?

— Podemos fazer isso mais tarde — digo a ele. — Não quero interromper o seu trabalho.

— Ah, não se preocupe. Isso aqui não é nada. — Ele fecha o livro antes que eu consiga ver muita coisa e o afasta de si.

Mas vejo o idioma na capa.

— Ah! Esse é um livro acádio?

Os olhos dele se arregalam.

— Você conhece algo sobre acádio?

— A primeira vez que eu soube do que se tratava foi há uns dois dias. Lia estava fazendo pesquisa para um projeto. Estão na mesma turma?

— Ah. Estamos, sim. — Ele parece não estar nem um pouco entusiasmado. O que não chega a me surpreender, considerando que eles não parecem gostar muito um do outro.

— E qual é a aula? — Estendo a mão para o livro. — Até pensei em fazer essa matéria no próximo semestre, se puder.

— Línguas Antigas da Magia. — Ele afasta o livro antes que eu possa abri-lo e o guarda dentro da mochila. — E então? O que você está querendo saber sobre dragões?

— Qualquer coisa. Tudo o que for possível. — Ergo as mãos, fazendo um gesto que diz *não sei nada*. — Saber que criaturas mágicas são reais é... muita coisa.

— Ah, logo você se acostuma.

— Que bom que um de nós pensa assim, pelo menos.

Ele ri.

— Vamos lá. Pode fazer a primeira pergunta.

— Ah, não pensei em nenhuma pergunta específica. Vamos ver... Macy disse que você tem asas. Quer dizer que você pode voar? De verdade? — Fico estupefata, tentando imaginar aquilo.

— Sim, posso voar. E fazer outras coisas, também — diz ele, sorrindo.

— Que coisas? — Eu me inclino para mais perto dele, fascinada.

— Hmmm, vejamos. Se realmente vamos entrar nisso a fundo, tenho a impressão de que vamos precisar de comida. — Ele pega a mochila.

— Ah, desculpe. Eu não quis...

— Está tudo bem, novata. — Ele tira do bolso frontal da mochila um saco de *marshmallows* que está pela metade e o estende para mim. — Quer um? É o meu doce favorito.

— É o meu, também — confidencio a ele enquanto pego um. — Geralmente o meu sabor preferido é aquele com Rice Krispies, mas não estou reclamando.

Estou levando o *marshmallow* até a boca, mas ele segura o meu braço antes que eu coma o doce.

— Ei, não é assim que se come um *marshmallow*.

— Como não?

Ele apenas agita as sobrancelhas. Em seguida, joga o marshmallow para cima e *solta um jato de fogo pela boca diretamente na direção do doce.*

Eu solto um grito estridente e em seguida cubro a boca, sentindo-me ao mesmo tempo chocada e impressionada, conforme o *marshmallow* é tostado até ficar com um tom dourado e delicioso. Segundos depois, Flint fecha a boca e o doce cai na sua mão.

Ele o estende para mim.

— Esse é o jeito certo de comer um *marshmallow*.

— Não me diga! — Eu o pego da mão de Flint e o enfio na boca. — Meu Deus, está quente! — exclamo por entre aquela delícia pegajosa.

Ele me encara com um olhar que diz *parece que alguém descobriu a América.*

— E ficou tostado no ponto certo! — Não consigo acreditar no quanto isso é legal.

— É claro que está. Já faço isso há um bom tempo. — Ele estende o saco para mim. — Quer outro?

— Está de brincadeira? Quero tudo. Todos os *marshmallows*, o tempo todo.

Ele sorri.

— Esse é o meu tipo de mulher.

— Posso jogar? — Pego mais um.

— Eu ficaria ofendido se você não jogasse.

Dou uma risadinha enquanto lanço o *marshmallow* no ar. E, desta vez, grito um pouco menos quando Flint dispara um jato de fogo diretamente nele.

Dando-se por satisfeito, ele fecha a boca e o *marshmallow* cai de volta na minha mão. Está quente — bem quente! — e então eu o jogo de uma mão para a outra por um segundo, esperando que esfrie. Em seguida, entrego-o para Flint.

— Este aqui é seu.

Ele parece surpreso ao olhar para o *marshmallow* e depois para mim. Mas, em seguida, diz:

— Ah, obrigado. — E coloca o doce na boca.

Tostamos o que resta do saco, um depois do outro — às vezes dois ou três de uma vez — e Flint faz piadas o tempo todo. Quando os *marshmallows* acabam, o meu estômago está me matando — em parte porque eu estou rindo muito, mas também porque acabei de comer uma tonelada de doce. De qualquer maneira, é uma dor que não incomoda, diferente de muitas outras coisas aqui. Por isso, seguimos com a conversa.

Além disso, estou com sede depois de ingerir tanto açúcar e vou pegar a garrafa de água que Amka me deu. Ao fazer isso, não consigo deixar de pensar na possibilidade de ela ter me dado essa garrafa porque sabia que eu ia precisar. Será que ver o futuro é algo comum entre as bruxas? É mais uma coisa que preciso pesquisar.

Começo a abrir a garrafa, mas Flint a arranca da minha mão antes que eu possa romper o lacre.

— Beber água quente é coisa de pobre — diz ele, brincando. Logo antes de abrir a boca e soprar um jato de ar gelado diretamente na garrafa.

Segundos depois, ele me entrega uma garrafa trincando de tão gelada, novamente agitando as sobrancelhas.

— Uau. Isso é... uau! — Eu balanço a cabeça, empolgada. — Tem mais alguma coisa que você pode fazer?

— Como assim? Voar, cuspir fogo e gelo não são o bastante?

— São, sim! É claro que são. — Fico me sentindo uma idiota. — Desculpe. Eu estava só...

— Estou só te zoando. — Ele estende a mão, um gesto bem parecido com o que Amka fez quando estava chamando o vento. A diferença é que Flint não se ocuparia com algo tão enfadonho como fazer o vento soprar.

Fico observando, atônita, quando um grupo de flores azul-claras brota em sua mão.

— Meu Deus — sussurro quando sinto aquela fragrância sutil. — Como você fez isso?

Ele dá de ombros.

— Sou um dos que têm sorte. — Ele estende as flores para mim e eu as toco delicadamente, sentindo a textura delicada das pétalas. Parecem ser feitas de seda.

— Elas se chamam miosótis, mas também são conhecidas como *não--me-esqueças*. É a flor oficial do Alasca.

— São lindas — digo, balançando a cabeça.

— Você é linda — responde ele. E, em seguida, se aproxima e encaixa o ramo de flores entre meus cachos, logo acima da orelha esquerda.

Sinto uma vertigem forte quando os lábios dele ficam a poucos centímetros dos meus. *Ah, meu Deus! Ah, não!*

O instinto faz com que eu recue, jogando o corpo para trás na minha cadeira, com os olhos arregalados e a respiração acelerada.

Mas Flint simplesmente ri.

— Não se preocupe, novata. Não estava dando em cima de você.

Ah, graças a Deus. Eu quase me sinto murchar de alívio.

— Eu não achei que... eu estava... eu só...

— Ah, Grace. — Flint ri e balança a cabeça. — Você não é deste mundo, sabia?

— Eu? Você é quem consegue disparar fogo e gelo pela boca e fazer com que flores apareçam.

— É, você tem razão. — Ele inclina a cabeça, me observando com aqueles olhos que parecem âmbar derretido. — Mas vou te fazer uma promessa agora, está bem?

— Ah... acho que sim.

— Quando eu der em cima de você, vai ser porque você quer que faça isso. E nós dois vamos saber exatamente o que está acontecendo quando eu o fizer.

Capítulo 46

VOU PEGAR VOCÊ E
O SEU CACHORRO TAMBÉM

Não faço ideia do que dizer sobre a promessa de Flint, o que provavelmente é algo bom — considerando que a minha garganta de repente ficou seca como um deserto e eu não consigo mais falar.

Não porque eu quero que Flint dê em cima de mim, não quero. E não porque me sinto ofendida por suas palavras, nada disso. Mas porque, quando olho naqueles olhos risonhos cor de âmbar, quando vejo o seu sorriso contagioso, consigo imaginar que, se Jaxon não estivesse por perto, eu retribuiria qualquer flerte que esse dragão decidisse fazer.

Mas Jaxon *está* por perto e estar sentada aqui com Flint acabou de ficar um milhão de vezes mais constrangedor.

Tomo um longo gole de água para molhar a garganta... e para ganhar tempo enquanto descubro o que posso dizer para suavizar a situação. Mas antes que consiga pensar em alguma coisa, o celular de Flint vibra com uma série de mensagens de texto.

Ele pega o celular, olha para as mensagens e seu jeito de agir muda completamente.

— Tem alguma coisa acontecendo.

Imediatamente, eu penso em Jaxon.

— O que foi? O que está acontecendo?

Flint não responde; simplesmente pega a mochila e começa a guardar as coisas dentro dela. Enquanto faz isso, o bilhete que Amka lhe mandou se abre e eu não consigo deixar de ler:

Há mil caminhos para se chegar a algum lugar, mas nem todo caminho é o correto.

Não tenho tempo para ficar pensando no que isso significa, porque Flint pega o papel da mesa e ordena:

— Vamos, é hora de ir.

Eu pego a minha bolsa e o sigo, sentindo o medo se acumular no estômago enquanto tento descobrir o motivo de ele reagir assim.

— O que houve?

— Ainda não sei. Mas a Ordem está agindo.

— Agindo? Como assim? — Estou praticamente correndo, à procura de acompanhar os passos longos de Flint.

— Significa encrenca. — Ele morde as palavras como se elas tivessem um gosto ruim.

Não o culpo. Só Deus sabe que já tive problemas que poderiam me afetar pela vida inteira nesses últimos dias.

— Que tipo de encrenca? — Estou logo atrás dele quando ele abre as portas da biblioteca e começa a acelerar pelo corredor.

— É isso que estou tentando descobrir.

Procuro meu celular, determinada a conseguir uma resposta de Jaxon. Mas, quando chegamos até a área principal de passagem perto da escadaria, percebo que não preciso fazer isso. Porque, um andar acima, está a Ordem, caminhando em fila indiana em meio a um silêncio carrancudo.

Eles estão andando bem rápido e, embora estejam de costas para nós, percebo que Flint tem razão. Há algum problema no ar, e dos grandes. Vejo isso nos ombros erguidos e na tensão que passa por cada um deles, como se cada um deles fosse um fio de alta-tensão.

Eu chamo por Jaxon, mas... ou ele me ignorou, ou não escutou. De qualquer maneira, é outro mau sinal, considerando que ele sabe exatamente o que está acontecendo à sua volta, toda vez.

Só de pensar que ele pode estar em apuros faz com que eu suba correndo pelas escadas atrás de Flint, determinada a alcançá-los antes que alguma coisa terrível aconteça.

Mas Jaxon está andando rapidamente também e nós temos que persegui-lo pelo corredor, passando pelo laboratório de física e por várias salas de aula. Ela para por um segundo diante da porta de uma sala onde eu ainda não estive — acho que é uma das salas de estudos para os alunos — e eu o chamo outra vez. Mas estou na extremidade oposta daquele longo corredor e não fico surpresa por ele não me ouvir.

Mas Byron ouve. Ele vira a cabeça e olha diretamente para mim. Estou longe demais para enxergar seus olhos com clareza, mas seu semblante estampa uma expressão bem assustadora, especialmente porque os olhos dele apontam para mim e para Flint. Em seguida, faz um sinal com a cabeça, com movimentos ligeiros.

É óbvio que ele quer que eu saia dali, mas isso não vai acontecer — pelo menos não enquanto eu não souber o que se passa por ali. Assim, aperto o passo, determinada a chegar junto de Jaxon antes que ele faça... seja lá o que pretende fazer.

Não consigo chegar até lá e Flint também não. Jaxon entra na sala, seguido pelos outros cinco membros da Ordem — incluindo Byron, que não volta a olhar para mim.

Sinto uma onda de pânico me atingir e corro mais rápido do que jamais corri antes, ignorando a dor no pescoço e no braço. Ignorando o jeito que isso me faz sentir tontura. Ignorando tudo, exceto a necessidade de me aproximar de Jaxon, de ter certeza de que ele não vai fazer nada por minha causa, nada que venha a lhe causar problemas depois.

Não sei como, mas sei que isso está acontecendo por minha causa. Simplesmente sei.

Chego à porta no instante que Jaxon faz toda a mobília voar pelos ares, em todas as direções.

Ao meu lado, Flint solta um palavrão. Mas não avança para interferir, nem mesmo quando Jaxon faz com que um cara (que tenho quase certeza ser Cole) saia voando a seguir, jogando-o contra uma mesa que está caída e uma cadeira virada nesse meio-tempo.

Sinto a respiração ficar presa na garganta, um grito estrangulado. Eu sabia que ele era poderoso, sabia que era perigoso — todo mundo me diz isso desde que cheguei aqui. Mas, até agora, não fazia a menor ideia do que isso significava. Mas, quando Jaxon joga o garoto — e... sim, definiti-vamente é Cole — na parede com um estalar de dedos e, em seguida, faz com que flutue no ar, a quatro metros do chão, sem usar nada além da própria mente, começo a entender.

Mesmo assim, nenhum aviso, nenhum conhecimento sobre vampiros, nada que alguém pudesse ter me contado seria o bastante para me preparar para o que acontece a seguir.

Vários alunos chegam correndo — outros metamorfos, eu imagino, já que Quinn e Marc estão entre eles. Mas, exatamente como aconteceu na cantina, Mekhi, Byron e os outros formam um círculo ao redor de Jaxon. Os metamorfos parecem não se importar com aquilo, porque continuam correndo para cima deles, tentando resgatar aquele que Jaxon ainda está segurando no ar, a uns três metros de altura. E é nesse momento que a situação fica completamente caótica: os cinco membros da Ordem começam a brigar com uma quantidade três ou quatro vezes maior de metamorfos.

É rápido, brutal e horrível de se ver; alguns dos metamorfos estão brigando como humanos, outros como lobos. Dentes e garras surgem, arranhando as costas de Luca e o braço de Liam enquanto os vampiros agarram tufos de pelos e derrubam os lobos com força no chão. Jaxon deve ser o único que tem telecinese, entretanto, porque a Ordem está brigando à moda antiga — com punhos, pés e com o que tenho quase certeza de que são presas.

Olho para Flint, esperando que ele intervenha, mas ele apenas observa a briga com os punhos fechados e os olhos estreitados.

Mesmo assim, os outros alunos não têm a mesma reticência. Eles vão chegando e entram no quebra-pau. Vampiros e metamorfos lutando uns contra os outros numa briga que não sei como vai acabar. Se alguém não der um fim logo a isso, as pessoas vão morrer.

Jaxon deve ter pensado a mesma coisa, porque subitamente solta Cole. Ele cai no chão com força, batendo a bunda no piso antes de se levantar com agilidade. Ao mesmo tempo, Jaxon move o outro braço, um movimento em arco que faz todo mundo parar onde está. Alguns até chegam a cair no chão.

Ainda estou do outro lado da sala, diante da porta, mas o poder dele me atinge, também. O mesmo acontece com Flint. Nós dois somos empurrados para trás e nos agarramos no batente da porta dupla para não cair.

Eu sei que sou só uma humana, mas Flint não é e ele foi jogado para trás também. Não consigo imaginar a força que as pessoas perto de Jaxon sentiram. Não me admira que tantos deles tenham ficado no chão.

Penso que aquilo terminou — a briga e seja lá o que Jaxon planejou fazer com aquele metamorfo. Quando o poder que Jaxon disparou se dissipa, dou um passo à frente.

— Jaxon! — chamo, na tentativa de atrair sua atenção. Esperando fazê-lo pensar um pouco no meio de toda essa loucura.

Ele olha para mim por um segundo, dois. E seus olhos estão diferentes de tudo o que já vi antes. Não estão vazios. Nem gelados. Estão ardendo em chamas. Um incêndio infernal.

— Jaxon — repito, com a voz mais baixa desta vez. E, por um momento, tenho a impressão de que ele me escuta.

Pelo menos até virar a cabeça para o outro lado, cortando o nosso contato visual. Bloqueando-me.

Segundos depois, ele estende a mão, e Cole é erguido outra vez, ficando em pé. Mas a sala inteira prende a respiração enquanto esperamos para ver o que vai acontecer.

Não demora muito para descobrirmos.

Cole começa a se debater, arregalando os olhos e arranhando o próprio pescoço, enquanto Jaxon o puxa para junto de si. Arrastando-o lentamente para mais perto, cada vez mais perto, até que Cole esteja outra vez bem diante dele. Com os olhos esbugalhados. Com marcas de arranhões em carne viva no pescoço. Com terror no olhar.

É o bastante, mais do que o bastante. Seja lá o que Jaxon estiver fazendo, qualquer que seja a mensagem que ele quer passar, já conseguiu. Todo mundo nesta sala sabe o que ele é capaz de fazer.

— Jaxon, por favor — peço com a voz baixa, sem ter certeza de que ele vai conseguir me ouvir, mas sem conseguir ficar em silêncio quando percebo que está a ponto de matar o garoto. A ponto de destruir o metamorfo e a si mesmo num momento de fúria descontrolada.

Tudo o que há dentro de mim diz que devo ir até onde ele está, me colocar entre ele e o metamorfo antes que Jaxon faça algo que não vai conseguir desfazer depois. Mas, quando tento chegar perto dele, a impressão que tenho é de estar batendo em uma parede.

Sem poder correr até lá.

Sem conseguir dar um único passo.

Não é algo que está acontecendo comigo. Consigo me mover ou andar do jeito que quiser, mas há uma barreira invisível diante de mim, forte como pedra e tão impenetrável quanto.

Agora percebo por que Flint nem tentou interromper este pesadelo. Ele devia saber que a parede estava ali o tempo todo.

É obra de Jaxon, claro que é. E fico furiosa por ele ter feito isso, por ter me impedido de falar ou me aproximar dele, ou dessa briga, tão completamente.

— Já chega, Jaxon! — grito, socando a parede, porque não posso fazer mais nada. — Pare com isso! Você tem que parar!

Jaxon finge não me ouvir e eu sinto o terror tomar conta de mim. Ele não pode fazer isso. Não pode...

De repente, sinto um tranco quando a minha mão e o braço conseguem passar pela barreira mental que Jaxon ergueu.

— Mas que porra é essa? — sussurra Flint ao meu lado, mas já estou bem ocupada na busca por atrair a atenção de Jaxon para responder. Ou para recuar.

— Jaxon! — praticamente berro o nome dele. — Pare. Por favor.

Não sei o que acontece de diferente. Não sei se é porque, de alguma forma, consegui romper a barreira ou se ele chegou à mesma conclusão que eu. De qualquer maneira, o estrangulamento psíquico que ele vinha aplicando em Cole desaparece. Em pé, sem que Jaxon o prenda, o metamorfo quase cai de joelhos, enquanto puxa golfadas longas e dolorosas pela garganta castigada para encher os pulmões sedentos por ar.

Sinto um alívio enorme, assim como o restante das pessoas naquela sala. Enfim, terminou. Todo mundo ainda está vivo. Alguns estão meio esfolados, mas pelo menos estão v...

Jaxon ataca tão rápido que eu quase não consigo enxergar, expondo as presas, segurando nos ombros de Cole, enquanto se inclina para frente e lhe enfia os dentes no lado esquerdo do pescoço.

Alguém grita e, por um segundo, fico pensando que essa pessoa sou eu, até perceber que a minha garganta está apertada demais para emitir qualquer som. Segundos se passam — não sei quantos — enquanto Jaxon bebe, bebe e bebe. Após certo tempo, o metamorfo para de se debater e perde as forças.

É quando Jaxon por fim o solta, erguendo a cabeça e deixando Cole cair no chão.

A palidez do rapaz é assustadora, mas ele ainda está vivo, com os olhos arregalados e assustados, o sangue escorrendo pelas marcas de mordida no pescoço. Jaxon encara todas as pessoas que estão na sala e fala por entre os dentes:

— Está dado o recado. Não vou avisar outra vez.

Em seguida, ele se vira e vem diretamente na minha direção, sem nem mesmo olhar para trás.

E quando ele segura no meu cotovelo, com uma pegada que é gentil e ao mesmo tempo impiedosa, vou com ele. Porque, sinceramente, o que mais eu posso fazer?

Capítulo 47

A PRIMEIRA MORDIDA
É A MAIS PROFUNDA

Jaxon não diz uma única palavra quando me leva pelo corredor... e eu também não. Depois do que acabei de ver, estou muito... nem sei como estou, para dizer a verdade. Queria dizer "chocada", mas essa não é a palavra certa. Nem "enojada", nem "horrorizada", nem nenhuma das outras descrições — qualquer uma das outras emoções — que alguém que nunca viu isso poderia sentir.

Observar Jaxon sugar quase todo o sangue daquele rapaz não é o que eu chamaria de agradável, mas ele é um vampiro. Morder pescoços e sugar o sangue das pessoas é aquilo que se espera que eles façam, não é? Seria meio hipócrita entrar em pânico agora, só porque vi isso ao vivo e em cores — e em especial considerando que Jaxon obviamente tinha um motivo para fazer isso. Caso contrário, por que ele criaria todo aquele tumulto? E por que anunciou para toda a escola que esse era o único aviso que eles receberiam?

Estou mais preocupada em descobrir *por que* ele achou que precisava dar esse aviso do que pelo que ele *fez*. Especialmente porque estou muito receosa de que aquilo tenha alguma coisa a ver comigo e com o medo que ele sente de que alguém esteja tentando me machucar.

Não quero ser responsável se Jaxon tiver algum problema e definitivamente não quero ser responsável por Jaxon machucar alguém... ou se fizer coisa pior.

Não pela primeira vez, minha mão vem até as marcas na minha garganta, enquanto penso no que teria acontecido se Marise não tivesse parado. Se tivesse me mordido por outro motivo além de ajudar a me curar. Será que eu teria essa atitude de *laissez-faire* em relação ao tratamento que Jaxon deu ao garoto metamorfo, se tivesse quase morrido do mesmo jeito?

Não sei. Só sei que, neste momento, estou mais preocupada com o estado mental de Jaxon do que com cara que eu nem conheço. Um cara que, se Jaxon estiver certo, quer me ver morta.

E o restante? A telecinese, o controle absoluto que Jaxon exerceu sobre todo mundo naquele salão, inclusive sobre mim? A quantidade obscena de poder que ele conseguiu controlar apenas com um gesto? Não sei o que sentir sobre isso. Apenas que, assim como a violência, isso não me assusta como provavelmente deveria.

Ele não me assusta como provavelmente deveria.

Meu tornozelo machucado reclama um pouco quando viramos para entrar num corredor — muito provavelmente por causa de toda aquela correria que aconteceu há pouco — mas sufoco o grito de dor que cresce na minha garganta. Jaxon anda rápido. Imagino que seja porque ele está tentando nos levar a algum lugar onde possamos conversar antes que precise enfrentar as consequências do que acabou de acontecer.

Afinal, esta é uma escola sobrenatural e as regras aqui provavelmente são diferentes daquelas com que estou acostumada, mas para mim é difícil acreditar que um membro de uma espécie sobrenatural comece a beber o sangue de outro no meio de uma sala de aula. Mesmo que seja merecido.

E é por isso que não reclamo da velocidade com que Jaxon anda conforme passamos por vários corredores até chegar à escada dos fundos. É quando começamos a subir que percebo aonde ele está me levando: não para o meu quarto, como eu quase esperava, mas para o dele. E, a julgar pela cara que Jaxon faz — o olhar vazio, o queixo repuxado, os lábios apertados que formam uma linha fina e reta —, ele está esperando que eu faça alguma objeção.

Mas não tenho nenhuma intenção de brigar com ele. Não até saber por que teríamos que brigar. E, tentando ver as circunstâncias pelo lado positivo, tenho quase certeza de que ninguém vai querer arrumar confusão com Jaxon tão cedo, o que significa que talvez possa passar umas quarenta e oito horas sem medo de morrer por causa de algum incidente. Não vou mentir, isso tem um peso considerável, embora eu deva confessar que me sinto meio maquiavélica por pensar desse jeito.

No instante que chegamos ao alto dos degraus da torre, Jaxon solta o meu cotovelo e abre entre nós a maior distância que a sua pequena alcova de leitura permite. O que me deixa... à deriva.

Nada mudou desde que estive aqui, algumas horas atrás. A janela ainda está coberta por um tapume, o tapete ainda não foi recolocado, o livro que tentei ler enquanto esperava por ele continua exatamente no mesmo lugar.

E, ainda assim, tenho a sensação de que tudo mudou.

Talvez porque tenha mudado. Não sei e não vou saber até Jaxon abrir a boca e conversar comigo, em vez de ficar parado ao lado da lareira com as mãos nos bolsos e os olhos apontando para todos os lugares, menos para mim.

Sinto vontade de começar a conversa, de dizer a ele que... não sei. Mas, dentro de mim, alguma coisa diz que esse é o jeito errado de começar. Que, se eu quiser navegar pelo que está acontecendo aqui, preciso saber o que Jaxon está pensando antes de abrir a boca e dizer alguma coisa que acabe estragando tudo.

Assim, espero, com as mãos nos bolsos do meu moletom e os olhos fixos nele, até que Jaxon finalmente se vira para olhar para mim.

— Não vou machucar você — avisa ele, com a voz baixa, arrastada e tão vazia que dói só de ouvi-la.

— Eu sei.

— Você *sabe?* — Ele me olha como se outra cabeça tivesse brotado sobre os meus ombros... ou outras três cabeças.

— Nunca achei que você fosse me machucar, Jaxon. Não estaria aqui se achasse.

Ele parece chocado com as minhas palavras. Ou melhor... chocado, não. Atordoado, com a boca se abrindo e se fechando como um peixe fora d'água, enquanto luta para encontrar uma resposta decente. Quando encontra, é algo que não me impressiona nem um pouco.

— Tem alguma coisa errada com você? — pergunta ele. — Ou você tem algum tipo de instinto suicida?

Agora é a minha vez de fazer o truque que ele mais gosta e erguer a sobrancelha.

— Quem está sendo dramático, agora?

— Você é impossível — conclui ele, quase estrangulando as palavras.

— Tenho quase certeza de que não sou eu a impossível aqui, nesse... — Eu paro de falar porque não faço a menor ideia de como chamar isso que existe entre nós. Nesse relacionamento? Amizade? Desastre? Finalmente me decido por "nessa coisa", que é provavelmente a pior descrição possível para o que há entre nós, seja o que for. — Afinal, é você quem vive fugindo. — Estou tentando deixar esse clima funéreo um pouco mais leve, tentando quebrar um pouco o gelo e arrancar algum sorriso dele, ou pelo menos conseguir que ele desfaça essa careta.

Não está funcionando. Inclusive, acho que Jaxon está com uma cara ainda mais sombria do que há alguns minutos.

— Você viu o que eu fiz, não foi?

Confirmo com um aceno de cabeça.

— Vi.

— E está me dizendo que isso não a assusta? — Ele está incrédulo. Desconfiado. E, numa reviravolta bizarra, talvez até sentindo um pouco de nojo. — Que isso não a deixa horrorizada?

— Qual parte? — Sinto uma vontade tão forte de estender a mão e tocá-lo, mas é óbvio que este não é o momento. Não quando tudo nele parece gritar sobre limites. Ou, mais exatamente, muralhas fortificadas.

— Que... parte? O que você quer dizer com isso?

— De qual parte aquilo que acabei de ver deveria me assustar? A parte em que você derrubou todo mundo no chão? Ou a parte em que segurou alguém no ar e o sufocou com a mente? — Ignoro o *frisson* de desconforto que sobe pela minha coluna quando me lembro do que aconteceu. — Ou só preciso ficar impressionada com aquela parte onde você o mordeu?

— Não sabia que essa era uma situação que podia ser dividida em várias partes — rosna para mim enquanto anda de um lado para outro, diante da lareira. — Você viu o que eu fiz com Cole. Achei que ficaria estarrecida.

Ao observá-lo, percebo que não sou eu a pessoa que ficou estarrecida aqui. Acho que é *Jaxon* que está se sentindo assim — por causa do que é capaz de fazer e pelo que acabou de fazer. O que torna a tarefa de convencê-lo de que não estou chocada ainda mais difícil do que imaginei.

E também significa que preciso tomar cuidado com o que vou dizer.

— É esse o nome dele? Cole? — Decido perguntar, finalmente.

Tenho vontade de chegar mais perto dele, diminuir o espaço que ele abriu entre nós, mas Jaxon, o perigoso, o vampiro malvadão, parece a ponto de sair correndo assim que fizer o primeiro movimento errado.

— Sim. — Novamente, ele não está olhando para mim e por isso eu espero, recusando-me a falar até que ele finalmente, relutantemente, cruze o olhar com o meu outra vez.

— Por que está me olhando assim? — sussurra ele.

— Assim, como?

— Como se entendesse. Você não poderia...

— Ele mereceu o que você fez? — interrompo.

O corpo inteiro de Jaxon enrijece.

— Isso não tem importância.

— Na verdade, acho que isso é a coisa mais importante de todas. — Não vou ficar aqui e atacá-lo emocionalmente quando ele mesmo já está fazendo isso. — Ele mereceu? — pergunto de novo.

— Ele merece coisa pior — retruca Jaxon, finalmente. — Merecia morrer.

— Mas você não o matou.

— Não — diz ele, balançando a cabeça. — Mas foi algo que eu quis fazer.

— Não importa o que você queria ter feito — eu o repreendo. — O que importa é o que fez. Você não perdeu o controle enquanto estava enfrentando Cole. Na verdade, nunca vi ninguém mais controlado do que você naquela sala de estudos. O poder que você tem... é enorme.

Ele ergue uma sobrancelha para mim, mesmo enquanto os seus ombros se tensionam, como se estivesse se preparando para receber o próximo golpe.

— E aterrorizante?

— Tenho certeza de que Cole ficou aterrorizado.

— Não quero nem saber sobre Cole. Estou falando sobre você. — Ele passa a mão pelos cabelos, frustrado. Mas, desta vez, seu olhar não desgruda do meu.

Respiro fundo e solto o ar devagar. Em seguida, digo a verdade que ele precisa ouvir tão desesperadamente:

— Você não me assusta, Jaxon.

— Eu não a assusto. — Ele fala com um tom de voz que é metade irônico e metade descrente.

Faço um sinal negativo com a cabeça.

— Não.

— *Não?*

— Não — repito. — E vou te dizer uma coisa: falando desse jeito, está começando a parecer um papagaio. — Faço uma careta para ele. — Talvez fosse melhor tomar cuidado com isso, se quiser manter intacta essa reputação de ser o malvadão da escola.

Ele estreita os olhos enquanto me encara.

— A minha reputação de malvadão está bem consolidada agora, como deve ter visto. É com você que estou preocupado.

— Comigo? E por que você está preocupado comigo, Jaxon? — Já estou farta de ficar esperando do outro lado da sala até ele se acalmar. Especialmente quando isso não está nos levando a lugar algum e não quando a necessidade que tenho de o tocar e abraçar chega a provocar uma dor interna.

Com isso em mente, por fim tiro as mãos dos bolsos e vou andando na direção dele, devagar, com cuidado, deliberadamente. Os olhos de Jaxon se tornam maiores a cada passo que dou. E, por um segundo, de fato tenho a impressão de que ele está pensando em fugir.

Não vou mentir, a ideia de que eu assusto Jaxon Vega me fascina de maneiras diferentes.

— Mas que porra está acontecendo aqui? — pergunta depois que o silêncio entre nós já se estendeu demais.

Não faço a mínima ideia. Só sei que detestei a cara que Jaxon fez quando se aproximou de mim na sala de estudos, e detestei ainda mais a expressão dele ao me trazer para esta sala. Desconfiado, solitário, envergonhado, mas não acredito que ele tenha motivos para sentir vergonha.

— O que *você* acha que está acontecendo aqui? — pergunto.

— E agora, quem é o papagaio? — Ele passa as duas mãos pelos cabelos, obviamente frustrado. — Você está bem? Por acaso está em choque?

— Estou bem. É com você que estou preocupada.

— Comigo? Eu... — Ele interrompe a frase e fica simplesmente olhando para mim, sem dizer nada enquanto percebe que repeti deliberadamente as suas palavras. — Acabei de aterrorizar a escola inteira. Por que diabos você está preocupada *comigo?*

— Porque você não parece estar muito feliz pelo que fez. Ou está?

— Não há motivo para estar feliz.

E é aí, exatamente aí, que está o motivo pelo qual não tenho medo dele.

Estou apenas a alguns passos de Jaxon e vou avançando pé ante pé, devagar, sob seu olhar atento e aflito.

— Então, como se sente pelo que aconteceu?

O rosto dele se fecha.

— Não sinto nada.

— Tem certeza? — Enfim estou perto o suficiente. Seguro na mão dele e a aperto com força. Quando nossa pele se toca, o corpo dele se agita como se estivesse sendo eletrocutado. Mas ele não se afasta. Em vez disso, simplesmente fica onde está e observa enquanto eu entrelaço os nossos dedos.

— Porque parece que você ficou muito abalado pelo que fez.

Ele recua um passo, mas mesmo assim não solta a minha mão.

— É o que precisava ser feito.

— Tudo bem. — Dou um passo adiante. Se isso continuar, não vai demorar muito até que eu o encurrale contra a estante, do mesmo jeito que ele fez comigo ao me prensar contra a mesa de xadrez no meu primeiro dia aqui.

Eu diria que isso é o que chamam de justiça poética.

— É melhor você ir embora. — Desta vez, ele recua dois passos. E solta a minha mão.

A perda do contato me afeta bastante, mas não me impede de encurtar a distância outra vez.

Não me impede de estender a mão e encostá-la no seu bíceps rígido.

Não me impede de acariciar a parte interna do seu braço com o meu polegar, deslizando-o para cima e para baixo.

— É isso que você quer?

— Sim. — Ele quase estrangula a palavra, mas desta vez não se esquiva do meu toque. Nem de mim.

Enquanto há um pedaço de mim que não consegue acreditar que estou fazendo isso, que estou praticamente me jogando em cima de Jaxon, há outro pedaço que está só esperando ele ceder.

É o mesmo pedaço que se sente encorajado pelo fato de que Jaxon quase não está conseguindo ser coerente a esta altura.

O mesmo pedaço que não consegue deixar de sentir e de ficar feliz, com o tremor discreto que corre pelo corpo dele.

O mesmo pedaço desesperado para sentir a boca de Jaxon outra vez na minha e que está determinado a não sair daqui até que eu descubra.

— Não acredito — sussurro. E então dou o último passo, acabando com o que resta da distância entre nós e pressionando o meu corpo de repente trêmulo contra o dele.

— Você não sabe o que está pedindo — rebate ele, com uma voz que é baixa, torturada e que pode ser qualquer coisa, exceto fria.

Ele tem razão. Não faço a menor ideia do quanto estou lhe pedindo. Mas sei que, se não perguntar, se não o pressionar, nunca mais vou ter outra chance. Será o fim desta conversa.

E pior, será o fim para nós.

Não estou pronta para isso. Não sei nem mesmo se existe um "nós", ou o que vai acontecer daqui a um dia, uma semana ou três meses, se houver. Só sei que não estou pronta para me afastar dele, ou do que vai acontecer a seguir.

— Então me mostre.

Longos segundos se passam. Talvez minutos, e Jaxon não se move. Não sei nem se ele ainda está respirando.

— Jaxon... — sussurro por fim, quando não consigo mais aguentar a agonia da espera. — Por favor. — Minha boca está quase encostada na dele.

Mesmo assim, nada de reação.

A minha autoconfiança — que não é das mais sólidas, na maioria das vezes — está prestes a se esvair por completo. Afinal de contas, para que uma garota se sinta desejada, não há nada como se jogar em cima de um garoto e vê-lo se transformar em uma estátua humana.

Mas ainda tenho mais uma carta na manga, mais uma chance de fazer Jaxon entender que confio nele, não importa o que aconteceu naquela sala. Que eu o quero, sendo vampiro ou não.

Dois meses atrás, eu teria me afastado completamente — provavelmente até fugido — e me preparado para passar o restante da vida escondida embaixo da cama. Mas, dois meses atrás, meus pais não estavam mortos e eu ainda não tinha a noção do quanto a vida é frágil. Do quanto é efêmera.

E, assim, engulo o medo e a vergonha enquanto deslizo a mão pelo braço de Jaxon, até chegar na mão dele. Mais uma vez, entrelaço os nossos dedos antes de erguer nossas mãos até o meu peito. Pressiono a mão dele contra o meu coração e murmuro:

— Eu quero você, Jaxon.

Alguma coisa brilha nos olhos dele.

— Mesmo sabendo o que eu sou?

Sinto a confusão crescer dentro de mim.

— Eu sei *quem* você é. É isso que importa.

— Você diz isso agora, mas não faz ideia do que está pedindo.

— Então me mostre — sussurro. — Me dê o que estou pedindo.

Os olhos dele ficam escuros, as pupilas estão dilatadas em sua totalidade.

— Não diga isso se não tiver certeza.

— Tenho certeza. Preciso de você, Jaxon. *Preciso.*

O queixo dele se retesa e seus dedos se fecham ao redor dos meus.

— Tem certeza? — insiste ele, com esforço. — Preciso saber que você tem certeza. Não quero assustá-la, Grace.

Meus joelhos tremem com a intensidade daquela voz, daqueles olhos, como se eu fosse alguma heroína medieval. Mas não vou acabar com isso agora, não vou estragar tudo quando estou tão perto de conseguir o que quero. Tão perto de ter Jaxon para mim.

Assim, firmo os joelhos e fito os olhos dele. E digo, alto e claro como jamais disse nada na vida.

— O que me assusta não é o fato de você ser um vampiro, Jaxon. O que me assusta é a ideia de que vai simplesmente ir embora e vou passar a vida inteira sem saber como é essa sensação.

E, com isso, Jaxon ataca. Mãos que agarram, presas que se eriçam, o corpo que envolve o meu com tamanha rapidez que mal consigo compreender o que está acontecendo. Ele gira o meu corpo, puxando as minhas costas para junto do seu peito, coloca a mão por entre os meus cabelos e puxa a minha cabeça para trás.

E em seguida, afunda os dentes no meu pescoço, logo abaixo da mandíbula.

Capítulo 48

ISSO NO SEU BOLSO
É UMA ESTACA?

Por um segundo ou dois, o pânico me imobiliza. Não consigo sentir, não consigo pensar, não consigo nem respirar enquanto espero... pela dor, pelo vazio, pela morte.

Mas, conforme o tempo passa e a agonia que espero não chega, minha adrenalina para de jorrar feito um gêiser e percebo que o que Jaxon está fazendo comigo, seja o que for, não dói nada. Na verdade, a sensação é muito, muito... boa.

Um prazer que é como mel derretido começa a fluir pelas minhas veias, ativando minhas terminações nervosas e me inundando com uma intensidade, um desejo que jamais imaginei existir. Meus joelhos, que já estavam fracos, cedem em definitivo e eu me recosto em Jaxon, deixando que ele me segure com seus braços firmes e com o corpo esguio enquanto inclino a cabeça para ficar em uma posição melhor.

Ele rosna em resposta ao meu convite, um som grave e ribombante que penetra nas profundezas do meu corpo, até mesmo quando o chão treme um pouco sob meus pés. E logo o prazer aumenta, me incendiando, virando-me do avesso, fazendo-me tremer enquanto me esqueço de como é respirar. E até mesmo de ser.

Encosto-me ainda mais nele, erguendo os braços sobre a cabeça para poder passar os dedos pelos cabelos de Jaxon. Para acariciar o queixo dele com a palma da mão. Empurrar a minha pele para junto da sua enquanto meus olhos vão se fechando.

Fico desesperada para ter mais daquilo, desesperada por Jaxon e por qualquer coisa que ele queira me dar ou tomar de mim. Mas fica óbvio que ele tem mais autocontrole do que consigo imaginar, porque bem quando o prazer ameaça me dominar por completo, ele se afasta, recua, com a língua acariciando suavemente a marca da sua mordida. E essa carícia provoca um novo turbilhão de emoções que passa por cima de mim.

Fico onde estou, meu corpo repousando contra o dele, as mãos segurando em qualquer parte que eu possa agarrar, totalmente dependente dele para me impedir de cair conforme pequenas agulhadas de prazer continuam a percorrer o meu corpo. São seguidas por uma letargia que vem em seguida, que faz com que eu tenha dificuldade até mesmo de abrir os olhos — e de me afastar de Jaxon. Como se eu fosse fazer isso.

— Você está bem? — murmura ele junto da minha orelha, com a voz suave e carinhosa de um jeito que nunca ouvi antes.

— Está brincando? — respondo com a mesma suavidade. — Acho que nunca estive tão bem na minha vida. Foi... incrível. *Você* é incrível.

Ele ri.

— Ah, sim. Ser vampiro não tem muitas vantagens, então é preciso aproveitar as poucas que existem.

— É claro. — Com os olhos ainda fechados, viro a cabeça. Ergo o rosto para perto do dele. Encolho os lábios. E rezo silenciosamente para que Jaxon não se esquive de mim.

Ele não se esquiva, seus lábios encostam nos meus em um beijo suave que me faz perder o fôlego outra vez, embora por razões bem diferentes. Momentos se passam e ele começa a erguer a cabeça, mas continuo firme ali, querendo apenas um pouco mais dele.

Só um pouco mais desse garoto que tem tanto poder e tanto carinho dentro de si. E ele dá o que eu quero, movendo a boca junto da minha, acariciando meus lábios com a língua até que eu finalmente encontro forças para deixar que ele se afaste.

Recuo um pouco, abro os olhos devagar e percebo Jaxon me fitando com seu olhar escuro tão cheio de emoção que não sei se devo rir ou chorar.

— Ninguém vai machucar você de novo, Grace — sussurra ele.

— Eu sei — respondo, sussurrando também. — Você deixou isso bem claro com sua atitude.

A surpresa brilha nas profundezas daqueles olhos de obsidiana.

— Não achei que você acreditava que... — Ele para de falar quando o chão treme outra vez.

— É melhor a gente ir para baixo de algum batente de porta — digo a ele, perscrutando ao redor e procurando a mais próxima.

Mas ele simplesmente fecha os olhos e respira fundo. Momentos depois, o chão volta a se acalmar.

Uma sensação de choque explode dentro de mim.

— Você... — A minha voz vacila e eu limpo a garganta. Tento de novo.
— Os terremotos. É você?

Ele confirma com um aceno de cabeça, parecendo desconfiado.

— Até mesmo os maiores? — pergunto e sinto os meus olhos se arregalarem. — Todos eles?

— Me desculpe. — Os dedos de Jaxon acariciam o meu pescoço, que ainda está com aquele curativo. — Nunca tive a intenção de machucá-la.

— Eu sei. — Viro a cabeça e beijo a palma da mão dele, mesmo enquanto sinto o espanto ricochetear dentro de mim. Como alguém pode ser tão poderoso a ponto de fazer a terra se mover? É incompreensível. Inimaginável. — Isso acontece sempre?

Ele balança a cabeça e dá de ombros, como se estivesse tão desnorteado quanto eu.

— Nunca aconteceu... antes.

— Antes? — pergunto.

— Antes de você. — Ele me puxa para junto de si com mais força. — Aprendi a me controlar bem cedo, e a controlar os meus poderes. Não tive escolha. Caso contrário...

— Você faria cidades desmoronarem? — pergunto, um pouco irônica.

— Não diria exatamente isso. Mas juro que tenho tudo sob controle agora. Não vou machucá-la outra vez. — A boca de Jaxon desliza mais uma vez pela minha bochecha, o meu queixo e desce pelo meu pescoço.

Sinto um calor tomar conta de mim assim que aqueles lábios me tocam. É algo que me faz tremer. Que me faz querer.

Puxo a boca de Jaxon para junto da minha e permito que o desejo e o prazer tomem conta de mim.

O beijo continua por um bom tempo, sem parar, até que acabamos ficando sem fôlego. Trêmulos. E desesperados.

Eu me contorço junto dele, esforçando-me para chegar ainda mais perto e depois passo as mãos pelos braços, os ombros e as costas de Jaxon. Meus dedos se prendem nos seus cabelos e Jaxon solta um rosnado baixo que faz sua garganta vibrar. Ele morde gentilmente o meu lábio, chupando-o de leve, e fico com a sensação de que os fogos de artifício dos festejos de quatro de julho estão explodindo dentro de mim.

Suspiro, estremeço e Jaxon usa os meus joelhos, que ainda estão fracos, como justificativa para se afastar. Tento segurá-lo no lugar, manter seus lábios, a pele e o corpo junto dos meus. Mas ele apenas passa a mão pelo meu cabelo e sussurra:

— Vamos.

Ele pega a minha mão e me leva para o quarto.

Eu o sigo; é claro que sigo. Mas, enquanto ele me leva, não consigo deixar de notar que aquela alcova de leitura, que já foi tão organizada, agora está transformada num completo desastre.

O chão está coberto de livros. Alguns estão deitados, outros estão em pé e outros ainda estão apoiados de qualquer maneira sobre os móveis no meio do caminho. O sofá está virado de cabeça para baixo e aquela velha mesa de centro da qual tanto gostei agora está destruída, transformada num amontoado de farpas e cavacos de madeira.

— O que... o que aconteceu aqui? — questiono, exasperada, me abaixando para pegar alguns livros que estão no meu caminho.

Jaxon os tira de mim, balançando a cabeça, e os joga sobre o fundo do sofá que agora está virado para cima.

— Prometo que os terremotos não vão mais acontecer — responde ele. — Mas vai demorar até que eu consiga descobrir como controlar todas as coisas que você me faz sentir.

— É *assim* que você está aprendendo a se controlar? — Passo por cima de uma pilha de destroços que tenho certeza de que um dia foram uma estante e tento fingir que as suas palavras não me derretem por dentro.

Ele me vira pelo avesso com um olhar, me destrói com um beijo. Mas isso? Isso faz com que eu sinta que talvez, *talvez*, o sentimento que ele tem por mim seja tão forte quanto o que tenho por ele.

Ele dá de ombros.

— A terra praticamente nem tremeu desta vez e nenhuma janela se quebrou. Eu diria que é um bom progresso.

— Acho que sim. — Engulo a suavidade que ele faz brotar dentro de mim e observo teatralmente para os pedaços de madeira espalhados pelo chão. — Eu gostava muito daquela mesinha de centro.

— Vou encontrar uma da qual você goste mais. — Ele me puxa. — Vamos.

Chegamos até o quarto dele, que, por sorte, parece ter sido poupado da destruição da alcova de leitura. Está exatamente igual à última vez, com quadros lindos nas paredes e instrumentos musicais no canto.

— Adoro o seu quarto — elogio ao deslizar os dedos sobre a cômoda enquanto vou até a bateria. Resisti da última vez e sei que devia resistir desta vez, já que o que aconteceu até o momento ainda nos dá muito assunto para conversar.

Mas já faz semanas que me sentei em uma bateria, semanas que segurei um par de baquetas e tudo o que preciso é tocar esses objetos. Deslizar as mãos sobre as peles dos tambores.

— Você toca? — pergunta Jaxon enquanto eu coloco a mão em cima de um dos tom-tons.

— Eu costumava tocar, antes de... — Deixo a frase morrer no ar. Não quero falar dos meus pais agora, não quero trazer essa tristeza para a minha primeira conversa com Jaxon após... seja lá o que aconteceu.

Ele parece entender, porque não me pressiona para continuar. Em vez disso, ele sorri. Sorri de verdade e isso ilumina o seu rosto por inteiro. Ilumina todo o quarto. Definitivamente ilumina todos os lugares escuros e tristes que venho sufocando há tanto tempo.

É só quando vejo o seu sorriso que percebo o quanto ele vem represando, o quanto ele vem *sufocando* dentro de si não sei há quanto tempo.

— Quer tocar alguma coisa agora? — pergunta ele.

— Não. — Agora é a minha vez de estender a mão para ele. Eu o puxo para junto da cama, esperando ele escolher um lado para se sentar antes que eu me acomode no outro. — Quero conversar.

— Sobre? — ele pergunta sem se abalar, mesmo enquanto uma certa desconfiança toma conta do seu olhar. Algo que não estava ali desde que ele me mordeu.

— Ah, não sei. Sobre o tempo? — brinco, porque estou tentando agir com mais naturalidade em relação a tudo o que está acontecendo. Tentando convencer a mim mesma de que descobrir que o garoto pelo qual estou me apaixonando é um vampiro, capaz de literalmente fazer a terra tremer, não é um evento tão fora do comum quanto parece.

Ele revira os olhos, mas eu o observo de perto e vejo os cantos da sua boca se erguerem em meio ao sorriso que ele se esforça para esconder.

Isso faz a minha atitude casual valer totalmente a pena, mesmo enquanto continuo tentando compreender tudo o que aconteceu hoje. E tudo o que aconteceu nos últimos seis dias. Porque ainda há um pedaço bem pequeno de mim que está em pânico pelo fato de ter deixado um vampiro me morder, mesmo que esse vampiro seja Jaxon.

Mas agora não é o momento para entrar em pânico. Não quando Jaxon parece estar agindo no limite. Assim, contento-me em olhar para ele com uma expressão que diz *não mexa comigo*, exagerada e teatral, enquanto me deito em um dos lados da sua cama.

Jaxon ergue uma sobrancelha enquanto me observa ficando à vontade e em seguida se deita ao meu lado. E percebo que ele se esforça para não me tocar durante todo o processo.

O que é algo completamente inaceitável. Estou tentando diminuir o espaço entre nós, não aumentá-lo. Mas não reclamo do esforço que ele faz para não me assustar. Só queria que ele percebesse que, neste quarto, a pessoa mais assustada não sou eu.

Contudo, como quero tirar essa expressão resguardada do olhar dele, decido tocar nesse assunto mais tarde. Por enquanto, prefiro seguir por outra direção.

— Você sabe por que a plantinha não foi ao médico?

— Hein? Como assim? — Ele ergue uma sobrancelha desdenhosa, o que significa que preciso me esforçar muito para esconder o quanto meus olhos se arregalam ante essa reação.

— Ela foi. — Forço um sorriso. — Mas só tinha médico de plantão.

Ele fica me olhando, confuso, por vários segundos. Em seguida, balança a cabeça e diz:

— Essas piadas estão ficando cada vez piores.

— Você nem imagina o quanto. — Eu me viro na cama até estar deitada de bruços e em seguida me aproximo de modo que o lado direito do meu corpo esteja encostado junto ao lado esquerdo do corpo dele. — Eu vi dois caminhões voando, mas um deles caiu. Por que o outro continuou voando?

As duas sobrancelhas de Jaxon se erguem desta vez, mesmo quando ele responde.

— Acho que não vou querer saber.

Mas nem tomo conhecimento daquela retrucada.

— Porque era um caminhão-pipa.

Ele solta uma risada arrastada que assusta a nós dois. Depois, balança a cabeça e me diz:

— Isso é uma doença no seu caso, hein?

— É divertido, Jaxon. — Abro o sorriso torto mais irritante que consigo. — Você sabe o que é diversão, não é?

Ele revira os olhos.

— Acho que eu tenho uma vaga lembrança do que são emoções.

— Legal. Como você chama um dinossauro que...?

Ele me interrompe com um beijo e uma pegada. O beijo faz os dedos do meu pé se curvarem, mas a pegada... aquela pegada faz todo o restante se curvar. Especialmente quando ele me puxa para ficar sobre ele, com os joelhos ao lado dos seus quadris e os meus cachos formando uma cortina ao nosso redor.

Jaxon segura uma mecha do meu cabelo e em seguida observa conforme o cacho se enrola em seu dedo.

— Adoro seu cabelo — comenta ele puxando o cacho e soltando-o em seguida, e observando o movimento que é parecido com o de uma mola.

— Ah, gosto bastante do seu, também — digo a ele, passando os dedos por aquelas mechas negras.

Quando faço isso, minha palma toca de leve na sua cicatriz e ele se enrijece antes de prender a cabeça para o outro lado, e não consigo mais tocá-lo.

— Por que você faz isso?

— O quê?

Eu o encaro com uma expressão indicativa que ele sabe exatamente do que estou falando.

— Já disse que você é o cara mais sexy que conheço, e isso inclui alguns deuses do surfe de San Diego, que são lindos. Não entendo por que se incomoda tanto quando vejo a sua cicatriz.

Ele dá de ombros.

— Não me incomodo.

Tenho a impressão de que isso não é verdade, mas estou disposta a levar esse jogo adiante.

— Tudo bem, vamos reformular. Você não se incomoda quando vejo a cicatriz, mas definitivamente se incomoda quando a toco.

— Não — insiste ele, negando com um movimento de cabeça. — Isso também não me incomoda.

— Lamento, mas não acredito em uma palavra do que você disse. — Para provar, me deito sobre ele e dou uma série de beijos quentes e com a boca aberta ao longo da sua mandíbula. Não toco a cicatriz, mas também não me afasto dela. E, como eu esperava, leva apenas alguns segundos até que ele começa a entrelaçar os dedos nos meus cabelos e encostar o meu rosto no ponto onde o pescoço se liga aos ombros.

Mas antes que eu consiga dizer qualquer coisa, ele respira fundo. E em seguida explica:

— Não é que eu ache que você vai sentir asco da minha cicatriz. Sei que você não é fútil assim.

— Então por que fica tão incomodado quando chego perto dela?

Ele não responde imediatamente e conforme o silêncio cresce entre nós, tenho a impressão de que Jaxon não vai responder nunca. Mesmo assim, logo depois que desisti de esperar, ele continua:

— Porque isso me lembra de como ela veio parar aqui, e nunca vou querer que você chegue perto desse mundo. Assim como não quero, de jeito nenhum, que esse mundo chegue perto de você.

Capítulo 49

CEDO OU TARDE,
O MUNDO DESTRÓI TODOS

A dor na voz de Jaxon faz meu coração bater devagar e com força.

Sim, há um pedaço de mim que não consegue imaginar o mundo do qual ele está falando, considerando que estou vivendo no meio de um livro de fantasia — uma história com criaturas fantásticas e cheia de segredos. Mas há um pedaço maior de mim que quer que ele saiba que, seja lá qual for o mundo de que ele está falando e seja lá o que aconteceu com Jaxon, estou do seu lado.

Eu me demoro, deslizando as palmas pelo peito dele e dando beijos ao longo dos músculos fortes de seu pescoço. Novamente, ele cheira a laranjas e, a águas profundas, e me afogo naquela fragrância, no sabor glorioso, no toque e no som de Jaxon.

Suas mãos vão até os meus quadris e ele solta um gemido baixo e gutural quando ergue o corpo para junto do meu. É uma sensação maravilhosa, ele é maravilhoso. Nunca tive um momento tão íntimo com um rapaz antes, nunca quis ter, mas, com Jaxon, quero tudo. Quero sentir tudo, fazer de tudo. Talvez não agora, quando o nosso tempo é curto, mas em breve.

Mas também quero saber de onde vem toda essa dor que ele sente. Não para que eu possa acabar com ela, sei que isso nunca vai ser possível. Mas para poder dividi-la com ele. Para poder entender. E é por isso que saio de cima dele, bem quando as coisas estão ficando interessantes.

Ele acompanha o meu movimento, é claro, de modo que agora ambos estamos deitados de lado, um de frente para o outro. O braço dele está ao redor da minha cintura, com a mão sobre o meu quadril e há um pedaço de mim que não quer mais nada além de voltar a mergulhar nele. Além de deixar acontecer qualquer coisa que venha a acontecer.

Mas Jaxon merece mais do que isso. E eu também.

E é por isso que estendo a mão para tocar a face que não está marcada pela cicatriz e, em seguida, chego mais perto até que as nossas bocas ficam tão próximas que respiramos o mesmo ar.

— Pode acreditar, não vou fazer como a maioria das pessoas. Vou entender numa boa se não quiser falar sobre o que aconteceu — tranquilizo-o, sussurrando. — Mas quero que você saiba que, se algum dia tiver vontade de conversar comigo a respeito, ficarei feliz em escutar.

Minhas palavras não têm nada de sexy ou de elegantes, mas são sinceras e francas. Jaxon provavelmente percebe isso também, porque, em vez de só mudar de assunto, como eu já imaginava que poderia acontecer, ele me encara com olhos que mostram mais do que jamais imaginei.

E, em seguida, ele me beija — um beijo longo, lento e profundo — antes de virar para o outro lado e se sentar na cama, apoiando os cotovelos nas coxas e a cabeça nas mãos. Eu me sento também, porque não posso deixá-lo sozinho nessa... seja lá o que for. Eu o abraço por trás, enquanto dou beijos ligeiros e suaves em seus ombros e na nuca.

Até que digo:

— Me conte. — Porque acho que ele precisa me ouvir verbalizar isso quase tanto quanto precisa me contar a história que arde dentro de si.

Não sei ao certo como espero que essa história surja — se ele vai contá-la em pedaços ou em uma narrativa fluida e direta. Mas sei que jamais poderia imaginar o que aconteceu quando ele finalmente começa a falar.

— Eu matei Hudson.

Sinto uma onda de choque me rasgar.

— Hudson? O seu...?

— Irmão. Isso mesmo. — Ele passa a mão pelo rosto.

Um milhão de emoções passam por mim quando ouço aquelas três palavras — um choque que não é realmente choque, mas horror, tristeza, preocupação, piedade, *dor*. A lista é enorme. Porém, aquela que se destaca entre todas as outras é descrença. Por mais perigoso que seja, não acredito que Jaxon faria mal a alguém de quem gosta. Todas as outras pessoas podem ser possíveis alvos, mas não aqueles que ele considera sob sua proteção. Se há uma coisa que aprendi esta semana, foi isso.

O que significa que algo realmente horrível deve ter acontecido. Como deve ser viver com o tipo de poder que ele tem?

Como deve ser viver sabendo que, em um momento de descuido, em um deslize de controle, ele pode perder tudo?

— O que aconteceu? — pergunto após um tempo, quando minutos se passam e ele não diz mais nada.

— Não tem importância.

— Acho que tem, sim. Não consigo imaginar você machucando o seu irmão de propósito.

Nesse instante ele se vira para mim, com os olhos mostrando aquela escuridão vazia, enorme, que eu estou começando a odiar demais.

— Então a sua imaginação não é boa o bastante.

O medo começa a correr pelo meu corpo com a escuridão que toma conta da sua voz.

— Jaxon... — Coloco a mão no braço dele.

— Não queria matá-lo, Grace. Mas você acha mesmo que as intenções valem alguma coisa quando alguém morre? Não dá pra trazer essa pessoa de volta simplesmente porque você não queria que ela morresse.

— Sei disso melhor do que muita gente. — Ainda fico bem incomodada pela briga que tive com meus pais antes de eles morrerem.

— Ah, sabe? — pergunta Jaxon. — Sabe qual é a sensação de poder levantar a mão e fazer isso? — Segundos depois, tudo naquele quarto, com exceção da cama em que estamos sentados, está flutuando no ar. — Ou isso? — Tudo cai no chão com um estrondo. A guitarra se esfarela. Um dos porta-retratos de vidro se estilhaça em um milhão de pedaços.

Espero um minuto, deixo que o choque se desfaça antes de tentar dizer alguma coisa que faça sentido.

— Talvez você tenha razão — respondo, após algum tempo. — Talvez eu não saiba qual é a sensação de nada disso. Mas sei que o seu irmão não iria querer que você ficasse sofrendo pelo que aconteceu com ele. Duvido que ele quisesse ver você se torturando.

A risada com a qual Jaxon responde é sarcástica.

— É bem óbvio que você não conhece Hudson. Nem meus pais. E nem Lia.

— Lia te culpa pela morte de Hudson? — pergunto, surpresa.

— Lia culpa tudo e todo mundo pela morte de Hudson. Se ela tivesse o tipo de poder que eu tenho, seria capaz de botar fogo no mundo. — Desta vez, quando ele ri, a risada soa arrependida.

— E os seus pais? Tenho certeza de que eles não o responsabilizam por fazer algo que estava fora do seu controle.

— E quem disse que isso estava fora do meu controle? Eu tinha uma escolha. E escolhi. Eu o matei, Grace. De propósito. E faria isso de novo.

Meu estômago se retorce com aquela admissão — e com a frieza na voz de Jaxon ao proferi-la. Mas já aprendi o bastante sobre Jaxon para saber que ele sempre vai se colocar sob a pior perspectiva possível. Que ele sempre vai decidir enxergar a si mesmo como o vilão, mesmo quando é a vítima.

Especialmente se for a vítima.

E do que vai adiantar dizer isso agora? Por isso, espero ele me contar mais. E há mais. Se não houvesse, ele não estaria tão preocupado com a questão de perder o controle e me machucar.

— Hudson era o primogênito — prossegue ele após algum tempo. — O príncipe que se tornaria rei. O filho perfeito que só ficou ainda mais perfeito depois que morreu.

Não há amargura em sua voz, apenas um tom de praticidade que facilita muito ler as entrelinhas. Mesmo assim, não consigo resistir à pergunta.

— E você? É?

— Definitivamente não — diz ele, rindo. — Mas não há problema. Problema nenhum. Ser rei nunca foi um dos meus desejos.

— Rei? — pergunto, porque, quando ele disse isso pela primeira vez, eu achei que havia sido metaforicamente, que Jaxon via o irmão como um príncipe. Mas agora que disse outra vez, indicando a si mesmo como rei, é impossível não perguntar.

— Sim, rei. — Ele ergue uma sobrancelha. — Macy não te contou?

— Não. — *Rei de quê?*, eu tenho vontade de perguntar, mas agora não parece ser o melhor momento.

— Ah, bem. Aqui estou, então. — Ele faz uma saudação pomposa, curvando-se. — O próximo *soberano* dos vampiros, às suas ordens.

— Ceeerto. — Não sei o que devo comentar sobre essa revelação. — Por acaso Hudson é que devia receber esse título? Mas agora que ele morreu...

— Exatamente. — Ele estala o canto da boca como se quisesse dizer *você adivinhou*. — Eu sou o substituto. O novo herdeiro do trono.

E futuro rei. Minha mente fica embasbacada só de pensar naquilo. O que um rei vampiro faz, exatamente? E será que é por isso que todo mundo trata Jaxon com tanta deferência? Porque ele é membro da realeza? Mas o que a realeza dos vampiros tem a ver com dragões? Ou com bruxas?

— Eu sou, é claro, o assassino do herdeiro anterior — prossegue Jaxon. — Em outra espécie, isso poderia causar alguns problemas. Mas, no mundo dos vampiros, você só é tão forte quanto aquilo que é capaz de defender... e aquilo que é capaz de tomar para si. Então, tudo o que tive que fazer para me tornar o vampiro mais temido e reverenciado do mundo foi matar o meu irmão mais velho.

Ele agita os ombros, como se quisesse mostrar que acha tudo aquilo uma grande piada. Que não se importa com nada do que houve.

Mas eu não acredito nisso nem por um segundo.

— Mas não foi por isso que você o matou — emendo, porque acho que ele precisa me ouvir dizer isso.

— Acho que já concordamos que o motivo não importa, não é? A percepção se transforma em verdade, mais cedo ou mais tarde. Mesmo quando está errada. — Há uma dor muito intensa naquelas palavras, mesmo que o tom de voz de Jaxon não demonstre emoção alguma. — *Principalmente* quando está errada. A história, no fim, é escrita pelo vencedor.

Encosto a minha cabeça no ombro dele, em um gesto de conforto.

— Mas você é o vencedor.

— Será que sou?

Não sei como responder a isso, então nem tento. Em vez disso, quero saber a verdade. A verdade dele.

— Por que você matou Hudson?

— Porque ele precisava ser morto. E eu era o único que podia fazer isso.

As palavras pairam no ar enquanto tento assimilá-las, entender o que ele quer dizer.

— Então Hudson era tão poderoso quanto você.

— Ninguém é tão poderoso quanto eu. — Ele não está se vangloriando. Na verdade, parece até envergonhado.

— E porque isso acontece, exatamente? — pergunto.

Ele dá de ombros.

— Coisas da genética. Cada geração de vampiros natos tende a ser mais poderosa do que a geração anterior. Há exceções, mas, de maneira geral sempre foi assim. É por isso que há tão poucos de nós. Acho que é a maneira que a natureza encontrou de manter o equilíbrio. E como os meus pais vêm das duas famílias mais fortes e já têm poderes incríveis, não é surpresa que, quando se juntaram, seus filhos...

— Podem literalmente fazer a terra tremer.

Ele abre um meio sorriso, o primeiro que vejo desde que essa conversa começou.

— Mais ou menos isso.

— Então tenho razão quando digo que Hudson não agia de modo exatamente responsável com os seus poderes?

— Muitos dos vampiros mais jovens não agem.

— Isso não é uma resposta. — Ergo uma sobrancelha, à espera de que ele olhe para mim. Leva mais tempo do que deveria. — E você me parece ser muito responsável.

Ele levanta as duas sobrancelhas e faz questão de olhar ao redor da sala, indicando o desastre que causou quando estava me beijando.

— Você sabe do que estou falando.

— Sei o que você está pensando. Hudson... — Ele suspira. — Hudson sempre teve planos muito audaciosos. Sempre querendo dar mais poder aos vampiros, mais dinheiro e mais controle. O que, por si só, não são coisas ruins.

Sinto o impulso de discordar. Afinal de contas, se você planeja ter mais poder, dinheiro e controle, isso tem que vir de algum lugar. E a História mostrou que tomar qualquer uma dessas três coisas não é muito agradável para as pessoas de quem elas estão sendo tomadas.

Mas essa é uma discussão para outro momento. Não para agora, quando Jaxon finalmente está se abrindo.

— Mas, em algum momento, ele acabou se perdendo nesses planos — continua Jaxon. — Ficou tão preocupado com o que poderia conquistar e como poderia conquistar que nunca parou para se questionar se devia. Tentei trazê-lo de volta para a realidade, tentei convencê-lo de que era preciso ser razoável. Mas minha mãe e Lia viviam sussurrando "você é *O escolhido*" e outras besteiras do tipo na orelha dele. Ficou impossível conversar com Hudson. Impossível fazê-lo entender que sua própria espécie de destino manifesto não era... aceitável, especialmente considerando os tais planos... — A voz de Jaxon se perde por um minuto, a expressão no seu olhar me demonstra que, mentalmente, Jaxon não está mais nesta sala. Está muito longe, em outra época e lugar. — As relações entre os vampiros e os metamorfos sempre foram tensas — continua ele, finalmente, com um tom mais defensivo na voz que nunca ouvi antes. — Nunca nos demos muito bem com os lobos nem com os dragões. Eles não confiam na gente e a recíproca decerto é verdadeira. Por isso, quando Hudson criou um plano para... — Ele faz um gesto imitando aspas com os dedos da outra mão — ... "colocar os metamorfos em seu devido lugar", muitas pessoas acharam que ele tinha razão.

— Mas não foi o seu caso.

— Atacar os metamorfos me cheirava muito a preconceito. E depois começou a ficar muito parecido com genocídio. Especialmente quando ele começou a acrescentar outras criaturas sobrenaturais à sua lista, até mesmo vampiros transformados. As coisas ficaram feias.

— Feias? Feias quanto? — pergunto, embora não tenha certeza se quero saber a resposta. Não quando Jaxon parece mais taciturno do que jamais o vi. E em particular quando ele está usando palavras como "genocídio".

— Feias. — Ele se recusa a desenvolver o tópico. — Em especial se considerarmos a nossa história.

Novamente, as lacunas a respeito do que preciso saber me impedem de entender a que história ele se refere. Em vez de perguntar, decido dar uma olhada na biblioteca ou investigar a respeito com Macy, mais tarde.

— Tentei argumentar com Hudson, tentei convencê-lo a não fazer isso. Fui até conversar com o rei e com a rainha para ver se eles poderiam tomar alguma providência.

Percebo que ele chama seus pais de "rei" e "rainha" em vez de "pai" e "mãe", e, por um segundo, lembro-me do primeiro dia em que conversamos. Da mesa de xadrez, da rainha vampira e das coisas que ele disse sobre o que eu pensava, naquele momento, ser apenas uma peça de xadrez.

Tudo faz muito mais sentido agora.

— Mas eles não podiam fazer nada.

— Eles não *quiseram* fazer nada — corrige Jaxon. — Por isso, tentei conversar com ele de novo. Byron, Mekhi e alguns dos outros que teriam se formado com ele, também. Hudson não deu ouvidos a ninguém. E, certo dia, começou uma briga que ia rachar o mundo inteiro ao meio, se tivesse continuado.

— Foi quando você interveio?

— Achei que poderia consertar as coisas. Achei que pudesse convencê-lo a parar. Mas não foi assim que aconteceu.

Ele fecha os olhos e isso o faz parecer muito distante. Até que os reabre e percebo que Jaxon está mais distante do que imaginei.

— Sabe o que é perceber que o irmão que você idolatrava enquanto crescia é um total e completo sociopata? — pergunta ele numa voz que fica ainda mais terrível pela razoabilidade do argumento. — Consegue imaginar a sensação de saber que talvez, se eu não tivesse sido tão cego, não tivesse me deixado seduzir pela adoração ao meu herói e percebido quem ele realmente era, muitas pessoas ainda estariam vivas? Precisei matá-lo, Grace. Não havia escolha. Verdade seja dita: não me arrependo de ter feito isso. — Ele pronuncia essa última frase aos sussurros, como se tivesse vergonha de admitir o fato.

— Não acredito nisso — digo a ele. A culpa emana dele em ondas, me faz sofrer por causa dele, de uma maneira que nunca sofri por ninguém antes. — Eu acredito que foi necessário. Acredito que você fez o que tinha que fazer. Mas não acredito, nem por um segundo, que você não se arrependa de ter matado Hudson. — Jaxon passa tempo demais se torturando para que isso seja verdade.

344

Jaxon não responde de imediato e não consigo deixar de imaginar que disse a coisa errada. Será que só deixei tudo pior?

— Lamento por ter tido que matá-lo — diz ele finalmente, depois que um longo silêncio se estende entre nós. — Lamento por meus pais o moldarem para se transformar no monstro que era. Mas não lamento o fato de Hudson não estar mais vivo. Se ele não estivesse morto, ninguém no mundo estaria a salvo.

Sinto um peso no estômago quando ouço aquelas palavras. Instintivamente, sinto vontade de negá-las, mas vi o poder de Jaxon. Vi o que ele é capaz de fazer quando o controla e o que esse poder pode fazer quando Jaxon não se controla. Se o poder de Hudson chegava perto disso, sem a moralidade de Jaxon para regulá-lo, nem imagino o que poderia acontecer.

— Vocês tinham o mesmo poder ou...

— Hudson era capaz de persuadir qualquer pessoa a fazer qualquer coisa. — As palavras são tão monótonas quanto a voz dele. E quanto os seus olhos. — Não estou dizendo que ele enganava as pessoas. Ele tinha o poder de fazer com que as pessoas agissem do jeito que ele quisesse. Podia fazer com que torturassem outras pessoas, fazer com que matassem qualquer um. Podia iniciar guerras e lançar bombas.

Sinto um calafrio percorrer a minha coluna quando ele diz aquelas palavras e os cabelos na minha nuca se eriçam também. Mesmo antes de ele olhar diretamente para mim e continuar:

— Ele podia fazer com que você se matasse, Grace. Ou matasse Macy. Ou o seu tio. Ou a mim. Podia forçá-la a fazer qualquer coisa que ele quisesse e fez isso muitas vezes. Muitas vezes mesmo. Ninguém podia detê-lo. Ninguém podia resistir a ele. E Hudson sabia disso. Assim, ele pegava o que queria e planejava conseguir mais. E quando decidiu que iria matar os metamorfos, simplesmente apagá-los da existência, percebi que ele não ia parar por aí. Os dragões iriam morrer, também. E as bruxas. Os vampiros transformados. E os humanos.

— Hudson ia destruir todos. Simplesmente porque podia.

Ele desvia o olhar e acho que é porque não quer que eu veja o seu rosto. Mas não preciso olhar em seus olhos para saber o quanto isso o faz sofrer, especialmente pelo que consigo ouvir na voz dele e sentir na tensão do seu corpo junto do meu.

— Havia muitas pessoas que o apoiavam. E muitas pessoas dispostas a ficar diante dele para protegê-lo, junto à visão que ele tinha para a nossa espécie. Matei muitos para chegar até Hudson. E então... o matei.

Desta vez, quando ele fecha os olhos e depois os abre, a distância desapareceu. E em seu lugar está a mesma determinação que ele deve ter desenvolvido não somente para atacar Hudson, mas também para derrubá-lo.

— Por isso, não... não me arrependo por ter tido que matá-lo. Só me arrependo por não ter feito isso antes.

Quando ele finalmente se vira para olhar para mim, consigo ver a dor, a devastação por trás do vazio naqueles olhos. Sinto uma dor tão forte por ele como jamais senti por qualquer outra pessoa, nem mesmo pelos meus pais.

— Ah, Jaxon. — Coloco os braços ao redor dele, tento abraçá-lo, mas sinto o corpo dele rígido e inflexível contra o meu.

— A morte dele destruiu os meus pais e quebrou Lia em tantos pedaços que acho que ela nunca vai conseguir se recuperar. Antes de tudo isso acontecer, ela era a minha melhor amiga. Agora, ela mal consegue suportar olhar para mim. O irmão de Flint morreu lutando contra o exército de Hudson na mesma batalha e Flint também nunca mais foi o mesmo. Nós éramos amigos, se é o que você pode acreditar.

Ele inspira o ar, que chega entrecortado e apoia o corpo junto ao meu. Eu o abraço com toda a minha força, pelo tempo que ele permite. Que é curto. Jaxon se afasta muito antes de eu estar pronta para deixá-lo ir.

— As coisas mudaram muito desde que Hudson fez o que fez. As diferentes espécies entraram em guerra três vezes nos últimos quinhentos anos. Esta quase foi a quarta vez. E, apesar de termos conseguido impedir que os desdobramentos fossem longe demais, a desconfiança pelos vampiros, que é algo que remonta a séculos, ganhou força total outra vez. Além de tudo isso, muitas pessoas conseguiram ver de perto o meu poder e ninguém ficou muito feliz. E será que podemos culpá-los? Como eles podem ter certeza de que não vou fazer a mesma coisa que o meu irmão fez?

— Você não vai. — A certeza é uma chama que arde profundamente dentro de mim.

— Provavelmente não — concorda ele, embora seja difícil ignorar a incerteza. — Mas é por isso que a avisei para ficar longe de Flint e foi por isso que tive que fazer aquilo na sala de estudos. Estão tentando atingi-la, Grace, desde o dia em que você chegou aqui. Não sei por que isso começou, se é pelo fato de você ser humana ou se há alguma coisa que ainda não descobri. Mas tenho certeza de que isso continuou e ficou ainda pior, porque você é minha.

A tormenta voltou, pior do que antes.

— Foi por isso que tentei ficar longe de você — emenda ele. — Mas nós dois sabemos que isso não deu muito certo.

— É por isso, não é? — sussurro, quando muito do que ele disse e fez desde que cheguei em Katmere finalmente começa a fazer sentido. — É por isso que você age desse jeito.

— Não sei do que você está falando. — O rosto dele se fecha, mas há uma desconfiança acompanhada de um desejo nos olhos de Jaxon, que diz que estou no caminho certo.

— Você sabe exatamente do que estou falando. — Encosto a mão no rosto dele, ignorando a maneira como ele estremece quando toco na cicatriz. — Você age desse jeito porque acredita que é a única maneira pela qual pode manter a paz.

— É a única maneira de manter a paz. — As palavras parecem arrancadas dele. — Estamos nos equilibrando numa corda bamba muito alta, e tão fina quanto uma navalha. E cada dia, cada minuto, é uma tentativa de manter o equilíbrio. Um passo em falso para qualquer um dos lados e o mundo queima. Não somente o nosso, mas o seu também, Grace. Não posso deixar isso acontecer.

É claro que não pode.

Outras pessoas poderiam simplesmente dar as costas e se afastar, alegar que isso não é sua responsabilidade.

Mas não é assim que as coisas funcionam com Jaxon. Essas não são as regras que regem a sua vida. Ele coloca todo o peso em cima dos próprios ombros. Não somente o que Hudson criou e lhe deixou como legado, mas tudo o que aconteceu antes — e tudo o que vem acontecendo desde então.

— Então... o que tudo isso significa para você? — pergunto com um tom tranquilo, sem querer assustá-lo mais do que já assustei. — Que você tem que abrir mão de tudo o que há de bom na sua vida só para manter as coisas em ordem para todos os outros?

— Não estou abrindo mão de nada. É simplesmente assim que eu sou. — Os punhos de Jaxon se fecham e ele tenta virar o rosto.

Mas eu não deixo. Não agora, não quando enfim estou entendendo todas as maneiras pelas quais ele conseguiu se torturar. Pela morte de Hudson e por essa nova responsabilidade que ele não quer, mas da qual não pode se afastar.

— Deixe de besteira — peço a ele, delicadamente. — Você usa essa indiferença como se fosse uma máscara; você manipula a frieza como se fosse uma arma. E não é porque você não sente nada, é porque sente demais. Você trabalhou muito para fazer com que todos acreditassem que era um monstro e agora começou a acreditar nisso, também. Mas você não é um monstro, Jaxon. Nem de longe.

Desta vez, ele não tenta virar o rosto. Ele se *move* para longe num espasmo, como se um fio desencapado estivesse enrolado ao redor de todo o seu corpo.

— Você não sabe do que está falando — rosna Jaxon.

— Você acha que se as pessoas tiverem medo o bastante, se elas odiarem você o bastante, não vão se atrever a sair da linha. E não vão se atrever a começar uma nova guerra, porque você vai acabar com ela, também... e com qualquer ser que participar dela.

Meu Deus. A dor e a solidão da existência dele me atingem como uma avalanche. Qual deve ser a sensação de viver tão sozinho? Qual deve ser a sensação de...?

— Não fique me olhando desse jeito — ordena ele, com a voz tão tensa e cortante quanto aquela corda bamba da qual estava falando.

— De que jeito? — sussurro.

— Como se eu fosse uma vítima. Ou um herói. Não sou nenhuma dessas duas coisas.

Ele é as duas coisas e muitas outras também. Mas sei que não vai acreditar em mim se eu tentar dizer isso. Assim como sei que não vai conseguir receber qualquer consolo neste momento, não quando acabei de deixá-lo assim, totalmente exposto, um livro aberto para que ambos pudéssemos ver.

Assim, faço a única coisa que posso.

Passo as mãos pelos cabelos dele, seguro e puxo a sua boca para junto da minha.

E dou a única coisa de mim que ele vai aceitar.

Capítulo 50

INFELIZ AQUELE QUE MORA EM TORRE DE
PEDRA E ARREMESSA DRAGÕES

Por um segundo, logo depois que nossas bocas se tocam, tudo desaparece. O que ele falou sobre o irmão, o que disse sobre eu estar em perigo, tudo. Nesse momento, enquanto seus lábios se movem junto dos meus, conforme sua boca explora a minha boca e suas presas roçam gentilmente no meu lábio, Jaxon é a única coisa em que consigo pensar. Tudo o que eu consigo querer, sentir e desejar é Jaxon.

Ele deve sentir o mesmo, porque emite um ruído gutural quando seus braços me enlaçam. E, em seguida, ele me ergue um pouco, até que as curvas do meu corpo se alinham perfeitamente com os planos duros e sensuais do seu. Em pouco tempo o beijo que eu quis dar como consolo se transforma em algo completamente diferente.

Sinto as mãos dele nos meus quadris, seu peitoral, barriga e coxas pressionam as minhas e a única coisa em que consigo pensar é *sim*. A única coisa em que consigo pensar é que preciso de *mais*.

Mais e mais, até que a minha cabeça gira, meu coração bate tão forte que é capaz de pular para fora do peito e o restante de mim tem a impressão de que vou me despedaçar com o próximo toque dele ou movimento dos quadris. O simples fato de pensar nisso faz com que um som baixo e carente saia de mim, um som ao qual Jaxon responde com uma apertada forte e sensual das suas mãos nos meus quadris. Mas depois ele começa a se afastar, erguendo a boca para longe da minha e baixando-me lentamente para encostar no chão.

— Não — sussurro, tentando segurá-lo junto de mim pelo máximo de tempo que consigo. — Por favor. — Nem sei o que é que estou pedindo a essa altura, apenas não quero que termine. Não quero que Jaxon volte àquele lugar frio e feio para onde se exilou há tanto tempo.

Não quero perdê-lo para aquela escuridão de novo.

Mas ele murmura docemente para mim, desliza os lábios pela minha bochecha, cabelos e ombro. E depois, devagar, bem devagar, vai se afastando.

— Não temos muito tempo. Logo Foster vai chegar aqui, e quero conversar com você antes que ele apareça.

— Ah. Tudo bem. — Suspiro e encosto meu rosto no peitoral ele, respirando fundo algumas vezes.

Ele passa as mãos pelas minhas costas para nós dois nos acalmarmos antes de ele me colocar de volta na cama com um pouco de distância entre nós.

— Quero falar com você sobre a sua segurança.

É claro.

— Jaxon...

— Estou falando sério, Grace. Nós precisamos conversar sobre isso, mesmo que você não queira.

— Não é que eu esteja tentando fugir dessa conversa. Estou só dizendo que, depois do que aconteceu hoje, qualquer pessoa que não goste de mim vai agir de um jeito bem mais discreto de agora em diante. Mesmo se quiserem atingir você.

Ele me encara.

— Eu te disse, nem tudo isso é por minha causa. Se fosse, Flint não teria tentado matar você no seu segundo dia aqui na escola. Não havia nada entre nós naquele momento, então ele não podia estar tentando me atingir. E isso significa que...

Finalmente me recupero do choque que ricocheteia dentro de mim.

— Do que você está falando? Flint não tentou me matar. Ele me salvou. Ele é meu amigo.

— Não é.

— É, sim. Sei que você não gosta dele, mas...

— Quem foi que te disse para andar embaixo daquele candelabro, Grace? — pergunta Jaxon com os olhos atentos.

— Foi Flint. Mas não foi desse jeito. — Mesmo assim, uma inquietação começa a remoer o meu estômago. Acreditar que pessoas estranhas e anônimas estão tentando me pegar é uma coisa. Mas pensar que uma das poucas pessoas que posso chamar de amigo neste lugar... — Flint não faria isso. Por que ele faria um candelabro cair na minha cabeça depois de me salvar quando caí daquele galho?

— É isso que eu estava tentando te dizer. Ele não a salvou.

— Isso é impossível. Ele nem estava no galho comigo.

Jaxon estreita os olhos, como se afirmasse *você só pode estar de brincadeira*.

— Ele também não estava embaixo daquele candelabro.

— E daí? Ele mandou um dos metamorfos quebrar metade do galho antes da guerra de bolas de neve, sabendo que iria ventar daquele jeito?

— É mais provável que tenha mandado um dos seus amigos dragões começar a ventania que causou todos aqueles problemas. É isso que estou tentando te dizer. Não se pode confiar em dragões, e menos em Flint.

— Não faz sentido. Por que ele mergulharia do alto daquela árvore para impedir que eu batesse no chão se estivesse tentando me matar?

Jaxon não responde.

Meu estômago se retorce quando uma ideia horrível me ocorre.

— Ele me salvou daquela queda, não foi?

Jaxon não responde. Em vez disso, ele olha para longe. Seu queixo se move por alguns segundos antes que ele finalmente diga:

— Cole foi o responsável por fazer aquele candelabro cair, mas é uma coincidência incrível que Flint tenha mandado você andar naquela direção em vez de se sentar com as bruxas. E não acredito em coincidências. Assim que eu conseguir provar, vou dar um jeito nele também.

A inquietação se torna um enjoo forte quando lembro do olhar de Flint depois que agradeci por ele não ter deixado que eu me estatelasse na neve. E a rapidez com a qual Jaxon chegou lá depois que caí.

— Você ainda não respondeu à pergunta que eu fiz, Jaxon. Por acaso Flint saltou do alto daquela árvore para me salvar? Ou você deu um jeito de *derrubá-lo* de lá?

Jaxon evita me encarar pela segunda vez nesses últimos minutos. Em seguida, ele diz:

— Eu não estava perto da árvore.

É a minha vez de apertar os dentes.

— Como se isso o impedisse de agir...

— Bem, e o que eu devia ter feito? — pergunta ele, jogando os braços para cima num gesto enraivecido que nunca vi antes. — Deixar você cair? Pensei que, se a fizesse flutuar no ar e a trouxesse bem devagar para o chão, isso causaria um pânico ainda maior. E faria surgir um monte de perguntas que ninguém estava preparado para responder.

— Então você fez Flint mergulhar para me pegar?

— Eu o joguei embaixo de você, sim. E faria isso de novo. Faria todo o necessário para te proteger, até mesmo enfrentar cada metamorfo neste lugar. Em especial os dragões que têm o poder de conjurar uma ventania como aquela que fez o galho quebrar.

Meu Deus. Flint não me salvou. Por um segundo, tenho a impressão de que vou vomitar. Achei que ele estava do meu lado. Que era meu amigo.

— Desculpe — diz Jaxon depois de alguns segundos. — Não quero magoá-la. Mas não posso deixar que você confie nele ou em nenhum dos outros metamorfos quando estão tentando atingi-la. Principalmente quando eu ainda não sei por quê.

— Todos os metamorfos? — digo, pensando novamente no que aconteceu na sala de estudos. — Incluindo o alfa?

— Incluindo o alfa.

Não sei o que lhe responder no momento, especialmente considerando tudo o que Jaxon fez para me manter segura desde a primeira noite. Mesmo antes de saber que seríamos tão importantes um para o outro. Por isso apoio a cabeça junto do pescoço dele e sussurro:

— Obrigada.

— Você está me *agradecendo*? — pergunta, enrijecendo por baixo dos beijos que continuo dando nos contornos definidos do seu queixo... e também na cicatriz que ele se esforça tanto para esconder. — Por quê?

— Por me salvar, é claro. — Eu o puxo para mais perto, passando os lábios pela sua bochecha e deslizando sobre a cicatriz que deu início a toda essa discussão, dando um beijo a cada dois ou três centímetros. — Por não se importar com o crédito e só desejar o meu bem.

Jaxon está sentado rigidamente agora, a espinha ereta como um vergalhão com o desconforto causado pela minha atitude. E por minhas palavras. Mas não me importo. Não agora, quando ele está nos meus braços. E não agora, quando os sentimentos que tenho por ele transbordam.

São esses sentimentos que me fazem subir no colo dele. Os mesmos sentimentos que fazem com que eu me posicione de frente para ele, com os joelhos ao lado das suas coxas e os braços firmes ao redor do seu pescoço.

E são esses sentimentos que nos levam de volta para onde estávamos antes de ele interromper o que estava acontecendo: eu o beijava sem parar. Toques longos, lentos e permanentes dos meus lábios na sua testa, na bochecha, no canto da sua boca. Sem parar, eu o beijo. Sinto seu gosto. Seu toque. Sem parar, sussurro todas as coisas que gosto e que admiro nele.

Devagar, tão devagar que quase nem percebo a princípio, mas ele relaxa junto de mim. A rigidez da sua coluna se desfaz. Seus ombros se curvam um pouco para frente. Os punhos que estavam fechados na cama afrouxam e enlaçam a minha cintura.

E, nesse momento, ele está me beijando, me beijando de verdade, com a boca aberta, a língua ávida e faminta, as mãos desesperadas. Ele me puxa para junto de si e eu arqueio as costas, pressionando a boca na sua até que a respiração de Jaxon se transforma na minha e a carência dele se transforma na minha.

Passo as mãos por baixo da camisa dele, deslizando os dedos por sobre aquela pele lisa e os músculos definidos das costas. Jaxon solta um gemido baixo, curvando-se com o meu toque. E o meu celular toca no exato instante em que alguém bate com força à porta de Jaxon...

O som quebra o encanto entre nós e ele se afasta com uma risada. Eu o seguro firme, não estou pronta para deixá-lo se afastar. Não estou pronta para deixar que isso acabe. Ele deve sentir o mesmo, porque suas mãos se fecham com ainda mais força ao redor da minha cintura, mesmo enquanto pressiona a testa contra a minha.

— É melhor você ver seu celular — diz ele enquanto o aparelho continua a tocar. — Foster provavelmente surtou porque não sabe onde você está.

As batidas à porta ficam mais fortes, mais urgentes.

— Ou então ele está surtando porque sabe *exatamente* onde estou.

— Ah, pode ser isso, também. — Ele sorri para mim, deixando as mãos repousarem na minha cintura por um segundo enquanto eu começo a descer do seu colo. — Você quer ir atender à porta ou prefere que eu vá?

— E por que eu deveria...? — Uma sensação de horror começa a crescer dentro de mim. — Você acha que é o meu tio que está socando a porta?

— Não sei quem mais poderia ser, considerando que a sua amada sobrinha foi vista pela última vez em companhia do cara que acabou de arrumar briga com todos os lobos metamorfos da escola.

— Meu Deus. — Procuro um espelho para poder arrumar o meu cabelo e não aparentar que passei essa última hora aos beijos com um vampiro, mas fico chocada ao perceber que não há nada que se pareça com um espelho aqui. — Quer dizer que aquelas histórias são verdadeiras? — pergunto, penteando os cabelos com pouco mais do que os meus dedos e uma oração. — Vampiros não conseguem se ver no espelho?

— Não conseguimos.

— Como isso é possível? — Coloco a barra da camisa por dentro da saia e procuro ter certeza de que a barra do moletom está cobrindo os meus quadris. — Digo... como você sabe como é a sua própria aparência?

Ele empunha o celular.

— Que tal com uma selfie? — Ele vai até a porta que está praticamente vibrando com a força das batidas do meu tio. — Tem certeza de que você quer falar sobre isso agora?

Até que não seria má ideia. Agora que toda essa história de vampiros está revelada, percebo que tenho um milhão de perguntas. Coisas como "por quanto tempo os vampiros natos vivem?"... "ou será que são imortais, como as histórias sugerem?" . E isso me faz conjecturar se vampiros natos envelhecem do mesmo jeito, ou se isso é algo ao estilo do Baby Yoda, em que sua maturação é muito mais lenta do que humanos sem poderes? E, se for assim, quantos anos será que Jaxon tem? Além disso, Mekhi não entrou no meu quarto hoje porque estava sendo respeitoso ou porque não podia passar pela porta sem ser convidado?

Há muitas outras questões rodopiando meu cérebro, muitas mesmo... mas Jaxon tem razão. Agora não é a hora para pensar em nada disso.

— É claro que não. — Indico a porta com um movimento de cabeça. — Abra e vamos acabar logo com isso.

— Vai ficar tudo bem. — Ele promete com um sorriso malandro que me faz pensar que vai ser exatamente o oposto.

— Vai ser o que tiver que ser — digo a ele, tentando assumir uma postura mais *zen* e falar de maneira completamente deslocada. Mas, convenhamos... é difícil não entrar em pânico quando tenho quase certeza de que o garoto pelo qual eu sou louca vai ser expulso daqui.

Jaxon pisca para mim e até me manda um beijinho antes de refazer aquela expressão vazia enquanto abre a porta.

— Muita gentileza da sua parte me deixar entrar — diz o meu tio, secamente. — Peço desculpas por ter que se apressar tanto.

— Desculpe, Foster, mas é que a gente precisava *mesmo* de um tempo para que Grace pudesse se vestir.

— Jaxon! — repreendo-o, escandalizada, com as minhas bochechas ficando num tom de vermelho que eu nem consigo imaginar. — Eu estava vestida, tio Finn. Eu juro!

— É isso que você tem a dizer depois do que acabou de aprontar? — pergunta o meu tio. Mas, antes que Jaxon possa responder, ele olha para mim. — Achei que você ia voltar para o seu quarto há mais de uma hora, ou me enganei?

— Eu ia voltar, mas acabei me...

— Distraindo? — Meu tio completa, erguendo uma sobrancelha.

A essa altura, tenho certeza de que o rubor já tomou conta do meu corpo inteiro. Incluindo os meus cílios e os cabelos também.

— Sim.

— Se você está bem o bastante para estar aqui em cima, então provavelmente está bem o bastante para assistir às aulas, não acha?

— Sim. Provavelmente estou, sim.

— Ótimo. — Ele olha para o relógio. — A primeira aula já deve estar na metade. Estamos ajustando os horários antes do almoço devido ao incidente com o candelabro... e outras coisas. — Ele encara Jaxon com uma expressão irritada. — É melhor você ir para a sua aula agora.

Penso em discutir a questão, mas ele está com a mesma expressão no rosto que meu pai mostrava quando eu o pressionava até o limite. Quero ficar com Jaxon, saber o que vai acontecer com ele, mas receio que, se eu resolver teimar com isso agora, tudo o que vou conseguir fazer é deixar o meu tio ainda mais irritado. E isso é a última coisa que quero se ele estiver prestes a decidir o destino de Jaxon.

Assim, em vez de exigir minha permanência ali, como tenho vontade, simplesmente faço um aceno com a cabeça e vou até o quarto para pegar a minha bolsa de onde Jaxon a deixou cair.

— Sim, tio Finn.

Por um segundo, posso jurar que vejo certa surpresa nos olhos do meu tio, mas desaparece tão rápido que eu não tenho certeza se foi obra da minha imaginação. Do mesmo jeito, Macy não me parece o tipo que acata ordens tão facilmente, então talvez ele não esperasse que eu aceitasse aquilo sem discordar. Ou então ficou surpreso por eu ter deixado a bolsa dentro do quarto de Jaxon, o que... bem, é melhor não ficar pensando nessas coisas.

De qualquer maneira, já é tarde demais para bater boca no momento, então eu olho para Jaxon.

— A gente se vê mais tarde? — Propositalmente, evito olhar nos olhos do meu tio enquanto espero pela resposta.

— Aham. — O tom de voz dele parece dizer *é óbvio*, mesmo que ele mantenha um palavreado simples em respeito ao meu tio. — Te mando mensagem.

Não é exatamente a resposta que eu esperava ouvir, mas, de qualquer maneira, não estou em posição de discutir. Assim, eu simplesmente abro um sorriso curto enquanto vou na direção da porta.

E tento não deixar o desespero tomar conta de mim quando a última coisa que ouço antes de o tio Finn bater a porta é:

— Me dê *uma* boa razão para não enfiar você em um avião de volta para Praga, Vega. E assegure-se de que seja uma *ótima* razão.

Capítulo 51

JULGAMENTO PELO
FOGO DE DRAGÃO

Pego o meu celular enquanto desço as escadas para chegar à aula de literatura britânica e vejo que há umas vinte mensagens à minha espera. Cinco de Heather, reclamando de como a escola é chata sem mim, junto a várias fotos em que ela mostra a sua fantasia para a peça de teatro do outono.

Mando uma mensagem dizendo que ela está ótima no papel do Gato de Cheshire e outra dizendo que entendo o sentimento dela em relação à chatice. Sinto vontade de contar a ela sobre Jaxon, mas isso é um assunto que sei que não deveria tocar até decidir exatamente o que posso ou não posso contar à minha *best* sobre ele. Porque, quando Heather enfia na cabeça que quer saber alguma coisa, ela é completamente implacável.

Além disso, nunca menti para ela e não quero começar a fazer isso agora. A lógica diz que, se vou ficar com Jaxon, vou ter que mentir de vez em quando; não posso sair por aí dizendo ao mundo que ele é um vampiro sem que tenhamos que nos esquivar de várias estacas de madeira e alho. Mas preciso pensar no que vou dizer. Já sou péssima para mentir. E conversando com Heather ainda? Ela perceberia em menos de dez segundos e não posso deixar isso acontecer.

E é por isso que não digo nada além do que é absolutamente necessário, mesmo que um pedaço de mim esteja louco para saber sua opinião sobre... não sei, qualquer assunto relacionado a caras bonitos.

A maioria das outras mensagens é de Macy. Sete delas falam sobre o que aconteceu na sala de estudos. Ela não estava lá, mas a notícia do que Jaxon fez com o lobo alfa obviamente se espalhou. Não que eu esperasse algo diferente; ele fez aquilo publicamente porque tinha um propósito em mente. Além disso, o fato de o tio Finn ter aparecido na torre mostra o quanto a notícia se espalhou. E rápido.

E o tio Finn também me mandou várias mensagens querendo saber onde eu estava. Não me dou ao trabalho de respondê-las, considerando que ele já me encontrou — isso sem contar o constrangimento que passei.

As últimas duas mensagens foram mandadas por Flint e fico tão chocada — e irritada — que quase tropeço e caio de cara no chão. Mas me lembro de que aquele dragão idiota não sabe o que eu sei. Ele não faz a menor ideia de que eu sei que ele estava tentando me matar, não me ajudar.

Mas isso ainda me deixa bem irritada. Na verdade, toda essa questão me irrita bastante e, assim, nem me preocupo em responder. Juro para mim mesma que nunca mais vou conversar com ele, não importa qual seja a explicação e nem quantas justificativas ele tenha.

Um pedaço de mim quer encontrá-lo neste momento e soltar os cachorros. Mas eu finalmente cheguei à sala onde a aula de literatura britânica está acontecendo e me dou conta de que esqueci completamente de trocar de roupa e vestir o uniforme da escola. Assim, enfio o celular no bolso do moletom e vou até o meu quarto para trocar rápido de roupa. Dez minutos depois, entro na sala e percebo que o lugar inteiro fica assustadoramente quieto no instante que as pessoas percebem a minha presença. Depois do que aconteceu na semana passada, seria até possível achar que eu já estou acostumada com isso, mas hoje, com tudo o que aconteceu, a sensação é um milhão de vezes mais constrangedora do que o habitual.

Mas, sinceramente, não posso culpá-los. Se eu não fosse quem sou, também estaria olhando fixamente para a pessoa que entrou na sala agora. Afinal de contas, sobrenaturais ou não, eles ainda são alunos do ensino médio e eu ainda sou a garota que acabou de causar uma briga entre o lobo alfa e o vampiro mais poderoso que existe.

Seria ainda mais estranho se não ficassem olhando para mim. Mesmo quando Mekhi me apoia, abrindo um sorriso.

— Começamos a fazer a leitura da cena 5 do ato 4. — Ele me fala em voz baixa quando sento à minha carteira. — Acompanhe comigo.

— Obrigada — respondo, pegando uma caneta e uma caderneta da minha bolsa. Não sei por que não peguei a minha mochila antes de vir para a aula, então isso há de ser o suficiente.

— Todos estão lendo trechos hoje, Grace — diz a professora, do seu lugar à frente da sala. — Por que não lê as falas de Ofélia nesta cena?

— Tudo bem — respondo, imaginando por que eu tenho que interpretar a donzela em perigo. Como já li essa peça, sei que esta é a cena em que

Ofélia enlouquece (ou, pelo menos, a cena em que a plateia percebe a sua insanidade pela primeira vez). Tento não levar para o lado pessoal o fato de a professora aparentemente pensar que sou a pessoa certa para isso...

Mekhi está interpretando Laertes, o meu irmão, o que facilita um pouco ler as falas de uma garota insana que acabou de perder o pai e se sente completamente sozinha no mundo. Mas ainda assim tenho dificuldade de chegar até o final, em particular nas últimas falas.

— Eis aqui uma margarida. Quisera dar-vos violetas, mas murcharam todas quando meu pai morreu. Dizem que ele teve um fim muito bonito; era a minha alegria o bom Robin!

Mekhi lê a fala de Laertes, que obviamente está preocupado com a minha saúde mental. E quando digo *minha*, preciso me lembrar que estou me referindo à saúde mental de Ofélia, enquanto começo a cantarolar as minhas últimas falas na cena e na peça.

— E nunca mais o veremos? Não mais retornará? Não, não, está morto; vá ao vosso leito de morte. Ele jamais voltará...

O sinal toca antes de eu terminar aquelas falas e eu paro quando o restante da turma começa a enfiar os livros nas mochilas o mais rápido que consegue.

— Obrigada, Grace. Amanhã continuamos de onde você parou.

Faço um sinal afirmativo com a cabeça e depois guardo tudo na minha bolsa, me esforçando ao máximo para não pensar sobre a cena da morte que acabei de ler. Me esforçando ao máximo para não pensar nos meus pais — e em Hudson. Na tristeza de Jaxon por ter o irmão que tinha e no que isso o obrigou a fazer.

É mais difícil do que eu gostaria, especialmente quando percebo que a minha próxima aula é a de História Mundial dos Julgamentos por Bruxaria. E agora que sei sobre o caráter paranormal dessa escola, aulas como essa fazem muito mais sentido.

Não é a aula que me incomoda, é andar por aqueles túneis completamente assustadores. Especialmente agora, quando fico me perguntando o que teria acontecido comigo lá embaixo se Flint e Lia *não estivessem* comigo.

Mas tenho que ir para a aula, então não adianta ficar pensando no que poderia ter acontecido. Em especial agora que Jaxon praticamente me declarou intocável. O que aconteceu naquela sala pode ter sido algo arrepiante de se observar, mas não vou mentir: o fato de eu não precisar mais temer a possibilidade de que candelabros caiam na minha cabeça ou de metamorfos aleatórios me enfiando na neve não é ruim. E quando Mekhi me acompanha pelo corredor em vez de ir correndo para a sua próxima aula, percebo que a proteção de Jaxon está muito além do que eu pensava. A ameaça foi feita e tenho certeza de que foi entendida, a julgar pelo espaço que as pessoas estão abrindo para eu passar. Mesmo assim, não é o bastante para ele. Ele quer ter a certeza de que estou segura, tanto que mandou os outros membros da Ordem garantirem que isso aconteça.

Talvez eu devesse me sentir incomodada.

E, sinceramente, se essa fosse uma escola normal ou uma situação normal, eu ficaria muito incomodada por ter um... *namorado* tão superprotetor, não é? Mas, no momento, estou cercada por metamorfos, vampiros e bruxas, e todos eles agem de acordo com regras sobre cujo funcionamento não faço a menor ideia. E não faz nem três horas que um candelabro quase me matou esmagada. Não aceitar a proteção de Jaxon e Mekhi seria idiotice, pelo menos até as coisas se acalmarem por aqui.

Olho para Mekhi, querendo agradecê-lo por me trazer até aqui, mas me assusto um pouco quando Flint praticamente entra no meio de nós.

— Ei, Grace. Como você está? — pergunta ele, cheio de doçura e zelo. — Fiquei preocupado com o que te aconteceu hoje de manhã.

— Preocupado comigo ou preocupado porque o candelabro não acabou comigo? — pergunto, andando mais rápido, mesmo já sabendo que a tentativa de me afastar dele será inútil.

Flint não para de andar, mas todo o ar ao redor dele e também a sua postura parecem imóveis quando eu o confronto com o que Jaxon me disse. E isso me diz *tudo* o que eu preciso saber.

Ainda assim, ele tenta se fazer de inocente.

— Como assim? É claro que estou preocupado com você.

— Pare com isso, Flint. Eu sei o que você estava planejando.

Pela primeira vez em toda a nossa "amizade", eu vejo a raiva arder em seus olhos.

— Sabe mesmo? Ou você sabe só o que aquele carrapato te contou que eu estava planejando? — diz ele, com uma expressão irônica.

O rosto de Mekhi fica lívido quando Flint insulta Jaxon, e, de repente, ele já está entre nós dois outra vez.

— Caia fora daqui, seu dragãozinho de merda.

Flint nem toma conhecimento daquilo e continua a falar comigo.

— Você não sabe o que está acontecendo, Grace. Você não pode confiar em Jaxon...

— Por quê? Só porque você está dizendo? Não é você que está tentando me matar desde que cheguei aqui?

— Não é pelas razões que você está pensando. — Ele me encara com um olhar de quem está implorando. — Se você simplesmente confiasse em mim, eu...

— Não é pelas razões que estou pensando? — repito. — Então, você pensa mesmo que há boas razões para tentar me matar? E ainda quer que eu *confie* em você? — Eu o encaro com uma expressão que demonstra todo o meu desprezo. — Está bem, então. Me diga a verdade sobre o que aconteceu durante a guerra de bolas de neve. Você pulou do alto daquela árvore para me pegar ou Jaxon o derrubou lá de cima?

— Eu... Não foi bem assim. Jaxon exagerou um pouco. Eu estava...

Permito que ele gagueje por alguns segundos, tentando encontrar uma explicação e em seguida o interrompo.

— É, foi o que pensei. Fique longe de mim, Flint. Não quero mais saber de você daqui por diante.

— Bem, é uma pena. Porque não vou me afastar.

— Sabe de uma coisa? Tem um nome para um cara que continua a assediar uma garota depois que ela exige ser deixada em paz — diz Mekhi a Flint depois que entramos no corredor que leva aos túneis.

Flint o ignora.

— Grace, por favor. — Ele estende a mão e segura o meu braço. Antes que eu possa dizer a ele para não encostar em mim, Mekhi já está logo ali, com as presas saltadas e um rosnado gutural e alarmante.

— Tire essas mãos de cima dela — ordena Mekhi por entre os dentes.

— Não vou machucá-la!

— Com certeza não vai. Para trás, Montgomery!

Flint solta um resmungo frustrado que vem do fundo da garganta, mas, no fim, acaba fazendo o que Mekhi manda. Especialmente, eu penso, porque talvez isso resultasse numa briga ali mesmo no corredor, se ele não fizesse isso. Uma briga em que Mekhi tentaria deixá-lo em pedaços.

— Vamos lá, Grace — implora ele. — É importante. Me escute por um minuto, é só o que peço.

Eu paro de andar porque já está óbvio, a essa altura, que ele não está planejando ir embora.

— Tudo bem. Você quer falar? Então fale. O que é tão importante? — Cruzo os braços e espero para ouvir o que ele tem a dizer.

— Você quer que eu diga agora? Na frente de todo mundo? — rosna ele, olhando para Mekhi.

— Bem, a essa altura não ficaria a sós com você. Posso ser ignorante em relação ao mundo onde vocês vivem, mas não sou idiota.

— Não dá para fazer isso. Eu... — Ele para de falar, frustrado e passa a mão pelos cabelos. — Não posso conversar com você na frente de um vampiro. Tem que ser a sós.

— Então você não vai falar com ela de jeito nenhum — retruca Mekhi, novamente se interpondo entre nós. — Vamos embora, Grace.

Deixo Mekhi me guiar para longe de Flint, que vai ficando cada vez mais irritado. O que não deixa de ser irônico, se pensarmos bem na questão. Primeiro, ele tenta me matar com um candelabro, e agora é *ele* que fica irritado por eu não querer conversar? Onde está a lógica nisso?

— Cacete, Mekhi! Pelo menos, faça o favor de não a deixar sozinha, está bem? — pede Flint, já longe. — Estou falando sério, Grace. É melhor você não ir a lugar nenhum sozinha. Não é seguro.

Capítulo 52

SE VOCÊ NÃO CONSEGUE VIVER SEM MIM, POR QUE AINDA NÃO MORREU?

Não deixo de perceber a ironia daquela frase. E Mekhi também não deixa, se o jeito com que ele rosna para Flint é um sinal indicativo.

— Não me diga, Sherlock. O que acha que está acontecendo aqui?

Flint não responde e eu nem me dou o trabalho de olhar para trás quando Mekhi e eu entramos nos túneis. Ele não diz nada sobre Flint ou qualquer outra coisa enquanto passamos pela primeira porta. Mas o silêncio só faz com que eu me sinta pior pelo que acabou de acontecer. E por confiar em Flint desde o começo, especialmente porque Jaxon me avisou para não fazer isso.

Só queria saber o que ele ganha ao me atingir assim, já que nunca fiz nada para prejudicá-lo. *Para não mencionar o fato de que ele estava fingindo ser meu amigo ao mesmo tempo que planejava me matar.*

— Quem sabe o que acontece com os dragões? — Só quando Mekhi responde que percebo que falei em voz alta. — Eles são cheios de segredos e ninguém sabe exatamente o que acontece por lá.

— Aparentemente... — Abro um sorriso trêmulo. — Olhe, lamento muito por por você ter que me acompanhar até a minha aula. Mas agradeço.

— Não se preocupe. É preciso muito mais coisa do que um dragão mal--humorado para acabar com o meu dia. E, além disso, se eu me atrasar alguns minutos para a aula de cálculo, você vai estar me fazendo um favor. — Ele sorri para mim enquanto seguimos a rota que leva aos túneis.

Conforme avançamos pelas portas, incluindo paradas para digitar códigos de segurança e o restante das coisas que eu tinha que fazer com Flint, percebo que as sensações são bem diferentes quando estou com Mekhi. Com Flint, minha cabeça toda hora gritava um alerta, avisando-me para me afastar dele o mais rápido que podia.

Com Mekhi, o trajeto rumo aos túneis parece normal. Não, eu diria que é até melhor do que normal. Como caminhar com um velho amigo, alguém com quem me sinto totalmente confortável. Não ouço nenhuma voz avisando para tomar cuidado, nenhum calafrio desconfortável percorrendo a minha coluna. Tudo isso me indica que os sentimentos ruins estavam ligados a Flint, e não ao túnel.

Mesmo assim, espero até aquela voz começar a apitar conforme avançamos rumo às profundezas do túnel. Se não para avisar sobre algum perigo, então pelo menos que toque uma rumba por eu ter conseguido sobreviver apesar dos problemas. Algo que prove que eu não estava louca por achar que ouvia uma voz dentro de mim que me dizia o que fazer.

Admito que nunca tive nada parecido antes, somente as questões normais de consciência que todas as pessoas têm quando estão tentando decidir entre o certo e o errado. Mas o que aconteceu da última vez em que estive aqui foi diferente. De certa maneira, parecia até mesmo uma entidade consciente que existia longe da minha própria consciência e do meu inconsciente.

É impossível não pensar no que deve estar realmente acontecendo. Impossível não imaginar no que Jaxon, a Academia Katmere ou o próprio Alasca, esse estado desgraçado, despertaram dentro de mim.

Se é que despertaram alguma coisa.

Prefiro pensar que, seja lá o que esteja acontecendo, pelo menos estou feliz porque a sensação de agonia desapareceu. Por ora, vou simplesmente aceitar que foi isso que aconteceu e me preocupar com o restante depois que tiver a chance de respirar por algum tempo — o que não vai acontecer até eu ter certeza do que o tio Finn decidiu sobre Jaxon.

Jaxon não estava agindo como se tivesse receio de uma expulsão, mas isso não significa muita coisa. Ele não me parece alguém que tem medo de alguma coisa, especialmente aquilo que o diretor da escola onde estuda pode fazer com ele. Mas o simples fato de não parecer preocupado não significa que o tio Finn não tenha o poder de forçá-lo a sair da escola temporariamente... ou para sempre.

Dou uma olhada no meu celular enquanto passamos pelo último portão que leva aos túneis. Nenhuma mensagem de Jaxon ainda.

— Você recebeu alguma notícia dele? — pergunto enquanto começamos o longo caminho que leva até o prédio de artes.

— Não.

— Isso é normal? Ele geralmente te conta o que acontece ou...

Eu paro de falar quando Mekhi ri.

— Jaxon não conta o que acontece com ele para ninguém, Grace. Achei que a essa altura você já soubesse disso.

— Eu sei. Eu só... O que você acha que vai acontecer?

— Acho que Foster vai dar uma bronca nele e a vida vai continuar como sempre foi.

— Uma bronca? — Nem tento esconder a minha estupefação. — Ele quase matou aquele garoto!

— "Quase matou" e "matou" são coisas bem diferentes aqui... caso você não tenha percebido. — Ele me encara com uma expressão de quem sabe do que está falando. — Em algum momento, todo mundo acaba metendo os pés pelas mãos enquanto estamos tentando compreender os nossos poderes.

— Sim, mas isso não foi um deslize. Foi um ataque calculado.

— Talvez — diz Mekhi, dando de ombros. — Mas foi necessário, também. Não acho que Foster vá culpar Jaxon por tentar proteger você. Ou tomar a decisão de expulsar Jaxon da escola quando ele é o único obstáculo que há entre você e sabe lá Deus o quê. Na minha opinião, o lobo alfa corre um risco maior de ser expulso daqui do que Jaxon.

— As regras da escola não existem só por minha causa, mesmo que o diretor seja o meu tio. Além disso, achei que Jaxon fosse a principal razão pela qual os metamorfos estão querendo acabar comigo. Será que é porque eles querem se vingar por tudo o que aconteceu com Hudson, talvez?

Por que outra razão poderia ser? Nunca fiz nada para nenhuma dessas pessoas e também não há nada que seja sobrenatural em mim. Nenhum poder, nenhuma capacidade de me transformar, nenhum desejo súbito de morder pescoços. Assim, a menos que estejam jogando uma versão da vida real do jogo de Aterrorizar a Humana, não imagino que benefício os metamorfos poderiam conseguir se me matassem.

— Jaxon está trabalhando com essa suposição, o que faz sentido. Considerando que eles estão só esperando para encontrar algo que importa para ele. Esperando surgir algo que possam tirar dele.

Meu coração bate um pouco mais rápido com as palavras de Mekhi — e com a insinuação de que todo mundo sabe que Jaxon se importa comigo. Provavelmente é meio ridículo ficar empolgada com essa ideia, já que, se for verdade, esses sentimentos praticamente pintam um "X" enorme e vermelho em mim. Mas, depois dos momentos que passei com Jaxon no quarto dele, não me importo tanto quanto deveria. Quero estar com ele.

— E então, como Hudson era? — pergunto a Mekhi quando chegamos à parte mais profunda dos túneis. Talvez seja uma pergunta indelicada, mas de que outra maneira eu vou conseguir descobrir alguma coisa sobre a relação de Jaxon com o irmão? Tenho quase certeza de que ele não vai me contar.

Mekhi olha para mim, com algo diferente no olhar; desconfiado e aterrorizante ao mesmo tempo. É muito parecido com o olhar de Jaxon quando ele estava falando sobre Hudson (à exceção da angústia), tanto que me faz pensar em quem, exatamente, esse cara era. E como a sua presença é sentida de maneira tão intensa, mesmo depois de quase um ano da sua morte.

— Hudson era... Hudson — diz Mekhi com um suspiro. — Acho que a melhor maneira de o descrever seria... uma versão suave de Jaxon.

— Suave? — Não era isso que eu estava esperando, especialmente depois do que Jaxon falou mais cedo. — Achei que ele fosse um... — Deixo a frase no ar, porque não quero chamar o antigo herdeiro do trono dos vampiros de monstro, embora seja isso o que estou pensando.

— Suave, mas não no sentido de não ser perigoso — continua Mekhi quando chegamos à sala circular onde os túneis se encontram. — Ele era uma versão suavizada de Jaxon. Era o irmão mais velho e praticamente o filho pródigo; seus pais o adoravam. Assim como muitas outras pessoas importantes na nossa espécie. Mas ser capaz de fazer as pessoas pensarem que você tem caráter não é o mesmo do que ter caráter. E a única coisa que sei com certeza é que Hudson não era um quarto da pessoa que Jaxon é. Interesseiro demais, egoísta demais, oportunista demais. A única coisa com que Hudson se importava era consigo mesmo. E sabia muito bem fingir que se importava com aquilo que as pessoas poderosas queriam que ele se importasse.

Não sei como reagir a isso. Assim, não digo nada. Afinal de contas, não cheguei a conhecer Hudson e não me importo nem um pouco com ele, além do fato de Jaxon estar usando a morte do irmão para se castigar.

Mas tenho de admitir que a descrição de Mekhi se parece muito com o que eu havia imaginado, depois de perceber as entrelinhas do que Jaxon me contou. Ele está se torturando sem parar pelo que aconteceu entre os dois, mas a impressão que tenho é a de que ele fez um favor ao mundo quando tirou a vida de Hudson. Não importa o que Jaxon pense a respeito.

Ouvimos um ruído bem atrás de nós e de repente Mekhi me empurra para trás de si quando vira para o outro lado, com as mãos erguidas numa postura óbvia de quem está pronto para lutar. Mas ele relaxa quando percebe que é Lia, que vem correndo pelo túnel até nós.

E, quando eu digo que *está correndo*, ela realmente está vindo a toda velocidade. Uau, ela consegue se mover bem rápido quando quer. Mas não chega a surpreender tanto. Já vi Jaxon se mover e é meio chocante a velocidade com que ele consegue chegar junto de mim quando quer.

Mas, até o momento, toda vez que ele se move assim é porque estou metida em alguma situação perigosa e ele quer chegar até mim. O mesmo tipo de perigo que me impede de prestar atenção nele, porque receio estar simplesmente tentando não morrer.

E observar Lia correr sem que eu sinta nenhum medo, sem achar que estou correndo algum tipo de risco? É algo bem intenso. Ela leva menos de um minuto para cruzar o túnel pelo qual acabamos de passar os últimos cinco minutos caminhando.

E quando Lia chega até nós? Não está nem ofegante.

— Onde é o incêndio? — pergunta Mekhi no momento que ela vai passar por nós. Fico surpreso com o tom de voz dele, além do fato de que boa parte da simpatia que ele demonstra quando fala comigo desapareceu.

Como é de se esperar, Lia não está cheia de amores, quando responde:

— Ah, oi, pessoal. Estou só aproveitando o intervalo para ir até o estúdio de artes.

Mekhi ergue uma sobrancelha.

— Desde quando você usa o intervalo para fazer algo produtivo?

Ela desvia o olhar, com a musculatura do queixo retesada, e, por um segundo, tenho a certeza de que ela não vai responder. Mas ela simplesmente dá de ombros e diz:

— Estou trabalhando num retrato de Hudson.

— Ah, então é ele — exclamo, pensando no retrato em que a vi trabalhando ontem. — Ele é muito bonito.

— Você nem imagina o quanto. — Os lábios dela se curvam, formando a coisa mais próxima de um sorriso que eu vi em seu rosto. — Mas não chego nem perto de ter o talento necessário para fazer jus a ele.

— Falsa modéstia, Lia? — provoca Mekhi, zoando. — Você não é assim.

— Eu diria "vai se danar!", que consequentemente significaria que fiquei mordida com o seu comentário — responde ela, revirando os olhos —, mas vai saber por onde você andou com essa boca.

— Obrigado, mas tenho medo de pegar raiva se morder você — retruca ele.

E a única coisa que posso fazer é ficar assistindo àquilo. Parece haver uma animosidade tão grande entre os dois que penso estar prestes a testemunhar o segundo ataque vampírico do dia.

Aparentemente, quando sua relação com Jaxon azedou, o mesmo aconteceu com o restante da Ordem. Porque, neste momento, Mekhi sinceramente parece querer torcer o pescoço de Lia.

Mas, bem quando eu estou tentando encontrar uma maneira de não ser pega no fogo cruzado, Lia mostra o dedo médio para ele. Em seguida, enlaça o braço no meu:

— Vamos, Grace. Não vale a pena andar com ele.

— Ah. Bom, na verdade, Mekhi estava me acompanhando até a minha sala. — Não gosto de ficar entre os dois, mas isso não significa que vou deixar Mekhi para trás na primeira chance que surgir.

O sinal da aula escolhe aquele momento exato para soar e Mekhi dá de ombros enquanto recua um passo.

— Se para você estiver tudo bem ser acompanhada por Lia pelo restante do caminho, por mim tudo bem também.

— Tenho certeza de que posso levá-la até a sala de aula com toda a segurança — retruca Lia, mas simplesmente sorrio para agradecer.

Gosto do fato de que Mekhi não está levando tão ao pé da letra a questão de *não me deixar sozinha*; apenas assegurando-se de que tudo está bem, sem muito alarde em torno dessa situação. Especialmente porque Jaxon já aprontou o maior tumulto possível.

— Por mim, tudo bem — digo a ele, e estou sendo sincera. Aqui embaixo, cercada por pessoas em quem Jaxon confia (mesmo que elas não confiem umas nas outras) fica muito mais fácil lidar com tudo o que aconteceu. — É melhor você ir para a sua aula de matemática.

— Isso é tudo que qualquer um gostaria de ouvir — responde ele ironicamente, suspirando. Mas ele recua um passo e faz uma saudação curta com dois dedos.

Impulsivamente, eu encurto a distância entre nós para abraçá-lo.

— Obrigada por me acompanhar.

Ele parece um pouco abalado com a minha demonstração bastante humana de afeto, e por isso decidi me afastar, preocupada com a possibilidade de ter feito alguma coisa errada. Mas, quando volto a olhar para ele, Mekhi está com um sorriso bobo no rosto que diz que ele não se importa com o que fiz. E isso é antes de dar alguns tapinhas amistosos na minha cabeça, como se eu fosse alguma espécie de chihuahua premiado ou coisa do tipo.

Ainda assim, é muito bom poder ter o selo de aprovação de um dos amigos de Jaxon, então simplesmente sorrio e repito aquela saudação ridícula com os dois dedos.

Ele ri e depois dá uma rosnada para Lia — só para fazer graça, eu acho — antes de dar meia-volta e retornar por onde viemos.

Eu o observo, esperando que ele comece a correr, como Lia estava fazendo, mas ele não se apressa, parece estar caminhando em um daqueles velhos filmes de faroeste a que o meu pai gostava de assistir.

É uma característica que só me faz gostar ainda mais de Mekhi. Ele está disposto a dar um pouco de privacidade para mim e para Lia, mas não tem pressa nenhuma em me deixar sozinha com alguém. Mesmo que seja com outro vampiro.

— E então, como estão as coisas com você? — pergunto a Lia depois que outra olhada no meu celular mostra que ainda não recebi nenhuma mensagem de Jaxon. E que temos dois minutos para chegar à sala de aula.

— Acho que sou eu que devia estar fazendo essa pergunta depois de toda aquela cena na sala de estudos, hoje cedo. — Ela ergue as sobrancelhas, como se quisesse saber o que aconteceu.

— Ah, aquilo. Bem, Jaxon... — Deixo a frase no ar, sem saber o que posso comentar sobre o que houve.

Lia ri.

— Você não precisa explicar nada. Hudson também era superprotetor desse jeito e fazia tudo o que achava necessário para cuidar de mim. Mesmo se não houvesse nada do qual precisasse me proteger.

Eu penso em corrigi-la, talvez até mesmo dizer a ela o que vem realmente acontecendo para pedir sua opinião, mas estamos quase chegando aos prédios externos do castelo e de repente há mais pessoas por perto — vampiros, bruxas e *metamorfos*. E como há mais fofocas do que o necessário ao meu redor no momento, imagino que a última coisa que preciso fazer é colocar mais lenha na fogueira.

Assim, em vez de contar a Lia tudo o que aconteceu nos últimos dias, simplesmente dou de ombros e rio.

— Você sabe como são esses caras.

— Ah, e como sei. — Ela revira os olhos. — E isso me lembra... eu estava pensando que talvez você quisesse se afastar um pouco de todo esse machismo. Que tal fazer uma noite das Luluzinhas hoje? Podemos passar umas máscaras e uns cremes no rosto, assistir a umas comédias românticas, nos entupir de chocolate. Quem sabe até fazer as unhas das mãos e dos pés, como a gente combinou naquele dia.

— Ah. — Dou mais uma olhada no meu celular. Ainda nada de Jaxon. Talvez meu tio o tenha expulsado para Praga. Ou para a Sibéria. — Hmmm, talvez.

— Nossa! — Ela me olha, fingindo estar ofendida. — Não precisa demonstrar tanto entusiasmo, viu?

— Desculpe. Eu estava esperando Jaxon me chamar para ficar com ele hoje à noite. Mas... — Ergo o celular com um suspiro. — Até agora, nada.

— Ah, sim. Pode esperar sentada. Fazer planos não é exatamente o *modus operandi* de Jaxon. — Percebo um toque de tristeza e amargura quando ela fala nele. É algo que me faz pensar que, apesar do que Lia diz, ela sente falta da amizade dele, tanto quanto Jaxon sente falta da amizade com ela.

O que é ruim, especialmente considerando o quanto ambos estão sofrendo agora.

Eu não devia me envolver. Não conheci Hudson e não estava por aqui quando a situação ficou ruim entre Jaxon e Lia, mas sei o quanto a vida pode ser efêmera, mesmo para os vampiros. E também a rapidez com que as coisas podem simplesmente terminar, sem nenhum aviso nem oportunidade de serem consertadas.

Também sei o quanto os problemas que Jaxon tem com Lia pesam sobre os ombros dele, fazendo com que ele se lembre dia após dia das suas ações em relação ao que aconteceu com Hudson. Não consigo deixar de imaginar que talvez esses problemas tenham o mesmo peso sobre os ombros de Lia... e que talvez os dois possam finalmente começar a se curar se conseguirem perdoar um ao outro e também a si mesmos.

Afinal, qualquer coisa deve ser melhor do que essa inimizade entre eles. Lia está destruída, Jaxon está devastado e nenhum deles consegue olhar para o futuro porque ambos estão traumatizados demais pelo passado.

E é por isso que, no fim das contas, não consigo resistir e digo:

— Sabe de uma coisa? Ele sente a sua falta.

Os olhos dela se fixam nos meus com um sobressalto.

— Você não sabe do que está falando. — E ela fala de um jeito que fica entre um sussurro e um sibilo.

— Sei, sim. Ele me contou o que aconteceu. E nem sou capaz de imaginar o que você deve estar sentindo...

— Você tem razão. Você não é capaz de imaginar. — Ela começa a andar mais rápido conforme subimos pela última rampa. — Então, nem tente fazer isso.

— Tudo bem, desculpe. — Estou praticamente correndo enquanto tento acompanhá-la. — Só pensei que seria melhor se você conseguisse tentar se conectar com Jaxon, mesmo que só um pouco. Ou com qualquer outra pessoa, Lia. Sei que você está triste; sei que você só quer ser deixada em paz porque todo o restante é agoniante demais para se pensar a respeito. Pode acreditar em mim, sei do que estou falando. — E como sei. — Mas a questão é a seguinte: você não vai melhorar se agir desse jeito. Você vai ficar exatamente onde está, se afogando na tristeza. E até que decida dar o primeiro passo, vai sempre estar se afogando.

— O que acha que eu estava fazendo quando convidei você para a noite das Luluzinhas? — pergunta ela, com uma voz mais miúda do que jamais ouvi. — Estou cansada de chorar toda noite antes de dormir, Grace. Estou cansada de sofrer. É por isso que pensei que podia começar de novo com você, que é bacana e não conheceu Hudson nem a pessoa que eu era antes de tudo isso. Achei que tivéssemos a chance de ser amigas. Amigas de verdade.

Ela vira o rosto para o outro lado, mas percebo que ela ainda está mordendo o lábio, obviamente tentando não chorar. Fico me sentindo uma completa idiota.

— É claro que somos amigas, Lia. — Passo o braço ao redor dos ombros dela e aperto-a discretamente.

Ela se enrijece um pouco a princípio, mas acaba relaxando e se rende ao abraço. Antigamente, eu era uma daquelas pessoas que nunca dispensava um abraço — até que meus pais morreram. Foi quando recebi tantos abraços que não queria de pessoas bem-intencionadas que não sabiam o que fazer, que recuar se tornou um ato de autopreservação.

Para Lia, eu volto à época anterior ao acidente, abraçando-a até que ela decide que é o bastante. Leva mais tempo do que achei que seria necessário, o que, na minha cabeça, só comprova a teoria de que é preciso segurar até que a outra pessoa se afaste, porque nunca se sabe o que ela está passando e se precisa desse conforto.

E, claro, meu celular decide *finalmente* vibrar bem no meio do abraço e eu preciso de todo o meu autocontrole para não o pegar. Mas amizades reais são importantes, além de serem raras. Assim, espero, sem me afastar até que Lia o faça.

Meu celular vibra mais três vezes, para e depois vibra mais uma. Lia revira os olhos, mas de um jeito gentil que indica que a tempestade já passou.

— Por que você não responde e acaba com o sofrimento de Jaxon? Ele provavelmente está morrendo de medo, achando que os metamorfos decidiram fazer churrasco de Grace para o almoço, apesar daquele aviso que ele deu.

Ela deve ter razão, porque outras duas mensagens chegam antes que eu possa pegar o aparelho. Lia simplesmente ri e balança a cabeça.

— Como os gigantes de outrora caem, não é?

Não vou mentir, meu coração para por um instante — ou cinco — quando a ouço dizer aquilo, mesmo que um pedaço de mim receie que isso não seja mais do que uma maneira de falar. Mesmo assim, é difícil não sorrir quando olho para a sequência de mensagens que ele me mandou.

Jaxon: Eu disse para não se preocupar.

Jaxon: Estou vivo para lutar de novo.

Jaxon: Ou, melhor dizendo, estou vivo para morder de novo...

Jaxon: Enfim, venha ao meu quarto hoje à noite, quando puder.

Jaxon: Quero te mostrar uma coisa.

O motivo da alegria, em parte, é porque ele entrou em contato comigo assim que terminou de conversar com o tio Finn.

E também porque me convidou para sair hoje à noite. Ou para fazer algo que é o mais parecido possível com "sair", considerando que estamos no meio do Alasca.

Eu: Desculpe, estava conversando com Lia.

Eu: Com certeza! Que horas?

Eu: Que bom que deu tudo certo.

Hesito por um segundo e em seguida mando a mensagem em que venho pensando desde que ele falou sobre viver para morder de novo. É a mesma coisa em que venho pensando desde que saí do quarto dele, há umas duas horas.

Eu: Gosto quando você me morde.

Fico um pouco corada quando mando aquela mensagem, mas não me arrependo. Porque é verdade e porque já me joguei em cima desse garoto. O que mais posso fazer a não ser levar as coisas até o fim?

E quando o meu celular vibra, imediatamente depois, quase sinto medo de olhar para a tela.

Medo de ter ido longe demais.

Medo de estar forçando a barra.

Jaxon: Que bom, porque eu curto o gosto que você tem.

É cafona, não é nem um pouco original e isso não tem a menor importância, porque é isso que me dá vontade de desmaiar. Para um garoto que tenta ser tão implacável, Jaxon não brinca em serviço. Afinal, que garota consegue resistir a uma mensagem como essa? Ou ao cara que a enviou, quando ele também é aquele que está disposto a lutar com lobos, dragões e qualquer um que tente atacá-la?

Não consigo, com certeza.

Lia, por outro lado, solta um ruído como se estivesse engasgando enquanto lê as mensagens por cima do meu ombro.

— Credo, Jaxon. Que coisa mais melosa, não?

— Eu gosto. — Ainda assim, desligo a tela do meu celular e o enfio de novo no meu bolso. Não é preciso que ela veja mais nada que Jaxon decida escrever para mim.

Sinto um formigamento só de pensar.

— Então... marcamos para outra noite? — pergunta Lia, abrindo a porta do estúdio de artes. — E fazemos as máscaras e os cosméticos amanhã? — Para mim, é uma ótima ideia. Mas, depois de tudo o que ela revelou, não consigo deixar de perguntar: — Tem certeza? Posso ir conversar com Jaxon depois da nossa noite de Luluzinhas.

— E eu vou ser a responsável por atrapalhar o caminho do verdadeiro amor? — Ela ri por entre os dentes. — Péssima ideia.

— Ah, também não é assim — digo a ela, mesmo sentindo que um pedaço de mim derrete com a descrição. — Nós vamos só... dar uma volta.

— Quer apostar? — pergunta Lia, bufando. — Porque o Jaxon Vega que conheço há um bom tempo não chega ao ponto de quase começar uma guerra por causa de uma garota com quem ele só quer "dar uma volta".

Capítulo 53

SE ESSE BEIJO VAI COMEÇAR UMA GUERRA, É MELHOR QUE VALHA A PENA

As palavras de Lia continuam ressoando nas minhas orelhas várias horas depois, enquanto estou tentando decidir o que vestir para ir ao quarto de Jaxon para o nosso... encontro. Logicamente, sei que ele não vai se importar, mas eu me importo. Nunca consegui me vestir bem de verdade desde que vim para Katmere e pelo menos, dessa vez, eu gostaria de chegar arrasando.

— Acho que você devia usar o vestido vermelho — diz Macy, sentada com as pernas cruzadas na minha cama, observando enquanto eu agonizo, tentando decidir que roupa usar. — Os homens adoram vermelho. E esse vestido é lindo, se quiser a minha opinião.

Ela tem razão. O vestido é maravilhoso, mas...

— Você não acha que é meio óbvio demais?

— O que há de errado em ser óbvio? — pergunta ela. — Você é louca por ele. E Jaxon com certeza sente algo bem intenso por você, caso contrário não teria quase arrancado a cabeça de Cole na sala de estudos hoje cedo. Não há nada de errado em mostrar que você se vestiu de um jeito especial para ele.

— Eu sei. É que... — Eu ergo o vestido vermelho que ela está me emprestando pela milionésima vez. — Isso aqui é um pouco demais.

— Não há tecido para ser tanto assim — diz Macy pelo canto da boca.

— Bem, é exatamente isso que eu estava dizendo.

O vestido vermelho é incrível, não há dúvida. E aposto que fica maravilhoso em Macy. Mas, com todos os seus cortes e ângulos geométricos e a absoluta falta de tecido perto de qualquer coisa importante, é algo que fica muito distante do meu estilo habitual. O que não chega a ser um problema, eu acho. Mas qualquer coisa que aconteça (ou não) com Jaxon hoje à noite, quero que aconteça quando eu pareço e me sinto como se fosse eu mesma.

— Acho que vou com esse amarelo — decido, pegando o vestido em questão. Ele ainda tem alças estreitas, mas o decote é um pouco mais alto do que o vermelho e provavelmente vai ficar abaixo do joelho quando eu o vestir. Diferente do vermelho, que chega no máximo até a metade das minhas coxas.

— É sério? Esse é o vestido de que eu menos gosto. — Macy se aproxima para pegá-lo, mas me afasto para que ela não me alcance. — Foi o meu *pai* que o escolheu para mim.

— Bom, mas gostei dele. E também por ele não gritar que eu quero ficar pelada com o mocinho.

— Olhe só quem está falando. A garota que fez um monte de safadezas no quarto dele hoje cedo.

— Não devia ter te contado! E a gente não chegou a tirar a roupa. Só demos uns beijos. — Tiro o meu uniforme e coloco o vestido. — A roupa é só para comunicar uma intenção.

— E que intenção é essa, exatamente? — Ela se levanta da cama e começa a puxar a saia do vestido para ajustar o caimento às curvas do meu corpo. — Ah, é mesmo. A sua intenção é dizer que você está louca para sentir o corpo sexy, sexy de Jaxon junto do seu.

— Achei que você não gostasse de Jaxon. — Eu a encaro com um olhar esnobe. — Não foi você que disse o quanto ele era perigoso e que eu devia ficar bem longe dele?

— E olhe como você me escutou. — Ela vai até a sua cômoda e começa a abrir e fechar todas as gavetinhas do porta-joias que deixa sobre ela. — Além disso, só porque ele me assusta não significa que eu não possa achá-lo sexy para você — diz ela com uma voz deliberadamente baixa e engraçada. — Sem falar naquela marca de mordida que ele deixou no seu pescoço. *Que tudo!*

"Tudo" descreve bem a situação. Toda vez que a vejo, me dá a impressão de que vou derreter.

— Tudo em Jaxon é lindo para mim — digo a Macy quando ela se aproxima com um par de brincos dourados.

— Tente não babar no vestido — responde, seca. — Saliva já saiu de moda há tempos.

Eu mostro a língua para ela, mas Macy simplesmente envesga os olhos para mim.

— Guarde isso para Jaxon.

— Meu Deus! Está tentando me matar de vergonha antes que eu chegue ao quarto dele?

— E por que está com vergonha? Você é louca por ele. Ele é louco por você. Quer minha opinião? Se jogue!

— Será que você pode me dar logo esses brincos para eu poder sair daqui? — pergunto, estendendo a mão.

— Fique quieta que eu os coloco em você. A presilha é meio complicada. — Macy se aproxima e coloca um dos brincos no meu furo na orelha. — Uau, você está tão cheirosa que dá vontade de comer... Ops! Digo, beber.

— Eu juro por Deus, Macy...

— Está bem, está bem, parei de zoar com a sua cara. — Ela dá a volta para colocar o outro brinco em mim. — Mas é bem divertido ver você ficar vermelha.

— Ah, suuuuuperdivertido — ironizo enquanto ela tenta prender o outro brinco.

Finalmente, a presilha se fecha e ela dá um passo para trás.

— Como consegue ficar tão imóvel? — pergunta ela enquanto endireita a saia do vestido. — Juro que achei que você era uma estátua. Parecia que nem estava respirando enquanto eu prendia o brinco.

— Eu estava com medo. Achava que a sua mão ia escorregar e que você iria rasgar a minha orelha. Ou enfiar o brinco no meu olho — gracejo.

Ela faz uma careta enquanto eu calço o único par de saltos que trouxe comigo. São da cor da minha pele e têm tiras, e por isso combinam com praticamente tudo. Inclusive, graças a Deus, com este vestido amarelo.

— E, então, como estou? — Giro no meio do quarto.

— Parece que vai precisar de outra transfusão de sangue quando a sua noite com Jaxon acabar.

— Macy! Pare com isso!

Ela apenas sorri enquanto eu vou até a porta.

— Falando sério, você está linda. Vai deixar Jaxon de queixo caído.

Desta vez, quando enrubesço, é pela empolgação.

— Você acha mesmo?

— Sei que vai ser assim. — Ela faz um gesto para que eu gire outra vez e eu faço o que ela pede. — Além disso, aposto dez dólares que esse vestido vai voltar para cá sem alguns botões.

— Está bem, agora chega! — Finjo que estou brava quando olho para ela, já perto da porta.

Mas Macy ri e envesga os olhos para mim, o que só me faz gargalhar com força. E também me acalma, o que sei que é bem a intenção dela.

É muito estranho. Antes de chegar aqui, eu não via Macy havia uns dez anos. Éramos praticamente estranhas. E agora eu não consigo imaginar voltar à minha vida antiga sem ela.

— Não precisa me esperar — digo enquanto saio pela porta.

— Aham. Como se eu fosse fazer isso — diz, bufando. — Ah, e, para a sua informação, quero saber de todos os detalhes. *Todos.* Então, é melhor você prestar atenção a tudo o que acontecer para me contar depois.

— Pode deixar — concordo, só para entrar na brincadeira. — Vou anotar tudo. Assim, não esqueço de nada.

— Você acha que está sendo engraçadinha, mas estou falando sério. Essas anotações ajudam muito.

Reviro os olhos.

— Tchau, Macy.

— Pare com isso, Grace! Não guarde todas essas experiências só para você.

— Por que não vai atrás de Cam? Assim você pode ter suas próprias experiências.

Ela pensa no assunto.

— Talvez. Quem sabe?

— Ótimo. E você pode usar o vestido vermelho quando for lá. Afinal, os rapazes adoram quando você age de um jeito óbvio.

Ela mostra o dedo médio e joga um travesseiro em mim e consigo me esquivar por pouco.

— Muita calma nessa hora! — brinco e, em seguida, saio pela porta antes que ela decida atirar algo que realmente possa me machucar. Ou, sei lá, lançar algum feitiço que faça todo o meu cabelo cair. Afinal de contas, corremos certos perigos quando se mora com uma bruxa.

Minhas palmas estão suando e o meu coração está batendo um pouco mais rápido do que deveria, enquanto vou para o quarto na torre. Talvez eu devesse ter ido até lá logo depois da aula, como eu queria, porque toda essa preparação — o cabelo, a maquiagem, a escolha do vestido — me deu mais tempo para pensar.

E mais tempo para ficar nervosa.

O que é ridículo. Jaxon já me viu despencar do alto de uma árvore e sangrar quase até morrer. Ele salvou a minha vida várias vezes desde que eu cheguei aqui. Já me viu em situações muito piores. Assim, por que de repente eu estou tão determinada a fazer com que ele me veja com a minha melhor produção? Ele não parece ser do tipo que se importa se eu alisar o cabelo e calçar sapatos de salto.

Digo tudo isso a mim mesma a caminho do quarto dele e chego até a acreditar. Mas as minhas mãos ainda estão tremendo quando bato na porta dele. Assim como os meus joelhos.

Jaxon abre a porta com um sorriso sexy que se transforma num vazio total no instante em que ele me vê. E *isso* definitivamente não é a reação que estava esperando depois de passar as últimas duas horas me arrumando.

— Cheguei muito cedo? — pergunto, com o desconforto me assolando de repente, da cabeça aos pés. — Se quiser, posso voltar mais tarde.

Paro de falar quando ele estende a mão para tocar meu pulso e me puxa gentilmente para dentro do quarto... e para os seus braços.

— Você está linda — murmura ele no meu ouvido enquanto me abraça com força. — Absolutamente incrível.

O nó de tensão no meu estômago se desfaz assim que ele me envolve. Assim que sinto o cheiro da fragrância sensual de laranja e água fresca. Assim que sinto a força e o poder do seu corpo junto e ao redor do meu.

— Você também está muito bonito — digo a ele. E é verdade, com aquele jeans rasgado e um blusão azul de casimira. — Acho que esta é a primeira vez que vejo você usando alguma cor que não seja preto.

— Ah, sim. Que fique só entre nós.

— Com certeza. — Deixo os braços ao redor da cintura dele enquanto sorrio. — Não quero acabar com essa sua reputação de malvadão.

Ele revira os olhos.

— Por que você tem essa obsessão pela minha reputação?

— Porque todo mundo parece achar que precisa me avisar para não chegar perto de você. Obviamente, nunca namorei ninguém como você antes.

Estou brincando, é claro, mas no instante que as palavras saem da minha boca, sinto vontade de engoli-las de volta. Afinal de contas, foi somente hoje pela manhã que ele falou sobre o quanto estava preocupado com a possiblidade de me machucar. Só porque esse medo me parece uma coisa ridícula, considerando que ele sempre agiu de maneira gentil comigo, não significa que ele não leve tudo isso muito, muito a sério.

E, como eu previa, Jaxon se afasta. Tento segurá-lo junto de mim, mas não há como detê-lo quando ele quer ir embora.

— Eu a machuquei uma vez, Grace — ele se pronuncia depois de um segundo, com os olhos e a voz totalmente sérios. — Não vai acontecer de novo.

— Em primeiro lugar, vamos ser bem claros. Não foi *você* que me machucou, mas sim um caco de vidro que saiu voando. E, em segundo lugar, sei que estou segura com você. Já te disse. Não estaria aqui se pensasse de outro jeito.

Ele me observa por um segundo, como se estivesse tentando decidir se estou dizendo a verdade. Provavelmente, deve achar que sim, porque, após algum tempo, ele faz um gesto afirmativo com a cabeça e estende as mãos na minha direção de novo. E desta vez, quando me puxa para perto, ele baixa a cabeça e encosta os lábios nos meus.

É diferente do beijo que trocamos hoje cedo. Mais suave, mais gentil. Mas o beijo alcança o que há dentro de mim do mesmo jeito. Me acende. Me vira do avesso com tudo o que sinto por ele e tudo o que espero que Jaxon vai se permitir sentir por mim.

Mas esta noite não é para desejar o que pode acontecer, é para celebrar o que é e assim eu guardo esse pensamento em algum lugar bem profundo e abraço Jaxon com toda a força que tenho. E tudo o que sou.

O beijo dura uma eternidade, o sussurro suave daquela boca junto da minha e mesmo assim ele se afasta cedo demais. Mesmo assim, ainda o seguro, com os dedos apertados em sua camisa, meu corpo se esticando junto ao dele enquanto tento desesperadamente segurá-lo junto de mim, só mais um pouco.

E quando finalmente me afasto, quando finalmente abro os olhos, o Jaxon que está olhando para mim não é aquele que estou acostumada a ver. Não há arrependimento naqueles olhos escuros, não há uma carranca em seu rosto. Em vez disso, ele parece mais leve, mais feliz do que jamais o vi antes.

É uma aparência muito mais agradável, algo que me tira o fôlego por uma quantidade enorme de razões. Fico imaginando se ele sente o mesmo por mim, porque, por vários segundos, nós não nos movemos. Ficamos simplesmente olhando um para o outro, fitando-nos fixamente, prendendo a respiração e com os dedos entrelaçados.

Há uma bolha de emoções dentro de mim que cresce a cada segundo que eu olho para ele. A cada segundo em que o toco. Já faz tanto tempo que eu não sinto isso, que preciso de alguns minutos para reconhecer que essa sensação é a felicidade.

Após algum tempo, ele se vira para o outro lado e a perda que sinto é uma dor que arde dentro de mim.

— O que você está fazendo? — pergunto, observando enquanto ele revira o armário.

— Por mais que eu adore esse vestido, você precisa de um blusão — responde ele, tirando uma blusa pesada e forrada de peles da The North Face... toda preta, é claro.

Ele coloca meus braços dentro das mangas e fecha o zíper. Cobre também a minha cabeça com o capuz. Em seguida, pega o cobertor vermelho que está nos pés da cama e diz:

— Vamos lá.

Ele estende a mão para mim e eu a seguro — e como não faria isso? Neste momento, não há nenhum lugar para onde eu não queira seguir esse garoto.

E isso acontece logo antes de ele abrir as cortinas que cobrem a janela e dou a minha primeira olhada para o que nos aguarda.

Capítulo 54

O QUE PODERIA SER MAIS INTERESSANTE DO QUE ME BEIJAR?

— Meu Deus do céu! — digo, quase correndo para junto da janela. — Meu Deus! Como você sabia?

— Você só falou dela, vejamos... umas três vezes — responde Jaxon, abrindo a janela e subindo no parapeito antes de estender a mão para mim.

Eu o sigo para fora, com os olhos colados no céu que se espalha diante de nós. Ele está iluminado como um arco-íris gigante. O fundo é um roxo intenso e inacreditável enquanto redemoinhos de azul-celeste, verde e vermelho dançam sobre ela.

— A aurora boreal — sussurro, tão fascinada por aquela beleza incomparável que praticamente não sinto o frio... ou Jaxon enrolando aquele cobertor superquente ao redor de mim.

— E, então, atendeu às suas expectativas? — pergunta ele, abraçando-me por trás de modo que eu esteja aconchegada no cobertor e também em seus braços.

— São melhores do que eu imaginava — digo a ele, um pouco espantada com a intensidade das cores e com a velocidade em que as luzes se movem. Antes, eu só tinha visto isso por fotos. Não sabia que elas se moviam assim.

— Isso não é nada — responde ele, puxando-me ainda mais para junto de si. — Ainda é cedo. Espere até as coisas ficarem ainda mais agitadas.

— Quer dizer que tem mais?

Ele ri.

— Muito mais. Quanto maior a velocidade dos ventos solares que chegam à atmosfera, mais rápido elas dançam.

— E as cores são por causa dos elementos, não é? Verde e vermelho são por causa do oxigênio e azul e roxo são o nitrogênio.

Ele parece impressionado.

— Você sabe muita coisa sobre a aurora.

— Sou apaixonada por ela desde criança. Meu pai pintou um mural no meu quarto quando eu tinha sete anos. E disse que me traria aqui para vê-las algum dia. — É impossível não pensar que ele não conseguiu cumprir a promessa. E todas as outras promessas que se perderam junto a ele.

Jaxon assente e me abraça com mais força. Em seguida, me vira para trás para que eu fique de frente para ele.

— Você confia em mim?

— É claro que confio. — A resposta é instintiva e vem daquela parte mais profunda e mais primitiva que existe em mim.

Ele sabe, também. Eu vejo na maneira em que seus olhos se abrem, sinto na maneira com que o seu coração subitamente começa a bater com força junto do meu.

— Você nem precisou pensar — sussurra ele, com os dedos acariciando o meu rosto com reverência.

— E o que há para se pensar? — Passo os braços ao redor do pescoço dele e o puxo para baixo para nos beijarmos. — Sei que vai cuidar de mim.

Ele fecha os olhos e apoia a testa junto da minha por alguns momentos antes de tomar minha boca na sua.

Jaxon me beija como se estivesse faminto por mim. Como se o seu mundo dependesse disso. Como se eu fosse a única coisa que importa.

Retribuo da mesma maneira, até que mal consigo respirar e as cores no fundo dos meus olhos brilham mais do que a aurora boreal. E começo a ter a sensação de estar voando.

— Talvez eu devesse ter perguntado se você tem medo de altura — murmura Jaxon depois de alguns minutos, com os lábios ainda encostados nos meus.

— Altura? Não, nem tanto — respondo, passando as mãos pelos cabelos de Jaxon e tentando fazer ele me beijar de novo.

— Que bom. — Ele move a minha mão até que ela esteja diante do meu pescoço, de modo que eu consiga segurar o cobertor ao redor de mim, segurando os dois cantos com uma mão. — Segure o cobertor bem firme.

E, em seguida, ele pega na minha mão esquerda e me faz girar rápida e bruscamente, do jeito que faziam naquelas antigas danças de salão.

Solto um gemido exasperado com aquele movimento rápido e abrupto — e o fato de que, com tudo isso, não consigo sentir o chão sob os meus pés. Segundos depois, solto um grito quando dou a minha primeira boa olhada para o céu desde que Jaxon começou a me beijar.

Não estamos mais no parapeito observando a aurora boreal. Em vez disso, estamos flutuando a pelo menos trinta metros do telhado do castelo e tenho a sensação de que estamos bem no meio das luzes no céu.

— O que você está fazendo? — pergunto quando finalmente consigo fazer com que as palavras passem pelo nó amedrontado que se formou na minha garganta. — Como consegue voar?

— Acho que *flutuar* seria uma descrição mais adequada para o que estamos fazendo — esclarece Jaxon com um sorriso.

— Voar, flutuar... Tem importância? — Seguro a mão dele com toda a minha força. — Não me deixe cair.

Ele ri.

— Eu sou telecinético, lembra? Você não vai cair.

— Ah, é mesmo. — Assimilo aquilo e a minha mão relaxa um pouco o aperto forte ao redor da de Jaxon. E, pela primeira vez desde que começamos a flutuar, realmente olho para o céu à nossa volta.

— Meu Deus — sussurro. — É a coisa mais incrível que já vi.

Jaxon simplesmente ri e me puxa para junto de si, desta vez encostando as minhas costas junto do seu peito para que eu possa ver tudo e senti-lo me envolvendo ao mesmo tempo.

E logo depois ele nos faz girar, sem parar, por entre as luzes da aurora.

É o melhor passeio da minha vida, melhor do que qualquer coisa que a Disneylândia pode oferecer. Eu rio durante todo o trajeto, adorando cada segundo.

Adorando a emoção de girar pelo céu com as luzes.

Adorando a sensação de dançar por entre as estrelas.

Adorando ainda mais poder fazer tudo isso envolta nos braços de Jaxon.

Ficamos ali em cima por horas, dançando, flutuando, girando durante o show de luzes mais espetacular no planeta. Eu até sei que estou sentindo frio, mesmo com esse casaco, com Jaxon ao meu redor e a aurora boreal estendida pelo céu ao meu redor — mas, no geral, mal sinto isso. Como poderia, quando a alegria de estar aqui, neste momento e junto de Jaxon, faz com que seja impossível me concentrar em qualquer outra coisa?

Após algum tempo, ele nos leva de volta ao parapeito. Sinto vontade de discutir, de implorar para ficarmos lá em cima só mais um pouco. Mas não sei como sua telecinese funciona, não sei quanta energia e poder foi necessário para nos fazer flutuar por todo esse tempo.

— E você pensava que vampiros só eram bons para morder coisas — murmura ele no meu ouvido, quando estamos novamente em terra firme.

— Nunca disse isso. — Viro-me de frente para ele e encosto a boca em seu pescoço, adorando o jeito que a respiração de Jaxon fica presa na garganta no momento em que meus lábios o tocam. — Inclusive, acho que você é bom para muitas coisas.

— Ah, é mesmo? — Ele me puxa para mais perto, dando beijos sobre os meus olhos, nas bochechas e nos lábios.

— Acho, sim. — Enfio as mãos nos bolsos de trás do jeans que ele está usando e adoro a reação que provoco quando ele estremece com o meu toque. — Mas não vou mentir, as mordidas são impressionantes.

Ergo a boca para outro beijo, mas ele se afasta antes que eu possa encostar os lábios nos dele. Começo a segui-lo, mas ele simplesmente sorri e passa o polegar no meu lábio inferior.

— Se eu começar a beijá-la agora, não vou querer parar.

— Por mim, isso não é problema nenhum — respondo enquanto tento juntar nossos corpos outra vez.

— Sei que não é — diz ele, sorrindo. — Mas tem uma coisa que quero fazer antes.

— E o que poderia ser mais interessante do que me beijar? — pergunto, em tom de brincadeira.

— Absolutamente nada. Mas espero que isso fique em segundo lugar. Feche os olhos. — Ele dá um beijo rápido nos meus lábios e se afasta.

— Por quê?

Ele solta um suspiro teatral e exagerado.

— Porque estou pedindo. É óbvio.

— Tudo bem. Mas é melhor você ainda estar aqui quando eu os abrir de novo.

— Você está no meu quarto. Para onde eu iria?

— Não sei, mas não quero arriscar. — Eu o encaro com os olhos estreitados. — Você tem o péssimo hábito de desaparecer sempre que as coisas começam a ficar... interessantes.

Ele sorri.

— Isso é porque geralmente eu começo a recear que, se ficar muito mais tempo, vou acabar mordendo você. Agora que sei que você não se importa, não vou ter que sair correndo com tanta pressa.

— Ou você podia simplesmente não correr. — Eu inclino a cabeça para o lado, num convite bem óbvio.

Os olhos de Jaxon passam daquela escuridão normal para um preto puro devido às pupilas dilatadas, e eu estremeço enquanto penso no que está por vir. Até que ele diz:

— Você não vai me tapear, Grace. Então, faça um favor para nós dois e feche os olhos.

— Está bem! — Faço um beicinho, mas atendo ao pedido. Afinal de contas, quanto mais rápido isso terminar, mais rápido vou poder voltar a beijá-lo. — Arrebente.

O riso de Jaxon é um sopro morno de ar junto da minha orelha.

— Não prefere que eu faça algo melhor do que isso?

— Com você, nunca sei o que esperar. — Espero impacientemente para que ele faça o que tanto quer. Começo a sentir o peito dele encostando nas minhas costas e os seus braços ladeando o meu corpo. — O quê...?

— Já pode abrir os olhos agora — diz ele.

Eu abro e quase desabo, chocada.

— Mas o quê...?

— Gostou? — pergunta ele, com a voz suave e um pouco incerta, de um jeito que jamais ouvi antes.

— É a coisa mais bonita que já vi. — Ergo a mão trêmula até o colar que ele está segurando a poucos centímetros de mim, toco o pingente *gigante* com as cores do arco-íris que está no meio da corrente de ouro. — O que é isso?

— É um topázio místico. Alguns joalheiros chamam de pedra da aurora boreal por causa da maneira como as cores se misturam.

— Faz sentido. — O corte da pedra é incrível. Cada faceta foi talhada para destacar o azul, o verde e o roxo no interior da pedra de modo que uma cor se mescle à outra enquanto se destaca. — É maravilhoso.

— Fico feliz que tenha gostado. — Ele baixa o colar até a pedra repousar um pouco abaixo das minhas clavículas e o prende ao redor do meu pescoço. Em seguida, ele dá um passo atrás para admirá-lo. — Ficou muito bom em você.

— Não posso aceitar isso, Jaxon. — Eu forço as palavras a saírem pela minha boca, mesmo que todos os meus instintos estejam gritando para que eu aceite o colar e nunca o deixe longe de mim. — Ele é...

Um presente enorme. E mal consigo imaginar quanto custou. Mais do que tudo que tenho, com certeza.

— Perfeito para você — diz ele, afastando o pingente com o nariz e dando um beijo na minha pele logo abaixo de onde a pedra estava.

— Para ser sincera, tenho certeza de que é perfeito para qualquer mulher. — Como se tivesse vontade própria, minha mão se ergue para segurar a pedra. Não quero ter que devolvê-la. — É muito bonita.

— Bem, então ela combina direitinho com você.

— Ah, meu Deus — exclamo, revirando os olhos. — Isso foi *escandalosamente* cafona.

— É verdade. — Ele concorda dando de ombros, como se eu tivesse acabado de dizer uma grande verdade. — E você é escandalosamente bonita.

Eu rio, mas, antes que consiga dizer qualquer outra coisa, ele está me beijando, beijando de verdade, e qualquer outra coisa que eu fosse dizer simplesmente se apaga da minha cabeça.

Eu me abro para ele, adorando o jeito que seus lábios se movem sobre os meus. Adorando ainda mais o jeito que a sua língua roça nos cantos da minha boca antes de ele deslizar uma presa pelos meus lábios.

Estremeço quando ele vai um pouco mais para baixo, passando os lábios pelo meu queixo e descendo pelo pescoço. Nunca senti nada desse jeito antes, nunca imaginei que *pudesse* sentir algo assim. É tão intenso, física e emocionalmente, que quase chega a ser esmagador — mas da melhor maneira possível.

— Você está com frio — diz ele, sem entender o calafrio que eu senti. — Vamos entrar.

Não quero entrar, não quero que essa noite mágica e mística termine. Mas, quando Jaxon se afasta, o frio me atinge e estremeço outra vez. E isso é tudo o que ele precisa para me erguer outra vez e praticamente me jogar pela janela.

Ele entra logo depois de mim e bate a janela para fechá-la. Estendo as mãos para ele, sentindo-me um pouco desolada agora que estamos de volta para este lugar, para o mundo real, em vez de dançarmos pelo céu. Mas estou percebendo que Jaxon age como se estivesse numa missão para não se deixar dissuadir, especialmente quando essa missão envolve algo que ele considera importante para a minha segurança ou conforto. Assim, eu fecho os dedos ao redor do pingente que nunca vou querer tirar do pescoço e espero que ele faça o que pretende.

Em poucos minutos, ele já colocou outro cobertor ao redor de mim e pegou uma xícara de chá para cada um de nós. Tomo um gole para deixá-lo contente e depois tomo mais um porque o chá é simplesmente muito bom.

— O que tem aqui? — pergunto, erguendo a xícara até o nariz para poder cheirar o líquido que está dentro. Percebo que há laranja e também canela, acompanhado de sálvia e uns dois outros aromas que não consigo identificar.

— É minha mistura favorita, feita por Lia. Ela a trouxe para mim hoje à tarde. Como uma oferenda de paz, se quiser chamar assim.

— Lia? — Não consigo esconder a surpresa na voz, considerando a conversa que ela e eu tivemos hoje pela manhã. Tomo outro gole. O sabor é diferente do chá que ela preparou para mim na semana passada. É mais pungente, mas ainda assim é muito bom.

— Pois é, eu sei. Quando abri a porta, ela era a última pessoa que pensei que encontraria do outro lado. — Ele dá de ombros. — Mas ela disse que conversou com você hoje de manhã e que não conseguiu parar de pensar em mim desde então. Não ficou aqui por muito tempo. Só trouxe o chá e me disse que estava disposta a tentar voltar à maneira como as coisas aconteciam antigamente, se eu também quisesse.

— E você quer? — pergunto, sentindo uma alegria selvagem dentro de mim com a ideia de que Jaxon pode encontrar um pouco daquilo que perdeu.

— Quero tentar — confessa ele. — Não sei como vai ser nem o que isso significa, mas vou tentar. E tudo isso é obra sua.

— Não fiz nada — digo. — Tudo isso é mérito de vocês dois.

— Acho que não.

— Mas eu acho que sim. Inclusive... — Paro de falar quando ele esvazia a xícara e a deixa de lado. Seus olhos estão brilhando como sempre acontece quando ele quer alguma coisa e meu estômago dá uma ligeira pirueta quando percebo que sou *eu* que ele quer.

Deixo na mesa a minha xícara de chá, que ainda está pela metade, e vou para junto de Jaxon. Dentro de mim, tudo o que tenho me impulsiona para ficar perto de tudo que há nele.

Ele me puxa para perto com um rosnado, encostando o rosto na curva entre o meu pescoço e o ombro e dando beijos longos e demorados na pele sensível. Eu estremeço um pouco e me aconchego junto dele, adorando o jeito que sua boca desliza pelo meu ombro, descendo pelo braço e indo até o cotovelo. E adorando também como a mão de Jaxon sobe e desce pelas minhas costas por cima do tecido fino do meu vestido.

Geralmente, quando estou com ele, estou também coberta por várias camadas de roupa: blusões, moletons com capuz, calças grossas forradas de lã. Mas, neste momento, consigo sentir o calor da sua palma por entre o tecido deste vestido. Consigo sentir a maciez da sua pele quando as pontas dos dedos passam sobre as minhas escápulas.

A sensação daquele toque é agradável. Tão agradável, inclusive, que apenas me encosto nele e deixo que me toque onde e como quiser.

Não sei quanto tempo ficamos ali, com ele me tocando, beijando e acariciando.

Tempo o bastante para que tudo o que há dentro de mim se transforme em cera derretida.

Tempo o bastante para fazer com que todas as células do meu corpo se incendeiem.

Tempo mais que suficiente para me apaixonar ainda mais por Jaxon Vega.

O cheiro dele é tão bom, o sabor é tão bom e o toque é tão bom que a única coisa em que consigo pensar é nele. A única coisa que quero é ele.

E quando ele desliza as presas sobre a pele delicada do meu pescoço, tudo o que há dentro de mim fica imóvel, antevendo o que vai acontecer.

— Posso? — murmura ele, com o hálito morno sobre a minha pele.

— Por favor — respondo, deixando o meu pescoço mais exposto para ele.

Jaxon desenha um círculo preguiçoso logo acima do meu coração com as presas.

— Tem certeza? — pergunta ele outra vez e aquela reticência, o cuidado que ele demonstra, só fazem com que eu o deseje ainda mais.

Só fazem com que eu queira *isso* muito mais.

— Sim — digo por entre um gemido, com as mãos se fechando ao redor da cintura dele para segurá-lo junto de mim. — Sim, sim, sim.

Deve ser a resposta que ele precisa ouvir, porque, segundos depois, ele ataca, enfiando as presas bem fundo em mim.

O mesmo prazer de antes passa por todo o meu corpo. Morno, lento e doce. Eu me entrego ao prazer, me entrego a Jaxon, porque sei que posso. Porque sei que ele nunca vai tomar demais do meu sangue.

Nunca vai fazer algo que possa me machucar.

Minhas mãos sobem pelas costas dele, deslizando até se enredarem na seda fresca dos seus cabelos, enquanto eu inclino a cabeça toda para trás para que ele possa ter todo o espaço de que precisa. Ele rosna um pouco com esse convite, mas então sinto suas presas afundarem ainda mais, sinto a pressão da sucção ficar mais forte, mais intensa.

Quanto mais ele suga, mais me entrego ao prazer e mais prazer quero dar a ele.

Mas, lentamente, o calor que sinto nos braços de Jaxon é substituído por um frio que vem dos meus ossos e parece me engolir por inteiro. Uma letargia crescente vem com ele, fazendo com que seja difícil pensar e ainda mais difícil me mover, respirar.

Por um momento, apenas por um momento, um fragmento de autopreservação reage. Faz com que eu chame o nome de Jaxon. Faz com que eu curve as minhas costas e tente me afastar, sem muita força, daquele abraço.

É nesse momento que ele rosna e sua pegada fica mais forte, mais determinada, enquanto ele me puxa com mais firmeza para junto de si. Suas presas afundam ainda mais e o momento de clareza se desfaz conforme ele suga o meu sangue com mais sofreguidão.

Perco toda a noção do tempo, toda a noção de mim mesma enquanto estremeço e o envolvo com o meu corpo. Enquanto entrego meu corpo a Jaxon e qualquer outra coisa que ele queira de mim.

Capítulo 55

NÃO ADIANTA CHORAR PELO
CHÁ DERRAMADO

Tudo acaba se apagando depois daquilo e não faço ideia de quanto tempo se passa até Jaxon me empurrar para longe. Eu bato na cama e caio sobre ela, onde fico deitada, estonteada, por vários segundos.

— Levante, Grace. Saia daqui agora!

Há uma selvageria em sua voz que atravessa a letargia, de certo modo. Uma urgência que faz com que eu abra os olhos e tente desesperadamente me concentrar nele.

Ele está em pé ao meu lado agora, com sangue escorrendo pelas presas e o rosto contorcido pela fúria. Está com os punhos fechados e um rosnado profundo e tenebroso lhe sai pela garganta.

Esse não é o meu Jaxon, eu ouço a voz dentro de mim praticamente gritar. Essa caricatura, existente em todos os filmes B de vampiros não é o cara que eu amo. É um monstro que está a ponto de perder todo e qualquer controle.

— Saia daqui — rosna ele outra vez, com os olhos escuros finalmente se fixando nos meus. Mas não são os olhos dele, definitivamente, e eu me encolho, tentando me afastar daquelas profundezas insondáveis e desalmadas que me encaram, mesmo que a voz dentro de mim ecoe as palavras dele. *Saia daqui, saia daqui, saia daqui!*

Tem algo muito errado com ele e, embora haja um pedaço de mim aterrorizado *por* ele, também há um pedaço bem maior que está aterrorizado *por causa dele*. E esse pedaço é aquele que definitivamente está no controle quando eu saio da cama, tomando cuidado para não fazer nenhum movimento brusco que ele possa interpretar como algo agressivo.

Jaxon me segue com os olhos e o rosnado fica pior quando começo a me aproximar da porta. Mas ele não se move, não faz qualquer tentativa de me impedir, apenas fica me observando com aqueles olhos agressivos e as presas reluzentes.

Corra, corra, corra! A voz dentro de mim está gritando agora e eu estou mais do que disposta a fazer o que ela diz.

Especialmente quando Jaxon diz por entre os dentes:

— Saia... daqui.

O medo e a urgência na voz dele me atinge e me leva a correr até a porta, mandando às favas o medo de que isso possa despertar o assassino que existe dentro dele ou não. Ele já está desperto e, se não fizer o que ele manda, não vou poder culpar ninguém além de mim mesma. Principalmente quando é óbvio que ele está fazendo tudo o que pode para me dar a chance de escapar.

Com isso em mente, corro até a porta a passos trôpegos, o mais rápido que as minhas pernas bambas conseguem me levar. Ela é pesada, então a seguro com as duas mãos e puxo com toda a força. Mas estou fraca pela perda de sangue e ela mal se mexe na primeira vez. Sinto Jaxon chegar mais perto, sinto que ele se ergue sobre mim enquanto tento desesperadamente encontrar a força para fazer a porta abrir.

— Por favor — imploro. — Por favor, por favor, por favor. — Neste momento já não sei se estou falando com Jaxon ou com a porta.

Ele também não deve saber, porque, de repente, sua mão está na maçaneta da porta, abrindo-a por completo.

— Vá — sibila ele pelo canto da boca.

Não preciso que me digam isso duas vezes. Passo de qualquer jeito pelo vão da porta e pela alcova de leitura, desesperada para conseguir chegar até a escada... e ficar tão longe dessa encarnação maligna de Jaxon quanto eu puder.

A alcova é pequena, há apenas uns poucos metros entre mim e a liberdade. Mas estou tão zonza neste momento que mal consigo ficar em pé, cambaleando a cada passo que dou.

Mesmo assim, estou determinada a chegar até a escada. Determinada a poupar Jaxon da dor de ter matado outra pessoa com quem se importa. Seja lá o que estiver acontecendo agora, não é culpa dele: por mais que eu esteja atarantada no momento, percebo que há alguma coisa muito, muito errada.

Mas não será possível convencê-lo de disso se alguma coisa acontecer comigo, nem de fazer com que ele acredite que isso — seja o que for — não é sua culpa. E assim me esforço, busco forças onde nem imagino que existam para poder me salvar... e, dessa forma, salvar Jaxon.

Uso cada grama de energia que tenho para chegar ao primeiro degrau, e consigo. *Desça pela escada se arrastando*, grita a voz dentro de mim. *Faça o que precisar.*

Eu me apoio na parede e me preparo para descer o primeiro degrau com a perna ainda trêmula. Mas esbarro em Lia antes que consiga dar esse primeiro passo.

— Parece que você não está se sentindo tão bem, não é, Grace? — pergunta ela com um tom cortante na voz que nunca ouvi antes. — O que aconteceu?

— Lia! Ah, graças a Deus! Ajude-o, por favor! Tem alguma coisa errada com Jaxon. Não sei o que é, mas ele está perdendo o controle. Ele...

Ela dá um tapa no meu rosto com tanta força que me faz bater na parede mais próxima.

— Você não tem a menor ideia do quanto eu estava com vontade de fazer isso — diz ela. — Agora, sente-se aí e cale a boca, ou vou deixar Jaxon acabar com você.

Fico olhando para ela, chocada. Meu cérebro ainda está zonzo tem dificuldade para assimilar essa nova reviravolta. É somente quando Jaxon sai correndo do quarto, rosnando, que um pouco de clareza começa a surgir, trazida pelo terror que toma conta de mim.

Tenho certeza de que Lia não é capaz de enfrentar Jaxon num dia comum, ninguém seria capaz. Mas, agora que há algo errado com ele, não tenho tanta certeza.

— Jaxon, pare! — grito, mas ele está ocupado demais colocando-se entre mim e Lia para prestar atenção.

— Saia de perto dela! — ordena Jaxon, conforme as coisas começam a voar das estantes ao nosso redor.

Lia apenas suspira.

— Sabia que devia ter feito um chá mais forte. Mas tive medo de que isso pudesse matar o seu animalzinho de estimação, e não podia deixar uma coisa dessa acontecer. Pelo menos não por enquanto.

Ela dá de ombros e em seguida anuncia, quase cantarolando:

— Nada com que se preocupar — diz ela logo antes de tirar um revólver do bolso e atirar bem no coração de Jaxon.

Capítulo 56

VAMPIRA DESVAIRADA

Eu grito e tento chegar até ele, mas a única coisa que consigo fazer é cair de joelhos. Estou fraca, zonza e enjoada... muito enjoada. A sala está girando e ondas de frio passam pelo meu corpo, enrijecendo os meus músculos e fazendo com que seja quase impossível respirar ou me mover.

E mesmo assim tento alcançar Jaxon. Estou chorando e gritando enquanto rastejo pelo chão, aterrorizada pela possibilidade de que Lia o tenha matado. Sei que não é fácil matar um vampiro, mas tenho quase certeza de que, se alguém souber como fazer isso, com certeza será outro vampiro.

— Meu Deus, será que dá para você parar de gritar? — Lia me chuta com tanta força na barriga que arranca o meu fôlego. — Não o matei, só o tranquilizei. Ele vai ficar bem em algumas horas. Você, por outro lado, não vai ter a mesma sorte se não parar com essa choradeira e gritaria irritantes.

Talvez ela espere que eu fique histérica de novo com essa ameaça, mas não chega a ser exatamente um choque. Mesmo dopada e sem conseguir pensar direito como estou agora, a minha mente ainda funciona bem, o bastante para se dar conta de que não vou sair viva dessa situação. O que já é alguma coisa, considerando que mal consigo lembrar do meu próprio nome no momento.

— Você devia ter tomado mais chá — ela me diz, com o asco evidente na voz. — Tudo seria mais fácil se você fizesse o que devia ter feito, Grace.

Ela está me olhando como se esperasse que eu fosse pedir desculpas, o que definitivamente não vai acontecer. Além disso, como seria isso? *Ops! Me desculpe por fazer com que você tenha mais dificuldade de me matar.*

Fala sério.

Lia continua falando, mas está ficando cada vez mais difícil compreender o que ela diz. Especialmente quando a sala está girando, quando a minha cabeça está tão transtornada e Jaxon é a única coisa em que consigo pensar.

Jaxon, girando comigo no meio da aurora boreal.

Jaxon, olhando para mim com aqueles olhos infernais.

Jaxon, dizendo para eu correr, tentando me proteger, mesmo totalmente dopado e sem saber direito o que estava fazendo.

É o bastante para fazer com que eu role pelo chão e tente me arrastar até onde ele está, mesmo que não tenha mais forças nem para erguer o corpo e ficar de joelhos.

— Jaxon — chamo, mas o nome dele sai tão arrastado que mal consigo entendê-lo. Mesmo assim, eu tento de novo. E de novo. Porque a voz dentro de mim está gritando que, se Jaxon souber que estou em perigo, ele vai mover céus e terra para chegar até mim. Mesmo se isso envolver acordar de um disparo tranquilizante.

Lia provavelmente também sabe disso, porque ela se aproxima de mim e diz por entre os dentes:

— Pare com isso.

O que só faz com que eu me esforce ainda mais.

— Jaxon — chamo de novo. Dessa vez, é pouco mais do que um sussurro, a minha voz vai sumindo conforme todo o restante também some.

— Não queria fazer isso do jeito mais difícil — diz Lia, empunhando o revólver com o tranquilizante e apontando-o para mim. — Quando acordar sentindo que uma manada de elefantes está passando pela sua cabeça, lembre-se de que foi você que escolheu isso.

E ela puxa o gatilho.

Capítulo 57

QUEM DOBRA A APOSTA, DOBRA
OS PROBLEMAS

Eu acordo tremendo. Estou com frio... tanto frio que meus dentes estão batendo e tudo — absolutamente *tudo* — dói. A minha cabeça dói mais do que tudo, mas o restante do meu corpo não fica muito atrás. Cada músculo do meu corpo parece que está sendo esticado em uma daquelas mesas medievais de tortura e meus ossos também doem por dentro. E o pior de tudo: mal consigo respirar.

Estou desperta o bastante para saber que alguma coisa está errada — muito errada, diga-se de passagem —, mas não a ponto de lembrar o que é. Tenho vontade de me mover, poder pelo menos puxar o cobertor da minha cama por cima de mim, mas a voz que fala dentro de mim voltou. E está me dizendo para ficar quieta. Mandando que eu não me mexa, não abra os olhos, nem mesmo que respire muito fundo.

O que não vai ser um problema, considerando que tenho a sensação de que há um peso de trinta quilos sobre o meu peito. É parecido com o que senti quando tinha quatorze anos e peguei pneumonia, mas um milhão de vezes pior.

Quero ignorar a voz, quero virar de lado, encontrar uma maneira de me aquecer de novo. Mas lampejos de memória começam a voltar e eles me assustam tanto que a única coisa que faço é ficar imóvel.

Jaxon, com um fogo infernal ardendo no olhar, gritando para que eu corresse.

Lia empunhando uma arma.

Jaxon tombando inconsciente.

Lia gritando comigo, dizendo que tudo aconteceu por minha culpa, logo antes de...

Ah, meu Deus! Ela atirou em Jaxon! Meu Deus, meu Deus, meu Deus...

O pânico me atinge e me trespassa, e meus olhos se abrem antes que eu consiga pensar melhor na situação. Tento erguer o corpo até estar sentada, determinada a chegar até Jaxon, mas não consigo me mover. Não consigo erguer o corpo. Não consigo fazer nada além de agitar os dedos das mãos e dos pés e mover um pouco a cabeça, embora ainda não me sinta suficientemente consciente para saber por quê.

Então, viro a cabeça e vejo meu braço direito esticado para o lado e amarrado em um anel de ferro. Uma rápida olhada para o outro lado mostra que o meu braço esquerdo está na mesma situação.

Não é preciso ser nenhum gênio para perceber que as minhas pernas também estão amarradas. E conforme a névoa que envolve a minha cabeça vai se dissipando, eu percebo que estou com os braços e pernas abertas sobre alguma espécie de mesa com tampo de pedra. E não estou vestindo nada além de uma camisola fina de algodão, o que, honestamente, só serve para deixar a situação ainda pior.

Ela me drogou, atirou em mim e me amarrou. Precisava me congelar também?

Conforme as minhas memórias vão voltando de uma vez, sinto a adrenalina correr pelo meu corpo. Tento reprimi-la, tento raciocinar em meio ao pânico que está tomando conta de mim. Mas, com o frio, as drogas e a adrenalina, pensar com clareza não é coisa muito fácil neste momento.

Mesmo assim, eu preciso descobrir o que aconteceu com Jaxon. Tenho que saber se ele está vivo ou se Lia o matou. Ela disse que não ia fazer isso, mas é difícil acreditar em qualquer coisa que ela diz, considerando o convite original da noite das Luluzinhas. E olhe só onde estou neste momento.

Só de pensar que algo aconteceu com Jaxon faz com que uma sensação enorme de vazio se forme dentro de mim. Faz o pânico se transformar em terror. Tenho que chegar até ele. Tenho que descobrir o que aconteceu. E tenho que *fazer* alguma coisa.

Pela primeira vez desde que vim para a Academia Katmere, desejo ter meus próprios poderes sobrenaturais. Em particular, o poder de arrebentar cordas. Ou de me teletransportar. Diabos, eu até aceitaria um pouco da telecinese de Jaxon neste momento — alguma coisa, qualquer coisa que pudesse me desamarrar dessa pedra horrível.

Balanço a cabeça um pouco, me esforçando para espantar a tontura. E tento descobrir como diabos eu vou fazer para me livrar dessas cordas antes que Lia volte do inferno que estiver visitando no momento, qualquer que seja.

Este lugar onde estou é escuro. Não é totalmente escuro, obviamente, porque consigo ver minhas mãos e os pés e um pouco mais além de onde estou deitada. Mas só isso. Vejo pouco mais de um metro além das minhas mãos e pés em todas as direções, mas, depois disso, está tudo bem escuro. Tudo *bem* escuro, de verdade.

O que não é tão pavoroso, considerando que estou no meio de uma escola cheia de criaturas assombrosas. Tenho muita sorte. Muita sorte mesmo.

Penso em gritar, mas o frio no ar me faz perceber que não estou mais dentro do prédio principal da escola. O que significa que provavelmente não há ninguém que possa me ouvir — com exceção de Lia, e eu definitivamente não quero atrair a sua atenção antes que ela resolva aparecer.

Assim, faço a única coisa que é possível nesta situação: tento forçar as cordas, puxando-as com toda a minha força. Sei que não vou conseguir arrebentá-las, mas cordas se esticam se você puxar por tempo o bastante e com força. Se conseguir afrouxá-las ao redor de um dos pulsos, mesmo que um pouco, posso libertar uma das mãos. E pelo menos vou ter uma chance de revidar.

Bem, talvez não exatamente uma chance de revidar. Talvez uma chance bem pequena. Mas, a essa altura, não estou para reclamações. Qualquer chance, por menor que seja, é melhor do que simplesmente ficar deitada aqui, esperando para morrer.

Ou que alguma coisa pior aconteça.

Não sei por quanto tempo eu puxo e repuxo as cordas, mas a sensação é de uma eternidade. Provavelmente é algo entre oito e dez minutos, mas, apavorada e sozinha no escuro, tenho a sensação de que é muito mais.

Tento me concentrar no que estou fazendo, tento focar toda a minha energia em escapar, nada além disso. Mas é difícil quando eu não sei onde Jaxon está, quando não sei o que aconteceu com ele ou mesmo se ainda está vivo. Por outro lado, se eu não sair daqui, jamais vou saber.

É esse pensamento que me faz puxar com mais força, contorcendo-me de um lado para outro com mais determinação do que nunca. Meus pulsos estão doendo agora — o que não chega a ser uma surpresa, já que a fricção das cordas os deixou quase em carne viva. Como não posso fazer nada em relação à dor, a ignoro e me contorço ainda mais rápido, mesmo enquanto me esforço para prestar atenção em algum barulho que indique que Lia está voltando.

Por enquanto não ouço nada além do barulho do atrito dos meus pulsos nas cordas, mas não sei quanto tempo isso vai durar.

Por favor, eu sussurro para o universo. *Por favor, me ajude. Por favor, eu só preciso conseguir soltar um braço. Por favor, por favor, por favor. Eu imploro. Por favor.*

Meus pedidos não são atendidos. Mas não esperava que fossem. Também não funcionou quando os meus pais morreram.

O ardor nos meus pulsos se transformou numa dor intensa e numa sensação úmida e escorregadia que receio, apavorada, ser sangue. Por outro lado, o fluido está tornando mais fácil eu girar o pulso agora, então talvez sangrar não seja a pior coisa que possa acontecer nesta situação. Especialmente se ajudar a me tirar daqui antes que um ou mais vampiros apareçam para acabar comigo de vez.

Pela primeira vez entendo — realmente entendo — por que um animal preso em uma armadilha rói a própria perna até conseguir escapar. Se eu achasse que isso me daria a chance de lutar e se conseguisse alcançar meu pulso, eu poderia pensar em fazer a mesma coisa. Especialmente porque todos esses puxões e torções que estou fazendo não parecem...

A minha mão esquerda escorrega, quase passando pela corda. Fico tão surpresa que quase solto um grito de alívio e estrago tudo. Sentindo-me meio paranoica em relação a deixar algum som escapar — embora eu não pense que isso seja realmente uma paranoia, considerando minha situação atual —, aperto o queixo para impedir que os sons de empolgação e dor ecoem por essa sala toda escura.

Ignorando a dor, ignorando o pânico, ignorando tudo além do fato de que estou tão perto de conseguir libertar uma das mãos, eu giro e puxo com cada grama de força que o meu corpo ainda tem, com tanta gana e por tanto tempo que é quase um choque quando a minha mão finalmente desliza pela corda e se liberta.

A dor é excruciante e consigo sentir o sangue escorrer pela minha mão, descendo pelos dedos e pela palma. Mas não dou importância, não agora, quando estou tão perto de encontrar uma maneira de me livrar disso. Viro o corpo e levo a mão livre até o outro pulso — o que não é a coisa mais fácil do mundo na posição em que estou. Com as pernas abertas e amarradas com tanta firmeza, eu só consigo girar o corpo um pouco, mas é o bastante para alcançar a outra mão.

O suficiente para ter pelo menos uma chance de me soltar completamente daqui.

Enfiando os dedos por entre as cordas e o pulso direito, começo a puxar com toda a força. Essas torções causam uma nova onda de dor, mas novamente eu procuro ignorá-la.

Tenho certeza de que qualquer dor que eu sinta agora não é nada se comparada ao que vou sentir quando Lia decidir... fazer aquilo que está planejando.

Finalmente, a corda no outro pulso desliza e consigo livrar a minha mão direita também. Por algum motivo, a esperança que vem com esse pequeno pedaço de liberdade faz meu pânico crescer ainda mais e preciso de toda a minha concentração para não gritar quando me sento na pedra e começo a mexer nas cordas que prendem os meus tornozelos.

Cada segundo parece durar uma eternidade enquanto aguço os ouvidos em uma tentativa desesperada de perceber se Lia está voltando. Não vou conseguir deitar de novo e fingir que nada aconteceu se ela aparecer. Todo esse sangue praticamente impede que isso aconteça.

Só de pensar nessa possibilidade já começo a redobrar meu esforço frenético, puxando e torcendo as cordas até que meus dedos e tornozelos estejam tão machucados e ensanguentados quanto os meus pulsos.

A corda ao redor do meu tornozelo direito finalmente cede um pouco. Não o bastante para o meu pé passar por ela, porém mais do que suficiente para fazer com que eu me concentre apenas nesse lado.

Passado mais um minuto e meio, acho, consigo soltar o pé direito, o que permite me concentrar no esquerdo, com tudo o que tenho. Até que um grito esganiçado corta o ar, fazendo cada pelo do meu corpo eriçar — especialmente quando o grito ecoa ao redor de mim.

É Lia, eu sei. Meu sangue gela e por um segundo não consigo me mover, não consigo pensar em meio ao terror. Mas a voz retorna, atravessando o medo e mandando eu ir *depressa, depressa, depressa*.

Começo a tentar rasgar a corda, sem me importar mais se machucar ainda mais a pele enquanto tento desesperadamente desatá-la. Enquanto tento desesperadamente escapar.

— Por favor, por favor, por favor — murmuro para o universo de novo. — Por favor.

Não faço ideia de onde estou, não faço ideia se vou conseguir me soltar, mesmo que consiga sair deste lugar sem morrer congelada quando passar pela porta. A simples ideia de ficar presa aqui faz o pânico que está borbulhando sob a superfície mostrar sua cara feia outra vez.

Um problema de cada vez, digo a mim mesma. Livre-se dessas amarras e depois você se preocupa com o que ainda vai acontecer. Para enfrentar todo o restante, não importa o quanto seja terrível. Não pode ser tão ruim quanto estar amarrada a uma mesa de pedra, como uma espécie de sacrifício humano.

Sinto a respiração ficar presa na garganta quando penso naquilo, o choro ganhando força dentro de mim. Mas eu empurro as lágrimas de volta para o seu devido lugar. Vou ter tempo para chorar mais tarde.

Vou ter tempo para fazer várias coisas mais tarde.

Por ora, preciso sair deste altar, ou seja lá o que diabos for isto. Preciso escapar e preciso descobrir o que está acontecendo com Jaxon. Todo o restante pode esperar.

A corda cede — obrigada, obrigada, obrigada! — e consigo passar o pé por ela sem sacrificar muitas camadas de pele.

No momento em que estou livre, eu salto do alto da mesa... e quase me arrebento no chão. Agora que estou em pé, percebo o quanto ainda estou zonza.

Achei que a adrenalina fosse ajudar a queimar os narcóticos que ainda tenho no corpo, mas deve ter sido uma dose bem forte. Ou então eu não devia estar deitada naquela mesa há tanto tempo quanto pensava... Mesmo assim, respiro fundo e me concentro. Tento driblar a tontura para conseguir enxergar e reconhecer onde eu estou... e como fazer para dar o fora daqui antes que Lia, aquela maluca desvairada, volte para cá.

Outro grito rasga o ar e fico paralisada — e em seguida, começo a correr. Nem sei para onde estou correndo, mas imagino que, se eu acompanhar as paredes, cedo ou tarde vou chegar a uma porta. E, se tiver sorte, vai ser mais "cedo" do que "tarde".

Mas mal consigo dar um passo antes que um rugido siga aquele grito. Este barulho é grave, poderoso e completamente animalesco. Por um segundo, somente um segundo, tenho a impressão de que pode ser Jaxon, e uma nova onda de terror passa por mim.

Mas logo a lógica volta a tomar conta da minha cabeça. Já ouvi Jaxon fazer muitos sons diferentes, mas nunca assim. Nunca como um animal sem nenhuma qualidade humana.

Ouço mais um rugido, seguido pelo som de alguma coisa que se choca contra uma parede. Outro grito, alguns grunhidos, alguma coisa se quebrando e algo que bate na parede outra vez.

Lia obviamente está no meio de uma briga e eu deveria aproveitar a oportunidade para encontrar uma saída e correr como se não houvesse amanhã. Mas... e se eu estiver errada? E se a pessoa que estiver fazendo esses grunhidos e rugidos for Jaxon? E se ele estiver tão zonzo quanto eu e não conseguir lutar contra ela? E se...?

Corro em direção à parede através da qual consigo ouvir as coisas batendo. É uma atitude idiota — a mais idiota de todas —, mas preciso saber se é Jaxon. Tenho que saber se ele está bem ou se ela está fazendo com ele aquilo que planejava fazer comigo.

Meus joelhos esbarram em alguma coisa enquanto tento chegar até o outro lado do que estou começando a perceber ser um salão enorme. A coisa em que esbarrei tomba no chão e eu sinto um líquido se espalhar nos meus pés e na longa camisola de algodão que Lia me fez vestir por algum motivo.

É uma sensação úmida e pegajosa. A água passa pelos dedos dos meus pés e encharca o meu vestido, mas o ignoro enquanto começo a correr outra vez, o mais rápido que consigo. Para ser sincera, não corro tão rápido, considerando o narcótico que ela me deu e também os meus pés úmidos e machucados, mas procuro me esforçar. Pelo menos até o que parecem ser mil velas se acenderem ao meu redor, todas de uma vez.

Conforme as chamas iluminam a sala, fico imóvel. E desejo, com todas as minhas forças, estar de volta ao escuro.

Capítulo 58

NUNCA SE JOGUE NOS BRAÇOS DE
ALGUÉM QUE PODE VOAR

Pelo menos agora sei exatamente onde estou. Nos túneis. Não naquela parte onde já estive, mas em uma das salas laterais para onde eles levam, uma sala que eu não tinha visto antes. Mesmo assim, sei que esse é o lugar aonde Lia me trouxe. A arquitetura — para não mencionar os candelabros e archotes de osso — tem uma estética difícil de esquecer.

É uma pena que os suportes para velas feitos com ossos humanos sejam a coisa menos pavorosa neste lugar. Não se pode afirmar o mesmo dos mais de vinte vasos de vidro de quase um metro de altura cheios de sangue ao redor do que só pode ser descrito como um altar no centro da sala. E no centro dele há um tampo de pedra com cordas ensanguentadas.

Pelo jeito, não é algo que estava tão longe de ser verdade quando zombei da possibilidade de ser um sacrifício humano. Fantástico.

Uma rápida olhada para as minhas pernas revela por que aquela "água" que eu senti escorrer pelos dedos dos meus pés me causava uma sensação tão pegajosa antes. Porque não era água. Era sangue.

Eu estou coberta com o sangue de alguém.

É engraçado como isso me apavora mais do que qualquer coisa nesse lugar infernal. Mas é exatamente o que acontece. Consigo sufocar o grito que luta para sair pela minha garganta, mas por pouco. Tão pouco que não consigo impedir um choramingar discreto de fazer o mesmo.

E isso acontece antes de virar para o outro lado e avistar um enorme dragão verde voando diretamente na minha direção, com as asas batendo rapidamente e com as garras em riste.

Não vou mentir. Isso me causou pânico. Tipo, totalmente, absolutamente, um pânico do caralho, capaz de provocar desespero, gritos histéricos. Eu me agacho, tento me encolher o máximo que consigo enquanto corro para a porta, mas sei que é tarde demais mesmo antes que um jato de chamas passe bem perto de mim, explodindo na parede de pedra à minha direita.

Dou um salto para trás, tento me virar, mas isso é tudo o que o dragão precisa para chegar até onde estou. Garras se fecham ao redor dos meus braços, espetando os meus bíceps, enquanto ele me ergue do chão e começa a voar novamente pela sala.

Eu me debato contra aquela pegada, tentando fazer com que ele me solte antes de ganhar muita altura. Mas aquelas garras não estão mais somente espetando a minha pele. Começam a perfurá-la. Solto um gemido abafado quando essa nova dor me domina, mas o dragão consegue o que quer — paro de me debater, amedrontada com a possibilidade de que ele vá me rasgar no meio se eu tentar qualquer coisa.

Ao mesmo tempo, fico apavorada demais para não fazer nada, pensando que esse dragão vai me matar. Assim, seguro nas patas dele para fazer com que aquelas garras se abram e me soltem. Sei que vou cair, mas, nesse momento, é o melhor plano que consigo conceber. Especialmente considerando que a voz que vem me dizendo o que fazer há vários dias agora está súbita e inconvenientemente ausente.

Infelizmente, a pressão dos meus dedos só serve para fazer com que o dragão me aperte ainda mais com a sua pata, e, por um segundo, tudo escurece. Respiro fundo algumas vezes, concentro-me em afastar a dor. E começo a me perguntar como diabos eu consegui ser sequestrada por uma vampira e *também* por um dragão na *mesma* noite.

San Diego nunca pareceu estar tão longe.

De repente, o dragão começa a voar mais baixo, tão baixo que os meus pés quase conseguem tocar o chão. Estamos indo direto para as enormes portas duplas do outro lado do salão e parece que eu estava correndo na direção errada agora há pouco. E isso não seria um problema se não fosse pelo fato de que estão fechadas e as... mãos? Patas? Garras? Ou seja lá o que for do dragão estão ocupadas me segurando.

Eu me encolho e me preparo para o impacto e para aquilo que tenho certeza de que vai ser a minha morte. Mas, um segundo antes de trombarmos com elas, as portas se abrem e nós passamos por elas... e por cima de Lia, que está furiosa e gritando.

O dragão não para, apenas estende as asas e começa a voar ainda mais rápido, avançando pelo longo corredor que, imagino eu, vai nos levar até aquela sala central com o enorme candelabro de ossos.

Lia está logo abaixo, correndo e acompanhando a nossa trajetória, sendo rápida o bastante para não ficar para trás. E, neste momento, estou quase perdendo completamente a sanidade. Porque estar presa entre um dragão e uma vampira atualiza totalmente as definições de estar entre "a cruz e a espada", e isso nunca acaba bem para a pessoa que está no meio.

Além disso, já estou ficando enjoada de ser levada de um lado para outro por criaturas sobrenaturais. Claro, quero acreditar que este dragão — que pode ser Flint ou algum outro cara com quem estudo — está tentando me salvar, mas as garras que estão rasgando os músculos dos meus braços contam uma história diferente.

A essa altura, tenho certeza de que a melhor das hipóteses envolve escolher entre morrer pelas garras de um dragão ou pelas presas de uma vampira. O problema é que não faço a menor ideia de qual das duas opções seria menos dolorosa. E será que isso realmente importa, considerando que vou morrer no final, de qualquer maneira?

Estamos voando rápido demais e, assim, chegamos à sala central em segundos. O problema? Estamos voando bem na direção daquele enorme candelabro de osso com suas centenas de velas acesas e o dragão não dá nenhum sinal de que vai diminuir a velocidade. Bem, não há com que se preocupar. Ele é um dragão e, pelo que imagino, deve ser imune ao fogo. Mas isso não é válido para mim nem para a minha camisola de algodão.

De repente, morrer pela mordida de uma vampira não me parece tão ruim. Não quando a alternativa é ser queimada viva em um altar.

Mas, no último segundo, o dragão encolhe os braços para junto do corpo, comigo ainda presa em suas garras e mergulha sob o candelabro. O objetivo, obviamente, é passar por ele enquanto continua voando alto e o mais rápido possível. Mas a queda na altitude é exatamente o que Lia esperava, porque agora ela salta do chão e segura na cauda do dragão.

O dragão ruge e tenta jogá-la para longe, mas ela segura com força. Segundos depois, ela está com os braços completamente ao redor da cauda e está nos fazendo bater no chão com toda a sua força.

O que, só para constar, é uma força enorme. Especialmente considerando que o dragão não me solta enquanto caímos.

Nós batemos no chão com um impacto enorme. Pelo lado bom, o dragão me solta após o impacto e, pela primeira vez em vários minutos, não há garras de dragão perfurando os meus braços. O lado ruim é que caio no chão e bato o ombro, e agora estou vendo estrelas daquele tipo que não é dos melhores.

Além disso, mal consigo mexer o braço esquerdo. Um problema que só fica maior pelo fato de eu estar sangrando pelos pulsos, tornozelos, pelos dedos e agora também pelos braços, onde o dragão estava me segurando. Ah, e estou sendo perseguida por uma vampira maluca que está querendo me matar em algum tipo de ritual.

E eu pensava que o Alasca seria um lugar enfadonho.

Rosnados e gritos ecoam atrás de mim e eu consigo ficar de joelhos, tentando ignorar a dor no meu ombro que está... luxado? Quebrado? Deslocado? Mas me viro a tempo de ver Lia e o dragão lutando num combate encarniçado com todas as suas forças.

O dragão ataca com uma garra e rasga a bochecha de Lia antes de ela saltar para longe. Segundos depois, ela revida, pulando nas costas da criatura e puxando sua asa para trás, fazendo-o gritar com agonia, mesmo enquanto gira e se contorce, soltando uma baforada de fogo diretamente contra ela.

Lia se esquiva, mas fica um pouco chamuscada — o que só serve para deixá-la ainda mais irritada. Ela se prende às costas do dragão e, com um soco, atravessa a outra asa da criatura, abrindo um buraco.

O dragão grita outra vez e em seguida começa a se transformar em um borrão que passa por todas as cores do arco-íris. Quando o borrão de cor se desfaz, ele recobra as formas de uma pessoa — e não é qualquer pessoa; é Flint. E está sangrando. Não tanto quanto eu, mas o soco que lhe atravessou a asa obviamente o machucou bastante se a maneira com que ele curva o corpo enquanto tenta se levantar é um indício do que aconteceu.

Ele está vestido com uma versão rasgada das roupas que usava antes e agora tem vários outros cortes e hematomas pelo corpo. Lia parece estar machucada depois da queda, também, mas avança sobre Flint com um grito tão primitivo que faz calafrios correrem por cada uma das minhas terminações nervosas. Flint avança também, com os músculos dos braços bem salientes enquanto tenta manter as presas dela longe dele. Quando consegue segurá-la, é a sua vez de derrubá-la com força. Em seguida, ele a segura pela cabeça e começa a batê-la sem parar no chão de pedra.

Ela está lutando contra ele, esperneando, rosnando e fazendo tudo o que pode para se livrar dele. Mas Flint segura firme enquanto grunhe alguma coisa indecifrável para ela. Enquanto os dois estão ocupados se esbofeteando, eu aproveito para me afastar deles o máximo que posso e o mais rápido que consigo também.

Vou andando a passos trôpegos, ignorando a dor e o fato de que o meu ombro machucado torna impossível fazer qualquer coisa além de andar com o corpo encurvado para a esquerda. Mas uma fuga é uma fuga, mesmo neste mundo, e não posso ficar aqui olhando enquanto Flint e Lia tentam se matar, nem por mais um segundo.

Com um ouvido atento à luta atrás de mim, começo a correr (ou mancar) pelo pórtico, procurando pelo túnel que vai me levar de volta ao prédio principal da escola. O túnel que vai me levar de volta à Katmere.

Consigo passar pelo centro da sala até o túnel que fica logo ao lado da entrada oposta àquele em que Lia e Flint estão lutando. Mas quando começo a correr por ele, fico sem saber se devo gritar para pedir ajuda ou tentar passar despercebida por mais algum tempo. E, quando digo "mais algum tempo", espero que seja tempo suficiente para conseguir passar pelo túnel e chegar à escola, onde o tio Finn com certeza vai poder dar um fim a essa loucura. Antes que o mundo inteiro exploda.

Mas nem sequer consigo chegar à entrada do túnel que acho que vai me levar até o castelo. Flint me alcança antes. Ele me agarra pelos cabelos e bate o meu rosto na parede mais próxima.

— Flint, pare. Por favor. — É o que consigo dizer por entre a dor que me rasga ao meio, por conta do meu ombro machucado.

— Gostaria de poder fazer isso, Grace. — Ele fala com um tom sombrio, derrotado. — Achei que pudesse tirá-la daqui. Mas Lia não vai deixar. E não posso deixar que eles a usem para o que eles querem fazer.

— Me usar para quê? Não sei do que você está falando.

— Durante todo esse tempo, Lia sempre teve um plano. Foi por isso que ela a trouxe para cá.

— Ela não me trouxe para cá, Flint. Meus pais morreram...

— Você ainda não entendeu? Ela matou os seus pais para que você tivesse que vir para cá. Nós soubemos disso assim que você apareceu e os lobos chegaram perto o bastante para cheirar você. Tínhamos certeza de que conseguiríamos terminar com isso bem antes de chegarmos até aqui, mas acabar com você e com Lia é uma coisa. Acabar com Jaxon, quando percebemos que ele estava envolvido no plano, é algo completamente diferente.

Eu hesito. As palavras dele me acertam com toda a força de uma máquina de demolição enquanto tento entendê-las.

— Do que você... meus pais... Jaxon... como é que... — Paro e respiro fundo. Tento respirar por entre a dor, a confusão e o horror que aquelas palavras causam em mim.

— Olhe, não tenho tempo para te contar tudo o que está acontecendo. E nada iria mudar, se pudesse. Quero salvar você, Grace. Quero mesmo. Mas não podemos deixar Lia fazer isso. Vai ser o fim do mundo. Você tem que morrer. É a única maneira de impedirmos que isso aconteça.

Ele ergue o braço e fecha a mão ao redor do meu pescoço.

E em seguida, começa a apertar.

Capítulo 59

CARPE MORTEM

— Pare! — Consigo dizer com bastante dificuldade, arranhando freneticamente a sua mão com as pontas dos dedos ensanguentadas. — Flint, por favor. Você não pode fazer isso.

Mas Flint não está me escutando. Ele simplesmente fica me encarando com um olhar amargurado e cheio de lágrimas enquanto aperta cada vez mais forte.

Já estou tomada pelo pânico a essa altura, apavorada, pensando que ele realmente vai fazer o que disse. Que vai me matar... e pior, ele vai fazer isso antes que eu saiba a verdade sobre o que aconteceu com os meus pais.

— Flint, pare! — Tento falar mais, tento implorar que ele me explique o que aconteceu, mas a pressão na minha garganta é forte demais. Não consigo mais falar, não consigo respirar, não consigo nem pensar conforme o mundo começa a escurecer ao meu redor.

— Me desculpe, Grace — ele fala com a voz torturada, devastada, mas o aperto dos seus dedos ao redor da minha garganta não afrouxa. — Queria que não tivesse que ser assim. Nunca quis machucar você. Nunca quis...

Ele solta um grito e, de repente, a pressão no meu pescoço desaparece. Seus dedos se abrem e se afastam da minha pele num ângulo muito estranho.

Eu arfo, tento encher os pulmões famintos pela garganta maltratada. Dói e muito, mas a dor não importa agora. Nada importa a não ser a capacidade de respirar de novo.

Quando finalmente tenho oxigênio dentro de mim para conseguir pensar com alguma clareza, eu olho ao redor para tentar encontrar Lia. Eu a avisto jogada no chão, no mesmo lugar onde Flint estava batendo a sua cabeça contra o piso com toda a força do dragão dentro dele.

Convencida de que ela não é mais uma ameaça — pelo menos por enquanto —, volto a me concentrar em Flint, que está de joelhos diante de mim. Uma das mãos segura a outra; seu rosto é uma máscara de agonia e por um segundo — somente um segundo — chego a sentir pena dele. O que é bizarro, considerando que há alguns momentos ele estava usando esses mesmos dedos para me estrangular.

Afasto a pena que estou sentido e recuo um passo, deslizando junto da parede da maneira mais discreta que consigo. Não sei o que está acontecendo, não sei qual das muitas forças sobrenaturais que nos cercam é responsável pelo sofrimento de Flint, mas até que faço uma boa ideia. E, se eu estiver certa, as coisas estão prestes a ficar bem mais complicadas. Se eu estiver certa, Flint está prestes a sofrer uma terrível...

Jaxon entra na sala como um míssil em busca de um dragão, concentrado totalmente em Flint enquanto atravessa o lugar em uma velocidade inimaginável. Seus olhos, brilhando e lívidos, cheios de violência, cruzam com os meus por um segundo antes de passar por cada centímetro do meu corpo, como se estivesse catalogando os ferimentos. Momentos depois, ele está sobre Flint, pegando-o pelos cabelos e arremessando-o contra a parede do outro lado da sala.

Flint bate com as costas na parede, com força suficiente para fazê-la tremer. Em seguida, Jaxon está sobre ele, com os rosnados de fúria enchendo a sala e ecoando pelo teto. Há um pedaço de mim que quer correr até ele, que quer implorar para que ele me abrace e cuide de mim depois de resolver suas diferenças com Flint. Mas há outro pedaço que não consegue esquecer as palavras de Flint. Que não consegue esquecer a maneira casual como ele disse que Jaxon fazia parte do plano louco de Lia.

Não faz sentido algum. Se Jaxon fazia parte do plano, por que ela lhe deu aquele chá para dopá-lo? E por que ela o acertou com aquela arma de tranquilizante?

Não, Flint tem que estar errado, digo a mim mesma enquanto os soluços que me recuso a deixar escapar ameaçam arrebentar o meu peito. Jaxon não me machucaria de propósito e definitivamente não teria nenhum envolvimento com a morte dos meus pais. Ele não faria isso. Ele não seria capaz, não depois de tudo o que aconteceu com Hudson.

Do meio do nada, Flint ruge uma resposta a um dos rosnados de Jaxon e começa a revidar. A reação de Jaxon é jogá-lo novamente contra outra parede, desta vez fazendo-o bater de cabeça.

Qualquer pessoa estaria morta depois do impacto que Flint sofre, mas dragões obviamente têm uma estrutura bem diferente da dos humanos — mesmo quando estão em sua forma humana, porque Flint se recupera da pancada e vira-se para enfrentar Jaxon mais uma vez.

Mas, quando ele ergue os braços para lutar, suas mãos não são mais humanas. Em vez disso, transformaram-se em patas de dragão e Flint ataca, desferindo um soco diretamente no coração de Jaxon.

Um grito estrangulado escapa de dentro de mim e tapo a boca com a mão ensanguentada, desesperada para não chamar a atenção, mesmo enquanto Jaxon evita o golpe. Em seguida, ele estende a mão, tentando envolver os dedos ao redor da garganta de Flint do mesmo jeito que Flint fez comigo agora há pouco. Mas, antes que Jaxon consiga firmar a pegada, Flint começa a se transformar.

Leva alguns segundos e Jaxon tenta impedir — ou, pelo menos, é isso que acho que ele está fazendo quando enfia a mão no brilho mágico e colorido que surge sempre que Flint muda de forma. Mas sua mão passa pela luz e ele não consegue segurar nada enquanto nós dois esperamos para ver qual versão monstruosa de Flint essa nova forma pode trazer à história.

Nossa resposta vem quando ele aparece em sua forma de dragão. Alto, majestoso e tingido de um verde-esmeralda faiscante, todo o seu poder, toda a sua força, determinação e o seu *fogo* estão concentrados em Jaxon.

Que nem se abala. Ele simplesmente firma os pés e encara um maldito dragão como se fosse uma lagartixa, esperando por um ataque, uma abertura ou sabe-se lá o quê.

Mas Flint, aparentemente, é tão paciente quanto Jaxon, mesmo na sua forma de dragão, e os dois ficam dando voltas ao redor da sala por vários segundos.

Jaxon parece ter se acalmado. Seus olhos já voltaram quase totalmente ao normal e seu rosto está totalmente vazio, indecifrável. O que não deixa de ser algo bom, porque...

De repente, o túnel inteiro treme como se tivesse sido atingido por um terremoto de oito graus na escala Richter. Bem, pelo jeito as coisas não estão tão calmas assim, penso enquanto meus joelhos, que já não estão tão firmes, cedem e caio com força no chão. Fico esperando que o tremor pare, esperando que Jaxon consiga recuperar o controle sobre si mesmo, mas isso parece não estar em seus planos, já que as paredes começam a desmoronar e alguns ossos começam a cair do candelabro gigante no centro da sala.

Flint dispara um jato de fogo direto contra Jaxon, que ergue a mão e desvia as labaredas para a parede mais próxima. Aquela manobra parece enfurecer Flint, que dispara outra baforada de fogo. Essa segunda rajada é tão quente que consigo senti-la do outro lado da sala. E não para por aí: a baforada de fogo é ininterrupta e prossegue mesmo enquanto Jaxon continua a bloqueá-la.

O lado bom é que o chão para de tremer conforme Jaxon concentra cada grama do seu poder em não se deixar incinerar, enquanto Flint concentra cada grama do seu poder em persistir com a incineração. A princípio, tenho a impressão de que finalmente chegamos a um impasse: Flint disparando fogo e Jaxon se defendendo das chamas. Mas, conforme os segundos vão passando, percebo que Jaxon está fazendo mais do que apenas bloquear as chamas; ele as está desviando para jogá-las de volta contra Flint, usando a sua telecinese bem devagar.

Um pedaço de mim quer ficar aqui para ver o que acontece, para ter certeza de que Jaxon vai ficar bem quando isso terminar. Mas a voz dentro de mim finalmente voltou e está me mandando correr, fugir, deixar Flint e Jaxon à própria sorte e me salvar.

Em qualquer outra ocasião, eu ignoraria a voz e ficaria aqui, caso pudesse encontrar uma maneira de ajudar Jaxon. Mas as palavras de Flint continuam ecoando na minha cabeça — sobre o fato de que Jaxon faz parte do plano de Lia, sobre Lia ser responsável pela morte dos meus pais e sobre não poder deixar que o plano deles se concretize.

Ainda não sei se o que ele disse é verdade ou não, mas se for... se for, não vou poder contar com Jaxon nem com ninguém mais para me ajudar. Tenho que escapar. E tenho que fazer isso sozinha.

Com esse pensamento, começo a ir na direção do túnel de saída. Digo a mim mesma para me levantar e correr até lá, mas estou fraca e zonza demais para fazer qualquer outra coisa além de rastejar. Assim, é isso que faço. Vou rastejando na direção do túnel. Cada movimento é uma agonia para o meu ombro dolorido e para as mãos que estão doloridas e com os pulsos em carne viva.

Por sorte, Jaxon e Flint estão ocupados demais em sua batalha para me dar atenção e perceber o meu progresso lento, mas bastante furtivo. Estou esperando que as coisas continuem assim quando finalmente chego até a abertura do túnel.

Só mais um pouco, digo a mim mesma quando consigo passar.

Só mais um pouco, repito como um mantra enquanto me encosto na parede por um segundo para deixar que a dor se dissipe.

Só mais um pouco, digo mais uma vez quando me levanto com certo esforço do chão.

Espero mais um segundo para avaliar como estou — estômago embrulhado, joelhos trêmulos, corpo dolorido — e em seguida digo "dane-se", e começo a avançar pelo túnel o mais rápido que os meus tornozelos surrados conseguem me levar.

Só consigo percorrer uns seis ou sete metros quando alguma coisa me acerta por trás, me derrubando outra vez. A agonia parece me rasgar em duas quando sinto o ombro bater no chão, e, por um segundo, tenho a impressão de que vou desmaiar.

Mas, segundos depois, a dor desaparece e, quando tento me afastar do que me acertou, percebo que meu ombro não dói mais. Ou, pelo menos, não está mais berrando de dor como estava há alguns minutos. Provavelmente devo tê-lo encaixado de volta no lugar quando o bati no chão com a queda. Ou, mais especificamente, quando fui empurrada para o chão.

A adrenalina começa a correr pelo meu corpo quando penso naquilo e eu começo a imaginar se foi Jaxon que me encontrou. Ou se foi Flint. Quero que seja Jaxon, mesmo com tudo o que Flint disse sobre ele estar mancomunado com Lia. Mas a brutalidade do empurrão me diz que não é, assim como o pontapé que me acerta na lateral do corpo.

Estou em pânico agora, apavorada com a possibilidade de que Jaxon esteja ferido... ou pior. E se Flint estivesse mentindo? E se Jaxon não for parte do plano maluco de Lia e eu simplesmente o deixei sozinho lá embaixo?

Viro para o outro lado, com as mãos erguidas numa tentativa patética de me defender contra o que tenho certeza de que é um dragão cuspidor de fogo. E percebo que estou olhando nos olhos ensandecidos de Lia. Olhos que só ficam ainda mais insanos quando ela pergunta:

— Você está *mesmo* achando que vai sair daqui, não é?

Capítulo 60

ALGUNS DIZEM QUE É PARANOIA, MAS EU DIGO QUE É UMA MEGERA TENTANDO ME USAR COMO SACRIFÍCIO HUMANO

— Não se atreva a dizer uma palavra — continua Lia enquanto me segura pelos cabelos e começa a me arrastar de volta para o túnel. A dor (excruciante, esmagadora, *enlouquecedora*) explode dentro de mim e levo as mãos à cabeça, tentando desesperadamente aliviar um pouco a agonia lancinante de ser levada de um lugar para outro pelos cabelos.

Não funciona e por um segundo a dor é tão forte que não consigo nem pensar. Mas não é preciso ser nenhum gênio para perceber que Lia está me arrastando para a minha morte. Se eu deixar que ela me leve de volta para aquela sala com o sangue e o altar, vou morrer — e da forma mais dolorosa e sanguinária possível, tenho certeza.

Assim, mando para o inferno aquele aviso de ficar quieta. Engolindo uma enorme golfada de ar, dou o grito mais alto e mais histérico que consigo, ao mesmo tempo que enfio minhas unhas nas mãos dela com força suficiente para arrancar sangue.

Lia solta um palavrão e bate a minha cabeça na parede à qual ela está me arrastando. Isso me deixa zonza, o que é péssimo para um cérebro que já não está funcionando bem, mas não me faz calar a boca. Juro para mim mesma que nada vai ser capaz de fazer isso enquanto grito sem parar, mesmo enquanto tento soltar os meus cabelos daquela pegada cruel.

Mas Lia não se dá por vencida, porque desta vez ela se vira e acerta um chute bem no meu rosto. Não o bastante para fraturar a minha mandíbula, mas mais do que o bastante para agitar a minha cabeça — o que faz com que eu acabe me calando, apesar da promessa que fiz a mim mesma enquanto tudo ao meu redor começa a escurecer.

— Ah, não, nada disso, sua vaca — sibila Lia para mim. E desta vez, quando ela me a certa, é com um tapão estalado na bochecha. — Você *não vai* dormir de novo. A única razão para estarmos nessa situação é porque preciso que você esteja acordada.

Esse é o melhor incentivo que eu poderia ter para desmaiar outra vez. Mas, infelizmente, essa não parece ser uma das opções, já que a dor de ser arrastada pelos cabelos definitivamente está me mantendo acordada. Só espero que, se sobreviver a isso — ou mesmo se não sobreviver —, eu não esteja completamente careca no final.

Já estamos na metade do túnel agora e Lia para. No começo, imagino que seja para tomar fôlego — embora, em meio ao grande plano da sua força vampírica, tenho quase certeza de que não estou exigindo muito esforço dela. Mas, com suas roupas normalmente impecáveis agora esfarrapadas e os cabelos ensanguentados grudados no rosto, ela não está com uma aparência tão boa. O que significa que talvez ela esteja mais machucada e exausta do que eu pensava.

Essa ideia me dá um pouco de esperança e começo a me debater outra vez, mas ela certamente já tem alguma coisa planejada, porque não parou aqui para descansar. Em vez disso, ela segura meu cabelo com mais força até que paro de me mexer e em seguida coloca a outra mão em uma das pedras que estão no meio da parede e empurra com vontade.

A parede range e se move e, após algum tempo, uma parte inteira se abre, revelando uma passagem *supersecreta* neste labirinto que já é cheio de passagens secretas.

Ela é estreita e escura e não há nada no mundo que eu quero menos neste momento do que estar nesse corredor abafado e embolorado com Lia. Mas quando ela me puxa até que eu fique em pé, com a mão ainda firme nos meus cabelos, eu percebo que não tenho muita escolha. Especialmente quando ela me empurra para dentro da abertura e me força a seguir por essa nova passagem.

Depois de apenas alguns passos, a porta secreta se fecha atrás de nós. Quando ela bate, eu tenho um momento esmagador de angústia ao perceber que tudo acabou. Esgotei todas as minhas opções e agora vou morrer aqui, neste labirinto insano de túneis, vítima de uma vampira que está completamente maluca. E não há nada que eu possa fazer.

A realidade da minha situação me atinge com força, e, por um momento, me leva para um lugar muito além do desespero e além da esperança. Porque, a menos que alguma coisa mude bem rápido, tudo o que posso fazer é rezar para que aquilo que ainda está por vir termine logo. Bem, isso e também para ter certeza de que não vou dar a Lia a satisfação de me ver desabar, não importa o que ela faça comigo.

Tenho a sensação de que isso vai ser impossível, mas ainda assim vou tentar. Afinal de contas, se eu vim até o Alasca para morrer, quero que seja do meu jeito e não do jeito dela.

E assim, mesmo quando a exaustão começa a tomar conta, continuo colocando um pé na frente do outro. Continuo a me aproximar cada vez mais do local da minha própria morte. E, a cada passo, o desespero que existe dentro de mim se transforma em raiva e a raiva se transforma em fúria. Ela enche o vazio, enche a dor, até que tudo que resta é um fogo que arde dentro do meu estômago. Uma chama tão quente que não quer nada mais do que justiça.

Para mim e principalmente para os meus pais.

Estou aqui no Alasca porque Lia queria que eu estivesse aqui.

Meus pais morreram porque Lia decidiu que eles precisavam morrer.

Ela brincou de ser Deus com a vida de muitas pessoas para conseguir sair impune. Sou uma humana fraca, exausta, arrebentada, mas tenho certeza disso. Assim como sei que ela não pode continuar com essa loucura que planejou. E tudo isso significa que vou ter que fazer alguma coisa para levá-la comigo quando eu morrer.

Eu só queria saber como fazer isso.

Meu cérebro cria e descarta uma dúzia de planos malucos enquanto caminhamos durante o que parece ser uma eternidade. Após algum tempo, entretanto, devemos estar nos aproximando do lugar onde precisamos chegar, porque Lia me dá uma sacudida para me fazer parar. Ela encosta a mão na parede que, um segundo depois, se abre da mesma forma que aconteceu como na primeira passagem. Parece estranho pensar que provavelmente só faz uma hora que acordei amarrada com os braços e pernas abertas naquela plataforma fria de pedra.

Por outro lado, parece ainda pior pensar que, depois de toda a dor e frustração que passei nessa última hora, estou prestes a ser amarrada de novo naquele lugar.

PQP. E Lia que vá para lá, também.

— Anda logo! — rosna ela, me empurrando por entre centenas de velas acesas até o altar que se ergue no meio da sala. — Já está quase na hora.

— Quase na hora de quê? — pergunto, imaginando que fazê-la falar pode me dar tempo para pensar em alguma coisa. Ou dar tempo para que Jaxon e Flint me encontrem... embora eu não tenha certeza do quanto cada um deles vai poder me ajudar nesta situação.

A resposta de Flint para a insanidade de Lia é me matar antes que essa vampira consiga fazer qualquer loucura que tenha planejado, enquanto

Jaxon talvez seja parte do plano insano que ela criou. Não são exatamente os melhores heróis, mas minha mãe costumava dizer que, se a vida nos der limões, temos que fazer uma limonada. E, neste momento, penso até mesmo em me jogar no chão e implorar para não me tornar o primeiro sacrifício humano da Academia Katmere.

— As estrelas vão se alinhar às doze e dezessete.

Não faço a menor ideia do que ela está dizendo, mas conforme Lia e eu chegamos mais perto do altar, sei que tenho muito pouco tempo para fazer alguma coisa que possa interromper essa loucura. Porque, se ela conseguir me amarrar de novo, vai ser *game over*.

Sem nenhuma outra ideia e nenhuma alternativa, faço meus joelhos cederem.

— Ande! — grita ela, mas a ignoro enquanto deixo a cabeça pender e o corpo inteiro ficar flácido. Em seguida, usando cada grama de força de vontade que ainda tenho, fecho os olhos e aposto que ela não vai querer me matar agora. E caio no chão, sufocando a dor enorme no meu couro cabeludo enquanto arranco o que tenho certeza de ser um punhado de cabelo no processo.

Lia dá um grito frustrado quando me larga.

O som reflete no teto e ecoa pelo salão em um aviso macabro, fazendo com que tudo o que existe dentro de mim me mande correr, rastejar, abrir o máximo de distância possível entre ela e eu. Até a voz dentro de mim grita para que eu me levante e comece a andar.

Mas, mesmo se eu estivesse nas minhas melhores condições, Lia ainda é dez vezes mais rápida do que eu. Deixá-la para trás não é uma opção, mesmo que eu não estivesse restrita a me mover apenas rastejando.

Assim, em vez de correr, me finjo de morta. Nada de correr, nada de me mover, nem mesmo respirar quando ela me manda levantar, aos gritos. Quando percebe que gritar não funciona, ela tenta estapear meu rosto. E quando isso também não funciona, ela me pega nos braços, me coloca por cima do ombro e começa a andar a passos trôpegos até o altar com a minha cabeça pendendo na altura das suas costas.

Só isso já me diz que ela está num estado pior do que aparenta. Flint provavelmente causou um estrago maior do que eu imaginava. Ponto para ele.

Meu ombro machucado dói bastante nessa posição, mas tento ignorar a dor enquanto me permito abrir os olhos por um segundo.

Tudo parece exatamente como estava quando fugi deste lugar, incluindo o vaso de sangue que ainda está caído. Lia passa ao redor dos recipientes de vidro e por um púlpito de pedra que tem um livro aberto na parte superior. Tenho bem pouco tempo para me perguntar se é o mesmo livro que ela estava lendo na biblioteca no dia em que nos conhecemos, antes de precisar fechar os olhos outra vez e me fingir de morta — ou, pelo menos, fingir que estou inconsciente —, enquanto ela me joga no altar.

Esta é a melhor — e única — chance que eu vou ter de me soltar. Assim, espero até que ela fique de costas para mim e comece a tentar desatar o nó em um dos anéis de ferro que prendiam as cordas. Eu a agarro pelos cabelos e uso o peso do meu corpo para empurrá-la para frente e bater sua cabeça na beirada do altar com toda a força que consigo reunir.

Lia grita como se fosse um animal ferido.

E como ela não revida imediatamente, puxo a sua cabeça de volta e a arrebento contra a pedra outra vez, com mais força ainda. Em seguida, recuo o mais rápido que o meu corpo surrado e maltratado consegue me levar.

Não chego muito longe antes que ela se vire contra mim com um grunhido digno de um felino predador em algum documentário do *Animal Planet*. Mas isso não me detém, só faz com que eu me esforce ainda mais, apesar da dor. E desta vez não estou correndo para a porta; em vez disso, vou direto na direção do púlpito e do livro que Lia deixou ali em cima.

Ela leva alguns instantes para se dar conta do que estou tentando fazer, mas quando isso acontece, solta um grito que não é como nada que eu já ouvi antes. E logo salta para vir atrás de mim, passando pelo altar com um único passo e chegando bem ao lado do púlpito. Mas é tarde demais.

Eu já estou lá.

Pego o livro e rasgo as páginas que ela deixou à mostra — além de mais duas ou três de cada lado, só para garantir. E quase choro de alívio quando Lia fica completamente ensandecida.

Ela grita e avança sobre mim, mas uso as últimas gotas de força do meu corpo para pular para trás enquanto rasgo as folhas ao meio.

Lia já está em cima de mim em segundos, com garras e dentes me rasgando em um esforço desesperado para colocar as mãos no que tenho certeza ser algum feitiço antigo.

— Me dê isso! — grita enquanto arranha os meus bíceps. — Me dê, agora!

Seguro os papéis com firmeza, mesmo enquanto o sangue começa a escorrer pelos meus braços. E faço a única coisa que posso para manter os papéis longe do alcance dela. Faço com que nós duas rolemos por cima da borda do altar até cairmos no chão de pedra, alguns metros mais abaixo.

Nós batemos no chão com um baque surdo. Lia mal parece perceber a queda, mas estou quase convencida de que esse pouso forçado deslocou o meu ombro de novo... e talvez tenha até quebrado a minha coluna. Mesmo assim, ainda tenho uma chance de estragar os planos dela — qualquer que seja, além de me matar da maneira mais dolorosa possível. Assim, eu ignoro a dor e estendo a mão na direção de uma das centenas de velas que estão queimando ao nosso redor.

E enfio o feitiço bem no meio do fogo.

Capítulo 61

PAUS E PEDRAS PODEM ARREBENTAR OS
SEUS OSSOS, MAS VAMPIROS VÃO MATÁ-LA

O papel seco e antigo se incendeia imediatamente, e o som que Lia faz quando observamos o papel queimar é diferente de tudo o que já ouvi antes. Enlouquecido, desesperado, inumano... é algo que me faz gelar até os ossos.

E também revela o que eu já imaginava que fosse acontecer. O pouco tempo que tinha agora está completamente esgotado. E não há nada mais que eu possa fazer a respeito.

Lia avança para pegar os restos do papel, apesar das chamas que devoram o material. Sua pele queima com o contato, mas já é tarde demais. Qualquer coisa que fosse útil já desapareceu.

Ela se vira de frente para mim, rosnando.

— Vou adorar arrancar a carne dos seus ossos.

— Não tenho dúvida disso.

A voz dentro de mim quer que eu me levante e corra, mas não me resta mais nada. Estou machucada, exausta e sem poder correr para junto dos meus pais, para junto de Jaxon. Não consigo entender por que estou lutando com tanta energia, de qualquer maneira. Estraguei os planos dela, impedi que ela concretizasse o plano para cuja efetivação matou meus pais.

Vai ter que bastar.

Em poucos segundos, ela já está sobre mim. Espero o tiro de misericórdia, espero que novas ondas de agonia passem por mim. Mas, em vez de me estraçalhar como eu espero que aconteça, ela me pega nos braços e me joga de novo sobre o altar.

— Você acha que preciso daquele livro? — pergunta ela, arrastando-me para o meio do tampo de pedra. — Passei meses me preparando para isso. Meses! — grita ela, enquanto arranca uma longa tira de algodão da minha camisola. — Conheço cada palavra, cada sílaba que estava naquela página.

Ela se debruça sobre mim e agarra o meu braço esquerdo. É a minha vez de gritar quando ela o puxa por cima da minha cabeça.

Lia simplesmente ri, enquanto me prende ao anel de metal ao qual eu estava amarrada antes.

— Hora da retribuição, sua vaca.

Ela puxa e rasga outra tira da camisola e, embora eu esperneie, nós duas sabemos que isso não vai adiantar. Ela nem se incomoda em me estapear de novo; apenas apoia o peso sobre mim para poder amarrar o meu braço direito também.

— Passei meses procurando por você — diz ela enquanto fica em pé. — E depois, quando a encontrei, passei semanas planejando o acidente dos seus pais e plantando as sementes com Finn que a trariam para cá. Depois, mais algumas semanas garantindo que Jaxon estava pronto para você. E agora acha que pode estragar tudo queimando um feitiço? Você não sabe de nada. — Ela cambaleia de novo até perto do púlpito e pega o livro do lugar onde ele caiu. — Você não sabe de *nada!* — Ela grita de novo, brandindo o livro como se fosse uma arma. — Esta é a minha única chance, a *única chance* de trazê-lo de volta. E você acha que vou deixar que estrague *tudo?* Você? Você é patética, miserável, uma maldita...

— Humana? — interrompo, enquanto a minha mente funciona em alta velocidade, tentando compreender o que ela está sugerindo. Trazer *quem* de volta? *Hudson?*

— É isso que você pensa que é? Uma humana? — Ela ri. — Meu Deus, você é ainda mais patética do que eu pensava. Você acha que eu faria tudo isso só para colocar as mãos em uma *humana?* Bastava uma viagem até a cidade e eu podia ter apanhado uns cem deles, sem nem despentear o cabelo.

Não faço ideia do que Lia está falando, ou mesmo se está me contando a verdade. E mesmo assim aquelas palavras me atingem como um raio. Despertam algo dentro de mim que não consigo reconhecer, mas que, de algum modo, me parece estranhamente familiar. Será que sou uma bruxa, mesmo depois daquilo que o tio Finn disse? Será que essa é a origem da voz que ouço toda hora dentro de mim?

E se for, o que devo fazer? Há mais de cem bruxas só nesta escola. O que me torna tão especial? O fato de ela achar que sou a consorte de Jaxon? Ou alguma outra coisa? Algo mais insidioso?

Não tenho tempo de ficar pensando em todas essas coisas, especialmente se ela estava falando sério sobre o feitiço. E não enquanto o relógio está cada vez mais próximo de marcar doze e dezessete.

— É sério que você está querendo trazer Hudson de volta? — pergunto. E mesmo sabendo que Lia é louca e está planejando me matar, ainda há um pedaço bem pequeno de mim que sente pena dela... ou que talvez sentisse, se ela também não fosse responsável pelo assassinato dos meus pais.

O fato de a morte de Hudson ter causado isso a ela, tê-la deixado tão perdida e arrasada a ponto de criar esse plano ridículo e mirabolante para trazê-lo de volta... é patético e, ao mesmo tempo, digno de pena.

Mas, mesmo assim, Lia não pode trazer Hudson de volta. Não se um décimo do que Jaxon me disse sobre ele for verdade — e sei que era. Não me surpreende que Flint e os outros metamorfos estivessem dispostos a fazer tudo o que fosse necessário para deter Lia, até mesmo me matar. Mas era loucura pensar que Jaxon fizesse parte disso. Ele nunca tentaria trazer o seu irmão de volta. De jeito nenhum.

Saber disso faz com que eu me sinta horrível por ter duvidado dele.

— Você não pode fazer isso, Lia.

— Eu *vou* fazer. Eu *vou* trazer Hudson de volta — retruca ela. — E *você* vai me ajudar.

— É impossível, Lia. Você pode matar tantas pessoas quanto quiser, achar tantos feitiços quanto achar que é necessário. Mas não pode trazer o garoto que você ama de volta da morte. Não é assim que as coisas funcionam.

— Não me diga o que posso ou não posso fazer — retruca ela por entre os dentes, mesmo enquanto pega o celular e o segura diante dos meus olhos para que eu possa ver as horas. — Daqui a cinco minutos você vai saber a verdade. Todo mundo vai saber.

Realmente espero que isso não seja verdade. Eu li *Frankenstein* no ano passado e não consigo imaginar a abominação que ela vai trazer de volta da morte se esse plano funcionar.

Mas, antes que eu consiga dizer qualquer coisa, as portas grandes que dão acesso à sala começam a balançar com as engrenagens. Segundos depois, toda a parede treme, mas as pedras ficam onde estão. E as portas também.

— Ele está chegando — diz Lia, arrastando-se até a beirada do altar e esforçando-se para ficar em pé.

— Quem? Hudson? — pergunto, sentindo calafrios de horror correrem pela minha coluna quando penso que um vampiro ressuscitado está prestes a derrubar aquelas portas... para fazer o que em seguida? Se alimentar de mim por causa do que Lia pensa que eu sou?

— Jaxon — responde ela. — Ele está ali há algum tempo, tentando encontrar uma maneira de chegar até você.

Jaxon. Jaxon está ali. Pela primeira vez desde que acordei amarrada a este maldito altar, tenho a sensação de que pode haver uma chance de impedir que Lia prossiga com o seu plano. E de salvar a minha vida.

— Como você sabe? — A pergunta me escapa antes que eu saiba que vou fazê-la.

— Porque posso senti-lo. Ele está desesperado para chegar até você. Mas nenhum vampiro pode entrar em uma sala se não for convidado, nem mesmo o vampiro mais poderoso em toda a existência. Se ele quiser entrar aqui, vai ter que usar mais poderes do que sabe que tem. — Ela ri e desta vez não há como esconder a loucura. — Espero que ele esteja sofrendo. Espero que ele saiba o que está acontecendo com você aqui dentro. Ele deve estar morrendo por dentro, sabendo que não pode chegar até você. Estou só esperando que você sirva ao seu propósito para finalmente morrer. E aí ele vai saber o quanto é excruciante a dor de perder sua consorte.

E parece que, mesmo no meio de tudo isso, eu ainda consigo ficar chocada.

— Você está errada, Lia. Não sou... não sou a consorte de Jaxon. Nem sei direito o que isso quer dizer, mas tenho certeza de que, se fosse assim, Jaxon ou Macy já teriam me contado.

— É muito fofo ver que você acredita nisso. Mas não interessa o que você pensa. O que interessa agora é que isso é verdade. E que *ele* acredita nisso. — Ela dá de ombros. — E, além de tudo, ele também acredita que pode atravessar milhares de anos de proteções e quebrar essas portas para chegar até você. É incrível como ele mesmo se engana. — Ela dá de ombros de novo. — E quem se importa? Desde que ele sofra quando você morrer, não estou nem aí para o que ele acredita.

E logo em seguida a porta estremece de novo com a pressão causada pelos poderes de Jaxon.

— Jaxon! — grito o nome dele, desesperada para que me ouça.

O tremor das portas para por um segundo.

— Grace! Aguente mais um pouco! Estou quase conseguindo entrar! — A porta estremece tanto que as pedras ao redor começam a desmoronar.

— Entre! Eu o convido a entrar! Por favor! Entre, entre, entre! — grito as palavras alto o bastante para ele ouvir.

Lia simplesmente ri.

— Esta sala não é sua, Grace. Você não tem o direito de fazer convites. Desculpe-me por decepcioná-la.

O alarme do celular de Lia toca antes que eu consiga responder e de repente ela deixa toda a ironia de lado.

— Chegou a hora. — Erguendo os braços sobre a cabeça, ela começa a entoar um cântico, com a voz baixa, compassada e forte, muito forte.

Ela não vacila nem em uma vírgula e também não tropeça nas palavras, mesmo que o feitiço escrito já tenha desaparecido há muito tempo. Parece que ela não estava mentindo quando disse que vinha praticando há meses. O que significa que de fato me joguei desse altar e caí no chão por nada.

Meu ombro não gosta nem um pouco de saber disso.

Afinal, logicamente, sei que isso não vai funcionar. Não há nada que ela possa fazer para trazer Hudson de volta da morte. A vida simplesmente não funciona assim. Pode apostar, tenho experiência no assunto.

Mas não vou mentir: quando sinto uma brisa vinda de lugar nenhum soprar pelo meu corpo, agitando os meus cabelos e passando pela minha pele, isso me gela até os ossos. Assim como a eletricidade súbita que passa pelo ar logo em seguida.

Cada pelo do meu corpo se eriça. Combinado com os cânticos estranhos de Lia que só estão ficando ainda mais esquisitos, isso é mais do que o bastante para fazer com que eu chame por Jaxon como se os cães do inferno estivessem vindo para cima de nós.

Ele grita em resposta, um som primitivo que vem de algum lugar muito profundo dentro dele e que faz com que eu tente puxar as amarras ao redor dos meus pulsos com toda a minha força. Dói, e dói *muito*, mas a dor não importa. Nada importa agora além de conseguir deter Lia e chegar até Jaxon.

Durante todo esse tempo, a parede inteira estremece com o poder de Jaxon. Estou de costas para a porta, mas consigo ouvir as pedras raspando umas nas outras e se soltando, além do estrondo quando elas caem no chão. Ele está perto agora, muito perto, e eu me esforço para tentar chegar mais perto dele e me afastar da loucura de Lia.

Não consigo acreditar que deixei Flint me convencer, não consigo acreditar que pensei, mesmo que só por um segundo, que Lia e Jaxon estavam agindo juntos. E definitivamente não consigo acreditar que fugi do único garoto que já amei na vida. Jaxon nunca se envolveria com qualquer coisa assim. Especialmente se essa coisa estivesse querendo me machucar. Agora, tenho certeza disso.

Além disso, como pude esquecer o quanto Lia odeia Jaxon? Não há a menor possibilidade de que ela o tenha trazido para o seu *Projeto Lazarus* pessoal.

Sou uma idiota mesmo. E vou morrer por causa disso.

Os cânticos de Lia vão ficando mais altos, ecoando pela sala cavernosa enquanto ela pega uma comprida faca cerimonial que estava dentro do púlpito. Observo, horrorizada, quando ela corta o próprio pulso e deixa o sangue escorrer em cima do altar.

O sangue borbulha e chia quando bate na pedra, transformando-se em uma fumaça preta malcheirosa. O vento aumenta e faz a fumaça girar, transformando-a em um pequeno tornado que me faz puxar as amarras com toda a força e gritar por Jaxon.

Estou começando a pensar que talvez haja algum fundo de verdade nessa coisa de trazer Hudson de volta dos mortos. E, se houver, não quero ser parte disso, de jeito nenhum. E com certeza não quero ser o elemento que faz com que tudo funcione.

Lia, obviamente, tem outros planos, porque vem andando na minha direção com a faca. Seu sangue ainda reluz na lâmina e por um momento eu penso: *meu Deus, por favor, faça com que ela limpe essa faca antes de encostá-la em mim*. O que parece ser meio absurdo, considerando que: em primeiro lugar, será que eu não devia rezar para que ela não chegue perto de mim com essa faca? E, em segundo lugar, por que me importo tanto com isso, quando já estou coberta com o sangue dela, com o meu próprio sangue e com o sangue de algum estranho? Que mal pode fazer um pouco mais de sangue a essa altura?

Mesmo assim me encolho, erguendo as pernas e tentando me afastar. Não é muita proteção; na verdade, não é proteção nenhuma, mas é o que posso fazer até Jaxon conseguir passar pelas proteções de milhares de anos.

Fico esperando Lia me atacar com a faca assim que chega ao meu lado, mas, em vez disso, ela simplesmente fica em pé, com os braços abertos e com a faca apontada diretamente para o centro do meu corpo.

Não vou ser cortada. Ela vai me apunhalar. Que maravilha.

Eu me preparo para sentir mais dor, mas a faca não chega a descer. Em vez disso, a fumaça preta nos cerca, girando e se afunilando cada vez mais conforme o vento ganha força e Lia por fim para de entoar os cânticos.

— Abra a boca! — grita para mim quando a fumaça se concentra logo acima de mim.

De jeito nenhum. Ela pode me matar, se quiser. Inclusive, a essa altura, ela que fique bem à vontade para fazer isso, porque não vou abrir a boca para aspirar nenhuma fumaça malcheirosa e apavorante, mesmo que seja o irmão morto de Jaxon. Isso não vai acontecer de jeito nenhum.

— Grace! — grita Jaxon do outro lado da porta. — Grace, você está bem? Aguente aí. Só mais um pouco.

Não respondo. Para fazer isso, teria que abrir a boca, e neste momento estou apertando o rosto com força no meu braço, com os maxilares pressionados um contra o outro, firmemente. Não vou deixar que as coisas aconteçam do jeito que Lia quer.

— Abra a boca ou vou matá-la! — berra Lia. — Aqui e agora mesmo.

Ela acha que isso vai me assustar? Já me resignei a morrer há algum tempo, então a ameaça de morte não serve para muita coisa no momento — especialmente porque sei que ela vai me matar quando conseguir o que quer, de qualquer maneira. Assim, por que deveria fazer o que ela quer? Especialmente quando isso envolve me transformar em alguma espécie bizarra de hospedeira em um ritual vampírico antigo.

Lia abandona as ameaças e se joga em cima de mim, tentando me forçar a abrir a boca com os dedos.

Não permita, avisa a voz dentro de mim. *Aguente firme.*

Sinto vontade de responder com um belo *não me diga, Sherlock,* mas estou ocupada demais tentando tirar Lia de cima de mim.

Não está dando muito certo — o que não chega a me surpreender, considerando que ela é uma vampira furiosa com força sobre-humana e eu sou só uma humana em péssimas condições. Mesmo assim, isso não quer dizer que vou desistir, não vou...

Um som ensurdecedor de pedras se arrastando umas contra as outras enche o ar, de repente. Lia fica paralisada sobre mim enquanto pedras começam a voar em todas as direções. E Jaxon entra na sala.

— Não! — grita Lia enquanto pega uma das pedras que caíram perto de nós e joga de volta nele, com toda a sua força. — Você não pode estar aqui! Você não foi convidado a entrar!

Jaxon faz a pedra desviar com pouco mais de um olhar.

— Se não há parede, não preciso de um convite. — E, em seguida, com um único movimento, ele salta pela sala. Ele cai ao nosso lado e arranca Lia de cima de mim, arremessando-a para o outro lado da sala.

Ela bate na parede, mas vem correndo de volta para onde ele está. Jaxon nesse meio-tempo sussurra:

— Desculpe, Grace. — E me acaricia com uma das mãos. As amarras nos meus pulsos simplesmente se desfazem. E, em seguida, está agachado ao meu lado, acariciando o meu rosto. — Peço mil desculpas.

— Não é... — A minha voz vacila por um momento quando sinto o alívio tomar conta de mim. — Não é sua culpa.

— De quem é a culpa, então?

Começo a responder, mas... Surpresa! Lia não vai desistir sem lutar.

— Cuidado! — grito quando ela pula sobre o palco, diretamente sobre Jaxon. , que espera a aproximação dela e em seguida usa o próprio impulso do salto de Lia para fazê-la voar por sobre o altar e atravessar a sala de novo.

Ela pousa com um som doloroso de ossos se quebrando, mas isso também não faz com que ela desista. Lia se ergue, cambaleando, levanta os braços e começa a entoar aquele cântico horrível outra vez. A fumaça preta reage, envolvendo Jaxon, envolvendo a mim e impedindo que consigamos enxergar Lia e o restante da sala.

— O que está acontecendo? — pergunta Jaxon.

Não respondo, em especial agora que a fumaça está bem ao meu lado outra vez. Estou assustada demais para abrir a boca ou emitir qualquer som.

Jaxon usa seus poderes para tentar afastar a fumaça de nós, mas essa deve ser a única coisa no universo inteiro que não está sob o seu controle. Porque, em vez de se dissipar, ela se fecha ainda mais ao nosso redor — até que eu mal consiga ver Jaxon e menos ainda o restante da sala.

E isso, aparentemente, é o plano de Lia, porque assim que Jaxon vira as costas em busca de uma rota de fuga, Lia está sobre ele. Ela salta em suas costas com um grito de guerra primitivo e enfia a faca sem qualquer piedade no peito de Jaxon.

É a minha vez de gritar — ou fazer o mais próximo que consigo de gritar, apertando o queixo com toda a força. Tento chegar até ele, mas Jaxon levanta a mão e usa a sua telecinese para me manter onde estou. Em seguida, ele leva a mão ao peito e arranca a faca que está enfiada ali.

Ela cai no chão com um retinir metálico.

A ferida começa a verter sangue, mas Jaxon parece nem perceber. Está concentrado demais em Lia. Passando a mão por cima do ombro, ele a agarra pela gola e a puxa por cima da cabeça, derrubando-a no chão aos seus pés.

Espero que ele use seus poderes nela agora, mas em vez disso ele golpeia para baixo, tentando acertá-la bem no peito. Ela se esquiva no último segundo, rolando para longe, desferindo um chute que vai acertá-lo no rosto. Mas ele a segura pela perna e a torce, rápido e com força.

Um som de ossos se quebrando enche o ar, seguido pelos uivos de dor de Lia. Jaxon a pega pelos cabelos e se prepara para quebrar seu pescoço e acabar com toda essa agonia. Mas, antes que consiga fazer isso, a fumaça preta se fecha ao redor da sua garganta e tenta estrangulá-lo.

Ele arranha o próprio pescoço, tentando fazer com que a fumaça se afaste, mas ela não cede, por mais que Jaxon lute.

De algum modo, Lia já se levantou novamente. Sua perna esquerda está dobrada num ângulo muito estranho, mas ela está em pé, com os braços erguidos enquanto começa a entoar aquele cântico horroroso mais uma vez. O feitiço parece fortalecer ainda mais a fumaça, que continua a enforcar Jaxon.

Ele está branco como um lençol quando cai de joelhos, tentando se desvencilhar de algo que não consegue agarrar. O sangue continua a escorrer pela ferida aberta em seu peito e eu sei que, se não fizer alguma coisa, Jaxon vai morrer bem na minha frente.

Não posso deixar isso acontecer.

Vou me arrastando para frente, com as mãos estendidas enquanto tateio. Meus dedos tocam o aço frio da faca cerimonial de Lia e eu a seguro com o que resta da minha força.

Ela é afiada e me corta, mas mal consigo sentir a dor enquanto me levanto do chão. E golpeio com a faca na altura do peito de Lia com cada grama de força que resta no meu corpo.

Ela está com os braços abertos ao lado do corpo, então eu a acerto. A faca faz um som repugnante de metal abrindo caminho por entre algo líquido quando mergulha pela pele, a carne e os órgãos logo abaixo.

Dessa vez, ela não grita. Em vez disso, simplesmente recua com um suspiro assustado e gorgolejante, caindo de costas no chão.

Os estertores agoniados que vêm do seu peito me dizem que acertei um pulmão em vez do coração, mas, a essa altura, não me importo muito. Desde que ela esteja fora de ação, já fico satisfeita. Ou vou ficar, assim que descobrir como tirar aquela fumaça negra e oleosa de cima de cima de Jaxon, que, com toda a sinceridade, não parece estar muito melhor do que Lia no momento.

Se ele não tem força suficiente para se livrar da fumaça, com ou sem a sua telecinese, sei que também não vou conseguir. Assim, faço a única coisa em que consigo pensar, a única coisa que vai garantir que a fumaça o solte.

Eu abro a boca e puxo o ar para dentro dos pulmões, inalando longa e demoradamente.

Capítulo 62

ONDE HÁ FUMAÇA,
HÁ UM VAMPIRO MORTO

Demora alguns segundos, mas a fumaça — ou seja lá o que essa coisa for — finalmente percebe o que está acontecendo. Ela se afasta de Jaxon e vem voando na minha direção.

E olhe... devo dizer que isso é a coisa mais terrível e horripilante que já me aconteceu em toda a vida.

Mas, considerando que a alternativa é ficar parada e ver outra pessoa que amo morrer, não existe outra escolha. E assim eu abro os braços e atraio a fumaça para junto de mim. Quando ela me cerca, eu respiro fundo e começo a aspirá-la.

— Não! — grita Jaxon.

De repente, estou caindo para trás — *voando* para trás, afastando-me do altar e atravessando a sala enquanto Jaxon se esforça para ficar em pé. Sua pele está quase com um tom cinzento a essa altura, mas consegue se erguer enquanto estende as mãos para frente. Em seguida, lentamente, bem lentamente — tão devagar que acho que vou ter um ataque cardíaco só de olhar para ele —, Jaxon começa a comprimir o ar entre as suas mãos numa forma esférica.

Ao fazer isso, toda a sala onde estamos — todo o túnel, na verdade — começa a tremer. E começa a desmoronar ao nosso redor.

E mesmo assim, Jaxon não se deixa abalar. Ele continua a comprimir a esfera, com as mãos girando lentamente em um círculo enquanto puxa cada vez mais energia, cada vez mais massa, para a esfera.

A fumaça se estica, começa a fluir na direção contrária, mas Jaxon não desiste. Ele começa a puxar com mais força até que pedras, velas e vasos cheios de sangue começam a voar pela sala em sua direção. Pega tudo isso, traz tudo para dentro da esfera e aumenta o poder para absorver mais, até que o próprio ar da sala está fluindo em sua direção em algo que se parece muito com um tornado. E com o ar vem a fumaça, não importa o quanto ela tente se desvencilhar do poder de Jaxon.

Está ficando mais difícil de respirar conforme Jaxon absorve cada vez mais do oxigênio na sala, mas nem me importo. Simplesmente me jogo no chão do jeito que me ensinaram nas aulas sobre segurança e prevenção de incêndios e tento inalar o que resta do ar que está ali enquanto observo Jaxon atrair a fumaça inexoravelmente para junto de si. Cada vez mais perto, cada vez mais perto.

Logo, eu e até Lia somos pegas pela sucção de energia, sendo arrastadas pelo piso sob o poder de Jaxon e sua vontade indomável. Não tento lutar contra aquilo, não faço nada que possa dificultar as coisas para ele. Em vez disso, simplesmente me entrego a Jaxon, acreditando que, de algum modo, ele vai me manter a salvo, até mesmo de si próprio.

Ele sempre consegue.

Jaxon está com a fumaça diante de si agora, flutuando entre as mãos enquanto luta para condensá-la, para quebrá-la naquilo que precisa, de modo que aquele redemoinho, ou seja lá o que ele está criando, possa absorvê-la.

Mas a fumaça não vai deixá-lo vencer sem uma luta. Toda vez que parece que Jaxon a conteve, um pequeno jato de fumaça escapa e ele precisa começar tudo de novo. Só que Jaxon tem uma determinação de ferro e mais poder do que eu jamais imaginei que fosse possível dentro de si. Ele não vai desistir.

Em vez disso, começa a girar a esfera entre as palmas cada vez mais rápido. O teto começa a ceder, as paredes desmoronam e até mesmo as pedras do chão começam a se desagregar. E ainda assim Jaxon não cede. Ainda assim ele continua a puxar tudo para si.

O oxigênio na sala está ficando mais rarefeito e estou sentindo mais dificuldade para respirar agora. Ele também deve estar sentindo o mesmo, mas é impossível perceber, considerando que ele continua a manipular cada coisa que existe no lugar.

A fumaça luta para conseguir escapar mais uma vez, mas, com um rugido, Jaxon a puxa de volta para dentro da esfera de uma vez por todas.

A sala para de tremer; as paredes, o teto e o piso param de se desintegrar; as velas que restam caem no chão e o oxigênio lentamente começa a se estabilizar. Relaxo no chão e me limito a respirar por alguns segundos, ainda observando Jaxon condensar aquela esfera entre as mãos e transformá-la em um globo luminoso pouco maior do que uma bola de tênis.

Em seguida, ele move a mão para trás e arremessa o globo diretamente contra Lia. O artefato a atinge na altura da barriga e seu corpo inteiro se arqueia, erguendo-se do chão. Ela solta uma última arfada medonha enquanto absorve toda a energia, a matéria e a fumaça. Em seguida, Lia olha diretamente para ele e sussurra:

— Sim, finalmente. Obrigada.

Segundos depois, ela explode em uma nuvem de poeira que lentamente cai e se acomoda no chão.

Só consigo pensar que está tudo terminado. Meu Deus, finalmente acabou.

— Jaxon! — Olho para ele e tento rastejar para junto do único cara que já amei na vida. Mas estou fraca, fraca demais, e o altar está muito longe de mim. Então, estendo a mão na direção dele e chamo seu nome, sem parar.

Jaxon começa a vir na minha direção e, em seguida, meio que salta e tomba em cima do altar, caindo no chão onde estou à sua espera.

Ele segura a minha mão e a leva para junto dos lábios. E sussurra um "me desculpe" antes de cair desacordado aos meus pés.

— Jaxon! — chamo seu nome, desesperada. — Jaxon, acorde! Jaxon!

Ele não se move e por um segundo pavoroso nem consigo ter certeza de que ele está respirando.

De algum modo consigo encontrar forças para fazê-lo virar com o peito para cima. Encosto a mão em seu tórax, sinto que seu peito sobe e desce de maneira bem sutil e quase começo a chorar, aliviada. Mas não há tempo para isso, não quando ele ainda está sangrando por causa do ferimento que Lia lhe causou. E também ele está extremamente pálido, com uma aparência horrível.

— Eu estou aqui — sussurro enquanto pego uma das tiras que Lia deixou na minha camisola e a arranco. Eu a amasso, formando uma bola e pressionando-a firmemente sobre o ferimento para tentar estancar o sangramento. — Eu estou aqui.

Só que ele não está comigo. Não de verdade. Porque ele pode morrer bem diante de mim a qualquer segundo. Ele perdeu muito sangue, mais do que eu mesma tenho dentro de mim no momento, mas não sei o que fazer. Se eu o deixar e for buscar ajuda, ele pode sangrar até morrer. E se não for, ele pode acabar sangrando até morrer também, porque aparentemente eu não estou conseguindo estancar o sangramento.

Desesperada, procuro por um dos vasos intocados de sangue que Lia colocou junto do altar hoje cedo. Mas não resta mais nenhum; eles foram atraídos para o redemoinho de Jaxon ou tudo que havia neles foi derramado no chão à nossa volta.

— O que eu faço? O que eu faço? O que eu faço? — murmuro comigo mesma enquanto tento forçar meu cérebro a agir, mesmo que ainda esteja meio zonzo e tomado pelo pânico. Não tenho muito tempo para fazer alguma coisa, qualquer coisa, para salvá-lo.

No fim, faço a única coisa em que consigo pensar. A única coisa que *posso* fazer nesta situação. Arranho um dos ferimentos no meu pulso até que ele comece a sangrar outra vez. E, em seguida, encosto o pulso na boca de Jaxon e sussurro:

— Beba.

No começo, não há resposta enquanto o meu sangue escorre sobre os lábios de Jaxon. Segundos se passam, talvez até um minuto inteiro e estou começando a ficar desolada. Se ele não beber, vai acabar morrendo. Se ele não beber, nós dois vamos...

Ele recupera a consciência com um grito. Logo depois, suas mãos estão segurando no meu braço como uma morsa mecânica enquanto ele morde a minha veia. E suga, suga sem parar.

A sensação não é nem um pouco parecida — e ao mesmo tempo, *totalmente* parecida — com a habitual, de quando ele bebe o meu sangue. É prazerosa, mas também muita dolorosa conforme ele toma tanto do meu sangue quanto pode com cada gole. Apesar da dor, o alívio toma conta de mim, mesmo enquanto a sala ao redor vai ficando escura.

Não há nenhuma luta desta vez. Não é preciso lutar porque não estou sozinha. Jaxon está aqui comigo e é tudo o que importa. Assim, quando a próxima onda de escuridão se ergue para me engolir, não luto contra ela.

Em vez disso, simplesmente me entrego à escuridão e ao Jaxon, confiando que, de algum modo, tudo vai ficar bem.

Confiando que Jaxon vai encontrar uma maneira de fazer com que isso aconteça.

Capítulo 63

UMA MORDIDA
PARA RECORDAR

A primeira coisa que percebo quando acordo é que estou sentindo calor. Sentindo bastante calor, o que, de alguma forma, não me parece estar muito certo, embora eu não consiga saber exatamente o porquê. Por outro lado, tem muita coisa acontecendo sem que eu consiga saber exatamente por que, enquanto alterno entre sono e consciência.

Por exemplo, de onde vem aquele "bip" esquisito que estou ouvindo?

Ou por que tenho a sensação de que o meu braço direito está sendo esmagado? Ou por que o meu quarto tem cheiro de maçã e canela?

Após algum tempo, é essa última indagação que me traz de volta à consciência, que me faz abrir os olhos e agitar o braço para tentar espantar a dor.

A primeira imagem que vejo quando abro os olhos é uma mulher com um vestido longo, tipo *kaftan* preto e roxo, com uma prancheta na mão e lendo as informações de alguma máquina que está ao lado da minha cama. É a mesma máquina que está fazendo aqueles "bips", eu percebo. E que está fazendo o meu braço doer, porque, assim que ela aperta um botão, a pressão desaparece.

Afinal de contas, a pressão arterial é uma coisa importante, pelo jeito. E também são as bolsas de soro, a julgar pela agulha espetada no dorso da minha mão e pelo tubo que está ligado a ela.

Tudo ressurge na minha memória de uma só vez: Flint, Lia, a luta.

— Jaxon. — Ergo o corpo até ficar sentada de uma vez e começo a olhar ao redor do quarto, desesperada. — Jaxon! Ele está bem? Ele...

— Ele está bem, Grace — diz a mulher com um toque carinhoso no meu ombro. — E você também, embora a coisa tenha ficado um pouco complicada por alguns minutos. Com vocês dois.

Sinto como se as palavras dela me causassem um *déjà vu,* mas para ser sincera, muito desta manhã parece um *déjà vu.* Depois de tudo que aconteceu, é difícil imaginar que faz só uns dois dias que eu descobri que vampiros existem. E, agora, ajudei a matar uma.

E também — por favor, meu Deus — ajudei a salvar um; faço questão de me lembrar disso enquanto me agito no leito elevado do hospital até conseguir colocar as pernas por cima da beirada do colchão.

— Onde ele está? — pergunto à mulher de cabelos curtos que está ao lado da minha cama. — Preciso ter certeza de que... — Paro de falar, porque não tenho condições de proferir as palavras em voz alta.

— Ele está bem mesmo — garante a enfermeira, tranquilizando-me com o seu tom de voz. — Inclusive, ele está no corredor, logo do outro lado da porta. Pedi que saísse enquanto registrava os seus sinais vitais, mas, exceto nos momentos em que os profissionais da saúde pediram, ele não saiu do seu lado desde que a trouxe para cá.

— Você pode chamá-lo para mim? — pergunto, depois de umedecer os lábios ressecados com a língua. — Só preciso de um minuto com ele.

Estou imaginando que, se estou aqui, então Jaxon conseguiu sair daquela masmorra infernal. Mas a emoção está ganhando da lógica no momento e simplesmente preciso vê-lo. Preciso apenas ouvir a sua voz e sentir sua mão, seu corpo junto do meu para acreditar que ele conseguiu sair de lá.

Para acreditar que o pesadelo finalmente terminou.

— Vou chamá-lo, mas *só* se você se deitar de novo nessa cama. A sua pulsação está acelerando mais do que um carro de corrida, e nós mal tínhamos conseguido estabilizar você, por Deus.

Minha pulsação está acelerando mais do que um carro de corrida porque estou entrando em pânico e estou com vontade de gritar com ela. Jaxon quase morreu da última vez que o vi.

Mas não grito. Em vez disso, contento-me em sussurrar um "obrigada" enquanto me recosto na cabeceira erguida da cama. Minhas mãos estão tremendo, então eu as escondo sob as cobertas. Não preciso revelar que já estou me sentindo exausta depois de um único pico de adrenalina.

— Não há de quê — responde ela. — E é bom que saiba: você está na enfermaria da Academia Katmere, onde passou os últimos dois dias. Meu nome é Alma e sou a enfermeira que está cuidando de você, junto a Marise. Como disse antes, você levou uma boa surra e perdeu muito sangue. Além disso, está com um ombro deslocado. Por isso, agora que está acordada e se movendo, Marise provavelmente vai mandar que você coloque o braço em uma tipoia por alguns dias. Mas, de maneira geral, até que você está bem. Jaxon conseguiu trazê-la a tempo, antes que a perda de sangue pudesse causar algum dando permanente. Você vai ficar bem em alguns dias.

Sei que deveria dar atenção ao que ela está me dizendo e pretendo fazer isso... daqui a pouco.

— E Jaxon? Ele levou uma facada. E perdeu muito sangue também. Por acaso ele...

— Pelo que entendi, você cuidou muito bem dele. Mas vou chamá-lo para que se acalme. Ele pode te dizer como está enquanto chamo o seu tio e digo que você acordou.

Eu observo ansiosamente enquanto Alma passa pela porta e vai até o corredor. Ela fala em voz baixa e não consigo ouvir o que diz. Mas, segundos depois, Jaxon passa pela porta. Vivo e razoavelmente bem.

O alívio toma conta de mim e finalmente sinto que posso respirar normalmente. Bem, ele está com uma aparência horrível — ou, pelo menos, tão ruim quanto alguém quanto ele pode ter, mas está vivo. E caminhando com as próprias pernas. Isso é um ponto positivo.

Quando ele se aproxima, percebo que sua pele ainda está um pouco cinzenta, o que faz com que a sua cicatriz se destaque ainda mais na bochecha, quase como um risco em relevo. Ele também parece ter perdido pelo menos uns três quilos nos dois dias em que eu estava inconsciente. O que é impossível, mas ele parece muito cansado e apagado, nem um pouco parecido com a estátua grega que eu estou acostumada a ver.

— Você acordou — diz ele e, por um segundo, posso jurar que vejo lágrimas naquele olhar escuro. Mas depois ele pisca e não há nada ali além de força... E outra coisa que nem me atrevo a tentar interpretar. Não quando a minha cabeça está girando e mal consigo manter os olhos abertos.

— Venha aqui — eu o chamo, estendendo os braços. Quando olho para eles, percebo que meus pulsos estão envoltos em gaze e que os vários cortes nas minhas mãos e braços parecem ter sido fechados com um curativo líquido e brilhante. Estou um desastre, mas pelo menos sou um desastre esterilizado.

Ele se aproxima, mas não se senta na cama. E não encosta em mim.

— Não quero agitar o seu ombro...

— Meu ombro está bem — garanto, o que nem chega a ser mentira neste momento, graças aos remédios, ervas ou feitiços que Alma aplicou em mim. — Por isso, venha até aqui. Ou então eu vou levantar e ir até você.

Chuto as cobertas para longe, me preparando para fazer exatamente isso — mas gemo quando o movimento faz meus tornozelos ralados doerem. Percebo que eles também estão enfaixados e isso não me surpreende nem um pouco.

Para ser honesta, estou começando a me sentir como uma múmia aqui. E uma múmia indesejada, se a reação de Jaxon servir como indício.

— Fique onde está — ordena ele enquanto se aproxima mais um ou dois passos.

— Então venha aqui e me diga o que está acontecendo — respondo. — Porque estou começando a me sentir como se estivesse com a peste ou algo parecido.

— Sim, esse é o problema. Você está com a peste. — Mas, pelo menos desta vez, ele pega na minha mão enquanto se acomoda cuidadosamente na beirada da cama.

— Não seja irônico — digo enquanto encosto a cabeça em seu ombro. — Salvei a sua vida, não é? Você tem que ser legal comigo.

— Sim e retribuí essa sua gentileza quase causando a sua morte. Então, acho que você devia querer que eu ficasse o mais longe possível.

Reviro os olhos, mesmo quando a exaustão ameaça me dominar.

— Você é sempre assim, tão dramático? Ou só em ocasiões especiais?

A expressão de choque no rosto dele não tem preço. Assim como o tom irônico em sua voz quando ele responde:

— Não sabia que me preocupar com você é ser *dramático*.

— Não, mas assumir toda a culpa pelo que obviamente foi uma maluquice inventada por Lia é, sim. — Dou alguns beijos no pescoço dele, adorando perceber que ele não consegue evitar estremecimentos assim que os meus lábios tocam a sua pele. — Por isso, relaxe um pouco, está bem? Estou cansada.

As sobrancelhas dele desaparecem sob aqueles cabelos totalmente desgrenhados e percebo que esta é a primeira vez desde que nos conhecemos que vi seu cabelo estar menos do que perfeito.

— Você quer que eu... relaxe? — repete ele.

— Quero, sim. — Afasto-me um pouco para abrir espaço para ele na cama, mordendo a parte interna da bochecha para não gritar quando mexo um pouco o ombro ao fazer isso. — Agora, venha aqui. — Dou tapinhas na cama, bem ao meu lado.

Jaxon olha para o meu rosto e depois para a cama e depois volta a olhar para mim, mas não se move. O que me faz suspirar e dizer:

— Vamos logo. Você sabe que quer fazer isso.

— Quero muitas coisas que não são boas para você.

— Que coincidência. Também quero, mas tenho certeza de que vamos discordar sobre o que é bom para mim e o que não é.

Ele suspira.

— Grace...

— Não, Jaxon. Por favor, não faça isso. Não agora, quando estou cansada demais para bater boca com você. Será que vou precisar pedir com todas as letras? Preciso que você me abrace.

E, exatamente assim, a resistência de Jaxon se desfaz. Em vez de discutir comigo, ele se acomoda nos travesseiros e me envolve em seus braços, tomando cuidado para não tocar no meu ombro machucado.

Ficamos deitados assim, em silêncio, por vários minutos, e eu só consigo relaxar de verdade quando ele encosta a bochecha no alto da minha cabeça e dá alguns beijos nos meus cabelos.

— Estou feliz porque a gente está bem.

— Ah. — Ele solta uma risada áspera. — Eu também.

— Não fale assim — digo a ele. — Nós tivemos sorte.

— Você não parece estar com tanta sorte assim, agora.

— Bem, você também não. Mas nós tivemos. — Respiro fundo e falo devagar. — A gente poderia ter... — Deixo a frase morrer no ar, sem conseguir dizer as palavras.

— Morrido, como Lia e Hudson? — Jaxon completa a frase por mim.

— Sim. E não morremos, então acho que podemos dizer que isso foi uma vitória.

Ele fica em silêncio por um minuto, mas concorda com um aceno de cabeça. E suspira.

— Sim, acho que você tem razão.

— E Flint? — pergunto, depois de alguns segundos.

— Você não vai querer falar daquele dragão agora.

— Eu sei. — Acaricio o braço de Jaxon para reconfortá-lo.

— Ele está vivo, se é isso que você quer saber. E, no momento, está melhor do que nós dois, mesmo que não devesse.

— Ele achava que estava fazendo a coisa certa.

— Você está de brincadeira, não é? — Jaxon se afasta de mim com um movimento brusco e me encara com um olhar incrédulo. — Ele e seus amigos tentaram matar você várias vezes, e depois ele aprontou toda aquela confusão nos túneis que só serviu para piorar ainda mais aa situação. E você acha que ele estava tentando fazer a coisa certa?

— Estava, por mais estranho que pareça. Não estou dizendo que fiquei *feliz* por causa do que ele fez. Mas estou feliz por ele não ter morrido.

— Bem, pelo menos um de nós pensa assim — resmunga ele enquanto volta a se deitar ao meu lado. — Devia ter matado Flint quando tive a chance.

Eu o abraço com toda a força que o meu ombro machucado permite.

— Acho que temos sangue suficiente nas mãos agora.

— Você quer dizer que *eu* tenho sangue suficiente nas mãos, não é?

— Não foi isso que eu disse. Ou foi? — Agora é a minha vez de me afastar de Jaxon, mas somente porque quero olhar nos olhos dele quando digo isso. — O que aconteceu não foi por culpa sua. Não foi por minha culpa. E não foi por culpa de Flint ou do restante dos metamorfos. A culpa é de Lia. Foi ela que criou este plano. E foi ela que causou tudo o que aconteceu. — Eu sinto a voz ficar presa na garganta. — Os metamorfos te contaram o que aconteceu com os meus pais?

— Flint me contou. Ele e Cole contaram tudo a mim e a Foster, incluindo os motivos de não terem dito o que sabiam às bruxas ou aos vampiros.

— Aos vampiros, porque pensaram que todos vocês poderiam estar mancomunados, sabe-se lá por que razão — arrisco dizer. — Mas por que não contaram às bruxas?

— Você não é uma bruxa, mas a sua família é. Eles achavam que Foster só conseguiria ver você como sua sobrinha, em vez do perigo que a sua presença aqui em Katmere representava para todo mundo.

Reviro os olhos outra vez.

— Ah, sim, tenho certeza de que o perigo aqui em Katmere ficou totalmente concentrado em mim, em vez de partir de mim.

— Eu devia ter deduzido isso antes. — Jaxon parece torturado.

— Você está planejando conversar com alguém sobre esse seu complexo de Deus? — pergunto, sendo bem irônica. — Ou nós todos vamos simplesmente ter que suportar isso?

— Nossa. Você está acordada há cinco minutos e já me chamou de dramático. E agora está me acusando de ter um complexo de Deus. — Ele ergue as sobrancelhas. — Tem certeza de que não está brava comigo?

— Absoluta — digo a ele, puxando seu rosto para junto do meu para poder beijá-lo.

Mas ele geme um pouco quando a minha mão o toca na cicatriz, como de costume. E nós já passamos por isso várias vezes para que isso continue acontecendo. Assim, me afasto antes que nossos lábios se toquem.

— O que houve? — pergunta ele, desconfiado.

Suspiro enquanto deslizo o dedo pelo queixo dele.

— Eu sei que não tenho nenhum direito de te dizer o que deve sentir, mas eu queria que você conseguisse se enxergar do jeito que eu enxergo.

Queria que você pudesse ver o quanto é bonito aos meus olhos. O quanto é forte, poderoso e inspirador.

— Grace... — Ele vira o rosto e dá um beijo na minha palma. — Você não precisa dizer isso. Sei bem como sou.

— Mas é exatamente sobre isso que estou falando. Você não sabe! — Estendo a mão e o seguro firmemente, ignorando a dor que surge no meu braço quando o mexo. — Sei que você odeia a sua cicatriz porque ela foi causada por Hudson durante os momentos mais horríveis da sua vida, e...

— Você está enganada — interrompe ele.

Eu o encaro.

— Em relação a quê?

— A tudo. Não odeio a minha cicatriz. Mas me sinto humilhado por ter deixado que isso me acontecesse. Não foi Hudson que me deu essa cicatriz, foi a rainha dos vampiros. E os piores momentos da minha vida não foram quando eu matei Hudson. Esses momentos aconteceram quando finalmente recuperei a consciência naquele altar e percebi que tinha bebido demais do seu sangue. Aquele momento e todos os momentos que levei para trazê-la até aqui... esses *sempre* vão ser os piores segundos, os piores minutos da minha vida.

Há tantas coisas importantes no que ele acabou de dizer que eu nem sei por onde começar. Exceto...

— A sua mãe? A sua mãe fez isso com você? — sussurro, sentindo o horror tomar conta de mim.

Ele dá de ombros.

— Quando matei Hudson, interferi com os planos dela. E precisei ser castigado.

— E ela decidiu que o castigo seria rasgar o seu rosto?

— É difícil deixar uma cicatriz em um vampiro; nós nos curamos rápido demais. Ao fazer isso e garantindo que eu não conseguiria me curar, ela deixou uma marca de fraqueza em mim para o mundo inteiro ver.

— Mas você podia ter impedido isso a qualquer momento. Por que não o fez?

— Eu não ia lutar contra a minha própria mãe e também não ia machucá-la mais do que já tinha machucado. — Ele dá de ombros outra vez. — Além disso, ela precisava castigar alguém pelo que aconteceu, ferir alguém para poder se sentir melhor. Era melhor fazer isso comigo do que com alguém que não tinha responsabilidade pelo que aconteceu.

Não consigo disfarçar a sensação de terror, mas Jaxon ri.

— Não se preocupe com isso, Grace. Está tudo bem.

— Não está tudo bem. — Eu me esforço para engolir a raiva que cresce dentro de mim. — Essa mulher é um monstro. Ela é maligna. Ela é...

— A rainha dos vampiros. — Jaxon preenche a lacuna para mim. — E não há nada que alguém possa fazer por isso. Mesmo assim, obrigado. — É a vez de Jaxon sussurrar enquanto seus lábios roçam os meus cabelos.

— Por quê? — Eu quase me engasgo com aquelas palavras.

— Por se importar. — Ele baixa a cabeça para me beijar.

Mas nossos lábios mal têm a chance de se tocar quando alguém bate à porta aberta.

— Desculpem por interromper — diz Marise enquanto coloca a cabeça pela porta aberta. — Mas, agora que você está acordada, quero examinar a minha paciente favorita.

Olho ao redor da enfermaria.

— Sua única paciente, não é mesmo?

— Bem, você me dá bastante coisa para fazer. Além disso, Jaxon e Flint já passaram um dia inteiro aqui. Você só precisa de um pouco mais de atenção. — Ela sorri para mim.

— Parece que essa coisa de ser humana realmente faz diferença por aqui. — Em algum lugar dentro de mim, a voz acorda. E sussurra, dizendo que eu não deveria dizer que sou humana tão rápido. O que é bizarro... não fosse o fato de que as palavras de Lia ainda me assombram, sobre todo o trabalho que ela teve para me encontrar e me trazer até aqui.

E isso cria uma pergunta: por que sou tão especial? Mesmo se eu for uma bruxa (e não tenho certeza de que realmente sou), há muitas bruxas nesta escola para que ela pudesse escolher. Será que é porque eu realmente sou a consorte de Jaxon? E se eu for, o que será que isso significa no mundo dele? E que importância isso tem? O que a pessoa que Jaxon ama tem a ver com a possibilidade de ressuscitar Hudson?

Agora que Lia se foi e seu plano se desfez, eu tenho ainda mais perguntas do que quando ela estava viva. Quero perguntar se ele tem alguma resposta, mas agora não é o momento. Não com Marise mostrando as presas enquanto diz em tom de piada:

— Isso não é a única coisa que morde por aqui.

— Foi o que percebi — respondo com um sorriso torto.

Ela só precisa de alguns minutos para me examinar e seu prognóstico é bem parecido com o que Alma já tinha me informado. Muitos cortes e hematomas que Alma — que é uma bruxa com poderes de cura — já trabalhou bastante para minimizar. E um ombro deslocado que ainda não está completamente curado e que vai precisar passar umas duas semanas numa tipoia para terminar o que Alma já começou a fazer.

Há também a questão da transfusão de sangue, pouco mais de dois litros, algo que eu não gostaria que ela tivesse mencionado diante de Jaxon. Mas, de qualquer maneira, estou com boa saúde e provavelmente devo estar de volta ao meu quarto com Macy em dois ou três dias, se meus sinais vitais continuarem firmes.

É o que Marise diz quando sai da enfermaria com um aceno.

— Não é culpa sua! — digo a Jaxon assim que ela passa pela porta.

— É tudo minha culpa — responde ele. — Quase drenei você inteira.

— Dois litros não chegam nem perto de me drenar.

— É praticamente esgotar todo o sangue do seu corpo antes de você morrer. O que é a mesma coisa que drenar você inteira, para mim. — Ele balança a cabeça. — Me desculpe, Grace. Por machucá-la. Pelo que aconteceu com os seus pais. Por tudo.

— Você não me machucou. Você me salvou. Alma disse que você me trouxe para cá antes que o estrago fosse permanente.

Ele não responde. Apenas fica balançando a cabeça enquanto seu queixo se agita furiosamente.

— Eu te *dei* o meu sangue, porque senão você ia morrer. — Posiciono as mãos no rosto dele e olho em seus olhos, para que Jaxon consiga ver que estou sendo sincera. — E a verdade é a seguinte: não foi um sacrifício. Foi uma das coisas mais egoístas que já fiz. Porque, agora que o encontrei, não quero estar em um mundo em que você não exista.

Por vários segundos, ele continua sem dizer nada. Em seguida, ele balança a cabeça e resmunga.

— O que devo dizer sobre isso, Grace?

— Diga que você acredita em mim. Diga que sabe que não foi por culpa sua. Diga...

— Eu amo você.

Eu solto um gemido surpreso, em seguida solto o ar longamente, com o fôlego entrecortado enquanto as lágrimas que nem tento esconder brotam nos meus olhos.

— Ou você pode dizer isso. Você definitivamente pode dizer isso, também.

— É verdade — sussurra ele. — Estou muito apaixonado por você.

— Que bom... porque estou apaixonada por você também. E agora que o plano maligno de Lia terminou para sempre, podemos tentar viver apaixonados sem que alguém tente nos matar.

Ele se enrijece e desvia o olhar. E a frieza da qual eu imaginava ter enfim escapado desce pela minha coluna mais uma vez.

— O que está acontecendo, Jaxon?

— Eu não... — Ele para de falar e balança a cabeça. — Acho que não vamos poder fazer isso, Grace.

Com aquelas palavras, a frieza se intensifica e gela o meu corpo.

— Como assim? — sussurro. — Você acabou de dizer que me ama.

— Amo mesmo — responde ele, forçando as palavras. — Mas, às vezes, o amor não basta.

— Não estou entendendo. — Agora é a minha vez de virar o rosto, de olhar para qualquer outro lugar da enfermaria em vez de olhar para ele.

— Entende, sim.

Espero que Jaxon diga mais, mas ele fica quieto. Fica simplesmente sentado na cama ao meu lado, com o braço ao redor do meu ombro, o corpo junto do meu, mesmo enquanto despedaça o meu coração.

— Não vai ser sempre assim — finalmente sussurro para ele.

— É aí que se engana. *Sempre* vai ser assim. O fato de eu amá-la significa que você sempre vai ser um alvo. Sempre vai estar correndo perigo.

— Essa não foi a razão pela qual tudo aconteceu. — Eu olho para Jaxon, fechando os dedos ao redor da blusa dele, desesperada, enquanto falo. — Você sabe disso. Você foi só uma complicação... Lia disse que eu era o alvo dela. Disse que fez tudo aquilo para conseguir me usar. Até mesmo os metamorfos estavam atrás de mim porque sabiam que ela queria me usar para... — Deixo a frase no ar, feliz por não ter que tocar no nome de Hudson outra vez.

— Você não acha que os metamorfos vão deixar isso terminar assim, não é? Agora que Lia se foi, talvez eles não queiram matar você agora, mas não significa que não vão reconsiderar a questão na primeira oportunidade em que eu ou a minha família os irritarmos. Agora que eles sabem o quanto você é importante para mim, corre um risco maior do que antes.

Talvez os temores de Jaxon façam sentido, talvez não. Mas a verdade é que...

— Não ligo para isso.

— Mas *eu* ligo, Grace. — O olhar dele está distante, mas não está vazio. Não desta vez. Consigo ver a dor nas profundezas dos seus olhos, percebo que dizer essas coisas o fere tanto quanto ele está me ferindo.

É o bastante para que eu leve as mãos ao rosto dele, o bastante para que o toque com as palmas enquanto admiro aqueles olhos que me cativaram desde o primeiro momento em que o vi.

— Bem, você não é a única pessoa neste relacionamento — digo a ele enquanto me aproximo para dar beijos suaves e amedrontados em sua testa, nos cantos da boca, nos lábios. — E isso significa que você não é a pessoa que vai dar sempre a palavra final nas decisões que envolvam nós dois.

— Por favor, não deixe isso ainda mais difícil. — Ele segura as minhas mãos onde elas ainda tocam o seu rosto, entrelaçando os dedos com os meus enquanto toma todo o cuidado para não me machucar. — Não posso me afastar se você dificultar as coisas.

— Então não se afaste — imploro, com a boca tão perto da dele que consigo sentir o calor do seu hálito em minha pele. Tão perto que consigo ver aquelas fagulhas prateadas girando em seus olhos. — Não se afaste disso, nem de mim, antes que a gente tenha uma chance de tentar, pelo menos.

Ele encosta a testa na minha e fecha os olhos com um gemido agoniado.

— Não quero machucar você, Grace.

— Então, não machuque.

— Não é tão simples assim...

— É, sim. É bem simples. Ou você quer ficar comigo, ou não quer.

O riso dele é sombrio, torturado.

— É claro que quero ficar com você.

— Então fique comigo, Jaxon. — Eu o abraço, mesmo com a mangueira do soro, e o puxo para junto de mim, do meu coração maltratado e desesperado. — Fique comigo. Me *ame*. Deixe que eu o ame também.

Jaxon fica imóvel por vários segundos. Ele não responde, nem mesmo respira, enquanto a esperança e a desolação travam uma batalha ferrenha dentro de mim. Mas, bem quando estou prestes a desistir, ele respira fundo e estremece junto de mim.

E, em seguida, suas mãos estão no meu rosto e ele está me beijando como se eu fosse a coisa mais importante do mundo.

Eu retribuo o beijo da mesma maneira e nada nunca foi tão bom. Porque, neste exato momento, tudo finalmente está como deveria ser.

Capítulo 64

TUDO QUE ACABA EM *MARSHMALLOWS*,
ACABA BEM

— Por favor?

— Não. — Jaxon me olha como se eu fosse de outro planeta. Chego mais perto dele e pisco bem rápido, como se um moinho de vento de repente começasse a pensar que é um ventilador. — Pooooor favooooor?

Ele ergue uma sobrancelha.

— Tem alguma coisa no seu olho ou você quer que eu chame a enfermeira para dar uma olhada nessa sua convulsão?

— Aff. Você é um chato. — Eu cruzo os braços e finjo que estou emburrada. Mas, depois de três dias enfurnada no quarto, me recuperando, não sei se estou realmente fingindo. E mesmo sabendo que não vou ficar aqui para sempre, a situação não deixa de ser horrível. — Por favor, Jaxon. Se eu tiver que continuar olhando para essas paredes por mais um tempo, vou surtar.

Jaxon suspira, mas percebo que ele está pensando no caso. Assim, decido forçar um pouco a sorte.

— Não podemos ir a algum lugar? Só um pouquinho? Você pode até me carregar nos braços se eu ficar cansada demais. — Tento a tática de piscar mais uma vez. Desta vez, tento não agir tanto quanto um passarinho em pânico e mais como uma *femme fatale*. Ou algo próximo disso.

— Claro. Como se isso fosse me convencer — diz ele, bufando.

Bem, até que ele não deixa de ter razão. Não gosto muito da ideia de que ele poderia me carregar nos braços, especialmente agora que as coisas se acalmaram por aqui. Mesmo assim, o tédio é real e está ficando cada vez mais real conforme o tempo passa.

— Vamos lá, Jaxon. Sei que você só está fazendo isso porque Marise disse que preciso descansar por mais uns dias, mas não estou planejando correr uma maratona. Só quero dar uma volta por alguns minutos. Nada demais.

Ele observa o meu rosto por um tempo e provavelmente percebe o que eu já decido — que vou sair para dar uma volta de qualquer maneira — e concorda com um aceno de cabeça relutante. Em seguida, ele se levanta da minha cama, onde estivemos deitados durante as últimas duas horas.

— O sol já se pôs, então vou levá-la para dar uma volta lá fora — diz ele, após algum tempo. — Mas não vamos nos afastar muito do castelo. E você vai ter que me prometer que vai me avisar assim que começar a ficar cansada.

— De acordo. Eu juro! — Sinto a empolgação correr por mim e salto da cama para chegar perto dele... mas, quase ao mesmo tempo, desejo não ter feito isso, considerando que estou *toda* dolorida, especialmente o meu ombro que recentemente ficou deslocado. Agora que o colocaram de volta no lugar, ele está bem melhor, mas ainda dói bastante. Mas não vou dizer nada disso a Jaxon, porque sei que ele pode mudar de ideia sobre o passeio e também porque sei que ele se culpa por tudo o que aconteceu com Lia.

E isso é ridículo, mas Jaxon é o tipo de cara que leva o peso do mundo inteiro nas costas e leva sua responsabilidade muito a sério, mesmo que jamais tenha pedido por ela. Assim, não vou deixar que ele perceba o quanto eu ainda me sinto dolorida e fraca. Não quando isso significa dar a ele outro motivo para castigar a si mesmo.

— E, então, o que você quer fazer? — pergunto, esforçando-me para distraí-lo do fato de que estou mancando de um modo que não chega a ser muito discreto.

Ele me observa com olhos atentos e exibe uma expressão indicativa de que eu não o engano.

— Tive uma ideia. Por que você não se veste enquanto vou buscar algumas coisas? Volto em quinze minutos.

— Podemos nos encontrar no térreo — começo a dizer, mas paro quando ele me encara com as duas sobrancelhas erguidas. — Ou entããããão... podemos nos encontrar aqui mesmo — termino.

— Sim, vamos fazer isso. — Ele se aproxima e me dá um beijo.

Deveria ser um beijo rápido, mas não consigo me conter e passo o braço que não dói ao redor do pescoço dele e me encosto ainda mais nele conforme o beijo se intensifica.

Jaxon fica imóvel, mas percebo que a respiração dele trava por um segundo. Ele parece surpreso. Alguns segundos depois ele desliza as mãos até os meus quadris e me traz para junto de si. E desliza uma das presas pelo meu lábio, algo que faz cada músculo do meu corpo enfraquecer. E Jaxon sabe bem disso.

Sinto a respiração presa na garganta quando me abro para ele. Quando me aproximo ainda mais. Quando me entrego a Jaxon e à explosão de calor, alegria e luz que ele desencadeia dentro de mim apenas com um beijo. Apenas um toque. Apenas um olhar.

Não sei por quanto tempo nos beijamos.

Tempo o bastante para eu ficar ofegante.

Tempo o bastante para os meus joelhos tremerem a cada carícia no meu quadril.

Tempo mais do que o bastante para eu reconsiderar o nosso passeio ao ar livre, especialmente agora que as coisas aqui dentro começaram a ficar bem mais interessantes.

Mas Jaxon se afasta com um gemido. Ele encosta a testa na minha e ficamos simplesmente respirando por algum tempo. Mas ele se endireita e, com uma voz que ficou mais grave, rosnada e *supersexy*, ele diz:

— Vista-se. Volto daqui a pouco.

E, em seguida, como sempre, ele desapareceu em um piscar de olhos.

Demoro um pouco mais para me recuperar. Um minuto inteiro se passa antes que os meus batimentos cardíacos se estabilizem e os meus joelhos fracos fiquem mais fortes para aguentar o meu peso. Não demora muito para eu me recompor e começar a vestir as camadas e mais camadas necessárias para sobreviver por uma hora ao ar gelado do Alasca. Sinto meus lábios formigarem durante todo esse tempo.

Até que foi bom ter me apressado, porque Jaxon volta, bate à porta e entra no quarto antes que eu consiga calçar as meias. Sendo bem sincera, com um ombro deslocado, se vestir é algo que demora muito mais do que antes. E, mesmo se estivesse totalmente curada, ainda seria impossível competir com a velocidade de Jaxon.

Ele está trazendo uma mochila, e a solta no chão perto da porta quando vê que eu estou com dificuldade para calçar as meias.

— Ei, deixe que cuido disso — diz ele, ajoelhando-se na minha frente e apoiando gentilmente o meu pé na sua coxa.

E, com isso, sinto a respiração ficar presa na garganta outra vez. Porque, se há uma coisa que eu aprendi nesse tempo todo em que estou aqui, é que Jaxon Vega não se ajoelha para ninguém. Mesmo assim, aqui está ele, ajoelhado diante de mim como se fosse a coisa mais natural do mundo.

— O que foi? — diz ele quando enfia as meias nos meus pés e as puxa para cobrir meus tornozelos.

Simplesmente balanço a cabeça. Afinal, o que posso dizer? Especialmente quando sinto os dedos dele na minha panturrilha, deslizando pela minha pele, que subitamente fica bem sensível.

É provável que eu pareça tão confusa quanto me sinto, porque ele simplesmente sorri enquanto calça outra meia sobre a primeira antes de fazer o mesmo no meu outro pé.

Balanço a cabeça e desvio o olhar antes que eu me derreta toda numa poça de verdade.

Minutos mais tarde, depois de me ajudar a calçar as botas, também, Jaxon se levanta e estende a mão para eu me levantar.

— Decidiu para onde vamos? — pergunto enquanto vamos para a porta.

Ele pega a mochila, algo que nunca o vi carregando se ele não está indo para alguma aula. E diz:

— Sim.

Espero que ele diga mais alguma coisa, mas este é Jaxon. Ele quase nunca fala mais do que precisa. Por outro lado, como ele abre um sorriso meio malandro para mim, até que não me importo muito. Se Jaxon quer me surpreender, quem sou eu para dizer não? Especialmente quando suas surpresas costumam ser muito, muito boas.

Andamos de mãos dadas pelos corredores e descemos os três lances de escada que levam até a porta do castelo. Quase todo mundo está na última aula do dia; Jaxon também deveria estar, mas decidiu matar a aula. Por isso, as áreas comuns estão praticamente vazias, o que não é nenhum problema para mim. Ainda não estou pronta para encarar a maior parte deles depois de tudo o que aconteceu.

— Você está bem? — pergunta Jaxon quando começamos a enfrentar o frio, descendo ainda mais alguns degraus. O que é ótimo. Não é como se cada músculo do meu corpo ainda estivesse doendo nem nada, mas...

Mesmo assim, respondo com um aceno de cabeça, porque não quero que ele saiba que estou dolorida e porque aquele frio mordente me pega de surpresa. O que talvez até seja ridículo, porque, afinal de contas, estamos no Alasca. Sei exatamente quanto frio que está fazendo aqui fora. Mas ainda é um choque para o meu organismo, toda vez.

Acho que não estou escondendo isso tão bem quanto imaginava, porque Jaxon olha para a minha cara e diz:

— Podemos voltar lá para dentro.

— Não. Quero fazer alguma coisa com você. Só nós dois.

Os olhos de Jaxon se arregalam quando digo isso e a expressão de defesa em seu olhar se desfaz. Por um segundo, por apenas um segundo, eu consigo ver o verdadeiro Jaxon — um pouco desajeitado, um pouco vulnerável, muito apaixonado por mim — e isso arranca o meu fôlego mais uma vez. Porque sinto tudo isso e muito mais quando estou perto dele.

— Então, vamos.

Começamos a andar na direção oposta àquela que tomei no dia que decidi fazer meu primeiro passeio pela área externa do castelo. Em vez de ir até os prédios externos, nos quais algumas aulas acontecem, nós caminhamos por entre a neve fresca até chegarmos à floresta que cobre boa parte do terreno.

Caminhamos devagar. Em parte porque o frio não é tão ruim depois que eu começo a andar, e em parte porque caminhar na neve não é muito fácil — especialmente depois de quase morrer de tanto apanhar há pouco dias. Após certo tempo, chegamos a uma pequena clareira na floresta. Não é muito ampla, talvez tenha o tamanho do quarto que divido com Macy no alojamento. Mas há alguns bancos em um dos lados.

Jaxon deixa a mochila sobre um deles e tira uma garrafa térmica preta de dentro. Em seguida, desencaixa o copo do alto da garrafa, abre-a e serve um líquido quente. E me entrega o copo com um sorriso.

— Chocolate quente? — exclamo, maravilhada.

— Achei que talvez você quisesse algo diferente de chá.

Eu rio.

— Tem razão. — Levo o copo até a boca, mas Jaxon me impede. Em seguida, enfia a mão dentro da mochila e tira um saco de *marshmallows*.

— Não entendo muito de chocolate quente, mas sei que geralmente pede *marshmallow*. — Ele tira alguns dos quadrados pequenos que parecem doces caseiros e os joga dentro do copo.

Juro que o meu coração quase explode, bem ali no meio de um grupo de árvores, conforme o céu começa a escurecer ao nosso redor. Porque, mesmo depois de tudo o que passamos, ainda me impressiono com o quanto Jaxon sempre pensa em mim. E também naquilo que eu possa gostar, que faça eu me sentir bem ou que me deixe feliz. E ele sempre, sempre acerta.

Dou um longo gole naquela bebida e não me surpreendo por este ser o melhor chocolate quente que já tomei na vida.

— Quem você precisou convencer a preparar isso para você? — pergunto, olhando-o por cima da borda do copo.

Ele me encara sem expressão.

— Não faço a mínima ideia do que você está falando. — Mas há um toque de humor nas profundezas dos seus olhos que envolve as suas palavras e me faz rir.

— Bem, seja quem for, diga a essa pessoa que ficou muito bom.

Ele abre um sorriso torto.

— Vou fazer isso.

Tomo outro gole do chocolate e estendo o copo para ele.

— Quer um pouco?

— Obrigado, mas não gosto muito de chocolate. — Agora o sorriso ficou ainda maior.

— Ah, é claro. — E isso faz com que um milhão de perguntas que eu vinha acumulando há dias subitamente encham a minha cabeça. — E como é que isso funciona?

Ele ergue uma sobrancelha.

— Isso o quê?

— Vi você tomando chá, mas você não bebe chocolate. Você comeu um morango naquela festa, mas nunca vi você comer mais nada. A não ser... — Não termino a frase e sinto que fico vermelha.

— A não ser o seu sangue? — pergunta ele, maliciosamente.

— Bem... sim.

— Vampiros bebem água, assim como qualquer outro mamífero no planeta. E chá é basicamente água quente. Mas, se você começar a misturar leite e chocolate, a história é bem diferente.

— Ah. Certo. — Isso faz sentido. — E o morango?

— Aquilo foi só para impressionar. Meu estômago ficou doendo pelo restante da noite. — Agora é a vez de Jaxon ficar constrangido.

— É mesmo? Por que você fez isso, então?

— Sinceramente? — Ele balança a cabeça e olha para o outro lado. — Não faço a menor ideia.

Não é a resposta que eu estava esperando, mas, olhando para ele, fica óbvio que Jaxon está dizendo a verdade. E aceito a resposta.

— Mais uma pergunta.

— Sobre o sangue? — Ele parece ao mesmo tempo estar desconfiado e se divertindo.

— Claro que é sobre o sangue! E *sair ao ar livre quando o dia ainda está claro.* Eu achava que vampiros só podiam sair à noite.

Ele parece ficar um pouco desconfortável, mas endireita os ombros e diz:

— Isso depende.

— De quê?

— Depende do tipo de sangue que bebem. Aqui na escola, Foster serve sangue de animais. Se bebermos só esse tipo de sangue, não há problema ficar sob a luz do sol. Agora, quem decide... digamos, suplementar com sangue humano, aí tem que esperar escurecer.

Penso sobre o comentário que ele fez no meu quarto sobre poder sair porque o sol já tinha se posto.

— Por isso, quando cheguei aqui, você estava andando à luz do dia... porque só bebia sangue de animais. Mas agora... — Fico vermelha e é a minha vez de desviar o olhar. Não porque esteja constrangida pelo que Jaxon e eu fazemos, mas porque parece muito íntimo falar abertamente que ele...

— Agora que estou bebendo o seu sangue com frequência?

O rubor fica ainda mais intenso.

— Sim.

— Sim. Eu bebi o seu. E o de Cole. E depois o seu outra vez nos túneis. Então, nada de sair durante o dia para mim.

— Por quanto tempo? — pergunto, porque já faz dias desde que estivemos nos túneis e ele definitivamente não bebeu o meu sangue desde então... mesmo que eu quisesse que isso acontecesse. Mas, aparentemente, o fato de eu quase ter morrido devido à perda de sangue fez com que ele não tivesse tanta vontade de enfiar as presas no meu pescoço.

— Até que o pico hormonal causado pelo metabolismo de sangue humano diminua. — Percebendo que estou um pouco confusa, ele continua: — É como acontece com os humanos e a insulina. Quando você come alguma coisa rica em carboidrato, a sua insulina atinge o pico e leva algum tempo para diminuir outra vez. Quando bebo sangue humano, o meu corpo libera um hormônio que me impede de conseguir andar sob o sol. Leva mais ou menos uma semana para esse hormônio desaparecer. E o sangue animal não causa o mesmo efeito.

Começo a fazer algumas contas de cabeça.

— Já faz seis dias desde que saímos dos túneis. Então, talvez você possa começar a sair durante o dia de novo.

Ele dá de ombros.

— Provavelmente depois de amanhã, para garantir. E isso se eu não...

— Se você não me morder outra vez. — Uma onda súbita de calor toma conta de mim.

Agora é ele que parece desconfortável.

— É mais ou menos por aí.

— Mais ou menos? — Coloco o copo no banco e passo o meu braço que não está machucado ao redor da cintura dele. — Ou é exatamente isso?

Ele me encara, com o olhar sombrio.

— É exatamente isso — murmura ele. E sei que, se não estivesse coberta da cabeça aos pés em pilhas de roupas, ele poderia muito bem estar me mordendo agora. Só de pensar nisso, sinto um arrepio que nem tento esconder.

— Pare de me olhar desse jeito ou vou levá-la de volta para o seu quarto — avisa Jaxon. — E nós não vamos fazer aquilo para o qual eu a trouxe aqui.

Não vou mentir. Voltar para o meu quarto, de repente, parece ser uma ótima ideia. Mas...

— Por que nós viemos até aqui?

— Por que mais? — Ele enfia a mão na mochila e tira dali uma cenoura comprida e uma touca. — Para fazer um boneco de neve.

— Um boneco de neve? — digo, arfando com a surpresa. — É sério?

— Flint não é o único que sabe brincar na neve por aqui. — O rosto de Jaxon continua relativamente sem expressão, mas há uma certa acidez em suas palavras que me faz pensar em várias coisas. Especialmente a possibilidade de Jaxon estar com ciúme, o que parece absurdo, considerando que Flint tentou me matar em três ocasiões distintas. Não há muito motivo para despertar ciúme aqui.

— E aí, você vem? — pergunta Jaxon quando se abaixa e começa a juntar neve para formar uma bola gigante. — Ou vai ficar só olhando?

— A vista daqui está ótima — digo a ele, dando uma boa olhada naquele bumbum empinado, que está coberto por muito menos camadas de roupa do que o meu. — Mas vou ajudar.

Ele simplesmente revira os olhos para mim. Mas dá uma reboladinha, o que me faz rir. E muito.

Dali a pouco nós dois estamos gargalhando enquanto olhamos para aquele que parece ser o boneco de neve mais torto do mundo. O que até faz sentido para mim, já que eu venho de San Diego e lá nunca neva. Mas Jaxon mora no Alasca há anos. E com certeza já deve ter construído bonecos de neve antes.

Penso em perguntar, mas tem alguma nuance na maneira com que ele olha para o nosso boneco de neve que me faz ficar de boca fechada. Fico intrigada, pensando que talvez Jaxon não tenha tido muita oportunidade para brincar na vida, mesmo que não estivesse na linha de sucessão direta do trono.

Pensar nisso me deixa um pouco triste enquanto ele procura algumas pedras para fazer os olhos do boneco de neve. Jaxon já passou por muita coisa na vida. É incrível como ele conseguiu passar por tudo isso e ainda sair incólume pelo outro lado, logo ele, que sente tudo com tanta intensidade. Que se importa demais com tudo. E que está disposto a tentar brincar por minha causa.

É algo que chega a me dar um sentimento de humildade e também me faz ficar emocionada.

Essa emoção fica ainda mais forte quando eu lembro da pergunta que vai e volta na minha cabeça desde que acordei naquela enfermaria, há três dias.

— Jaxon?

— Sim? — Alguma coisa na minha voz provavelmente o deixou desconfiado, porque o sorriso que ele tem no rosto se transforma numa expressão de preocupação. — O que houve?

— Tem uma coisa que quero perguntar. — Respiro fundo e solto a pergunta que tentei muito ignorar. — Para onde Hudson foi? Nós vimos Lia morrer. Mas para onde foi aquela fumaça preta? Ela morreu com Lia? Ou... — Não termino a frase, porque a simples ideia já é horrível.

Mas Jaxon nunca foi do tipo que suaviza as palavras, ou que evita perguntas difíceis. Seu rosto fica sério quando ele responde:

— Ainda não consegui descobrir. Mas logo vou saber. Porque não vou correr o risco de Hudson estar solto por aí no mundo, de novo.

Há uma veemência tão forte no seu tom de voz que quase chega a doer, especialmente sabendo o quanto Jaxon já sofreu por causa do irmão. Odeio o fato de que ele teve que passar por tanta coisa e odeio especialmente o fato de que a ameaça de um retorno de Hudson provavelmente vai pairar sobre nós para sempre.

Afinal de contas, é difícil relaxar quando um sociopata homicida quer vingança contra você... e contra o restante do mundo.

Jaxon obviamente consegue lidar melhor com seu medo do que eu, ou talvez isso aconteça porque ele passou mais tempo em contato com a ameaça. Qualquer que seja o caso, consegue abrir um sorriso verdadeiro quando finalmente termina de criar o rosto do boneco de neve com as pedras e a cenoura que trouxe para fazer o nariz.

— Vamos lá — diz ele. — Você vai ter a honra de dar o toque final. — E me entrega o chapéu.

Esta é a primeira vez que olho para o chapéu e, quando o faço, começo a rir. E rio muito.

Porque talvez não estivesse sendo tão ridícula anteriormente. Talvez Jaxon realmente sinta ciúme de Flint.

Jaxon simplesmente balança a cabeça, olhando para mim.

— Você vai colocar a touca nele ou não?

— Ah, vou colocar, sim. — Dou um passo à frente e faço exatamente isso antes de voltar para onde Jaxon está a fim de podermos admirá-lo.

— O que acha? — pergunta Jaxon depois de um momento. E mesmo que ele pareça pronto para fazer alguma piada, consigo ouvir um toque de vulnerabilidade em sua voz. Uma necessidade minúscula de aprovação, algo que eu jamais teria imaginado existir.

Assim, me viro e olho para o nosso pobre boneco de neve, torto e inclinado para um lado e, apesar do frio, quase me derreto por completo outra vez. Porque, para mim, ele é perfeito. Absolutamente perfeito.

Mas não digo nada. Caso contrário, revelaria a Jaxon que estou enxergando mais do que ele imagina. Assim, digo a única verdade que consigo.

— Essa touca em forma de vampiro deu um charme todo especial.

O sorriso no rosto dele é enorme.

— Foi o que pensei, também.

Ele vem pegar na minha mão exatamente no mesmo instante que eu vou pegar na dele. E a sensação é boa. Muito boa mesmo.

Parece que tudo está dando certo.

Pela primeira vez, me permito pensar no que Lia disse antes de morrer, sobre eu ser a consorte de Jaxon. Não sei o que isso significa, mas quando ele me puxa para perto e o calor do seu corpo aos poucos se espalha pelo meu, não consigo deixar de pensar que talvez isso seja algo que eu deva descobrir.

Capítulo 65

POR QUE UMA GAROTA NÃO PODE SIMPLESMENTE TER UM FINAL FELIZ?

Quatro dias depois, finalmente volto para as aulas — e desta vez, volto de verdade, incluindo lições de casa na aula de literatura britânica, um trabalho para redigir sobre as causas dos julgamentos das bruxas de Salem e a minha primeira consulta com a drª. Wainwright. Além disso, tenho que repor as aulas que perdi quando uma vampira psicopata tentou me matar. O que me parece meio injusto, inclusive. Mas quem sou eu para reclamar quando tenho a oportunidade de passar cada manhã, cada intervalo de almoço e quase todas as noites com Jaxon, que está fazendo um trabalho admirável de se concentrar no momento em vez de ir arrumar confusão?

Estamos juntos agora, inclusive, pegando o café da manhã na cantina e zoando o mais recente dilema romântico de Luca — algo que, preciso admitir, é bem incomum.

Estou comendo biscoitos de açúcar mascavo. Macy pegou o último pacote de biscoitos de cereja, porque ela é malvada desse jeito — e Jaxon e o restante da Ordem estão tomando a dose matinal de sangue de alce em copos opacos, tudo fornecido pela escola. E descobri que é para isso que aquelas grandes jarras térmicas de cor laranja servem: para alimentar os vampiros.

Cam ainda não conseguiu criar coragem para se juntar a nós, mas Macy ainda tem esperanças de que isso aconteça, mais cedo ou mais tarde. Não sei se acredito nisso. A reputação de Jaxon ficou ainda mais intimidante desde que a notícia do acontecimento com Lia se espalhou e quase todo mundo está se afastando dele ainda mais do que o habitual. Eu insisto em dizer a ele que as pessoas se sentiriam mais à vontade para se aproximar se ele sorrisse um pouco mais, mas até agora Jaxon não seguiu meu conselho. Pessoalmente, acho que isso acontece porque ele acredita que, quanto mais assustadas as pessoas estiverem, mais segura eu estarei também.

Não concordo necessariamente com isso, mas preciso admitir que as coisas estão incrivelmente tranquilas nos últimos dias. Ninguém tentou me envenenar nem me transformar em um sacrifício humano em pelo menos noventa e seis horas. Definitivamente, isso é um recorde e tudo que quero é estendê-lo o máximo possível.

O sinal toca pela última vez antes do começo das aulas enquanto eu tomo o meu último gole de chá e ergo os olhos, percebendo que Jaxon me olha com um sorriso (muito) discreto nos lábios.

— O que foi? — pergunto enquanto pego o meu pacote de biscoitos e a caneca.

— Estou só olhando para você. — Ele se aproxima e dá um beijo no canto da minha boca. — Querendo saber no que está pensando.

— Em você — respondo. — Como sempre.

Rafael finge que está vomitando.

— Olhem, sem querer ofender, mas será que vocês podem pegar mais leve com essa overdose de açúcar?

— Vampiros não metabolizam açúcar do mesmo jeito que os humanos comuns — respondo com um sorrisinho. — Portanto, esse papo de over-dose de açúcar não existe.

— Olhe só o que você fez, Jaxon — diz Mekhi. — Criou um monstro das pesquisas. Ela está obcecada.

— Tenho quase certeza de que isso é obra da bibliotecária — responde Jaxon, seco. — Todos os dias, Amka separa pelo menos uns cinco livros para Grace.

— Ei, se eu tenho que viver com vampiros, preciso saber o máximo possível sobre eles — explico quando me levanto e empurro a cadeira para junto da mesa. — É normal querer aprender sobre o que há à nossa volta.

— Sabe o que mais é normal? — pergunta Jaxon quando abaixa o rosto e deixa a boca a poucos centímetros da minha.

— Acho que sei — respondo, inclinando o rosto para cima para que nossos lábios possam se encontrar.

— Olhe só para nós — sussurro junto da sua boca alguns segundos depois. — Sendo normais.

Ele desliza uma presa pelo meu lábio e me encara com um olhar sexy que faz as minhas entranhas se transformarem em geleia.

— Quase normais.

— Por mim, não tem problema.

Ele sorri.

— Por mim, também não.

Ele se aproxima para mais um beijo, uma carícia que faz a minha cabeça girar e os meus joelhos estremecerem, e eu não consigo evitar derreter junto dele. Nunca gostei muito de demonstrações explícitas de afeto, mas Jaxon me faz quebrar todas as regras. E tenho certeza de que estou causando o mesmo efeito nele. Especialmente se Lia estava certa e nós somos consortes um do outro.

Mas ainda não disse isso para ele. O cara já está completamente apavorado com essa coisa chamada relacionamento. Se sequer mencionar a palavra "consorte" — algo sobre o qual Macy passou bastante tempo me ensinando há alguns dias —, tenho certeza de que Jaxon vai provocar um terremoto capaz de fazer a escola desabar.

Agora é a vez de Mekhi dizer o quanto está farto de se atrasar para as aulas porque *certas pessoas* não conseguem desgrudar a boca das outras. Jaxon mostra o dedo médio para ele, mas aquelas palavras provavelmente o atingiram, porque ele se afasta de mim e pega a minha mochila.

— Vamos. Eu a acompanho até a sua aula.

— Você não precisa fazer isso. Vai se atrasar para a sua aula de física — digo, olhando para o relógio.

Ele me encara com um olhar do tipo "deixe disso".

— Acho que vão sobreviver sem mim por cinco minutos.

Não estou tão certa disso, mas conheço o bastante sobre Jaxon — e também sobre o jeito teimoso de retesar o queixo — para saber quando posso discutir a questão e quando é melhor simplesmente deixar as coisas como estão. Além disso, permitir que ele me acompanhe até a sala de aula tem suas compensações. Com Jaxon ao meu lado, ninguém vai se atrever a esbarrar no meu ombro ferido ou em qualquer um dos outros machucados.

É uma situação em que todo mundo ganha.

Pelo menos até passarmos por um pequeno grupo de dragões enquanto saímos da cantina. Jaxon nem toma conhecimento deles e tento fazer o mesmo, mas Flint está bem no meio do grupo. E está tentando chamar a minha atenção.

Sinto vontade de fingir que não o vi. Sinto mesmo. Mas, como eu disse a Jaxon há alguns dias, há um pedaço de mim que entende por que ele agiu daquele jeito. Eu não diria que estou, digamos, pronta para começar a tostar *marshmallows* com ele outra vez, mas também não posso odiá-lo.

E não posso simplesmente ignorá-lo.

Em vez disso, deixo meu olhar cruzar com o dele por alguns segundos. Seus olhos se arregalam e ele abre aquele sorriso que me faz rir desde o meu primeiro dia em Katmere. Não rio como antes, mas abro um sorrisinho discreto quando passamos por ele. Por enquanto, é o suficiente.

Fico esperando Jaxon dizer alguma coisa sobre o que acabou de acontecer enquanto caminhamos pelos corredores, mas ele não se manifesta. Acho que eu não sou a única pessoa que está aprendendo a ser mais flexível. Aperto a mão dele com um pouquinho mais de força, um agradecimento silencioso, mas ele simplesmente balança a cabeça negativamente em resposta.

Tudo isso parece bastante normal e correto também.

Sei que Jaxon ainda se preocupa e vai continuar se preocupando com o fato de que estar comigo me transforma em um alvo. E há uma parte de mim que sabe que ele tem razão. Que nunca vou estar segura se estivermos juntos.

Mas não importa o que ele pense: Jaxon não tem a obrigação de me proteger. Eu sei desde o primeiro dia que ele não seria o herói da minha história. E isso não me entristece nem um pouco.

Porque agora ele sorri de um jeito que nunca sorriu antes. Ele ri. E, ocasionalmente, chega até a me contar uma ou duas piadas muito ruins. Prefiro isso a preocupações com a minha própria segurança, especialmente porque, em relação a ela, me sinto o tempo todo numa gangorra.

E isso me faz lembrar de uma coisa.

— Ei, você não chegou a me contar o final daquela piada.

Paramos a poucos metros da porta da minha sala de aula. Em parte, para aproveitar o corredor que está quase vazio e em parte para não assustar toda minha sala de literatura britânica outra vez.

— Que piada? — pergunta ele, confuso.

— Você sabe. Aquela do pirata. Lembra? O que o pirata disse quando fez oitenta anos?

— Ah, é mesmo. — Jaxon ri. — Ele disse...

Mas nem chego a ouvir o final dessa piada. Um lampejo por cima do ombro de Jaxon atrai a minha atenção. E ele é seguido imediatamente por uma nuvem malcheirosa e sinistramente familiar de fumaça preta. Começo a andar para trás, puxando Jaxon para vir comigo. Mas é tarde demais. Porque, quando a fumaça se dissipa, alguém, que só pode ser Hudson Vega, está em seu lugar, com uma espada gigantesca nas mãos apontada para a cabeça de Jaxon.

Minha cara de terror deve ser bem visível, porque Jaxon vira a cabeça para trás. Mas a espada já está golpeando. Não há nem tempo para que ele veja a ameaça e menos ainda para reagir a ela.

Horrorizada, seguro nos braços dele e o puxo para mim. Mas mesmo quando ele cai para a frente, sei que não vai funcionar. Ele ainda está na trajetória da lâmina. Por um momento, apenas um momento, a minha mente volta no tempo, lembrando da expressão de Jaxon ontem à noite, quando estávamos deitados na cama dele. Jaxon estava debruçado sobre mim, apoiado no cotovelo. Um sorriso sonolento e os olhos nublados pelo desejo.

Seus cabelos estavam recaídos sobre o rosto e eu ergui a mão para afastá-los e poder olhar nos olhos dele... e, pela primeira vez, quando a minha mão tocou a bochecha marcada pela cicatriz, ele não se esquivou. Seu sorriso não vacilou e ele não baixou a cabeça. Não virou o rosto para o outro lado. Em vez disso, ficou bem ali comigo. Imerso no momento.

Relaxado.

Feliz.

Completo.

E é nesse momento que percebo. Jaxon nunca esteve destinado a ser o herói da minha história, porque sou eu quem sempre estive destinada a ser a heroína da história dele.

Assim, no fim, tomo a única atitude que posso. Eu o abraço com força e o faço girar para trás de mim, de modo que as minhas costas fiquem viradas para a espada. E fecho os olhos, esperando pelo golpe que eu sempre soube que viria.

Capítulo 0

ELA PERSISTIU

— Jaxon —

— Porra, Foster. Quando ela vai voltar ao que era antes?

— Eu não s...

— Não diga que você não sabe, porra. — Observo a bibliotecária e a professora de biologia de criaturas antigas, que estão sentados diante da mesa do diretor e pergunto: — Vocês não deviam saber que merda está acontecendo? Por que colocam gente como vocês para tocar essa merda de escola se ninguém consegue responder a uma pergunta simples, porra?

— Essa *não é* uma pergunta simples, Jaxon. — O diretor pinça a ponte do nariz entre o polegar e o indicador.

— É claro que é. Em um minuto, Grace estava nos meus braços, bloqueando o ataque de Hudson. — Minha garganta se fecha quando me lembro daqueles momentos frenéticos, enlouquecidos. De como ela tentou me puxar para longe e quando isso não funcionou, como ela se jogou entre...

Interrompo o pensamento antes de perder o autocontrole e antes que a conversa acabe descambando. Porque, se eu começar a pensar nisso agora, se eu pensar no que ela fez... o chão começa a tremer e... diabos. A única coisa que me impede de transformar essa escola inteira numa pilha de escombros é saber que eu posso machucar Grace se fizer isso.

Respiro fundo antes de continuar.

— Em um momento, ela estava bem ali. E agora Grace... Grace, ela... — Não consigo dizer. Não consigo dizer que ela se foi, porra. Porque, se eu disser isso em voz alta, não vou poder voltar atrás.

Se eu disser isso em voz alta, vai ser verdade.

— Ela estava ali, Foster — repito. — Quente, viva, *Grace*. Ela estava bem ali. E, em seguida, ela... — O chão treme de novo e desta vez não faço esforço algum para controlá-lo.

Em vez disso, vou até o canto da sala, onde está o que sobrou de Grace — da minha Grace.

— Por que ela simplesmente não pode voltar ao que era? — pergunto pelo que parece ser a milionésima vez. — Por que vocês não conseguem fazer com que ela volte?

— Acredite, eu sei que é difícil para você, Jaxon — diz a drª. Veracruz pela primeira vez. — É difícil para nós, também. Mas já faz mil anos que não vemos uma dessas. Vai demorar para entendermos o que aconteceu de errado.

— Vocês tiveram quatro dias! Quatro dias. E ainda assim não conseguem me dizer nada além disso! Como vou poder me comunicar com ela se ninguém consegue me informar sobre o que aconteceu?

— Acho que você vai ter que aceitar que não vai conseguir se comunicar com ela — diz Foster e, pela primeira vez, percebo que a voz e a aparência dele estão quase tão ruins quanto as minhas. — Acho que vamos ter que aceitar que ela não vai voltar a ser como antes enquanto não quiser.

— Não acredito nisso — respondo, com a voz rouca e os punhos fechados com força para não enlouquecer completamente. — Grace não me abandonaria por vontade própria. Ela não me deixaria.

— Tudo o que eu li nesses últimos quatro dias diz que ela pode voltar por seus próprios meios — intervém Amka. — O que significa que há somente duas possibilidades.

— Não diga nada — eu a aviso.

— Jaxon...

— Estou falando sério, Foster. Não diga merda nenhuma. Grace não está morta. Ela não pode estar morta.

Porque não há outra maneira capaz de impedir que eu desmorone completamente se ela estiver.

Não vou poder me conter e vou acabar destruindo essa porra de escola até o último tijolo. E se Hudson estiver com ela... se ele a feriu... Apenas o pensamento do que ele é capaz de fazer — e do que ela pode estar passando por causa disso — faz uma onda de terror se espalhar pela minha coluna e embrulha o meu estômago. Se ele causou qualquer mal a ela, vou encontrá-lo. E vou botar fogo nele só para vê-lo queimar.

— Ela não está morta — digo a eles novamente enquanto olho para aquele rosto bonito. Seus olhos estão fechados, assim como estavam naquele último instante no corredor, mas isso não importa. Não preciso ver seus olhos para saber o que ela sente por mim, está escrito naquele rosto. Ela me ama quase tanto quanto eu a amo.

— Se ela não está morta, e concordo com você nesse ponto... então a única outra opção é que ela *escolheu* não voltar — diz a drª. Veracruz.

— Você não sabe se isso é verdade. Ela pode estar presa...

— Nós sabemos, sim — Amka faz questão de me lembrar. — Gárgulas não podem ser aprisionadas em sua forma de pedra. Se elas não voltarem à forma humana, é simplesmente porque não querem.

— Isso não é verdade. Hudson está fazendo alguma coisa com ela. Ele...

— Jaxon. — A voz de Foster corta as minhas negações. — Você realmente acha que Grace voltaria à forma humana se pensasse que estava trazendo uma ameaça a Katmere? — O diretor olha firmemente nos meus olhos, um olhar que é ao mesmo tempo solene e feroz enquanto eu espero que ele não diga o que está pensando. Ao que nós dois estamos pensando. — Ou a você?

A dor me dilacera, me destruindo. Me eviscerando onde estou. Mal consigo pensar ou respirar em meio a essa agonia de saber que ele está certo. De saber que Grace pode muito bem estar sofrendo neste exato momento para me salvar.

Contei a ela sobre Hudson, contei sobre a minha mãe. Ela sabe que matá-lo foi algo que quase me destruiu. Se voltar significa trazer Hudson consigo, significa fazer com que eu mate o meu irmão outra vez... Grace jamais faria isso. Ela não deixaria que isso acontecesse comigo.

— Ela está me salvando, não é? — sussurro, numa voz que até mesmo eu tenho dificuldade em ouvir.

Mas Foster ouve e coloca a mão no meu ombro.

— Acho que pode estar.

Não existe "pode" numa situação como essa. Porque Grace me ama. Ela já me salvou uma vez. Sei que ela vai continuar aprisionada em pedra pelo tempo que precisar. Vai ficar aprisionada em pedra pelo tempo necessário para que todos em Katmere fiquem seguros.

E vai ficar aprisionada em pedra para sempre para me salvar outra vez.

Meu coração começa a bater aceleradamente quando me dou conta disso. Minhas mãos tremem, a respiração fica entrecortada e eu preciso reunir todas as minhas forças para continuar em pé.

Não posso deixar que ela faça isso. Mal consegui sobreviver a quatro dias sem Grace. Não vou poder viver pela eternidade sem ela.

Por um momento, apenas por um momento, eu me permito lembrar todas as pequenas coisas que me fazem amá-la. E ignoro o fato de que cada uma dessas lembranças me faz ruir um pouco mais.

O carinho daquele olhar quando ela me toca.

O jeito que aquele mesmo olhar fica irritado quando está prestes a me dar uma bronca.

O jeito que ela ri quando conta aquelas piadas horríveis.

Por que a polícia interrogou o saco de cimento?

Porque precisavam de informações concretas.

Péssima essa, não? Dane-se, todas eram horríveis, mas eu não ligava nem um pouco, ficava bobo ao vê-la sorrindo para mim, toda orgulhosa de si mesma.

Caralho, que saudade sinto dela.

Saudade daquele cheiro que ela tinha de biscoito de morango açucarado.

Saudade da maciez daquela pele, de como aquele corpo tão *sexy* sempre se moldava perfeitamente ao meu.

Saudade dos cachos dela.

Desta vez, quando eu estendo a mão, não o faço para acariciar seus cabelos. E sim para encostar a mão naquela bochecha fria como pedra, do mesmo jeito que ela sempre fez comigo.

E digo a Foster algo que espero desesperadamente que Grace consiga ouvir também.

— Vou descobrir uma maneira de separá-la de Hudson. E vou prendê-lo, ou matá-lo, ou fazer o que tiver que ser feito, para garantir que ele nunca mais ameace alguém.

— Talvez isso não seja o suficiente, Jaxon — rebate Amka. — Ela pode decidir...

— Vai ser o bastante — digo a eles. Porque ela me ama. Porque sabe que não posso durar muito mais tempo sem que ela esteja ao meu lado.

Eu me inclino para a frente e encosto a testa na dela por um segundo. Por dois. E sussurro. — Eu vou descobrir um jeito de acabar com ele, Grace. Eu juro. E aí você vai voltar para mim. Porque preciso de você. Preciso que você volte para mim.

Fecho os olhos e engulo tudo o que tenho vontade de dizer. Porque não tem a menor importância. Nada importa sem Grace.

Ela tem que voltar. Porque, se não voltar, vou desmoronar. E desta vez eu não tenho certeza de que serei forte o bastante para não destruir o mundo inteiro junto.

FIM DO LIVRO I

Espere! Tem mais!
Leia os três capítulos para conhecer a história
a partir do ponto de vista de Jaxon.
Nada será como antes...

———————

VOCÊ SÓ ACHA QUE É UM PRÍNCIPE
QUANDO NÃO TEM UMA TORRE

— Jaxon —

Não acredito que Foster fez isso. Simplesmente não consigo acreditar. Passo todas as horas de todos os meus dias, tentando impedir que todo esse caralho se transforme numa merda ainda maior e Foster resolve fazer isso. Puta que pariu, não dá para acreditar.

— É ela? — pergunta Mekhi do lugar em que está sentado, no sofá atrás de mim.

Olho pela janela para a garota que está descendo do trenó motorizado diante da escola.

— Sim.

— O que você acha? — pergunta Luca. — Será que ela vai dar uma boa isca?

— Ela parece... — Exausta. Vejo isso na maneira que ela baixa a cabeça quando tira o capacete. Em como seus ombros se contraem. Em como ela observa a escada, como se fosse o maior obstáculo que já viu na vida. Exausta e... derrotada?

— O quê? — Byron chega por trás de mim e espia por cima do meu ombro. — Ah. Indefesa — murmura ele depois de um minuto.

Sim, é exatamente essa palavra que eu estava procurando. Ela parece *indefesa*. O que, sem dúvida, faz dela uma ótima isca. E também faz com que eu me sinta péssimo. Como é que vou poder usar uma garota que já parece ter levado uma dúzia de pontapés da vida, bem na boca?

Por outro lado, como é que eu poderia deixar de fazer isso? Tem alguma coisa acontecendo. Alguma coisa grande. Alguma coisa que vai foder com todo mundo. Estou sentindo, eu e os outros membros da Ordem. Há dias estamos tentando descobrir o que é, mas ninguém fala nada, pelo menos, não para nós. E como não queremos sair pela escola e forçar a situação, só para não fazer com que o responsável por isso, seja quem for, fuja e se esconda desse desastre de proporções monumentais prestes a acontecer, precisamos encontrar alguma isca e segui-la.

— Indefesa é algo bom, né? — pergunta Liam, como o cuzão que é.

Eu o encaro, irritado, enquanto ele pega uma garrafa térmica cheia de sangue do frigobar que fica embaixo de uma das minhas estantes de livros. Ele ergue a mão como se estivesse pedindo desculpas e em seguida explica:

— Só estou dizendo que isso pode fazer com que a pessoa que está por trás disso tudo tenha uma falsa sensação de segurança.

— Ou pode fazer com que seja muito mais fácil matá-la — responde Rafael, sem medir as palavras, embora a voz, por outro lado, soe firme. Não é nenhuma surpresa, já que ele sempre teve uma queda por donzelas em perigo. E ele também é o único que foi contra esse plano desde o começo.

Mas não sei mais o que posso fazer. Não dá para ignorar o que está acontecendo por debaixo dos panos. Não se eu quiser impedir outra guerra... ou algo pior.

Espio novamente e vejo que ela conseguiu subir os degraus agora, embora pareça estar prestes a cair para trás. Quero ver seu rosto, mas ela está coberta com tantas roupas que não consigo ver nada além da massa de cachos espiralados que saem por baixo daquele chapéu rosa-choque.

— O que vai fazer, então? — pergunta Mekhi. — O que vai dizer a ela?

Não tenho a mínima ideia. Bem, eu sei o que *planejei* dizer a ela. O que eu *deveria* dizer a ela. Mas, às vezes, *deveria* é algo que está muito longe do que acontece na realidade. Hudson me ensinou isso... assim como a nossa mãe ensinou.

E é por isso que, em vez de responder à pergunta do meu melhor amigo, eu pergunto:

— Do que mais eu preciso saber?

— Jaxon... — começa Rafael, mas eu o mando ficar quieto com um olhar.

— O que mais?

— Os dragões voltaram para os túneis — diz Luca, com aquele sotaque espanhol que faz as coisas não parecerem tão ruins quanto realmente são. — Ainda não consegui descobrir o que eles estão aprontando, mas cedo ou tarde vou saber.

— E os lobos?

Liam solta uma risada irônica.

— Os mesmos cuzões de sempre, só que em dias diferentes.

— E isso vai mudar algum dia? — pergunta Mekhi, fechando o punho para tocá-lo no meu.

— Nunca vai mudar — concordo. — Mas, além das coisas de sempre, tem alguma coisa que preciso saber sobre eles?

— Nada além de ficarem uivando para a lua como um bando de criminosos. — Byron ainda está olhando pela janela e eu sei que ele está pensando em Vivien. — Quando você vai fazer alguma coisa a respeito?

— Eles são lobos, By. Uivar para a lua é normal para eles — respondo.

— Você sabe do que eu estou falando.

E sei mesmo.

— Eles não vão machucar mais ninguém do jeito que fizeram com ela. Cole me deu a palavra dele.

— Ah. — Ele bufa. — Como se fosse possível confiar em Cole. Ou naquele bando de vira-latas sarnentos que andam com ele.

Já faz cinco anos, mas na cronologia dos vampiros isso não é nada. Especialmente quando se perde uma consorte.

— Ela está entrando — murmura Byron e uma rápida olhada para a frente da escola mostra que ele está certo. O chapéu rosa e a garota que o trazia na cabeça não estão em lugar nenhum.

— Eu já volto — digo a eles, tirando o moletom vermelho da Academia Katmere que vesti durante todo o dia e jogando-o no encosto da cadeira mais próxima. Afinal de contas, nada intimida mais do que um moletom da escola...

Desço três degraus de cada vez. Não tenho a menor ideia sobre o que vou fazer agora, se é que vou fazer alguma coisa. Mas quero dar uma olhada nessa garota nova. Quero ver que tipo de problemas ela vai trazer à nós. Porque, se existe uma coisa que eu sei é que ela vai ser *todo* o problema.

É uma sensação que se intensifica no instante que a vejo sozinha, com as costas para a escada e para qualquer pessoa que queira chegar sorrateiramente enquanto ela contempla a mesa de xadrez semiescondida pela alcova.

E que diabos...? Ela está aqui há dois minutos e Macy e Foster já a deixaram sozinha? Onde qualquer um pode se aproximar dela?

E quando eu digo *se aproximar dela*, digo que podem querer aprontar alguma coisa... ou algo pior.

Inclusive, eu ainda nem cheguei ao pé da escada antes que Baxter já esteja se esgueirando por trás dela, com os olhos ardendo e as presas um pouco à mostra.

Consigo atrair a sua atenção e o encaro com um olhar que o faz cair fora dali. Não porque me importo se ele tomar todo o sangue daquela pequena humana — e ela é pequena mesmo; não deve ter um metro e sessenta — , mas porque há regras para isso. E uma dessas regras definitivamente é *não se alimente da sobrinha do diretor*. O que é uma pena, porque o cheiro dela é ótimo. Uma combinação entre baunilha e madressilva, perceptível sobre o aroma levemente ácido depois de muitas horas de viagem.

Faz com que eu imagine qual seria o gosto dela.

Mas como beber o sangue dela — todo ou apenas uma parte — está fora de questão, afasto essa ideia e desço a última metade da escada com um único salto.

Ela ainda não percebe e não consigo deixar de imaginar se ela tem alguma espécie de instinto suicida ou se é uma pessoa espetacularmente distraída.

Espero que seja essa última opção, porque, se fosse a primeira, isso com certeza complicaria as coisas. Especialmente aqui em Katmere, onde, no momento, parece que a civilidade entre todas as criaturas que frequentam este lugar está por um fio. Especialmente no que diz respeito a mim.

Me aproximo quando ela pega uma peça de xadrez e começa a observá-la como se fosse a coisa mais fascinante do mundo. Curioso, apesar da situação, eu espio por cima do seu ombro para ver exatamente o que ela acha tão fascinante. Mas quando vejo a peça que ela está observando — a minha boa e velha mãe, em toda a sua glória, não consigo deixar de chegar um pouco mais perto e avisar:

— Eu tomaria cuidado com essa aí, se fosse você. Ela tem uma mordida bem dolorida.

Ela salta como se eu realmente a tivesse mordido. Então, é simplesmente distraída. Nada de instintos suicidas. As coisas estão melhorando.

Vou avisá-la sobre virar as costas para qualquer pessoa neste lugar, mas ela vira para trás antes que eu consiga falar. E, quando nossos olhares se cruzam, perco toda a noção do que ia dizer.

Porque... puta que pariu. Simplesmente puta que pariu.

Ele é tudo e nada do que eu esperava.

É frágil, como todos os humanos. Quebra-se facilmente; bastaria um gesto com a mão ou um ataque com as presas para que ela morresse. Problema resolvido. Exceto, claro, pelo alvoroço que Foster iria causar.

Mas quando ela ergue o rosto para me encarar, com olhos da cor de chocolate derretido, não estou pensando em matá-la. Em vez disso, estou pensando no quanto a pele dessa garota deve ser macia.

No quanto eu gosto do jeito que os cachos emolduram aquele rosto em forma de coração.

Se o grupo de sardas que ela tem na bochecha esquerda forma o desenho de uma flor ou uma estrela.

E, com certeza, estou pensando em como seria enfiar os meus dentes naquele ponto logo abaixo da orelha.

O que ela diria quando me pedisse para fazer isso.

Qual seria a sensação do corpo dela junto ao meu quando ela se oferecesse.

Qual seria o gosto dela na minha língua... e se for parecido com o cheiro dela, tenho medo de não conseguir me conter. E eu sempre consigo me conter.

Não me sinto muito confortável quando percebo isso, especialmente considerando que vim até aqui para dar uma olhada nela e ter certeza de que essa garota não causaria nenhum problema quando as coisas já estão tão complicadas. E aqui estou eu, de repente, pensando em...

— Quem tem uma mordida dolorida? — Sua voz trêmula interrompe os meus pensamentos, faz com que eu olhe para a mesa de xadrez que está logo depois dela... e a peça que ela deixou cair quando a assustei.

Estendo a mão, pego a rainha vampira — mesmo que ela seja a última coisa em que eu queira tocar — e a seguro para que a sobrinha de Foster, para que *Grace*, a veja.

— Ela não é muito legal.

Ela me encara sem expressão.

— Ela é uma peça de xadrez.

A confusão dela me encanta, assim como sua determinação em fingir que não sente medo de mim. Ela tem uma petulância que poderia funcionar com outro humano, mas não comigo. Não quando consigo farejar o medo... e alguma outra coisa que me faz prestar atenção.

— E isso significa o quê? — pergunto, porque cutucar essa humana é bem divertido.

— Significa que ela é uma peça de xadrez — responde e pela primeira vez, ela tem coragem suficiente para olhar nos meus olhos. — É feita de mármore. Não pode morder ninguém — continua ela após um momento.

Eu inclino a cabeça, insinuando que *nunca se sabe* com o gesto.

— "Há mais coisas entre o céu e o inferno, Horácio, do que sonha a nossa vã filosofia". Considerando que estamos no meio de uma situação bem complicada, um pouco de *Hamlet* parece ser bem apropriado.

— Terra — responde ela.

O que me faz erguer uma sobrancelha enquanto olho para ela. Além de conhecer a citação, ela não tem medo de chamar a minha atenção para o "erro" que cometi.

— A frase é "Há mais coisas entre o céu e a *Terra*, Horácio".

— É mesmo? Gosto mais da minha versão.

— Mesmo que esteja errada?

— Especialmente porque ela está errada.

Ela parece incrédula e seu tom de voz revela o mesmo, também. O que me diverte e ao mesmo tempo me preocupa. Porque significa que a minha primeira impressão estava certa: ela realmente é distraída. E é uma pessoa totalmente, completamente sem noção. Tudo indica que ela vai ser morta por aqui... ou que vai causar uma guerra. Ou as duas coisas.

Não posso deixar que isso aconteça... para a segurança de todo mundo. Não depois de todo o trabalho que tive — e depois de ter desistido de tudo — para impedir que isso acontecesse.

— Preciso ir. — Os olhos dela estão arregalados; a voz, um tanto perturbada.

É a gota d'água, porque, se ela não consegue manter uma conversa comigo, relativamente amistosa, como diabos vai conseguir durar um único dia por aqui?

— É, precisa mesmo. — Dou um passo curto para trás e indico a sala de convívio com a cabeça, assim como a entrada da escola. — A porta fica daquele lado.

Uma expressão de choque passa pelo seu rosto quando ela pergunta:

— E preciso tomar cuidado para que ela não bata em mim quando eu passar?

Dou de ombros antes de lhe dar uma resposta que certamente vai fazer com que ela fuja correndo para as colinas. O fato de que isso também vai fazer com que eu pareça um babaca é algo que eu devo lamentar e algo cuja razão ela jamais deve saber.

— Desde que você saia dessa escola, não dou a mínima se a porta bater em você ou não. Avisei ao seu tio que não estaria segura aqui, mas, obviamente, ele não gosta muito de você.

A raiva surge no rosto dela, substituindo a incerteza.

— E quem exatamente você deveria ser, hein? O chefe do comitê da má recepção de Katmere?

— Comitê de *má* recepção? — repito. — Pode acreditar no que eu digo: essa vai ser a saudação mais gentil que você vai receber por aqui.

— Ah, então é assim? — Ela ergue as sobrancelhas, abrindo bem os braços. — As boas-vindas ao Alasca?

Aquela retrucada me surpreende e me intriga — o que não é *nada* aceitável, de maneira alguma. Perceber isso me faz rosnar.

— Está mais para as boas-vindas ao inferno. Agora, cai fora daqui. — E é também um aviso para mim mesmo, uma tentativa de assustá-la.

É uma pena que isso não funcione com ela, nem de um lado e nem de outro. Porque ela não recebe muito bem o meu aviso e também não sai correndo. Em vez disso, simplesmente ergue o queixo e me olha com condescendência, perguntando:

— Por acaso você fez curso para ser babaca? Ou essa sua personalidade encantadora sempre foi assim?

Agora é a minha vez de ficar chocado. Ninguém fala assim comigo. Nunca. Especialmente uma garota humana que eu poderia matar com um simples pensamento ou nada muito além disso. Pensar a respeito me deixa um tanto frustrado. Porque estou tentando salvar a sua vida e ela não tem nem mesmo a decência de se dar conta.

Preciso mudar isso e rápido. Estreitando os olhos, eu respondo:

— Olhe, preciso dizer que, se isso é o melhor que você pode fazer, antes que aconteça o pior, te dou mais ou menos uma hora.

Agora é a vez das sobrancelhas dela se erguerem ao me encarar.

— Antes que aconteça o quê?

— Antes que alguma coisa a devore. — É óbvio.

— É sério? Acha que vou cair nessa? — Ela revira os olhos. — Fico mordida com quem se acha o dono da verdade.

Morder. Ah, se ela soubesse o quanto quero fazer isso... quanto mais irritada ela fica, melhor é o cheiro. Sem falar no quanto ela fica mais bonita com as bochechas vermelhas e quando a veia de pulsação na curva da garganta que bate aceleradamente.

— Ah, nem estou a fim — digo a ela, mesmo sentindo que estou com água na boca e que as minhas presas ameaçam se alongar a cada batida do coração dela.

Quero sentir o sabor dela. A maciez do seu corpo encostado no meu enquanto bebo uma boa dose. Beber... eu corto aquele pensamento. Força-me a olhá-la de cima a baixo de um jeito bem arrogante antes de responder:

— Tenho certeza de que você não serve nem para virar aperitivo.

Dou um passo à frente, determinado a intimidá-la. Determinado a fazer com que ela saia daqui antes que este lugar se transforme num inferno e ela se machuque.

— Talvez um lanchinho rápido, quem sabe? — Bato os dentes bem rápido, fazendo um estalo alto. E faço o melhor que posso para ignorar a maneira como ela estremece com o som.

Puta que pariu, é muito mais difícil do que deveria ser. Especialmente quando ela se recusa a recuar como qualquer pessoa faria. Como todo mundo faria. Em vez disso, ela pergunta:

— Cara, o que você tem na cabeça?

E... merda. Quase começo a rir, porque talvez...

— Uns dois ou três séculos? — Talvez isso seja o bastante para começar a arranhar a superfície da minha resposta, para ser sincero.

— Sabe de uma coisa? Você não precisa ser um...

Atrás de nós, todo mundo está esticando as orelhas para escutar a nossa conversa. Ninguém é idiota demais para chegar muito perto, mas eu os sinto por ali, nas proximidades. Escutando. Esperando. Criando estratégias.

O que significa que já chega. É hora de assustá-la de verdade.

— Não me diga o que eu tenho que ser. Não quando você não faz a menor ideia de onde veio parar — digo, grunhindo.

— Oh, não! — Ela finge que está assustada, com uma expressão bem teatral, e em seguida pergunta: — É essa a parte da história em que você me conta sobre os monstros malvados que existem aqui no meio das florestas perdidas do Alasca?

Caraca, estou mesmo impressionado com essa menina. Claro, é muito frustrante perceber que ela não está levando nada disso a sério, mas é difícil culpá-la quando tudo o que sabe é o que eu estou dizendo. Inclusive, estou impressionado por ela conseguir resistir por tanto tempo. Não é todo mundo que consegue.

E é por isso que respondo:

— Não, esta é a parte da história em que eu te mostro os monstros malvados bem aqui neste castelo. — Avanço um passo, encurtando a pouca distância que ela conseguiu abrir entre nós.

Ela precisa saber que, se for caminhar por este lugar desafiando as pessoas desse jeito, vai ter que encarar as consequências. É melhor que ela aprenda isso comigo do que com um dos metamorfos que gostam de atacar com as garras primeiro e fazer perguntas depois.

Ela deve ter visto isso no meu rosto, porque dá um passo trêmulo para trás. Em seguida, mais um. E mais um. Mas eu não me afasto, avançando um passo para cada passo que ela recua, até prensá-la contra a borda da mesa de xadrez. Não há mais para onde ir.

Preciso assustá-la, preciso fazer com que ela fuja deste lugar o mais rápido possível, que vá para o mais longe que puder. Mas, quanto mais me aproximo dela, quanto mais me inclino para junto dela, mais eu sinto vontade de fazer qualquer outra coisa que não seja assustá-la para que fuja daqui.

É uma sensação muito boa estar encostado nela. Seu cheiro é tão bom que tenho dificuldade de me concentrar no golpe final. E, quando ela se move, com o corpo tocando no meu mais de uma vez, é ainda mais difícil lembrar de qual seria o golpe final.

— O que você...? — A respiração dela fica presa. — O que você está fazendo?

Não respondo imediatamente... porque não tenho uma resposta além de *a coisa errada. Estou fazendo a coisa errada*. Mas saber disso parece não importar quando ela está bem na minha frente, os olhos castanhos vivos com um milhão de emoções diferentes que fazem com que eu sinta coisas que não me permito sentir há muito tempo.

Mas nenhuma dessas coisas é a resposta que preciso dar a ela no momento. Nenhuma delas é um pensamento que eu deveria ter. Assim, em vez de dizer o que quero, pego uma das peças em forma de dragão. Em seguida, seguro-a para que ela a veja e respondo:

— Foi você que quis ver os monstros.

Ela mal olha para a peça. E me encara com uma expressão desdenhosa.

— Não tenho medo de um dragão de sete centímetros.

Que garota boba.

— Ah, não? Pois deveria ter.

— Bem, não tenho. — A voz dela sai com um esforço e começo a pensar que talvez tenha conseguido dobrá-la. Só que, neste momento, ela não cheira como se estivesse assustada. Na verdade, o cheiro dela... Porra, de jeito nenhum. Não vou ceder a isso, não importa o quanto eu queira.

Em vez disso, recuo o bastante para abrir um pouco de espaço entre nós. E para observá-la perdendo a cabeça enquanto o silêncio entre nós se estende cada vez mais.

Não demora muito até eu quebrar o silêncio e a tensão entre nós, porque sei que ela não vai dizer nada.

— Então, se não tem medo de seres que rastejam pela escuridão da noite, do que você tem medo? — E me esforço para fingir que a resposta dela não é importante para mim.

Pelo menos até ela dizer:

— Não há muita coisa a temer quando já se perdeu tudo o que importava.

Fico paralisado quando aquelas palavras me atingem como um bombardeio — caindo e explodindo com tanta rapidez e intensidade que chego a imaginar que vou me despedaçar bem aqui, na frente dela. Uma agonia que eu pensava já ter superado há muito tempo me rasga por inteiro. E faz com que eu sangre, quando pensava que já tinha perdido todo o sangue que tinha para perder.

Empurro aqueles sentimentos para longe, para dentro de mim de novo. E não consigo entender por que tudo continua bem na minha frente. Até perceber que, desta vez, a dor que estou vendo é a dela.

É terrível e aterrorizante perceber que ela tem algumas das mesmas feridas, se não forem exatamente as mesmas, que eu tenho. Saber disso, reconhecer isso, faz com que eu tenha muito mais dificuldade para recuar. Faz com que seja muito mais difícil fazer o que sei que preciso fazer.

Em vez disso, estendo a mão e toco gentilmente um dos seus cachos. Gosto deles porque há tanta vida nesses cabelos, tanta energia, tanta alegria que tocá-los faz com que eu me esqueça de todas as razões pelas quais é impossível deixar que ela fique aqui.

Estico o cacho, observando-o enquanto ele se enrola ao redor do meu dedo como se tivesse vontade própria. Ele é sedoso, fresco e ligeiramente áspero também, mas me aquece como nada consegue fazer há muito tempo. Pelo menos até ela erguer as mãos, colocá-las nos meus ombros e me empurrar para trás.

E ainda assim não recuo. Não consigo. Pelo menos até que ela sussurra:

— Por favor.

Levo um segundo — talvez dois ou três — até finalmente encontrar a força de vontade necessária para me afastar. Até finalmente encontrar a energia para soltar aquele cacho, aquela única conexão.

Frustrado comigo mesmo, com ela e com toda essa merda de situação, passo a mão pelo cabelo. E logo me arrependo de ter feito isso quando percebo que os olhos dela se fixam imediatamente na minha cicatriz. Odeio essa desgraça. Odeio o que essa cicatriz é, odeio a sua razão de existir e odeio ainda mais o que ela representa.

Desvio o olhar. Baixo a cabeça para que o meu cabelo a cubra outra vez.

Mas é tarde demais. Percebo no rosto e no olhar dela.

Ouço na maneira em que a respiração dela fica presa na garganta.

Sinto na maneira com que ela se aproxima de mim pela primeira vez, sem se afastar.

E quando ela estende a mão, quando toca a minha face marcada pela cicatriz com aquela mão fria e suave, não consigo empurrá-la para longe. E nem fugir dali a toda a velocidade.

A única coisa que me segura onde estou é a ironia. A ideia de que vim até aqui embaixo para assustá-la para o seu próprio bem e agora estou considerando a ideia de fugir exatamente pela mesma razão.

Mas nossos olhares se cruzam outra vez e fico encantado pelo poder que ela tem, fico completamente cativado pela suavidade e a força daqueles olhos enquanto ela acaricia a minha bochecha com o polegar, várias vezes.

Nunca senti nada assim em minha vida, que já é longa demais, e nada — nada mesmo — pode me fazer quebrar essa conexão agora.

Pelo menos até que ela sussurra:

— Lamento. Isso deve ter doído muito.

O som da voz de Grace, combinado com o deslizar do polegar pela minha pele faz com que eu sinta faíscas elétricas passando por mim. Faz com que cada terminação nervosa grite em uma mistura de agonia e êxtase enquanto uma palavra gira pela minha cabeça, sem parar.

Consorte.

Essa garota, essa frágil garota humana cuja vida está se equilibrando na beira de um precipício, é a minha consorte.

Por um momento, me deixo mergulhar nessa ideia, mergulhar nela. Fecho os olhos, encosto o rosto na mão dela, inspiro o ar numa golfada longa e entrecortada e fico imaginando como seria ser amado assim. Completamente, irrevogavelmente, incondicionalmente. Imagino como seria construir uma vida com essa garota inteligente, irreverente, corajosa e desafortunada.

Nunca senti nada tão bom assim.

Mas há pessoas à nossa volta, observando a gente — observando a mim —, e não posso deixar que isso continue. Por isso, faço a única coisa que não quero fazer, a única coisa que cada célula no meu corpo está gritando para eu não fazer. Dou um passo para trás, abrindo uma distância de verdade entre nós pela primeira vez desde que desci por aquelas escadas, o que parece ter acontecido há uma eternidade.

— Eu não entendo. — Não são as palavras que preciso dizer, mas são as que tenho.

— "Há mais coisas entre o céu e o inferno, Horácio, do que sonha a nossa vã filosofia" — responde ela, deliberadamente usando a citação errada de antes, com um sorriso que me parte em dois.

Balanço a cabeça em vão, tentando organizar os pensamentos. Respiro fundo outra vez e exalo devagar.

— Se você não vai embora...

— Eu não posso ir embora — interrompe ela. — Não tenho para onde ir. Meus pais...

— Morreram. Eu sei. — A fúria arde dentro de mim. Por ela, pelo que ela sofreu e por todas as coisas que quero fazer com ela, mas que *não posso.* — Tudo bem. Se você não vai embora, então vai ter que me escutar com muita, muita atenção.

Os olhos dela se arregalam, confusos.

— O que você...?

— Mantenha a cabeça baixa. Não olhe por muito tempo para nada, nem para ninguém. — Eu me inclino para a frente até que meus lábios estejam quase encostados na sua orelha, lutando contra os instintos que ganham vida dentro de mim a cada vez que nós dois respiramos enquanto concluo: — E sempre, *sempre* tome muito cuidado.

Antes que ela consiga responder, Foster e Macy vêm andando pelo corredor na nossa direção. Ela se vira para olhar para eles e eu faço o que preciso fazer para mantê-la a salvo. Faço a única coisa que posso fazer nessas circunstâncias ridículas. Eu rapidamente desapareço pela escada. A velocidade do movimento me ajuda a fingir que a cada passo que me afasto dela, não sinto um corte feito o de estilhaços pontiagudos de vidro.

Estou planejando voltar ao meu quarto, mas não consigo ir tão longe. Em vez disso, viro no primeiro corredor e fico escutando sua voz enquanto ela conversa com Foster. Não as palavras, apenas a voz, porque não consigo me saciar com Grace. Agora, não. Ainda não.

Não vai durar muito tempo. Vou ter que desistir disso.

Não vai durar muito tempo. Vou ter que me afastar dela o máximo que posso. Porque, se eu pensava que era ruim ela ser usada como isca, isso não é nada comparado ao perigo de ser uma humana que é a consorte de um vampiro. E não de um vampiro qualquer, mas um vampiro que tem o destino do mundo inteiro em suas mãos.

BASTA UM VAMPIRO BONITO PARA VENCER UMA GUERRA DE BOLAS DE NEVE

— Jaxon —

Vejo Grace sair pela porta com Flint e Macy e digo a mim mesmo para dar as costas e ir embora. Que não há nada com que eu precise me preocupar. Que ela vai ficar bem. E sei, mesmo depois de dizer tudo isso para mim mesmo, que vou segui-los mesmo assim.

Vou atrás dela mesmo assim.

Eles estão na neve agora, avançando tão devagar que qualquer predador, por mais incompetente que fosse, poderia pegá-los, mesmo que estivesse andando de costas durante um passeio tranquilo pela tarde. Espero até Flint se cansar de andar daquele jeito e mandar Grace andar mais rápido, mas ele não faz isso, apenas acompanha o passo dela, rindo de qualquer coisa que ela diga, e fazendo-a rir também.

É o bastante para fazer o meu sangue ferver, considerando que ele está tentando conquistar minha consorte. E considerando que ele pode muito bem estar tramando a morte dela. Esse pensamento tem um efeito muito pior do que fazer o meu sangue ferver. Faz com que cada pedaço de mim congele, que cada nervo do meu corpo fique paralisado pelo horror — e por uma fúria tão fria que queima como o gelo.

Apesar de a minha determinação em passar despercebido, eu me aproximo. Tenho a sensação de que há alarmes tocando dentro de mim, forçando-me a quebrar todas as regras às quais me mantive fiel durante esse último ano.

Mesmo assim, passei esse ano fazendo coisas que jamais teria imaginado. Coisas que não desejaria que acontecessem a ninguém, mesmo a um monstro como eu. E agora estou aqui, indo atrás do meu ex-amigo, enquanto tento descobrir exatamente o que Flint está planejando.

Até pouco tempo atrás, eu confiaria nele incondicionalmente. E nessa época ele faria o mesmo por mim. Mas isso foi há muito tempo — em eventos, mesmo que não em anos. E agora... agora não confio nele nem mesmo com uma simples guerra de bolas de neve.

E com certeza não confio naquele desgraçado junto à minha consorte.

Os três finalmente chegam até a clareira onde todos os outros estão esperando. Fico entre as árvores, observando enquanto Flint vai até o meio do grupo. Ele conta algumas piadas, deixa as pessoas mais relaxadas e depois explica as regras mais ridículas que existem. Mas eu devia saber. Nós as criamos juntos há alguns anos. Quando eu podia pelo menos fingir que era como todo mundo.

Grace fica olhando para ele o tempo todo. É o bastante para me fazer cerrar os dentes... e mais do que o bastante para eu começar a me sentir um *stalker*. Só estou aqui porque todos os meus instintos estão gritando que há algo errado, que a minha consorte está em perigo, mas ainda assim é difícil justificar o fato de que estou olhando para ela atrás de uma árvore, como se eu fosse algum pervertido. Principalmente quando ela parece estar totalmente encantada por outro cara.

Por um minuto, só por um minuto, penso em voltar para a escola. Mas Flint termina de explicar as regras e faz um gesto, como se fosse um príncipe, para que Grace e Macy se juntem a ele. Elas fazem o que ele pede — claro que fazem — e Grace ergue os braços e coloca aquela touca cafona em forma de dragão em sua cabeça. Flint ri e baixa a cabeça para facilitar as coisas, e começo a ver toda essa merda ficando vermelha.

Vermelho-sangue, para ser mais exato.

Preciso de cada grama do meu autocontrole para continuar onde estou, com os punhos cerrados e os dentes prontos para atacar enquanto tento descobrir exatamente qual é o jogo que Flint está fazendo. Isso se for realmente um jogo.

Ele se abaixa para conversar com Grace, para sussurrar alguma coisa em seu ouvido que estou longe demais para ouvir — mesmo com os meus sentidos aguçados. E quando aqueles lábios desgraçados quase roçam na pequena área de pele exposta no rosto de Grace, eu sinto as presas explodirem dentro da minha boca.

De repente estou bem mais perto deles, sem nem ter pensado em me mover de maneira consciente. Pensamentos que envolvem assassinato e violência estão abrindo caminho no meu cérebro.

Eu os reprimo, empurrando-os para longe. E finjo para mim mesmo que não estou acompanhando cada movimento de Flint como um predador prestes a atacar sua presa.

— Calma — aconselha Mekhi do lugar onde está, atrás de uma árvore a vários metros de distância. Pela primeira vez fico feliz porque ele e os outros não me deixaram vir até aqui sozinho. A princípio, fizeram isso para me proteger; é assim que eles agem. Mas agora não consigo deixar de imaginar que fizeram isso para proteger todos os outros que estão aqui, também.

Merda. Fecho os olhos e passo as mãos pelo rosto. Como ela está envolvida na situação, preciso manter a cabeça no lugar... e rápido. Porque o universo pode ter decretado que ela é a minha consorte, mas isso não significa nada se ela não concordar. E Flint tem uma bagagem menor do que a minha. Será que é tão estranho assim o fato de que Grace tem tanta facilidade de rir com ele?

Preciso recuar, preciso dar mais espaço a eles e dar um jeito de controlar este instinto sanguinário.

Mas o jogo começou e Grace, Macy e Flint estão correndo para as árvores do outro lado da clareira. Deixo que partam, determinado a assistir a tudo daqui. Mas, como aparentemente eu não tenho nenhum autocontrole em relação a tudo o que envolve essa garota, a minha resolução dura cinco minutos antes que eu decida ir furtivamente na direção deles. Não há o que explicar para qualquer pessoa o que estou fazendo aqui quando nem eu mesmo sei ao certo.

Dou a volta ao redor de um grupo de bruxas que nem se incomodam com a confecção das bolas de neve. Em vez disso, estão disparando jatos de neve umas contra as outras no que parece ser um exercício totalmente ineficaz, mas incrivelmente divertido e fútil. Pelo menos até que uma bruxa chamada Violet consegue erguer material suficiente para deixar seus oponentes enterrados na neve.

Eles gritam enquanto tentam sair de baixo da neve e eu olho tudo aquilo com um sorriso enquanto passo por eles sem ser percebido. Parece que o feitiço da neve não era tão ineficaz assim.

Grace está várias árvores mais adiante agora, criando o arsenal de bolas de neve que sugeri. Ela está rindo e percebo que essa é a primeira vez que eu a ouço fazer isso desde que chegou aqui. É um som agradável, um som feliz, e eu sorrio, mesmo que o Garoto Dragão seja o responsável por aquilo. É ótimo ouvi-la feliz.

Eu me seguro num galho de árvore e subo nela do jeito normal. É rápido e bem mais divertido do que usar a minha telecinese para levitar. E, quando subo por mais alguns galhos até o alto da árvore, consigo ter uma bela visão de tudo o que está acontecendo.

Alguns dos lobos ainda estão na clareira, arrebentando uns aos outros com boladas lançadas com uma força sobrenatural. As bruxas estão derrubando neve e estalactites de gelo de galhos próximos em qualquer pessoa que seja idiota o bastante para passar por baixo deles. E os dragões estão criando munição, ficando longe da ação enquanto acumulam bolas de neve, como fazem com suas joias nos túneis subterrâneos da escola. É definitivamente a estratégia mais pragmática de todas. Em pouco tempo, terão um arsenal grande o suficiente para derrubar qualquer um que chegue perto. Mesmo assim, eu não estaria mentindo se dissesse que a estratégia de que eu mais gosto é a das bruxas. Emboscar qualquer um que passe perto e despejar uma pilha de neve sobre suas cabeças é genial. E também muito divertido de se observar.

O grito de uma voz familiar que vem de algum lugar próximo faz com que eu me concentre em Grace com a precisão de um laser. E me faz sorrir como se eu fosse um idiota enquanto ela tenta desesperadamente limpar a neve da cara. Pelo menos até que Flint se aproxime e a ajude a tirar a neve do cachecol, com as mãos subitamente próximas demais. A mesma pele com a qual venho sonhando em tocar desde que ela acariciou o meu queixo.

E quando ela olha para ele com uma risada e joga os cachos para trás — sob aquele chapéu rosa-choque, inclusive —, um grunhido baixo que não consigo controlar emana da minha garganta. Mesmo antes que Flint entregue aquela merda de touca de dragão e a ajude a enchê-la com bolas de neve.

O grunhido fica pior quando ele coloca as mãos em Grace, erguendo-a e jogando-a por sobre o ombro como se aquele fosse o seu lugar. E quando ele passa o braço ao redor das coxas dela para não a deixar cair, juro que consigo sentir a jugular dele nas minhas presas.

Se ele a deixar cair, se ele fizer mal a um único fio de cabelo, vou matar esse filho da puta. E se não fizer... posso simplesmente matá-lo também. Especialmente se não tirar as mãos de cima dela nos próximos cinco segundos.

Uma onda de alívio toma conta de mim quando ele coloca Grace em segurança sobre um dos galhos mais baixos e eu respiro pela primeira vez depois do que tenho a impressão de terem sido horas.

Em seguida, me acomodo para observar o show enquanto Grace detona todos que passam por perto com uma bolada após a outra. Ela tem uma pontaria excelente para quem nunca participou de uma guerra de bolas de neve.

Pelo menos até que um vento forte surja de lugar nenhum. Grace vacila por um instante e sinto um peso no estômago quando ela se agarra no tronco da árvore para não cair. E, quando outra rajada de vento balança a árvore ainda com mais força, eu já estou a caminho — descendo da minha própria árvore enquanto examino a área ao redor para saber se o vento é natural ou se foi conjurado por alguma criatura.

O restante da Ordem está logo atrás de mim.

Já desci da árvore e estou a meio caminho de Grace — e prestes a decidir que o vento é algo natural, apesar da coincidência bizarra — quando vejo Bayu a uma boa distância. O dragão ainda está na forma humana, mas encara a árvore de Grace com a boca bem aberta. Tudo entre ele e Grace (neve, árvores, pessoas) está sendo fustigado por uma ventania poderosa.

A fúria toma conta de mim. Com um gesto e acionando o meu poder telecinético, eu o ergo a alguns metros do chão e o jogo com força contra o tronco da árvore mais próxima.

O impacto é forte o bastante para nocauteá-lo, e é só isso que me importa no momento. Há um pedaço de mim que quer parar e drenar todo o sangue dele só por pensar em causar mal a Grace, mas, neste momento, eu tenho coisas mais importantes com que me preocupar. Especialmente o fato de que, embora o dragão do vento esteja incapacitado no momento, a rajada que ele soprou continua forte. E está indo direto para a minha consorte.

Vou correndo em direção a Grace, mas, mesmo sendo rápido, chego tarde demais. O vento estava agitando tanto a árvore como Grace por tempo demais. Ouço o tronco no qual ela está se quebrar, mesmo à distância. E Flint, aquele desgraçado, não está fazendo absolutamente nada para ajudá-la.

Um milhão de coisas começam a passar pela minha cabeça nesse instante. Tirar árvore daquele galho e fazer com que ela flutue lentamente até chegar ao chão. Envolver a garganta traidora de Flint com uma mão telecinética e apertar até que os seus olhos saltem para fora da cara. Segurar o galho no lugar até que eu possa chegar ali para salvá-la.

Mas, quando o galho solta outro estalo preocupante, decido fazer a coisa mais rápida — e mais facilmente explicável para alguém que não sabe nada sobre vampiros ou dragões — e arranco Flint da árvore assim que Grace começa a cair.

Ele é um cara grandalhão, assim como todos os dragões. E, como eu imaginava, seu corpo é uma ótima superfície de pouso para amortecer a queda de Grace.

Claro, Flint sabe que fui eu quem o arrancou do alto da árvore — e não me importo nem um pouco que ele saiba disso. No instante que bate no chão, ele ergue a cabeça e começa a olhar ao redor, tentando me encontrar. Mas, se tem algo que a luta contra Hudson tenha me ensinado, foi o valor das táticas de guerrilha. Nunca deixe que o seu inimigo o veja, acabe com ele antes.

E hoje não é exceção, conforme alimento uma fantasia particularmente satisfatória de arrancar a porra da cabeça de Flint daquela porra de corpo traidor. E isso é antes que a minha consorte tente sair de cima dele, mas acaba ficando sentada sobre Flint, com um joelho de cada lado dos quadris dele.

Enquanto ela se assegura de que Flint está bem, depois que ele acabou de participar de um atentado à sua vida.

A ironia daquilo é bem dolorosa, especialmente quando aquele cuzão diz a ela que está tudo bem. E ele coloca a mão no quadril dela, num gesto que faz cada célula do meu corpo querer destruição. É um sentimento que não vai embora, mesmo depois que Grace sai de cima de Flint e começa a brigar com ele e agradecê-lo por pular da árvore para salvá-la.

E quando ela dá um passo à frente, como se quisesse verificar pessoalmente, de perto, se Flint realmente está bem, eu desisto de qualquer pretensão de continuar calmo.

Foda-se o decoro. Foda-se a arte da surpresa. Foda-se tudo. Não vou deixar que a minha consorte coloque as mãos — nem qualquer outra parte do corpo — naquele cuzão outra vez. Pelo menos enquanto ela não souber qual foi a participação de Flint naquela queda da árvore.

Eu atravesso o espaço que nos separa, que é do tamanho de uns três campos de futebol americano, com o poder de desaparecer e me deslocar rapidamente. Há pessoas aglomeradas ao redor de Grace e Flint, mas, assim que percebem que estou aqui, elas se dispersam. E bem rápido.

Até que eu chego ali, olhando para baixo, para aquela garota cuja simples existência mudou tudo e desejando desesperadamente que tivéssemos nos conhecido um ano atrás, antes que a minha vida e o mundo ao nosso redor se transformassem em merda.

O desejo é tão poderoso que, por um segundo, mal percebo a presença de Flint.

Ou dos meus amigos, que subitamente se alinharam atrás de mim em uma demonstração óbvia de solidariedade.

Ou da multidão, que observa cada segundo daquele drama com olhares ávidos. A única coisa em que consigo pensar, ver ou ouvir é Grace.

Mas Flint se move. Não sei se é uma tentativa de pedir desculpas ou de me enfrentar. E não me importo. Ele colocou Grace no alto daquela árvore deliberadamente para que Bayu pudesse derrubá-la. E, se ele acha que vou simplesmente deixar que saia impune dessa, provavelmente perdeu todo o senso de realidade.

Ações têm consequências e tentativas de homicídio significam que alguém vai pagar caro por isso. Mesmo que eu não saiba ainda o quanto isso vai custar. Mesmo assim, sei que ele vai me dar alguma resposta sobre o que aconteceu aqui antes de sairmos. Caso contrário, vou transformar esse filho da puta em picadinho aqui e agora mesmo.

— Que diabos acha que está fazendo? — pergunto quando ele finalmente cria coragem para olhar nos meus olhos.

Flint não responde imediatamente, aquele covarde. E começo a perguntar de novo, só que de um jeito bem mais incisivo agora. Mas Grace se coloca entre nós antes que eu possa falar e sussurra:

— Eu caí, Jaxon. Flint me salvou.

É como disparar um foguete dentro de mim. Escutar finalmente o meu nome nos lábios dela me causa uma sensação ótima, mas ouvi-la defender Flint é algo que quase faz a minha cabeça explodir.

— Ah, salvou? — pergunto, recorrendo à ironia numa tentativa de não esquartejar Flint ali mesmo.

— Sim! O vento ficou forte e eu perdi o equilíbrio — explica ela. — Eu caí da árvore e Flint pulou para me pegar.

Estou a ponto de questionar aquela frase — de acordo com o ponto de vista de Flint, obviamente — quando Grace estende a mão e o toca no ombro. Como se ele fosse o herói grande e corajoso que a salvou.

— O que foi? — ela pergunta e isso faz o meu traseiro queimar. — Você se machucou?

Há muitas coisas que sinto vontade de dizer, mas não posso. Não aqui e não agora. Por isso, mais uma vez eu tranco tudo bem no fundo de mim mesmo e finjo que não há nada ali.

Segundos depois, um pequeno terremoto sacode a terra.

Atrás de mim, Byron diz o meu nome — em voz baixa — e faço essa merda parar. É mais difícil do que deveria, considerando que a única maneira pela qual consegui passar por tudo o que tive que fazer nesse último ano foi trancafiando as minhas emoções até esquecer que eu sinto alguma coisa, por menor que seja.

Não sei se alguém percebeu o tremor, porque ninguém diz uma única palavra. Em vez disso, Flint afasta a mão de Grace e diz:

— Estou bem, Grace. — O que indica que ele é mais esperto do que parece.

Só que ela não parece convencida.

— Então o que há de errado? — pergunta ela, olhando para ele e depois para mim. — Não estou entendendo.

Não há nada a dizer e por isso não respondo — assim como Flint, provavelmente pela mesma razão. Grace parece confusa e todo mundo à nossa volta parece prestes a começar a esfregar as mãos com alegria, mesmo enquanto os dragões se posicionam atrás de Flint, para dizer a mim e à Ordem que estão prontos para defendê-lo.

Como se isso importasse, caso eu decidisse destruí-lo.

Macy deve sentir que o perigo está crescendo, porque de repente ela entra no meio da conversa.

— É melhor a gente voltar para o quarto, Grace. Para ter certeza de que você está bem. — Sua voz está bem mais estridente do que eu jamais ouvi.

— Eu estou bem — afirma Grace, novamente olhando para o dragão e depois para mim, como se achasse que vou fazer alguma coisa estúpida. E não vou mentir, pode até ser que eu faça se não sairmos daqui logo. Em seguida, ela prossegue: — Não vou sair daqui.

É claro que não vou aceitar isso. Especialmente quando ela está cercada por sabe-se lá quantas pessoas que querem machucá-la. Ou fazer coisa pior.

Dou mais alguns passos na direção de Grace até estar logo atrás dela. Tão perto que consigo sentir sua fragrância morna de canela e baunilha.

— Para dizer a verdade, essa é a melhor ideia que ouvi a tarde toda. Vou levá-la de volta ao seu quarto.

Não vou deixar que ela vá a lugar algum sozinha.

A multidão se encolhe quando ouve as minhas palavras. Vejo até mesmo algumas pessoas recuando, olhos arregalados, bocas abertas, rostos marcados pelo choque. E não os culpo. Estou agindo de uma maneira que é totalmente fora do normal. Todo mundo quer assistir, mas ninguém quer interferir.

É uma atitude inteligente. Com o humor em que estou, a primeira pessoa que me desafiar pode muito bem acabar morta. Ou, pelo menos, com duas marcas bem distintas no pescoço.

É uma sensação que se fortalece quando Grace diz:

— Preciso ficar com Flint. Para ter certeza de que ele está...

— Estou ótimo, Grace — diz Flint por entre os dentes cerrados. — Pode ir.

— Tem certeza? — Ela estende a mão e tenta tocar na porra do ombro dele de novo. Mas, desta vez, estou entre os dois, impedindo que sua mão encoste nele. E dou um passo à frente, levando-a lenta e inexoravelmente para longe de Flint e de volta para a escola.

Ela não se opõe, embora haja uma dúzia de perguntas em seu olhar. Talvez mais.

— Vamos, Macy — diz ela, pegando na mão da prima após algum tempo. — Hora de ir embora.

Macy concorda com um aceno de cabeça e nós começamos a caminhar de volta para o castelo, Macy, Grace e eu. Faço um sinal para que a Ordem fique onde está até que a multidão comece a se dispersar e é exatamente isso que eles fazem.

Grace e eu caminhamos em silêncio por um minuto ou dois até que ela olha para mim e pergunta:

— O que veio fazer aqui, afinal de contas? Achei que você não fosse participar da guerra de bolas de neve.

Não tenho uma resposta pronta para isso, então decido prevaricar.

— Foi bom estar aqui, considerando essa idiotice em que Flint colocou você. — Faço questão de não olhar para ela. Para que eu não acabe dizendo algo idiota.

— Não foi tão ruim assim — diz ela, mas percebo algo estranho na sua voz antes que ela prossiga. — Flint me salvou. Ele...

— Flint *não* salvou você — retruco, irritado. O jeito com que ela defende aquele maldito dragão me enfurece como poucas coisas conseguiram fazer em muito tempo. Paro a fim de encará-la, determinado a fazer com que ela entenda. — Inclusive... — Fico em silêncio, estreitando os olhos quando vejo um lampejo de dor cruzar o rosto dela. — O que houve?

— Além de não conseguir entender por que você está tão bravo?

Mas isso não me impede de observá-la da cabeça aos pés.

— Tem alguma coisa que a machucou?

— Está tudo bem — insiste ela.

— Você se machucou, Grace? — Macy entra na conversa pela primeira vez e fico até um pouco constrangido em admitir que quase me esqueci que ela estava com a gente. Mesmo assim, ninguém se compara com Grace.

— Não foi nada — repete Grace, mas ela não é muito convincente. Principalmente quando continua a andar e percebo que ela geme de dor com cada passo.

Cerro os dentes e resisto ao impulso de fazer um comentário sobre o quanto ela é teimosa. Em vez disso, pergunto:

— O que está doendo? — E a encaro com uma expressão que diz que não vou dar o braço a torcer até ela ser sincera comigo.

Ela me encara de volta, bem determinada. Mas após um tempo ela acaba cedendo com um suspiro exasperado.

— O meu tornozelo. Devo ter torcido o pé quando caímos no chão.

Assim que sei o que há de errado com ela, me ajoelho e examino o seu pé e o tornozelo com toda a gentileza possível por cima da bota. Ela solta um gemido silencioso e o fato de que estou lhe causando dor, mesmo que por acidente, passa por mim como uma corrente particularmente poderosa.

— Não posso tirar a sua bota aqui fora, senão o frio vai causar uma ulceração. Mas... dói quando eu faço isso?

Ela geme e eu afasto as mãos, irritado por ter causado o ferimento. E ainda mais irritado por ter deixado que ela se machucasse.

— Quer que eu vá buscar o trenó motorizado? — pergunta Macy. — Posso ir e voltar bem rápido.

— Eu consigo andar. Sério mesmo. Estou bem.

Eu a encaro com um olhar incrédulo enquanto me abaixo e a ajudo a se levantar. Em seguida, como é óbvio que ela não está em condições de caminhar, eu a pego nos braços. E faço de tudo para ignorar o fato de que tê-la nos meus braços me causa uma sensação melhor do que qualquer outra coisa em todos os meus cem anos de existência.

SE VOCÊ QUISER SE SENTIR MELHOR, NUNCA FAÇA UMA PERGUNTA A UM VAMPIRO MALVADO

— Jaxon —

Eu já saí pela porta antes que Grace consiga pisar no primeiro degrau.

Sei que provavelmente seria melhor ficar por aqui, mas não posso fazer isso. Não neste momento. Não quando ela está com aquele curativo no pescoço e outros no braço e na bochecha. E não quando sei que fui eu o cuzão quem fez isso com ela.

Fecho os olhos por um segundo — só um segundo — e vejo tudo acontecer outra vez. O terremoto. A janela explodindo sob a força do meu poder. O momento em que o vidro cortou o pescoço de Grace.

Nunca senti tanto pavor na minha vida. O medo não é algo que sinto com frequência. Quando você é a coisa mais aterrorizante que existe nas noites, é raro se preocupar com outras coisas que saiam por aí causando medo. Mas ver aquele estilhaço acertar Grace, observar o sangue jorrar por todo o quarto e perceber que o vidro tinha cortado uma artéria... acho que "apavorado" não serve nem para começar a descrever como me senti.

Os cinco minutos seguintes são um borrão. Eu me lembro de lamber o pescoço dela para estancar o sangramento, lembro-me vagamente de tê-la pegado nos braços e ir até Marise com a minha velocidade sobrenatural enquanto Grace estava pálida e imóvel nos meus braços.

Quase a matei porque não consegui me controlar.

Quase a matei porque simplesmente estar ao seu lado faz com que meus sentimentos aflorem a tal ponto que é impossível controlá-los.

Quase a matei porque, quando estou com ela, quando penso nela, sou fraco. Tão fraco que invariavelmente deixei a energia se acumular e quase me liguei a ela sem nem mesmo pedir sua permissão.

É uma percepção que me faz sentir mais humilde... e também é uma coisa horrível. Passei a minha vida inteira protegendo pessoas do poder terrível e do egoísmo sem limites da minha família. E, agora, bastaram três dias com a minha consorte e, de repente, eu estou explodindo janelas, fazendo a merda da terra tremer e quase me ligando a ela sem explicar o que está acontecendo?

Mas que merda deu na minha cabeça?

Acho que o problema é exatamente esse. Não estou conseguindo pensar direito, não desde que desci por aquela escadaria na primeira noite e vi Grace diante da mesa de xadrez. Desde aquele momento, a única coisa em que penso é em torná-la minha. E agora ela quase morreu duas vezes porque não consigo nem organizar as próprias ideias o suficiente para cuidar de Grace — para zelar por ela — como eu deveria.

Mas qual é a alternativa se não pudermos ficar juntos aqui? Abandonar a Academia Katmere — uma escola para os filhos dos monstros mais influentes do mundo — neste momento, quando estamos prestes a entrar em mais uma guerra? Especialmente quando essa guerra foi praticamente toda causada pela minha família?

Ou seria melhor fazer com que Grace fosse embora? Já tentei isso naquele primeiro dia, quase ordenando que ela caísse fora daqui porque a queria mais do que jamais quis qualquer outra coisa — um sentimento que só cresce a cada dia. Ela não foi embora quando mandei porque não podia, porque não tem nenhum outro lugar para ir.

Porque o lugar dela é a Academia Katmere, diz a voz animalesca em algum lugar bem profundo dentro de mim. *E, mais do que isso, porque ela pertence a mim.*

Porque ela é a minha consorte. A minha consorte.

Mesmo depois de cinco dias, ainda não consegui superar o fascínio e o terror que uma simples palavra me causa.

Todo vampiro tem um consorte, mas encontrar essa pessoa em seus primeiros duzentos anos de vida é praticamente inimaginável. Byron conheceu Vivien ainda cedo, mas isso aconteceu porque os dois nasceram na mesma cidade pequena na França e foram criados juntos, como amigos, muito tempo antes de saberem que eram consortes. O restante de nós simplesmente precisa andar às cegas até encontrar essa pessoa... se tivermos sorte.

Não falei sobre Grace a ninguém, nem mesmo a Mekhi e Byron, porque me referir a ela dessa maneira a coloca em um risco maior do que aquele que Grace já corre. E, aparentemente, esse risco já é bem alto, considerando que o seu próprio consorte não consegue nem mesmo protegê-la de si mesmo.

Eu não devia ter ido ao quarto dela hoje cedo. Devia ter deixado Grace em paz. Mas eu sou egoísta, fraco e não consegui deixar de ir vê-la. Não consegui deixar de ir ver como ela estava, não consegui deixar de confirmar que Grace estava bem, não importando o quanto isso acabasse fodendo ainda mais as coisas.

Mas isso foi antes de vê-la por cima do ombro de Macy, coberta em cortes e hematomas por causa dos cacos de vidro que saíram voando. Machucada, cheia de ataduras, despedaçada. E percebi que, sendo minha consorte ou não, a melhor coisa que posso fazer por ela é deixá-la em paz.

Pensar naquilo faz com que eu me retorça inteiro, com que o monstro nas profundezas do meu ser grite de raiva. Mas isso só me faz andar ainda mais rápido, desesperado para abrir o máximo de distância possível entre mim e Grace.

Há quilômetros entre nós agora e mesmo assim não é o bastante. Ainda assim, consigo sentir que o sangue dela chama por mim; um gosto que não é parecido com nada que eu já tenha provado antes. Quando lambi aquela gota do sangue de Grace do meu polegar naquela primeira noite, o sabor quase me fez cair de joelhos. E ontem à noite foi pior. Desejei o sangue dela mesmo enquanto ele jorrava sobre mim, mesmo enquanto tentava desesperadamente estancar a hemorragia que acabaria por matá-la se eu não tomasse alguma providência.

Já sei que sou um monstro, mas o que essa necessidade, essa tentação, no meio de uma crise de vida ou morte faz de mim? Um desesperado? Mau? Imperdoável?

E quando foi que isso aconteceu? Quando matei Hudson? Ou anos, décadas antes?

Continuo avançando com a minha velocidade sobrenatural, mesmo sem fazer a menor ideia de para onde esteja indo, correndo pela neve. E mesmo assim, não importa. Desde que seja longe de Katmere... e de Grace. Não consigo pensar quando ela está tão perto, quando seu sangue me chama... mais uma tentação a que eu não posso me dar ao luxo de ceder.

Não se eu quiser mantê-la a salvo.

Não se eu quiser mantê-la inteira.

E eu quero, muito mais do que a vontade que tenho de fazer com que Grace seja minha.

É esse pensamento que finalmente me indica uma direção a seguir. Uma rápida olhada no GPS do meu celular diz que estou perto do meu destino recém-escolhido. Tão perto que não consigo evitar pensar se o meu inconsciente já estava me guiando para cá durante todo esse tempo.

Viro rapidamente quando chego à base de uma montanha que, certa vez, ergui a trinta metros do chão — um exercício de treinamento que fiz quando tinha doze anos — e avanço mais trinta quilômetros pela neve até uma caverna de gelo cuja entrada já está completamente obscurecida pela neve que há na base da montanha.

Paro quando a alcanço, espero um minuto para conseguir colocar meus pensamentos e o restante de mim mesmo sob controle. A Carniceira pode ser a mentora que me ensinou quase tudo o que sei, mas isso não facilita em nada o ato de entrar ali. Sendo a vampira mais cruel e poderosa em toda a existência, a Carniceira é especialista em perceber fraquezas. E em seguida ela as usa para destruir quem se aproxima, sem precisar de mais do que uma palavra ou duas.

Passei vinte e cinco anos da minha vida bem aqui, nesta mesma caverna, por insistência da rainha dos vampiros, aprendendo a controlar meus poderes. E a como usá-los para destruir quaisquer inimigos do trono, também por insistência da rainha. A Carniceira me tornou capaz de agir assim... e de fazer muito mais. É uma bênção, mas pode ser uma maldição também.

Quando finalmente consigo organizar minhas defesas, empurrando todos os pensamentos que envolvem Grace para um lugar bem profundo dentro de mim, respiro fundo. E começo a descer rumo ao gelo.

Há defesas na entrada, proteções mescladas ao ar, à rocha e ao gelo que são tão antigas quanto a própria Carniceira. Eu as desmonto com um simples pensamento, da mesma forma que ela me ensinou há tantos anos. Ou, mais exatamente, como eu descobri depois de muitas tentativas e erros bem dolorosos.

O chão se inclina para baixo num declive íngreme, um caminho estreito entalhado por entre o gelo e a rocha magmática. Eu o atravesso rapidamente, andando pelas formações de gelo belas e mortais de acordo com as minhas memórias. Após algum tempo, chego a uma bifurcação no caminho e pego à direita, apesar da sensação de pavor que toma conta de mim no momento que começo a seguir por ela.

Mais defesas que eu também consigo desfazer e que me certifico de reconstruir e colocar de volta em seu devido lugar conforme me embrenho na caverna. Normalmente essa parte do trajeto é feita em meio à escuridão total, mas hoje há velas acesas dos dois lados do caminho. Fico me perguntando se a Carniceira está esperando alguém... ou se algum sacrifício foi feito recentemente por alguém que buscava as migalhas de conhecimento que a Carniceira raramente compartilha.

Mais uma curva no caminho, outra bifurcação para vencer — eu viro à esquerda desta vez e me deparo com mais um conjunto de proteções. Até finalmente chegar à antecâmara diante dos aposentos da Carniceira. A sala é enorme e também é iluminada por velas que revelam as formações de gelo e rocha que adornam as paredes e o teto em todas as direções.

Um pequeno rio de gelo passa pelo meio daquela sala. No momento, está totalmente congelado e sólido, mas já o vi no estado líquido também. No meio do verão e, é claro, com um simples estalar de dedos da Carniceira. Quando eu era jovem, costumava pensar que esse era o rio Estige, da mitologia grega, que levava as almas de todos aqueles que fracassavam nos desafios da Carniceira diretamente para o inferno e sem o benefício de um barqueiro.

Eu me atirei a esse rio mais de uma vez, pensando que uma viagem só de ida para o inferno acabaria com o meu tormento. Mas não foi bem assim.

Perscruto ao redor e espero um segundo para me recompor outra vez. E me esforço ao máximo para ignorar as carcaças humanas que estão penduradas de cabeça para baixo no canto, com o sangue gotejando em dois baldes grandes que estão no chão. Mais uma prova de que nada mudou. A Carniceira atrai humanos para a caverna em vez de sair para caçar. Alguns são comidos quando ainda estão frescos e outros são... guardados para quando o tempo está tão ruim que esta área fica quase deserta. É um uso bem mais eficiente do tempo para todos os envolvidos, de acordo com o que sempre me disseram.

Logo antes de ser castigado por nunca drenar completamente as minhas vítimas... ou por deixá-las vivas.

Desvio olhar daquela carnificina sangrenta e respiro fundo de novo. E passo pelo arco de gelo que dá acesso aos aposentos da Carniceira.

O lugar é exatamente do jeito que me lembro. As paredes são pintadas com um tom azul-claro acolhedor e o fogo estala na lareira de pedra que domina uma das paredes laterais. Estantes de livros cheias de primeiras edições cobrem as outras duas paredes e um tapete abstrato tecido com os tons do nascer do sol reveste o chão de gelo.

No centro do quarto, de costas para o fogo, há duas poltronas *bergère* antigas de couro marrom. À frente, e separado delas por uma mesa quadrada de vidro, há um sofá de veludo violeta-escuro.

E, sentada naquele sofá, com um vestido *kaftan* amarelo-vivo e com as pernas cruzadas sob o corpo, está a Carniceira, tricotando o que tenho quase certeza ser uma touca para o inverno com o formato de um vampiro que mostra as presas.

— Você demorou demais para passar pelas defesas. — Ela olha para mim por cima dos óculos com lentes em forma de meia-lua que usa. — Vai passar o dia inteiro aí em pé ou vai entrar e se sentar?

— Não sei. — Essa é a resposta mais sincera que já dei.

Ela sorri e para de tricotar apenas por tempo o bastante para tocar nos cachos grisalhos algumas vezes. E para indicar que eu me sente com um gesto.

— Vamos lá. Estou lhe fazendo um presente.

A touca está quase completa, o que significa que ela começou a fazê-la um bom tempo antes de eu decidir que viria até aqui... o que não chega exatamente a me surpreender, agora que penso no caso.

— E o que, exatamente, vou fazer com uma touca? — pergunto enquanto sigo as instruções que ela me deu.

Ela sorri, com os olhos verdes e brilhantes, cintilando junto ao tom marrom-escuro da sua pele ao responder:

— Ah, tenho certeza de que você vai conseguir pensar em alguma coisa.

Não sei como devo responder a isso, então simplesmente faço que sim com a cabeça e espero até ela dizer mais alguma coisa. A Carniceira nunca gostou que outras pessoas falassem antes dela.

E parece que, no momento, não está muito interessada em conversar. Assim, fico sentado na cadeira de couro por quase uma hora, observando enquanto ela coloca os toques finais em uma touca de vampiro que eu não tenho o menor interesse de colocar na cabeça.

Finalmente, ao terminar, ela amarra o fio de lã e deixa no sofá.

— Está com sede? — pergunta ela, indicando o bar no canto da sala com a cabeça.

Estou, mas quando me lembro dos humanos que estão pendurados com o sangue escorrendo do lado de fora da porta, faço um gesto negativo com a cabeça.

— Não, obrigado.

— Como quiser. — Ela dá de ombros delicadamente enquanto se levanta. — Bem, venha comigo. Vamos dar uma volta.

Eu me levanto e a sigo na direção de um segundo pórtico em arco perto do lado oposto da sala. Assim que passamos por ele, o piso congelado e as paredes do lugar que eu lembro vagamente como a minha sala de treinamento se transforma num campo verdejante, uma cena típica de verão, completa com flores silvestres e o sol aquecendo nossas cabeças.

— E, então? — diz ela, depois caminharmos por vários minutos em silêncio. — Vai me dizer o que está te incomodando?

— Tenho quase certeza de que você já sabe.

Ela emite um som afirmativo, junto a uma expressão que significa *talvez eu saiba*. Mas não oferece nenhuma informação.

— Como você está? — pergunto depois de alguns segundos. — Desculpe-me por esse tempo todo em que não vim até aqui.

Ela acena.

— Ah, criança, não há nada com que se preocupar em relação a isso. Você tem peixes maiores para pescar.

Penso em Hudson, na minha mãe e no pesadelo de impedir que as diferentes facções se joguem numa guerra civil.

— Acho que dá para dizer isso, sim.

— E estou dizendo. — Ela ergue a mão e a coloca sobre o meu ombro. — Eu estou orgulhosa de você, meu garoto.

Essa é a última coisa que eu espero que ela diga. Um nó se forma na minha garganta, repuxando as minhas cordas vocais até que eu precise pigarrear antes de conseguir falar.

— Pelo menos um de nós está.

— Não faça isso. — A mão no meu ombro deixa de ser reconfortante e me dá um tapa na nuca no espaço de um instante. — Você fez mais por esta raça do que qualquer outro nos últimos mil anos. Tenha orgulho disso. E também do fato de ter encontrado a sua consorte.

— Então, sabe por que estou aqui.

— Eu sei por que você pensa que está aqui.

Desvio o olhar e me apanho observando um trecho coberto de flores do campo, num tom de rosa tão vivo que vou associá-lo com Grace até o fim da minha vida.

— Como vou fazer isso? — pergunto e aquele nó que surgiu há pouco na minha garganta não é nada comparado ao que sinto agora.

Mal consigo respirar.

— Tomá-la como sua consorte? — As sobrancelhas dela se erguem enquanto olha para mim.

— Você sabe que não é disso que estou falando. — Fecho os punhos e finjo que essa conversa não está me dando vontade de socar alguma coisa... ou vomitar. Ou ambos.

Ela solta um longo suspiro.

— Há uma maneira.

— Diga.

— Tem certeza, Jaxon? Uma vez que faça isso, não há como voltar atrás. Você não vai poder consertar o que foi quebrado.

— Não vou querer consertar o que eu fizer. — Forço as palavras a passarem por entre os dentes.

— Você não sabe se isso vai acontecer. — Ela acena com a mão, e o campo se transforma no quarto de Grace. Ela está encolhida na cama, lendo alguma coisa no celular enquanto Macy anda de um lado para outro diante dela. Parece linda e frágil, e não quero nada além de poder colocar os braços ao redor dela. Não quero nada além de poder protegê-la de tudo... mesmo se eu estiver incluído nesse "tudo". E especialmente se incluir.

— Encontrar sua consorte é uma coisa preciosa — continua a Carniceira. — Encontrá-la quando ainda é tão jovem é algo ainda mais especial. Por que você desistiria disso se não tiver que fazer isso?

— Já estão tentando atacá-la. Ainda não sei por quê, mas ela se transformou em uma peça no jogo que estão armando para fazer sabe-se lá o quê. Derrubar os vampiros? Começar a guerra civil que eu me esforcei tanto para impedir? Retaliação pelas ações de Hudson? Não sei. A única coisa que sei é que não posso deixar que ela se machuque por causa de decisões que eu tomei e que não têm nada a ver com ela.

Cada palavra que digo é sincera, mas isso não faz com que elas doam menos. Nunca tive nada que fosse realmente meu em toda a minha vida; minha mãe cuidou para que isso acontecesse. Mesmo assim, aqui está Grace, bem diante de mim. Ela nasceu para ser minha. E ainda não consigo me permitir uma aproximação. Não se isso significa correr o risco de que algo aconteça com ela por minha causa.

— Você sabe que ela nunca vai estar a salvo neste mundo. Você sabe que eles vão matá-la só para me fazer sofrer.

A Carniceira faz mais um gesto e nós estamos caminhando pelo campo mais uma vez. Tenho que morder o lábio para não implorar que traga Grace de volta, mesmo quando ela responde:

— Eu sei que vão tentar fazer isso.

— Cedo ou tarde, vão conseguir — digo, tanto para lembrar a mim mesmo quanto a ela. — Eles sempre conseguem.

— Nem sempre. — Ela me encara com a sobrancelha erguida, lembran-do-me do que aconteceu há um ano. Como se eu precisasse ser lembrado. — Que tal ter um pouco de fé?

Torço o nariz.

— Em mim mesmo?

— Em você e na sua consorte.

— Tenho toda a fé do mundo em Grace. Mas ela é humana. Vulnerável. — Penso novamente no sangue jorrando, nos cortes profundos que ela sofreu no ombro e no pescoço. — Ela pode ser destruída a qualquer momento.

Ela ri.

— Todos nós podemos ser destruídos, meu garoto. É parte do que chamamos de estar vivos. — Ela aponta um dedo para mim. — E a sua Grace pode surpreendê-lo, você sabe.

— Do que está falando? — pergunto. Em seguida, cansado de todas essas charadas e conselhos incompletos, não consigo me conter e faço mais perguntas: — Será que você não pode simplesmente me dizer as coisas de um jeito direto? Não pode simplesmente me dizer o que devo fazer?

— Ninguém pode te dizer o que fazer, Jaxon. Essa sempre foi a sua maior força e o seu maior problema, desde sempre. Por que quer mudar isso agora?

A impaciência cresce dentro de mim, acabando com o que resta da minha pretensão de calma.

— Droga! Eu só preciso saber como posso quebrar o elo entre os consortes.

Desta vez, quando ela sorri, há um lampejo de incisivos afiados como navalhas.

— Veja lá como fala comigo, meu garoto. Só porque eu gosto de você, isso não significa que eu não possa arrancar todo o seu sangue e transformá-lo numa refeição para o meio do inverno. Pelo que eu me lembro, você tem um sabor muito bom.

É uma velha ameaça, algo a que nenhum de nós dá muita atenção atualmente. Mas eu fecho a boca porque há outra ameaça implícita ali; particularmente, o fato de que ela não vai me ajudar.

Caminhamos em silêncio por vários minutos até que eu esteja praticamente vibrando com uma impaciência desesperada, convencido de que vou perder a cabeça a qualquer instante. É só neste momento que ela segura na minha mão.

— Isto aqui vai te dizer como fazer o que procura — diz ela para mim, colocando uma folha de papel dobrada na minha palma e fechando os meus dedos ao redor dela.

Sinto vontade de perguntar de onde o papel veio, mas a verdade é que eu não me importo. Não agora que o meio de salvar Grace está literalmente na palma da minha mão.

— Apenas tenha certeza de que é isso que você realmente quer. — Ela repete a ameaça anterior. — Porque, uma vez que você quebre o que existe entre você e Grace, não vai conseguir repará-lo.

Ouvi-la dizer isso é algo que dói muito, assim como imaginar uma vida sem a minha consorte. Sem Grace. Mas, quando a alternativa é observá-la sofrer — e morrer — para que as pessoas consigam me afetar, não existe realmente uma alternativa.

— Obrigado — digo à Carniceira, enfiando o papel no bolso.

— Por nada, meu doce garoto. — Desta vez, quando ela ergue a mão, é para fazer um carinho na minha bochecha. — Eu amo você, Jaxon. E você sabe.

— Eu sei — concordo, porque, de um modo estranho, é verdade.

— E, se até mesmo uma vampira velha e rabugenta como eu pode amá-lo, tenho quase certeza de que uma garota forte como Grace também pode. — Ela pisca para mim antes de se afastar. — Além disso, você está se esquecendo de uma coisa.

— O quê? — pergunto, com uma pequena fagulha de esperança ganhando vida dentro de mim, apesar de tudo que está acontecendo.

— "Há mais coisas entre o céu e a Terra, Horácio, do que sonha a nossa vã filosofia". Ela recua outro passo, transformando-se em uma criatura alada que eu não reconheço, bem diante dos meus olhos.

E em seguida ela levanta voo, deixando-me com a resposta que eu procurava e uma quantidade muito maior de perguntas que não sei nem mesmo como devo fazer.

Há um pedaço de mim que quer ficar ali e esperá-la para que possamos conversar um pouco mais; às vezes ela fica disposta a fazer isso depois que se alimenta. Mas no instante que volto para a sala principal dos seus aposentos, meu celular começa a vibrar com uma série de mensagens de Grace e Mekhi.

Mas elas chegam todas desordenadas. Assim, saio da caverna e volto até um ponto onde o sinal do celular esteja mais forte para conseguir entender a história inteira. E é quando elas começam a aparecer, velozes e furiosas. Enquanto as leio, me esqueço de esperar pelo retorno da Carniceira. Esqueço-me de tudo, exceto de chegar até onde está Grace — a minha consorte — assim que for possível. Preciso ter certeza de que ela está bem e preciso fazer com que a pessoa que teve a audácia de mordê-la sofra as consequências dessa escolha.

É quando estou correndo de volta ao monte Denali que me dou conta de algo.

Não importa com quem eu tenha que lutar para mantê-la a salvo. Não importa o que tenha que fazer para ficar com ela. Grace é minha consorte e não vou desistir dela de jeito nenhum. Não importa o motivo.

E foi uma ideia realmente idiota — quebrar o elo antes que Grace saiba que ele existe? Essa é uma escolha que nós dois temos que fazer e eu estava sendo totalmente um babaca quando pensei o contrário. É por isso que a primeira coisa que faço quando volto para Katmere é pegar o papel que a Carniceira me deu. Nem me incomodo em desdobrá-lo antes de rasgá-lo e jogar os pedaços na lata de lixo mais próxima enquanto subo as escadas.

Preciso ver a minha consorte e nada vai ficar no meu caminho.

AGRADECIMENTOS

Se você chegou até o fim deste livro enorme, preciso começar esta seção agradecendo a você. Obrigada por escolher *Desejo*, por ler todas as suas mais de cem mil palavras e por me deixar compartilhar o mundo de Jaxon e Grace com você. É uma alegria enorme saber que você escolheu empreender esta jornada conosco. Obrigada, obrigada mesmo!

Em segundo lugar, preciso agradecer a Liz Pelletier, uma pessoa que adoro mais do que tudo. Liz, você me ensinou muito sobre escrever, sobre mim mesma e sobre a amizade, e eu nem sei por onde devo começar a agradecê-la. Você é uma editora incrível e uma amiga incrível, e eu sou eternamente grata por ter me escolhido para fazer esta jornada ao seu lado. Obrigada por tudo que fez para que este livro fosse absolutamente o melhor que poderia ser. Mal posso esperar pelo próximo.

Stacy Cantor Abrams, adoro o fato de estarmos trabalhando juntas há mais de dez anos. Você é uma editora fantástica e uma pessoa ainda mais maravilhosa e eu fico muito empolgada porque há muito mais por vir. Obrigada pelo seu entusiasmo incansável por este livro e a sua flexibilidade em meio a toda a loucura que passamos para concluir o projeto. É algo que eu valorizo demais. Tenho muita sorte de ter você no meu time.

Jessica Turner, muito obrigada por toda a sua empolgação ao ler este livro e todas as ideias maravilhosas que teve para que ele se transformasse num produto. Você é uma mulher inspiradora e uma grande amiga, e eu tenho muita sorte por ter você. Obrigada por ser fabulosa.

A Bree Archer, por me dar a MELHOR CAPA DO MUNDO. É sério. A MELHOR CAPA DO MUNDO. Do fundo do meu coração, obrigada.

A Toni Kerr, pelo cuidado incrível que você teve com o meu bebê. Cada página é linda e eu devo isso a você. Muito, muito obrigada.

A Meredith Johnson, por aguentar toda a loucura que veio com este livro. Muito obrigada por ajudar a guiar este mastodonte desde quando ele ainda estava na minha imaginação até as prateleiras das livrarias.

Jen, obrigada por todos os seus comentários perspicazes e o seu *feedback*! Você é incrível!

A todos na editora Entangled e Macmillan por sua paciência e entusiasmo por *Desejo*. Fico muito empolgada por este livro ter uma casa editorial tão fabulosa e uma equipe tão maravilhosa por trás da sua publicação.

Emily Sylvan Kim... nem sei o que dizer. Eu não percebi a sorte que tive no dia que você concordou em ser minha agente e agradeço ao universo por isso todos os dias da minha vida. Obrigada por sempre fazer parte do meu time e sempre, sempre, sempre encontrar uma maneira de superar qualquer obstáculo que surge no nosso caminho. Você é ótima.

A Eden Kim, por ser a primeira pessoa além de mim a ler *Desejo*. Obrigada por toda a sua empolgação. Isso fez com que tudo que veio depois da primeira versão do livro fosse muito mais fácil.

A Jenn Elkins, por ser a minha melhor amiga durante todo tipo de situação e há mais tempo do que estamos dispostas a admitir. Obrigada por sempre estar ao meu lado e por manter as coisas como são. Beijos!

Às maravilhosas Emily McKay, Shellee Roberts e Sherry Thomas, vocês são as melhores amigas e parceiras de *brainstorm* que eu poderia querer. Obrigada, do fundo do coração.

A Stephanie Marquez, por toda a sua ajuda e estímulo durante o processo de escrever este livro. Você me lembra de todas razões pelas quais eu amo escrever, de todas as razões pelas quais me tornei escritora. Adoro você e mal posso esperar pelo que está por vir.

À minha mãe, por toda o auxílio em ajudar a manter a minha vida e o dia a dia (mais ou menos, digamos assim) sem tropeços. Sei que às vezes damos trabalho, mas somos muito gratos por aguentar a gente. Amo você!

E, finalmente, aos meus três garotos que eu amo mais do que qualquer coisa. Passamos por alguns anos complicados e só quero agradecer por vocês serem os melhores e mais maravilhosos filhos do mundo. Vocês me alegram todos os dias e tenho muita sorte de ser a mãe de vocês.

Cadastre-se no site
seriedesejo.com.br
e receba os primeiros capítulos
do **segundo livro da série**

Primeira edição (julho/2021)
Papel de miolo Ivory slim 58g
Tipografias Lucida Bright e Goudy Oldstyle
Gráfica LIS